U0607631

那些与我 无关的东西

盛可以作品评论集

贺江———主编

深圳文学研究文献系列

百花洲文艺出版社

图书在版编目(CIP)数据

那些与我无关的东西：盛可以作品评论集/贺江主编. -- 南昌：百花洲文艺出版社，2022.1
ISBN 978-7-5500-4438-8

Ⅰ.①那… Ⅱ.①贺… Ⅲ.①小说评论-中国-当代-文集 Ⅳ.①I207.42-53

中国版本图书馆 CIP 数据核字(2021)第 211360 号

那些与我无关的东西：盛可以作品评论集　贺江　主编
Na xie yu wo wuguan de dongxi：Sheng Keyi zuopin pinglunji

责任编辑	杨　旭	
特约编辑	张立云	
装帧设计	潇湘悦读	
出　版　者	百花洲文艺出版社	
社　　址	南昌市红谷滩新区世贸路 898 号博能中心一期 A 座 20 楼	
电　　话	0791-86895108(发行热线)0791-86894717(编辑热线)	
邮　　编	330038	
经　　销	全国新华书店	
印　　刷	长沙市精宏印务有限公司	
开　　本	889 毫米×1194 毫米　　1/16	
印　　张	25	
版　　次	2022 年 1 月第 1 版第 1 次印刷	
字　　数	410 千字	
书　　号	ISBN 978-7-5500-4438-8	
定　　价	98.00 元	

赣版权登字　05-2021-379

版权所有,侵权必究

网　　址　http://www.bhzwy.com
图书若有印装错误,影响阅读,可向承印厂联系调换

序

程光炜①

　　贺江老师寄来《盛可以文学评论集》，请我作序。盛可以是"70后"实力派小说家，我与之曾有一面之交，但无个人交往。对她的作品，也只是在收到的一些文学杂志上读到，没有系统阅读，更谈不上有什么研究。打开这部评论集，我才知道有这么多批评界朋友关心她的作品，且有许多精彩之见。

　　文学评论是一门专门的学问，它需要对当代作家作品有极大的热情和阅读量，对文坛有较为宽阔的观察视野，最好还能结交一些小说家朋友。这是外部条件。内部条件则是批评家的批评素养。在我看来，这个素养集中在几个方面：一是特有的才华禀赋，能在大家都看到的作品里，有创造性地发现，能道别人所未道。80年代涌现了一大批思想活跃、观察敏锐且富有文学才华的青年批评家，在这些人中间，我最喜欢读王晓明先生的文章，比如评论张贤亮的《所罗门的瓶子》，谈高晓声创作的《在俯瞰"高家村"之前》，分析沈从文小说的《"乡下人"的理想和城里人的文体》，以及评论刘索拉、残雪等三位青年女作家的文章，都是当时同类文学批评的一时之选。其中有些洞见，今天还熠熠生辉，鲜活如初。上述文章，我经常推荐给我的博士生看。在近些年的海外文学批评家中，我最推崇夏志清先生。因序文篇幅所限，这里不做展开。二是理论要好。对批评家来说，他不同于埋头文案资料的学究，学问

---

① 程光炜，中国人民大学文学院教授、博士生导师，中国当代文学研究会副会长，在《文学评论》《文艺争鸣》等核心期刊发表论文 200 余篇，出版有专著《文学讲稿：八十年代作为方法》《当代文学的历史化》《文学史二十讲》等十余部。

家如没有相当的文献积累，没有对遗漏史料的特异敏感，没有甘作十年冷板凳的强韧自制力，别说细致的考订、追究，即使连一篇像样的学术文章，也未必能写好。当然，做学问也得理论好，不过与批评家不同罢了。所以，丰厚的理论积累，是之所以成为批评家的先决条件。我在孔夫子网上购得两本卢卡奇的《文学评论集》（一、二），真的爱不释手。卢卡奇给世人的印象是著名马克思主义哲学家，黑格尔的忠实信徒，他在对马克思哲学的阐释中，做出了杰出贡献，未想，他的批评文章也写得如此精彩，比如对托尔斯泰和巴尔扎克小说的长篇评论，读起来就非常过瘾。私下以为，这才是"真正"的批评文章。他为什么评论文章写得如此精彩卓伦？其中一个因素就是理论好。三是鉴赏力得高。卓越的批评家，没有超出一般人的艺术鉴赏力，要想从事文学批评，简直就是一个笑话。凡几条件，都是我不具备的。

本书的批评家阵容，可谓蔚为大观。计有孟繁华、李敬泽、汪政、晓华、李遇春、王春林、金理、马兵、申霞艳、黄伟林、曹霞、李振、蔡东等，以及一批年轻有为的青年批评家。我没想到有这么多人关心盛可以的小说创作。有些文章确实是有独特见解，出于对作家创作的感触，才认真为文的。有些也许是人情文章，但也写得有声有色。有些不免带有仓促上阵的味道，这在文学批评行业中实难避免，情有可原。从书籍编辑的角度讲，文学作品的"选本"编选固然不易，其实文学批评集也不易编好。因为这是第二轮的筛选过程，需要编选者先入为主，在诸多文章中挑选，这考验了他的眼光、趣味和审美储备。这本作品批评集的编选，在我看来，应该是非常不错了。

李敬泽的文章写得不温不火，他避开一般文学批评先说一堆废话的套路，简而言之地抓住"生活"，再谈盛可以这个作家的本事，接着留有余地地缓慢进入作品。他点到某处，又不展开，留给读者想象，对感兴趣的问题，却抓住不放，且听他的分析："如果《道德颂》的声音完全归于旨邑我将毫不意外，盛可以当然会这么干，她将塑造一个女性主义战士，伤痕累累，孤绝而骄傲，坚守着她的堡垒。但情况并不如此简单，《道德颂》视点游移，虽然是缓慢的，常常难以觉察，在绝大多数情况下，叙述追随旨邑，但仔细看就能看出缝隙和破绽，至少有几处，视点转向原碧和谢不周，有时叙述者不慎暴露面目，他或她站在那里，自称'我们'。"这篇批评的独特，就是入情入味，把作品慢慢炖着，散发本身的芳香，请读者前来自己品尝，自有一种带读者进作品的意思，又不暴露这种意图。

孟繁华评析《北妹》的文章，印象最深的作者极会复述作品里的故事，开头一段，几百个字，就把钱小红这个自小熟悉男女欢情的女孩，从心理到动作、从家庭氛围到初入社会，一一抖搂出来。这也是一种批评的写法，用故事把读者牵到文章里来，情不自禁地跟着批评家的分析往下走。实际上，这段"故事开篇"其实是有意识铺垫，它叙述精彩，绘声绘色，不是漫不经心，而是有意引导读者进入他的意图世界。最后，作者在钱小红的独特身体上做起了文章，这当然也是盛可以的意思——不过，他是在用一种批评加工小说的阐释方式，在放大、扩充小说作者的想法，似乎字里行间，也有一点不满，只是没有说出罢了。

汪政、晓华写王安忆的批评文章，给我留下了久久不忘的印象。他们写文章下笔谨慎，先选一个角度，一步步探入。有时是与小说作者交流，有时则是在一旁漫谈，在这漫谈的过程中，又从另一个角度进入作品世界了。这个部分，才是他们自己想要的东西。这篇分析盛可以短篇小说《手术》的文章，在他们诸多批评文章中并不十分出色，但也值得一读。他们还是采取夹叙夹议的方法，一边交代故事情节，一边分析鉴赏作品。作品主人公唐晓南，原是一个职业"女炮友"，久在沙场，钱赚了，心却空着，于是想到结婚。尝试了几个，或是这样，或是那样的原因，都纷纷错过。有一天，突然发现乳房出现了问题，于是与手术台结缘。这一看，就是短篇小说的结构，不能长，得想一个点收住。两位批评家的介绍分析，也跟着打着，在我看来，是他们的一篇作品鉴赏文章。

再转来看青年批评家的文章。

过去我不知道唐诗人这个批评家，近期《南方文坛》推出的"青年批评家"，他赫然在列，才知是谢有顺教授的学生。第一时间，我会觉得，他写盛可以的评论会比较认真，毕竟是本省本籍。这篇宏文开口很大，用了不少理论，第二部分，进入作品分析。与上述资深批评家，习惯以经验、体验入手，用表面感性然而理性的方式，从事文学批评的特点不同，唐诗人用的是一种高举高打的批评方法。他用理论带着作品走，借理论穿透文本，有一点不容置疑的意思。他把这些武器，运用到对《息壤》《北妹》的分析当中。例如后者。钱小红和李思红希望在一个村子拿到暂住证，村主任说"拿处女膜来"，结果牺牲了思红。于是小说作者诱导人物讨论起"处女膜"的社会问题来。通常传统批评，只是叙述故事进展，不做理论分析，唐诗人则不同，他不仅大量用理论，而且用得也十分精彩，一下子把小说的问题引向深入了。因此我想，怎么才能把小说本来没有的东西，变成批评家自己的东西，再张冠李戴地把它引向深入，获得作品不曾拥有的高度呢？这就是一例。

最后说一下金理的评论。在"80后"批评家中，金理的细读式批评另有一番天地。他是现代文学研究出身，博士后转入历史学领域，结合学贯古今的优势，就在他细读性批评文章中显示了出来。像李敬泽一样，他也对小说作者观察主人公旨邑的困境发生了兴趣。不过不同于李敬泽老到的体察性批评，金理运用丰富的文学史知识与之对话。他认为，一方面作家运用"自由间接引语"在缩短与人物的距离；另一方面，作家又有意在若干场合安排"XX 想""XX 以为"的叙述框架，故意在旨邑之外保留一种声音。但金理马上从里面跳出来，评述道，这不仅仅是一个叙事视角的安排，而关乎作家最深切的生命体验和伦理困境，表现出作家是要看到人物的"心的文学"的特质。我们来看，金理将知识的穿插，运用得严丝合缝，它又不显得冷淡高超，而是紧贴文本和人物本来的状态，使知识在与人物的对话中，体现出批评的特殊效果。

本书青年批评家的新颖见解，还有不少例子，容不得一一举来。仅以以上各例，我们就能看到，本书除"作品批评集"之外，实际还是一本已经辑成的《盛可以研究资料》，相信它对于一个已享誉文坛的中年作家来说，不啻是一次文学史的定位。

2021 年 5 月 7 日于北京

目　录

第六辑 花开阔绰

第七辑 可以谈文

第一辑

甚是可以

生命政治与文学免疫

——盛可以小说论

唐诗人 [①]

一、引

生于 20 世纪 70 年代的盛可以，2002 年开始文学创作，到现在我写下这篇评论的 2020 年，期间已有十八年。十八年，这对于传统意义上的文学历史而言，它不会是一个值得详细记述的时间段。但是，这十八年，对于 21 世纪以来的中国社会而言，它已经够漫长了。我们习惯了各行各业的"五年计划"，也无比真切地感受到了"五年跨越、十年巨变"的规模化历史变迁。如此来看，十八年对于一个当代作家来说，似乎也可以是一个值得切分成若干阶段来论述的文学成长过程，比如根据作家的代表性作品出版年份，划分成起步、成熟和突变等多个阶段，这也是很多作家论的论述方式。可我们也知道，对于文学而言，不管是论述一个作家，还是梳理一段文学史，参照"历史进步论"的阶段划分总是难尽人意。我们可以不去辨析历史变化是否意味着"发展"，仅对于文学、对于作家而言，时间的积累绝对不是一个决定文学品质的关键因素，起码不是唯一的。很多作家年轻时初一出手的作品就足够优秀，成为作家本人都难以超越的经典之作。很多历史阶段内的文学成就也

---

① 唐诗人，1989 年生，江西兴国人，现任职于暨南大学文学院，首届广东省签约文艺评论家。在《文艺研究》《文艺理论研究》《南方文坛》等刊物发表论文若干，出版文学批评集《文学的内面》，主要从事当代文学批评、文艺理论研究。本文原载《作品》2020 年第 6 期。

是如此，文学意义上的"黄金时代"有很多，但并不意味着后来的就超越了以往的。赘述这一文学常识的意思是，我们对盛可以这十八年小说创作的理解与评论，未必要以时间为坐标，尽管盛可以这十八年的创作在语言、题材、思想等各个方面都有很多新变化、很大拓展，尽管这十八年来整个世界连同我们的生活现实都发生了太多变化。

"变化"，是的，过去的十八年里，我们经历了很多很多的"变化"。但是，这种"变化"和"发展"，并不是我们谈论前现代或者近现代历史时所指向的那些翻天覆地式的、革命性的巨变。以往探讨历史发展社会变迁时，往往指向宗教改革、工业革命或者世界战争等重大历史事件，但20世纪90年代以来，整个世界、包括中国社会的"变化"，更为突出的其实是日常生活的变革，是围绕在我们身边的一切大大小小的事物都已进入了一个变动不居的阶段，这是一个前所未有的快速更新时代。比如与我们每个个体紧密相关的交通工具、城市高楼大厦，以及各种已然成为我们生活中必不可少的电子设备、网络数据和医疗环境，等等，都已然更新换代了无数个回合。如很多文化学者曾经感慨的，这个时代的"新变"不再局限于某种颠覆性的创造，不再区隔于普通人的日常生活。简而言之，当代世界的"变化"，更多的时候其实是"生活大变革"，它并不是一些类似于哥白尼"太阳中心说"和牛顿万有引力定律式的、意味着世界真相或者宇宙本质的"发现"和"革新"。对真相、本质的重新把握，可以影响甚至颠覆人们的世界观和生命观，改变人的信仰和希望，但如果"变化"只是物质技术层面的、日常生活意义上的"新变"，我们还能从哪些角度来透视这个时代的精神内容和信仰趋向？

既然当前世界所谓的创新不再意味着本质的、真相意义上的变革，而是日常生活意义上的物质现实改造，那么，我们对于盛可以小说的理解，或许可以不以时间为坐标，可以把她每一部作品之间的风格差异搁置起来，而将其十八年内的主要小说作为一个整体，以其所表现的生活现实和生命故事作为入口，来思考一个作家相对于当前这个世界而言意味着什么。作家与世界的关系，这是一个宏大的问题。对当代世界的理解，每个作家都有不同视角、不同风格、不同层次的把握。盛可以是如何把握以及怎么理解的？如果我们熟悉盛可以作品的话，可能都会意识到一个很重要的品质：盛可以的写作风格一直在变，但她关注的问题其实有着很明确的一致性。从最初的长篇《北妹》到最近的长篇《息壤》《女佣手记》，从最早的短篇《成人之美》到最新的短篇

《你什么时候原谅你的父亲》，盛可以讲述的故事一直围绕着人的身体遭遇和生命感觉而来，但这些具体的故事、主题背后，则是对权力、对广义政治话语的深入思索。可以说，盛可以的写作，是以一种诗学实践的方式在表达着她关于我们身体、欲望等各类最原始的"生命感觉"在当代世界曾经遭遇什么、正处于何种状态以及未来将何去何从的执着思索。如果用一个时髦的概念来概括，这些都是身体政治、生命政治问题。

谈论身体政治、生命政治，我们必然要提及福柯。福柯曾指出18世纪开始，西方国家就进入了一个新的权力时代，也就是生命开始进入历史，人类生命、身体进入了知识和权力秩序、进入了政治技艺的治理范畴。在福柯看来，现代社会的个体远远没有得到解放，反而是陷入了更为全面、更为彻底的"被奴役状态"。当代社会，政治权力对人、对生命的"介入"其实早已是"无处不在"。在现代技术和现代话术的帮助下，很多源自政治层面的权力意志，在转化为清晰可见的意识形态之前，在我们能够意识到这是权力话语之前，它们就以或隐或显的方式施加于我们的身体，影响了我们的生命感受。福柯的生命政治研究提醒我们："今天处在危险之中的是生命。"对此提醒，思想家阿甘本极有感触，他从中延伸出"赤裸生命"和"现代神圣人"等观念，批判当今的资本主义社会逻辑，认为现代暴力已转换成"面对赤裸生命的微观权力"。阿甘本也提醒人们：当代世界的资本统治逻辑，是以"美好生活"来捕获身体和生命本身。

盛可以小说所呈现出来的"生命政治"问题，与福柯和阿甘本理论思想中的"生命政治"有很多相通之处，但它们又有着很大的不同。盛可以自己作为作家的敏锐触觉，一直在书写人活在现代社会必然面临的各种各样的身体压迫和生命抑制。盛可以或许接触过福柯、阿甘本的著作，或许与"生命政治"一类观念有过思想上的呼应，但她所完成的诗学实践，并没有演绎概念、图说理论的嫌疑。盛可以所有的小说，都散发着野生的、蓬勃的生命力，她凭借自身的文学才华，以其细微的文学笔触，呈现出一系列生命故事。"生命政治"在盛可以的小说叙述里，不仅仅是现代式的、隐藏于无形之中的"无处不在"，很多时候还是一种前现代式的、粗暴直接的约束和伤害。而且，盛可以从一开始就无意间领悟到了如何由文学叙述通往"生命政治"的内在逻辑——身体的逻辑。盛可以的写作持续关注着当代人的身体，围绕身体她延伸出很多主题，比如性和欲望，包括出生、疾病、衰老和死亡，这些都是当代思想家们思考生命政治问题的重要视角。福柯、阿甘本等人的"生命政治"本质上也是身体政治，或者说由"身体"思考发展而来。自尼采以来，"身体"已逐渐摆脱"意识"的主宰，成了推动哲学思考的关键。"身体就是权力意志"，在尼采时期这话指向的是人的原始生命力，在福柯、德勒兹等当代思想家那里则意味着"权力"，是社会化的、意识形态化的"力"。对于身体政治，汪民安、陈永国曾解释说：

> 如果说，尼采认为身体是一切事物的起点的话，那么，福柯同样看到了，社会，它的各种各样的实践内容和组织形式，它的各种各样的权力技术，它的各种各样的历史悲喜剧，都围绕着身体而展开角逐，都将身体作为一个焦点，都对身体进行精心的规划、设计和表现。身体成为各种权力的追逐目标，权力在试探它，挑逗它，控制它，生产它。正是在对身体作的各种各样的规划过程中，权力的秘密，社会的秘密和历史的秘密昭然若揭。

有身体，才有生命，谈论"生命哲学"时，我们可能更多地侧重于探讨内在意识和精神灵魂，而当代思想界关注"生命政治"，思考对象转移到了身体，这是对我们存在于世的肉身状况的凝视和诊察。"身体"在当代哲学中如此关键，盛可以如此热衷于"身体写作"，其小说中的"身体"有何深度？又是如何通过"身体"完成了一个中国作家的世界性生命政治思考？盛可以很多作品已翻译至海外，在西方世界的接受度和影响力超越了当代中国很多作家。如此，关于盛可以小说的思考，又何以能够局限于我们所习惯的评论路数？盛可以的小说，不缺各种文学性和社会历史层面的探讨，它亟须的是思想层面的概括，是如何接通今天整个世界都在着力钻研的话题。"生命政治"是当前世界思想界的时髦话题，2020年新型冠状病毒在全世界流行，更是督促着全世界的思想家重新思考今天的生命政治。刚刚过去的4月29日、30日，北京文化发展研究院主办了一场规模浩大的线上学术讨论，其主题即是"非常状态下的生命政治反思"。"生命因沉思而厚重，因思想而光辉。"对身体、对生命的当代境遇进行思考，不管是哲学的、政治的还是文学的，都拓展着我们关于更理想生命价值、更美好身体境遇的思想认知。盛可以小说对身体政治、对生命哲学的诗学探讨，或许能拓展我们关于生命政治的理解。

二、生

　　《息壤》是盛可以 2019 年初出版的一部近作。《息壤》一开始的名字是《子宫》，看题目就知道这篇小说要探讨什么问题。这是一个关于女性生育的故事，关注的是女性身体中的"子宫"，是关注生命之"生"。没有子宫，就没有怀孕，没有生育，就没有生命。一切都是从子宫开始，这"一切"，不仅仅包括女性因子宫能生育所能带来的赞美和幸福，更包括女性因子宫所能遭遇的痛苦和不幸。盛可以的创作谈里对此小说作出解释说："子宫孕育生命，对于农村女性来说，生育几乎是她们唯一的价值，子宫也是她们一生沉重的负担，然而她们一辈子也没能认识自己的身体，没能意识到自我与禁锢。城市女性虽可免于挨刀，但截然不同的境遇同样严峻，像《息壤》中初家四女儿初雪的故事，恐怕并不罕见。"这一解释已然直接地赋予了小说的"生命政治"思考——女性身体只有生育这唯一的价值吗？女性为何一辈子也不能够认识自己的身体？包括女性的自我和禁锢，这些都是直接的生命权利发问。盛可以另一段解释表达得更为直接：

　　我始终关注女性境遇。我的视野中，农村女性是最脆弱的群体。她们缺乏获得知识的途径和机会，对个人应有的权利甚为模糊，自我意识也是模糊的，她们承担劳作、生育的义务，日复一日的枯燥的生活，有时还要承受家暴和各种不公平待遇，习俗语言对于她们是贬抑的、刻薄的，似乎她们是乡村耐用消费品的一种。几十年的社会变革，女性参与生产劳动的机会增加，但获得经济增长的福利和其他权利相对较少。

　　这里面的很多词汇，如"脆弱群体""个人权利""生育义务""承受家暴""不公待遇""习俗语言""生产劳动"等等，都直接地传达着作者的叙事目的。这些字眼所暗示的小说内涵，是一种最为直接、最为显白的现实关切：为女性，尤其是农村女性的不公待遇而写。女性从事劳动、承担生育的义务，却还要承受家暴和来自社会各个层面的、各种类型的羞辱和贬抑。这些都是很直接的、进入小说轻松就能感受到的思想锋芒。比如打开小说扑面而来的就是小女孩看着阉鸡师傅"阉鸡"的画面，小女孩问了几个问题：

"为什么要阉？""要是鸡自己不情愿呢？"看着这些话，熟悉盛可以小说风格的读者或许都会去揣测后面的故事会怎么发展：鸡被阉与小女孩的未来命运有什么关系？读完小说再回想起这一画面时，可能不再追究其中是否有某种直接的关联，但小说所讲述的女性子宫问题，她们都要承受的"结扎"手术，难道不是一种"阉割"？这种"阉割"是特殊时代的生育管理需求，实施这种"阉割"的人并不会在意这些女性愿意还是不愿意。这种直接的身体阉割，从个体遭遇、人性关怀角度来讲，它是以侵犯甚至伤害女性身体来完成的人口治理。

在《息壤》里，盛可以用了多个女性角色的"子宫"遭遇来思考女性生育问题。女孩们的母亲吴爱香，在生完六个女儿最终得了儿子之后去上了环。盛可以叙述的吴爱香上环遭遇很有深意："她平生只有三次到过这里，一次是为了上环，另两次是为了取环。她是个非常健康的女人，像所有等候过道中生命旺盛的妇女，散发滚热的生育能量。一粒粒弹性有劲道的潮州牛肉丸滚聚医院，等着金属器具将身体撑开，放进钢圈，宣告旅社拒绝房客，餐馆提前打烊。"一个健康的女人，一生只去了三次医院，三次都因为"环"。这些生命旺盛的女性，散发着生育能量的健康身体，都需要放入一个冷冰冰的金属器具，钢圈长期滞留在她们身体内部，成为她们身体的一部分。其中很多人可能因为这个钢圈而发病，包括生理上的和心理上的病。吴爱香就始终觉得体内的钢圈与丈夫的死亡有着某种神秘的关联，她一直将它视作不祥之物。"此后慢慢细长的日子里，她从心理不适发展到身体患病，这个沉重的钢圈超过地球引力拽她往下。"这种疼痛，在她女儿初玉的眼中更是骇人："比如母亲，她一直忍受着钢圈在精神和肉体上的双重折磨，老是腰酸背软，下腹胀痛，干重活时疼痛更加明显，她不得不付出更多的精力对付体内的冰冷异物。她疲惫地坐在椅子里，仔细品味钢圈带来的各种不适，样子可怜。"小说中的这些表述，以活生生的生命痛感展示了20世纪人口治理背景下、女性身体因为结扎必须承受的疼痛。结扎、钢圈给吴爱香等妇女带去的，远不是一次性的、一个小小的手术问题，更是一种穿透女性身体和精神的被侵入和被伤害。对于一些身体和心理极为敏感的女性而言，这"环"就是一颗慢性毒瘤，种下去就是在慢慢吞噬她们的生命。

更有意思的是，这种"钢圈"治理还与地方上的传统贞操观念达成了合谋。吴爱香守寡后，她时常想着去医院把"节育环"取掉，也算是减轻疼痛。

但这一想法被代表着传统道德权威的小脚奶奶所否定："一个寡妇去医院摘环，这会逗别个说闲话的。""那东西就让它放着，不碍么子事。"对女性身体的现代治理与乡土世界的妇女贞操观念，在"寡妇取环"这个事件里，相互之间得到了支持。这个小小的情节，是否暗示了现代文化中的某种可悲逻辑？现代社会对女性的身体管理，借着科学和宣传，最终可以转化成家庭成员之间的、女性群体内部的一种社会性伦理监管。生育管理、身体治理方面的制度被我们接受之后，我们是否还能认可和允许其他人的身体脱离这个治理疆域？被现代医学和媒体话语所推崇的一些身体规范，或许已经与传统的某些伦理道德融汇于无形中了，又或者已经成了新的"文明规矩"。这时候，社会治理已从上到下的直接管控转变为自下而上的，或者人们内部的一种自我认同和相互约束。吴爱香所遭遇的就是这样一种情况，妇女生完孩子后需要结扎、完成育儿任务后性方面需要维持贞洁，这两种观念融汇成了一种束缚女性身体的道德规范，即便是守寡后也需要继续用"环"来维持声誉。这种情况或许比较极端，却也无比真实。我们也可以延伸到今天的生育观念，几十年的"晚婚、晚育、少生"宣传，已经改变了很多人的生育理念，年轻人对于生儿育女的热情已远弱于他们的父辈。如今，想扭转这一代人的生育观念，让他们早育、多生，其难度系数也是很大的。

吴爱香与钢圈的关系是一种直接的"钢圈治理"，她体内的"环"是慢慢地折磨她，而她儿媳赖美丽却没她这么"幸运"。小说中的赖美丽因为害怕被妇女主任们拉去医院再次堕胎，大雪天逃往山林，却倒在了离家几百米远的地方，被雪淹没、冻死了。来宝和赖美丽，这一对夫妻都是智障，他们生完第一胎后，没能掌握避孕的技巧，赖美丽怀孕大了肚子后，被要求去引产。"作为一贯遵纪守法的好人，初家选了一个天上浮着白云的好天气带赖美丽去医院做引产。"引产后赖美丽"像条狗一样到处寻找她的儿子"，她一直说："医院里有坏人，有个穿白衣服的人，用一根筷子那么长的针扎进我的肚子，痛死人。我再也不去医院了。他们还把我儿子藏起来了。"智障人物形象说出的话，可以看成是一个毫无社会经验、不曾被社会规范所影响的、最本能的声音表达。盛可以选择这样一个独特的人物形象，并且让她迅速牺牲，于一种惨烈的叙述中突出了女性天性被现代生命治理术所压制所扼杀的残酷性。赖美丽这个人物形象，在当代文学中可以找到很多，像莫言获得茅盾文学奖作品《蛙》中，就有很多被地方上粗暴化计划生育管理所伤害的女性，典型的如王仁美。但盛可以和莫言笔下的这类形象，她们遭遇相近，都携带着反思和批判的力量，但在文本中所充当的角色价值却不太相同。《蛙》里王仁美的死，配合的是姑姑这个形象，让姑姑的手沾满血，也让姑姑退休后走向赎罪之路；《息壤》里赖美丽的死，完成的是一种生命政治的反思。人最本能的生育欲望，在现代社会需要接受医学和政治的约束。这种"约束"已经被现代人普遍接受，成了一种生育常识，唯有当它和智障的人物形象相遇时，这种"常识"才显露出它本来的面目。

赖美丽的遭遇是残酷的，吴爱香其他女儿则以更多样的方式延续了这种身体痛苦和生命管制。大女儿初云，生育后结扎手术带来疾病和刀疤；二女儿初月，结扎后如死人一般被板车拉回娘家。盛可以借初玉的回忆描述了初云的惨状："初云直挺挺地躺在床上，小腹袒露在外，上面一条发红发亮的伤疤，脸部因为发烧泛着红光，婴儿还躺在怀中吃奶。"结扎手术给初云带来伤疤、导致发烧生病，如此疼痛的身体却依旧要承担起育儿的责任。在这里，盛可以用初玉的眼睛所领悟到的，不是很多媒体叙事可能会突出的母亲、母爱的伟大，而是女性必须承受这些痛苦的不可思议。初玉当初的感慨是："我永远不要生孩子，不要在我生病的时候，还有别的什么东西在吃我的身体。"这些情况让她长大后也这么想："我也不要结婚，不结婚就可以不生育，不生育就不用结扎，死也不要在身上任何地方留下刀疤。"让笔下的初玉选择这方面的感受表达，这是作家伦理态度的隐晦呈现。女性何以要承受这些疼痛？只因为女性有子宫吗？这种天生的生理性特征，能天然地决定着女性的身体和生命吗？选择"不"的初玉，是在反抗、要摆脱这种"天然"。初玉后来走出了这个村庄，通过教育改变了自己的生命轨迹，同时也完成了自身的观念转变，她坚持单身，不要孩子。初玉这种人生选择，在大城市里无人议论，但对于她出生地的家人和邻居们而言，也是一个不可理解的"毛病"。如果初玉在乡村生活，这种生命选择要被闲言碎语淹没。在小说中，盛可以借四女儿初雪的口直接发出感慨："世界上最强大的东西，不是核武器，而是日积月累的文化。"乡村世界里关于女性存在价值的认知，是日积月累形成的一种民间传统，它只认定女性的生育功能，难以容下特立独行的女性。这种不文明、不现代的民间成见，尽管已经得不到更多方面的支持，却也无形中影响了很多乡村女性的人生命运。

初雪的"子宫"遭遇也值得一说。初雪是大学老师，是励志榜样，经常上电视，但她也没能摆脱"子宫"麻烦。她曾与已婚的夏先生相爱，并怀孕。对于这个意外的生命，初雪是想自己抚养的，但这种选择必然导致她无法继续自己的职业。当时的政策还不允许女性未婚先育，违反政策要被开除公职，而夏先生也以初雪的事业发展前景来劝她打胎。初雪最终妥协，失去了孩子。初雪很想要孩子，这份遭遇却让她失去了生育的能力。对于这种后果，在很多小说中指向的是男性的不负责任，但盛可以这里针对的是曾经的"生育制度"。"生育是以夫妻为前提，法律并不支持非婚生子，不结婚就没有生育权力。"这一生育规定如今已有所调整，但它曾经让很多女性陷入"初雪"的困境。女性不结婚能否生育？这种生育能得到社会和政治上的公平对待吗？这是一个很严肃的生命政治问题，涉及人性、习俗、法律和政治文明。盛可以用文学形象、人物命运来完成这种问题揭示和生命反思，我们也以一种感同身受的心理来接受和理解，这是从文学视角来丰富我们关于生命政治问题的理解。

《息壤》的生命政治思考，最文学化的地方可能还不是小说必然需要的文学叙述和人物形象，不是小说表现这些问题时有多么生动具体，更表现为作家让多种人物形象聚合在一起时所形成的观念冲突和人性选择。小说中的女性人物，母亲吴爱香和她的五个女儿，加上儿媳赖美丽、孙辈的初秀和阎燕等，每个女性的"子宫"遭遇都不同，当她们聚在一起讨论傻弟弟来宝的女儿初秀的"子宫"时，都情不自禁地从自己的经验出发来判决初秀子宫里孩子的命运。初秀遗传了来宝和赖美丽的"傻"，她由着自己的身体爱欲，被社会青年欺骗，十五六岁就怀上孩子。初秀挺着肚子回到村庄，因为傻感受不到旁人奇怪的目光和语气，她甚至不知道怀孕意味着什么。懵懂无知的初秀，她的怀孕成为一个家庭事件。她的五个姑姑回到家里一起商量着如何处理这个孩子，这场家庭讨论很有意思。比如见过姐姐们生育时惨状的初玉讨厌孩子拒绝生育，她就坚持建议初秀把孩子打掉。在姐姐们电话叫初玉回去讨论时，她还没见到人、还不了解更多情况时就下定结论："她以一个医生的冷静表示，这种事情没有什么商量的余地，她既没有时间回来，也不想因为这种'愚蠢的事情'瞎折腾。她一听到生育就产生厌恶。"小说中初玉自己的话是这么说的：

她自己才多大　十六岁就生孩子　这是旧社会　像条野母狗一样怀孕生子哪里有做母亲的尊严　她自己什么也不懂　她不懂生命　不懂生活　她根本没想

过这些 这种事情根本用不着考虑 没有什么选择 我建议赶紧去医院 早一天做掉就少一分累 这个时候谁帮她就是害她

在初玉这里，我们看到了一种非常现代的声音。初玉是医生，她的声音代表着医生的、理智的、科学的观点，这也是今天很多人的生育观念。如果这个声音只是停留在一个知识探讨层面，不直接关涉某个具体的生命选择时，这一声音是可信、可靠的。就生育这个问题而言，我们当然希望看到女性到了适合生育的年龄再生育，也希望看到为人母亲的女性能懂生命、懂生活，能创造条件保障自己获得作为母亲的尊严。但是，这种高高在上的声音看似在理，却又是无情的、生硬的。当它面对具体的生命时，这一合乎道理、符合科学的判断很可能就成了"杀人"的工具。初秀的情况即是如此，她懵懂无知，还是个孩子，不懂生活，不懂生命，没有母亲，父亲也傻，生活条件很差劲，然而却怀孕了。在没有怀孕的时候，初秀应该接受教育，去掌握初玉说的那些道理，但她已经怀孕了。初玉姐妹们要处理的问题是初秀已然怀上的孩子，而不是她可能怀上孩子时的生育教育。在这一抉择一个尚处于子宫的生命去留的关头，初玉科学的声音就转换成了一把锋利而无情的刀子。

如果没有初雪的存在，初秀就必然选择打胎，打胎很可能就让初秀再也无法怀孕。对于后面的这些"可能性"，在医学上并没有百分之百的把握来排除掉。现代人普遍接受了现代医学，相信医学已经成为我们认知和判断生育、生命问题的基本常识。似乎医学代表着准确和真理。但其实，不仅仅是技术层面的治疗效果问题，更是生命政治层面的价值选择问题。英国思想家尼古拉斯·罗斯等人都曾指出，现代生物技术、医学技术已不能简单地理解为一种"新技术"，它们是"生命技术"，关涉着生命体的方方面面，这些"新技术"应该理解为"以最优化目标为导向的混杂组合"。"医学所希望的只能是阻止反常现象，重建自然生命规范和支撑它的身体规范性。"也就是说，医学、生物技术关于生命健康、对于女性生育的建议，并不只是一种医学技术问题，更意味着一些关于何种生育更值得推崇、哪些生命更值得存续的价值判断。在这种价值观、生命观的指引下，初秀这种身体状况和生活条件均不理想的女性，必然不是被推崇的生育者。如此，初玉的声音虽然是个体的，但她其实是不自觉地参与了一种符合现代科学价值的生命政治抉择。

作为医生，小说中初玉的观念非常科学、非常现代，她的声音很可能引起很多现代女性的认同，但盛可以在小说中并没有把这一形象简单化，而是如批判那些束缚女性的陈腐习俗一样，也对这些很现代的观念给予了明确的质疑和反思。初秀最终没有堕胎，大家最后听了初雪的意见。初雪是因为堕胎而导致无法生育的"受害者"，她真正知道这个事件当中女性所能遭受的身体痛苦和可能造成的、不可挽回的生命灾难。初雪用自己的遭遇说服了初玉和其他姐妹，负责初秀的生育事情，收养了初秀的孩子。初雪是现代生命医学技术和当时生育治理政策的受害者，她的声音是作为受害者的声音，同时，这也是人性的声音、文学的声音。初玉同意初雪的时候说了一句话："你们要是达成一致，我也不反对了，但这么做真的很不人道。"接着是初雪的反驳："扼杀七个月大的生命存活的权利，难道是人道的吗，他是一个完完整整的婴儿，他听得见我们的争论，为什么不给他一个活着的机会。"谈及何为"人道"的时候，初雪才真正说出自己的经历："我就是因为堕过一次胎，就被剥夺了做母亲的资格，再也怀不上孩子了。""你们谁能理解想要孩子却不能要的痛苦？谁又能保证秀秀引产会遇到什么状况，如果秀秀出了什么问题，那种遗憾怎么也无法弥补。"这声音比初玉的科学的声音更令人震撼："听了这话，一屋人如遭电击，连蛙声也停止了。"初玉也终于意识到了自己的问题，向初雪道歉："真对不起，我之前态度过于偏激。"或许，何种声音更为"人道"还是无法给出明确的结论，但受难者发自心底的、意味着最深挚情感的、灵魂深处的声音告诉这些姐妹，当然也告诉作为读者的我们：要对他人的苦难抱持理解，要对生命抱持足够的尊敬。生命不是简单的道理，每个生命都有各自的生命特征，他/她是活生生的有肉身，有情感，有生命，有灵魂的"人"。

通过吴爱香、赖美丽等女性的生育遭遇，尤其借着初玉和初雪在堕胎和人道关系问题上的两种声音辩驳，盛可以给出的"生命政治"观念已经很明确了。作为作家，她不是简单地选择某种道理和观念作为立场，而是站在具体的生命一边，立于最人性的一面。为具体的生命说话，而不是为抽象的理念站台，这或许是文学作为人学的一大表现，也是作家身上最值得推崇的生命政治观。

三、性

《息壤》主要讨论的是"子宫"的权利，是"孕"和"生"的政治。生命当然不止于"生","生"或许是生命的起点，但子宫要有生命，就还需要有"性"，所以"性"也可以是"生"的起点。把"性"放在"生"的后面，主要是因为，今天我们讨论"性"，已不单单指向"生"。"性"也是身体的一种欲望，是生命的一种本能，自然也是生命政治的关涉对象。

"性"是盛可以很多小说的重要话题，她小说中的"性"几乎是无处不在，她关于"性"的思考是非常醒目的，在当代作家中很有代表性。而且，"性"在盛可以小说里，也都关涉着"权利"。比如在前面重点讨论的《息壤》里，关于"生"就必然涉及"性"。小说开篇不久，就是初云的未婚先孕。初云并不知道自己为何就怀孕了，这是生育知识的匮乏，同时也意味着，她于懵懂中遭遇了未婚夫的性侵犯，如果没有随后的结婚，她就是因为无知而被强奸了。这一问题也出现在盛可以另一部长篇小说《时间少女》里，小说主角西西的第一次也是因为无知而被夺走，随后更因为无知而被欺骗去堕胎，并且导致她一生都不能再生育。这些女性为何无知？为何她们不能像男性一样接受教育？又为何她们的家人不愿传授相关知识？这些当然都指向了传统观念中的性别歧视问题，包括文化中对性知识的禁忌。传统家长一方面对性知识讳莫如深，另一方面又将女性因性无知而出现的结果施予羞辱和歧视。初云怀孕被母亲发现之后，母亲"坐在椅子上低声咒骂"，随后初云才知道自己干了"不要脸"的坏事，而且她所意识到的问题依然是自己作为女性的错："她同时明白母亲所谓的'上了身'指的是阎真清爬上了她的身体——她将男女之间夜里恩爱的事情称为男性单方面的'上了身'，好像因为女人玩忽职守让男人偷偷爬上了某座山头偷去了果实。"观念上的自我归咎又是为何？这也是男权文化主导了传统性爱和生育观念的一大表现。这种文化不给女性获取相关知识的途径，同时又要求女性守住贞洁。没能守住贞洁的女性，不仅要遭受他人的羞辱和非议，同样也经受着自我层面的羞愧和谴责。长期延续下来的男权文化，对于今天的很多农村女性而言，依然是从一开始就渗透、甚至主导着她们关于性和生育的认知。

将"性"直接与身体利用和权利控制挂钩的，要属《北妹》最为刺目。《北妹》是盛可以第一部长篇小说，它于2004年一出现就备受瞩目。小说一上来就是描写钱小红的身体，一切都是良家妇女的模样，只是胸太大，这成了她"唯一的遗憾"："遗憾的是，钱小红的胸部太大，即便不是钱小红的本意，也被毫无余地地划出了良民圈子，于寡妇的门前一样多事。"身体、胸在这个文化中是有它的"规范"的，没有是一种病，太大了就是一种罪过，不管这是天然生长出来的还是后天激素塑造的。乡村世界的性观念，维持着一百年前的虚伪和邪恶："么子体统哦，丢死人了。村民们与下体暗地里同时勃胀的自卑，找到了群体发泄的阴道。"钱小红生长于这个村庄，村庄里的文化容不下她那与其他人很不一致的、特立独行的胸。她的胸是"问题"，她声音嗲也是问题。人们根据她的身体特征来想象她的行为放荡，甚至造谣非议她的私生活，用邪恶的言论来"强奸"她。钱小红很小时就被姐夫欺骗，事发后姐姐、包括村里人只会怪罪、作践钱小红。因为身体，钱小红在自己的家乡，天然地成了一个淫荡的罪人。她必须离开才能存活。然而她又能到哪里去？挺着硕大的胸，她走到哪里，哪里就成为"身体的利欲场"。

钱小红离开乡村，去县城招待所做服务员："服务员中，钱小红的胸仍是最突出的。她的屁股也翘起来了，走路时近乎疯狂地扭动，像条快乐的母狗。钱小红的屁股一扭动就发出某种信息，男人看到就想干她。常有客房打电话来服务台，和钱小红聊天。钱小红殷勤地陪人聊，不时咯咯咯地笑，像有人挠她的胳肢窝。"这样的描述，通过女性作家写下来，有着奇特的反讽特征。如果参考凯特·米利特的《性政治》理论，这段描述就充斥着"性别政治"意义上的深层次批判。"翘起的屁股""快乐的母狗"，这些都是性驾驭意义上的目光打量和想象，意味着观察者对被观察对象的欲望化、奴役化。无处不在的男性目光，或者说欲望化目光，把钱小红这种身体性特征突出的人变成了物。在这里，钱小红的存在就是一个"淫物"，她引起人遐想、诱导男性。这就像今天很多男性女性依然把强奸的责任、性骚扰的责任往女性身上追究一般，女性穿得太少、太露，长得太魅、太性感，这些才是导致男性犯罪、犯错的根源。这种观念背后的心理机制，就是长期以来的男女性别权利结构特征。男性支配女性，女性所遭受的屈辱也是男性话语来阐释。在米利特的《性政治》里有一段话对此类现象解释得很到位：

在男权制中，与性有关的许多罪大多归咎于女性。从文化角度而言，不论是在什么样的情有可原的具体情况下，凡事涉及男女私通，女性总是被视作该受惩罚或该负主要责任的一方。把女性物化的倾向往往将她当作一个性对象，而不是当作一个人，当女人处于奴隶地位、被剥夺了人权的时候尤其如此。即便是在这种情况稍有改进的地方，日积月累的宗教和习俗影响仍然非常强大，产生了巨大的心理后果。由于对处女贞洁的崇拜，由于双重标准和反对堕胎的法律，以及许多地方的妇女不具备物质和心理上的避孕条件，女人至今仍未获得性自由和控制自己身体的权力。

米利特的《性政治》出版于1970年，她谈及的具体问题在过去的几十年时间里得到了一些改善，但我们今天读来依旧能有很多感触，因为其谈到的问题并没有从根源上得到解决。几百年来日积月累的文化习俗，依然主宰着今天很多人的性别思维和性欲观念。钱小红可以逃离生养她、作践她的家乡——那个村落，但她无法逃离这种文化习俗，无法逃离世俗世界的"目光"。因为自己性特征醒目的身体，钱小红注定要为其所累。

钱小红在家乡所遭遇的是一种传统意义上的性文化伤害，离开家乡，她所投身其中的，却是另外一种性质的"性政治"场域。后者更为复杂，不仅仅是人性的卑琐，更夹杂了现代社会的钱、权和欲。钱小红在县城招待所的时候，无意中和一个北方旅客完成了一次性与钱的交易。随后，她们外出打工，首先遭遇的是性与权的交易。钱小红和李思江跟着李麻子到外地打工，那时候需要暂住证，她们办证要找代表着"权力"的村主任，村主任直接给出的条件是："我只给处女办。"赤裸裸的性勒索，她们没有办法，最后是李思江牺牲了自己换得了"暂住证"，暂时保住了安全。对于这一遭遇，小说中这样写李思江和钱小红的感触："小红，我看到今天街上抓走很多人。处女膜是什么东西？我不觉得失去了什么啊，明天起我们就自由了。""处女膜跟自由这个词连在一起，钱小红找不出必然的联系，隐约觉得是一种悖论，而事实结果又明摆着，处女膜除了跟爱情没关系，与所有的事情有染。"李思江用处女膜与"权力"完成了一次交易，"性"在这里开始转换成了权力关系中的一种"工具"。此后，钱小红不断地遭遇这种性质的"交易"，尽管她在这些交易中掌握着主动权。她和酒店潘经理、警察廖正虎、地方黑社会人物陈志颖，包括警察朱大常等人的"性"，虽不是直接的交易，也不是被男性强迫的行为，但都给钱小红带来了各方面的方便，或换得了更理想的工作、或获得了更可靠的安全保障……在小说中，钱小红逐渐掌握了"性"的主动权，她也在这个过程中领悟了"性"的本质面目：

情欲不是肮脏的，交易才是可耻的。饿了要吃饭，困了要睡觉，这多么正常啊。吃饭，吃山珍海味的宴席，一如皇帝后宫佳丽三千；上酒楼比较奢侈地挥霍，好比富贾官员，时时纵欲；叫几个小炒也能舒舒服服地吃好喝好，这是一般工薪层的性爱，合理合法合乎自己的经济条件。一个馒头、一碗面条式的快餐，这便是最底层人的性生活——打发一次算一次。当然还有连馒头面条也弄不到的，并不能像有身份的人那样，酒足饭饱之余把偷情当作乐趣与刺激——下等人的偷，仍是停留在温饱与基本需求上。

钱小红的"性"属于哪个层次的？或许在她自己看来，她已经超越了最底层的、温饱与基本需求上的性，但就整部小说而言，结合着她最后的命运而言，她其实还停留在基本需求层面，她只不过是运用了一种阿Q心理，自我欺骗着好多年而已。因为一旦她不接受"权力"的交易需求，她就可以跌入深渊，如小说中雷一刚院长"召唤"她失败后，她就失去了这一份相对理想的工作；甚至当她把这种"为欲望服务""女性也可以满足自己的身体""女性不吃亏"的性道理讲述给男性听的时候，如可能爱上了钱小红的廖正虎听到这番言论后，廖正虎觉得女人这样想世界要乱套，但同时也默默地庆幸："心想其实跟钱小红这样的女孩子搞，省了不少麻烦。他确实不太可能娶这个流浪的打工妹，要工作没工作，要户口没户口，要文凭没文凭。"还如钱小红与顶头上司夏及峰的关系，她自以为引诱、搞定了的领导，其实领导内心里对她是厌恶、鄙视，一有机会就把她抛弃了。包括钱小红和大脚的关系，她自己也搞不清楚为什么那么轻易就和他发生了关系："像个妓女一样随便，可是又不像妓女需要钱一样需要钱。钱小红极力想阐明一个道理，又觉得是白搭，因为大脚哑巴着嘴想骂她，但钱小红自己都说了自己像妓女一样，他也就找不到合适的词了。"钱小红自认"婊子"的选择，与阿Q自认自己才是"畜生""虫豸"的行为有何本质区别？这其中表层的"自觉"和"被迫"差异，掩饰不了根源层面钱小红和阿Q的社会最底层人物身份。钱小红自认为的性需求，也摆脱不了男性一方发泄欲望式的利用，而且是免费的、毫无风险的利用，她终究还是一个"欲望对象"。小说最后，钱小红的乳房病变增大，成为一对沉重的"肉"，也即意味着性特征成了钱小红生命中不可摆脱的累赘、负担。她将如何生存下去？只要有这对乳房，她就逃离不了自己作为女性的命运。"性"可以成就钱小红，更可以拖垮她。决定"性"是什么的，不在于作为女性的钱小红身上，而在于那些能支配"性"的、依然掌握着资本和权力的男性身上。

《北妹》最后一句话是："她咬着牙，低着头，拖着两袋沙泥一样的乳房，爬出了脚的包围圈，爬下了天桥，爬进了拥挤的街道。"走出以前的男性圈，进入拥挤的街道，钱小红能重新开始吗？估计大多数读者的感受并不乐观。要知道，她爬往的拥挤街道，就是最为物质的、最为资本化的商业的、消费的街道。女性的身体进入当代商业社会，并没有改变什么，反而是更深层次地成了"商品"。钱小红先前体验的只是最初始阶段的资本和权力环境，她可以看到赤裸裸的性交易和性剥削，也能够简单地在自我内心完成一种阿Q式的自我沉醉。但她进入的、象征着未来的消费领地，也并不是一个可以摆脱肉身、能够超越欲望的社会空间。实际上，今天整个世界愈来愈物质化、欲望化、资本化的经济机制，借着高科技可以于无形中把女性非人化、商品化。在小说里，钱小红剖析她家乡的文化时，说村里人只看重两样东西：一是钱，二是性交。其实，"钱"和"性"不仅仅是村里人活着的基石，也是城里人、现代人活着的两大基石。甚至，城里人对钱的欲望和对性的欲望在现代资本和科技的作用下，已放大了无数倍。如今，女性虽然获得了多方面的解放，但不自觉间她们的身体也转换成了这个世界最光鲜亮丽最妩媚多姿的"商品"。欲望消费时代，无情的资本逻辑把女性推向了闪光的舞台，她们成为美丽的代名词的同时，在欲拒还迎中也成了消费体系中的一类欲望化对象。

当然，如今这个消费时代，女性身体层面清晰性感的性特征已不再成为羞耻，而是一种身体资本，是很多现代女性梦寐以求的、生活中愿意主动展示的身体特征。倪为国为中文版《身体的历史》作的"代序"一文中，曾概括说："环顾今日之世界的每个角角落落，身体是我们这个世界的基本图景，这个图景的主题就是消费，消费的实质就是身体的消费：理发、美容、护肤、减肥、健身、美食、时装、影院、足疗，乃至医院、妓院。从头到脚，从吃到拉，从绿色环保到食品安全无不关乎身体的需求或欲望。现代女性主义的兴起，本质上，是由男性对女性'身体'的过度消费转化为女性对自己身体的自觉消费。"倪为国这里面的消费，包括了欲望，或许也包括了"性"层面的消费满足。在"性"层面，女性所谓的自己对自己身体的自觉消费/享受是否可能？这种"自觉"能在多大程度上实现？或者问：这会是一种怎样的状况？这也是盛可以很多小说都触及的问题，比如《沉重的肉身》。

《沉重的肉身》是一篇以女性叙事者来品咂男性生殖器的小说，它的核心自然是"性"。小说从"我"的小时候开始讲起，"我"小时候对老家农村那些有"卵"（屌）男孩子的印象是："小男孩因为有'屌'，显得骄傲与自豪。"农村世界很多意味着强势、主动的语言都与男性生殖器有关。比如"我"骂人喜欢用"卵"，留给人很"野"的印象。"我"第一次看的是一个六岁男孩的"卵"："他的'卵'倏忽间竟像一支钢笔一样直直的，好像在微笑，好像在叫唤我，更像是要在我的身上抒写什么了。"第二次是看一个十六岁男孩的"卵"："我感觉那东西在背后一直追着我。"这是"我"尚未成熟时期对"卵"的印象，但已感知到一种男性的"主动"和女性的"被动"差异。但当"我"一发育成熟、会观察男性的时候，男性"卵"的形象就变化了："有时，它完善着他，它使他变得更可爱，更生动，更有情趣；有时，它使他变得可恶，变得丑陋，变得索然无味。"这其实是一种权力结构、主次关系的变化："我"/女性终于可以评判和决定男性形象的好与差，包括判断"卵"的可爱与丑陋。随着年龄的增长，"我"还能决定自己如何使用自己的身体，"我"能够根据男性的特点，选择是把玩还是品味，包括挑选自己满意的男性之"卵"。"我"看到过很多"卵"，但直到"我"二十六岁的时候，才遇到一个能让"我"产生饥渴感的男性，并且完成了一次理想的"性爱"——"由交配到做爱，终于能体验一下'有我'之境。是升华，是'劳动'产生的'进化'。我应是爱他的，爱他的它。""我"的这种感慨，意味着"我"在这个过程中不是"被动"的，而是主动的享受者。但随后男方因为没有看到"处女血"，热情冷却。相处两个月后，这个理想的"做爱机器"不愿承担责任，只愿意保持"做爱"的关系。这时候，"我"也能够舍弃性，喊他"滚"。"我"从这段关系里发现一个极为有趣的观点：

我一直认为"卵"是有思想的，这是一个奇怪的想法。我认为，它里面蕴藏着许多东西，它的思想，不为人解。并且，作为男人身体的一部分，"卵"更不为男人所了解。它没有任何个人权力，只能任凭男人使用，进入它喜欢或不喜欢的肉体，在来不及分辨激情和爱情中，做爱和交配。个中所得的快乐，终究被男人和女人拿走了，只剩下它可怜兮兮、乱七八糟的一团。

"卵"也有自己的思想，这对于我们思考男女之"性"可以很好地启发。

在很多时候，我们讨论男女之间的爱情总是要区别于性方面的欲望，强调精神之爱；在另外一些时候，很多人谈论爱情时又直接说爱情的本质就是性方面的和谐与满足。"性"到底在爱情和婚姻中处于什么位置？如果我们赋予"卵"思想，爱情会变成什么？这个问题无法回答的话，换一种问法是：如果女性抛开男性的"卵"，爱情、婚姻还能持续吗？这不是质问女性的爱情、婚姻忠诚度问题，而是在这个先决条件下，我们能够更好地判断女性在爱与性层面有多少自觉性和独立性。《沉重的肉身》里，"我"能够舍弃这个只想享受、不想担责的完美"做爱机器"，这意味着"我"掌控着主动权，"我"没有被器官层面的性所奴役，也没有被区隔了"卵"的男人所控制。"我"后来从事计生工作，在一次新婚知识培训班上遇见了来领证结婚的"做爱机器"，"我"特意问了他的准妻子一些性知识，发现了问题所在："她似乎什么都不懂，谈什么都害羞。现在想起来，或许这才是女人的可爱。也就是说，我早就不复可爱了。"掌握各种"性"知识、见过很多的"我"，在男性面前已不复可爱，也就是在男女关系中超出了男性所能接受的或者说所能控制的范畴。从知识到身体，"我"都超越了男性的掌控能力，足够独立了。但这种独立意味着什么？"我"后来逐渐失去了爱的能力，"我"沉浸于回忆，"我"只剩下欲望："那些区别于交配的性爱，像所有已逝的东西，也化为虚无。当渴求只余本能，饥饿来自拉撒的地方，只有当我偶尔回想，我明白那曾是存在的。我会有片刻活在那虚无的快乐当中，忧郁着。是我不存在了，还是时光不存在了？我活着吧？我疼。明天，更是缥缈……我像个老人，在黄昏的长椅上，咂摸关于曾经的滋味。"如此结局，作家似乎对小说中"我"这种独立的生命甚是不满，起码让我们看到了：区隔了性的爱，是难以想象的，独立于爱的性，是虚无的。男与女、性与爱之间，需要的是和谐状态，不是一个简单的谁主导谁、谁控制谁的问题。

在《沉重的肉身》里，"我"获得了性的独立，最终摆脱了需要男性参与的爱情，当然也走向了惘然；而在另一部长篇小说《道德颂》里，小说中的核心人物旨邑却是另一个极端的性爱状态。旨邑作为水荆秋的情人，沉浸于两人的性爱生活中不可自拔。旨邑是一个很有魅力的女性，多个男性围绕着她，她也能够理智地在这些男性中安排自己：从水荆秋身上获得肉体上的满足，同谢不周交往获得精神上的慰藉。但肉体总是战胜精神，她平时想念的是远处的水荆秋，对身边的谢不周是爱理不理。旨邑自己的感触是："也许谢不周和秦半两，他们想着她的肉体，但一直进行精神游戏；水荆秋强调要和她有精神上的深层相交，却停在肉欲中无法自拔。"小说中旨邑几乎是完全被肉身的欲望牵着走的，她人在长沙，水荆秋则远在哈尔滨。盛可以这篇小说完全是内心叙事，我们阅读小说，就是近距离地目睹着旨邑如何和一个有妇之夫爱得死去活来，她对异地情人的那种想念以及对水荆秋妻子、家庭生活的那些嫉妒，透过叙述，表达得极为细致。同时，因为异地，旨邑和水荆秋每一次的相聚都是不停歇的性爱生活，他们尝试各式各样的性爱方式。人类既疲于应对，身受其苦，也熟知其乐。旨邑被身体的快感所奴役，无论水荆秋如何训斥她、冷淡她，她都能因为水荆秋真爱的誓言以及再次见面所获得的性满足而原谅他、理解他。旨邑把这种婚外恋关系视作真正的爱情，这种爱情不是奔婚姻而去——水荆秋一边表达着对她的思念和爱欲，一边也指责她不要幻想破坏他的家庭，同时还建议她去寻找自己的婚姻。旨邑相信自己和水荆秋之间那突破了世俗道德的爱欲是最纯粹的："人类奉守一夫一妻制，感情早如西瓜破裂，苍蝇飞舞，地下延淌婚姻的血。人们掩藏西瓜的裂隙，酷日下饥渴如焚。"她沉湎于这种突破了世俗、满足了欲望、成就了真实感情的伟大爱情想象中，着迷于和水荆秋完美的性爱，可以说是完全丧失了自我。

在性爱中丧失自我的旨邑，最后因为水荆秋的罪恶化才醒悟过来。旨邑怀上双胞胎后，水荆秋不惜化身恶人，要求旨邑打胎。水荆秋不希望有另外的孩子，不愿意自己的家庭被打破，而对旨邑选择了恶言相向："四十多年来还没人能牵着我的鼻子走。你想要孩子我知道，你的孩子归你，我身边的孩子谁也不许碰！我要疯了。这个恶人我当定了！""就算十个孩子我也不换这一个。你生了我也不会认。""我只要和我现在的儿子在一起。""随你怎么着，即便是死，我也等着。""我现在见到女人就恶心。"这些可怕的言语甩向远方的、怀着双胞胎的旨邑身上、心上，对旨邑的伤害可想而知。但即便如此，旨邑还是浮现了原谅他的时刻："想到此处，她觉得自己错了，放声痛哭：'我不恨你。你确实很难选择。你是一个好父亲。'这一瞬间，她承认自己作孽。她愿意默默吞下自己制造的苦果。她愿意自己承担全部的罪过。"这种状况，几乎是一种可怕的精神控制的结果。旨邑最终还是顺了水荆秋的愿，把她挚爱的双胞胎打掉了。旨邑的理由是自己没有能力照顾这两个孩子，更深层次的原因其实是水荆秋的恶化。水荆秋恶语相向导致旨邑陷入极度的悲伤和绝望中，她是在精神崩溃、神经错乱状态下吞服那三颗打胎药丸的。吞下药丸后旨邑大喊："不周，快救我，救我的孩子！我不想失去我的孩子！天啊，我都在干什么，我都干了些什么！我的孩子，救救我的孩子啊！"面对这一凄惨的结局，缓过来之后的旨邑开始了报复的计划。

但小说并没有以旨邑对水荆秋的报复作为结束，而是更进一步，要通过谢不周的死来帮助旨邑完成一种全面的觉醒。"人受自我的奴役，不仅受低劣的动物本能的奴役，也受美好天性的奴役，在旨邑这里，还受仇恨的奴役。"旨邑曾经为动物本能意义上的性所奴役，也为一种自我幻想中的虚幻爱情所奴役，最后还要承受仇恨的奴役，这自然不是个理想的文学结局。正当旨邑计划着去行使报复计划的时候，谢不周曾经的未婚妻史今找到她，告诉她谢不周住院了，脑癌晚期，即将离世。同时史今也表达了自己的爱情观："我觉得爱是自由的，并非占有。"史今对谢不周曾因为旨邑的原因与自己解除婚约没有怨言，她的大度和宽怀成了旨邑照见自己的一面镜子。到医院后，谢不周也以将死之人的身份劝解她："假使人（水荆秋）是一条不洁的河，你应该成为大海，包容一条不洁的河并不致被它污染。"并给她留下一首诗：

一个人一段黑走到这里/走到滩涂/寻找鱼的生活/和风的摇橹声/一个人是一道缝隙/一段黑也是/许多的鱼它们不在生活里/这是我失明的原因/我要让海是海/还是让海成为陆地/这是我一个人一段黑走到这里的/原因。

这首诗与旨邑曾经跟谢不周讲过的一个梦有关，旨邑从中理解到了自己的罪过："她只是被怨恨冲昏了头脑。她视报复为此生唯一的事情。而现在，她相信，是自己使他的病情加重，她伤害了他。这个结论使她痛苦不堪。她埋头哑哭，为此忏悔。"到此处，旨邑才真正完成了觉醒。谢不周死后，旨邑摒除仇恨，告诉水荆秋孩子已堕去，并邀请他来长沙家里相聚。相见后，旨邑隐没了自己的痛苦，心平气和地骗水荆秋说关于双胞胎的事都是假的，只不过是用来试探他而已。如此大的转折，这是插入水荆秋良心深处的刀子。旨邑面对这个不知所措的男人，也终于不再激动，她"无比安详"。

综合《沉重的肉身》和《道德颂》，对比这两部小说中的女性主角"我"和旨邑，一个是超脱于性，一个是沉溺于性，这是两个极端，最终都是回归到一片虚无。结局的虚无化当然是一种很文学的表达，它所激起的是我们作为读者的深沉思索。借着这种虚无感，我们对"性"的认知似乎提升到了一个更为宽阔的领地。很多人以女性主义理论来评价盛可以小说，得出结论也是女权主义化的。即便盛可以在很多场合表达的一些观点契合着当代女性主义人物的思想，她的很多小说也有着清晰的女性主义观念，但作为作家的盛可以并不能简单地等同于作为女权主义者的盛可以。她灌注于小说中的思想，深入挖掘的话，完全可以包含但不限于女性主义思想。比如我们以上所探讨的几篇小说中所阐释的"性"，可以认识到盛可以关于性别关系、关于女性性欲的理解，并不同于女性主义理论意义上的界定。她的小说呈现出更为宽阔的精神视阈，也有着更细微的、更深层次的思想辨认。女权主义理论中的"性政治"，是处处不在的权力博弈，往往还以偏激化、激进化来突出思想的锋芒。而作为小说、作为文学的"性政治"，盛可以给予了她笔下的生命更阔大更深沉的精神魅力，她不是简单的追随某种女性主义观念而写作，而是以文学的方式，写出这些理念之下，每个人物所承受的喜悦与悲痛。即便是在最激烈的"性"层面，盛可以给出的生命政治思考也孕育着清晰的人性光环。

四、活

关于"活"的问题虽然是每个作家、每个作品都会涉及的话题，但盛可以小说中的"活法"问题尤其突出。在前述重点分析了的《息壤》《北妹》《道德颂》《沉重的肉身》作品中，关于"生育"、对于"性"和"爱"的理解差异和生活选择，本身就是小说中人物生命活法的不同表现，也是盛可以对于当代人不同活法的思考。

在《息壤》里，初玉对大姐初云想疏通输卵管时的意见，作家在文中留下了很深的思辨空间。初云因为有了第二次婚姻的想法，私下去北京找妹妹初玉，想做手术疏通输卵管，好替未来的第二任丈夫生孩子。在几乎没有接受文化教育的初云看来，爱一个男人就是给对方生儿育女。这种观念是很传统，但初玉的反驳又是绝对正确的吗？初玉无法理解姐姐初云的想法，她直接"教育"了姐姐：

你能忍受手术刀在你身体上划一刀又一刀　因为你认同这些　你忍受不了城市的发达与文明　你是从心里抵触　你也是21世纪的女性了　要真是为自己活　就不能老是停留在发挥生育功能上　想一想假设复通成功　再生一

个孩子　把屎把尿到孩子还没断奶你头发就白了　这是什么活法

　　"活法"在初云和初玉几姐妹那里是有着很大差异的。初云欣赏不了北京的"美"，无论是北京的传统一面还是现代化一面，都无法激起她的热情，而初玉无法理解姐姐初云的"活法"。初玉的解释是透彻的，因为每个人关于自己活法的选择，都是基于自己的生活经验而来。初云没有接受过外面的教育，作为一个传统的女性，有胆量去憧憬第二次婚姻就已经是很大的突破了。对新的婚姻生活的期待，就是她对新任丈夫的期待，而这种爱的表达，除了为他生孩子之外，她想象不了别的什么方式。而初玉因为童年时期目睹了姐姐们生育、结扎的恐怖，延伸为自己对生育的极度厌恶和憎恨，这些经历让她无法理解姐姐们为何依然热衷生育。这里面，姐姐初云也对妹妹排斥婚姻、厌恶生育的"活法"难以理解："你条件这么好，找一个配得上你的不容易，只要你适当降低一点标准，说不定娃都有了。"初云的话引来的是两姐妹的"活法"对碰，初玉用了一大通现代生活观念和婚恋价值观来为自己的生活选择辩护，同时也劝解初云放弃继续为男人生孩子的旧思想，但换来的只是初云的一句"跟他生一个孩子，我就是这么想的"——"初玉的长篇大论对于初云，就像光明对于瞎子，声音对于聋子，艺术对于牲口。"

　　初云和初玉的"活法"分歧很有代表性，背后是两种价值观的争辩。何种"活法"更值得推崇，在小说中并没有给出很清晰的答案。但小说最后，一直抗拒结婚、生育的初玉，也终究没有逃离爱情和怀孕的命运。虽然这并不是初云转变态度了主动怀上的，但侥幸的性带来了意外的怀孕。"她想到他，这是她和他共同的孩子。过去她考虑这个问题时，并没有涉及具体的爱与人，爱情像墨汁慢慢洇湿宣纸，改变了纸的质地，并将白纸变成了画，生育厌恶感在褪色，就像宣纸慢慢干透呈现新的色泽。她此时还懵里懵懂，谈不上喜悦，说惊魂未定也不准确，总之有块大石头扔进了湖心，一切都在晃动。"初玉最后还是选择了把孩子生下。这种选择上的转变，不一定意味着初玉回到了传统的女性"活法"理念中，但她意识到了自己以往关于婚姻、生育的看法都是建立在知识、经验和观念层面的，并不涉及"具体的爱与人"。她之所以改变态度，是因为她清醒认识到这个孩子是爱情的结晶，是爱情软化了她，是爱情导致的变化。这与之前她劝说姐姐初云不要把生育与爱情、婚姻捆绑在一起并不冲突。初云的观念中依然是"爱他就为他生孩子"，而初玉的爱情里没有这个附加条件，也就是有了自主和自由。爱一个男人，就为他生孩子，这一观念很容易就转换为一种悲剧：女性没能为男性生孩子，就是不爱，就是有愧疚。今天，如果一对男女的爱情、婚姻，因为女方不愿或没能生孩子而带来不幸福的家庭，而要求女性沉于愧疚感、负罪感中，那么这种爱情、婚姻其实是不健康的，也是性别不平等、对女性不公平的表现。初云与初玉的表现在爱情、婚姻、生育层面的"活法"差异，本质上并不是传统与现代的两种生活方式之差，而是生命政治学意义上的生命权力理解之差。初云的传统婚姻观念，背后是一套带有男尊女卑色彩的、女性必须为男性生儿育女的传统婚育思想，这种思想有其值得反思和应该被批判的地方。

对于这种性别不平等婚育观念的批判，《息壤》里其他人物身上也有所表现。比如初云女儿阎燕也遭遇了这一婚育逻辑。媒人谈好之后，她要先与男方同居，等怀上男方的孩子之后，男方父母才真正为儿子办正式的婚礼："什么时候怀上，什么时候结婚。"包括初雪的遭遇也是如此，她因为自己不能生育，经历了一场"子宫的战争"。早期同意不要孩子而结婚的丈夫，最后还是改变了观念，开始想要孩子，有了外遇，并让情人怀上了孩子。不甘心的初雪，谋划了一些手段，让第三者不小心堕胎。初雪的这场婚姻是失败的，尽管这不同于阎燕的遭遇，但也从另一个方向说明：把爱情、婚姻和生儿育女简单地绑架在一起，结局往往是悲剧。婚姻关系中的生命政治，不是被生育所绑架，而是与爱情最相关。女性经历怎样的爱情，将决定她们通往怎样的婚姻，以及承受怎样的生育。自由的爱情、平等的婚姻，或许不能保证理想的生育，但可以肯定的是，在自由与平等的前提基础上建构起来的男女生命关系，它可以容纳更为多样的"活法"。

从一种理念、理想化的意义上来设想女性"活法"当然是轻而易举的，实际生活中，爱情、婚姻中的自由和平等并不是那么容易获得，这不是一个简单的理论问题。盛可以在更多的小说里，对现代人的爱情、婚姻生活进行了多方面的透视。比如在《时间少女》里，懵懂无知的农村少女西西，在县城打工被老板娘儿子欺骗了身体和感情，也被老板娘欺骗去堕胎导致终生无法再生育。失去了生育功能的西西，她还能获得爱情和婚姻吗？厉小旗爱上西西，迷恋上西西的肉身，但是他的呓语说明了一切："西西，如果你没有……那一段经历，那该有……多好，该有多好啊……"西西失去贞洁和无法怀孕的事实，即便厉小旗自己能够暂时接受，他的家人也无法接受。后来厉小旗的右臂被机器轧伤，肘部以下全报废。成了残废的厉小旗，看似与失去生育能力的西西平等了："厉小旗，你不嫌弃我，要娶我，现在，和我谈什么配不配呢？如果你不骂我，我倒要说，我觉得眼下这样，我才觉得和你稍微站齐了一些。"但西西还是太天真了，还是没能扭转自己作为女性、作为没有生育能力女性的弱势。西西回到家里期待着厉小旗承诺的接亲队伍，终究是没有出现。女性失去生育能力，在传统的世俗的文化观念中，就等于失去了作为女性的资格，而男性失去胳膊并不要紧，他还有作为男性的阳具，包括作为权利资本、象征资本的城里人身份。性别平等并不是一个简单的个体层面的问题，除开男女性别意识上的平等观念，还牵涉着社会身份、家庭出身、教育程度等各方面的基础性外在条件的平等，而这几乎是不太可能的。现实世界中的两个人、两个家庭之间，总会有各种各样的差异，阶层差异、财富差异、工作差异等等，这些差异看似是外在条件，但它们都是爱情、婚姻中男女双方身处其中的日常世界。我们很早就接触了马克思的观点：社会性是人的本质属性。甭管这"社会性"到底指什么，可以肯定是，我们不是独自来到这个世界的，我们的观念和行为都关联着我们所经历的事物和我们所存活于其中的现实。经验和现实生活不仅塑造我们的观念，而且时刻影响着我们的选择。爱情、婚姻层面的"活法"，自然也逃离不了自身体验上的偏好，必定也摆脱不了周身环境对我们的影响。现代人表现在爱情、婚姻方面的选择，本质上也是一种生命政治意义上的确认。在短篇小说《淡黄柳》中，桑桑终究还是没能违逆母亲给她提供的意味着权利地位的婚姻对象，她放弃等待、遗忘爱情，服从了生活现实的需要，甚至加入了母亲的行列态度强硬地介入到自己弟弟的爱情和婚姻生活中："别指望我去说服妈，妈反对是有道理的，我也不同意你娶离婚女人，结了婚你就知道会有多麻烦。""别问我为什么，反正我不同意，她凭什么嫁给你？就凭她是城里人？你是大学生，城里姑娘那么多，随便你去挑，你要是和她结婚，我和妈一起死给你看。"以如此决绝的态度否定弟弟的婚姻选择，桑桑也融入了一种世俗化的婚姻政治中，成了一块巩固传统"活法"的砖头。

对乡村世界赤裸裸的权利兑换式的爱情和婚育现象进行书写和批判是当代文学中比较普遍的一种叙事存在，这是现当代乡土小说中的一大话题。然而对于现代社会、城市空间里青年人之间相对隐蔽的"生活政治"，则少有作家触及，但盛可以的《水乳》在这方面或可一观。

《水乳》是写现代都市女性爱情、婚姻生活的一部长篇，主要讲述了女人左依娜与三个男性之间的爱和性选择。小说开始时，他们偶尔同居、在通往婚姻的道路上走到了半山腰，即将登顶，这也意味着热恋已过，开始有迷雾、争吵。左依娜长得漂亮，但胸很普通，工作也很普通，是一个公司的普通聘员，合同工，她的男朋友、不久后成为自己丈夫的平头前进，是有编制的公务员。他们争吵时，平头前进经常拿"你又是什么身份"来怼左依娜："这句话是平头前进的红旗，他把它插上占领的高地，胜利的姿态，像旗帜高高飘扬。"工作差异、身份差异介入到左依娜与平头前进的日常生活中，这意味着他们之间的人格地位并不平等。正常情况下，都是女人左依娜负责做饭等家务事，唯有当左依娜通过残害自己的身体恐吓到了平头前进的情况下，才能换得平头前进的殷勤服务。在左依娜和平头前进之间，平头前进总是要占据高地，要取得优越感，不容许反驳。甚至在性层面也是如此，女人左依娜不能表现出主动，不能说下流话，做爱不能大声喊，更不能看平头前进可以看的黄色小说和碟片。总之，女人左依娜需要在平头前进面前表现得贤惠、得体，这是一个极为传统的、保守到令人窒息的爱情关系。但左依娜需要爱，她的初恋因为没看到她的处女血而离开了她，但平头前进没有，还继续跟她交往、继续跟她做爱，甚至要娶她，这让她感动，她认定他是个好人，因此无论平头前进平日里怎么不尊重她，她还是爱他。不久后，因为平头前进单位分房的缘故，他们领了证、结了婚。这个婚姻是女人左依娜在没有遇到其他选项的时候顺其自然的"活法"选择，内含着一种对受伤害的包容，同时也意味着当另外的选项出现时，她将重新选择。

　　结婚不久，女人左依娜更进一步地感受到平头前进身上那种极其传统的婚姻观念所带来的伤害，她变得难以接受。随后因为女性朋友挺拔苏曼的影响，左依娜逐渐意识到自己与平头前进婚姻生活、包括性生活的无趣。这时候，旅行团认识的庄严开始了对左依娜的追逐和表白。庄严与平头前进完全不同，庄严顺着左依娜的意思行事、说话，他尊重她、护着她。同时，在与庄严做爱时，左依娜还感受到了一种从未有过的刺激和激动。这些让还在和丈夫冷战的左依娜很快转移了感情，开始了新的"活法"。但好景不长，当她准备和平头前进离婚、和庄严结婚的时候，庄严与前妻的女儿从美国回来要在国内上学，这分散了庄严对左依娜的爱。作为准继母的左依娜，她还不知道如何跟庄严的女儿相处，出现一系列矛盾，开始有了距离。有一次，庄严无法忍受左依娜不谦让女儿的狭隘，殴打了左依娜。左依娜还发现庄严与其他女性之间的暧昧关系，还有庄严承认了自己找过小姐。伤心的左依娜离开庄严家，去了迪厅发泄愤怒，偶然遇上了自己的初恋情人吉姆郎格，当晚即发生了关系。遇上初恋情人这种安排，尽管有点狗血，但这为左依娜提供了第三种"活法"——回到初恋情人身边。和初恋结婚，这是现实生活中令很多女性感动、羡慕的一种婚姻，它意味着纯粹、坚持和幸福，是一种理想化的"活法"，但《水乳》必然不会如此喜剧化。没多久，左依娜就发现吉姆郎格就是朱涵文，是自己好朋友挺拔苏曼的情人。左依娜和挺拔苏曼发现这种关系后，她们在吉姆郎格的家里等待着"宣判"。吉姆郎格回到家看到这两个女人，冷静地让她们离开："你们，都可以走了！吉姆郎格换完鞋，神情异常严肃。"左依娜发现，所谓初恋情人，不过又是一个猎艳的、虚伪的绅士而已。

　　细述左依娜的遭遇，是要清晰指出女人左依娜到底面临着哪三种"活法"。毫无疑问，左依娜的故事展示了一个城市女性所能遭遇的人生活路都意味着什么。在深圳这类城市化高度发达、但人无比复杂的现代大城市里，普通女人左依娜所能遇到的男性类型、所能选择的人生活路，其实很有限，也很无望。左依娜无论如何也摆脱不了这个社会无处不在的、各式各样的权利结构。在平头前进那里，她陷入的是一种传统意义上的男尊女卑式的家庭权利结构。在这个结构里，她注定是被支配、被奴役的妻子角色。一切都要按传统规矩来，她嫁给平头前进，就意味着她要成为贤妻良母。而在庄严那里，左依娜面对的是一个更为复杂的家庭关系网，她要处理好自己与庄严女儿、包括与他前妻之间的关系，她要接受自己作为后妈的角色，要忍受这种权利结构给她带来的心理不安和精神分裂，甚至连带着一系列的利益损失。第三者是作为初恋的、更是作为资本家的吉姆郎格，左依娜加入这个游戏，要面对的是一个被资本逻辑所统治的世界。吉姆郎格是地产商，外面看起来豪气、霸道，但其实自身也被资本、被权利所支配。如果支撑资本家身份的那些政治经济成分出现裂动，吉姆郎格就会失去一切。资本统治的世界，无论是男性还是女性，都成为被奴役的对象。小说中的挺拔苏曼掌握着朱涵文的资本秘密，可以有更大的主动权，但她自身也早已成为其中的一环，他们的情感不过是被资本被权利所绑定。朱涵文虽然还牵挂着左依娜，但也不过是真诚的十分之一。面对这三种"活路"，左依娜何去何从？她其实陷入了一种当代女性经常面对的婚姻选择：普普通通、问题多多但意味着老实、安稳的传统男性，老辣、成熟但伴随着多种家庭羁绊的年长男人，以及英俊、浪漫但隐藏着各种风险的初恋男子。这三种选项背后有着不同的权利结构，一是传统习俗性质的文化权利，二是"多元化"家庭结构意义上的伦理权利，三是资本逻辑支配的经济权利和欲望逻辑。作为普通女子左依娜，她已迷失在这三类完全不同的"活法"里，不知何去何从。

小说最后，左依娜同尚未正式办理离婚的"前夫"平头前进回老家看望重病的老母亲，奄奄一息的老母亲看到了儿子儿媳，"安心地离去了"。老母亲离开的那晚，左依娜在病房小床上睡着并且做着春梦，但被一个"喊声"打断："声音冰冷坚硬，她被刺了一样，弹了一下。"醒来之后发现老母亲已去世，左依娜把这"刺"理解成了老母亲离开之际的"提醒"。左依娜在这场生死离别中感受到人生无常："什么庄严，什么吉姆郎格，此时都被左依娜抛到脑后，或者是他们自动隐退，在这种生离死别之中，那一些人和事轻飘飘地飞起来，像一根羽毛。"小说用一种诗意的方式，让左依娜从三个男人、或者说从城市那种喧嚣的欲望河流中清醒过来。在老母亲的葬礼过程中，庄严不合时宜的爱欲召唤让左依娜发出了最决绝的声音："去死吧！"在死亡面前，爱欲无比微末，但爱欲也可以抚慰死亡带来的悲伤。安葬完母亲回到城市的那个夜晚遇上台风，狂风暴雨下，左依娜和平头前进躲在有裂缝的屋里，有了一个久违的温存之夜。这个裂缝越来越大的屋子抵御了这次台风，左依娜感受到了暴风雨之后的宁静。宁静或许是短暂的，台风会持续不断来临，左依娜最终的命运无从判定，但死亡和暴风雨已然让她领悟到一种超越具体"活法"的精神力量：活在真实中。无论女人左依娜如何选择，可以肯定的是，她不会再浑噩、迷茫，她可以扛起自己的生活。

真实的世界是不堪的，权力和欲望的触角早已延伸到了我们时代空间的每个角落。想要寻得一片净土，获得一个纯粹的爱情，实践一种理想化的活法，在现代世界已然不可能。现代人所需要的，是活成真实的自己，以独立的精神擎起生活，以个体的有所作为来抵抗荒诞的、支离破碎的日常现实。小说的生命政治学，体现在活法上，或许就是现代人如何独立地选择自己的生活、如何完成个体层面的意义救赎，以及如何在人生脑海中不虚妄、不绝望。盛可以小说中那些最终都有了自己生活的初云、初玉姐妹们，包括最后能够冲破世俗丑恶目光、自行确认一个丑陋的疯子为母亲的"时间少女"西西，以及最终悟得生活真谛的平胸女人左依娜……她们的身上都散发着文学的光和人性的光，可以照亮这个时代的生命政治内涵。

五、病

与"生育""性爱""活法"直接相关的生命问题还有"疾病"。在《息壤》关于初秀生育的讨论中，就内含着初秀智力不正常、生产条件不成熟等问题。在《道德颂》和《水乳》里，旨邑和左依娜的精神状态都可以归入疾病，起码需要心理治疗。这在严格的优生学看来，必然是不合格的生育条件，如果按照盛可以另一部小说《死亡赋格》中天鹅谷中的规定，这是不被允许生育的，即便生下来也要被强制埋葬。这种渗透着生物医学思维的极端化的优生学、生命治理，也就涉及了理想化、乌托邦式的生命政治学问题。

"病"是生命中难以避免的问题，更是当代生命政治学的核心话题。当代生命政治学很大程度上已从传统的权力政治分析拓展为生物医学意义上的生命政治解剖，促成这种转变的关键，就是生物技术、生命医学的发展。今天我们的身体和精神，都处于一种或隐或显的被治理状态。可以说，当代的生命政治，就是关于如何治理生命的医学政治。对于这方面的理论阐释，我们可以摘用尼古拉斯·罗斯的一大段话来概括：

在我们心中的分子生命政治中，我们人类生命力的很多方面已经成为技术的，可以在手术室、诊所、教室、军队和日常生活中被操控、被改变。我们确实仍然常常说起我们生命力的很多方面是我们的生理赋予的，认为我们的身体和精神的某些方面是天生的，并且在不同的时候说我们是健康的或不健康的、身体正常或有病，尤其是因为我们生活在这么要求我们这么做的常规做法中——学校教育、工作、保险。出于这些原因和其他原因，很多人很可能仍然认为人的生命是某种自然禀赋——人性，认为人是一种具有天生的有机体规范的生物。但是，生与死之间的界限，这些仍是决定性的界限，已经完全变得可以商榷和争论来。实际上，所有那些处于生死之间、处于试管或试缸中的活力和数据库或生物银行中的信息之间的实体的生命力也同样如此，比如组织和卵子。在我们那么多的日常行为和医疗实践中，人的身体和心智能力都不是被当作给定的，生理不再是命运，不再根据正常和病态这一清楚的二元对立来组织判断，疾病和健康之间的熟悉区分模糊了。假装有一条线，它能够区分针对疾病易感性或脆弱易感性的介入措施，和旨在增强能力的介入措施，这越来越困难了。在这个由风险、易感性、谨慎、和预见构成的世界中，我们看到新的判断做法和方式，通过发现生物学上的风险——遗产的、神经元的风险，可以强制治疗、约束患病个体或者是潜在的患病个体，甚至将他们排除在外。并且，在涉及卵子、精子或胎儿时，这样的诊断能够让可能的生命之路不可挽回地转向无生命的领域。……当今生命科学的政治使命与下面这一看法密切相关，即在大多数、可能是所有的情况中，如果不是现在，那么就是未来，危险的、受损害的、有缺陷的或者是遭受痛苦的个体一旦被发现、被评估，就可能会被分子层面的医疗介入治疗或改变。与其说这意味着我们现在认为身体是台机器，不如说人类已经变得甚至更具生物学意义了，同时身体的生命力变得越来越可以被规范了。①

　　罗斯所指出的人类变得更具生物学意义、身体的生命力越来越可以被规范，可谓是最近几十年里最为时髦的科技伦理和生命政治话题，甚至可追溯为 20 世纪技术大爆炸的思想后果。在文学层面，对此问题的反思很早就开始了，20 世纪上半叶出现的"反乌托邦三部曲"（1921 年扎米亚京《我们》，1932 年赫胥黎《美丽新世界》，1949 年奥威尔《1984》），已经成为我们今天想象未来、反思科技的文学经典。近些年，随着人工智能、基因工程、生物技术的进一步发展，关于未来社会政治想象的文学和影视作品在全世界范围内大量出现。2017 年曾有一部想象未来女性生育被宗教、技术控制的美剧——《使女的故事》，这部剧一播出就赢得了世界范围内的关注。《使女的故事》改编自加拿大作家玛格丽特·阿特伍德一部创作于 20 世纪 80 年代的同名长篇小说，小说中所想象的美国未来极为可怕。阅读玛格丽特《使女的故事》时，我们会注意到这部小说对未来社会的描绘方式，并不同于当前流行的未来科技伦理想象，而是综合了作家所经验的历史记忆和现实理解，是用历史来想象未来，玛格丽特·阿特伍德自己曾解释说："在反乌托邦《使女的故事》中那一丁点儿的乌托邦是什么呢？有两个：一个在过去中——这过去正是我们的现

　　① 尼古拉斯·罗斯.生命本身的政治：21 世纪的生物医学、权力和主体性，尹晶译.北京大学出版社，2014.

在；另一个则出现在未来，写在书末故事主体之外的编后记中：它描写了基列国最终消亡的未来，人们只能在学术会议和学术研究的主题中找到基列国。"把过去、现在、未来综合起来，这也是盛可以乌托邦叙事的一大特色，这尤其体现在其《死亡赋格》和《锦灰》两部长篇小说中。中国当代小说，书写历史的占了绝大多数，其次是现实的、日常生活的写作，描绘未来的、乌托邦叙事的长篇小说是比较少的，近几年内伴随着科幻小说热才出现了一些。盛可以的《死亡赋格》和《锦灰》属于乌托邦叙事，是对未来权利和科技合谋之下、人性和生命异化之后世界面目可能状况的寓言化想象，但同时它们与一般的乌托邦叙事又很不同，这两部小说还有着明显的历史叙事特征，它们是对未来的忧思，也是对历史的检省。

《死亡赋格》出版于 2013 年，小说中的核心人物源梦六，曾经是诗人，但因为一次社会活动的失败和受挫，转行成了医生，也就是兼顾了诗人和医生身份，能治疗肉身和灵魂。源梦六念念不忘曾经一起参与运动的姑娘杞子，他以旅游的名义去寻找杞子，途中被一股神奇的飓风吹到了一个天鹅谷的城镇。初接触天鹅谷，他感受到这里的人们善良，生活和谐，而且讲究自由、平等。当人们认出他是外来人之后，热情的天鹅谷人任他选择跟谁回家、接受招待。源梦六选择了绿衣姑娘酥菊里。酥菊里介绍天鹅谷说："我们注重的是自由教育，它的成品是一个有文化修养的人。我们的时间精力都花在精神世界，参加辩论，接受艺术熏陶。"而且，天鹅谷上上下下的人都把"诗"视作天鹅谷的灵魂，当天鹅谷的人知晓源梦六曾经是诗人的时候，都期待他拿起笔继续写诗。热衷于精神的天鹅谷，对物质、对世俗的享受是禁止的。当源梦六想与酥菊里发生关系时，发现了天鹅谷的秘密，这个城镇的每个房间都装着感应机器，叫黄色警报，一旦发生性交行为，警报就会响起，不用十分钟，发生关系的人就会被抓起来。只求精神生活的天鹅谷，不能有私下的性行为——"我们更注重伟大的精神生活，非法性交，男人可能会戴黄金镣铐服刑，可能掉脑袋，不惩罚女人……但你知道心灵的惩罚也是痛苦的，如果性交会亵渎上帝，灵魂永世不洁……"天鹅谷的人把这种警报装置视作对自己负责的一种方式，而不能唤作被监视。天鹅谷的人要繁衍后代，靠的是人工授精，他们认为人工授精干净、无痛。天鹅谷还讲究优生学："天鹅谷崇尚科学，讲基因，抓人口素质，每一具身体都有自己最好的受孕时辰，每一次人工授精之前，要对双方的生理进行很多项精密计算……"那些自行生育的孩子，幸运存活的，需要经过在酒精里浸泡半个小时的考验，才有生存的权力。天鹅谷这些规定，是从基因、生命源头上确保这个城镇的人都是高智商的、最优秀的人种，源梦六与天鹅谷精神领袖对谈时，领袖更为直白地解释了这个问题：

　　源梦六沉默片刻，问："天鹅谷为什么不许性交？"
　　"一个人可以使千万年的历史生色，也就是说，一个优秀的、伟大的、完全的人胜过无数残缺不会、智商低下的人。天鹅谷严格按科学生育，保证人口素质，绝不会生产废人。所以……"
　　"所以你们夺取优良的食物，占有蔚蓝的天空，掳获完美的人类……"
　　"这话说得不好听，也不友好。"
　　"这是扼杀人性……"
　　"没人性才是合乎逻辑的。人性有什么用？人性只是个混乱的染缸。人性只会把事情弄得一团糟。我相信你也看到了天鹅谷的富裕、秩序，人们的智商、学识、精神以及对他们人生的态度，没有欲望、贪婪、私心、杂念，一切向善，天鹅谷将成为世界上最理想的地方。"
　　"是的，没有反抗，只有顺从，没有自我，只被操纵，把人变成机器，这是彻头彻尾地阉割。"
　　"天鹅谷人，哪一位没有丰衣足食，哪一位不是幸福快乐，谁会反抗舒适如意的生活？"机器人说完又狂笑几声，似乎已经得意了一千年。

　　在科学的计算下，人性就是问题，没有人性才是合乎逻辑，天鹅谷这种反人性的统治是可怕的。在天鹅谷体制统治之下，什么是"病"是被规定了的。这个城镇的"病"指向的是那些不顺从管制的心理和背离天鹅谷行为规范的行为。违背天鹅谷精神纲领的人，要被送往精神病院治疗，还有那些没有用了的、老弱病残的人要被送往神秘的疗养院，所谓疗养院很可能就是个集中营、坟场。总而言之，天鹅谷是理想国，更是恶托邦。
　　把不合政治需要的心理、行为界定为"疾病"，在《锦灰》里也是如此。《锦灰》是由一个重要的疾病发端而展开的故事，这个疾病是：比喻症。"比喻"本是一种文学、语言修辞方式，如何就成了"病"？盛可以在自己很多小说中都习惯使用比喻，她自己曾直接表达过这种写作习性："我是一个酷爱使用比喻的人。我一直认为小说中没有比喻，像男人没有屁股一样无趣，像街道没有咖啡馆一样无聊。我相信一个人想让作品永远'不死'，用最大的热情在文字中展示才华，包括比喻，写出滚烫的人性，便会像电闪雷鸣时常撕扯在读者记忆的夜空。尼采也是热爱比喻的人，他甚至认为比喻的才华是最大的才华。"盛可以的比喻，不是一般意义上的"鲜艳"，是同她韧性和倔性的精神气质以及冒犯式的写作哲学联系在一起的。比如在《德懋堂》里，她对爱情与爱情诗及它们之间的关系进行解构："我的爱情诗相当蹩脚，据朋友们说，我唯一到达的巅峰才情，是于马墙出事前写的《那一晚》，我在诗中回光返照。你要相信，我写诗并不是为了唤醒马墙，只是抚摸爱情的狗，在它成为祭坛贡品前表达我难舍的温情。要知道，在男女关系中，与你相依为命的，不是别的，就是这条狗。"还有："马墙知道我不会用胎芽儿威胁他，我也没有当单身妈妈的想法……男人通常在这种情况下就是一只大灰狼，能把送人下地狱的话也说得温情动人。"这些语句中的比喻，喻体等并不独特，却被作者灌满智慧，来得自然，但狠劲十足，把爱情解构，也把爱情诗解构了。这种比喻在盛可以各类小说中都非常普遍，《野蛮生长》中："喻书中的气息像百爪鱼，无数细软的手探向我，缠住我""一个少女的死亡，像诱饵吸引鱼群，它们围着它，打量、触碰、议论，吐出气泡；猜疑、琢磨、打探，暗自兴奋。我们家那几天像展馆，观赏者拖家带口，进进出出。看完免费展览，在我和刘一花身边磨蹭……""针尖慢慢刺进身体，她感到疼。这疼在胸口扩散，漫向下腹，最终聚集在子宫，无数针尖汇并成一把钢刀，子宫是广袤的农田，刀子如犁，深耕无止境。她双手紧握栏杆，弯下腰，仿佛在地上寻找什么"……这些比喻，有语言的美感，更有形容的智趣，但它们往往又是邪恶无比。阅读这样的语言，有独特新奇的审美愉快感，它恶而美，狠而靓；审美快感之外，更是一种审智的快感，淋漓快慰。

使用"比喻"能为小说带来如此神奇的文学语言魅力，同时还携带上一种精准而酷烈的思想穿透力。在盛可以的比喻形容之下，很多事情的真相、本质瞬间呈现。这种比喻的使用，我们看到了一个作家直抵本质的眼力和笔力。但是，这种比喻对一些人而言是赞不绝口、拍案叫绝，在另外一些人看来却只会是震怒和拍案骂人。《锦灰》的故事就是肇始于这些拥有权力的震怒者管控这类比喻症爱好者所引发的更多残酷见证。

比喻症——他们说这是一种新病。在戒喻中心，每天输液，吃药，脑子里就是一潭浊水，词语像鱼一样难以捕捉。倘若我说出一个尖锐的词语，他们就加大药量，直到我无法表达出连贯的句子。他们说戒比喻是一项长期治疗，先把本体消灭，喻体自然就无处附存，从而达到将比喻从思想里连根拔除的目的。

读到这段关于比喻症的解释，或许就已经意识到盛可以这部新小说要讲什么性质的故事了。可以说，我们应该都是第一次看到"比喻症"说法，记得当初读完《锦灰》，我曾特意网络检索了一下"比喻症"，发现大数据无所不知的网络也并没有这个名词，也说明"比喻症"这个比喻，也属盛可以原创。没搜到"比喻症"，但是网络给了我意想不到的更多相关词汇，比如第一条是有人问"'截疮症'比喻什么"，而回答是："'截疮症'比喻指责或议论人的缺点、毛病或隐私。"这解释与比喻症内涵极其相近。还有一条消息是"人民网"旗下一个论坛中有人发的一句话跟帖："愚公、智叟、思想症、精神病们，再亦不可玩弄其比喻、形容、补语、画蛇添足等东西了。"另外，还有相关搜索里出现的第一个名词是"臆想症"。这些出乎意料的网络联想，也是个有趣的发现。

世界上并无比喻症这个疾病，但网络的智慧已经能发现如此相近的词汇解释。更震惊的是，现实世界真的有人将比喻当作思想疾病。盛可以这种荒诞的故事设置，有了这些解释，岂不是意味着她的荒诞有了现实基础？当然，从网络搜索找到的这些表述，依然是一种心理意识、一种想象性内容，只是它们恰巧对应了盛可以的比喻症设置。从这一点来看，《锦灰》就是建立在一个心理真实基础上的荒诞故事。心理真实，这意味着这个故事可以是当下的，也可以是过去的、未来的，总之它是潜藏在人内心世界的一种邪恶可能性。而这种心理现实建构起来的荒诞风格，其实最为精准地把握了文学史上经典荒诞派的内在精神。历史上的《等待戈多》《变形记》等，它们所书写的并非真实世界发生的具体事件，而是一种现代社会的荒诞情绪、情感。《锦灰》由"比喻症"开始的故事想象，对应的是这个世界的日渐严重的不安、恐慌情绪。在全世界范围内，各种对抗力量之间的矛盾日渐顽固化、斗争日益火热化，人们对于世界的见解，表达方式和诉说空间都愈来愈狭窄。机智的比喻作为一种间接的揭露，它是知识者对这个世界不公正、伪善、荒唐现象的不屑、嘲讽、批判。

《锦灰》中，患上比喻症的人全是有理想、有想象力的人，包括记者、律师、作家，等等。小说主要人物姚皿珠，也是作为人的叙述者"我"，以及作为灵魂叙述者的"她"，在送进戒喻中心之前是个记者，以灵魂的形式去寻找未婚夫的身份也是记者。记者在这个时代几乎承受了最大的误解和挤迫。有良心的记者，会本着一颗最诚恳的心，对现实对问题发言。姚皿珠因着这种良心和诚恳，在进入戒喻中心之前，对各种社会问题有着强烈的报道热情。追问真相、直抵疮疤，她用各种比喻修辞对这个世界的伪善进行尖锐的批判。必然，这是一种逆流而行的行为，注定了不合时宜，需要极大的勇气。最终她被送入戒喻中心，被强制戒喻，通过吃药、注射思想液，辅以抄写背诵历届统治者的思想著作，被管理人员用各种手段来摧毁他们头脑中使用比喻的才华与欲望。很明显，这种所谓治疗比喻症，其实就是控制人的思想头脑，就是洗掉一个人的主体性，消灭人的自我意识、自由灵魂。这是世界历史上多个阶段的统治者为了实现和保证权力的一种重要手段。在历史上有过经验教训，今天还在很多地方上演着，而同时它也是未来世界的一种可能面貌。

在戒喻中心，姚皿珠还被当做实验品，被假扮为律师病人的管理者兼商人顾乡使用药物、以激起她对他产生爱情。被药物摧残得头脑迷糊、精神错乱的姚皿珠，将记忆中的文本误作了爱人周密给她的信件，将顾乡说的福音镇想成了周密所去的地方。最终，姚皿珠在戒喻中心被迫害致死，她失忆的鬼魂前往福音镇，去寻找爱人周密。福音镇是一个奇特的实验基地。姚皿珠的鬼魂到达福音镇后，造蛊的巫婆给了她一种眼药，或者说作家盛可以用巫婆的眼药赋予了姚皿珠的鬼魂去采访、记录、见证福音镇恐怖震惊的历史现实。

福音镇人偶然挖坟地挖出金沙之后，整个镇子就被美好的幻想一步步推到了极端荒诞的罪恶状态。发现金沙后，福音镇所有人都失去了理性，一方面组织人日夜不停地挖山寻矿，另一方面幻想着有无数金矿之后的理想生活。这两个方面的融合之下，人们的内心出现奇特的化学反应，都满以为有了金矿之后，理想生活就得到了保障。于是，人们相信无忧无虑的美好时代必然来临。为了集中力量尽早实现这一理想，福音镇人高兴地与"魔鬼"签订了协议。他们放弃个体信仰、接受无私主义原则，拿出现有的一切个人财产进行共享，过了一段逍遥生活。然而，金矿再没有出现金沙，福音镇的所有粮食却迅速耗尽，全镇由理想国状态迅速跌回到令人恐怖的人吃人的原始野蛮时代。《锦灰》所呈现的福音镇作为一个恒久的隐喻、寓言，这是一个综合了特殊时期历史事件以及参考了奥威尔《动物农场》《一九八四》等反乌托邦小说主题和叙事特征的寓言小说。盛可以用这一寓言来表达自己对未来生命政治状况的担忧。金矿是所有人的欲望，它意味着绝对完美的理想。当这个欲望就在身边、轻易就能实现的时候，人除开集中力量挖矿和幻想理想生活之外，其他一切都瞬间变得虚无。同时，这种大众心理很容易被"魔鬼"所利用。集中力量挖矿就像是"魔鬼"指派给社会大众需要努力去做的现世工作，而那套完美的理想生活想象，就是话语修辞、思想话术。盛可以捕捉到这种社会文化心理逻辑，超越了纯粹个体化的内心书写，她完成的是一部在社会现实层面有足够宽阔度同时在人性精神特征上特别有概括力的小说。

作为针对未来的生命哲学寓言，《锦灰》以福音镇的命运遭遇扒下了这个世界无数完美漂亮话语的底裤，直白呈现出锦绣理想背面的灰色真相。另外，《锦灰》还展示了人的情感如何能够被药物支配。在戒喻中心的药物作用下，姚皿珠和顾乡谈了一段热烈的爱情。小说最后，姚皿珠的鬼魂在福音镇人割她腿上的肉来充饥时惊醒过来。摆脱了浑浑噩噩，鬼魂姚皿珠最终发现，顾乡并不是她真正的"病友"，更不是自己的恋人，他只是个无耻商人。顾乡一方面和腐败的权力握手言欢，另一方面和"戒喻中心"有着商业合作。鬼魂姚皿珠最终意识到这点时，想要张嘴说话，但心碎至极以致魂魄散尽，瞬间化成一团锦灰。对比喻症的治疗和消灭，象征着乌托邦话语所承诺的个体情感和生命意义，都是些虚假的、面目可憎的阴谋。《锦灰》从历史寓言、话语政治、情感现实等多个层面瓦解了我们对于未来的天真想象。

在《死亡赋格》的天鹅谷，人的世俗欲望是病，个体的爱情、生育以及各种非理性的、不服从城镇领袖统治的心理和行为都被规定为"病"；在《锦灰》里的福音镇，人的个性是病，人的质疑和反思是病，连个体的爱情也被技术所操控。"病"在生物技术与政治权力的谋合规划之下，会意味着什么？从盛可以的《死亡赋格》和《锦灰》来看，它起码意味着未来的生命不再自然而然了，而是变得可支配、可规约。未来被生物医学所提倡和所允许生产和培育起来的生命，将成为相对于统治者而言最完美的工具化生命。这些生命体没有个性、无法形成独立的思想，只是一些最无趣、最可悲的社会机器。盛可以还有一篇小说《福地》，写的是非法代孕基地的生命管理，基地牛总统把代孕母亲喊作"产品制造者"，孩子是"产品"，牛总统的一切规定就是要保证"产品"合格，为避免"产品"的顺利出售，基地禁止

"产品制造者"谈论感情。

或许，我们以上将《死亡赋格》《锦灰》与生物医学意义上的生命政治作直接的关联式解读，还是带着很明显的概念化嫌疑。的确如此，《死亡赋格》和《锦灰》作为寓言小说，它们有很多方面的隐喻内涵，在此无法面面俱到，但有一点或许可以补充进来。比如《死亡赋格》中的天鹅谷城镇，实际上是杞子和黑春的实验性作品，杞子是这个城邦的精神领袖，她当年参与社会运动，失去了双腿。成为残废、通过器械来活动的杞子成了一架诡异的邪恶机器，这是一架失去了人情和人性感觉的机器，把杞子曾经相信的那些理念生硬地推行到整个城邦，于是建构成了一个理想主义的、但同时也极端可怕的乌托邦。这种设置，除开对历史的一种反思，还有着对曾经的理想主义内涵的反思。每一种理想主义观念的背后，几乎都站着一些冷血英雄，这些英雄对理想主义的执着，对纯粹性的偏爱，往往容易走极端。走向极端，也就是走到了初心的背面，最终正义转换成了邪恶，崇高演变成了残酷。由此可见，《死亡赋格》所沉思的问题极其阔大，它不是概念化写作，而是用叙事拓展概念。小说的生命政治，不是图解生命，更不是投合掌握权力的统治者，而是从生命所能遭遇的各种情况来拓宽我们关于政治的简单化思维。

六、死

《死亡赋格》标题源自保罗·策兰的诗歌。在策兰那里，《死亡赋格》是对纳粹集中营的恐怖书写，集中营把杀人当娱乐，把死亡当艺术："他高叫把死亡奏得美妙些，死亡是来自德国大师"。对策兰这首诗，诗人北岛曾解释说："在我看来，这是对艺术本质的质疑：音乐并不妨碍杀人，甚至可为有良好音乐修养的刽子手助兴。"在盛可以的《死亡赋格》里，经常出现源梦六吹埙，埙发出的声音极其悲凉，它一般指向哀悼和忧伤。小说最后，天鹅谷精神领袖杞子要源梦六吹埙，源梦六吹了他最擅长的《伤别离》。乐声响起，接着是整个世界的悲鸣："这栋圆柱形的建筑像一个巨大的音箱，神秘、低沉、沧桑、哀婉、凄厉的埙乐好像扩散到了整个宇宙，世界上每一个角落里都充满了聆听的生灵。他们低泣、嚎叫、悲鸣，他们呜咽，他们静默。"源梦六这首埙曲，或许可以视作一种"死亡赋格曲"，是源梦六对自己和杞子共同经验的哀悼曲。同时，这首曲子似乎也是这部小说的、天鹅谷这个恶托邦世界的"赋格曲",意味着源梦六与杞子真正意义上的"别离"——源梦六不会认同杞子建构起来的理想国。

无论是策兰的《死亡赋格》,还是盛可以的《死亡赋格》,都是把死亡与音乐、与诗建立关系,背后都是关于生命的政治治理问题。纳粹集中营里的生命不是生命,只是刽子手的玩具,可以随意杀害。天鹅谷的生命不是生命,只是领袖人物的思想实验品。死亡在这些"领地",是不需要哀悼的,诗歌在这些地方,只能充作死亡的伴奏曲,与当时的赋格曲一样,与刽子手同流合污。源梦六到天鹅谷后,被认定曾经是诗人,天鹅谷的人民,包括领袖都期待他继续写诗,恢复一个诗人的身份。为了让源梦六写诗,天鹅谷用了很多方式,诱惑和交易,最后甚至用了强迫的手段,给源梦六上刑,逼他写诗。虽然小说末尾杞子解释说这是对源梦六的考验,证明了源梦六是个纯粹的诗人,可以不为强力写诗:"权力、美色、肉体折磨对你都抵抗住了,你拒绝写诗,已经证明了你是一个诗人……"源梦六经受住了考验,获得了离开天鹅谷的权力,而那些没有经受住考验、被杞子的政治实验所迷惑的人,将继续困在天鹅谷。对于这些人,源梦六希望作为领袖的杞子也可以解放他们,但杞子自己已经决定不了:

"缆绳断了,我也无能为力,想必你也发现了,他们已经不需要我了。因为他们非常自觉、自律,并且能相互监督……好的统治者就是让能让人感觉不到他的存在……好的精神领袖只要把精神留在那儿,什么都不用操心……至于你们,放心好了,你已经赢得了回去的资格,道路向你们敞开。"

"……什么都不用操心?"源梦六忍不住质问,"难道你不知道活生生的人命已经摆上了你这个精神领袖设置的祭坛?"

"当一个人了解他真正的愿望之后,他作为人的本性才能得以充分实现。比如千藏,他找到了他自身的价值,崇高的死亡为他挽回了个人的尊严……"阿莲裴慢悠悠地说道,"一个人对自我应该有一个正确的认识……"

"我最后说一句,精神领袖,"源梦六控制好情绪与语言节奏,"你的精神是一个陷阱……无非是为了成全一套杀人的制度。……"

那些困在天鹅谷的人,已经习惯并认同了杞子的治理实验,对于天鹅谷的规定,他们遵循得非常自觉、自律,而且可以相互监督。天鹅谷人民这种做稳了奴隶的状态，在杞子看来是好的统治者的统治艺术表现。她的人民感觉不到有什么力量在约束他们，他们已经将约束、规矩认作理所当然的、天经地义的生活法则。源梦六对他们生活方式和信仰提出质疑的时候，曾受到人民的鄙视和批评，对他的行为和观念进行举报和要求他继续写诗的，也是天鹅谷的普通人。这些民众自觉遵循制度，完成一系列具体的杀人任务的也是这些普通人。那么这里面作为领袖的杞子是否要承担责任？杞子把这个责任推向了她的人民，因为她认为这是他们自己的需要，符合他们自身的生命价值和人生信念。源梦六则指出杞子的精神是一种陷阱，是一个祭坛，让很多活生生的人进入其中，在其中迷失自我，成为实验品，成为牺牲者。对于这里面的死亡，是人作为一种政治实验而付出生命，杞子将其视作一种崇高的牺牲，这种牺牲是天鹅谷人自己所信仰的生命价值体现，死亡可以挽回每个牺牲者自己的尊严。杞子的生命政治逻辑是非常隐蔽的，她让来到天鹅谷的人参与到她的政治实验中，人们迷失，或者说不自觉地融入了这个游戏之后，然后就成了这个游戏的一部分，他们的生命即成了政治实验品，而像源梦六这种没有被驯服的，则可以被送出天鹅谷。如此逻辑，看起来毫无问题，因为这的确是每个人自己的选择。

天鹅谷的死亡，是一种极端化的生命政治后果想象。天鹅谷这个城镇的生命政治学逻辑，其实是当前世界性的政治学难题：政治，包括生物技术等社会性的治理力量，对人的生命治理有何限度？这种限度意味着什么？个体在这种权利结构当中，是否还有自由意志，自由意识未来又有着怎样的存活空间？这些都是极为复杂的问题，不是简单的对与错可以判定的。对于这种复杂性，理论层面的辨析总有一种悬空感，就像杞子的理论，如此完美的设想，实践起来终究还是成了一种恶托邦。或许，这个时候小说叙事就有其天然的、作为文体特征的优势。作为讲故事的艺术，小说要呈现意象，要把这些芜杂难辨的思想观念转换成故事情节，用人物形象来完成复杂性问题的全面揭示。《死亡赋格》很典型地实现了小说的这项功能。盛可以在这个小说里灌注的东西，不止于针对某种政治行为的批判，更不是要鼓吹或宣扬某种生命政治理念。作家在这里面充当的是怀疑者，怀疑一切扼杀个体的宏大理论，反对任何意义上的不尊重生命。在盛可以小说里，生命政治就是对具体生命的尊重和保护，与一切以意识形态为立场的生命价值判断。

回到"死"的话题，《死亡赋格》之外，盛可以其他作品中的"死亡"也不同程度地涉及生命政治问题。比如在《野蛮生长》里，这个小说人物多，死亡也多。小说一开篇就是描述死去了的女祖先照片："辛亥革命第一枪打响，女祖先在血泊中拼掉了命，彼时年方十八。——我的女祖先并非革命牺牲，她死于难产，是我爷爷把她折腾死的。""我爷爷"就是李辛亥，一个革命特征极其清晰的名字，这个开篇也很有趣：女祖先死在革命的时代背景下，但与革命没有什么关系，然而她生下的孩子却被赋予革命意味的名字。这点于《野蛮生长》而言，有着特别的寓意。《野蛮生长》里的很多生命，几乎都不想与政治发生关系，但无意中却都成了当时特定政治的牺牲品。比如开篇不久，几个青年人看露天电影，起哄打群架，在平时并不会引起警方的关注，但这一次惊动了武装部，参与打架的都迅速被定性为"流氓团伙犯"，首犯直接被判死刑，"我大哥"进了监狱。这里，政治强力以一种突如其来的方式，袭击了一些碰巧犯事的生命。小说的第二个死亡，是"我二哥"李夏至的死，在死亡消息到来的前一周，我们一家人曾对着电视上那些一片混乱的、类似于战争片的画面表示不感兴趣："我们都觉得这件事太遥远，跟我们没有关系。"看似没有关系的政治，又一次介入到了"我"的家庭。父亲把二哥的死视作背叛，觉得这是羞耻，"比大哥进监狱还让他脸上无光"，他把关于二哥的一切都清理得一干二净。中国百姓有一种传统心理，他们要么想成为权利系统的一员，要么就远离权利、过平凡的安稳日子。作为一般家庭，或者作为平凡个体，乡村世界的很多普通民众并不希望被意味着强力的政治所关注，但个体生命和政治的关系，绝对不是想区隔就区隔的，除开一种无形的、习惯化了的行政治理关系之外，还有一些直接的权利要求与义务执行问题，后者往往发生在违法犯罪或者治理人员出现渎职腐败问题时得以突显。再以《野蛮生长》中刘芝麻的命运结局为例，街头摆摊卖串或许不符合当时的城市管理规定，但当这种管制发展为粗暴的直接捣场子、翻烤架时，当刘芝麻遭遇城管那刻刚刚听闻自己女儿被害、跳楼自杀时，暴力对抗就必然出现：刘芝麻拿竹签扎死了一个城管，自己最终也被判死刑。这一死亡看似只是作为个案的粗暴执法和暴力犯罪问题，但支撑这类情节、故事得以放大的思想逻辑也并不简单——决定生命的现实遭遇的，也有很多意外。"意外"对于生命政治而言意味着什么？这不是阿甘本的例外，而是现实中的风险、是社会治理的复杂。刘芝麻听闻女儿死亡时刻的意外杀人，本该是一个足够复杂的犯罪学和心理学难题，对他的审判需要更多层面的精神鉴定和伦理考量，起码需要足够优秀的律师来辨明其中的是与非，而不是简单地以命偿命。

每个遭遇死亡的生命，都不见得简单，都应该得到基本的尊重。而小说，正因为能够容纳足够丰富的生命细节，而不是把死亡当作数字，不是把生命当作概念，才显出丰富和厚重。《野蛮生长》之外，我们还可从《在告别式上》《你什么时候原谅你的父亲》等短篇小说中感受到盛可以关于生命之死的更多层面的思考。《在告别式上》完成于2011年，故事围绕着小碗的自杀而展开，小碗自杀给所有的同学带来震惊，都很积极地想出一分力来纪念、追悼小碗，同时也开始了对小碗自杀缘由的各种猜测和查证，并逐渐了解到小碗自杀可能跟他们曾经的班主任有关。班主任出现在了小碗的告别仪式上，满腹怀疑、义愤填膺的同学们质问班主任跟小碗的关系。同学们的这种追问或许出于对真相的好奇，甚至可能带有正义感，但这与小碗留下的话相冲突："这个世界是需要一些谜的，答案后面往往是谎言和谬谈。"同学们甚至从医院查询到了小碗的妇科检查史，这些好奇和热心，已经转变成了一种对死者生前隐私的搜寻，这是对死者的不尊重。这部小说要追问的东西，可以理解成死者尊严和权利问题。死者生前一直不愿示人的秘密，难道能够因为死了而被人挖出来、公布出去？对活人的八卦之心与对死者的隐私猜想是否是同一回事？《在告别式上》可以提醒我们：死者也有自己的尊严，我们所谓尊重生命，也包括对死者尊严的维护。

维护逝者的尊严，是对生命本身的敬畏。这种敬畏是否也能够延伸为对逝者的悲悯和对逝者生前各种问题的宽恕？这是盛可以最新的短篇小说《你什么时候原谅你的父亲》所探讨的问题。小说以父亲的死作为焦点，以一种书信体的叙述口吻向一个虚构的"亲爱的V"讲述着"我"对父亲的记忆和愧疚。"我"父亲三年前去世，他生前不是一个好父亲："我对你说过，如果说年少时有什么梦想，那就是梦想父亲死掉，不用再看到母亲被暴打，自己不必待在角落里瑟瑟发抖。我后来甚至写信几乎是挥着拳头警告父亲务必善待母亲，仿佛在为母亲复仇。"专制、暴戾的父亲，"我"对他充满了怨恨。"我"的兄弟姐妹们也对"父亲"很不满，他们都把自己不幸的命运怪罪到父亲那里。曾经，"我们烤着父亲挖出来的树苑子，用语言围剿八十岁的父亲，翻出陈年老账。父亲没吃晚饭，待在房间里。母亲告知他在哭。谁也没去安慰他。我们紧攥着父亲对我们的亏欠不松手，有意要父亲反省。谁也不知道那次笑声飞扬的声讨对父亲造成多大的伤害。"这样的父亲，他的死对于"我们"而言很可能会引发欣慰，起码不会有什么悲伤。但当父亲真的去世后，每次回想意识到父亲已经不在的时候，"我"才会想起父亲身上的那些光辉，才会自责——"我们——多么不可饶恕的冷漠啊！"父亲去世三年之后，"我"终于意识到死亡的力量："为什么有的事情非得要通过死亡才能解决。死亡像一把深镐，一下就挖出了压在岩石下的脆弱。"死亡挖出了我们的脆弱，死亡带来了我们的宽恕。死，揭开了一切面具，让"灵魂水落石出"；死，让生命变得平等，让轰轰烈烈的政治话语变成忧郁哀伤的文学悼词。死，让习惯于向他人发出质问的"我"，突然间调转矛头质问自己：我的父亲会原谅我吗？我的朋友会原谅我吗？我的人民会原谅我吗？

七、结

1998 年联合国关于人类基因组和人权的普遍性声明里曾指出："不能将个人还原为他们的基因特征，而要去尊敬他们的唯一性和多样性。"盛可以小说所呈现出来的生命政治学价值，或许就是在尊敬生命的唯一性和多样性层面完成了一个作家的可能性揭示。文学有生命，现实生活撇不开政治，当代小说的生命政治学，是要在密不透风的政治生活中掘出一块属于个人的世界。这个"个人世界"不是悬在空中的漂浮阁楼，不是隐在山林深处的世外桃源，而是我们生活于其中的日常现实。对现实世界的强烈关注，是盛可以小说维系至今的重要品质。从最开始的写实性作品到近期的寓言化写作，都有着清晰的现实维度。她的人物多为活在当下的、看得到生命痛感的个体，透过这些独特的生命体，我们从多个方面感受着人生活于当代世界所能经验到的残酷与温情。现实生活留在每个个体身上的伤痕，都是一些不能被同一化的生命体验。作家对个体独特生命体验的书写和呈现，某种意义上，都是一种属于当代世界的人类学标本。我们从盛可以小说中捕捉到的生命政治问题，不管是以盛可以小说来思考当前世界的生命政治状况，还是用生命政治学的目光搜寻盛可以小说的思想价值，落脚点也都指向当代的生存现实。

雅思贝尔斯说："今天出现的情况是：整个人类在经受着生存威胁，这种威胁比任何时候都更严重同时也更为人所觉察，它不仅把人的幸福和生命而且把人类自身置于它的暴力之下。"这里的"今天"虽然是雅思贝尔斯自己所生活的时代，但移植到我们今天所生活的时代也有其警示性。或许，我们今天的生存威胁并不像雅思贝尔斯时代的威胁那么明显，今天的威胁是强力携带着科学知识和物质商品，以一种全面铺开的方式侵袭我们的生活，它不易为人所觉察，隐蔽性极强。当代世界的政治经济逻辑是以成就人的同时奴役人，文化逻辑是教化人的同时也规训了人。个体的自由意志能够得到真正意义上的尊重和发展吗？今天的文学创作在这里面充当着何种性质的角色？对此，我们对盛可以小说的生命政治学阐述或许已经给出了答案。

盛可以小说的生命政治，是个体的有血有肉有痛感有生死的生命，是属人的求尊严讲情感重灵魂的政治。小说中的生命政治，重视的是个体生命的多样性价值，是个人如何在共同体中享有生与死、爱与活的尊严，这是要让人成为人自身的生命政治，它时刻警惕着那些把人变成非人的力量。意大利思想家罗伯托·埃斯波西托曾借"免疫"概念来阐述今天的生命政治问题。"为了保存生命，我们必须要有免疫力，但是，当它超过某一特定临界值时，它就会褫夺我们的生命。"埃斯波西托的意思是，我们需要保护，但这种保护如果走向极端，就会反过来吞噬我们的生命。"免疫"思维对于我们思考当代世界的生命政治问题很有帮助，我们要建构共同体以保护我们，要发展现代生命医学来保护我们，但是我们也要警惕这种保护剑走偏锋。共同体对个体的保护，不是吞噬，而是包容个体差异和尊重个人价值基础上的保护；生命医学中身体的免疫，是保护我们的身体免于被外部病毒的侵犯，而不是对内在生命力的控制和扼杀。作为现代人，如果还承认个体的生命价值，还对人性抱持希望，还对未来有所期待，那我们就需要培育一种"免疫力"——既防病毒侵蚀身体，也防技术异化灵魂。这种免疫能力来自哪里？埃斯波西托没有告诉我们，但盛可以的小说给我们打开了一扇获取"免疫"能力的途径：维持严肃的文学阅读。文学呈现了纷繁复杂的生命可能性，小说中的生命政治往往是免疫性政治，核心是保护生命。通过文学阅读来培养一种生命政治意义上的"免疫"能力，这或许会是当代文学最值得言说的价值。

闪电在深渊里的舞蹈

——盛可以论

曹　霞①

盛可以从 2002 年开始创作，迄今已十余年。她并非经由探索和模仿进入写作，而是从早期的《干掉中午的声音》《快感》《TURN ON》《手术》开始，就确立了自己具有极高辨识度的叙事风格，这种风格在一众批评家不约而同甄选出来的富有侵略性和挑衅性的词汇中得以确立：凶猛、冷酷、凌厉、尖锐，像"刀子"②一样毫不留情地挑去覆盖于生活之上的温情善好。

事实上，这种如手术刀般迅疾锋利、一气呵成的"解剖"过程对于盛可以来说并非偶然。这个出生于 20 世纪 70 年代的湖南乡村女子，经历了贫困、失学、打工、不幸、颠沛流离，当她将这些经验提取和抽象化为看待世界的方式而植入写作时，就决定了她要讲述的绝非同龄人那般平顺柔滑的普泛化经验。她像一道轻盈锐利的闪电，一旦与日常经验相逢，便毫不犹豫地劈开了那幸福优雅的表象，毫不留情地翻露出那残酷得发黑发苦、令人悚惧的真实，以"非理性的形态、非温和的方式展现人性的本来面目"。③她的小说由此成为了解当代中国某种精神和情感状态的有效路径。

① 曹霞，南开大学汉语言文化学院副教授，中国作家协会会员，入选天津市宣传文化"五个一批"人才，在《文学评论》《中国现代文学研究丛刊》《当代作家评论》《南方文坛》《文艺争鸣》等发表论文百余篇，主要从事中国当代文学和文化思潮研究、文学批评研究、作家作品研究、女性文学研究。本文原载《艺术广角》2019 年第 6 期。

② 汪政、晓华.小说在谁的手里成为刀子——谈盛可以的短篇小说.当代文坛，2007（2）.
③ 盛可以.小说需要冒犯的力量（外一篇）.当代文学研究资料与信息，2009（1）.

一、两性战争：明亮的尖锐及其力度

盛可以的早期小说不遗余力地讲述一个看似平常的主题：两性战争——这是一个女作家以性别身份介入写作之后无法回避的重要主题。这个主题在当代文学史中并不陌生，在张辛欣、张抗抗、张洁、王安忆、铁凝、迟子建笔下，它与中国当代的社会变迁、改革浪潮、文化思想密切相关，在社会学的感性表述中确证着女性尊严与情感的独立；在林白、陈染、海男笔下，它剥离了宏大叙事的多重盘绕，通过女性对身体性征的隐秘发掘与两性关系的非常态书写，构筑起了女性对世界、他者和自我的新的认知谱系。

这一性别写作的嬗变是一个逐步进阶、逐层深化的过程，这为后来的女性写作者清除了外部的叙事干扰，提供了一个既简洁明了又深邃莫测的入口。正是这个走向成熟的写作结果，使得盛可以能够越过社会潮流对女性的想象与塑造，越过对身体和性如履薄冰的探索，直接抵达对女性在性别关系中极端自我、自由、自主的抉择的书写。她的表述和表达是独特的，那明亮的尖锐以强烈的辐射力和穿透力表明，到目前为止，还没有哪位作家像她那样，以如此结实凛冽的笔墨形塑了这场"战争"中的女性身心肖像，将女性之欲望、之生存、之丧失淬炼成一把利器，冲击着、矫正着失衡的性别权利的比重。

这份锐利、这份坚决如骨骼般决定和支撑着盛可以的叙事格局。它的力量首先来自作家对女性身体、欲望与情感流向的判断和书写姿态。她摆脱了男权中心社会价值观的掣肘，屏蔽了公共道德话语的介入，她笔下的女主人公对身体的使用完全是基于自我意志而非受制于他人，完全是悦己、利己而非利他的。这种写作的意义一如埃莱娜·西苏所强调的女性书写和女性身体及欲望的关系："妇女的身体带着一千零一个通往激情的门槛，一旦她通过粉碎枷锁、摆脱监视而让它明确表达出四通八达贯穿全身的丰富含义时，就将让陈旧的、一成不变的母语以多种语言发出回响"，从而"长驱直入不可能的境地"。① 这种极具革命性的意味在盛可以的第一部长篇小说《北妹》（原名《活下去》）中便有着充分体现。钱小红长着一双巨乳，她不惮于追逐身体的欢

---

① 〔法〕埃莲娜·西苏.美杜莎的笑声·当代女性主义文学批评（张京媛主编）.北京大学出版社，1992：201.

乐，但她并不像李思江那样指望用身体去换取都市里的生存资本，也无意于用身体作为控制男性和攫取婚姻的手段。她忠实地听从着自我的召唤，天然甚至是天真地释放着身体和巨乳的能量。在《缺乏经验的世界》里，年过三十的女人对年轻男孩的渴念汹涌澎湃，她从意识里不断地长出欲望，伸出触角，如同捕猎般对男孩进行探寻和抚摸。《壁虎》里，贝九在秦聿和唐多之间的往返取决于她的喜恶。即便是一无所获的结局，也来自她的个人意志。《取暖运动》里的巫小倩选择比她年轻的刘夜做情人，是严冬需要"取暖工具"。天气暖和了，"工具"也用旧了，分手势在必行。同样是"工具论"，《成人之美》里的潘小将毛头小子比作"廉价胸罩"，将老男人比作"名牌乳罩"，充满对男性的物化和矮化。

在关于婚姻的讲述中，盛可以也一反传统规范和秩序，将重心和选择权完全交付于女性，将之打造为以女性体验为主导的存在形态。《水乳》里的左依娜不满丈夫平头前进的市侩平庸，在婚后继续探寻情爱的可能性。她的闺蜜挺拔苏曼干脆弃绝了婚姻，享受着身体带来的广阔自由。在《无爱一身轻》里，朱妙、龙悦、古雪儿的婚恋观虽然各不相同，但她们对欲望的诠释无不来源于自我愉悦的宽度和敏度。盛可以将女性的身体置放于"唯物主义"场域，让她们源源不断地绽放出巨大的、生机勃勃的雌性物质。这种将"身体"还原至"身体"的本然形态是独属于盛氏的写作逻辑，它既有别于《一个人的战争》《私人生活》中女性在密闭空间里的生理学探索，也有别于《上海宝贝》在都市消费主义景观中的快感展览。她改写和提升了"女性主义"的某些维度，使之更加纯粹、更加结实。

在当代女作家中，盛可以的特别之处在于，她的叙事姿态和走向都呈现出向"真实的暗处"无限下滑的趋势：相较于"信"，她更倾向于"疑"；相较于温情美好的表达，她更愿意探究黑暗酷烈的内里；相较于光明圆满的结局，她更是毫不迟疑地将人物与故事遏止于终极的孤独与残缺之中。《淡黄柳》和《惜红衣》里的年轻女性为了生活和家人，愿意将身体作为筹码，但交换完毕的现实并没有让她们满足，反而使之进退维谷、举步维艰。《低飞的蝙蝠》里，想离婚的乡村中年妇人在城市男人那里没有找到归宿，却失了身，又伤了心，还没了脸面，"连低飞都感到困难"。女性与生俱来的特征决定了她们在遭受侮辱与败落时无力回击，只能用唯一拥有的身体与生命去抵抗。《青桔子》里，一无所有的桔子在家庭地位和生活资源的博弈中处于弱势，她以身体为武器扳回了败局，但这个胜利让人难以欣慰，它所携带的不伦气息和令人胆寒的一损俱损的无所畏惧，使得桔子成为"因为现实的逼迫而做出极端的事来"①的乡村少女生存标本。在《归妹卦》中，这种"极端"则表现为被命运剥夺净尽之后、身心继续遭受羞辱的女性最终与男性以命搏命的复仇。这是盛可以最为冰凉和坚硬的作品。她将父女/姐妹/夫妻关系置于男性欲望的无耻掠夺之下，所考证到的人性、亲情、家庭伦理的脆弱和不堪一击令人惊骇。面对如此有违伦常的毁灭，或许有读者会说：不会吧？不至于吧？没这么坏吧？但是，盛可以决不在这些混沌的质询与温婉的和睦上停留，决不会敷衍了事地给出模棱两可的答案。她就是要把一种叙事逻辑推到极致，或者说把一种稀有的存在样态进行放大，将恐惧生成的诸种可能性具象化为实践和细节。这超出了我们的想象，也超出了我们的承受阈限。它让人无法舒服。乔治·斯坦纳在谈到卡夫卡的《变形记》时说如果有人读了之后"依然能够无畏地面对镜中的自己"，这样的读者"在最根本的意义上，不过是白丁而已"。②这与卡夫卡自己提出的一本书"必须是一把冰镐，砍碎我们内心的冰海"有着相同的意旨，都涉及真正的文学应当具备揭橥性和改变性的特质。

有力量的写作就是这样一把能够掘开冰面、直抵深渊底部的"冰镐"。当盛可以举着这把"冰镐"直面她的女主人公时，她拒绝为女性开出圆融美满的方子，而是一再重复地赋予她们以相同的悲剧：丧失。丧失乳房，丧失子宫或生育能力，丧失爱人和爱情，丧失母亲和亲情，甚至丧失生命。在所有的"丧失"中，尤以"子宫"和"乳房"这两项女性性征的丧失最为普遍和典型，这表明在盛可以的叙事理念里，女性难以逃脱被切割和被废弃、终至被剥夺"妻性"和"母性"身份的困境。《北妹》中，李思江被已婚男人欺骗同居，怀孕被抛弃后，找到相爱的人，却被结扎；《时间少女》和《二妞在春天》里的女主人公不慎怀孕，被男方母亲带去流产，永远失去了做母亲的机会；《道德颂》中的旨邑一心想为水荆秋生个孩子以打败他的原配，流产之后再也不能生育。对女性生育的恐惧来自作家曾经在计生医院的工作经验。她2018年发表的长篇小说《息壤》更是以"子宫"为母题，通过初氏家族几代女

---

① 盛可以、张昭兵.想象生活的可能性.青春，2009（6）.

② 〔美〕乔治·斯坦纳.语言与沉默，李小均译.上海人民出版社，2013：18.

人的命运，书写女性特有的生育苦难，以期对抗"性别恐惧的幽灵"①。比起纯粹具备生育功能的"子宫"来说，"乳房"这一决定女性性感特征的器官的病变和丧失则蕴含着更多不堪与败局。《手术》里，唐晓南在失去部分左乳时，也失去了李喊和关于婚姻的想象。《白草地》里的多丽因为乳房割除而遭到性爱对象的嫌憎，她的病情恶化未必与此无关。从性征意义上说，左依娜的平胸和钱小红夸张变形如沙袋般的巨乳都是一种丧失。若干"丧失"的故事强调着女性命运的残酷：她们带着残缺的肉身，独自面对残缺的情爱和人生。

在盛可以的作品中，有一部分以男性视角或第三人称讲述的故事。这些作品在男性形象及其品质的刻画上，与女性视角的讲述并无二致，只是换了一个角度披露男性的自私和怯懦。《鱼刺》里，已婚中年男人张立新在陪领导吃饭时不小心卡到鱼刺，这根细小的鱼刺同时激活了他停滞不前的婚姻和婚外情，使他获得了双份的关怀，但隐秘的创伤和创伤带来的恐惧想象让他再也"硬不起来"了。这个故事或者说事故传递着作家对于男性在妻子与情人们之间左右逢源的猥琐状态的轻蔑嘲弄。她用饱含讽意的笔触描摹出了男性的"两难"：他们厌倦妻子又无法割舍，他们"爱"着年轻漂亮的情人又不想给她们婚姻。他们最大的愿望就是"中年丧妻"，但壮志难酬，空想无用，只好日复一日地游移挣扎。《白草地》里的外企销售武仲冬家有贤妻、外有情人，他暗暗的不安中满蓄着得意。直到乳房开始发育，他才知道，情人经常从妻子的淘宝店买精品A货送给他，而贤妻每天服侍他喝的盐水里放有雌激素。《致命隐情》里的农场场长赵建国在与情人幽会时，差点被现场抓奸。情急之下，他跳进猪粪坑躲过一劫，但饱受蚊虫叮咬，皮肤发痒溃烂、不治而亡。在《快感》里，作者干脆借女主人公娜娜之手，将出轨成性的男人阉了。小说中反复描写的各种各样的"刀"和关于"刀"的逻辑完满地履行了它们的叙事功能。

在这些作品中，盛可以的尖锐犀利是毋庸置疑的，毫不掩饰对情爱欲望的价值判断：爱情如生理周期，无非是一个"排毒"的过程；婚姻像"职业套装"，看起来体面却让人"紧张与疲惫"。至于男人，"可以分为脏东西和

---

① 盛可以.《息壤》：性别恐惧的幽灵紧附.收获微信公众号，2018 -9 -29；息壤.收获，2018（5）.

东西脏。东西脏比脏东西更干净些"。这种极端的决绝是盛可以写作姿态的核心。她就是要剔除在伦理修辞中被美化和膨胀的情感冗余，直接展示"真实的生活、生存状态以及人性中隐秘的角落"。[①] 她笔下男无情/女有欲、男无信/女有心的"两性战争"模式，强化着这一叙事逻辑。相较而言，《沉重的肉身》简直就是一首纯真无邪的抒情诗和赞美诗。

二、众生苦谛：慈念悲心与证悟修行

盛可以涉及的题材和风格并不单一，但她对两性博弈的描写太过独特，对男性的态度太过鲜明，以至于她屡屡被提及和盛赞的作品多限于此，而少有人注意到她在尖锐滑翔的鳞隙间悄然渗出的那一抹暖意、一缕悲心。

"悲心"是禅意，也是佛语。能断除"我执"而悟得此道者，便能看见众生无论等级长幼，强健羸弱，都堕入了无穷无尽的苦厄。盛可以的"悲心"即在于此，这来自她深刻的自省和领悟，也来自漫长时光对于尖锐的磨削。2008 年，她在接受采访时，说自己对生活的态度发生了转变，以前认为应该"以恶制恶""绝不宽恕"，现在主张"宽恕一切""还心灵纯洁与净土，还灵魂平静与安宁"。[②] 她看到了世间万象，也看到了万象归一。人世间的复杂性在于，欲界生命被痛苦、欲望、嫉妒、绝望、仇恨、报复等非理性状态所裹挟，因此不但堕入了身的苦谛，更难以出离心的苦境。"身苦"是形形色色生命的共相。盛可以对身苦有着特殊的视角和观察，她写"变形"，写疾病，写死亡，将众生在生老病死中的挣扎展现得淋漓尽致。《中间手》里失业的大柱长出了第三只手，《心藏小恶》里的瘸子大卵泡被情欲和至亲的伤害所灼烧，《弥留之际》里的刘一心因飞蚊症而导致生活颓变，《香烛先生》里的智障李九天将健康的弟弟埋进棺材，《兰溪河桥的一次事件》里的痴呆小花被继母哄进婚恋骗局，《一场春梦》里的女孩遭毒蛇咬而在体内埋下了死亡的不定时炸弹。《上坟》里少年的惨死和《喜盈门》中的喜丧，则写出了所谓肉体之欢、血缘之亲都系于亡者生前的伦理与社会位置，它们随着死亡的到来而风化、变异。

---

① 续鸿明.盛可以：素材是过去的，气韵却是现在的.中国文化报，2003-6-19.
② 盛可以、马季.灵与肉的痛感者.大家，2008（1）.

当盛可以将悲心延展到更多样化的人生状态中时，看到健康者和普通人同样无法避免在平淡人生中遭受无常与意外之苦，那是内在的"心苦"，比"身苦"更具破坏性和毁灭性。《冬莎姑娘》里的女主人公因执着于某种寻找而被视为精神病，《捕鱼者说》里的父亲终生被失败和沮丧的情绪所缠绕，《乡村秀才》里一生潇洒的祖父却有无法抹除的心结，《尊严》和《苦枣树上的巢》里的乡村男女由于对"尊严"、对完满家庭的执念而陷入心的苦境。在《裂缝》《后遗症》《没有炊烟的村庄》和《途中有惊慌》里，作者运用意识流和寓言手法，为渲染主人公的心境而最大程度地实现恍惚感与破碎感的叙事效果。在精神病患者或迫害狂想症恐慌的呓语里，在现实/寓言的梦魇幻象的交织里，掩映着一桩可能发生过的谋杀案，一个遥远的历史结点，一场未完成的不伦之恋。盛可以尝试着用多种叙事方式去探索人心和人性那无边的黑暗、无尽的狂澜。她反复描述人间的寒白，一再确证着她的领悟：那么多元的生活状态，那么迥异的人生面相，无非都在证明"诸行无常，诸受皆苦"。小苦也好，大悲也罢，它们对人的磨损和刈割都是相似的。

　　她依然写两性关系，但不再写得硝烟四起、狼奔豕突，也不再对男性施以冷嘲热讽和贬低性评价。她将从前对准男性的那把刀"渐渐藏起"①，将那外露的锋芒化作了温和的体恤与柔软的叹息。将之与"两性战争"时期的书写相比，便可看到其叙事态度的巨大变化。这变化与其说是姿态和技巧，毋宁说是时间赋予的透彻与平和。在《春天与樱桃树所做的事情》中，盛可以将中年男人身体上不可告人的秘症与同样不可告人的情感蠢动构织成并列项，让它们互为反衬，互相消解。文化馆的阮村隐约感到自己与乡村女诗人许鹊可能会"出事"，但由于他的便秘，"春天与樱桃树所做的事情"成了"苟且未遂"。许鹊送给他的CD《In My Secret Life》也被他记成了《我的便秘生活》。作者用不乏黑色幽默和喜剧色彩的笔墨将一段她从前会写成你死我活的两性博弈钝化为"春梦了无痕"的平淡。在祛除了主观议论而显得格外干净结实的《德懋堂》里，作者对非道德两性关系的描写重现了她的"悲心"：她让男女主人公各自认领了残酷阴郁的命运而对命运不置一词。当他们多年后重逢时，都已是千疮百孔，满目荒凉。"这个时候我们都很需要上帝"，并非信仰突起，而是面对无奈、无助、无解人世的解脱性说辞。在不断起伏的草蛇灰线

---

　　① 吴萍.渐渐藏起那把"刀".文艺报，2012–11–16.

之下摇晃的不确定性把死亡皴染得亦真亦幻，飘忽迷离。这是盛可以将最具毁灭性的两性关系写得最为克制的小说。她的简练反而成了最丰沛的告白。

倘若说盛可以以慈念悲心来写众生苦谛蕴含着看待人世的方式发生变化的话，那么，《袈裟扣》和《佛肚》则以颇具佛教色彩的命名和设置，构建起了一个小型的叙事场域，确证着她对众生本性的转折性认知。这里面酝酿着、涌动着一种深刻的期许和领悟。《袈裟扣》从题目到人物名字樊莲花、吴非相、李般若、张无量都带有宗教意味。作者将这些非世俗的符号代码嵌入最为世俗的婚恋故事之中。樊莲花和吴非相在婚恋中充分领略了怨憎会苦、爱别离苦、求不得苦、五蕴炽盛苦，他们独自号啕，互相伤害，纠缠妒恨，在自我想象的恐惧和绝望的情感求证中苦苦挣扎。作家将红尘男女在俗世中的爱怨写得胶着痴缠，但并没忘记最后以全知全能视角予以启悟：一切的贪念、爱欲、嗔痴，不过是刹那幻觉，"如梦幻泡影，如露亦如电"。她需要一种自足性的阐释来解答她的终极困惑：人如何才能够找到救赎与解脱之道，并抵达生命的洁净与圆满。《佛肚》提供了一种答案。小说讲述一个被玷污的美丽姑娘意欲自尽，她听从老尼之语，来到岛国寻找佛肚泉。她虔信老尼说的只要泡上七七四十九次，身体和灵魂就会干净如新。在寻找的过程中，她逐渐从焦灼绝望变得宁静清朗。在小说结末，她埋葬了布满创伤裂痕的过往，通过在岛国的全新选择找到了精神/肉体的双重依偎，完成了自我拯救，那就是她的"佛肚泉"。《佛肚》是盛可以确认生命可以通过自我证悟而脱胎换骨的起点，有着《碧岩录》里禅宗公案的明心见性。从认识苦谛到确证苦境，从展现苦境到拔除苦根，当她将"苦"之解脱法、出离法赋予欲界众生时，她自己也体验到了那份洁净与庄严。这个过程，本身就是一种修行。从前，她总是漫不经心地对待生命，动辄让男人死于非命，让女人流产堕胎。在《小生命》中，她关于"生"的认知发生了根本性转变。小说讲述姐姐未婚先孕，一家人陷入慌乱，与男方商谈未果。姐姐拒绝与不负责任的小男友结婚、决定生下孩子，这是作家第一次让一个"小生命"活着来到这个世界上。她以温暖代替了暴戾，以新生代替了丧失，相信世间还有欢欣，有慈悲。既然"生"是如此平凡自然，那么"死"当亦然。盛可以近年来写死亡，淡化了激烈残酷，走向了平静安然。《在告别式上》和《他去旅行了》分别描写年轻女性和老者的非正常死亡。两篇小说都采用了第三人称加转述的叙事方式，在某种程度上缓和了意外死亡带来的突兀感。在《在告别式上》中，小碗的同学们聚在一起，猜测她自杀的原因，慨叹岁月的流逝，感喟人世的沧桑，预习死亡的阴冷，并以此为契机掀去鲜花着锦的生活假象而返归朴素的旧日情怀。在《他去旅行了》中，老教师陈扶摇虽然得了绝症，却能在病房里制造温暖和笑声，启发病友乐观地面对疾病和死亡。这里面暗含着作者对自我生命路径的梳理，呈现出她逐渐强壮起来的心智肌理。她越有能力克服对众生苦谛的迷障认知，便越能展现其精神走向的丰饶与辽阔：每一次对生死命题的进化性诠释，便是一次生命能量的绽放。

这些作品让我们认识了一个"新"的盛可以。很难想象这个曾经对着人间、"自顾自把刀磨快，然后找准穴位，手起刀落"①的作家，已经被时光洗濯得温煦安详。她倾向于将人生逆旅中的"暗物质"确认为比明亮、温暖、美好等"正能量"更为恒久的存在，但又不失信念与执着。一方面，她展现了沉潜在个体生命中的苦谛创伤，一种铅坠般密度极高的烙嵌性力量；另一方面，她将知苦、离苦、去苦的能量种植于众生自性之中，以"佛法不离世法"的互证表明，在这场用磨难、损耗和坏灭堆叠而成的行程里，我们可能会历遍苦狱，但也能够自证菩提。

三、"中国故事"：叙事空间与美学机遇

当盛可以以比大多数作家都更具实践性的姿态扎根于现实时，她在超常的敏感和强烈的书写冲动中捕捉到了这样一个事实：中国，从未像今天这样涵容着如此丰沛的叙事资源，它仅凭自身的内在发展就自动地演绎出了繁盛茂密的"故事"。这些故事的生发、转折、突变和结局都远远地超过了"超现实"和"魔幻现实"。面对如此错综复杂的现实世界，任何一个有写作"野心"的作家，都不难从中撷取到契合自身写作诉求的素材。这种阔大的写作前景和沸腾的书写欲望引领着盛可以走出狭小薄弱的个体经验，走向对"中国故事"的讲述。她要对当代中国正在变幻着的社会现实进行抽样提取和轮廓式的整体再现，在它那恢宏壮阔、变化万端的激流之下，建立起新的时代逻辑和人性维度之间隐秘而繁复的联系。叙事的主题与模板由此得以塑形，富有弹性的叙事尝试与价值重构借此启动。

---

① 李修文.盛可以在她的时代里.南方文坛，2003（5）.

浩瀚的"中国故事"向盛可以敞开了巨大的可能性。她选取有别于以往的题材，拓展着叙事的界限和范畴。在 2011 年的《墙》中，她以拆迁事件为叙事脉络，有意识地将人物的身份和功能进行"错位"式的书写：顾卫星身为拆迁办人员，却对即将被拆的仿宋街充满了不舍，一再延宕动员拆迁的时间；郝美身为仿宋街的一员，却对故地毫无留恋，留学回国后成为新城的设计者。这种写法淡化了拆迁导致的复杂惨烈的社会/个体之间的博弈以及拆迁后利益分配带来的人性动荡，而在两种价值观、两种行为实践的抵牾之间周旋出了戏剧化的叙事张力。顾卫星和郝美谁会胜利？如前者胜，则意味着"历史的倒退"；如后者胜，则有拂逆被拆迁重创的民意之嫌。作者最终给出了一个乌托邦式的结尾：仿宋街全部保留，部分改造，怀旧和创新得以完美中和。《人面狮身》里的"男同"和《福地》里的代孕，表明盛可以在不断地试探"中国故事"的边界和深度：她应当选取哪些"点"，才能既与自己的写作妥帖融合，又能安全地引起反响。对她而言，写作的能量和技巧都应该为"新"题材服务，因为后者才能匹配她的叙事探索和美学冒险。《人面狮身》以作家熟稔的两性三角关系的讲述为主体，其间镶嵌着拍卖表演、文房四宝、摇滚果儿、宋庄艺术、微醺的男作家、喝高了的六指公知等热门花絮。至于"男同"，只在两处通过转述隐约提及，并未构成重要的主题。《福地》以痴呆女的讲述逐层带出非法代孕交易中的灰色地带和激烈冲突。以水果名指称的代孕女在人身自由和"母亲"身份认同上饱受煎熬，与那个把她们当作"产品制造者"进行强制性管理的牛总统进行抗争。小说借鉴了《喧哗与骚动》的白痴叙事，风景与人事因而携带着笨拙木然的"陌生化"效果。这两篇小说都采用了非正面强攻的方式，减弱了敏感题材带来的烈度和陡峭度。就作家向"新"、向"异"的叙事诉求与其并不熟悉的题材之间的裂隙而言，这不失为一种机智有效的缝合。

这些小型而安全的试探促使盛可以进入更为广阔的叙事领域。她将笔墨浸渍于某些被遮蔽、被扭曲的"暗影"，将中国当代史作为整体而纳入写作框架。长篇小说《野蛮生长》通过李家兄弟姐妹及其后代走向城市、居留城市的坎坷不易，展现出 20 世纪 80 年代以来中国社会的巨幅变迁：大哥李顺秋在"严打"时被判刑；嫂子为送女儿出国留学拼命赚钱而患癌；二哥李夏至在 80 年代末的北京夏天变成了一盒骨灰；姐姐李春天东躲西逃的生育史就是一部国策史；姐夫卖烤串时因与城管冲突失手杀人被判死刑；侄女刘一花和六子去了广州，六子在收容所被打死，她对男友提出分手惨遭杀害分尸；刘一草在高考结束后被男同学轮奸而跳楼……在《野蛮生长》中，除了讲述者"我"（李小寒）之外，这个家族全军覆没，非死即病或疯，每一个卑微生命的消亡过程都镌刻着家/国/时代的创伤。如果说作家对"严打"、生育政策、SARS、城管被杀等事件的书写带有旁观色彩的话，那么，以"我"为中心建构起的《今报》事件则可视为某种实录：李小寒在广州《今报》喻书中手下做记者，因六子在收容所被打死，她深入收容所进行报道。新闻见报后，收容制度被废除，报社也被"一锅端"，这一由历史事件摄入小说的写作意味着一场越过时光之垒的漫长凝视与致敬。说到底，经过时代浪潮洗礼的人都有一种情怀、一种自觉地与历史景深同在的意识。

毫无疑问，"中国故事"和"中国经验"应当涵括当代中国已经发生、正在发生的事情，但一个众所周知的事实是，"当代"不易为"史"，"当代性"写作又充满争议，若干未经沉淀、公议和宣判的事件如黑色蒺藜扎在历史幕布上，远观会无视，近观则容易被刺伤。"当代性"本身具有的现实感、无距离感和尚未终结等特征使其呈现为一个叙事难题，对书写主体提出了超出写作技巧的诚实、勇气与力量等要求："身处这个时代，能感悟到这个时代的真实状况或者说'真谛'的，就是对当代保持批判性的警觉，所谓同时代性，就是与时代的疏离感和批判性。"① 因此，如何以"虚构"呈现"实有"，以"表征"指涉"真相"，其写作难度是可想而知的。

盛可以尝试用寓言指涉当代生活，为"中国故事"提供记忆的证言、历史的坐标。在《算盘大师张春池》中，作为几近绝迹的古老算盘艺术的表演者，张春池的孤独和绝境毋庸置疑，而她在算盘协会里作为权谋牺牲品的遭遇则指向更为错综复杂的现实。协会的人身限制部、思想汇报部、诗意栖居部、酒肉部、五指山分明就是庞大官僚机构的指证。《死亡赋格》是一部"献给生于1960年代的中国人"的小说，一部描述"追求自由却走向禁锢、始于反叛而终于统治的悖论式寓言"。② 用文体概念来界定的话，它和玛格丽特·阿特伍德的《使女的故事》一样，都是用发生过的细节指向未来的"悬测小说"

---

① 陈晓明.论文学的"当代性".中国现代文学研究丛刊，2017（6）.
② 盛可以.从一条卑微的河流说起.文艺报，2012-11-16.

（Speculative Fiction）①。至于知识分子源梦六在痛失爱侣杞子之后弃文从医、陷入性乱的故事，则影射着某些断裂带来的信仰缺位和人文危机。而他误入的天鹅谷并非桃花源，所爱慕的卓越人种更非天赋异禀。在"完美"的表象下，有着如《我们》里用群体伦理修剪个人言说的隐秘过程，如《一九八四》里"老大哥"全方位掌控的铁幕统治，如《美丽新世界》里卫生高效的生殖配位流水线——总而言之，这是一个由强权、欺骗、奴役、暴力和谋杀构成的可怕世界。残酷的现实震惊了源梦六，而他揭开的天鹅谷主人的谜底则彻底颠覆了他追忆中的美好。那个将天鹅谷送上集权暴力轨道的"精神领袖阿莲裘"就是当年舍命追逐明亮理想的杞子。这种撕裂性的悖离将历史构造为一个巨型反讽，一个自我否定和自我抹除的悲剧。

在对"中国故事"的讲述中，盛可以无疑是走得很快、看得很远的那一个。她的决绝和勇气是其写作的根基，在此之上，她不断探索和创新的叙事方式则强化着讲述的力量，至少在她的种种试探里，某种"真实"的布景已清晰可辨。当她提醒我们回望历史锋刃上的闪光时，我们对那些被无声无息埋葬的真实之痛切体验，超过了历史书籍赋予我们的认知。这种力量是结实的、惊人的。但是，美学的风险依然存在，题材的限度如影随形。她此前擅长的书写经验在新的叙事领域遭遇了障碍，她必须以某种舍弃为代价，以换取合理化和圆熟化的效果：风格平淡的《墙》有如走钢丝般地平衡，如果说这是无奈之举的话，那么，《野蛮生长》和《死亡赋格》则显示出"虚构/非虚构"未能成功融合的生涩。《野蛮生长》将历史一目了然地打开，诸多讲述基本是事件的原样呈现，一些具有文学性的节点如爷爷李辛亥的故事由于无法与"当代史"接榫而无疾而终。《死亡赋格》作为寓言，没有履行富含影射和精神载力的寓言功能，题目因与保罗·策兰的诗有意同名而自动生长出明的指向，人物对白均以政治论辩展开，意义的复杂性被写作主体迫不及待泅涌而来的议论削薄。这种理念化风格和美学空间的压缩在《锦灰》中更为突出。这些裂缝给小说留下了诸多遗憾，也提醒我们关注一个更具普遍性的问题：当代作家如何讲好当代故事？是出于"汉学心态"②和"走向世界"的目的而致力于提供"材料餐盘"，还是对"中国故事"进行深加工，使之成为再现中国当代生活、当代

---

① 陈小慰.《使女的故事》译序.译林出版社，2008：4.

② 张晓峰.中国当代作家的"汉学心态".文艺争鸣，2012（8）.

人精神问题的意义生产场域？这两个问题之间的关系也可以理解为如何将"现实意义上的中国经验"转化为"文学意义上的中国经验"，只有完成了后者，才能把日常经验艺术化为当代中国人的"精神影像"和"文化记忆"，[①]也才能矫正和修改海外读者对中国文学的意识形态/热点事件的猎奇心理。[②]当然，这是一个漫长艰辛的过程，而这不仅仅是盛可以的问题，也是中国当代作家亟须解决的问题。盛可以一直以蓬勃的姿态在深渊里舞蹈，从对"两性战争"的书写到"慈念悲心"的展现再到"中国故事"的讲述，犹如从尖锐炫目的金蛇狂舞到宁静柔软的云门之舞再到磅礴恢宏的大河之舞，她在不同的节奏和姿态里确证着如下信念：一个执着于"真"的写作者能够驱逐畸形粉饰的"美"，[③]不断地突破自我的界限与桎梏，将深渊里的黑暗、匮乏与荒凉裸露出来。她以独具个性的书写不断对叙事"盲区"进行试探和掘进，这种实践本身就包含着时代少有的令人震惊的决绝和力量。

① 张清华."中国经验"的道德悲剧与文学宿命.当代作家评论,2012（4）.

② 海外译介和读者目前对中国文学的诉求更多是借此了解中国当下现状而非其文学性、艺术性。荷兰读者认为，莫言、苏童、余华的作品是"反映社会万花筒的小说"，更像是"专门提供信息的书（informative books）"。苏童和棉棉面对国外读者的提问大多是"为什么不在书中反映近些年的某些敏感事件""为什么不在小说里对热门事件发言"等等。调查者指出，"荷兰读者对荷兰小说家并无要求，却对中国小说家分外苛责，仿佛中国作家天生的使命便是反映社会问题，拯救社会"。见吴锦华、何墨桐：《微缓不绝的异样"文火"》，载张清华编：《他者眼光与海外视角》，北京大学出版社，2015年版，第30页。目前，一些研究者对莫言、苏童等海外译本的细读也证明了翻译的故意"不准确"源于民族中心主义和意识形态作祟。

③ 任志茜.盛可以：我喜欢真多于美.中国出版传媒商报,2015-4-17.

诱惑的天赋

——盛可以论

申霞艳[①]

"婚姻，是传统社会指派给女人的命运。"

——西蒙娜·波伏娃

"小说就像一个蜘蛛网，四角附着在人生上。"

——伍尔夫

聪明的你，看到这个题目，一定笑了。没错，它来自《加缪的〈日记〉》，桑塔格以丈夫和情人来区分不同气质的作家，我的答案你已明了。

桑塔格说："在艺术中，正如在生活中，丈夫和情人不可或缺。当一个人被迫在他们之间做出取舍的时候，那真是天大的憾事。"[②]盛可以全部的写作，一句话归纳起来就是人从"憾事"中来，到"憾事"中去。就像湖南厨师离开辣椒就无从下手一样，盛可以离开"憾事"无所适从。长篇《道德颂》集中笔墨解剖广义的"憾事"。《北妹》《水乳》《野蛮生长》等诸多小说都不同程度地呈现、描绘此"憾事"，这构成盛可以的本色写作。

---

① 申霞艳，文学博士，暨南大学文学院教授，博士生导师，广州市文艺评论家协会主席，广东省文艺评论家协会副主席，中国现代文学馆第七届客座研究员，著有《消费、记忆与叙事》《第二现实》等，在《文学评论》等核心刊物发表论文 80 多篇。本文原载《文艺争鸣》2018 年第 6 期。

② 〔美〕桑塔格.加缪的《日记》·反对阐释.上海译文出版社，2003：60.

盛可以最出彩的是语言和激情。语言是作家辨识度的首要标志，语言是风格，也是意义和人格。乔伊斯感叹他的灵魂备受语言阴影的折磨。布鲁姆认为诗的本质是比喻，文学"陌生化"的重要手段即"旧瓶装新酒"，是对日常语言的挪用、变形和新语境的创造。盛可以的语言生动活泼，方言俚语、家常俗语和宏大的政治话语在她的小说中察言观色，见机穿梭，读来惟妙会心。出色的驾驭短句的能力使文风冷峻利索，先锋技巧和形式使文章灵动不俗。她擅用充满性暗示的比喻，气息暧昧，汁液饱满，如出浴的贵妃水雾迷蒙，若即若离，含情脉脉，诱惑的情状盈溢于字缝间，如"两滴水碰到一起，融于一滴，在风荷中滚荡"，又如作者执念的"花开阔绰"；带有哲思性的比喻也会拐到情事上来，比如："麻药已经没多少作用了，人就像过了糊里糊涂的热恋阶段，猛然回到现实里来。"（《手术》）长篇中大段的景物描写百变不离其宗，如"雨和大地疯狂交媾……像一场蹂躏的雨……"（《北妹》）似锦繁花意象密集，银瓶乍破，时而清新时而猛烈。

当叙事逸出"憾事"的幽闭世界来到晴空之下，盛可以就显得茫然，她不大习惯窗外的烈日和暴雨。在我看来，盛可以的写作存在两个问题：一是她的价值观有待商榷，如果看不到商业对政治的巧妙征用和改写以及二者内部逻辑的某种一致性，如果女性的个人解放不能与整个社会的思想解放联系在一起，那么这种作品的力度会大打折扣；第二，在向重大现实或历史事件突进的作品中，严峻的外部现实、历史事件与内里的情欲书写互不交融，其中的局限部分来自个人的思想修为，部分则携带着性别写作和代际写作的共性，值得同代人共同警惕。历史并非一件遮风挡雨的外衣，而是一种贯穿当代心灵的精神。一切解放、进步、意义和价值都建立在历史当中。

年过"不惑"，作家必定要遭遇突破自传、超越激情的考验，如果仍不能将重心从卧室移向开阔的世界，作家与作品的生命力必将遇见自我重复的瓶颈。对于持续终生的职业写作，"自叙传"和个人才华必须不断反省，自觉转化、升华为思想力和理解力。

一、性

不管《北妹》是否是盛可以的处女作，都可以作为她的写作起点来讨论，她的长处和隐患都埋藏其中。这个小说超越了底层文学、打工文学的简单粗暴的诉苦方式，呈现了城市被光怪陆离的消费符号所遮蔽的暗黑的底层经验。这不是一部精英替打工妹代言的作品，其中和着作者自身的眼泪和决断后的痛楚。这个女性进城小说奠定了盛可以的叙事格局：两位女主角从老家出走进城逐梦，女一号的身体具有"诱惑的天赋"，她欲望丰茂，内心强壮，叛逆，玩世不恭，迷恋性事且不闪烁其词，亦不将其当成交换工具，无情地嘲弄男权。而女二号则将传统意识随身携带，正好与女一号构成参差的衬托关系，不是黑白分明的对比而是桃红柳绿一样互相映照。女一号虽然被现实弄得鼻青脸肿，但内心还有一股子气撑着，而女二号往往很难幸免被现实侵吞的悲惨命运。在她笔下，城市虽然具有"诗和远方"的解放性力量，但被呈现出来的更多的是城市"嗜血"的本质，是对主人公的侵害和剥夺，进城被讲述为女性身体不断丧失的故事。

作家的叙事想象往往受个人经验的限制，在"70后"这一代人身上，面临的最大考验是对现代城市精神的理解。有些作家持乡土文明的道德优势歧视城市的堕落，将城市讲述为一张血盆大嘴；有些作家则以城市的开放、自由和陌生解构传统道德而忽视传统的难于剥离，凡此种种，都受制于二元对立的思维方式而失之偏颇。由于盛可以独特的进城遭际，她见惯了城市的幽暗，所以她更钟情于书写心理创伤经验。

在《北妹》中，钱小红被姐夫搞坏名声之后到城镇当洗头妹，重复《二姐在春天》中二姐的情感实践，后来受到远方的蛊惑，与李思江结伴从老家到现代都市深圳"历险"。女人在情爱中的历险与古典英雄在险象环生的自然中历险没什么两样，但命运走向完全不同，英雄经历重重关卡和阻挠之后必定像"奥德赛"一样荣归故里，接受民众的膜拜，哪怕失败也堪称悲壮。女性在爱情中苦苦泅渡之后的结果往往遍体鳞伤，灵魂死无葬身之地。钱小红的主体性启蒙依然离不开男性：她的身体启蒙来自姐夫；审美启蒙来自斯主管送的《唐诗赏析》；知识启蒙来自警察朱大常送的《辞海》……与姐夫发生关系是乱伦，与斯主管和警察则含有权力关系，她前进的每一步都付出了沉重的代价。文尾，进城的钱小红没有得到金钱、婚姻和爱，却患了巨乳症：

"她咬着牙，低着头，拖着两袋泥沙一样的乳房，爬出了脚的包围圈，爬下了天桥，爬进了拥挤的街道。"

乳房，这个开篇即"被看"的尤物！曾给她带来同性的妒忌和异性的觊觎，最后病态发展，成了遭主体厌弃的"泥沙"，仿佛包含着钱小红对自我的仇恨，又宛若对男权的幡然醒悟。

无法自控的身体隐喻了钱小红及所有打工妹的困境。

李思江义气行事地用自己的处女膜与村主任换来了暂住证，同居、堕胎、被弃……最后莫名其妙地"被"结扎，尚未结婚生育能力已被剥夺，6万赔偿款则被口口声声要与她结婚的男友卷走了。李思江渴望自杀，被钱小红挽救后只身返回故乡。而故乡是回不去的。在老家，赚点钱的打工妹一律被认为是卖淫，连亲生父母也无法相信她们，"熟人社会"的想象早将她们排斥在外。

每位打工妹的身体皱褶里都收纳了城市与故乡的双重歧视。盛可以让"北妹"们簇拥着女主角拍大合影：大方到磊落的朱丽野深夜被嫖客谋杀；未婚的李思江被强行搞了计划生育却百口莫辩；悉心计划要买深圳户口的张为美在卷走宾馆的钱之后干起了为别人生孩子的生意；吴樱在丈夫出轨后本来指望委曲求全，最后下决心离婚却被剥夺了孩子的监护权……盛可以谱写了由男性的欺凌、同性的倾轧以及权力的压制共同构成一张无边无际的网，在这张悲伤之网下我们能窥见打工妹们扭曲的性爱观，恰如泰勒所言："在父权制社会，女人被迫接受她们自身卑贱低下的形象，她们也就把这样一幅自身低贱的图像内化了……它还能造成可怕的创伤，使受害者背负着致命的自我仇恨。"[1] 男权于这群不断丧失的女性乃生命无法承受之重，她们只能自我放弃，自我仇恨。

我们都知道人物不能等同作家，但被叙事人赞赏或同情的主人公在很大程度上可以代表作家。在《北妹》众多女性中，作家的情感天平明显倾斜于女主角钱小红，叙述赋予了她"现代"气质，让她的"现代性"具有话语权。让我们来集中看看钱小红的"现代"：当李思江不慎怀孕却被当地人坤仔抛弃而她却仍然顾盼流连时，钱小红一语中的："操！他添一点爱情的佐料来搞你，就搞得合情合理了啊？感情，真是样好哄人的东西！真有感情，他就

---

① 〔加〕查尔斯·泰勒.承认的政治·文化与公共性（汪晖、陈燕谷主编）.生活·读书·新知三联书店，2005：291.

该拿五千。"①"真有感情，他就该拿五千"这是否依然停留在交易逻辑链条中？五千和五百不正是五十步和一百步？怀孕被抛弃才是关键。妓女朱丽野的口头禅成为钱小红颇为欣赏的名言："辛苦两三年，幸福一辈子，就那点破事。"消除性交易的道德障碍却不能消除交易的性质。文明从某种意义上说就是对欲望的压抑，如果将爱从性上面挪开，人与动物何异？

在与黑社会的陈志颖发生关系后遇警察的审讯时，钱小红大胆夸张地回顾了那次性交，她讲的不是实情而是她添油加醋的浪漫想象，她以此嘲弄警察的权力和男人的道貌岸然，却变相地满足了他们对女性身体的窥私欲。

当一个因身材发福被称为"S"的官员试图以出手大方的小费引诱钱小红卖身时，钱小红以自己的机智让"S"丑陋的身体暴露于灯光之下，嫖客的身体反过来沦为"被看"的对象并遭到无情地捉弄。叙述人颇为得意地将"S"置于"被看"的地位，认为以"妓女"的方式报复嫖客是"以其人之道还治其人之身"，实质却南辕北辙，女性主义的道路和目标绝不是简单地将秩序颠倒过来，而是要将女性身体商品化、精神物化的状况连根拔起，重新恢复其作为人的权利和地位。

端午节返乡，钱小红遭到乡亲和父亲的歧视。临行前夜，姐夫试图纠缠，被她一顿臭骂，回想往事，"忍不住一阵恶心，觉得姐夫现在每一个毛孔里都透着牲口一样的肮脏与愚钝"。厌弃姐夫的身体、廉价的避孕套……彰显了她对自己城市经历的认同。

小说明确表达钱小红的性爱观的"现代"气质是她与警察廖正虎在性交后的一次"辩论"：

"吃亏？我从不这么认为。又不是你强迫我。"
"你是女孩子啊，被人搞总是件吃亏的事情。"
"我记得好像每次我都会在你上面。"
……
"可以这么说，我们都满足了自己的身体。"
"妓女跟嫖客上床后，嫖客拿的钱跟妓女身价不等，那妓女吃亏了；被人强奸了，也是吃亏；我不是妓女你不是嫖客，你也没有强奸我，所以不存

---

① 盛可以.北妹.浙江文艺出版社，2016：110.

在我吃亏的道理。"

"女人要都像你这样去思考，这世界会不会乱套？"（《北妹》）

这段谈论单刀直入。钱小红的男女平等观貌似由自发变为自觉，实际上仍在身体表层。钱小红敞亮了女性被抑制的身体欲望，她对性持一种前所未有的理直气壮的态度，且没有将性当成交易物，尽管她与千山宾馆潘经理以及与医院同事夏及峰之间的性交都别有用心。性能量让她获得了以往文学画廊中的女性所不曾获得的自由，但非常遗憾的是并没有借此打通通向主体性建构的道路。

撇开文明、道德、爱这类大词，时代、思想的开放是否等同于性的开放？离开熟人社会的传统秩序，人是否可以不加辨析地依循自身的动物性，你情我愿的交欢是否值得大书特书？自律、自觉乃至洁身自好是否应该被嘲笑？我想这不仅是写作时要思考的命题，也是消费社会每个人必须认真面对的问题。

文学人物的生命力一方面来自读者的认同和情感代入，另一方面也来自文学谱系中人物基因的繁衍能力。"北妹"钱小红的基因非常强大，她开枝散叶，自我分化出一系列人物，如左依娜、旨邑、李小寒、橘子……无不具有旺盛的情欲和清醒的性别意识，对自己身体所向披靡的诱惑力无比自信，并以性挑战既定秩序。挺拔苏曼和李思江的欲望和观念也被作家笔下的后继者所分享并发扬光大。我们时时能够从后继的形形色色的人物命运深渊中午夜梦回，依稀看到《北妹》的魅影幽魂。

继《北妹》之后，盛可以接着创作了《水乳》，左依娜与三个男人、四个女人与一个继女之间的故事，完全在新兴都市深圳展开。左依娜没有钱小红的丰乳，很快就接受了传统指派给女性的命运，掉进"爱情的坟墓"，但是她同样充满"诱惑的天赋"，在平头前进和成功人士庄严、初恋情人吉姆郎格之间摇曳生姿。

朱丽野摇身变成了挺拔苏曼，她关于性爱的言论不再是两句口头禅，而是有一套理论：

女人，没长那东西，怎么去操人嘛。
那东西，是长在心里的。

女人左依娜诧异地盯着挺拔苏曼，她的脸在酒吧的灯光里，开始像只粉球，慢慢地，毛孔变得很大，皮肤像猪皮一样粗糙，眉毛色彩浓了起来，嘴唇周围长出了一丛黑色的胡子。她打了一个嗝，又招手要了两瓶啤酒，嘴对着瓶子吹了起来。然后，她借台上的蜡烛，点燃了烟，用两只关节很粗的手指夹着，吸毒一样狠抽了几口。她把衣服从肩上半脱下来时，女人左依娜尖叫了一声，但她只看见挺拔苏曼强健的胸肌。有什么奇怪？依娜，那东西长在心里，女人就是可以操男人。（《水乳》）

这套言词听起来惊世骇俗，实则是对男权统治逻辑的挪用，而且非常浅。苏曼言论激烈，举止粗犷，抽烟、喝酒，貌似充满男性的能量，洒脱的人生态度赢得同性的羡慕，最后却同样栽在男人手里，裸露出一颗柔软而破碎的女人心。苏曼缺乏与饱满身体能量匹配的精神能量，精神的困顿与突破才是文学书写的重点，才能动人心弦。

袁西琳身上多少飘荡着李思江的幽灵，受苏曼豪言壮语的鼓舞在泰国叫了一次"鸭"，与此同时先生则在东莞与四川妹一夜情。事后两人均怀疑得了性病，藏藏掖掖到私人诊所治疗。袁西琳道德冲动向先生诚实坦白反遭先生的算计，借此瓦解了自己内里脆弱的婚姻。

《水乳》新房墙角越来越大的裂缝隐喻左依娜与平头前进婚姻的破碎，并以台风隐喻婚姻所遭遇的风吹雨打。陌生的城市里，每个人都是分裂的两面体：白天呈现道德的表象，夜晚敞露身体的欲望。欲望就像一匹出笼的野马横冲直撞，不受主体控制。

在每个爱情故事后面都补上了一笔经济账，比如苏曼帮助吉姆郎格（朱涵文）在银行挪款；袁西琳给马小河提供了企业的启动资金；平头为了分房迅速与左依娜结婚；左依娜在跟庄严之后迅速地掌握了他的经济大权，在与初恋情人吉姆郎格激情相遇时依然没忘记估量他的房产价值……《水乳》细致展示了男女即将进入婚姻时的游移、妥协，婚姻中的谎言与相互背叛，婚姻破产时的算计、不堪，爱在苏曼这里约等于性；婚姻在左依娜这里成为换取物质生活的砝码，依附心理还是顽固地残留着。

《干掉中午的声音》《取暖运动》《一场春梦》等系列小说从标题即嗅出性的味道，小说打开了通往潜意识的暗门，文学女青年闺阁中的寂寞、幽思、性幻想被细细勾勒玩味，耽于"小我"，无他。

中国古典爱情小说的核心矛盾来自门第，如梁祝和宝黛；现代爱情小说破除门第障碍后将外部冲突内化为灵肉冲突：如《莎菲女士的日记》《爱，是不能忘记的》。女性主义经过一个世纪的挣扎奔突，发展到盛可以这里，海枯石烂的古典爱情遭到抛弃，爱情的精神性和人的神性均受质疑。将文明的面具扒下，敞开女性的潜意识构成盛可以写作的强劲动力。她曾在讲稿《文学需要冒犯的力量》中说道："小说家对恶的探索与思考，是内心能量的巨大喷发，是对于艺术的神圣冒犯。"探索恶、冒犯温柔敦厚的美学所表征的传统文化是 20 世纪现代主义转向之后文学发展的重要突破口，这使人对自我黯淡部分的认识变得更为深刻，同时也是一种新的囚禁，切断人"无穷的远方、无数的人们"之间的联系。冒犯与恶本身并不产生意义，其意义来自与历史的联系中，来自恶与正念之间的对话、流动与重构，最终目的是为了丰富和扩展人类文明，就像女性主义运动是为了让被压制的"第二性"能够与男性共享人类的文明成果，使全社会更开放、更美好。

二、命

在盛可以这里，命并非亚里士多德所谓的命运，而是指生命：这头是死，那头是生，以她的喜好叙事难免要拐个弯到性上去，性命性命，由性及命。相对于人物一步一步走向命运的必然性，盛可以更偏好于使生命分岔的偶然性、突兀性。她早期的写作以情欲为内核，后来有所扩展，部分作品开始对生命本身进行扫描、检阅和省察。

《喜盈门》从标题到开篇无不充溢着反讽——"姥儿（方言：曾祖父）要死了。他的泥屋里头一回充满了欢笑。"生命的价值遭到嘲笑。生之毒、欲之恶借儿童视角展开：亲人们从城市赶回乡村为曾祖父送终，他们打着麻将、嘴仗，想着心事与往事，计算着时间和经济损失……曾祖父迟迟不肯撒手，打破了孙辈的日常安排，一直伺候曾祖的我爸爸只好悄悄地在茶水里添加了安眠药，帮助曾祖父上路。儿孙满堂，却只有我这个被生母抛弃的曾孙子感到些许悲伤，想起老人曾给我玩具、教我写字的温馨片刻。在中国，死者为大，葬礼往往是一场虚伪而铺张的演出，大家急于以号哭、浪费、喧嚣的葬礼来表演自己对亲人离别的复杂感情。大人们都在盘算和表演，真正的悲痛往往只属于尚未经事的孩童，他们能以自己有限的经历和无限的深情回忆起老人那不假言辞的爱。《喜盈门》中的曾祖父与《野蛮生长》中的老人李辛亥一样老到遭人嫌弃的地步，只有孙辈心头尚流淌着儿时从老人那里学诗、画时的温情。"洗砚之时曾染指，种花以外不低头"这副对联反映了中国古代乡村读书人内心潜藏的清高隐逸，而麻将生涯则展示出枯燥现实对生命力的缓慢磨蚀。

《香烛先生》中智商有障碍的"九天"迷恋乡村的丧葬仪式，只因为在这样的时候，他不仅可以吃饱而且沉浸在热闹中无人干涉他、嫌弃他。当母亲有了二胎，他所依恋的母爱变得若有若无，于是一个傻子用自己的智商谋杀了弟弟丰收：在弟弟与小伙伴捉迷藏的时候，他引诱弟弟进入已经装好尸体的棺材并盖上。棺材迅速被钉紧了，母亲再也找不到弟弟，凄厉的呼号声随晚风飘荡。就像《喜盈门》文尾的"我"无意中偷服了冰糖罐里杀死爷爷的安眠药一样。此际，叙述被一股内心的邪恶力量所挟持，甚至顾不上生活中的合情合理。当叙事人沉迷于解构、颠覆之执念，就像中蛊的人一样被带到邪路上。在死亡灰色的暗幕上，再叠加一次有意地谋杀除了增加阅读的惊悚感之外，对于增进我们对智障人士的理解与同情并无帮助。

在透过死亡仪式窥视生命真谛的作品中，我比较看重《在告别式上》，这是盛可以感情非常投入的一个短篇。人到中年，同学之死如此切近，忙碌的我们不得不挪开手头的一切来凝视死亡，它像魔鬼也像天使，将万花筒般的人生之谜仓促置于面前。

这个世界是需要一些谜的，答案后面往往是谎言和谬谈。就像如果圣艾格苏伯里没有被找到，我们就真的以为他和小王子在小小的星球上冲着地球微笑；就像无须追究"三星堆"之谜，就让它继续谜思下去吧——没有明确的答案，美就有了不确定性，就是美上加美……（《在告别式上》）

这段话既像世界观也像美学观。盛可以大抵是沿着不确定性来营造小说的空灵氛围。不确定性是虚，《在告别式上》盛可以充分调动了虚的魅力以达成虚实相生的美学效果。主角小碗自杀了，她是缺席的存在，她的坠楼将一群同学召集到特别的人生路口，死亡让我们摆脱各种现实羁绊袒露真实的自我，各式人生暗疾：癌症、自私、不忠、婚外情被摆到台面，原来光滑璀璨的"袍"被撕裂，虱子被放大，被小心翼翼地包裹着的种种不堪得以展露。

小说设计了当年排演《雷雨》的剧组来隐喻人生如戏，大家均为舞台过客。同学们关于小碗的记忆千差万别，互相矛盾，互相抵牾，回忆越多越难以拼凑出一个整体的小碗来。每个人留存在他人记忆中的是某个难以言表的侧面，携带着回忆者的自我和偏好。客观和真相随小碗远去了，隐匿于时间的荒野中。追索小碗自杀的原因形成小说的叙事动力，但最后秘而不宣，关于海归情人的猜测以及妇科检查的线索将小碗的自杀往烂俗之路上引。从枝蔓庞杂的追忆和讲述中，大概可以窥见作家的人生观，种种抽象的、形而上的艺术升华抵不过一桩疯狂的爱和具体的怀胎。

盛可以敏感于女性身体易遭的侵害，怀孕、堕胎、乳腺疾病的侵袭和失去生育能力的恐惧往往与男权的统治相关。她细致入微地描绘冰冷的器械对身体带来的恐怖和伤害、女性对怀孕的渴望以及丧失繁衍能力带来的打击。洞穴般的子宫使女性沦为第二性、遭遇性侵的同时却可能带来快感、诱发母性和超越性。身体的真理及其悖论、性的复杂性是女性命运的根本困局。如果不努力碰触精神层面的独立自主和男女平等，女性写作很快就碰到了"此路不通"的警示牌。

《小生命》以男孩视点呈现故事，他懵懂未明的姐姐被弄大了肚子无法收拾之后回家。两边家庭艰难谈判，本已谈好了十万块，最后父亲将心比心，只要了对方一万块手术费。在谈判过程中，叛逆期的姐姐也认清了男友不负责的真实面孔和父母对她朴实无华的爱，结局皆大欢喜：姐姐母性爆发，母亲让姐姐将孩子生下来，懵懂的"我"即将当舅舅。这个短篇在盛可以的创作中属于少有的，伴随生命而来的光亮、力量的尊严终于战胜了精明的算计。《佛肚》讲述一个满心荒芜、曾准备求死的姑娘在与世隔绝的"佛肚"慢慢获得了生之喜悦与安详。这类小说呈现出超越性的价值取向，既表达了世间的险恶、晦暗和寒凉，又展示了生命本身的高贵和超越过往热爱生命的美好。

新作《福地》集中展示了消费时代女性子宫的商品化。在一个类似"集中营"的"代孕基地"，代孕妈妈们被高度简化为子宫——福地——生育工具——"不孝有三，无后为大"的传统价值过去让有钱男人三妻四妾，今天遵循一夫一妻制则可以找人代孕。张爱玲将婚姻比喻为长期卖淫。男权文化将女性物化为传宗接代的工具并以贞操观束缚女性生命力的逸出。盛可以很早就意识到女性的物化处境，比如《青桔子》中桔子姑娘先后用自己的身体贿赂了先生的哥哥和家公以获得平等的结婚待遇；《北妹》中李思江的处女膜换来了村主任的暂住证，未婚的她被结扎得到6万的补偿款；曾在宾馆工作的女同事张为美干起了代孕的生意，若怀的是男孩可以得一万二，女孩则只得八千……代孕被明码标价，虽是一笔带过，但作家对这个职业有所关注。当读到一则代孕基地被查封的新闻，盛可以立即有了《福地》的创作灵感。

小说以一位有微微弱智的少女的视角来呈现这个特殊的环境，弱智可以降低身体的羞耻感和敏感度，她能将一些不堪之境和盘托出。"福地"是一个非常精到的隐喻，福地是子宫，是生命的摇篮；女性拥有的依然是物化的身体，她们依然要依靠性器官（钱小红的乳房，李思江的处女膜、子宫，原碧的"金莲"），流产在她笔下反复出现，有些因为偷情，有些因为超生……机械探入阴道的寒冷与阴茎进入身体的温热形成尖锐的对比，生命的诞生与消灭就在这一冷一热之中。

在中国文化中，"无后为大"，传宗接代具有无上的优先权。多了多福、重男轻女是将女性沦为生育机器的诱因。"福地"貌似可以让那些不能生育的家庭重获幸福，但这是建立在代孕妈妈丧失自由和幸福的基础上。每位代孕妈妈都饱经沧桑，携带着难以言喻的创痛。代孕是将女性赤裸裸地商品化，即"产品"，代孕妈妈就是标准化的流水线上的产品，所以要先消灭人之为人的感情、欲望、意志和尊严，被驯化成一台按指令运转的机器。"福地"被"牛老板"严格管理着，商业利润最大化的追逐使他完全借鉴了"集中营"的管理方式，满口僵死的集权话语在"福地"上空飘荡。消费社会将一切都纳入消费的怀抱，性如此，孕育生命亦然。"福地"是一个很锐利的切入口，能由此窥见社会的各种隐疾，一切都商品化了，金钱无所不能，情感无处可遁。由于是依新闻题材发酵，缺乏现实经验的参与，颇似当代学术文章中的引文，未能与内文构成真正的对话关系而显得游离。领养的孩子不亲，题材没有经过长时段的咀嚼、消化、沉淀，很难生成作家的血肉，这也是创作当代题材的普遍挑战。现实瞬息万变，作家要成为"伟大的捕风者"，从万象和一念中捕捉恒常与变化，从翻腾不息的欲望中觉知人的良知，从内心的风吹草动中省察人之为人的道德和高贵。

无论是何种宗教信仰乃至革命事业都必须首先面对欲望如何讲述的问题，这是道德生活的起点，也是意义的根。加缪认为放纵的性会导致一种世界无意义的哲学，而禁欲却可能带来一个意义。禁忌带来稀缺，"物以稀为贵"，城市的解放性力量首先表现在"食、色"上。食即超市里堆积的物；"色"乃灯红酒绿。过于拥挤的、与饥渴无关的物加上泛滥的与爱无关的性是消费社会普遍弥漫的无意义感的根源之一。

道德的力量与欲望的力量此消彼长。道德约束欲望，安顿身心，这恰是急于反叛的盛可以所忽视的维度。《道德颂》这个标题像一张伪装的"羊皮"。随着女主角从打工妹变成文学青年甚至知识分子，她的女性观也在发展：

"如果是石子儿，小命就被你拿下了。弹弓是男孩子玩的，女孩子玩它，长大了可能就是个女性主义者。"秦半两揉着额头，没料到她真有两下子。

"我相信人会是潜意识地'选择'自我，决定自我采取男性的生存方式还是女性的生存方式。人的性是心理的性，性差异不仅仅是文化因素，它总是超出单纯性别上的不同。"旨邑心想女性主义者是否会陷入她这样的处境？

"女性其实本来就是自由的。女性一旦意识到自己完全是自由的，她就必须自己拿主意，自己来塑造自己，而不是听从男权文化的安排。"秦半两对女性主义有自己的理解。（《道德颂》）

此际，女性主义终于具备了男／女对话的性质，比起出自本能的"独白"和对男权话语的全盘挪用，的确有所进步。但谈论对象秦半两的见识并不匹配，以玩弹弓来为女性主义贴标签浮浅，流于皮相。而且他的头痛比之真实的疾病更倾向于隐喻，是疾病还是女权主义和女人让他头痛至死？！"自由"被简单地图解为性自由。她与水荆秋的婚外情掉入了"狗血"的俗套：有妇之夫拒不离婚，旨邑犹豫之后打掉三胞胎陷入"怨妇"的幽暗之境。吊诡的是，伴随着作家本人生活状态的稳定，受过教育的旨邑反而逐渐丧失了钱小红的独立性。她所渴望的是重新领受传统女性的命运——婚姻。女性离精神独立更远了。

与旨邑构成陪衬关系的是原碧，她的绰号叫"现代金莲"，原本对自己的身体尤其是脚羞于谈起，但发现男人们都喜好之后将计就计，将"金莲"公布于博客。消费文化对歧视性的传统符号进行改写，换取"粉丝注意力"，引发性联想，再度"被看"，掉入了男权主义的陷阱。

小说堂而皇之地使用形而上的标题《道德颂》，颇为反讽的是再度回到爱情与现实婚姻的陈旧冲突，笔墨之间专注于描摹争风吃醋的心理韵致，对道德、责任以及灵的层面涉入甚少。盛可以服膺于欲望之丰，渴望从身体内部发现真理。直觉、感受的力量也许的确是抵御理性、规约的利器，但歌颂直觉是由于清醒地意识到理性和规约的存在。欲望越泛滥，道德越神圣；社会愈开放，自觉的价值愈高，自由的意义愈大。书写情欲得先透彻理解道德的意义。

三、史

中国文学很难摆脱历史的诱惑，漫长的文学传统和文学史的召唤不仅塑造了作家的创作动机和读者的阅读期待，也形成了批评的历史标准。今天，作家、读者和批评家共同维系着一个对历史需求大于文学需求的文学场。《一九三七年的留声机》《死亡赋格》《野蛮生长》等作品力图让叙事的毛细血管往历史、现实和权力之维伸展，显示了作家突破小我，进入历史的努力。

"70后"的成年期是20世纪90年代，世纪末世界格局发生了剧变。在中国市场经济逐步确立、加入WTO和全球化日深、流动性加剧。市场在给人提供一种计划经济不曾有的解放力的同时让一切都转化为商品和交换价格。"修身、齐家、治国、平天下"的传统文化再次遭遇消费文化的冲击，人与家庭、人与社会、人与国家的关系以及整个民族的心理结构都在"现代"的刺激下发生变化。

盛可以的《野蛮生长》主体对应着这段剧变的历史。乡村家族叙事以太祖母的遗照始，爷爷的遗照终。爷爷高寿的一生也是"乡土中国"现代化的见证。全书人物命名都采用天干地支纪年和节气，对应中国历史和传统文化。

爷爷被命名为李辛亥，这是一个典型的现代标识。不过叙事害怕担负历史的庄重迅速撤回家族内部：一边是不成熟的革命的枪声；一边是十八岁的太祖母死于难产，这一笔让我迅速联想到《金陵十三钗》的开篇：少女书娟在初潮见红的同时听到南京大屠杀的隆隆枪声，身体的成人与精神的成人同时降临。叙述人使用了调侃的语气——"是我爷爷把她折腾死的"——消解我们对历史、祖先的虔敬之心，这是叙述的策略，"我注六经"，主语在"我"。《红高粱》之后"我爷爷"已经成为新历史小说、家族叙事的标配。现代文化借第一人称叙述凸显"自我"与个人主义，对以"仁"为标记强调二人关系的传统文化和君父同伦进行改写。在《野蛮生长》中,家、国同构关系松绑,而且颠覆了我们对家的温暖想象,家内部是分崩离析的、藏污纳垢的、令人压抑的:父不慈、子不孝、夫妻不忠、兄弟姐妹不亲。家是男人对女性实施统治和压迫的所在;家是一个必须离开、仅仅用来回答"我从哪里来"的地方。从小小的"家"中出走、到广大的社会中去是女性独立的必由之路。

写作让盛可以声名日显,她已有余暇学画写字。《野蛮生长》中的叙述人李小寒比钱小红强大多了:"我"北上人民大学读新闻,又辗转南下开创事业,身为无冕之王,南方尽收眼底,但女性的处境似乎离现代十分遥远。让我们回来看看"野蛮生长"之地。"我爷爷"李辛亥是个无所作为的读书人,他吟诗不过为了调情,并像乡村一切无聊的人一样沉迷赌钱,哪怕妻子去世也坚持打完手上的牌。情仇横亘在爷爷和我爹李甲戌之间,他们终生不和。李甲戌也不是什么慈父,他继承了祖父的寡情,还继承了君王的暴戾、专制。他就是父权的象征,重男轻女,捍卫所谓的正义和男权秩序。他打老婆、骂孩子,他的眼里没有"人",只有物。所以姐姐李春天的身体烙着被掐死的记忆,她少女时代的任务就是去土地庙诅咒他,"我姐就在这儿跪拜,双手合十,咒我爹病死、淹死、被水牛顶死,被疯狗咬死、被汽车轧死,怎么死都行,就是别让他活着。"这是中国文学中罕见的父女关系。父子关系经过现代文学的书写早已你死我活,势不两立;传统现实中女儿虽然常常像牲畜一样被贱卖,但父女关系的虚伪面纱却被男作家们处心积虑地维护着,从来并没有像《金锁记》一样敞开来。姐姐出于负气,草率匆忙地将自己嫁给家徒四壁的乡村货郎;但父亲却亲自为她打衣柜,沉默地反复刷油漆,这个细节耐人寻味。虽然是"泼出去的水",但父亲对女儿出嫁仍百感交集,复杂难状。

大哥李顺秋青春期因为严打而进了监狱,出狱后谨小慎微地过日子,抓田鸡得了血吸虫病;娶了嫂子后更是言听计从。

二哥李夏至乃一伏笔,文尾,狠心的叙述人给了他一记耳光,他不是李家的骨血,而是母亲与马社长偷情的结果。让这位终日围着灶台转的农妇一个外遇的机会,这无论对于推动情节还是丰富母亲抑或二哥的人物形象,都没有必要性。这一笔有点像《尘埃落定》中傻子的汉人母亲,最后来一笔说自己是妓女,我想没有一位母亲会主动去跟儿子谈自己的妓女身份。从叙事逻辑来看，这种八卦细节对小说的情节发展毫无必要，纯粹为满足作者自设的潜理论：有婚姻就有外遇，婚姻乃囚笼，从来没有人能在里面待一辈子，这无疑是作者的曲解。

《野蛮生长》中，只有我姐姐李春天的婚外情才具有情节意义。她遭受了全部乡村女性的厄运，刚出生就差点被父亲扼杀；在夫家继续受虐，生了两个女儿，在怀儿子的过程中尝尽了计划生育政策之苦，鸡飞蛋打。刘芝麻身上集中了乡村男人的恶习：游手好闲打老婆。李春天后来随大嫂到城里车衣，试图离开丈夫却被死缠烂打，这种情形下有了外遇。父爱匮乏，丈夫虐待，离乡进城自己赚钱，这比较符合乡村女性出轨的实情，绝大部分乡村女性甘愿"嫁鸡随鸡，嫁狗随狗"；李小寒胡乱恋爱可以看成叙述人的偏好。让母亲偷情属于为冒犯而冒犯。而嫂子肖水芹就像《北妹》中朱大常结扎后妻子却偷情怀孕一样属画蛇添足。肖水芹心高气傲，多次高考未中，她不计我哥哥坐过牢的前科主动搬来我家。从她对人生的主动掌握来看，肖水芹是被寄寓理想的，她受过教育，有主见，拥有车衣技术，能够巧妙地与家翁所代表的男权迂回搏斗，并取得了相当的胜利：比如与长辈分了家，只生一个，带着丈夫和女儿离乡进城，用自己的手艺攒钱，一心一意地培养女儿，将女儿设计为自己的理想版本去圆未遂的出国梦……最终却因癌症而自动失踪，女儿李线线去找妈妈也未再回家。是否要让如此自强的女性在癌症之外再追加一个不堪的残景和异性的侮辱，这可能不是一个"手狠"的问题，而是一个心狠的问题。

"我"从北京南下到二哥同学喻书中手下当记者，参与了非典和收容制度的采访，显示了非凡的新闻敏感和写作能力，并在工作的过程中迷恋喻书中，未遂。在广州，我与外甥女刘一花有短暂的交集，刘一花美貌，招蜂引蝶，浪子六子死心塌地地追随她来到广州，成了她的男朋友，却在去为她买衣服时无端被收容，之后被活活打死，我受刘一花委托去采访了收容制度暴露其罪恶并最终促成这个制度的取缔。刘一花原本就对婚姻存疑，六子死后更甚，最终却因想分手而被新男友杀害。她妹妹刘一草在高考后被轮奸从宾馆跳楼自杀，当刘芝麻夫妻正在烧烤摊上忙乎得知消息时却被城管砸摊子。刘芝麻悲愤交加用烧烤竹签刺死了城管而被执行死刑。一家人都死于非命，李春天最后精神失常。这一家的故事就是个悲剧大拼盘。

《野蛮生长》是一个大家族不断失散的过程。家族的繁衍能力渐弱，爷爷李辛亥家外还有私生女，父亲李甲戌从春到冬生了一窝。到了"我"这一代，想生男孩的姐姐被结扎了，只生了两个女儿；社会变化思想开放了，嫂子肖水芹自觉生了一个女儿，不肯再要二胎；"我"尽管情欲蓬勃，却对结婚毫无兴趣。第三代只剩三位女性，一个死于自杀，一个死于他杀，一个失踪。小说结尾没有像《喜盈门》一样再使暗箭，这个大势已去的家庭在团圆时甚至弥漫着些许温馨。一百年就这样在一个家庭的聚散离合中飞逝。叙事呈圆形结构，回到爷爷李辛亥，在他的百岁（死）中结束，牌位高悬。

盛可以有意识地扩大小说的叙述空间：有传统的乡村、刚刚开放的县城、政治的北京和商业的广州。每位人物给了现实悲剧配额。故事不可谓不多，但开篇确立的戏谑基调使整个文本与庄重抵牾，无法承担起历史的重量。尽管与人物命运休戚相关的情节均伸向毛茸茸的历史深处，结果沉重的历史像块冰块一样融化在情欲的火炉中。

短篇《一九三七年的留声机》标题中的时间是个清晰的历史路标和整个民族的心结所系；留声机是一个传播工具，所以这个标题是引人入胜的。历史路标有效地将我们引入抗日情境之中，可是很快叙事就拐弯了，撇下枪林弹雨的广场转向了飘荡着《雨夜花》的温室，历史的风雨被阻挡在室外，长驱直入地进入了作家驾轻就熟的情爱领域。麻生于我有了救命之恩，滑入"无以回报，以身相许"的古典模式。小说借日本军人麻生之口揭露中国军队内部的腐朽和孱弱，以此展示历史叙事与真相之间的裂缝，但这并没有超出我们的知识范围。文尾死里逃生的父亲归来后用枪击毙了"刽子手"，戛然而止。

长篇小说《死亡赋格》作者同样着手处理大历史，但很快就撇下历史的血雨腥风躲进了"桃花源"，流连于卿卿我我的温柔之境，一切沉重的事物烟消云散。

《没有炊烟的村庄》试图书写"三年困难时期"，估计这时作家正打算从《聊斋志异》中寻找叙事资源，所以刻画了"鱼来"这样一位生活在水上的"美人鱼"，她是由于计划生育政策被抛弃的女婴。男主角六福曾是权力的执行者、配合者，最终受了"鱼来"的诱惑试图鼓起勇气去说出真相。

走出国门受"全球化"刺激之后，盛可以勇敢地以知识分子"介入"姿态书写历史和现实，这种勇气可嘉，但显得力不从心，重大题材轻易地转化为情欲叙事，一旦逸出男欢女爱的小世界，作家思想的短板就会显露出来。

四、结语

　　盛可以敏感而聪颖，她熟谙小孔成像原理，透过情欲去窥探世道人心。刚出道不久就获得了南方都市报华语传媒大奖，那时她的写作几乎是耀眼的：一是她本身没有文学史传统的包袱；二是她有湘妹子的泼辣性情，一把扯下了道德的面纱，让叙述之光聚焦，使情欲还原，不堪、肮脏、寒凉连同它们的阴影得以立体地描绘。但是利弊往往是一体的，缺乏"对历史的温情和敬意"，不能将人物安放在历史中，反抗也就无法对准靶心；将性与权力松绑甚至与爱剥离，性所凝聚的革命性意义也随之失重。书写性是为了反抗政治、舆论、文化等各种权力的压制，进而唤醒肉体内部的爱、光与神性，恢复活泼泼的生命力。

　　盛可以是一个敞亮者，她冷峻地对待现实，塑造了大量的"逸轨者"为时代保留肉身，她们尝到了破坏带来的快感并沉迷其中；由于"轨"的难度未经审视，"轨"的僭越来之过易，叙述驾驭不住隐藏在欲望洪流之中的精神。盛可以缺乏大爱，在"小我"的感官世界中顾影徘徊、逗留良久，而没有足够的气力给幽暗世界打一束强光。性、爱情和婚姻是把握人物的重要焦点。纵观二十世纪中国文学，我们能够脱口而出的作品均与此有关，如《伤逝》《莎菲女士的日记》《边城》《倾城之恋》《小二黑结婚》《青春之歌》《爱，是不能忘记的》，"三恋"（王安忆的《小城之恋》《荒山之恋》《锦绣谷之恋》）、《废都》《上海宝贝》……可以在女性主义的链条上来理解盛可以，她呈现这个时代，呈现女性身体的物化与身体开放的边疆，呈现传统如何在女性主义观念的冲击下不断松动，同时更重要的是，她呈现消费文化语境中性的泛化，呈现现代女性的无能为力。但是在促进社会进步和女性精神解放的建树方面，她的贡献有限。

　　如果我们将钟摆往回拨一百年，那时"狂人"刚刚喊出"吃人"的秘密；子君连同"我是我自己的"尚在酝酿中……一个世纪，女性主义写作轨迹蜿蜒崎岖，女性书写疆域的不断拓宽仍待当代作家的积极参与。语言的边界往往就是思想和现实所能抵达的边界。女性的独立、自我成长的道路十分漫长，女性主义写作任重道远。期待盛可以蓄积能量踏上新途。

生为女人

——盛可以小说论

李　振①

生为女人，几乎是盛可以所有小说的出发点——女人的身体、乳房、子宫，女人的情欲、性欲、婚姻，女人的经验、遭遇、命运，以及女人与男人、现实和历史的关系。生为女人，没的选，但盛可以却在小说里呈现了生为女人之后她们各自不同的人生。那些迫不得已或主动为之的出走、意欲逃离又恋恋不舍的婚姻、有名无实或有实无名的爱情，还有那些被借用的子宫，它们自己站出来说话，如一块块带着锋利边角的切片，拼凑出盛可以的"女人"。

一

女人的身体，是资本也是武器，如果恰好前凸后翘，又有可能多生是非。这仿佛是钱小红难以逃脱的宿命。《北妹》开篇就明确了钱小红的特殊或是恰好，却单单捡了"遗憾"二字："遗憾的是，钱小红的胸部太大，即便不是钱小红的本意，也被毫无余地地划出了良民圈子，与寡妇的门前一样多事了。"②偏偏钱小红又特立独行，不像村里那些"本分"的女孩子弓着

---

① 李振，吉林大学文学院教授，博士生导师，吉林省作家协会副主席，著有《时代的尴尬》《地域的张力》等，曾获第五届吉林文学奖，第十一、十二届吉林省社会科学优秀成果奖，主要从事中国左翼文艺研究和中国当代文学批评。本文原载《当代作家评论》2018 年第 5 期。

② 盛可以.北妹.天津人民出版社，2011：1.

背，用宽松的衣服摆脱"浪荡的印象"，于是流言蜚语、虚虚实实，全都在姐姐发现她与姐夫偷情时的哭骂声中坐实了。为了"避避风头"，钱小红开始了她的进城之路。然而，"浪荡的印象"或者某种暧昧的信息，并不分城里乡下。

从湖南乡下到县城，再到广州、深圳，身体意味着太多身外之物。发廊里，男人们的头枕在洗头妹钱小红的胸上，"顾客舒服，老板高兴，就悄悄奖励钱给钱小红，肯定她的价值和能力"，偌大的拘留场地里，"皮靴"不仅单单请钱小红坐下，还直接开出"已交赎金"的通行证，显然与已经把她"放在眼里"不无关系；钱小红从发廊到玩具厂、从千山宾馆到妇幼医院，一级级的跳跃中总有某个男人出手相助，即便是面试中潘经理那样的"体面"人，也是"忽又抬头扎实地看了一眼，像离开的人遗漏了东西回头重取"。于是，身体成了实实在在的奖金、价值，成了逃离困境、改变现状的可能。这不是交易，因为钱小红"不卖身"，它只是一厢情愿的想象或是某种暧昧的气味，却成就了更为残酷的现实，它让一同南下的钱小红和李思江面临着截然不同的人生，一个占尽先机，虽说艰难到底也是留在了深圳，一个伤痕累累，只得狼狈而归。说来也许让人颇觉讽刺，初到深圳，那两张象征着"自由"的暂住证是李思江用处女膜换来的，可除了把所有的第一次都留给了深圳，她最终面对的却只有来时的那个大行李包和手腕上一条泛白的伤痕。于是，钱小红身体的"遗憾"在她的人生道路上又暗暗地变成了某种"幸运"，这也正如李思江在浴室里看遍了千山宾馆所有女性裸体所得出的结论："奶子，与命运有关""她的两个小橘子，前路仍很波折"。

也许我们过于关注抽象的女性和抽象的身体与外部世界的关系，而忽略了有着不同身体的具体的两个人之间的差异。这里并不是要否认《北妹》在宏观的女性及其身体于某种性别权力关系中的艰涩处境上所取得的写作成就，而是要特别提出那些微妙的不同。我们大致能够猜想到那些叙写男性进城的故事将与女性在城里寻一线生机的故事会有多大的不同，因为它往往难逃性别的预设和实际上颇为狭隘的性别经验。但是，《北妹》似乎对具体的事物更为关心，就像钱小红所拥有的不是一张出众的脸庞或者泛泛的好身材，而是充满隐喻、暗示又显而易见的巨大的乳房——它是不协调的，小说最后甚至让它变得荒诞起来，成为压垮钱小红的最后一根稻草。这让它可以被十分轻松地抽象为一种性别的符号，映衬着女性在贯穿时间、空间、宗教、种族与阶级的性别关系中被物化、被交易、被粗暴地视为欲望对象的现实。但是，它又是具体的，具体到只属于钱小红一个人，从而决绝地划开了同时代、同国度、同性别、同年龄、生在同一县城又在同一家发廊做过洗头妹的两个女人全然不同的境况。它是如此地具有弹性，黑白通吃，让小说在宏观的冲突下又撕开一条口子，显露出那些仅作用于一个人的无辜、无奈、辛酸、艰难与龌龊。

当然，盛可以似乎对钱小红有些过分"偏袒"了。在这个进城务工、只求活下去的过程里，李思江经历了肉体交易、强暴、堕胎、强行结扎、被恋人卷走补偿款等可能遇到的绝大多数厄运；"辛苦两三年，幸福一辈子"的朱丽野被先奸后杀，如若不是那张工作证，便是没人认领的无名女尸；精于算计、不惜铤而走险，只为搞到深圳绿卡与男友结婚的张为美最后沦为代孕者；而钱小红虽然也是一波三折，但细想却总是于关键时刻有惊无险。盛可以在《北妹》再版后记中说："我塑造的钱小红，是一个有个性、有原则、不卖身、直率、善良、讲义气的姑娘，她和很多底层人一样，具有坚不可摧的蓬勃生命力。"固然江湖险恶才显人心可贵，在一个尽善尽美的世界里，完人可能只是无聊与平庸的代名词，但在小说的叙述中，钱小红的个性、原则以及蓬勃的生命力却在那份侥幸上打了折扣，毕竟这一切在很大程度上需要由李思江、朱丽野、杨春花她们用廉耻之心和处女之身来成全。

如果把《北妹》与盛可以的新作《福地》放在一起，可能会十分突兀：一个写实，湍急汹涌，一浪接一浪地把钱小红推向了那个令她无法站立的天桥；一个抽象，暗藏杀机，在充满荒诞意味的代孕基地，女人变成了带着编号的生产工具。其实，张为美沦为代孕者的结局在《北妹》里就为《福地》埋下了一粒种子，十几年后，这粒种子长成了女人的《1984》。

"168"或者"苹果"，她们在"基地"里没有名字，可能也不需要名字，因为她们只是"产品制造者"："没受孕的，穿白色；怀孕头三个月的，穿绿色；四到六个月的，换蓝色；七个月到生产的，换红色。"合同、贴着照片的档案、营养配菜、广播体操、例行查房、文艺活动乃至"基地精神、基地思想、基地纪律"，代孕这种隐秘存在于现实中的现象在《福地》里被正大光明地"制度化"。这一切都在小说里被直通通地摆出来，没有细节，没有血肉，就像一份必须执行的文件。它不是隐喻，是说明书，盛可以这次显然不想兜圈子，直接把皮毛血肉剔掉，骨架摔在案板上。不得不承认，这是一种十分有力又有效的方式，至少在这个小小的逻辑里，这就是代孕的规则。"基地"的"制度化"消除了天性、欲望、情感、思想等这些容易"混淆视听"的东西，就连小说的主人公也被设置成一个"又哑又傻"的流浪女，干净利落地揭出了代孕到底是怎么一回事。而在代孕的核心流程之外，盛可以又丝毫不吝惜笔墨，那些代孕者的来历、境遇、相互间的挤兑和冲突，她们与"基地"的斗争以及和看守的秘密交易，都以与代孕本身截然不同的细致描写出现在小说里。在这种"简—繁"之间，《福地》建立起一个非常清晰的逻辑，那就是代孕是怎么一回事，又是什么在支撑着它一如既往地运转。"老朋友之间，最紧要是合作愉快。"①——没有什么比这句话更能说明"基地"与外部的紧密关系了。

《北妹》和《福地》有一个共通的潜台词就是女性的身体及其处境。女性身体在社会关系里包含着太多的意义，小说不是社会学分析报告，更不用将那些或明或暗的指涉铺排其中，而是以更多、更具体的情节说明它们的来路。相比两篇小说里乳房与子宫的内在含意，盛可以显然更关心这些含意生成的土壤及其具体的生长过程。因此，女性在盛可以笔下没有直接成为那些想当然的"他者"或"受难者"，她们有自己的选择、有自己的状况和处境、有自己的切身利益和追求，但就是在这种情况下，她们为什么还是鬼打墙一般绕不开"他者"与"受难"的宿命？这让盛可以的小说铺设起一条走向外部世界的越来越宽的通道，不仅仅在小说内部完成着它催动故事的使命，而且由此展开了向外的拷问。这有关女性权益、基本的性别关系、商品社会及其文化陷阱、城乡变化及其代价……一切都开始于小说，最终却要落在小说之外。

二

盛可以有足够的能力让人感到不适，这种不适来自人们试图"智慧"地视而不见的东西被无情地掀开。也许没有什么比爱情和婚姻更让人们乐于自我欺骗的了，但这在盛可以的小说里，行不通。

我活了三十年，算不得坎坷，父母离婚时我还小，他们搞出一些乱七八

---

① 盛可以.福地.四川人民出版社，2016：11.

糟的事情，也不至于影响我的成长。我承认我缺少天资，有各种显而易见的怪癖，但还是考上了大学；马马虎虎地念完，到异乡找到了自由，在工作与失业交替的瞬间，与一个不咸不淡的女人结了婚，她就是我的老婆蓝图。①接下来呢？按部就班的日子，鸡毛蒜皮的争吵，一家人其乐融融的幸福抹去了"不咸不淡"的痕迹。可能对于很多人来说，这便是生活的本质。《白草地》里的一切好像都在意料之中，蓝图睡前吃苹果，早起喝盐水，生活规律，混在机关；丈夫武仲冬在外企做销售，生不逢时，房价飞涨，结果是"老夫老妻了，大门没出，远门没涉，婚纱戒指蓝图也没再提过，我想是无所谓了吧"。玛雅的出现好像让武仲冬的生活有了起色，当然这也只是想想，因为他心里清楚自己是个已婚男人，性能力越来越弱，不过也没什么大不了，"我时而觉得这种生活很难到头，时而劝自己生活就是这样""即便是和玛雅过上了，也不会精彩到哪里去，兴许更糟"。玛雅有时会送武仲冬一些不好解释的礼物，而蓝图在结婚几年后似乎也恰好失去了好奇心，仿佛相安无事成了这个故事无趣又惯常的结局。但是，盛可以不会让一个令人习以为常的开始就那么轻易地过去：玛雅也不一定是玛雅，她有很多名字，确定的是她曾让几个已婚男人吃尽了苦头；玛雅送给武仲冬的礼物精确地出现在蓝图网店的成交记录里，蓝图好像也是话里有话。小说终结于武仲冬的诊断报告：乳房肿块、消失的性功能、长期服用雌性激素……大概谁都会想到蓝图每天递上的那杯盐水。

《白草地》一点儿都不"女权"，就像玛雅的"女权"只是一个幌子。小说里只有凶猛，它不是因为蓝图不动声色的盐水，而是庸常平静乃至安逸的婚姻或生活由内向外的凶猛的溃败。我们很难讲小说里谁是受害者谁又是施虐者，好像每个人都值得同情，每个人又都值得憎恶。虽然盛可以把《白草地》写出了一些"阴谋"的味道，可没有这些阴谋或意外，武仲冬或蓝图的生活就能万事大吉么？《白草地》在盛可以有关婚姻与爱情的小说里很有象征性与代表性，在那个围绕幸福、完满、安全感和归属感所展开的想象中，人们以婚姻与爱情的名义相爱也相杀。似乎在她的笔下，"幸福"的爱情或婚姻是无耻的，因为那必定有未被识破的心机。她就像要强迫那些自我陶醉自我麻痹的人睁开眼睛一样，把一种渗透日常却被熟视无睹的经验甩在人们面前。

---

① 盛可以.白草地·可以书.吉林出版社，2011：21-22.

在那里，人与人的某种关系其实是要通过贬损与谩骂、压抑与无视、虚构与想象、要挟与恐惧，需要通过人性之恶的拷打才得以维系——这不是写作的游戏，可能恰恰是生活的游戏。

《水乳》中也有一个很值得注意的小片段。摇摆于丈夫平头前进和情人庄严之间的左依娜决定去庄严老家过年。当庄严三四岁的女儿庄一心在机场哭喊着扑来，左依娜感觉自己好像就此失去了情人。左依娜坚决不同意庄一心跟爸爸睡，看到她在爸爸怀里撒娇就像看到自己的领地被别的生物占领。她看不惯庄严把精力都倾注于孩子的样子，见不得庄严把庄一心架在脖子上，"她觉得孩子很烦人，甚至很讨厌"，她的心里"好像降了一层霜，万物失去了勃勃生机"。[①]左依娜与庄严的关系更是迅速降温，她感觉自己渐渐被庄严冷落，再也不能撒着娇说出一连串自己想吃的菜。盛可以写出了一个令左依娜分外纠结的细节：

> 第一筷子菜，无一例外，庄严是夹给庄一心的，像臣仆给公主的献礼，无限忠实。然后再给左依娜夹一筷子，左依娜觉得没意义，有一回很粗鲁地打断，说，不用你夹行不行？因此，庄严的后补筷子也就消失了。可是没有庄严的后补筷子，左依娜更不是滋味了。（《水乳》）

这些不经意的举动，在庄严那里可能不值一提，但它何以使左依娜产生了那般愤怒。也许这在一些女权主义者眼里，会变成一个男人对一个女人潜意识中的轻蔑与无视，但盛可以显然没想让问题变得那么简单、那么富有理论的矫情。她要让事情变得更尖锐，更不可收拾。左依娜的失落感终于衍化为令她自己都感到吃惊的攻击力。在一件无关紧要的小事上，她几乎是在用与庄一心故意较劲的方式激怒庄严，然后"轻轻地一笑，故意装得很平静，以显示自己的修养，衬托庄严的野蛮，然后轻蔑地瞥他一眼，扭身进房间，并把门反锁了"。于是，几秒钟后，门破了，左依娜像具死尸一样被庄严拖到客厅，骨折的脆响随着一条血线延伸到她曾经躺着的地方。

我不知道人们读到这样的描写会产生怎样的感受，可能会有恐惧、焦灼，也可能会有痛快、暗爽。不管这样的情节是否被夸张或刻意放大，但它

---

① 盛可以.水乳.中国工人出版社，2010：143-144.

终将通过每个阅读者的经验与情感在人心里产生戳痛式的回响。盛可以在小说里似乎也对左依娜情绪的来路进行了交代，那种失落与不满被"你只是杜梅兰的公主"火上浇油般地自我煽动起来，而那些无关紧要又不能自控的较量恰恰给左依娜带来了快慰，"证明了她有操纵一切的权力"。但是，盛可以自己也未必真的相信这些理由，它只是作为理由的理由，或者说只是作为道理而存在的。道理可以清晰无比、至高无上，但生活偏偏不买道理的账，就像左依娜也知道庄严没错，自己连责怪他的理由都没有，却一定要那么做。道理说要理智，要包容，要心怀慈悲，但左依娜无法停止在心理上和行动上完成对一个小女孩的憎恨；道理说莫动怒，更不要伤人，但庄严不能像一头野兽扑向自己心爱的女人。盛可以于此充分表达了对爱情、婚姻以及"幸福生活"的不信任，因为那些糟糕的状况往往并不来自"不得不那么做"，而是"一定要那么做"。

《无爱一身轻》《水乳》《道德颂》《取暖运动》《白草地》……盛可以用不同的人和不同的故事反复讲述着人们对爱情与婚姻的疑问。确实是疑问，小说里不曾给出答案，也许本就没有答案。小说里的人在不停地摇摆，盛可以也犹豫不决，因为她没有把握理直气壮地说出爱情或婚姻就是自由、诚实、体面、安宁与善的火葬场，但对生活的忠实又让她无法把经过想象装扮过的"美好生活"像一个诱拐者一样托到人们面前。这是生活的难题，也便是小说的难题，犀利冷酷的语言遮盖不住内在的游离，甚至越是那些言之凿凿之处，越是小说精心建设的黑洞。这让我们能够真切感受到盛可以是如何小心翼翼又胆战心惊地在小说里将这些难题一一推演。在此不由地想到王安忆新作《红豆生南国》里老先生的那番感慨：很想再生，变成年轻，可是又舍不得亲历的人生。旨邑或左依娜们自然没的这般沧桑，她们还心有不甘，还在挣扎，在小说止步之处，她们的人生还将反反复复陷入希冀与幻灭的轮回。也许这个时候她们还沉醉在自己的"战争"中，就像那些看上去很女权的言辞是那么确定地钉在小说里，可她们眼下所经历的狼狈、伤痛、犹豫或失落又何尝不会成为之后的"舍不得"？

三

《野蛮生长》完全可以被看成是盛可以创作上的一个转折。这并不是说盛可以抛弃了以往的创作经验与内涵，而是相比之前那种封闭环境里绕不出的"孤军奋战"，《野蛮生长》将女性带入到更广阔的世界中。小说并不是在讲历史或是一个家族的兴衰，因为我们从字里行间并没有发现盛可以对此抱有足够的兴趣；小说也没有局限于乡土或城市，因为它们的衰败或来势汹汹在故事反倒来得自然而然。《野蛮生长》不是一个女人或一个特定群体的故事，它显得更为复杂，它将不同阶层、性格、处境的女性千差万别的遭遇扭结在一起，呈现出普遍的女性命运与时代的动态性关联。

"女祖先"是小说的源头，"辛亥革命第一枪打响，女祖先在血泊中拼掉了命"①——她死于难产，却留下了"我爷爷"李辛亥。小说开始便预示着某种隐秘的关联，作为重大历史事件的辛亥革命似乎与"女祖先"全无关系，但在一个共同的时间里，不同空间的人们以同样惨烈的方式启动了另一些人的历史。这就像两条遥远河流的交汇，"女祖先"的死成全了她的儿子李辛亥以及他庞大的家族，而他们又将在辛亥革命开启的时代延续他们的生命。那么，这两个看似毫不相干的启点以及它们所隐喻的人与时空，到底是怎样一种关系？

李辛亥在小说里是个实实在在的人，"瘦高，斯文，肤白无须""三十岁上下成了鳏夫，没续弦，独来独往，衣袂飘飘"。他活着只做两件事：读书和赌博。他无疑是个有趣的人，这也可以成为一篇小说极好的开始。但是，李辛亥在小说里又是虚的，他逐渐被悬置起来，成为某种象征，可以是权力，可以是秩序，当然也包括被权力与秩序加持的极端自我的生活。盛可以无心挂念李辛亥的故事，因为他的存在更像一个靶子，他只需被挑战、被冷落、被遗忘，直至显出自己的尴尬。其实，李甲戌的存在又何尝不是如此？作为李辛亥的儿子，李甲戌一方面充当着解构的力量，因为"他弄了我爹的第一个老婆"，因为"我奶奶死时，爷爷正在赌博"，结果是"我爹强势，音量大，我爷爷有顾虑，看我爹脸色"。但另一方面，李甲戌又轮回般地重复着李辛亥的命运，"妇孺的羸弱温驯，不但没让主人变得温和，反而助力了他的暴戾"，直至他受到了儿女们像他当年对自己父亲那样的挑战，然后如自己的父亲一般被彻底剥夺了权力，被逐渐遗忘。

如果说李辛亥、李甲戌两代人实现了命运的轮回，那么转机出现在第三

---

① 盛可以.野蛮生长.北京十月文艺出版社，2015：1.

代人身上，至少李顺秋、李夏至暴戾重现的可能被"及时"地终止了。这时候，女性才真正在小说里登场："我姐（李春天）就在这儿跪拜，双手合十，咒我爹病死、淹死、被水牛顶死、被疯狗咬死、被汽车轧死；怎么死都行，就是别让他活着。"李春天在父亲面前似乎总是默默不语，像一头能干的牲口，但她的反抗同样来得悄无声息。当李春天在婚前大了肚子，父亲高声骂着不要脸，但"我"发现她笑到抽搐；出嫁那天在人们异样的目光里，她挺了挺肚子就跨出了家门。于是，这里面似乎就有了胜利者一样的骄傲。而李顺秋的妻子肖水芹简直就像是钉入李家的一根楔子，从婚前那种主动的追求，到婚后和李家人完全不一样的生活，她的存在不一定打破了这个家庭原来的秩序，但至少像一个凭空多出来的砝码，已经让那种秩序失去了原有的平衡。她不再驯服于丈夫的权威之下，对待父辈和祖辈也是如此，她对小家庭、生育、子女都有属于自己的计划，"家长的威风在肖水芹这儿蔫了"。更重要的，肖水芹体内蕴藏着一种向外的力量，我们暂且不管结局如何，如果说李辛亥、李甲戌们建造并维护着一个封闭的、自我循环的生命场，那么肖水芹则让这个"场"与外部建立起交互式的关联。她把外界的能量源源不断地导入进来，是"向城里学习的那一套"，而且又不仅仅是把期望放在远方，为了女儿接受良好的教育，"要读名牌大学，要出国留学"，肖水芹决定从这一代就开始实施"进城计划"。至此，小说里出现了与之前几代人完全不同的女性："她已经疏远了乡下的事物，重心向城市转移""她时刻明白自己所处的位置，知道自己要什么。"

几代人在《野蛮生长》里有着颇富深意的叙述，第一代、第二代重心落在李辛亥和李甲戌，不管早逝或一笔带过，女性是隐没的，她们更像是一个可有可无的布景，存在与否都不影响李辛亥他们耀武扬威或骂骂咧咧。而到了第三、第四代，女性不再是配角，她们开始有了属于自己的名字和故事。这不仅是小说内部叙述的转变，同时也呼应着时代的变化。我们很难条理地区分小说中女性处境的变化哪些是来源于自身的争取，哪些是来自于社会环境的变迁，因为它们是拧在一起的，这似乎也在某种程度上回应着小说开头辛亥革命和女祖先之死的微妙关系。在这一点上，二哥李夏至也是一个特殊又重要的存在。李夏至的故事很短，却一直潜伏在小说里。在短暂的一生中，他首先是一个家庭的反叛者，他跟妹妹讲自己是父亲"专制与暴力"的产物，在家庭里"我们需要开明的君主"，由此也就成了第三代女性对抗父亲及其代表的社会、性别权力秩序强有力的支援。同时，李夏至的暴亡在小说里又成了一个谜，也正是这个谜隐隐地推动李小寒走出去，不断探寻着谜底。在这一过程中，李夏至的影子不断在李小寒身上浮现，"辛亥革命与女祖先"的预言也就在小说里始终徘徊不去。

李小寒作为《野蛮生长》形式上的叙述者，她与喻书中的情感纠葛并没显出多少新意，甚至因《水乳》等作品的存在，反倒常常让人生出似曾相识之感。但是，李小寒的特殊之处在于她的身份。她不再是孤身南下求生存的懵懂少女，也不是三五好友抱团取暖的小店主，她成了受过高等教育的大报主笔，她面对社会发言，公众能够听到她的声音。虽然盛可以试图把宝马碾人、陈化粮、大学生陪舞、收容制度、SARS、城管等一系列社会热点都编排进故事以致小说逐渐零散，可它在女性与社会公共事务及公共话语之间建立的关联却依然显示着盛可以在写作上的拓展与生长。其实在《北妹》里，李思江被强行结扎的片段已然使女性进入到公共事件之中，但那时它还只是某种被迫接受的沉默遭遇，而女性与社会真正意义上的对话直到《野蛮生长》才得以完成。

从《北妹》《水乳》到《野蛮生长》和《福地》，盛可以将女人从个人生活境遇推入到社会与时代的洪流之中。这当然不是《青春之歌》里林道静式的转变——个体只有置身革命或民族的时代浪潮里才能找寻并实现个人的价值——它从女性自身的基本问题与基本处境走向了女性命运与时代流转的密切关系。在盛可以的写作中，女性是起点，也是目的，这种视角或立场并不随着故事的变化发生漂移。但在她的变化里，我们可以看到某种自我封锁、自我凝固的松动：女性所面对的不再是某个或整体的男性，他们同样要面对社会与时代的难题，而且要介入、要发声、要对话，甚至要像李小寒那样在时代性、社会性和公共性的层面与男性结为同盟。这个时候，如果一定要给女人寻找一个对手的话，那么这个对手的高度也将证明着女人的高度。

盛可以在她的时代里

李修文 [①]

　　我宁愿相信公鸡可以下蛋、妓女拥有金子般的心，但是我从来就不相信在今日中国的某个角落里生长着文学上的异端，因为我有幸认识许多"异端"——此话题暂且放下，说一说我不久之前的一次江南古镇西塘之行：在西塘，我和朋友们有幸见到了一只飞檐走壁的黄猫，大概是它的主人为了将它和其他黄颜色的猫区分开来，就将一根绿绳套在了它的脖子上，一见之下，我的一个朋友再不能忘，终日喃喃自语"黄猫为什么扎上了绿围巾"——还是把谜底揭开吧：我觉得今天的"异端"就是一只扎上了绿围巾的黄猫。

　　当一只猫都可以乔装打扮，我们还能相信眼前的何种景观才是真相呢？就像读小说，我们还能在小说里见识到一个没有被夸张过的世界吗？幸好答案是否定的，这也正是我在这里谈论作家盛可以的原因。

　　我第一次读到盛可以的小说的时候，她还是一个根本不会写小说的人，文字突兀，情绪凌厉，通篇小说就像一次大战后狼烟四起的战场；紧接着，我读到了她的第二篇小说，《TURN ON》，只有四千字的篇幅，但是这短短的四千字却使我不得不认真对待它，因为它使我感觉到自己遭遇到了一场奇迹，我可以负责任地说：我只在无边的文学史里见到过盛可以和她的作品共同展开的奇迹，就像我在《疯癫老人日记》里发现了谷崎润一郎，在《重逢》里

　　① 李修文，湖北省作家协会主席，著有长篇小说《滴泪痣》《捆绑上天堂》及多部中短篇小说，散文集《沙河袈裟》获第七届鲁迅文学奖。本文原载《南方文坛》2003 年第 5 期。

发现了我心中最杰出的同时代小说家海力洪，这听上去有点不真实，也不是我喜欢的口气，但我找不到更谨慎的词汇来描述这个奇迹，我唯一可以做的是对自己的评价负责。

我立即建议盛可以修改她的小说《TURN ON》，最终，她四易其稿，我有幸见证了她每一次游刃有余的修改过程，修改这篇小说的过程中，她的巨大的才华就像一条蜿蜒的长蛇一寸寸从潮湿的地面跃上了大树的顶端，我觉得不可思议，叹为观止，最终，当她把发表于《收获》杂志的定稿发到我的邮箱的时候，我感觉到：其实盛可以的才华并不是在通过她的写作得以发现和确立，而是通过写作在唤醒它——就像我在 1998 年夏天水灾遍野时看见的一段长江边的防洪堤，水流汩汩而出，间或形成冲天而起的水柱，那就是所谓的"管涌"了，我得说，盛可以在过去不长时间内写下的作品就是她的才华的"管涌"。

那是狂野的、凄厉的、纤毫毕现的又令人顿生伤感的"管涌"！

什么什么？伤感？是啊，伤感。请容许我和读者们一起回顾盛可以同志短暂的小半辈子，在动手写这篇文章之前，我专门致电于她，了解到了她迥异于你我他的小半辈子：六岁之前不敢回家，六岁之后怕去学校；初中毕业没拿到毕业证书，高中干脆就没毕业；接下来是什么呢——是打工离家的闷罐火车，从湖南一直站到广东，一天一夜连水都喝不上一口；迷乱的深圳，她成了个穿红马甲的证券交易员，坐在交易大厅里为尊敬的客户殷勤探看；大年三十，为了更深重地让自己成为这个世上的零余者，故意不回家，也想到过自杀；在深圳，入世六年，又六年伤世，上当受骗，黑夜狂奔，披头散发，不一而足；直至最后，她再次乘上一列闷罐火车，从深圳一直跑到一个陌生的城市，此前从未踏足过的沈阳，她住下来，开始写小说，心无旁骛，像一个带发修行的未亡人。

这真像个神话，不是吗？

以短篇小说《TURN ON》为发端，盛可以的前景才刚刚开始，仅仅以刚刚过去的 2002 年为例：她写了两部长篇小说和一部短篇小说集，而第三部长篇据我所知也临近结束。但是，她的写作并非是蜻蜓点水式的浮光掠影，并且最终被一些享有盛誉的刊物接受。我仍然相信，在今天的中国，一个优秀的作家必须经得起刊物的锻打，因为它们冥冥之中仍然存在着一种尺度，这个尺度必然会考验到一个作家的基本能力，哪怕你说你自己可以上天入地，只要你是一个作家，就必然会有人以刊物的尺度来衡量你，当然你可以不在乎，但那也仅仅是你个人的私事，甚至算不得什么立场。

那么，我到底为什么喜欢盛可以的小说呢？首先我想我喜欢的是她冷酷而凌厉的底层气息，这种底层气息在盛可以的个人气质和经历的基础上得以建立，"她就是他们中间的一个"，她绝非是为了想象中的市场前景而把自己篡改为时尚的一部分，也绝非"恍然大悟"后将自己的"知识分子"身份突变为一个虚张声势的"恶棍"，她跟随自己的禀性和天赋上下翻飞，唯一可以肯定的是，她从来没有背叛过她自己——她的经历，她的气质乃至她的阅读。据我所知，一些冷门的国学典故在盛可以同志的手上照样可以运用自如，只不过是她暂时还不到，也可以说不想展示这一部分才华的时候。也可以说：她身上的一部分压倒了另外一部分。

所谓"底层"，让我们先把对这个词的质疑放在一边，看看它到底会因了视角的不同发生一些什么样的变异：在卡夫卡那里，它可能是长夜历险，站在城堡外面不得其门而入，我们可以轻易地听见一声叹息；在博尔赫斯那里，则可能变成一则旁征博引的趣闻逸事，类似一页用花边的斜体字写就的文稿；而在盛可以这里，则是一把带着锈迹的匕首，她先自顾自把刀磨快，然后找准穴位，手起刀落——婚姻的存在与虚无、人与人之间的探测和界限、以各种各样的欲望为圆心的俗世生活，等等等等，造就了她一批神采飞扬的作品，比如《水乳》，比如《唯愿中年丧妻》。

上帝保佑吃饱了饭的人民。在对俗世生活展开的手术中，盛可以也获得了她自己都不曾料想到的奇妙结局，比如"有趣"，我固执地认为"有趣"是一切艺术的必须元素之一，一个人或一部小说如果"有趣"，"有趣"就会帮他或它最终建立一个坚硬的核心。盛可以同志的《唯愿中年丧妻》是我过去几年读到的少数有趣的小说之一，这篇道出了相当一部分中年男人的心声。小说里始终弥散着一股让人冷飕飕的趣味，类似荒郊野外里突然传出的一两声带着恶作剧的冷笑。笑着笑着你就不敢再笑了，因为你会突然发现那笑声是何等真实，没准你就是梦想杀了自己的枕边人的那个人，我以为：这就是一部作品最坚硬的核心。

一天晚上，我重读乔伊斯的《都柏林人》，之后读《唯愿中年丧妻》，说实话，有那么一刹那，我并没有能够分辨出孰高孰下。

我怀疑我夸大了盛可以的小说，有可能，因为我也几乎能清晰地意识到我对她的写作态度的欣赏扭曲了她小说的本来风貌，管他呢，我还是自说自话吧。是的，我极其欣赏她写作时的耐心、肃穆和旁若无人，她像过家家一样为所欲为，也像在参加自己的婚礼般百感交集，但是，请注意，她的表演没有观众，她甚至更像是一个不负责任的医生：将病人的肚腹剖开之后，她躲在阴暗的急诊室里欣赏着病人的伤口，根本就不去考虑应该及时地将伤口缝合好，她戴的手套上还一滴一滴往地板上淌着血，她有可能还要把淌血的声音当作音乐声来侧耳倾听，但对于那可怜的病人，她就是不管。

一些人必须要因为自己是盛可以同志生活中的朋友而害怕，我并无具体所指，但是恐怖的因子早已埋下：在既没有喋喋不休也没有横眉冷对的时候，盛可以其实已经从她置身其中的生活里抽身而出，正打算向她经历过的生活扣动扳机，她的抽身而出就是她生活的一部分，所以说，即使她来自一个货真价实的底层，我也不打算以一个"底层之花"之类的虚言妄语来称呼她，我宁愿称呼她为照妖镜，面对这样的一个人，哪怕你和她远隔重洋，也照样有可能在她的照妖镜里露出原形。

我小时候在乡村有一个女玩伴，她总想装鬼来吓唬我，但是一点用都没有，我根本不吃她那一套，结果，有一天晚上，我在深夜回家的时候，路过一片竹林，看见竹林里点着一支蜡烛，我的那个女玩伴，席地坐在腐烂的竹叶上，头上缠着一块白布，借着微弱的烛光，学着大人的样子纳鞋底，嘴巴里还小声哼着歌——你说有多么可怕！我一睹之下，不寒而栗，明明知道眼前的人就是她，也照样吓得落荒而逃了。

我觉得，今时今日的盛可以，像极了我小时候的那个在竹林里纳鞋底的女玩伴。

可怕，很可怕。

但是，出于对文学的尊重，我不得不像一个狗仔队般将自己对盛可以同志的好奇继续进行下去，正如持续不断的花腔有可能成为令人厌恶的噪音，盛可以，她何以能始终对生活下手却没有酿出一两起重大医疗事故，也就是说，她所酿造的奇迹在我看来为什么还可以大踏步进行下去呢？

我要说到一个字：楚。我有幸和盛可以同为楚人后代，君住湖之南，我住湖之北，我们的老乡屈原生在湖之北，却死于湖之南，为什么我会突然提及屈原？因为我想起了我的朋友、作家张生说过的一句话，他认为，所有楚人的性格已经在屈原的结局里得到了最好的注解："既然打不赢你，我就把自己打死。"从很大程度上来说，屈原的死甚至与谗臣和后宫的迫害没有多大关系，我同意张生的解释，此解也为盛可以的小说提供了一个秘密的注脚：楚人，尤其是湖南人，他们破冰船般的果敢，沉默的热情，以及丝毫不惧怕凄绝命运的决心，在盛可以的作品里展露无遗，同为楚人的我可以轻易找到它们的蛛丝马迹。

在烟水浩渺的洞庭湖以南，必然会有一些巫气十足的所在，那是盛可以的故乡，她已经描述过那些阴郁的面孔和湿漉漉的街道，我特别钟爱她的这一部分作品，比如她即将完成的第三部长篇小说《火宅》；我的话题是：从那些阴郁的面孔和湿漉漉的街道出发，即使盛可以早已深入都市，由一隅风情扩散而成的湖湘气质也从来与她都形影不离，湖湘气质与她个人生活的频繁动荡、居住地的再三更迭水乳交融，使她无论在哪一地遭遇到写作的激情，都能迅速而即兴地进行记录，"即兴"二字，往往在一些特殊的作家身上能散发出特别的意义。用诗人英格曼评论另外一位终生迁徙的作家安徒生的话来说，就是"你有在任何污水沟中找到珍珠的宝贵天赋"。

类似气质我们在残雪那里遭遇过，在湖南层出不穷的革命者那里遭遇过，现在我们在盛可以的身上再次发现，在这个时代，它是弥足珍贵的。

我相信我已经说出了盛可以的秘密之一，更多的秘密我不想再说，因为我不想成为一个折寿的风水先生，好在盛可以同志还将继续生活和写作下去，不出意外，她的生活和写作将带给更多人以更多的阐释，作为她的同时代人，我还有很多机会向她表达我的敬意，此文结束之际，我愿意抄录一段俄罗斯作家帕乌斯托夫斯基的话送给盛可以同志："没有什么东西，无论是啤酒瓶颈、黄莺掉落的羽毛上的一滴露水还是街头生锈的街灯，会被一位作家所忽视；任何一个思想，最有力、最伟大的思想，都可以在这些微不足道的东西的协助下被表达出来。"

——这是帕乌斯托夫斯基梦想中灿烂的写作时代，毫无疑问，无论是盛可以，还是我，以及更多写作的同行，对我们来说，这个时代近在眼前，因为它就在我们身边。

黄昏里的生活

——解读盛可以的小说创作

何怀素 [①]

在生活给予的屈辱中不断地坠入困境并滑向死亡。

一

多年以前，余华的小说成为我嗜读症的良剂——为此，我将成为一个更加嗜读的人，并热衷于通过小说这种文学文本形式描述生活本身。在余华的小说中，"残忍"似乎是一种生活品质，就如苏童的"阴郁"一样。他的作品在我脑中总徘徊着这样一个意象，"黄昏里的男孩"。这个"黄昏"是挪威画家蒙克《呐喊》中"天空"的色调，大片低沉的猩红与几缕深郁的蓝。余华的作品浮现出这种色调，衬托着恐惧的尖叫与无名的战栗，压抑而残忍。而这"男孩"呢，也像是狄德罗《拉摩的侄儿》中的"拉摩"一样，在生活给予的屈辱中不断地坠入困境并滑向死亡。这个"黄昏中的男孩"总是若隐若现地存在于他的每部作品里，并不一定都是以意象或具象的形式出现，但在字里行间与故事进行的间隙，我们总能够不断地感受到他遭遇的一切所带来的情绪。这种情绪仿佛是他的体味，充斥在余华小说故事中所有人的生活里。这个"黄昏里的男孩"至今让我念念不忘，好似欧洲贵族的家族符号，印在我每次翻看的书籍扉页。但在此，我并非是为

[①] 何怀素，大学教师、资深摇滚乐迷、乐评人、书评人，写诗，写小说，出版短篇小说集《这不是故事》，诗集《我我我之歌》《困兽之诗》等。本文原载《上海文化》2013 年第 7 期。

谈余华作品，我谈及的对象指向的是另一位被文学评论家称为"外科大夫"的作家——盛可以，她被定义成为一位"残忍、冷峻、犀利、生猛"的作家。她的作品仿佛与余华这位前牙医的作品有一脉相承的文学气质，至少她自己承认有那么一点文学骨血中的相似。而在我看来，余华的那位"黄昏里的男孩"已经走进这位女作家喜欢描写的"阳光下的阴影"里进行他漫长地休憩，并开始长大、生活，寻找和他一样或不一样的伙伴，繁衍新的故事，制造新的人生悲剧，无奈、痛苦乃至以道德的名义裹挟的不堪与忍受。这位女作家的小说所描述的将不单单是这"黄昏里的男孩"，还将有"黄昏里的女人""黄昏里的男人""黄昏里的城市""黄昏里的爱情""黄昏里的性事"，等等。如果我们把这些拢拢摆放好并站在远处打量就不难发现，她的小说就是在描写一种"黄昏里的生活"，它极度真实，哪怕暴烈、桀骜、冷漠，充斥光怪陆离和冷峻残忍，却依然直指最真实的人性，反映道德社会里不加虚妄矫饰的现象，白描当下的道德立场，哪怕这其间的道德是一种不在场的、被湮灭的、不确定的、异化了的。这是一个渐渐接近暮色，看似走向完结，实则又无限循环的生活旅途，沿途所见，无不如此：最先，是引人眷恋的夕阳美景；然后，是迎接未明的黑暗；继而，是面临一切将尽的恐惧；最终，是原来一切重又回到生活原点的恍然。"希望—绝望—完结—再希望—绝望—再完结"，人生事件不断按模式上演，讲不尽的小说故事也随之 LOOP 一遍又一遍。

我们翻开盛可以的长篇小说《道德颂》即可详见。本书首页写着"谨以此文献给我坟头的白色野菊花"，反面则引用了尼采的话：没有道德现象这种东西，只有对道德的现象解释。前者是作者以故事女主角的口吻写给文中自己坟头野菊花的祭文，实则也是写给自己的祭文。"白色野菊花"是《道德颂》的主要意象，它在文中被较为详细诠释的场景出现在"第三部分"，旨邑与谢不周在橘子洲头吃饭的谈话之中。后者则是用以提醒走进这部小说景观的读者的警示语，是提出"超人哲学"的超人之语，它意味着告诉了我们某种被道德幻境所惑与我们迷失于实在界之外的本真所在。"白色野菊花"是纯粹的自由的象征，是作者与女主角共同寄予的物语之花。细细探究这花："白色"代表纯净，也颇为冷清；"菊花"原本就是高洁雅淡之花；"野菊"则更指向自由、散漫乃至无拘无束和遗世独立，也许，这是她们内心明知无法抵达的境界：超脱于人间世俗与道德社会从而心游物外。同时，这也是她们内心的渴求：不被情爱烟火所伤，没有贪婪导致的痛苦，没有求不得与伤别离，只有一个盛大的"无"一样的场地供以灵魂嬉戏。所以，作者假以小说女主角的身份口吻写了这独立于小说内容的扉页题记，从而又使其成为小说构成的内容本身。这样做，仿佛是造成一种感觉/错觉：作家自己正如小说女主角那样，或说作家自己就是小说那位女主角，也或者，小说中的人物走出文本，以文字的方式现身告诉写者和读者，她作为局内人对这部小说作品的态度和处理方式到底如何。当然，写作者/女主角选择以文本的方式祭奠文中的"野菊花"，既可以理解为这篇小说的属性被定义为一篇祭文，也可以理解为这是对"顽强、天真而纯净"的自由灵魂的致敬。她选择这种写文的方式以示灵魂/精神上的自己——坟头意味着肉身已死——抵达了物外之境。作为以"婚外情"为主题的长篇小说，它显然即时地反映了当下社会现象。盛可以之所以将书写者、叙述者和女主角时而合体，时而分离，以第三称谓的角色出现却也并不单独发声，既是为撇清自传体和私小说的嫌疑，也是为全景式描写的技术性处理而服务，当然，文中依然有"我"的出现，这是最贴近女主角旨邑的时刻，是为深入其内心挖掘最隐秘的痛苦和最深刻的思考需要的那份真实与生动而做的身份掩饰。在我们探讨及分析盛可以写作小说的叙事技巧之前，不如让我们先潜入那些文本的内部，打开故事的胸腔，翻找出那些足以令人讶异的小说人物自身的观点、言语、道理，这些东西就是他们对于生活的感悟、牢骚、唠叨和颇为哲理的思考文字。或许，这些文字依然依靠了名人所言和名著所写的表达，但仍不失为他们脑中和心里自身思考的东西。实际上，这就是他们自身。如果我们想弄清楚这些故事的核心和细节，那么，我们就必须像观看路上的行人那样带有礼貌的神色观察这些小说人物，要像对待自己的朋友一样面对面地报以真诚而关切的目光注视他们，并用温和理解的态度和口吻去询问他们关于小说内部的秘密，一如我们询问自己内心的迷惑、疑问和不解，遂能将这个核心的秘密握在手中如握住一个心律齐整的完美心脏。这样，我们，作为评论者和读者的我们，才算是真正读到了，才算是掌握了小说家给予我们的，她最珍视的宝贵东西。这是经由毁灭与重生构成的，它被小说作者从叙述欲和创造欲里涤荡而出，从容地记述，方才显得弥足珍贵，值得我们接下来细细赏识。

二

维特根斯坦说：把精神说清楚是个巨大的诱惑。盛可以认为把笔名叫作"可以"是为使自己显得更加"自信""从容"，她并不惮于"把精神说清楚"这件事，也不想抗拒这个"巨大的诱惑"，只是她更加善于将故事剖出最鲜血淋漓的场景和残酷的人生底色并毫无保留地亮出来给读者观赏罢了。她把自己的某种精神需求、爱情困惑和道德立场的文青特质赋予了《道德颂》中这位自由职业、以文艺为骨、开着古玩赝品小店为乐的女主角旨邑。当然，她不是她，但细究，她也是她。前者之于后者来说是掌握其生命和命运的上帝之手，而后者之于前者来说，莫不是形象建筑的一个立面，人格钻石的一个切面。从人性的因素角度来看，我们对悲欢离合的跌宕故事尤为关注，而不是一马平川的庸常生活，那是无法激起我们的窥探欲的。既然被付诸笔端，一场如何的生活将被讲述，一起怎样的爱情将被描绘，这其中的人物是否沿着自己往前走，还是被送上既定的轨道变得身不由己，恐怕答案不言而喻。至少，对小说女主角旨邑来说正是如此。当她在高原遇险，劫后余生之际遇到水荆秋这位高校的名教授时，她的生活便产生了变异，她走到了人生的岔道，随之命运也走向了一条也许并不会出现在其脚下的道路，但这条道路和不发生变异/岔开的道路之于对未来具有不确定性的小说女主角来说别无二致。克尔凯郭尔用"非此即彼"的哲学概念解释了这种现象。我们看待旨邑及其爱情的命运时，或许想象过其中是否存在其他的可能性，比如，旨邑没有打掉与水荆秋的婚外胎儿，而是选择生下来；或者，选择与愿意为她解困的谢不周结婚，把婚外的孩子生在合法之中；又或者，甚至选择在和水荆秋的高原一夜或知道他有妻儿之后便悄然离去，这诸种的可能性都可以发生。但作者的选择决定了旨邑的选择。作者决定将她推到道德阈限的临界点，推到人生困境的中心，置放于被道德审视的状态。而这个道德审视的过程甚至是女主角自己进行的。与此同时，被道德审视的人不止于旨邑，同时也有水荆秋、谢不周、秦半两、史今乃至所有人。虽然盛可以说过，"我个人是不站在任何道德立场来写这个作品的。道德在小说之外。这是一个呈现的过程，探索的过程，是没有答案的，也不可能得到答案"，但是，书写者不对作品及其人物做道德判断，并不代表她没有自己的道德判断和立场。这篇小说里，旨邑的选择或说其命运的被选择，或多或少还是体现了作者本身的道德倾向与意志。而正是作者的道德意志，或许并不称颂这故事里的所有道德体现，当然也不批评，因为如尼采所言"没有道德现象这个东西"（假如尼采说了的话），却的确用一种小说角色沿着自己命运轨迹走下去的叙事伦理方式替代了她的意志的直接赋予。盛可以最终让旨邑对于属性为婚外情的爱情求不得，对婚外孕育的孩子求不得，对与有婚姻在身的爱人求不得，并最终伤别离。这样的结局合乎社会道德且极具现实支撑，并直接与唯美故事和童话故事划清界限。盛可以曾说过，她不愿意写那些很幸福的东西，她要写的不是阳光的那一部分，而是阳光下的阴影。

那么，这小说内容具体化的"阴影"是什么呢。不妨先理解卡夫卡说的这么一段话：我们称为感性世界的，其实是精神世界中的恶。而我们称为恶的，只是我们永恒的发展中一个瞬间的必要。这是一种对人性善恶反复纠缠最清晰的洞见。卡夫卡的前半句从康德的绝对理性角度来理解就不难了，理性才是一种善，而感性是情绪化的，意味着多变、无原则、不能体现契约精神。后半句补上则显得更为缜密——善恶本为一体，是恶的出现引发了争斗，也才有了螺旋上升的原动力。没有无缘无故的爱，也没有无缘无故的恨。换句话，有爱就会有恨。有进入也就有退出，有生才有死，有混沌的那时才要明晰的一刻。盛可以愿意写的"阴影"，即小说中具体的阴影，无它，正是"婚外情"。寻求浪漫之爱和纯粹之爱成为婚外情的借口与保护伞，这即是卡夫卡认为的"感性世界，其实是精神世界的恶"，是爱欲与贪婪，是求不得的嫉妒与伤别离的嗔怨。盛可以并没有用行文的方式遣词造句地指责和批评她笔下走进、处于、伤于婚外情的人物们。她是偏爱旨邑的，甚至连自己的样貌特征都给予了她。但这并不妨碍盛可以在做理智与情感的平衡时选择那部分合乎自己道德立场的存在，且冷静地将笔触留给了现实：婚外情的过程并非浪漫，结局也终将惨淡，生活这条大江依旧流淌，裹挟而去的不过是时间与生命，一切终将流逝。当然，实际上的结局是：最终，婚外情并没有败给婚内情。因为婚内剩下的最多只是恩义，水荆秋在性上的不忠诚使得他与梅卡玛之间存在的不再是婚姻里的爱情，至少是与纯粹的爱情无关。而旨邑的爱情也并没有失去，没有失去的原因是得到爱情的那一刻本身就是爱情破灭的时刻，至少盛可以自己是这样认为的。作者非常善于描写这样的人性面目。一如她坦言自己不会书写爱情，觉得爱情一写就矫情，这和她对幸福与天才地写作的理解有密切关系。盛可以说她喜欢写的是"冬天的房子"，里面是暖的，外面则冰天雪地，异常冰冷。她要描写的就是这冰冷的现实世界与残酷世俗。她的所有的故事内核都是温暖乃至火热的，故事人物的内心活动是如此，故事情节的戏剧冲突也是如此。唯有她的笔调是冷冽的，她关注自己笔下人物的眼神是冷峻的，她娓娓道来的口吻是冷静的。她认为自己也是一所冬天的房子。或许，可以这样理解，正因为她不擅长写爱情，甚至觉得爱情一写就破灭，所以，在她的作品里，我们才得以看到各种残酷的生活事件和人生经历，以及其间发生的非正常的爱情与各异各类的性，而其中的女性角色们，统统被盛可以赋予了顽强而凛冽的性格和气质，一如张楚语，"尽管性格、年龄、身份、经历迥异，可她们都散发出类似地母般的庞大气息，蓬勃、疯狂、真实，甚至扭曲。同时，这气息是硬的、刚的、腥的、不可调和的，有着花朵一夜怒放后的淋漓，甚至有着一股子不易察觉的巫气和邪气"。

三

生活是无数的烟灰，轻盈地落在叙述里。那个在阳光下的阴影里休憩的男孩，透过盛可以的笔端看到了很多经历类似的女性朋友们，她们从幼小中走出来，由青涩发育至成熟，在幸福和不幸交替地催促下变得不安而愤怒。比如在短篇小说《白草地》中那位白领丈夫的妻子如隐形人一般默默无闻的蓝图，她在不声不响中将内心对丈夫的不忠产生的怒火放进水中化为无形的杀器，每天早晨习惯递上的健康盐水原来溶有把丈夫"阉掉"的雌激素。她从婚姻中存在的不忠里淬炼愤怒之钉，既打算将对感情不忠诚的丈夫钉死，也早准备好了婚姻的后事，预谋把行将就木的情感以报复的方式送葬了事，没有什么质问、争吵、恳求与哭诉，一切都干净利落，干得漂亮。请不要轻视和忽略那些看似平和、庸常与柔弱的女性，尤其不要因此而对不起她们，因为她们也是有血有肉，有平静的爱与不平静的恨的力量的。如果说，盛可以是生猛的，我想，她的生猛的确并不只限于把"牛逼""卵"和"操"这样的词汇用语放进小说，这实在算不得什么；而把现实剖开的鲜血淋漓也并不值得我们做惊讶状"写得这么猛啊"。真正的生猛是她确实像一个禅定者，将诸佛所诉的人生百态、贪怨嗔痴之现象描绘得清晰见骨又如拈花之举。正如这个自称是"冬天的房子"一样的写作者所说的那样："我喜欢描写冬天的房子的外面这个部分"。那些被生活打压着的、被忽略或轻视或遭逢困境暴虐的女性们终将从柔弱中脱鞘而出，她们把命运的恶拖拽到自己身边，报以粉拳，或者以死相抵。在短篇小说《归妹卦》中，采薇和采西这对姐妹，从嫁人到嫁人，始终遭遇的都是丈夫/男性情感上随意的遗弃和冷酷到漠视生命的肉体与精神的双重虐待，简直罔顾现代婚姻的文明，诸如关爱呵护、忠贞互敬。这种伴随生活现实的苦难之恶，尤以对生命和尊严的冷酷绝情为最。当采西因为失去孩子而精神木然，当采西的孩子是因为采薇的丈夫——她的姐夫对她实行诱奸而生的，当采西从惨淡地嫁人到悲惨地返乡，在姐姐采薇家重又遭逢恶之源头时，盛可以用女性才能拯救女性的方式让人物对命运进行自救，让悲剧以杀掉恶的方式作结——女性引领人类飞升。

还有很多的女性角色是值得我们惊讶赞叹一番的。这番惊讶赞叹并非来自她们全然的贤良淑德、温婉可人、清丽貌美、勤俭谦恭，而更多的来自她们的懦弱卑微、世俗功利、识相知趣、偏执狂野，因为这些最终都将被苦难、困境、波折、不堪和尴尬等不幸之火锻造成顽强凛冽。这鬼斧神工的刻画并不算得写作者的成功，因为小说人物浑然天成地成了这个样子，而究其原因，大概是写作者自己的顽强凛冽所致，她的确是一所冬天的房子。盛可以说自己不会写爱情，此处的"不会"，是指不擅长、不善于的意思，而并非不去写。实际上，盛可以绝大部分的作品，百分之九十的长短篇小说都写到了爱情，至少涉及男女情感乃至性。这些不被专门书写的爱情，像是不会说话的爱情，像是盲人影院里的爱情，像是残狗阿明的爱情，像是老裁缝的爱情，像是红雪莲的爱情，像是黄昏的爱情，像不是爱情的爱情。她们对爱情的认识，过早地推诿于性的早熟、性的冲动、性的交换、性的错位、性的愚昧、性的摧残乃至性的报复上。为了获得家庭中的地位，维护自己的既得利益，为了被重视和被爱护，《青桔子》里的桔子搞了老爷子也搞了小叔子，所谓扒灰的扒灰，养小叔子的养小叔子；为了解决父亲的工作问题，找到一个对的老板上床成为《惜红衣》里董葡萄的当务之急。这些女性面临着靠自身实力和现有能力不能解决自身遭遇的现实窘况的困境，她们所面对现实的时候的无力感是非常现实的。在这样一种不容浪漫存在的现实中，无论如何也产生不了浪漫的爱情与纯净美好的情感，相反的，只能被现实胁迫，并被更换成更加粗鄙而破损的面目示人。这等扭曲与丑陋，是盛可以不愿意且不擅于写爱情的原因，因为一写美好就是"破灭"，如若不破灭则显得虚假，而硬生生地固执地不让爱情走进生活和现实里，幻想着爱情在真空处于唯美直至永远，却也是她秉性所不愿意不允许的事情，因为那样就显得"矫情"了。任由人物与情感在风雨雷电里自然结合，任由一切故事情节在现实的土壤里野蛮生长。这才是生猛的本来面目。

四

我们总是乐于躺在故事床上等待别人为我们准备精神养料——那是故事的种子所酝酿而成的。假若故事的种子始终是埋在生活里面，那么，其营养必定来自现实中的满地污泥，最终是否能生根发芽则仍然要顺从天意。在我看来，中国的"70后"女作家们并不缺乏故事的种子，而至今我们都没能看到这些种子长出枝繁叶茂的足以构成原始森林一样的故事树们的现状不免显得令人称疑。那么，是否这意味着，这些种子没有被埋进污泥般的生活土壤里，又或者，天意让它们扎进地下，并往土壤的深处扎根生长。从"70后"女作家开始，宏大叙事已经远离了中国的小说文本，明晰的"小叙事""私写作""日常生活""感情世界"以及"城市-乡村的生存圈"成了叙述的主要战场。她们大多像是一群生活一角里织衣、染布和远眺的娴静女子，细腻而熟练地操练手中的技艺和秉持的灵性劳作，其间采用的不免是手边寻常得来的用具——说到此处，我不免对自己的判断有些置疑，细数中国的女作家们乃至国外的女作家们，以宏大叙事见长的也不多见，而一旦出现则惊为天人。假设如此判断为真，那么，我们就不难理解之前所描述的现象：那些故事的种子果真是扎进生活的深处，并生长延展出强大驳杂的根茎，直至使得在生活世界里散漫游弋着的人文情愫因她们的书写而被牢牢抓住。这里虽不是女性文学独有的天下，却成就了一片悲悯沉郁又有顽强生命力的艺术土壤，以供人性得以滋养。这或许也是中国"70后"女性文学的伦理功能，从客观世界的角度看，它撇清了与政治小说、官场小说、历史小说乃至科幻小说等大部分主题的关系，而更多地参与了都市-乡村生活圈的伦理叙事和情感叙述，并直指其时代特质。盛可以作为其间的一分子，固然与以安妮宝贝为代表的那部分新生代女作家群有所分野，但不免与同辈作家有相似的写作土壤，但好在养分相同，却品种和品质有所区别。如果说，个人眼光有审美差异，个人标准不是真理标准，那么，我也愿意毫不含蓄地指出，盛可以那些被"小说人物具有地母般的，蓬勃、疯狂、真实、扭曲的，又硬又刚又腥的不可调和的气息"浸染了的作品无疑是非常优秀的，假如不将之悬置于文学经典殿堂中的话。通俗地反映当下现实生活，细腻地勾画人性中的恶，笔力绵长时则细细雕琢，力有不逮时也能落下深重的背影。她对自己写作能力和境界的清晰认识，天赋所在之处的珍惜，显得十分可贵，这也是她的作品吸引我的关键所在。

如果说，张爱玲把生活这华美的袍上的虱子写得一清二楚，体现了生活之于女性的残酷。那么，盛可以一马当先于其他"70后"女作家接过了这个精神衣钵，只是地点背景不再是抽象和具象的"老上海"，而是现代的各处和到处。她借自己作品中的每一位显性和隐性的女主角的生活形态和遭遇内容来表达自己对现实世界的观察为何。我们可以发现那些观察而来的讲述，的确是细致入微、鞭辟入里、真实生动、甚至在声色不动间已达声色犬马的效果。这正是体现她的冷峻、冷静和冷酷的所在。没有什么所谓和盘托出的心里话，也没有真话假话大实话和漂亮话，尽管她对大量的内心活动进行了描写叙述，仿佛借人物之口大谈她最近的阅读，常做的思考和存有的疑惑，但那都是潜在人物内心深处的独白，算不得用以直接伸张的说教和救赎之语，更加没有直接以抽掉情节为代价的整段说理。而这一点，恰恰是和安妮宝贝为代表的女作家群的写作风格最大的区别之处。斯特林堡在《鬼魂奏鸣曲》中，借剧中一个人物之口说道："有时候，我真想把心里话和盘托出；但是我知道，如果人们真讲实话，这个世界马上就会毁掉。"剧中另一个人物则说："在疯人院里人们才把心里话全部说出来。"按照心理学家荣格的观点：人的个性是理智的，这是他面对世界的假面具，而人的内在灵魂是感情用事的，每个人则依周遭环境的需要而发展出一套折中的性格。现实中的人依靠经验遇到突发事件时学会克制，学会婉转，学会理性，学会寻求最理想的解决途径。盛可以笔下世界里的人物懂得在窘迫中顺势而为。她不愿意写阳光下的生活，并非是描述幸福平静生活状态的不易而在写作技巧上有难度所致，也非她个人有诸种不幸需要以文寄情，而是出于一种反抗的审美意趣，是一种出于平视生活并关注其波动值的动机。她或许更喜欢阐释恶，而且是生龙活虎的、极有鲜活的生动感的、常常处于一种被生活逼迫到极致的疯癫感的恶，就像是那种撕掉了人类面具的疯人，即是荣格所说的"假面背后的灵魂"深处的东西。在盛可以的小说里，围困常人的道德文明或说经验之墙在此失效，或许根本不曾存在过，这些作品中的人因身处冲突和困境的中心，被激起的所有情绪、思想和行为直接反映出人类本身的欲望和恶。这种恶，曾在与她有文学骨血上的相似的余华作品里体现得分外明显，尤以中篇小说《现实一种》为最。他把人与人之间的疏离感和人性最野蛮最原始的残忍与暴戾揉在一起，造出了一种最震撼的阅读内容。那种直白平淡地对血腥的描述，加之以一种平静乃至不屑的语气去叙述。余华善于用站在旁观者的角度，通过平静到冷酷的语言表达他的记忆或说梦境中的残忍和暴力。这种残忍和暴力，统统源自现实生活，现实的种种，而并非一种。残忍和暴力在余华的作品中看来，恰恰不是一种的，而是丰富多彩，无处不在的。而这无疑，也是盛可以小说作品，尤其是其早期短篇小说风格的主要特征。当然，此时的他们也许都在渐渐远离这个暴力残忍的中心，去往其他的流域进行候鸟式的写作，直接书写生活的悲剧和人性的恶的方式，已经成为航船背后的灯塔，虽然依然闪烁其光，却不再成为一种向前的指引。

五

　　盛可以写恶和暴力的时候，尤其是早期作品，延续了余华之感，同时，还会让人想到美国女作家奥康纳及她的短篇小说集《好人难寻》里的那些短篇小说。奥康纳在短篇小说《善良的乡下人》里把毫无同情心和转化了为了戏谑的恶写得让人看了后颈发凉。她直截了当地说，"我的小说的主题就是上帝的恩惠出现在魔鬼操纵的领地。"而盛可以也正有一篇颇为类似的短篇小说《兰溪河桥的一次事件》，或许她曾受到过前者的影响也未为可知。虽说盛可以写作再"生猛"（这个"生猛"既是其他评论家们的界定，也是此文中的界定），却也不及这位"南方哥特式小说"派女作家写得那么乖张与阴郁，故事情节上也不会如此荒诞、离奇。但盛可以在小说里和余华一样，总在描述的"残忍"中夹杂一些"反抗屈辱"的情绪，由于悲愤和屈辱的淬炼，人物的行为、语言和情绪即使算不上怪诞、乖张的，也是狂野、偏执的。而她不加掩饰和含蓄地将事件本质暴露而出，其写作手法也暴力得可以，越发显得更加真实冷酷了，比如那些被现实捏碎梦与爱情的"旨邑""采西"和"董葡萄"们，还有她的第一部长篇小说《北妹》中的女主角钱小红，命运对她们来说，就像是离弦之箭，将她们原初的美好与对一切美好的憧憬迅速带走。亚当·斯密在《道德情操论》中说："无论人类如何被想成是怎样的自私，在他的人性总显然会存在一些原则，使他关心别人的命运，并将别人的幸福看成与自己相关的，虽然他只是看到别人的幸福心里高兴，其他并无所得。这就是怜悯与同情……这种情感，就像人类天性中的其他与生俱来的情感一样，绝非只是道德高尚仁爱的人才具有，虽然他们这种情感可能最为敏感。即使是罪大恶极的流氓，十恶不赦的罪犯，也不会没有怜悯或同情。"这段话至少说明一点，人的同情心是广泛存在的。如果说，盛可以是完全没有任何道德倾向和立场来书写和评价她的小说人物的。那么，我们可以提出一个更进一步的问题：她难道丝毫没有同情、理解甚至认同她塑造的那些女性角色吗？换句话说，难道她不正是如此偏向、同情、理解甚至于怜爱她所塑造的那些女性们吗。至少我认为，她是有的。她用一种合宜的同情心和正义感为她们在故事的字里行间倾泻她满怀的怜惜和敬意，只是碍于一种骨子里的写作理念，故意克制笔力而不让其渗出纸面而已。当然，这种隐忍的被压制在纸面之下的充满怜惜和敬意的偏爱，像是她对这个世俗世界的反抗之举。加缪在《反抗者》里提到，"反抗者虽然颂扬个人与恶，但并不与世人站在一边，而仅仅为自己打算"。这实则就是一种"拒绝得救"的姿态。而对于盛可以来说，她大概不愿意用"拯救"的方式去埋没她笔端女性人物的顽强与坚韧的品质，所以，采用的是拒绝拯救的态度来表示敬意，并以真实白描的方式呈现她们，以示郑重。而这，恰恰是她对于女性人物之偏爱所做的应然之举。事实如此，她书写塑造的那些女孩儿和女人们几乎全是"反抗者"的角色。她们不屈服于伦理道德本身、不屈服于困境现状本身、不屈服于柔弱的自己本身，甚至不屈服于作者的意志本身，尽管她掌握了她们的命运。她们大多数人掌握，并主动或被动地执行了自己的自由意志，只是有着积极的和消极的区别而已。从某种程度上来说，盛可以或许无意成为一位女性主义作家，但她的作品已经完成了一位女性主义作家的作品需要产生的意义。

　　加缪在《反抗者》中还谈及了"反抗与小说"的关系，并有这样一番论述，不由让人想到盛可以的生猛写作和悲剧意识或许与之有莫大联系。我们不妨在此大段地引述出来。"矛盾就在这里：人拒绝他面对的这个世界。但又不同意摆脱它。事实上，世人留恋世界，绝大部分人并不愿意离开它……他们的行为消逝在其他行为中，又返回来以意料中不到的面孔判断他们，同汤达尔河水一样流向一个尚不知晓的河口。晓得河口所在，控制河水的流向，最后掌握自己的生命与命运，这就是他们在自己的故土所真正的思念的。然而，这一幻觉至少在认识上最后使他们和自己和解，却只有在死亡那一瞬间才会出现：一切在这幻象中了结。若要在世界上生存一次，则必须永远不再生存。这样，许多人便产生了对他人生命的不幸的忌妒。人们看到外界的生命，赋予他们自身所没有的和谐一致性。但观察者眼中，这一致性却很明显。他仅仅看到了这些生命一系列的顶峰，却未意识到折磨他们的细节。我们于是对这些生命进行艺术创作，最基本的方式是把他们写成小说。在这个意义上，每个人都在设法用自己的生命创作一部艺术作品。"从这个认识角度看，盛可以也是精神上的返乡者，她将对生命的再创作放进了小说创作之中。而从精神的意义这个角度看来，她和她的小说人物们是站在一起的，他们是反抗世俗世界的合谋。与此同时，她也把自己的良知度给了她们，并让她们以自己的方式构建出道德的统一性，而这道德的统一性本身就能使每个人不只是拥有单一的生理身体的个人。并且，这种认识最终是要人意识到，道德地对待自己，对自己负责是道德自律的基础。盛可以的写作立场也是基于为自己服务的，但又是狂放却不放任的，不夹杂道德偏私却具道德立场的，不做高下判断却能锄强扶弱的。她那有些侠女的凌厉之风，刀光剑影、见血封喉的笔法后面，有的是冷峻却善意的目光和透彻洞见又隐忍慈悲的心。其中的"隐忍慈悲"是留给女性在现实逼仄的夹缝里生存的夕阳。远远望去，在温暖的夕阳里，那些女性们，带着她们曾有的、正有的和未有的生活，与那些世俗中的男人们在黄昏中演绎相遇、相爱与相守或者分离的故事，过着或不错或不堪的生活。他们都经由同一个伙伴的召唤而来。此刻，我仿佛看见，那位"黄昏里的男孩"向我迎面走来，他越走越近，越走越大，越走越多。孤独的人是可耻的，而他们将不再孤独。我仿佛听见，他对他的伙伴们说："在生活给予的屈辱中，我们曾坠入困境并滑向死亡，但不用恐惧和战栗，我的伙伴们，我们并没有死，我们因活在小说里而得以永生。"而这些他们，其实都是我。

　　写到此处，我想尽快走出门去，走进这城市的街道。我感觉自己在过一种黄昏里的生活。

▼

DI

ER

JI

第二辑

作为北妹

《北妹》：底层女性生死书

孟繁华 [1]

　　盛可以笔下的乡村和文人雅士们所说的那种近乎完美无瑕的淳朴道德无关。乡村里的人们只关心两件事，生存和乱搞。这两者都是生活的本质，他们只是为这样的本质而活着。毫无疑问，这样的乡村是每一个经历过真正的乡村生活的读者，包括我在内，所最熟悉的乡村生活。正是在这样的乡村背景下，才产生了盛可以笔下鲜活无比的人物——少女钱小红。少女钱小红从12岁开始就被姐夫诱奸，但对她和她姐夫乃至她的姐姐、父母、奶奶来说，用"诱奸"这个词是不准确的，他们只是乱搞，从她12岁开始乱搞，幼女钱小红在乱搞中成为一名非常丰满的少女，是她的姐夫使她成长，并且对"乱搞"一事充满了欲望。她长大了，需要生存。对于几乎所有的农村孩子来说，除了上学改变命运之外，就是外出打工。于是少女钱小红变成了打工妹（北妹）钱小红，从一个城市到另一个城市，从一个工作到另一个工作。但她没有像更多北妹一样去卖淫，她仍然希望自己能够有尊严地活着，虽然她对男女之事并不在乎。

　　所以盛可以讲的是一个很普通的故事，一个很普通的底层故事。对于一个小说家来讲，讲好一个离奇的故事并不难，难的正是讲好一个普通的故事，

　　① 孟繁华，北京大学文学博士，博士生导师，沈阳师范大学特聘教授，中国文化与文学研究所所长，北京文艺批评家协会主席，中国当代文学研究会副会长，曾获鲁迅文学奖文学理论评论奖、华语文学传媒大奖年度批评家奖等多项大奖，著有《孟繁华文集》（10卷本）。本文原载《北京青年周刊》2004年第6期。

尤其是讲好一个普通的底层故事。但是盛可以讲好了，讲得精彩至极。而更精彩的，是她讲这个故事时的姿态——她几乎是没有任何姿态的，她只是讲出了北妹钱小红在生存中的姿态，一种真正的"在路上"的姿态。"在路上"，这是很多城市文化小资向往的姿态，他们的偶像是美国垮掉派作家凯鲁亚克。但是我要说，凯鲁亚克"在路上"的姿态，与钱小红相比，是那样的浅薄和轻浮，即使他写出了美国一代青年的迷惘和抗争的姿态，那也只能说明那一代青年的浅薄和轻浮。而盛可以笔下北妹钱小红的"在路上"，乃是真正在人生的路上，活着，活下去，这最本质的动机，促使钱小红一刻也不能停止地在路上狂奔。这样的"在路上"，在中国这样一个巨大的农村语境下，早已不是一个象征性的姿态，而是活着中最真实的一幕。有多少农村的家庭，就有多少子女"在路上"，他们被称为打工仔或打工妹（广州是打工者的最大集散地之一，那里的人们把来自广东以外的女孩统称为"北妹"）。在广袤的农村，下田耕作的几乎全是老人，青壮年甚至孩子全都"在路上"，直到他们也老了，干不动了，才会叶落归根。这是一幕怎样的情景？半个民族都"在路上"！这又是怎样一个宏大的文学母题？而城市里的文学青年和艺术青年们却只懂得留着长发去寻觅凯鲁亚克们"在路上"的精神含义。

幸好还有盛可以，幸好我们还有这样的作家来完成这样的母题。《北妹》在《钟山》发表时用的名字是《活下去》，这不禁令我想去小说家余华的代表作《活着》。上面我说，作为"在路上"式的小说，《北妹》写得比凯鲁亚克的《在路上》更为本质。因为更本质，也就更深刻，因为《在路上》不过是一代人的"小品"，而《北妹》则接近了半个民族的"史诗"。现在我要说，《北妹》从某种程度上写得比余华的《活着》还要好。同样是面对"活着"这一母题，余华是有姿态的，那是一种知识分子情怀的姿态，是一种高高在上的悲悯，不断地累积着书中人物的苦难。强迫性地使读者落泪，我以为，这是极为蹩脚的文学姿态。而盛可以没有姿态，没有姿态就是她的姿态，所以钱小红也没有一个符号性的姿态，她只是在路上奔跑，她停不下来，但她是盲目的。一种盲目的力量在推动着她，她只是像一只小兽一样去作出趋利避害的选择，她当然是为了活着，为了活得更好，但又不仅仅是。她不像余华笔下的许三观那样干瘪，她是鲜活的，年轻的血液在她的身体里流淌，她还有一对令人羡慕的乳房，这意味着她饱满的欲望。所以她始终是有志向和想法的，不只是苟活这么简单。但她到底有什么样的志向和想法呢？这一问，就又没有了。她确实也没有，只是觉得好像应该有。她的身体里充盈着真气，但却不知道该向何处释放。她经历了我们所能想象的一个"北妹"所可能经历的一切。她一直在试图把握，但又仍是懵懂的。她只是像季节一样，觉得要有风，觉得要有雪，觉得冬天之后要有春天，但又是无知的，徒劳地循环着。而作为小说家的盛可以，这时把自己的面目完全隐藏在钱小红身后了，她没有去引导和假设，没有去暗示和揭露，只是让钱小红就这么奔跑着，只是让自己的心跳去感应和跟上钱小红剧烈的心跳和喘息。钱小红兴奋时，盛可以便兴奋，钱小红茫然时，盛可以就茫然。但她确实有能力把握这样的兴奋和茫然，使它们始终不偏离自己内心的轨道，使小说成为小说，使钱小红成为钱小红。我要说，在《北妹》里，盛可以不但塑造了近几年来中国文学上最成功的一个人物，也证明了自己作为一名杰出小说家的天分。

这种天分还表现在小说的结尾部分。你可以说它是败笔，也可以说它非常神奇。现实主义的故事突然出现了一个超现实的尾巴，钱小红的乳房突然开始膨胀，越来越大，越来越沉重。最后，"钱小红把乳房搁在栏杆上，一直望到那辆载着李思江的车屁股消失。她吃力地用双手先把左边的乳房抱下来，再把右边的乳房抱下来，忽然身体失去平衡，随着右乳房的重量倾斜，钱小红跌倒在地，压在自己的乳房上。她紧握着栏杆试图站起来，像个被打倒在地的拳击手，一次，二次……乳房就像钉在了水泥地里，钱小红扯不动它们，反被它们扯着，匍匐在地，脸与地面贴得很近，她听到脚步声、车轮声……轰隆轰隆地冲击与震撼耳膜，下水道哗啦哗啦声音尖锐地流淌，吆喝和放荡的浪笑，贴着地面一阵一阵地涌过来。钱小红发现自己被无数双脚围住了，那些脚有穿皮鞋的、穿凉鞋的、白色的、黑色的、宽的、窄的、大的、小的、高档的、廉价的……钱小红似乎看到了一双黑色靴子，在收容所踱来踱去的靴子，耳朵边响起朱大常说过的话，'你多保重、保重'。她咬着牙，低着头，拖着两袋泥沙一样的乳房，爬出了脚的包围圈，爬下了天桥，爬进了拥挤的街道。"如果说它是败笔，那就是，盛可以作为一个小说家的文学姿态终于图穷匕见，大白于纸，为钱小红设置了一个悲凉的结尾；如果说它神奇，也同样是这个原因，作为一部小说，终是要收缰的，不可能由着钱小红这匹母马永远盲目地在路上奔跑，不管她现在多么年轻，不管她还有多少懵懂而又无法压抑的欲望，她终究会跑不动的，就像所有的北妹一样，不要以为她们的生活会产生奇迹，她们最终都会趴下，既然必须趴下，只能趴下，那就让钱小红被她的乳房压垮吧，这是她刚刚开始在人生的路上奔跑时唯一引人关注的财富。这里面不需要有任何寓意，对于读者，你完全可以不把它当作超现实的，事情就是这样，一个女人被她的乳房压垮了，跑不动了。

　　本质的母题，完美的叙述姿态，惊人的推进和把握能力，还有——盛可以还有令人目眩的语言才华，她的语言就像钱小红的乳房一样，来势汹汹，结实、丰满、放肆，充满弹性和野性。读着用这样的语言写成的小说，就如同在吮吸着那样一对神奇的乳房，乳头不时会从你嘴里绷弹而出，抽打在你脸上，奶水四溅。还需要用什么来证明盛可以的小说天才呢——那么，你也许应当知道，这是盛可以的长篇小说处女作，初稿完成于2002年，而盛可以开始学习写作的时间，也是2002年。到现在为止，盛可以已经出版了三个长篇：《水乳》《火宅》和《北妹》。当然，从《水乳》开始，盛可以就变得太像一个职业化的很会写小说的小说家了——这话可不是在夸她。

身体自由：欲望与反抗的双重沉沦

——以盛可以的《北妹》为例反观当下底层女性文学写作

马玲丽[①]

　　盛可以的长篇小说《北妹》，将关注的目光投向了一群来自广州以北的打工妹，她们处于物质、文化、社会地位的三重弱势位置，为生计奔波、漂泊是生活的全部内容，她们无疑构成了现实社会一个数量庞大的群体，而她们的身体经验却是女性写作的盲区。《北妹》将女性文学从逼仄的身体趣味中走出，把女性文学由"一个人的战争"的"私人生活"放置到"一群北妹"的"公共生活"中去，使一向自觉疏离历史社会的女性文学，重返生活现场，显示出新世纪女性文学直面社会、关注底层女性、批判现实等系列新变。然而，《北妹》在对既往女性文学的突破中，又用身体欲望反抗现实性别秩序，陷入了新的焦虑。《北妹》为我们反观当下女性文学的写作，打开了一扇思考的窗口。

一、身体自由：烈焰中的舞蹈

　　20世纪90年代中国的女性文学叙事已经成功地夺回了女性对自己身体的解释权，结束了由男权话语代言的历史。当女人说"我有一个身体时"，它宣告，女人的身体不再依附于任何道德成规；她们有权自由地支配自己的身体。"声言我拥有一个身体即是说：我能被视为一个客体，我努力使

---

　　① 马玲丽，文学博士，现就职于南京晓庄学院文学院。本文原载《名作欣赏》2010年第15期。

自己被视为一个主体；他人可以是我的主人，也可以是我的奴隶……它们具有一种形而上学的意义。"①女性身体的"形而上学意义"是1990年代女性文学的话语中心，也就是说，1990年代女性文学的书写诉求是为了获得身体自由权。而这一切构成了新世纪女性文学《北妹》的叙事起点，它讲述的是女人们身体获得了自由之后的故事。

《北妹》的主人公钱小红成长于一个传统价值受到商品经济严重侵蚀的时代，既残存有农业文明时代禁忌身体的顽固流毒，又受到了工业文明时代身体解放思潮的浸淫，更孕育了现代社会身体自由的新锐意识。在异质文化纠葛的裂缝中，钱小红的出现似乎合乎情理却又异乎寻常。钱小红初中便辍学在家，生活百无聊赖，性早熟的她，生活乐趣就是和投缘的异性体验身体快感。但她的身体行为只服从感官享受的需要，与金钱和性政治话语无涉，身体因只"为欲望服务"，而获得了现代意义。钱小红的前卫的身体意识，无疑与社会文化语境紧密相关，经过20世纪末女性文学十多年艰辛的战斗，灵肉统一学说逐渐式微，进入到21世纪，身体自由已成为当代女性意识的一面旗帜，因此，钱小红这一人物形象有其坚实的现实基础。

但是，《北妹》叙事的文化语境比1990年代女性文学要复杂得多。1990年代的女性文学中，女性的身体要么是密闭私人空间里的喃语，折射着性别文化的寓言，如陈染、林白的创作；要么是酒吧里欲望和快感的单纯呈现，如棉棉和卫慧的创作。二者价值优劣的判断是明显的，"陈染林白们是反抗者的故事，而棉棉卫慧们则是享乐者的故事"②。其实，二者内在联系更值得我们思考，主人公们大多是受过良好的教育、生活在都市的白领女性，性格孤僻、敏感、纤弱、抑郁，我们可以在倪拗拗（陈染的《私人生活》）、多米（林白的《一个人的战争》）身上看到红的影子（绵绵的《糖》），讲述着一群具有小资情调的都市女性围绕身体发生的故事。显然，1990年代的女性叙事暗含着一个共同前提：物质独立、较好的文化素养、私人空间的护航。只有在这个前提下，女性身体自由的故事才可能得到述说，因为身体叙事很大程度上与"性"相关，无论是阅读躯体精微感受的同性恋

---

① 陈染.私人生活.江苏文艺出版社，1996：24.
② 向荣.戳破镜像.西南民族学院学报，2003（3）.

和手淫，还是放纵身体欲望的滥交，身体叙事的首要前提是经济自立，并具有一定的审美鉴赏力（对性行为进行审美），否则，一旦失去经济和格调的庇护、房间的掩护，女性身体可能就会轻易地陷入色情和商品的危机。进一步说，身体作为一种感性的生命存在，它不仅表征着非理性的快感、欲望和无意识，它还与金钱、性别、意识形态有着深刻复杂的历史关联。而1990年代的女性文学的身体叙事对此采取了回避的方式，将女性退缩在幽闭的环境中以自恋、自慰等与世隔绝的方式与男权社会争取权力，而一旦面向社会，哪怕是半遮半掩式的敞开（如酒吧），则无可避免滑向身体享乐和纵欲。

《北妹》以罕见的勇气和惊人的锐气，将一群拥有了身体话语权的下层女性抛到了中国现代性的风口浪尖——1990年代初期处于经济扩张期的深圳。1990年代以前的深圳还是一个偏远贫穷的小渔村，借助大量的资金投入和政策优惠，前现代与后现代的界限几乎在一夜之间畸形缝合，结出了现代性最糜烂的毒瘤。性禁忌打破之后，最开放的性意识和最腐朽的妇女观与金钱至上交媾成全新的畸形性观念。进入到这种环境中的北妹们，她们先天缺乏物质与文化优势，除了自由了的身体，她们一无所有。她们裸露在现代性的荒野：一方面年轻女性的身躯成为男人争相狩猎的目标，另一方面生存的压力和安全感的寻求，召唤、威逼着女性身体的沦落。物化时代新一轮的男女性别秩序以无比尖锐、紧张的对抗形式呈现出来。钱小红到达深圳的第一站龙岗，就开始了洗脑，"这里的农民富得流油，口味刁，专搞处女""把猎艳与品尝'北妹'当人生的休闲娱乐"。在男权文化、政治权力和异变了的社会性观念的把控下，女性身体自由法则岌岌可危，甚至自觉不自觉地成为把女性身体转换成商品的帮凶，《北妹》中女性身体大面积地沦为可赏、可选、可交易的商品。这是女性获得身体自由后颇具悖论性，然而却坚硬存在着的现实奇观。

二、身体反抗：镣铐着的利器

深重的压逼必然激起尖锐的反抗。《北妹》用迥别于1990年代女性文学的书写方式，续写了新世纪女性文学的反抗主题。1990年代的女性文学以女性生命意识的探寻方式，"不惜以自恋自虐甚至自戕自焚的举动来争取一份属于她们自己的话语权利"①。然而，女性文学的对立方"男权文化"，是一个大得漫无边际的虚体，用观念抵制观念，以想象来抗争想象之敌，对象之物最终凝成镜面的一抹水汽，多少有些雾里看花、鬼打墙之惑。一个必须直面的尴尬是，女性们"一千次一万次地诅咒男权文化，却损伤不了男权文化半点皮毛"②。显然，1990年代的女性文学较多地继承了1980年代文学的精英意识和理想主义精神，在女性话语浮出历史地表的初期，更多的是注重从思想上进行性别意识的启蒙，往往注重的是结果而不是过程，强调价值观念的启蒙而非具体的生活细节和人生况味的展开，与社会现实关联较少。1990年代末期以来随着物化时代的真正来临，女性文学面临的是物化时代男女性别间异常紧张、尖锐的对抗关系，对此，女性文学已不能停留在上个年代"房间里的私语"中，直面现实的疮痍成为女性文学的良知和锐气，也是女性文学继续前行的增长点。

贯穿全书的两个北妹钱小红和李思江，象征着弱势女性在新的性别对抗关系中的两种选择：顺从和反抗。李思江来深圳之前，纯净如山里的矿泉水，来深圳后，她用身体做赌注将未来交付给男人，结果被无情地抛弃，遭到了男权文化的彻底阉割和吞噬。钱小红是《北妹》中唯一将身体自由权坚持到底的女性。她不惮嫖客的淫威，冒着被奸杀的危险，绝不出卖身体；她宁愿去工厂流水线一天工作十几个小时，也不愿接受发廊老板包养；她可以随心所欲地和自己喜欢的男人发生关系，却决不接受物化的性。显然，钱小红继承了上个年代女性文学的两种质地，她既是新一轮性别对抗秩序中的反抗者，亦是乐此不疲的身体享乐者。

戏剧性的事实是，在周围人的眼里，钱小红常常被认作是卖淫女而不是反抗者，现实逻辑的恣意嘲弄了她，李思江的惨痛经历使她更加透彻地认识了自身处境，她抛开幻想，把身体当成战斗武器，凶猛地扑向了敌人。她丰满的乳房、旺盛的性欲以逼人的气势，改变自己在性关系中的被动与弱势位置，她不忠于任何一个男人，也不依附于任何男人，性关系剥离了权力和金钱，只"为欲望服务"。她迷人的身躯成为周围男性的意淫对象，她谙熟这一切，熟练地调动自己的身体，诱发男性的欲望，然后不动声色

---

① 徐坤.因为沉默太久.中华读书报，1996-1-10.

② 俞建湘.中国当代女性文学面临的困惑.湖南社会科学，2002（4）.

地撕下他们虚伪的面纱。钱小红将身体化作利器，无情地刺穿了一具具色欲膨胀的男性躯体。

盛可以是一个现实主义作家，她在热烈地赞美钱小红身体自由行为对现实秩序的冲击和反抗时，并没有回避由此引发的新的问题。《北妹》意欲建立一个男女平等的身体秩序，通往平等的路径是只为满足双方的身体欲望负责，除此之外的社会、道德、情感的责任和义务全部被消抹。新的秩序能否有效替代旧秩序？其二是性爱狂欢后的后果，如怀孕、流产由女性独食苦果，女性是否得到了真正的公平？其三，更深层上，身体自由给女性尤其是底层女性带来的到底是真的解放还是新的牢笼？小说结尾，象征着身体自由的乳房最终拖垮了钱小红，"她咬着牙，低着头，拖着两袋泥沙一样的乳房，爬出了脚的包围，爬下了天桥，爬进了拥挤的街道"。身体自由本是突破男权的利器和目的，却给女性带来了新的失落和焦虑，甚至将女性放置到了更为被动的处境：女性倡导的身体自由，在男权的围观中变成了某种闹剧，又被男权所利用，反戈成打垮自己的利器。这种情形正契合了米利特忧心忡忡地警告："性是我们面临一切问题的核心，除非我们消灭了我们压迫制度中这一最卑劣的形式，除非我们深入性政治的核心，并弄清楚权利和暴力的病态谵妄的根源，否则，我们争取解放的一切努力只会使我们重新陷入原先的焦虑之中"[①]。

三、面对现实：如何述说身体自由

1990 年代的女性叙事是一道瞩目的文学景观。陈染、林白、徐小斌等一批女作家的女性叙事，使得沉寂了千百年的女性话语得以浮出历史地表，在重建女性自我话语等方面取得了惊世骇俗的成果。但随着时间的推移，1990 年代女性文学写作面临的困境已越来越清晰地呈现出来了。一方面，以自身经历和内心情感为抒写对象的私人化写作，无涉社会人生，陷入自我封闭的泥潭。另一方面，"在一个男性中心遗毒深厚的环境里，女性的经验，尤其是身心的感受，要么被遮蔽，被隐抑，要么成为被看和欲望的对象，这几乎是无可避免的"[②]。在窥私和商业化的双重夹击中，"女"字

---

① 〔美〕凯特·米利特.性政治.江苏人民出版社，2000：29.
② 陈厚诚、王宁主编.西方当代文学批评在中国.百花文艺出版社，2000：453.

成为看点。1990 年代女性叙事历经陈染、林白时期的反抗话语，到稍后出现的卫慧、棉棉时期的欲望话语，再到喧嚣一时的美女文学、小资写作，越来越耗尽能量，似乎走到了穷途末路的终点。

"女性主义应该是人道主义往前走的一个结果，是从'人'之中发现了'男人'和'女人'之间性别的差异和权力关系"①，《北妹》契合了孟悦对人道主义女性文学的呼唤。它对底层女性身体经验的书写和现实主义方法的运用，突破了"私话"的拘囿，转向了对弱者、他者的关怀和思考，使女性文学摆脱了浮出历史地表初期抽象的观念对抗，开始了现实批判，显示出新世纪女性文学创作的系列新变以及女性叙事新的增长点。

尽管如此，《北妹》在创作中的不足仍是非常醒目的。盛可以在《北妹》中对两性关系的思考，勇猛的背后依然尽显疲乏和虚空，钱小红虽然恣意嘲弄了男权文化，甚至对男权发动了正面的进攻，但她的方式无疑是以身饲虎，最终拖垮的不是男权而是自己，造成当代女性新的"异化"。其中显而易见的缺陷，首先是，女性身体一方面是性别秩序的反抗武器，另一方面又是情欲快感的载体，也就是说，钱小红的身体兼具反抗与享乐的双重功能，既保持着身体对现实感官享乐的占有，又筑构起高高在上的反抗姿态，然而建立在欲望享乐上的反抗意识很难说是独立的女性意识，它形成了某种虚妄的女性主体，不仅难以对男权文化造成真实、有力的冲击，在现实层面上，则表现为女性更严重地陷入男性文化的控制之下，其依附性的特征较之 20 世纪 80、90 年代反而更为醒目。二是将身体自由与情欲紧密缝合，狭隘地将情欲的率性表达等同于身体自由的实现。钱小红放逐"爱"与男性一起性狂欢，完全放弃对灵魂、精神的思考和寻找，将女性"性自由"高举成现代女性意识的标志。但是，脱离情爱关系的"性自由"会导致对女性真实的身体自由的戕害。因为虽然女性掌握了自己的身体，也不再属于某个特定的男人，但其性关系的性质同既往无爱婚姻的性关系没有本质的差别。进一步说，钱小红的性自由在很大程度上，是在脱离社会关联上的个体的、世俗的、感官享乐的基础上发展而来的，这种性自由一旦与社会政治、思想精神的追求无涉，就会成为女性重新"异化"的原因。因此，《北妹》欲望话语下的身体叙事，造成了底层女性身体欲望与反抗话语

---

① 孟悦、薛毅.女性主义与"方法".天涯，2003（6）.

的双重沉沦，陷入了另一个写作困境。

其实，获得了自由言说的女性身体叙事，并不排斥身体书写的灵与肉之间相互的探寻和思考。例如，杜拉斯的《情人》，女性对男性身体的渴求因隐含着一颗跃动的灵魂而隽永，昆德拉的《不能承受的生命之轻》中的托马斯因身体一直在倾听灵魂深处的呼唤而深奥。这些文学经典给我们的启示是，欲望化的身体自由仅是一种虚假的身体自由，身体真正被言说，因为它还是有思想有灵魂的生命体，女性身体只有得到了真正的言说时，才能形成独立的女性意识，而在身体欲望和灵魂时常错位、性别对抗异常尖锐的底层社会，女性身体与灵魂的对话应当更有必要，并且可能导向新的深度，将自由欲望表达融入灵魂的寻找与思索、触摸当代底层女性深层的心灵跃动、拷问现实人性在阶级性别对抗中的复杂与深度，才能形成真正的女性主体，并对男权文化造成真正的冲击以及对理想性别关系的呼唤。也许这样，新世纪的女性文学的底层书写才能获得对当代社会现状和社会思想的发言权。

使命意识、骨感神韵、质感风范

——从《北妹》看盛可以长篇小说创作

陈利群①

长篇小说《北妹》②，是盛可以的处女作，"是原生态的、野生的、本质的、粗粝的、生机勃勃的生命呈现"③，展示了作家"比较明显的个人风格"。对盛可以的长篇小说，目下学界往往更关注诸如"叙事模式""写作策略""语言特色"以及"终极目标"等偏向写作技术、哲学层面等学理指向，而从基本层面的审视解读却被无意忽略。本文拟通过解读《北妹》，对上述问题作一探究。

一、生存状貌与深层喻示

"北妹"是广东对广东以北的打工妹、漂泊女的习惯称谓。物质贫穷、缺少文化、社会地位低是她们的突出特征。《北妹》写乡村少女钱小红及其同伴，随 1990 年代南下潮流，从偏僻的乡村来到深圳打工。几年时间，几乎经历了打工妹可能遇到的所有劫难与艰辛，乡村不想回，城市融不进，前途无望，痛苦迷惘，然却坚韧生存。

作品叙述以性意识、性经历描写为线索贯穿始终。盛可以敏锐地占据

---

① 陈利群，广东技术师范大学文学与传媒学院院长，教授，广东省写作学会副会长。本文原载《当代文坛》2012 年第 5 期。

② 盛可以.北妹（原名《活下去》）.钟山，2003.11.

③ 盛可以.北妹·再版后记.天津人民出版社，2011：171.

叙述的居高视点，拉开了远阔的景深。"性是我们面临一切问题的核心。"①面对都市物质、文化的重重压力，处于社会底层的北妹，除了廉价的体力、粗拙的技艺，能够引起城里人尤其是男人兴趣的，恐怕还是她们年轻活力的身体，与单纯淳朴的性格。如何对待性的问题，直指北妹生存状貌的哲理深层。在此，作家深沉的使命感显露端倪。

对性的认识和态度，很大程度决定着北妹的生活方式。作为钱小红的映衬，李思江出来前，完全是年幼天真，稚气未消。刚到城里，马上被男人盯上骚扰，没几天，她就贱卖了童贞，换回两张暂住证——她和钱小红打工生活最起码的栖身保障。李思江虽也暗中垂泪，但为了生存，再加上身处开放地区，李思江的价值观发生了急剧变化，迫于生存，她已顾不得那么多了："处女膜是什么东西？我不觉得失去了什么啊，明天起我们就自由了。"②传统社会女性最为珍贵的贞操，连同父辈女性价值观最核心的堡垒，与开放城市刚一交锋，便土崩瓦解。李思江与村治安队员坤仔的短暂甜蜜，却被怀孕、打胎弄得灰头土脸；更不幸又被人顶替计生结扎而被强行手术，连生育能力都被野蛮夺走。李思江向往城市，最后却希望破灭，一无所有逃回乡下。

钱小红在性问题上，却是特立独行，旗帜鲜明。她不卖肉，不为爱，只"为欲望服务"，恣意放纵欲望，借以蔑视世俗传统，反抗社会男权规则，一时倒也淋漓痛快，最终却乳腺病恶化，身体垮了。不仅如此，钱小红身边的发廊洗头妹、工厂打工妹、宾馆服务员、歌厅三陪女，甚至区妇幼医院的女职员……形形色色的下层女子或借身体谋得些许好处，力图改善生存的窘迫，或发泄无聊、寻求刺激，追求自身欲望的满足和享受。对此，不少论者多从"身体写作""女性自由"等技术层面来审视，只注意其写作技法以及远离现实生活的理论文化意义，并给予过多的肯定。笔者觉得，谈论作品的性开放、性自由，不能完全无视文学的社会功能。目下，理论界不时兴提"反映论""言志说"，但现实生活中，人与性、人与社会的关系密不可分。性与爱的割裂，灵与肉的分离，违背了社会人性的基本法则，并不符合人类社会的公序良俗，对人是一种精神损害、健康摧残，从某个角度上看，于

---

① 〔美〕凯特·米利特.性政治.江苏人民出版社，2000：29.

② 盛可以.北妹.天津人民出版社，2011：37.

社会风气是一种堕落倒退：若一味纵容性自由而无所顾忌，则与动物世界何异？钱小红们杂乱的性观念、性意识、性际遇，正是特定时期社会风气的文学映像。

我们的文学理论不能因矫枉过正而过分远离生活，随意轻蔑文学与生俱来的社会功能，只偏隅于纯学术性的探讨。如此易将文学导入狭窄之路，导引作家为了迎合某种观念而干枯说理，抛却作品应有的生活质感。笔者曾揣测，盛可以后来的创作，如长篇小说《道德颂》《水乳》等，相对的写实少而喻理多，是否多少也受到这种影响。作家曾表示，"在后来的写作中，我无数次回过头重新审视这部作品，很奇怪我很难回到这个状态，很难再有这种如非洲鼓点一样兴奋密集的语言节奏和目空一切的行进态度"。在笔者看来，这是否与过分追求理性表达，忽略现实生活的真实丰满有关呢？

二、生活世界与人心世界

"好的文学它所要追索的，永远是生活世界发生了什么，人心世界发生了什么。"[1]《北妹》从"生活世界"与"人心世界"两道基准线出发，筑构打工群体生存的区域风景线，其叙述特别的维度宽度，使作品发散出一种登高统揽的宏大气度，和长幅彩卷的质感斑斓。

（一）打工世界的生态图谱

小说原本是给人消遣的，然而，目下评论界更热衷于凌虚高蹈，宏大叙事，神秘深奥。于是乎我们的一些作品，成天纠葛感情，坐而论道，不用工作不见生活，无关世间痛痒，抽象艰涩不知所云。若此，小说严重脱离实际生活而招致大众的疏离，也就不足为奇。《北妹》则不。作品围绕钱小红的打工生活轨迹，描写了她身边不同群体各色人物的生活，其形象类型真实多样，情节场景鲜活经典，包罗生活全面丰富，体现出作家内心深处对底层社会的担当意识和悲悯情怀。

与常见打工妹的柔弱、悲苦、隐忍不同，主人公钱小红书没读多少，但阅人处事却无师自通。她向往城市，为人灵活犀利，率性自信，放纵欲望

---

[1] 谢有顺.此时的事物·序.江苏教育出版社，2005：2.

而又不失自己的底线。比起一般卑微隐忍的打工妹，钱小红更令人振奋和期待。她"成长于一个传统价值受到商品经济严重侵蚀的时代，既残存有农业文明时代禁忌身体的顽固流毒，又受到了工业文明时代身体解放思潮的浸淫，更孕育了现代社会身体自由的新锐意识"①，代表着特定群体一代人的特征和希望，是文学作品中一个真正具有时代性色彩的"北妹"。

钱小红们的打工生涯，一路有如浮萍漂水，随缘漂泊，相当程度地囊括了打工妹及其他底层族群生存的曲折艰难：钱小红她们跟着老乡栖身废品收购站，误打误撞闯入妓女聚居的便宜小旅馆、懵懂跟人到 K 厅陪酒，试过给不怀好意的小老板做公关，怀揣梦想到发廊当洗头妹、招聘到手袋厂做小企业的流水工，被抓过流动人员收容拘禁，做宾馆总台服务员、区医院打杂的临时工……类型丰富，经历曲折，于作家于同类作品，均不多见。与不少视点较窄、人物不多的打工作品不同，《北妹》写主人公奔波辗转的打工生活，以远阔的景深、收放自如的大视角扫描深圳打工群体，活画出众多行业各色人物与生活场景，成就了打工生态的系统工程——那不甘拘束向往城里的湖南乡下妹子、势利泼辣的乡邻大嫂、心怀欲望而憨厚的乡村汉子、小县城招待所俗野妖媚的服务员、粗痞率直的北方住客男；县城郊区小餐馆艳俗厉害的老板娘、精瘦有心计的老板男；废品收购站方头方脑好色的小老板、油滑可怜成天温习封面女郎的单身男小工头、恃宠撒泼的小三、悲苦无能的妻子；便宜小旅馆麻木慵懒漂亮的卖笑女、小旅馆粗俗无良的老板娘、夜总会凶神恶煞的嫖客、扫黄被抓的妓女；色情按摩勾搭顾客的发廊洗头妹、脱下制服鬼混的警察；小手袋厂流水线上机械木然的打工妹、刁厉苛刻的车间拉长；身穿斯文制服私下截留房费的宾馆总台服务小姐、夜总会 K 厅熟门熟路的三陪女；区妇幼医院表面严肃私下勾搭女下属的院长、擅与同事钩心斗角的挂号员、热衷打探八卦消息曝猛料的化验员、刻薄冷漠的妇产科医生、医院宣传科受人排挤的临时工、绝望跳楼的性病女；乘人之危的土财主村主任、虚情假意玩弄打工妹的村治保队员、正直有同情心的派出所警察、阴冷专横的黑头目；街头缠人的卖花女、出租屋闲居的代孕妈妈、豪宅里年轻落寞的宠物保姆；口水哗哗很白领的培训师、精明耐磨砖般的保险推销员、装模作样鬼心鬼事的文化局官员等等，

---

① 马玲丽.身体自由：欲望与反抗的双重沉沦.名作欣赏（下旬刊），2010（5）．

他们的生活各自精彩，宛如旋转舞台中的一幕幕经典场景，片场之中演绎精彩，场景之间纷繁不乱，成群结队，成区成片，筑构出当代文学园地特定时代打工世界、底层社会乱象横生的丛林生态。

一段时期以来，不少作家笔下的女性，动辄美酒咖啡、恋爱小资、无病呻吟。钱小红们的面世，打破了文学作品中白领一统天下的格局，促使当下女性文学朝更贴近生活的现实回归，在当代女性文学中具有特别的意味。盛可以曾深有感触地说，"呈现这个群体的生存状态，是有意义、有价值的。"[1] 打工群体为国家发展作出了巨大奉献，他们的生活状况、忧喜悲欢，关联着时代中国城乡变更、农民境况的巨大变革。若无视于此，文学将自我矮化、萎缩。盛可以的使命感源于她清醒的认识与自觉的社会责任意识。

(二) 急遽变迁的心路历程

打工生涯是怎样将那个时代的"人"一步一步改变的？打工者的内心曾激起过怎样的涟漪？盛可以穿越一般的浮泛叙述，直抵人物的"心"底，开启北妹内心独特的窗口，展现世人所不曾认识的风景，作品的人生哲理思考因而达到了相当的高度与深度。单纯的乡间少女外出打工，向往城里却不被接纳尊重，抛弃故乡却遭邻里轻蔑鄙视。没见过世面的李思江们，在接受现代文明洗礼的同时，无可逃遁地遭遇了都市环境的污染。在一步一步经历了期待、新奇、不安、无助、恐慌、愤怒、厌恶，到无奈、麻木、适应的蜕变过程之后，身体容貌也由原来健康活力、气色红润的"苹果脸"变为苍白瘦削的"瓜子脸"；从以前的单纯质朴、充满期待，变为开放成熟、现实无奈……内在的变化往往缘起于见识的改变。生长于改革开放之初的乡下妹子，初次出门谋生，新的东西扑面而来，随时随处、眼花缭乱、瞠目结舌、猝不及防。开洋荤长见识，潮流时尚为乡下妹子进行了现代都市的粗糙洗礼。她们逐渐褪去了乡土气，带上城里人的气息。事实上，到了都市，乡下女不仅仅是"开眼界"，环境的浸淫加剧了她们心灵的蜕变。深圳到处都是听不懂的粤语，说惯了的家乡话无处可讲，让她们感到魂不着地，内心惴惴不安；"开苞""打洞""饮夜茶"……莫名其妙的暗语、黑话随处可闻，恣意挑逗、暗示污浊不堪；不怀好意、居心叵测随处可感，

---

① 盛可以.北妹.天津人民出版社，2011：281.

令她们深受侮辱而无处逃遁。李思江到深圳没几天，自己的贞守就换了暂住证；身边的洗头妹，也不惜色相拉住客人、谋求出路，或希望遇到真爱或欲被"包"或希冀得一笔钱财后自己做生意。收入低微、劳作繁重等生活艰苦，又加人格侮辱、环境污染等精神摧残，城市底层社会的杂乱环境，迅速无情地摧毁了乡下少女也许原本就不牢固的道德精神防线，深刻改变了她们的内心世界乃至人生轨迹。钱小红们的变化，真实录影了一代农村青年在历史浪潮中的无奈转身。

三、骨感神韵与质感风范

真正的艺术，应具备"生命的质感"。即其塑造的形象、表现的生活应当如在目前、如可触摸，让人能感受到冷热粗细，让人产生触摸般的、活生生的真实感。"有质感的不一定是艺术，但没有质感却一定不是艺术，至少不是好的艺术。"① 如同真实生活般的质感，是小说"好看"的前提之一。一段时间以来，评论界比较热衷于高深理论，不太提及"反映生活""讲好故事"等文学作品的基本特质功能，淡忘了文学安身立命的基点所在。这往往造成评论家叫好的，普通读者看不懂、不爱看；普通读者喜欢的，评论家又不以为然。文学作品理应关注人类一些最基本的哲学命题，但也不可忽略其普通民众阅读的基本功能。笔者并不排斥一些先锋探索作品面世，就整体而言，评论家视角与普通民众阅读，还是宜倡导融于一体而非对立的二元。

质感离不开骨感。所谓骨感，指抓住事物的最本质特征，用最具概括性的材料、最具表现力的语言，简洁明了生动地表达出人物事情最本质个性的精神特质与内在蕴涵。骨感是质感的内涵支撑。质感等次的高下很大程度决定于其骨感质量的状况；而骨感水准的保障，也离不开质感——必要的情节、细节熔铸成的活生生的真实感。脱离生活真实的故事因其不像生活而不可信，只是借题布道、抽象说教而已。

内具骨感神韵而外显质感风范，是盛可以长篇小说的突出特点：其质感因骨感而直接、有力；其骨感因质感而鲜活、温润。她写人说事总是定

---

① 王文革.艺术需要生命的质感.中国艺术报，2012-2-3.

点到位、拿捏够劲，间或还来一点点尖刻，犹如针灸扎着穴，酸胀、刺痛然而过瘾；其顺手拎来的细节情节，仿佛生活本来的样子，纷繁、自然而有味。骨感神韵与质感风范的彰显融和，以《北妹》最为出色。

仿佛本能一般，盛可以写人物写生活，总能抓到最特征、最要害的细节、情节，人物的性格活灵活现，骨子里的韵味三日绕梁，随处闪现着盛可以观察、感受及表达的过人才气。面对粗俗老板直指"波"的难堪话题，钱小红"故意腼腆地笑，不告诉你……"既保护了自己，又不得罪人，主人公那娇媚的音容活灵活现，聪明开朗、活泼可爱的少女呼之欲出；写李思江初到夜总会："服务小姐推开厚重的木门，音乐鼓点哗地蜂拥过来……人影一晃一晃，灯光像嬉戏的孩子到处奔跑。光线好暗，衣服上好像沾满了白棉絮……看不清人的面容，只见牙齿惨白，眼里的白色一翻一翻，也辨不清谁是谁。"新奇、惊讶、不知所措，完全是未谙世事的乡下妹子初识繁华娱乐场所的复杂感受的传神描摹。

环境是人物生活的场景。深圳郊外浓烈杂乱的开发区气息，源自黄沙追赶着车轮；生长着白顶屋棚和平房的偏僻荒地；废品收购站一心讨好老板的小工头李麻子，捧着本脏不拉叽的地摊杂志，读得满目春光，近三十的男人，成天靠温习红唇烈焰的封面女郎挨日子；嬉皮笑脸搭讪漂亮女孩的保安仔；冷不防往路边女人胸前抓一把就狂跑的西装白皮鞋矮男人；突突黑烟中卖票员一只手在窗外拍得嘭嘭响的中巴车；贴满前列腺炎、梅毒、老军医小广告的电线杆；头盔扣着一张黑脸呼地把车一横的摩托佬；里三层外三层围着人群的工厂铁门……乱哄哄、活脱脱的城区郊外写真图，正是记忆中的"城乡结合部"。这样的环境，令北妹们的仓皇无着，忙碌艰辛都游魂附体似的活了起来，所有的因缘人物都有了根基和归宿。

小说骨感与质感的相生互益，必得借助于语言载体。盛可以摒弃平铺直叙的琐屑，以不假思考的果断，截取最适宜细节情节的精准，调遣人物之得心应手，挥洒着胸臆的痛快恣意，字里行间充溢着一股强盛的气场。盛可以写人物时总有出人意料而又恰如其分的比喻，一针见血而生动特别。派出所民警廖正虎，别有用心来找钱小红，一番海阔天空，"像杯茶一样倾倒在钱小红并不需要喝茶的胃里"，钱小红一肚子水咕噜咕噜地响，她觉得快被淹死了。好歹切入"女朋友"的话题，面对钱小红的建议，廖"老鹰捉小鸡般用他粗大的手，举起那个纤巧精致的高挑银质茶壶，细心地替钱小红添了点茶"，故作怜悯地说，"你们挺不容易的，像浮萍一样……"终于提到办暂住证，他憨憨一笑，"我说过要你的钱吗?"形象恰切，意味深长，把他的故作深沉、老谋深算写得入木三分。人物用自己的眼光看世界，用自己的语言说话讲故事，没有修饰繁复的书面语言，不见空洞的熟语形容词，口语化而不烂俗，这不完全是作家刻意采用的语言策略，本质上是她语言才华的挥洒奔放。

"北妹在南方"的叙事流变

蔡　东[1]

第一次听说"北妹"这个词是在一部胡打乱闹的香港电影里。电影名字早就忘了，只记得父亲租来一摞录像带，大抵是港片，在家里的录像机上一部一部地放。彼时年纪尚小，却凭直觉感受到"北妹"这个说法透露着的揶揄、轻蔑和敌意。愤怒，接着又释然，作为一个生活在北方的北方人，这种不友好即使存在，也离我太遥远了。

我终究还是去了南方。四月，沿着京广线迤逦而下，一天一夜后，火车在一片浓绿中停住了。透过车窗，我看到叶片阔大肥厚、长势嚣张的亚热带树木。原来南方就是一个植物绿得饱满、绿得恣意、绿得水汽淋漓的地方。伴着绿海而来的是热浪，空气湿哒哒地粘在身上，北方最热的日子也不会让人感觉这么不舒服。

第二天，在满目碧色中，我上火了。多么直接准确的表达，确实是换了一方水土。每个北方人来到此处，都要先找一间凉茶铺。我张开嘴巴，露出红肿的牙龈和喉咙。深目削颊的老板娘看了一眼，说，茅根水不行，甘草茶没用，二十四味还不够，喝癍痧吧。

癍痧的颜色浓黑如墨，癍痧的苦可令日月无光。我永远记得喝癍痧第一口时的感觉——舌头一哆嗦，脖子短了，苦味漫开，接着整个人变成一颗风干的小橘子，缩缩着，紧巴着，往小里逃命——好像猛虎压顶而来，只能往

① 蔡东，小说家，已出版《我想要的一天》《星辰书》等多部小说集，曾获郁达夫小说奖、华语文学传媒大奖。本文节选自蔡东的《深圳文学：生长与展望》，海天出版社，2011年版。

小里逃命。

癍痧这两个字，粗粝，浑浊，狰狞。绿得铺天盖地不知疲倦，是深圳。癍痧，也是深圳。

坦白说，在深圳一所高校任教职的我，对"北妹"的屈辱体验并不深，真正让我恐惧的是南方的闷热，南方夏天的没完没了。树木终年常青，花朵四时不谢，初来乍到，颇感新鲜，长此以往，怅然若失。至今，我身体里仍烙印着春夏秋冬的轮转，四季在身体里确乎有记忆，何时舒展，何时敛藏，何时张开，何时紧闭，自然，也精准。当被置于两千公里之外时，它一度茫然、迷惑、惊恐、紊乱，艰难地调节，被迫地顺应。常年肿胀肥大的咽喉和敏感的气管，是湿热南方给我留下的烙印。我曾听过一个未经证实的说法：南方的水含硫量高。从此，我总能看到，清凉的水里包裹着一团火，一股霸道的热气。

学校里的老师大都是外省人，来自湖北、湖南、浙江、河南等地，当地人所占的比例并不高。起初，我为自己糟糕的粤语水平忐忑难安，但很快就发现，语言劣势对我的授课和人际交往谈不上影响，校园里通用的话语体系是普通话。我还发现了一个现象，两三个当地老师聚在一起时，会旁若无人地用粤语聊天，声音突地变得很响亮，他们的关系也无端亲密了起来。那样的时刻，我表面平静，内心却有一种被排斥感，以及努力倾听却听不懂的羞愤。好在乡党和方言在校园不成气候，学校里挺适合过半隐居的、内心自由的生活，同事关系比较简单，除去上课，尚有自由支配的时间在家里看书写东西。

居于深圳，不能免俗地要时常去香港购买日用品。我曾在旺角的一座座老楼里，遇到另一种语境和情境里的"北妹"。北妹的招牌醒目招摇，硕大的"北妹"字样下面，是种种淫猥露骨的描述。顿时，我感到耻辱迫近了我。心惊肉跳，无地自容，没处躲藏的慌乱，只能急步走过。

在词语的世界里，"北妹"这个词是形而下的，散发着直接来自身体的腥臝感。某些当地男性谈论北妹时，脸上会露出心照不宣的笑容和穷极狎昵的表情。"北妹"本身就是个形容词，代表着两层含义，其一，作为商品的清鲜，有一种类似于异乡特产和海中生鲜的清新感，风味独特鲜美，其二，作为商品的低廉，本地人凭借地域和经济上的优越感，可以毫无压力地消费享用。

2004年，盛可以的小说《北妹》出版，距离她客居深圳已有十年。在这部小说中，盛可以用活蹦乱跳的语言描摹身体和性事，小说的章节标题也不避通俗浅白，这是她对堂皇的文学秩序的一贯挑衅。钱小红的胸部是窥探北妹南漂生活的一个高清广角猫眼，也是擦亮中国城市化历程中人性和欲望的一块绒布。盛氏以其强烈风格化的语言和带有异端色彩的思维方式，重建了"底层"的身体伦理。

钱小红的身体观是个奇异的混合体，一方面，她宣言道："情欲不是肮脏的，交易才是可耻的。饿了要吃饭，困了要睡觉，这多么正常啊。"她从身体到性意识都很早熟，体内充满凶猛而诚实的"力比多"，她是"天生的洗头妹"。另一方面，表面豪放的钱小红，实际上却守身如玉。她的生活颠沛流徙，从事着动荡的服务性职业，先后混迹于发廊、工厂、宾馆前台、妇幼医院窗口、计划生育宣传室，她的身材始终是男性注目的焦点，她遭遇过看似无意的揩油，也遭遇过矮男人预谋已久的突袭，但她始终固守自己的底线。从这层意义上说，钱小红是个充满理想主义情怀的人物，一个不合时宜的贞女，始终保持着赤子的清洁和纯真。结尾的一幕惊心动魄，钱小红的乳房忽然变得无比沉重，她拖着两袋泥沙一样的乳房，爬下了天桥，爬进了拥挤的街道。这一幕魔幻而又荒诞，作为女性特征的丰乳，没有为钱小红带来幸福和荣耀，而是沉重的负累，是她追求自由独立的障碍，也意味着她将经受更多的肉身磨难和精神煎熬。盛可以笔下的北妹书写，带有某种羞涩而纯洁的气息，散发出某种希望和理想的光泽。

盛可以的路数是杀气腾腾、刀刀见肉；语言脆爽，过程紧张刺激、精彩好看。我猜想她在写作《北妹》时状态非常好，手可能都跟不上脑子，这样急促而又激动的状态，语言上略显粗糙，但另有一种掩盖不住的向外焕发的才气。

吴君的小说则呈现出不同的文本质地，她善于不动声色地蕴蓄力量，正当你有所懈怠时，忽而凌空暴起，穿心一剑。2009年，吴君写出了《复方穿心莲》，2012年，她又发表了《富兰克恩》。当人们认为"北妹"题材很难花样翻新时，吴君用她的写作证明，"北妹"仍是丰厚的文学资源，沉静地等待着有"心"作家的发现和开掘。盛可以的《北妹》有很多情节都对男权意志进行嘲讽和批判，即使办暂住证的一个细节，也彰显出男权的意识形态，吴君的创作则愈发深广忧愤，"北妹"们的职业更加多元化，"北妹"的陷落也从身体扩展到心灵。吴君的叙说，充满了寒意与巫气，不留什么余地，也无犹疑和虚饰。吴君的小说里，有一种特别绝望的东西，有一种冷酷的幽默感，把人伤透了，几乎叫人万念俱灰。她对人性有着透彻的把握，读她的小说，几段就一个真相，都是人们不愿意承认也不愿意深究的东西，她一一戳破，让其赤裸地袒露，继而破碎和幻灭。写作的吴君也是尖刻的，非常之尖刻，没有虚活儿，没有欲语还休。

《复方穿心莲》将两个女性人物双线并置，明暗交错，彼此参照，产生了一种叙述上的张力。表面上，一个业已成功登岸，一个尚在苦海泅渡，一个是全职妈妈，良家妇人，一个是酒店妈咪，风尘女子，而随着故事推进，险恶的真相层层剥开渐露峥嵘，方小红和阿丹两个北妹的生存方式并无实质差别。这个故事最初给了人希望和光明，末尾又是不抱任何幻想的清醒和直接，使得小说的杀伤力以几何级数增加，爆发出来的力量也很惊人。方小红拥有知识和代课教师的职业，这是她改变命运和获取尊重的筹码，可事实上，婆家选择她只是基于"优生学"的考虑，作为繁衍工具一旦生下孩子，其剩余价值就被透支，"尊重"是遥不可及的奢侈品，甚至连亲吻自己孩子的脸都引起家婆的不满。小说中有几个细节格外残忍，如北妹努力说本地话时脸部的表情是扭曲的，"嘴变了形"，"两个肩膀也不平"，如阳光下闪烁着柔润光泽的荷兰豆，北妹们明明熟悉这种可爱的豆子，却因为本地人的偏见"这种东西北方绝对不可能有，你们北方怎么可能有这么好的菜呢？要是放到北方根本不能活。"只好假装不认识"高档洋气"的荷兰豆。荷兰豆是一个苦涩的意象，在方小红眼中，它不再是甜脆可口、老家里遍地都是的小扁豆，而"像极了她吃过的那种苦药"——复方穿心莲。穿心莲，穿心一剑，这些细节仿佛致命的利刃，划破温情，充分传达出人性的阴暗和阶层融合的艰难。小说里，北妹在身体层面上依然被侮辱与被损害，但吴君继续往幽深处开拓，通过对本地人强势语言文化的意义，隐喻着北妹失语无根的困窘处境。

相比较而言，我更推崇《富兰克恩》里的"女奴"形象，潘彩虹这个人物在北妹叙事中堪称经典。吴君说这部作品的源头是一则社会新闻，东莞某酒店失火，客人们四散逃跑，在如此紧急的关头，女店长不是本能地逃命，而是跪在地上哀求人们别乱跑，别打碎老板的桌椅财物！在信息海量的时代里，这则短小的消息本不会有任何回声，它瞬间即被淹没，但天赐神缘之下，吴君在这则豆腐块新闻里，发现了属于小说的惊人动力，显然这则新闻里藏着个能量骇人的小炸弹，杰作就这样诞生了。

吴君最拿手的是细节，她的细节书写像针刺，扎一下不疼，但一针一针朝一个地方刺下去，伤口越来越深，疼痛也剧烈起来。小说中，潘彩虹是个颇具社交智慧和工作手腕的酒店经理，她处世灵活，精明干练，迎来送往，滴水不漏，是老板庄汉文倚重的头号干将，也是下属巴结恭维的对象。表面上看，她在起点不高的情况下，凭借个人奋斗取得辉煌的成功。事实上，这个人物信息量非常大，意蕴非常丰厚，她同时也是遭受多重损害的人物。从性别属性上而言，为在男人面前维持清新鲜嫩的假象，她隐瞒了自己"已婚妇女并育有一子"的身份，让从北方过来探亲的丈夫和儿子藏在出租屋里。从社会属性上来说，潘彩虹依靠工作能力获得晋升，她的梦想是真正"进入"深圳，买房置业，让儿子入读深圳的学校，但靠个人奋斗获取体面生活的理想只是个大泡泡，老板视她为工具，一旦无用则弃如敝屣，同事则恶毒地嘲笑她，背地里称之为"flunkey"，富兰克恩——穿制服的狗，老板的奴才。从灵魂层面上来说，潘彩虹的奴性是一种发自真心的"自觉"，昭示着个体生命意识的彻底丧失，她内心的荒芜是一片望不到边的沙漠，触目惊心。

为了完成从乡村妇人到城市女性的转型，潘彩虹做出了全方位的牺牲。她的身体，她的灵魂，她与生俱来的母性和女儿性，都被"奴性"覆盖了，都是"成功"的代价，而所谓事业所谓晋升，恍如春梦一场，虚妄无比。

从奴隶社会至今，社会的前行发展就是个体不断解放的过程，但时至今日，"潘彩虹们"无比清晰地存在着，让人心痛，让人不寒而栗，生活竟将一个鲜活的女人扭曲到这种程度。《富兰克恩》称得上是"撄人心"的作品，潘彩虹这个小说人物的价值，将在社会矛盾不断累积的进程中越来越得到重视。加拿大记者道格·桑德斯在其宏大的著作《落脚城市》中，通过巴西和印度的两个家庭，向读者展示出一条移民晋升为中产阶级的道路，这个章节的题目就叫作《迁徙的终点：从底层到中产阶级》，文中他提到："对于乡下移民而言，晋升中产阶级并非不切实际的期望，而是历史上的常态。在19世纪末至20世纪期间，这种现象在欧洲和北美的城市历历可见。"然而，吴君借着小说提出的问题相当尖锐，即使拥有过人的才干和能力，即使勤勤恳恳兢兢业业，即使卖了自己的身体也卖了自己的灵魂，上升和流动依然无望，像走入了一个死胡同，这个被凝固的阶层，她们的未来到底在哪里？

《复方穿心莲》里，方小红离家出走，又毫无悬念地回来；《富兰克恩》里，潘彩虹像祥林嫂一样肯做肯下力气，却连劳动的资格都被剥夺。吴君关注普通人身上"恶"的力量，尤其关注同类间的戕害，同类最相知，同类亦相残。害死祥林嫂的是"无主名的杀人团"，其中阶级姐妹柳妈功不可没，而对方小红和潘彩虹做出致命伤害的，也是亦敌亦友的"北妹"。

北妹，北妹。并非危言耸听，请让我引述小说家的原话来说明潜隐于移民城市中的坚硬而深重的隔阂。人们早已错落混居，又却互设心防，"老死不相往来"。

"你们是不是经常要吃窝窝头啊？"

"那你们也没热水，是不是一年才能洗一次澡呢？听说有些人一辈子才洗一回。"

吴君的文字，像裹着一层风霜，肃杀，透出冷冷的白光。

我也是北妹，幸运的是，我逐渐适应了南方的天气和生活节奏，过上了较为安定的日子，并奢侈地拥有着精神生活。学校是一个特别能凸显移民城市特质且价值观较为多元的所在，这也是我身处深圳而身份焦虑感不严重的根本原因。由于并未长久地被生存问题困扰，我关于"北妹"的体验并不多，而且平心而论，深圳不算个排外的城市。说起来，我的家乡人，不也仇视和反感南方吗？是与生俱来的，又是想当然的。人们的观念牢不可破，认为南方充斥着狡诈的骗子和胆大包天的投机客。九十年代初，城南有一家温州人开的上海美发店，理发师设计的发型洋气时髦，风靡全城，姑娘媳妇们都乐意去店里剪烫头发。做好了发型，心里虽然受用，骨子里却瞧不上那几个理发师，背地里喊她们南蛮子。在我的家乡，凡是南来的外地人一律称之为"南蛮子"，她们的口音、肤色、饮食习惯、娇小的身体都是一种异质的存在。

谁人不是他者。

大学生、打工妹、心怀梦想者、在老家没混出来憋着一口气的，一批批又一批批地来到深圳。迁徙是现代人必须经受的磨难，无关性别、学历和户口性质，一种诡异的风向把人们往一个地方吹。她们，他们，是深圳人口基盘的重要组成部分，惊魂未定，前途未卜，却又顽强地生活在这里。

显然，这种分化和裂变还将从更多的层面上持续延伸，注定要有越来越多迁徙的人承受着具有"现代意味"的疼痛，是趋势也是必然。这种主客的对立和隔膜，并非今日肇始，也非我城专有。只不过如今的城市移民，除了在异乡受到误解和刺激时泛起的阵阵酸楚，还多了一层回到故里仍是客的惶然难安。

自我调适，随遇而安，是现代人精神免疫系统必须能自动制造出来的抗体。

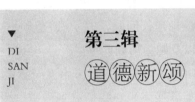

第三辑

道德新颂

▼

DI
SAN
JI

"我"或"我们"

——《道德颂》的叙述者

李敬泽 ①

　　我本无意在此谈论道德问题，关于《道德颂》这部小说，我所关心的是，盛可以如何讲述，以及她为何如此讲述？

　　在我们即将倾听的这个故事中，未婚女子旨邑遇到了一个已婚男人：水荆秋。故事由此开始，接下来，我们看到爱欲、爱欲反复经历侵蚀和修复、爱欲的颓败和消散。总之，如果不考虑当事人的感受，我们可以把它直接称为不幸的婚外恋故事——实际上，也几乎没有幸福的婚外恋故事，因为当婚外恋被书写时，书写者站在起点，目光已经看到了终点：那里必是一片废墟。不仅是因为道德，书写者们并非都是婚姻制度的维护者，他们只是看到了人类激情的自然限度，时光和庸常的生活必将它磨损得面目全非。

　　"幸福的家庭是相似的，不幸的家庭各有各的不幸"，托尔斯泰以一句如此世故的格言开始他关于婚姻和非法激情的伟大故事，这不仅是解说安娜和卡列宁，也是对安娜和渥伦斯基做出的预言——几乎就是一句诅咒。这诅咒并无恶意，托尔斯泰笔下那无名的叙述者发出的是老谋深算的生活的声音。

　　生活并不站在当事人一边，如果将此类故事的叙述权交给无名的、见多识广的"生活"，那么，一切必将归于虚妄。所以，在这个关于非法激情的

---

　　① 李敬泽，文学评论家，中国作家协会副主席、书记处书记。曾任《人民文学》主编，出版文学评论专著及文集《颜色的名字》《纸现场》《冰凉的享乐》《读无尽岁月》《目光的政治》等等，曾获中华文学基金会冯牧文学奖青年批评家奖、华语传媒文学大奖年度评论家奖、鲁迅文学奖文学理论评论奖。本文原载《当代文坛》2007年第2期。

故事中，争夺叙述权力的斗争至关重要：故事由谁讲？由谁作证由谁起诉由谁审判？谁可以将自身从虚妄中拯救出来？

所以，如果《道德颂》的声音完全归于旨邑我将毫不意外，盛可以当然会这么干，她将塑造一个女性主义战士，伤痕累累，孤绝而骄傲，坚守着她的堡垒。

但情况并不如此简单，《道德颂》视点游移，虽然是缓慢的，常常难以察觉，在绝大多数情况下，叙述追随旨邑，但仔细看就能看出缝隙和破绽，至少有几处，视点转向原碧和谢不周，有时叙述者甚至不慎暴露面目，他或她站在那里，自称"我们"。

一个小小的、但在我看来至关重要的问题是：这个"我们"是谁？究竟出于什么意图，盛可以引入了"我们"？这个"我们"又为什么如此羞涩和闪缩？简单的答案是，这基本上是技术上的权宜之计，作为书写者的盛可以任性、不守纪律，她无意遵守自己定下的规矩，她粗暴地破坏规矩以应对规矩所带来的困难。鉴于在我的印象中小说家盛可以的美德并不包括守纪律，鉴于《道德颂》中视点的游移确实缺乏清晰的形式感，"权宜之计"的判断未始不能成立。

然而，盛可以其实有更为简捷明快的解决办法，她可以采用彻底的"我"，她也可以采用堂堂正正的"我们"，无论前者还是后者，叙述的难度都不会比现在更高，都会使局面清晰、稳定，使我们明确地领会作者的意图和立场。但现在，她似乎是犹豫着，模棱两可，把情况弄得暧昧复杂——就一部小说而言，作者未曾写出的与她已经写出的同等重要，作者犹豫的、含混的地方比她信心十足之处更为重要，她的真正关切和焦虑，她向自己、向小说中的世界提出的真正问题，可能就隐藏在这一片她最终未能驱散的荫翳之中。所以，我倾向于认为，《道德颂》的视点游移并非权宜之计，它是一系列相互矛盾的复杂考量之间竞争与妥协的结果。

有一件事显而易见，盛可以明确地摒弃了"我"。这部分是出于对"自传性"的警觉，书写者避自传性之嫌，不想让人们产生联想——在作为小说叙述者的"我"和书写者的"我"之间，当他们的经验和观点和身份发生某种重合或具有重合的可能性时，都会由此生出一个暧昧的区域，在这个区域里，读者受到鼓励和诱惑，在两个"我"之间建立联系，进而穿透文本去指认那个作者的"我"。

每当此时，小说家面对的都是一个伦理难局：她要么承认小说中的"我"就是我，要么断然否认，前者虚荣，她像个急于出风头的"星妈"，她滥用作者权利，有意毁坏小说的边界以牟取小说人物并未期待的利益，后者至少是看上去不诚实，至少是冒犯了读者对她的书写的信任。

盛可以很可能考虑了这一问题，她排除了"我"，她无意诉诸自传性幻觉，她所写的不是"我"而是那个名叫旨邑的女人，她在最低限度上维持旨邑的客观性，在旨邑与写作者之间保持一道缝隙：一个写作者得以脱身，由旨邑自己承担责任的缝隙。

尽管如此，盛可以并不想掩饰她对旨邑的喜爱，尽人皆知，作者认同这个人物，书写在绝大部分时间里追随着她，跟着她疼痛和歌哭，常常的，书写者直接进入旨邑内部，她和她接近于完全重合。

很好，盛可以原可以彻底地维持旨邑的视角，当然她也应该能想出办法克服由此带来的不便，但我的感觉是，她对旨邑强劲的、覆盖性的声音隐约感到不安，似乎有一种冲动在焦虑地低语：不是这样的，不是这样的。听从这种直觉，她几乎是任意地要"破"，破开旨邑的声音，她要打断她，她要压制她对小说世界的垄断。

这种冲动由何而来？我认为，盛可以必是意识到，彻底地认同旨邑隐含着某种危险，将在可能根本上误导这部小说的主题方向。

这就涉及这部小说的主题——"道德"，我不得不谈论这个如此复杂和困难的问题——我知道很多人并不认为"道德"这个问题有什么困难之处，他们认为"道德"是一块磐石，正好可让他站在上面，看人们如何头破血流。

但我认为，道德肯定不是磐石，它经受着人类无尽的反思和求证。《道德颂》的题记引用了尼采的话："没有道德现象这个东西，只有对现象的道德解释"，——恕我寡陋，不知这话出自何处，仅就字面意义而言，我以为这话就是表明，道德并非一个自然事实，它不能自我呈现，它有赖于人的体验和论证。或者说，对上帝而言——如果他在的话——道德才是"现象"，而当上帝不在时，道德就只能依赖人的"解释"。也就是在这个意义上，拒绝解释的"道德"是佞妄和悖谬的，它将自身封为自然之物，它不再关乎人的境遇和体验，它独断、不可争辩，在极端状态下，它反对人的选择和自由、取消人自证道德的可能。

在这里，一个微妙的悖论是，旨邑的全部斗争就是要从"天经地义"之处取回道德，她力求在自己的境遇中做出解释，但就这部小说而言，彻底的独一视角至少在逻辑上是有自我封闭的危险——人可能在与对象的斗争中将自己凝固起来，变成一块同样僵硬的磐石。

我必须强调，旨邑本身并非磐石，她的声音中最令人难忘的就是她自身的复杂、矛盾和变化、发展。旨邑具有强烈的自我意识，盛可以在她的身上做了高难度的试验：将近乎女学究的思想兴趣与经验、直觉、激情融为一体，她有身体，也有头脑，她的身体和身体、头脑和头脑、身体和头脑激烈地对话争执；当然，盛可以的才华依然在于强悍的直觉，当旨邑像个知识分子一样思考时，我常常觉得她更像一个背书的高手，但当旨邑作为一个女人、一个情人、一个可能的但最终毁弃了自己胎儿的母亲时，小说写得华彩纷披、步步精确，常常是剥皮见骨、直指本心。但旨邑那一重女知识分子的声音并非全然无效，它丰富了旨邑的精神维度，在她的内部，这是一种轰鸣的背景音，低沉、笨重、自我干扰，它使旨邑的经验和生命变得严重、阔大，这个身处庸常激情故事中的女人最终竟大于她的自身，成为一个你不得不严肃对待的道德形象。

是的，这部书确实就是《道德颂》，而旨邑，她是这个时代的小说所刻画的最道德的人之一，她彻底自觉地追求道德，她当然不是循规蹈矩、谨小慎微，她从未期待人群的称颂，她之道德不是出于畏惧和虚荣，而是出于绝对认真、绝对严肃的生命意志，她真的在自己的内心深处体验到道德之艰难，她绝不仅仅是攻击婚姻制度所凭依的道德律条——她不仅是个冒犯者，她的真正问题是：她决意做个善好之人，为此她不仅要与他人斗争，更要与自己斗争。在这个意义上，《道德颂》是迄今为止小说对我们这个时代人的道德境遇和道德体验的最为有力的表达和探索。

尽管如此，盛可以的疑虑挥之不去。道德问题的复杂性在于，关于何为善好，人类的观点和体验极为殊异。正如善与恶也许只有一线之隔，彻底的道德相对主义也几乎就是旨邑的敌人：道德绝对主义——每一个"我"都自我封授为"上帝"。这种危险大概就潜存于盛可以的书写过程的底部，被她极力压制。我甚至妄猜，旨邑为什么叫"旨邑"？是"旨意"吗？或者是"脂邑"——《圣经》中的奶与蜜之地？

可见，道德是一个多么复杂的迷宫，稍失警觉，人就可能千辛万苦地走回了出发之地。因此，在道德问题上，个人的生命体验必应敞开："我"要走向他人，我的境遇要与他人的境遇交换，孔子曰：己所不欲，勿施于人，就是说的此事。《道德颂》的道德敏感也就在于此，盛可以意识到了这个问题，或者说，每当她忽然意识到这个问题时，她就忍不住将旨邑的声音破开——她是矛盾的，她如此强悍地在"我"的边界内申说道德，但是她也意识到，在任何真正的道德体验中，"我"必须扩展为"我们"。

但谁是"我们"？是由"我"所选定的人们吗？那么这个"我们"就与"我"并无区别；这其中包括"你们"吗？那些境遇不同，对何为善好有着完全不同的体认的人们？看起来，在这个问题上，盛可以极为犹豫。

这种犹豫反映在小说中，就是那个似有若无的叙述人称——"我们"，盛可以必是认为它应该在，但对它究竟是谁、它能够说什么、它的观点和态度全无把握，结果，这个"我们"就像现在这样，站在小说的高处，模糊微弱地闪动。

——类似星空，但是星空晦暗。康德将道德律与天上的星空并提，既是说人类良知之神秘，也是说，道德终究关乎星空，所有的"解释"并非绝对自足，它要指向解释者之外的某个地方——那里也许坐着个上帝，也许正是一片苍茫。

正是在这一点上，《道德颂》中那个微弱的"我们"表露着这个时代精神之病的真正要害：它应该在，但它破碎、微弱、难以确认，而《道德颂》就是献给这空茫混沌之"在"的一曲长歌。

呈现心灵的悸动

——以盛可以的《道德颂》为例

金　理①

一、挑战阅读惰性与接续"心的文学"

前段时间，关于 2006 年文坛的热点回顾、扫描及排行榜纷纷出炉，大有乱花迷眼之势。可是媒体关注的永远只是作为话题、事件，甚至娱乐的"文学"，其中甚至已经没有文学。传媒及传媒批评总在施展"乾坤大挪移"，文学只是其生产、消费的原材料。它们完全是按照自己的意志和逻辑进行取舍、裁剪和再生产（比如所谓的"梨花事件"，诗人在创作这样的诗歌背后的用心、它是不是针对某种情况的反拨——如一些充斥着僵硬、空洞的隐喻、不及物的诗歌创作——这样一些问题是很少有人去细心关注、讨论的）。

在传媒对文学进行速食、消费的同时，这个时代里阅读的惰性又空前膨胀。文学读者对"现实"的认识与理解，往往被惯性与惰性的阅读期待所腐蚀，人们急于在诗歌与小说中辨认出自己所熟悉的种种"现实"的符号和象征，而不顾及广袤的生活世界本身以及作者特异的发现与感悟。这样导致的恶果往往有两种：其一，一旦自己的理解与作品的呈现有所差异，一旦那些

① 金理，文学博士，复旦大学中文系教授，青年批评家，中国现代文学馆客座研究员，曾获"2021 年度青年批评家""唐弢青年文学研究奖"，出版《火苗的遐想者：致我的同代人》《青春梦与文学记忆》《写在文学史边上》等。本文原载《小说评论》2007 年第 2 期。

符号、象征消失了，就不由分说地责难文学太"远离现实"，他从来不反思这一现实是否是未经格式化的现实。其二，他往往会将作品的内容、表达塞进自己那个由阅读的惰性所制造成的容器中，所有的故事都能够被他迅速地转化、提炼为这个容器中的模式。他不会虚位以待地去欣赏、接受那独特的文学发现，只能为我所用地满足自己单调的胃口。这两种情况看似背向：文学对于他而言，一是太不能理解，一是太迅速地理解，实质都是一样的，都陷足于那个僵化的阅读惰性而无法自拔。

在这样的文学生态中，盛可以捧出了她的最新长篇《道德颂》^①。从故事外壳来看，它太容易被消化了：单身女子旨邑在高原经历过一场生死车祸后，邂逅中年已婚男人水荆秋，他们约定要在精神和肉体上爱恋一生。然而，一方倾其所有，一方只是短暂驻足欣赏路上一段风景。当她的要求违反了双方的默契，亲密的男人瞬间成为路人。缠绵、纠葛、对峙、溃败……这样的情节很容易被理解成肤浅的婚外恋故事。惜乎不幸言中。我已经在网上看到了对这部长篇的"酷评"："代表了潮流""除了肉欲二字之外就没有别的了"……这样的文学接受，只会注意那个在其阅读惰性、在现实"潮流"中的故事外壳，他不会去理解这个故事中撕裂一般的痛楚，以及关于人性、自由、道德的残酷驳难。也许这些东西，漫溢出他那个接收容器。

关于《道德颂》，首先要说的是，很久没有见到这样直指人心的文字了。

关注心灵是文学的天职。每一时代对人的发现，对人思绪情致与冲动的错综交杂以及内心状态之交替更迭的发现，无不显影在这一时代的文学中。《伊里亚特》里经常会出现这样典型的句子："他这样说着——帕特洛克罗斯的那颗心在胸膛中悸动了一下"，用类似的描述直接表现内心世界，兴许会让人觉得刻板，但你无法不为那种单纯中的炽烈所感染。岂独西方呢，想一想《诗经》中古老而恒久的咏叹："既见君子，云胡不喜""青青子衿，悠悠我心""我心伤悲，莫知我哀！""母也天只！不谅人只！"——乍见意中人时的喜不自禁、怀春少女等候情人时的心烦意乱、戍边兵士雨雪归途中的苦楚、不被阿母理解后的呼天抢地，从内心流淌出的点点滴滴无不跃然纸上，中国文学很早就发明了比兴传统，但迂回曲折总也是明心见性的。在东西方

---

① 盛可以.道德颂.收获，2007（1）；上海文艺出版社，2007.1.

文学的起源时期，文学和心灵是如此亲密贴合。总的来看，对心灵、精神领域加以把握的形式，随着时间的推移不断变化而趋于丰富。但是在近几年的当代文学中，我们看到了太多"空心"的文学，反而欠缺贴心贴肺让你感动、直指人心促你警醒的写作。

鲁迅是"心的文学"最完美的阐扬者①。早期在《域外小说集》"序言"中要求阅读者"按邦国时期，籀读其心声，以相度神思之所在"；他颂扬陀思妥耶夫斯基"在骇人的卑污的状态上，表示出人们的心来"（《集外集·〈穷人〉小引》）；他称许的"好的文艺作品"是"不顾利害，自然而然地从心中流露出来的东西"（《而已集·革命时代的文学》）；身当秩序重建的年代，鲁迅甚至以"心以为然"的"确信"来抗衡绝对真理之类"终极究竟的事"（《坟·我们现在怎样做父亲》）。

盛可以在《道德颂》里是这样执拗地开掘内部生命真实的心灵状态，借鲁迅的话来形容，她是用"连自己也烧在这里面"的感同身受来写"照见人心"的文字；凭着"抉心自食"的真诚来陪她笔下的人物一起受难、挣扎；秉持虚灵流动而非僵化定型的"心灵的尺"来应对、验证身外的律令与规范……

二、"颤动的天平"与心灵的驳难

1863 年，陀思妥耶夫斯基去伦敦并参观在那里举办的一个国际博览会，在文章里他表达了对"昼夜忙碌和像大海一样辽阔的城市"的印象，严重污染的泰晤士河、尖叫轰鸣的汽车、富丽堂皇的街心花园……陀思妥耶夫斯基更加关注的，是在这幅画面背后的"永恒意义"："您会感觉到一种可怕的力量，在这里它把所有这些无数的，来自世界各个角落的人们都连接为一个统一的群体……他们带着一个思想来到这里，安静地，顽强地和沉默地聚集在这个庞大的宫殿里（指的是水晶宫博览馆），您会感觉到，在这里有一种东西已经彻底地实现了，实现了并结束了。"②某种程度上说，陀思妥耶夫

---

① 郜元宝.鲁迅六讲.上海三联书店，2000.10.
② 〔俄〕罗赞诺夫著、张百春译.陀思妥耶夫斯基的"大法官"·第四、五节.华夏出版社，2002.1.

斯基的文学，就是对上述"彻底地实现了，实现了并结束了"的印象作"精神上的反击和否定"，"不至屈服和顺从"。他笔下"地下室"里的人物，永远在反抗、质疑那座外表巍峨的"水晶宫"：生活的完善形式已经形成并获得稳定性了吗？人的精神世界真的已经穷尽而看不到尚未定型的因子了吗？这样的反抗和质疑，才诞生了伟大的"心灵辩证法"：对流动的意识、对人的内心生活中所有可能的突变、对其个性的多棱面以及尚未确定的精神结构形式的浓厚兴趣及艺术表达。

优秀的文学必须对这样的东西保持不可遏抑的探索冲动。所有关于道德的言说、戒律都"已经彻底地实现了，实现了并结束了"？我以为，这个问号，正是盛可以小说的起点。作家对旨邑的喜爱是不加掩饰的，小说开篇那段题词（"谨以此文献给我坟头的白色野菊花"）甚至让人将它视为"自叙传"来读。在绝大部分时间里盛可以追随着旨邑，每每直接进入旨邑内部，她和"她"接近于完全重合：

旨邑走在路上。手在风中酸痛。她将它们装进口袋。风侵袭她的身体。全身酸痛。她不知道该把自己藏到哪个温暖的地方。对风的敏感，使她恍惚已是风烛残年。

在类似这样的场合，虽然仍旧保留着第三人称，但你完全可以感受到作家的体贴，她自由地进入旨邑的内心世界，她哪里只是在"她"身边旁观？她感受"风侵袭她的身体"，和"她"一起流离失所，找不到"温暖的地方"，恍惚间"风烛残年"。但是，盛可以在叙事视角上留下了若干缝隙，正如李敬泽敏感地发现："她对旨邑强劲的、覆盖性的声音隐约感到不安，似乎有一种冲动在焦虑地低语：不是这样的，不是这样的。听从这种直觉，她几乎是任意地要'破'，破开旨邑的声音，她要打断她，她要压制她对小说世界的垄断。"[1]

"她以为他的思想影响将深入，并延续到她的整个生命。"这句话出现在小说第一部的刚开头，顽强地在小说主人公之外保留了一个视角，在旨邑的生命历程之外独立地思考，略带质疑和反讽，似乎在爱欲纠缠的起点就看到

---

[1] 李敬泽."我"或"我们"：《道德颂》的叙述者.当代文坛,2007（2）.

了溃败的尽头，终于忍不住跳出来变成"我们"："自始至终，推动旨邑往前走的，并非出于她的爱，而是出于她对爱的幻想。……我们不知道，推动水荆秋向旨邑深入迷恋的是什么，这个中年男人，是否同样出于对爱的幻想。"有的时候，这个"我们"是如此清醒，甚至对故事中的"他们"来说是如此冷酷："他们像商人谈生意那样，彼此执着于自己的利益，并试图说服对方，谁也不想因为伟大而崇高的牺牲毁掉终生。""我们"处身事外、居高临下，看透了"一袭华美的衣袍，爬满了虱子"。

　　一方面，作家娴熟地运用近似"自由间接引语"（混淆口头表述话语和内心话语以及人物话语和叙述者话语之间的界限）的方法，尽量缩减自己和笔下人物之间的距离，盛可以对旨邑的困境有如此真切的体察，她痛"她"所痛、恨"她"所恨、和"她"一起挣扎。另一方面，作家又有意在若干场合安排"XX想……""XX以为……"之类的叙述框架，她要在旨邑之外保留一个声音，在旨邑为追求爱情自由（她说："爱情不分已婚未婚，不受世俗道德观念的引导与约束，反之则不是爱情，是苟且与苟活"）而孤军深入、锲而不舍的同时，保留一个冷静的反思视角。诚如李敬泽所言："她是矛盾的，她如此强悍地在'我'的边界内申说道德，但是她也意识到，在任何真正的道德体验中，'我'必须扩展为'我们'。"

　　我要强调的是，这不仅仅是一个叙事视角的选择，它超越技巧和方法，它关乎创作者最真切的生命激情和伦理困境，她看到绽放后颓败的痛苦，她在两难中做决断时的无奈，这架"颤动不稳的天平"完全就是她心灵惊悸与挣扎的外化。这是"心的文学"的特质。

　　"颤动不稳的天平"——这个说法来自 D.H.劳伦斯：

　　现在我们看出小说之美及其伟大价值何在了吧。哲学、宗教和科学都忙于把事物固定住，以求获得一种稳定的平衡。宗教只有一个在说"你应该，你不应该"的上帝，每次它都击中要害，哲学的概念是固定的；科学有自己的"定律"。这些东西总是想把我们钉在这棵或那棵树上才罢休。

　　可小说却不这样。小说是人类迄今发现的揭示其细微内在联系的最高典范。……如果你想在小说中把什么钉住，那么，不是你把小说害了就是小说自己站起来带着这枚钉子一走了之。

　　小说中的道德是颤动不稳的天平。一旦小说家把手指按在天平盘上按自己的偏向意愿改变其平衡，这就是不道德了。[1]

在自由意志和道德律令"颤动不稳的天平"上，在"我"和"我们"的驳难关系中展开的内容，包括：道德原则如何论证其对个人意志的规定？社会日常性是否否定爱情的自由？如果说自由是爱情的天赋权利，那么它有无限度？（旨邑的挣扎："什么报应？我们有谁做了伤天害理的事情？"）我们已经渐次趋近《道德颂》的主题。"我"在发现"我们"、向"我们"扩展过程中的抵牾、摩擦与领悟。从一开始旨邑以为"爱，或者就是与梅卡玛一决高低"；在"怨愤"与"嫉妒"中对梅卡玛的想象、"猜测与推断他与梅卡玛之间的细节"，乃至以此"撕咬自己"；到"走在梅卡玛的城市与街道，感到一种侵犯者的隐隐快感"；到旨邑不慎怀孕后决议"不能让梅卡玛沉浸于幸福当中"；到小说末尾的幡然醒悟："她没有想过，她多次设想的强大对手梅卡玛竟是一个病弱女人，她居然时常对一个病弱枯槁的女人醋劲十足，那是多么可笑而羞耻的事情。……她感到是她强加给水荆秋巨大的责任与重压，她应该独自处理，这只是她'自己'的事情。"当"我"包容了"我们"的存在，并进而理解"我们"存在的合理性时，旨邑就必须为"我"的越界而忏悔，并担负起"我"这个主体无法推诿的责任。"真正的道德规律指出，任何一个生灵的存在都必须是完美的和有理性的，它具有无限的价值，不能把它看作手段，只能把它看作目的。这就是说：一切人爱一切人。它的最简练的公式是：像钟爱自己那样钟爱一切人。"[2]

三、以心相印、以身相受

文学与道德的关系，始终是文艺理论史上最有生命力的课题之一。绝对的道德主义学说源远流长。比如柏拉图反对诗"说谎"，将诗人驱逐出他的理想国去。但是绝对的道德论忽视了文学中道德问题的特殊性，忽视了文学与道德的复杂关联。即便我们承认文学可以搭建一条通向道德原则的通道，

---

[1] D.H.劳伦斯.道德与小说·劳伦斯文艺随笔，黑马译.漓江出版社，2004：230.

[2] 〔德〕赖因哈德·劳特.陀思妥耶夫斯基哲学：系统论述，沈真等译.广西师范大学出版社，2005：101.

我们也必须关注这条通道的质地、特性。

回到《道德颂》中的"我"与"我们"。这个"我们"粘连着外于"我"又包含着"我"的那个现实世界和生活秩序。如果"我"大于"我们"，即"我"的声音笼罩四野成为小说唯一的立法主体，那么这只是一部被很多人演绎到俗滥的所谓"个人化写作"；如果"我们"的声音高于一切而弃绝了"我"，那么这是道德教科书，或者如劳伦斯所言"在小说中把什么钉住"了。在此我还要强调的是，如果"我"和"我们"之间的搏战，不发生在"我"的心灵内部，并在其中留下斑斑血迹与伤痕，那么这同样不是优秀的文学。

作家的道德判断不像伦理学家那样自上而下，从善与恶、公正与偏私、诚实与虚伪的基本规定和性质出发，进而逻辑推论与分析，最终作出非此即彼的判断。恰恰相反，作家选择的是一个自下而上的体验过程，一种以心相印、以身相受的悟解。正如上文提到的鲁迅所给予的启示，"终极究竟的事"须以"心以为然"的"确信"来衡量。道德不是自我封闭、拒绝解释的"本质"，如果它永远只在人的心外、身外发出训诫的力量，那么这样的力量是软弱的、甚至无意义的。只有沉入到人的境遇和体验里，驳难、挣扎、淬炼；在心灵空间内紧张纠缠，"沾着她的血肉，她的痛苦"；只有经过生命经验内部的肌理、透进骨髓去，道德才能呈现出它的最高的表现形式。这个获得、实现的过程，对于以心相印、以身相受的个体来说，是多么得艰苦卓绝呵：

被他的话鞭打，她的知觉醒了。他的话鞭打她，她感到清晰地痛。他的话如荆棘条，轮流抽打她的灵魂，她的肉体，它们沾着她的血肉，她的痛苦，变得越来越结实，越来越明亮，越来越臃肿，最后像一条圆睁双目的毒蛇，将她紧缠得透不过气，喊不出声，哭不出泪，她双手扯住这毒蛇冰冷的肉体，别过脸去。这冰冷的蛇是他的舌头，他黏滑的舌头，曾是蜜，是花，是春天，是可口的菜肴，它温暖体贴，它进退有方，它扫荡她的灵魂。过去的爱，过去的情，编织如耶稣的荆棘皇冠，扣在她的头顶，将她刺得头破血流。她摘不掉它。她扛着沉重的十字架，步履蹒跚。

她和"她"扛着"沉重的十字架"，在自由意志和道德律令所交织的极限处左右寻绎，蹒跚而行。作家把对人的处境的剖析，当作自身不可推卸的使命，心甘情愿地从事裹挟着焦虑与磨难的精神劳作。这种种心灵悸动和颤抖的痕迹、孤独身影背后留下的歪歪斜斜的脚印，何尝不闪烁着作家的道德承诺？这番真诚与苦行，兴许是那些把《道德颂》理解为"肉欲堆砌的新女性生活"的论者所无法理解的。

四、"白色野菊花"

将《道德颂》和另一部同样题材的小说做一比较，会发现耐人寻思的况味。迟子建在 2006 年创作的中篇小说《第三地晚餐》也涉及婚外恋的故事。区别在于，盛可以关注的是正常婚姻之外的旨邑和水荆秋，从他们的立场出发，日常生活中的婚姻暗无天日（水荆秋与梅卡玛之间的虚与委蛇、"苟且与苟活"）；迟子建恰是从这个起点开始，把一桩美满的婚姻扯得支离破碎，到读者都绝望的时候，作家却把感情复原了。也就是说，迟子建是在盛可以的小说中千疮百孔的废墟上开始修复。这种修复的力量在盛可以那里是不被信任的。这两位都是优秀的小说家，但是她们那么不同。借用王国维的话（"诗人对宇宙人生，须入乎其内，又须出乎其外。……入乎其内，故有生气；出乎其外，故有高致"），迟子建的写作，在"出乎其外"的"高处"，对普遍人类抱有极强的瞩望与信念——在急速变动的物质环境中、在都市的十丈软红中，我们不会无能为力——对人性的执着与信念是她小说中修复力量的根源。而盛可以总是沉没到她的小说内部去，"连自己也烧在这里面"，这里面丝丝血肉经脉都粘连着她自身，但是她仍然握着一把手术刀，从内里将表层切开，让生活展露出自身的肌理、卑微的真相，这个过程伴随着由生命创痛所迸发的反力。《道德颂》同样是在极限境况中左支右绌。一方面，这样凌厉的"生气"、刨根问底的推究、呈现心灵悸动的真诚品格，与温婉的流行读物迥然有异；另一方面，这样长期紧张的创作会不会让作者艰于呼吸？

《道德颂》的后面部分，反复出现"白色野菊花"的意象："没有人间烟火，没有世俗嘈杂，被遗忘，被忽略，寂寞、快乐、自由地开放，密如繁星。如果它们有灵魂，有精神，那一定是'自由'"。不被删刈的烂漫野性、漫无边际的蓬勃生命力、无人采摘无人欣赏的自由自在……我猜测这是作者的冀望所在，我祈愿这样的生命力可以向她和"她"失血的躯体内注入生机。

小说的最后一段，视野宽广而阔大："旨邑无比安详。她感到湘江水如自己的大动脉，缓慢地奔跑着重量与生命。她感到自己的枯竭与丰盈，在阳光的幻灭间，不变确定的流向……她看见岛中有广阔的海域，生长五彩缤纷的鱼类，它们没有鱼鳍，快乐徜徉，将鱼卵产在身段柔韧的海草上，每一颗都如珍珠般晶莹，闪烁生命之光；岸上的花开有爱情的声响。爱情的果实比一枚太阳更具热量。"

很难判定先前郁结的精神磨难，到此就如湘江一般逝水长东。但是，在自己笔下的这段天地环抱中，想来她应该能够感到一种舒缓和复原吧：

根深叶茂的树茎托起月亮的身躯。高原上雪山绵延。海子湛蓝。沟壑的弧度优美。飞鸟的头顶长着白色的野菊花。它们没有翅膀，依靠花瓣飞翔。一切动植物都内心携带阳光，不需要另一个太阳的照耀。远离自然的风暴、地球的摇晃、虚无的幻觉。没有杀戮，没有凶器，没有欺骗，没有灾难。只有比时间更多的空间，有比空间更多的自由……

撒旦的诗篇

——评盛可以长篇小说《道德颂》

董外平　杨经建 [①]

自 2003 年荣获首届 "华语文学传媒大奖——最具潜力新人奖"后，"她身上不同凡响的潜质，使她刚出道便成为当代文坛不可忽视的存在……并酝酿着一切可能的艺术突破。"2007 年，盛可以再度出击，新作《道德颂》凭借其冷峻凌厉的风格和深刻执着的道德探索，获得广大读者和评论家的青睐，显示出她锋芒的创作才华。从底层女性悲剧命运的书写到知识女性精神困境的探讨，《道德颂》无疑体现了盛可以的创作转变和艺术突破。

一

"没有道德现象这个东西，只有对现象的道德解释。——尼采"，盛可以在小说题记引用尼采的名言是很有意图的，这一点很可能被众多批评者和读者忽视，事实上，整部小说都可以看作这一句话的注解。我们有理由相信，盛可以深受尼采道德观的影响，或许《道德颂》的创作灵感就来自于她不经意地对尼采的阅读。如果不深入了解尼采的道德思想，很可能妨碍对作品的深度阐释和价值判断。

尼采将人类道德的发展史划分为三个时代，即"前道德时代""道德时

---

① 董外平，文学博士，就职于长沙理工大学文学与新闻学系；杨经建，文学博士，湖南师范大学文学院教授。本文原载《理论与创作》2009 年第 2 期。

代""道德以外的时代"。当他振臂高呼"上帝死了"之后，人类应该进入"道德以外的时代"。"道德以外的时代"是对"道德时代"的彻底否定和反叛，上帝死了，依附于上帝的道德必死无疑。于是道德重估成为尼采"重估一切价值"最闪亮的旗帜。

尼采认为传统道德本质上是非道德的，传统道德是"反自然的道德，也就是几乎每一种迄今为止被倡导、推崇、鼓吹的道德，都是反对生命本能的，它们是对生命本能的隐蔽的或公开的、肆无忌惮的谴责"①，"一切古老的道德巨怪都主张：必须扼杀激情"。尼采从肯定自然生命的角度，通过道德谱系的考察，对传统道德价值进行重估。在尼采看来，自苏格拉底以来理性主义和宗教所维持的道德评价实际是一种非理性主义，因为它将人的自然生命囚在理性和上帝的牢笼中，压抑人性。尼采愤怒地指出："道德理想的胜利就像任何胜利一样，乃是通过非道德手段取得的：诸如暴力、谎言、诽谤和非正义等等。"②传统道德一经产生就意味着巨大的破坏性，并且"经过长期经验和考察，被证明是有效的生活方式，最后作为规律进入意识，成了主导……"于是，道德成为一种上帝的"绝对命定"，一种必须遵循的社会公认的原则，顺从它就是美德，违背它就是罪恶。尼采把它比作"兽栏"，人被囚禁其中，变成了病态的、萎靡不振的、对生命本能充满仇恨的怪物。人类的道德发展史就是一部生命异化、毁灭的历史。

尼采作为传统道德最有力的批判者，并不意味着道德上的虚无主义，他的真正目的是要建构一种新道德。尼采认为，在"道德以外的时代"，没有统一不变的道德标准，道德与自身体验紧密相关，是个人真实的自我体验。他主张"让道德成为个人的事"③，上帝死后，个人成为道德的主角，在不违背他人利益的前提下，道德完全属于个人。尼采的新道德不是社会约定成俗的"他者"和绝对权威，它是生命意志的自我叙述，正如尼采所说："道德现象是不存在的，只存在对这种现象的道德解释。"在尼采看来，"根本

---

① 尼采.偶像的黄昏.湖南人民出版社，1987：35.

② 尼采.权力意志——重估一切价值的尝试.商务印书馆，1986：100.

③ 〔美〕L·J·宾克莱.理想的冲突——西方社会中变化着的价值观念.商务印书馆，1983：191.

不存在道德事实……道德仅是对一定现象的解释，确切地说是一种误解"①。尼采效仿反叛宙斯的普罗米修斯，从上帝那里盗走道德的解释权，把它交给了人自己，新道德正是从人们不同的道德解释开始的。新道德以自然生命为道德价值的基础，尼采反对道德的绝对主义，提倡以肯定生命价值为基本内容的道德的自然主义。道德的自然主义遵循肉体、本能、大地三大原则，根据这三大原则，新道德力图祛除灵魂对肉体的桎梏，释放人的本能欲望，放弃彼岸的虚假幸福，立足此岸，立足现实生活。

为了进一步理解尼采的道德观，我们可以从另外一名伦理学大师弗洛姆那里得到互文性阐发。弗洛姆开创的著名的"人道主义伦理学"，提出"社会内在的伦理学"和"普遍的伦理学"两大理论。"社会内在的伦理学"是指："任何文化中的这样一些规范，这些规范所包含的禁律和要求只是为该特殊社会的功能运转和生存维系所必需……任何社会都以遵守社会准则、信守该社会'美德'为其重大利益，因为该社会的生存有赖于这种遵从和信守。"②在传统伦理学家看来，社会成员的行为只有符合社会约束性规范时，才被认为是"道德"，如果违反这些规范，就是"不道德"。尼采批判的正是这种"社会内在的伦理"的法西斯行径，它总以"社会"作为道德的唯一标准，要求人服从社会道德，以致目前为止人还没有"成为他自己"。相反，"普遍的伦理学"从人性的角度出发、从具体的自然生命意志出发。弗洛姆说："'普遍的伦理学'是指那些以人本身的成长和发展为目的的行为规范。"这正是尼采欲建构的新道德，必须超越"社会"的善恶标准，站在"人类"的立场审视自己所处的社会是否道德以及种种价值标准是否合乎人性。在弗洛姆看来，"只有人本身（而不是凌驾于人之上的权威）才能规定善恶的标准"，一个人是否道德，不在于它与社会保持一致，恰恰在于他与社会保持的距离。弗洛姆借鉴弗洛伊德主义提出的"人道主义伦理学"，与尼采注重生命、本能的"自然主义伦理学"在精神内核上殊途同归。

然而，尼采和弗洛姆同时看到了人类存在的悲剧性。尼采认为我们的社会仍停留在"道德的时代"，"道德以外的时代"还是一个遥远的道德乌托邦；弗洛姆则悲观地看到，迄今为止"社会始终是与人性相冲突的"，"社

---

① 尼采.尼采文集·查拉斯图拉卷.青海人民出版社，1995：335.

② 弗洛姆.为自己的人.三联书店，1988：241.

会内在的伦理"仍被看作道德唯一标准，统治着社会人伦关系，"那些力图改变社会秩序的努力，通常总被旧秩序的代表称为不道德"。

在《道德颂》中，我们发现了尼采、弗洛姆同样的道德困境和存在悲剧，李敬泽似乎看得很透并作出很高的评价："《道德颂》是迄今为止小说对我们这个时代人的道德境遇和道德体验的最为有力的表达和探索。"①

二

盛可以并非伦理学专家，她何以接近尼采，偶遇弗洛姆？在那篇极富挑衅堪称宣言书的创作谈《小说需要冒犯的力量》里，盛可以泄露了天机，我们找到了解读盛可以所有精神密码。盛可以对西方非理性主义的接受是显而易见的，该文中，她无法掩饰对卡夫卡、纳博科夫、亨利·米勒等超现实主义大师的喜爱，她说："当小说以某种非理性的形态、非温和的方式展现人性的本来面目，自然为我们日常生活的道德因素和社会规范所不能容忍。但是，这些东西深深扎根于人类原始生命的本能之中。小说家对恶的探索和思考，是内心能量的巨大喷发，是对艺术的神圣冒犯。"毋庸置疑，尼采以来的非理性主义思潮已成为盛可以小说创作最宝贵的精神资源之一，非理性主义使盛可以获得了撒旦般的力量，她宣称要做少数小说家敢于选择冒犯抵达本质，成为"上帝与艺术的'不肖子'"。《道德颂》中，盛可以再一次充当了冒犯者，她把锋利的矛头刺向虚伪的道德，对道德标准、文明体系进行冒犯和颠覆。一个尼采式的道德冒犯者诞生了。

小说中盛可以塑造了一个道德冒犯者的自我形象——旨邑。旨邑是盛可以称赞的具有"恶魔性因素"的人物，三年前，她成功摧毁一个家庭，对方正准备和她结婚，她顿觉索然无味，很无情地结束了感情，因为她要的不是婚姻、不是恋爱，而是击败另一个女人。小说帷幕一拉开，就展现了一个婚姻道德冒犯者的强力形象，非理性主义给她带来无穷力量，她说："人是非理性的和渴望痛苦的存在物，而不是必然地渴望幸福的存在物。受虐淫和施虐淫深深地根植于人的本质，人是折磨自己和他人的东西，并从这种痛苦中获得享受。"于是，她喜欢和已婚男人周旋，因为"和已婚男人则每天都有

---

① 李敬泽."我"或"我们"——《道德颂》的叙述者.当代文坛,2007 (2) .

嚼头，每天都有战况，令她饱受折磨"。显然，旨邑是一个弗洛伊德式的自虐狂，一个和美杜莎一样凶狠的女妖。唯其这样，她才能向人类几千年来积淀的坚如磐石的婚姻道德发起挑战和进攻。

婚姻是什么？旨邑不顾冒犯上帝的危险，对婚姻进行了价值重估。旨邑认为婚姻是性关系的一种，人们为了解决性问题而结婚，但婚姻最终结局惨淡，带给人精神上的失望和肉体上的剥夺。然而，由于法律和宗教的保护，无论一桩怎样不道德的婚姻却不受人指责，它总是"合法"的、"神圣的"。她把婚姻比作娼妓："婚姻只是娼业中一种比较时髦的方式，在娼业里卖身的女子和在婚姻里卖身的相比，不过是价格和时期的久暂不同，再者是婚姻受了法律的封诰而已。"在旨邑的文化逻辑中，婚姻只不过是连娼妓都不如的东西。她进而对一夫一妻制度冷嘲热讽，认为现代文明打造的一夫一妻制在某种程度上是一种历史的退步，整个文明体系建立在以扼杀生命为代价的基础上，这是文明的缺憾，文明的非理性。

可以说旨邑是迄今为止对婚姻最为深刻的反思者和批判者，她揭示了婚姻这一"社会内在的伦理"对人性压抑和扭曲以及反人道主义的邪恶本质。旨邑从不相信婚姻，婚姻如抽刀断水，永远解决不了人的精神困境。因此，婚姻道德必须摧毁，建构一种合乎人性的新道德。她以自身的生命体验实践着一种新道德，婚外情成为她体验的突破口。旨邑相信爱情，非法激情并不等于没有爱情，相反它更加真挚，面对谢不周、秦半两的肉体诱惑，她始终保持一段不可逾越的距离。旨邑体验着一种不为婚姻所接受的新道德，却比婚姻更自然、更有生命力，那就是爱情。爱情属于尼采倡导的自然生命形式，不受"社会内在的伦理"制约，旨邑试图将爱情提升为两性道德标准，她说："爱情不分已婚未婚，不受世俗道德观念的引导与约束，反之则不是爱情，是苟且与苟活。"旨邑对传统道德的冒犯，实际上是要呼唤爱情道德，完成自我的道德建构。

原碧是小说中颇具意味的人物。她与旨邑似乎是隔岸相对，如果旨邑代表谢不周所谓的"科学一样的女人"，那么原碧代表谢不周所谓的"小心翼翼，胆战心惊的道德女人"。在旨邑的视野中，原碧是典型传统道德女人的雕塑，完美却无生机。原碧家庭教育良好，娃娃脸总是带着坚贞的表情，曾是全市十大杰出教师之一，由于从小深受母亲影响，继承了中国妇女的传统与守旧，她头发两个月剪一次，从不留到脸颊以下，年近三十，却守着矜持的爱情观，严格执行恋爱对象小于 30 岁的未婚男人的标准，以致仍保持单身与独居。旨邑认为原碧是被条条框框拴住的道德女人，无异于遵守诸多清规戒律的教徒。然而，教徒般的女人后来在盛可以的笔下开起了取名为"现代金莲"的博客，这是一个艳情近乎色情的博客，她不断上传自己的美足和身体暴露的照片，发表极富性挑逗的文字。实际生活中，她先后勾引谢不周、秦半两，与他们频繁发生肉体关系，爱情对她来说只不过是商品。一个原本传统的道德女人最终走向堕落，盛可以在这里重提了尼采的道德反思："倘若道德使人类无法达到本来可能到达的强盛和壮丽的顶点，那正是道德罪过，道德恰恰是危险的危险。"①

原碧的"道德"引向堕落，旨邑的"不道德"皈依爱情。盛可以不做任何评价，将两件道德事件裸露在读者面前，我们看到了传统道德的虚伪和懦弱，看到了它是怎样无视人性，摧毁人性，弃善趋恶。盛可以通过旨邑对传统道德进行无情批判有一个盛大的企图，即希望用爱情构建两性之德。她可以成功吗？

三

"你觉得爱是奇迹吗？道德奇迹？人们到底应该让婚姻服从爱情法则，还是让爱情法则服从婚姻法则？"旨邑开始面临困境。一个属于"社会内在的伦理"，一个属于"普遍的伦理"，两者狭路相逢，爱情法则可以战胜婚姻法则吗？真挚的爱情在理性改造的社会变得机械化，同时欲望化时代的来临，爱情遭受有史以来最严重的毁灭。盛可以在早期作品《谁侵占了我》中就已经意识到爱情的虚妄，声称"爱一个人会万劫不复"的爱情理想是"狗日的信仰"。因此，旨邑通过自我体验建构一种悖于婚姻道德的爱情道德，带有浓厚的乌托邦色彩，她为此付出惨重代价，悲剧是必然的结局。

旨邑的溃败在于战场上恰逢一个最强劲的对手——水荆秋。水荆秋是哈尔滨某高校著名的历史学教授，四十出头，结过两次婚，曾吸引过患臆想症的本科生和为他离婚辞职的少妇。他长得不算英俊，比不上谢不周的俊秀和

---

① 尼采.论道德谱系.三联书店，1992：7.

○○○　147

秦半两的魁梧，一副衰老之相。他常以高级知识分子自居，和旨邑做深入的精神交流，大谈尼采、聂鲁达、庞德、布鲁姆……以旨邑绝顶的聪明，道貌岸然之人一眼即可穷形毕露。水荆秋高明之处在于以道德的名义行使不道德的事，旨邑被他恍惚了，将他比德如玉，而且是和田玉，玉之精英，他用"男人之德"完全征服了旨邑。

身为高级知识分子，水荆秋比旨邑更熟知社会生产机制和运作模式，更晓道德为何物，他恰恰利用了社会的游戏规则，以"合法"的方式释放自己的力比多，这是水荆秋的狡猾和恐怖。从文本看来，水荆秋显然通晓"社会内在的伦理学"和"普遍的伦理学"，以及二者的矛盾性，他利用了这种矛盾，在社会中不断变换自己的角色。他掌控旨邑用的是"普遍的伦理学"。他言必称深爱旨邑，爱是自由的。"高原之夜"制造的"倾城之恋"式的浪漫爱情幻觉，以及长篇累牍的哲学文化交流，旨邑似乎看到了他不以肉体占有为内容的爱情之德。事实上，小说一开场，水荆秋从法国直抵旨邑的"老巢"，"像是做一个干净果断的伟大的战略部署，要来一举将她歼（奸）灭"。他打着爱和精神的幌子，猎求肉体欲望，旨邑后来不无荒谬地意识到："水荆秋一直强调要和她有精神上的深层相交，却仍然停留在肉欲中无法自拔。"当旨邑执意生下孩子威胁到他利益时，他立即搬出了"社会内在的伦理学"，俨然一副道德上帝的姿态，昔日温情儒雅的面孔转瞬即逝。他根本不考虑堕胎将给旨邑身体带来的危害，只是想到前半生打捞到的声誉与事业的毁灭和家庭的破败。故事的高潮，水荆秋原形毕露，凶神恶煞地威逼旨邑堕胎，切断一切与旨邑的联系，逃避责任。旨邑终于领教了所谓的"男人之德"，得出"知识分子+佛教徒=恶人"的结论。我们从水荆秋身上再一次目睹了道德的非道德性，道德不过是伪善，一种禁欲主义的谎言。

在男权主义社会，社会规范向来是替男性量身定做的。有水荆秋这样强势的男权存在，旨邑要向男权社会发出"冒犯之美"，一开始注定是一个"从美丽到腐烂的过程"。旨邑从上帝走向自身、从理性走向非理性、从婚姻走向婚外情，前面必将是一片废墟之地。

旨邑要成为尼采，一个道德反抗和颠覆者，她不得不承受尼采同样的困境：个人强力意志何以对抗整体？在她建构"普遍的伦理"的同时，"社会内在的伦理"不会袖手旁观，它们矛盾冲突，最终后者胜出，"婚外恋已被婚姻所腐蚀"。旨邑始终是矛盾的，她在自我和世俗之间苦苦挣扎，正如李敬泽所言："她如此强悍地在'我'的边界内申说道德，但是她也意识到，在任何真正的道德体验中，'我'必须扩展为'我们'。"①李敬泽慧眼识出小说那个时隐时现暧昧的叙述者"我们"，"我们"是谁？"我们"就是上帝的言说者，代表"社会内在的伦理"，严守着传统道德；"我"又是谁？"我"就是那个反叛上帝的尼采，代表"普遍的伦理"，重估道德的先锋。在"我"的世界，没了婚姻的束缚，旨邑是自由的。读者也许忽略了《道德颂》扉页那句墓志铭式的话：谨以此文献给我坟头的白色野菊花。这句话看似无关紧要，其实很关键。"白色野菊花"是小说一再出现的意象，并且在小说结尾再一次出现：飞鸟的头顶长着白色野菊花。"野菊花"象征着一种自由，旨邑说爱情是自由的，婚姻是约束的，所以她比水荆秋的妻子梅卡玛更高尚。但是，这是一种接近死亡的自由，"白色"死亡气息浓重，"白色野菊花"意味着自由的尽头必将是一块墓地。冒犯婚姻道德，获得自由，旨邑毕竟承受不了被缚在悬崖上的普罗米修斯的孤独，孤独触发了她存在主义式的深刻体验："她仍然是自由的。这种自由由于她又是多余的，她感到虚无。没有东西可以紧握在手。在婚姻中肉体结束后，还有责任和契约，婚姻之外的感情，肉体的厌倦可能代表终结。"旨邑的精神世界一开始就经受着虚无主义的危机。

盛可以延续了张爱玲小说世纪末的颓废情愫，有一种本体的孤独和深刻的悲哀。"没有婚姻，爱情将是爱情的坟墓。"摆脱婚姻的枷锁，旨邑预见了爱情的荒芜，她怎么能抗拒自由的虚空？小说实际也可读作一部人和虚无的抗争史。旨邑以近乎自虐的方式抗拒存在的虚无，寻找存在的意义，嫉妒和猜忌构成了她生活的主要内容。她时常猜想水荆秋和妻子具体的日常生活，然后疯狂嫉妒，痛不欲生。谢不周洞穿了她的痛处："你在挣扎，你喜欢这种挣扎，在挣扎和疼痛中，你才感觉到你的存在。和老夫一样，也是个自虐狂。"谢不周不愧为旨邑的同道中人，他们都是彻底的悲观主义者，都以不同的消极方式与生活对抗，谢不周说生活比妓女的感情还虚假，虚假就是生活的本质，两人都是海德格尔和萨特的信徒。

在"我"的世界，旨邑撞得遍体鳞伤，开始向"我们"的世界偏移。她有些羡慕"社会内在的伦理"塑造的生儿育女的母亲形象，萌生生孩子的念

---

① 李敬泽."我"或"我们"——《道德颂》的叙述者.当代文坛,2007 (2).

○ ○ ○　　149

头。从怀孕到堕胎，小说故事情节掀起了最高潮。小说对旨邑怀孕的惊喜、堕胎前的斗争、堕胎后的痛苦以及她对水荆秋不负责的愤怒，刻画得细致入微、生动感人，盛可以心理刻画才华堪比张爱玲。这是旨邑步步妥协、节节溃败的过程。她无法面对双胞胎孩子一出世就没父亲的残忍，"社会内在的伦理"绝不容许，她不得不从"我"走向"我们"，"亲手扼杀了两个孩子"，成为道德的牺牲品。

　　道德何以颂？盛可以向我们的时代发出最悲愤的诘难。道德只不过使人孤助无援，陷入虚无之境，何颂之有？盛可以继承非理性主义的否定精神，为现代文明书写了一部"撒旦的诗篇"。

爱情的心灵受难之旅

——关于盛可以的《道德颂》

韩振英[①]

近几年来，在当代小说文坛上，新锐女作家盛可以脱颖而出，她以闪烁着迷人气息的情爱题材、酣畅淋漓的叙事风格和剥皮见骨、直击心灵的表意策略赢得了大量受众。她的小说挣脱了以往的书写惯性，呈现出广阔深邃的情感审美空间，从对爱欲"水乳"交融的追逐到选择"无爱一身轻"的虚无姿态，盛可以展示了华彩纷呈的现代爱情的多维意蕴，令人叹绝。源于对爱情的情有独钟，凭借其沧桑的人生体味和省思，她沉迷在对爱情不断的发微掘隐的探寻中。如果说爱情是人类精神永远无法走出的沼泽地，那么盛可以就是自愿献身的战士，长篇小说《道德颂》就是她徒步跋涉于爱情沼泽、历经劫难的一次旅程。

一、爱上"爱情"

"爱情"作为人性内在的诗意表现，一直是文学语境中敏感而不易诠释的主题。古典爱情的唯美意蕴建构在"梁山泊与祝英台"式的爱情基础上，衍生出朴拙纯美的情感想象。随着社会经济的发展，人类的精神情感也逐渐发生了变化，现代意义的爱情裹挟了物质主义和消费主义的各种欲望，逐渐远离了美好的精神领域，成为精神享受的奢侈品。爱情正失去它原有的统摄力，降低为一种日常生活的泛元素，为"爱"而"爱"的纯美爱情

[①] 韩振英，就职于鲁北技师学院。本文原载《淮海工学院学报》2010 年第 10 期。

逐渐淡出了人们的阅读视野。

　　盛可以的《道德颂》是对"单纯爱情"的一种回归，不过，这种回归并不满足于简单的修复，而是附着了复杂的社会道德内容和文化背景。她对"爱情"的叙写转向了深层结构，凸显由内及外的矛盾苦痛。罗兰·巴特曾这样描述爱情的一维："爱上了爱情而不是爱上了那个人。"我同样把这句话送给盛可以和《道德颂》中的旨邑，她们也"爱"上了爱情。

　　心灵的"受难"是盛可以作品的一个关键词，所以她给旨邑营造的爱情环境异常艰难。旨邑喜欢与已婚男人产生情感纠缠，因为这样的爱情才有挑战性，充满刺激感，而与一个单身男人的寻常爱情注定不能满足她的爱情幻想。"旨邑曾有戏言，和未婚男人谈恋爱平淡无奇，充满和平年代的军人式的空虚无聊。和已婚男人则每天都有嚼头，每天都有战况，令她饱受折磨。"[1] 这种爱情受难意识使她一次次重蹈覆辙，全身心投入与已婚男人的爱情鏖战中去。根据弗洛伊德的观点，女性人格中最显著的三个特征是被动性、自虐和自恋，无疑盛可以的旨邑患有爱情受虐症。旨邑的遭遇有别于普泛意义上的女性情感遭遇，她没有生存上的焦虑，和水荆秋也不存在物质利益的关系，她的痛苦来自精神上的爱情障碍，她不断地想象水荆秋和妻子梅卡玛相处的情况，放大他们的恩爱场景，假想爱情的敌人，包括梅卡玛和水荆秋，而这足以激起她的怨懑之心，使她在精神的煎熬中沉浮。

　　为了突出精神层面的形而上的向度，盛可以给旨邑和水荆秋设置了知识分子的身份，旨邑是受过四年大学教育、暂时无衣食之忧的自由人，水荆秋则是高校名教授，整日奔忙于学术交流。这样，他们才可能超脱于庸常的物质世俗的羁绊，只论精神和爱情。水荆秋喜欢给旨邑寄书，并且是一般读者难以看到的书籍，如《影响的焦虑》《圣经》等，他们之间也经常有一些有关尼采、弗洛伊德等哲学狂人的讨论。这一切都旨在说明旨邑与水荆秋之间的爱情确乎属于纯粹的精神交割，而旨邑的爱情苦痛来自性灵深处的情感挣扎和博弈。从这个层面上说，盛可以的创作便拥有了一种新质。虽然把爱情完全从物质枷锁中剥离出来，难免有些单薄之嫌（譬如，旨邑的生活宛如城市白领，而她只不过经营一片约 20 平方米的赝品玉器小店，她

_____

① 盛可以.道德颂.收获，2007（1）.

真的能做到只谈爱情吗），但不给爱情建构一个封闭的空间，精神意义上的爱情又如何能继续下去？纵观20世纪90年代以来的作品，爱情已经被物质浸淫得面目全非，它被理性一步步地改造着，直至人们对"不谈爱情"习以为常。而盛可以却打破了当下写作经验的藩篱，反拨了爱情领域的叙述惰性，让旨邑这个另类只谈爱情，历经爱情的驳难，最后舔着自己的伤口走向大爱式的宽容。在物质主义泛滥的当下，作为现代神话的一部分，爱情正在逐渐失去它的光芒，失去它作为慰藉人们苦难心灵的一剂精神良药的作用。盛可以的纯爱情写作无疑像一缕清新的风，重新唤醒人们对爱情的想象，从而还原人们被物质吞噬的心灵空间。

盛可以用燃烧的真诚努力开掘爱情的本质，揭示个体生命内部真实而流动的心灵状态。她以泣血的书写陪她笔下的人物旨邑一起受难、挣扎：有时，她把自己的灵魂嵌入旨邑身体，同旨邑一起享受生命激情，问责爱情；有时，她又远距离地冷观旨邑，思辨旨邑何去何从。这种叙述主体对客体的嫁接和迁移加深了人物个性冲突中的多棱角艺术表达，展现了人类"一切皆有可能突变"的精神结构形式。而旨邑在盛可以的审美世界里，更像一个受难的战士，她以自己惊悸的心灵体验诘问爱情，质疑婚姻，审视身外的人类道德规范，为了爱情身心俱疲，在两难中困顿坚守，虽经历炼狱，却锲而不舍。盛可以以"让旨邑为爱情殉葬"的勇气对人类爱情进行了一次终极探寻，给读者以深刻的启示。

二、肉身与灵魂的相逢

"性"是盛可以作品的另一个关键词，这是她秉承"性政治"游戏规则的重要特征。"热内告诫我们，性是我们面临的一切问题的核心，除非我们消灭了压迫制度中这一最卑劣的形式，除非我们深入性政治的核心，并弄清楚权力和暴力的病态、谵妄的根源，否则，我们争取解放的一切努力都只会使我们重新陷入原先的焦虑之中。"[①] 但盛可以小说中的"性"与当下一些女作家"身体写作"的性倾向不同，"身体写作"的"性"隐秘而自恋，而盛可以对"性"的表达开放而张扬，充满野性。孔子曾在《礼记》里

---

① 金理.呈现心灵的悸动——以盛可以的《道德颂》为例.小说评论,2007（2）.

讲："饮食男女，人之大欲存焉。"由此，"性"成为盛可以的重要语言载体亦无可厚非，但其性言说却经历了一个嬗变的过程。以《道德颂》为分水岭，"性"所呈现的内涵和意义发生了明显变化。《道德颂》以前，盛可以的"性"叙述看似表征芜杂，实质却指向单一，主要关注"性"的物理存在，表现出纯粹的身体范畴的性意象，和精神并没有多少内在的联系。这样的"性"成为形而下的反抗世俗生活的方式，超越于社会道德之外，和一切社会规范无关。"灵魂与肉身在此世相互找寻使生命变得沉重，如果它们不再相互找寻，生命就变轻。"[①]《无爱一身轻》中的朱妙在对肉体一次次功利性的算计中最后败北，在爱情远去的虚妄中，只能无奈地劝慰自己的心灵：无爱一身轻，又何尝不是凭吊"有爱之重"？

　　"性"在《道德颂》中第一次渴望与精神契合，从而使身体与灵魂实现内对接。"性"在旨邑与水荆秋的爱情中同样占据重要话语权，但它已经不是险恶的囚笼，而是始终与精神深度纠缠在一起，具有形而上的审美特征。"性"在形式上归属于灵魂，成为他们精神统一的有效手段，因为旨邑坚信只有通过肉体相交，精神才能建立真切的融合。虽然旨邑对他们之间的爱情也充满犹疑："也许谢不周和秦半两，他们其实想着她的肉体，但一直在进行精神游戏；水荆秋一直强调要和她有精神上的深层相交，却仍然停留在肉欲中无法自拔。"[②]但在虚拟的空间里，旨邑对水荆秋的爱情却达到完美的理想状态，精神与肉体水乳交融，"性"因为灵魂的参与而变得丰盈。"身体的沉重来自身体与灵魂仅仅一次的不容错过的相逢。"[③]旨邑的爱情不可避免地是一场思想的战争，她不间断地同水荆秋"闹"，制造事端，从而寻求精神的自足，弥补身体的欠缺，给她的爱情补充营养。

　　旨邑所有的苦痛都来自一点，即她对爱情的严肃认真的态度。她患上了爱情洁癖，对爱情刨根究底，自觉探究"性"与精神的诸多深层问题。她冒犯了主流的爱情观与人性观，涉足婚外情的险区，不仅与水荆秋、梅卡玛斗争，还要与自己的内心斗争。性与灵魂纠结在一起，爱情因此变得自尊高贵，却更加袒露出残酷的人生底色。

　　① 〔美〕凯特·米利特.性政治.宋文伟译.江苏人民出版社，2000：29.

　　② 盛可以.道德颂.收获，2007（1）.

　　③ 刘小枫.沉重的肉身.华夏出版社，2004：92.

三、关于爱情和道德

盛可以在一次访谈中说到："我个人是不站在任何道德立场来写这个作品的。道德在小说之外，这是一个呈现的过程，探索的过程，是没有答案的，也不可能得到答案。"① 这好像很符合劳伦斯的观点："小说中的道德是架颤动不稳的天平。一旦小说家把手指按在天平盘按自己的偏向意愿改变其平衡，这就是不道德了。"② 可实际情况是，在《道德颂》里，盛可以的情感认识无处不在，她虽然力避道德观的直接表露，以不断转化的外视角探问爱情婚姻的道德，但在对道德一番锤打后，最终还是把道德导引到光明的正途。

盛可以一直无法掩饰对旨邑爱情道德的赞许，她对旨邑的偏爱使另一个本来很可爱的人物原碧失去了应有的光彩。旨邑应该是世俗生活中的"坏女孩"，不受传统道德的约束，追求绝对自由的爱情和生活方式，她的爱情道德观充满现代意识，认为爱情不分已婚未婚，都不应受世俗道德观念的引导与约束，反之则不是爱情，是苟且与苟活。基于对这种爱情观的欣赏，盛可以对旨邑投去了温情的一瞥，旨邑打着爱的幌子，不断找爱情的麻烦也似乎变得合情合理，使人同情，她的近乎疯狂的妒忌、猜疑也因为有"爱"这层保护色而使人感动。旨邑以自身的道德观责难周围爱情婚姻的不道德，她可以恨水荆秋，可以恨梅卡玛，甚至可以恨原碧，她好像拥有对一切人示威的可能，只因为她有了"爱"的护身符。盛可以以"破"的特征造就了旨邑的性格，但没有使旨邑的"破"坚持到底，因为旨邑本身就陷入一种悖论：她的行为是否违背道德？

最后，盛可以把拯救旨邑于水火的大任交给了谢不周和她的同居女友史今。但这里却有一个疑问：谢不周是否有资格担当此任？当然，谢不周不乏善良正直的个性，然而这个时刻自称"老夫"的男人遵循着怎样的爱情道德观呢？他首先背叛了和他患难与共的妻子吕霜，又在与史今同居的同时，不断与陌生或不陌生的女孩同床，并长时间地觊觎着旨邑，却又两

---

① 盛可以.盛可以小说创作对谈录.河池学院学报，2005（6）.

② 劳伦斯.道德与小说，黑马译.漓江出版社，2004：123.

次要求同前妻吕霜复婚。如果谢不周的任何一个女人对他同旨邑对水荆秋一样以爱的名义审判他，那谢不周会比水荆秋更可恨，更无耻。但这些都被盛可以忽略了，她同样偏爱谢不周，并让他不断对旨邑说出圣人般的语言："假使人（水荆秋）是一条不洁的河，你应该成为大海，包容一条不洁的河并不致被它污染。"史今也是盛可以给旨邑的一面镜子，她像一个没有生命的道德符号人，她这样拯救旨邑："我觉得爱是自由的，并非占有。我不想看到他忧伤。"史今的爱情道德可谓大爱无边，爱是自己的事，我爱的人可以自由地去爱别人，其中心是奉献精神；而旨邑的爱情道德则高扬个性，爱始终是自由的，自由更倾向于自身，中心是感情的收支平衡。盛可以"立"了史今的爱情道德观，让旨邑最终以母性的宽容去原谅别人，从而复原情感，走出情感的泥沼。

道德是迷宫，爱情也是迷宫，两者都是人类面对的复杂而神秘的精神存在，所有的解释也是一种人类活动和现象，而不会指向绝对的自足。尼采曾说："没有道德现象这个东西，有的只是对现象的道德解释。"今天，爱情道德早已经解禁，它更无力解读当下色彩斑斓的爱情现象，只会衍生出道德绝对主义的变种。盛可以以浓烈的激情言说让爱情和道德相遇、冲撞，让爱情道德在生命的受难中领受自我的道德职责，最后在平和的宽容中相泯恩仇，以仁爱的中庸之道释怀爱情，这或许才是盛可以给爱情做出的道德承诺。

第四辑

息壤之歌

子宫的"政治学"与规训的反制

——盛可以《息壤》论札

马　兵[①]

　　谈论盛可以这类有着鲜明风格化和自觉写作意图的小说家并不像看起来那么容易，尤其是面对《息壤》这样把女性的子宫和一个女性氏族作为叙事焦点的作品。在新世纪女性写作普遍呈现出一种超越性别二元对立论的大势下，盛可以近乎捍卫与执拗的女性立场反而显得特别。虽然她自言《息壤》是彻底的女性主题，但细读文本，就会察觉，这部混合着残忍与恻隐的小说，有种幽昧不明的指向，对于初家的"子宫的携带者"们而言，自救之路并不清晰。而盛可以的复杂和迷人之处或正在这里，她给自己别上一枚犀利的标签，标签之下却尽是分叉的小径，她鼓吹女性觉醒，要"挣脱所谓女人的绳索"，又质疑觉醒话语背后新的禁锢的生成——就像小说的题目"息壤"，本意是"言土自长息无限"，可小说中的女性面对子宫将会发现，抛却男性让女性个体自由的承担，可能也不过是嗅逐的诱饵。

一

　　研究女性主义运动的学者认为，百年来的女性主义思潮有三次大的潮涌。在女性运动的第一波浪潮，女性主义者"过于强调男女两性性别角色的

　　① 马兵，文学博士，山东大学文学院教授，博士生导师，中国现代文学馆客座研究员，出版《通向"异"的行旅》《伦理嬗变与文学表达》《北村论》等，主要从事20世纪中国文学史观与文学热点研究。本文原载《中国当代文学研究》2019年第3期。

不平等和对抗，从而在追逐非日常生活领域的权利的同时忽视了日常生活领域的家庭生活和情感的满足对于女性幸福的意义"；第二波浪潮可以美国女性主义学者弗里丹《第二阶段》的论述为代表，探讨女性通过家庭来实现自我的可能性；20世纪80年代以来，女性主义的第三次浪潮到来，置身于后现代的语境中，女性主义开始"淡化政治性和激进性，对妇女问题的关注从政治结构、经济制度、父权制转到精神、文化层面、日常生活领域"[①]。

以这三大浪潮观照中国当代的女性写作，也能找到阶段的大致对应性。盛可以通常被纳入类似第三波浪潮的"身体叙事"的脉络中论述。因为自出道以来，她一直是一个"以感官与肉体思想一切"的小说家，肉体与感官的书写在她笔下触目皆是。这当然让我们想起埃莱娜·西苏著名的论文《美杜莎的笑声》，西苏认为女性没有自己的话语，唯有身体可以凭依，这种基于生理的性别差异可以凸显女性在历史中被遮没的主体位置。但正像贺桂梅发现的，身体写作所确立的女性主体想象，"在单一的'男人'/'女人'性别维度中谈论问题，而忽视了女性内部的差异"[②]，因此，热衷身体写作的个体，多是中产的女性。而盛可以身体叙事的特别之处也恰在这里，她对女性内部的差异，无论城乡之间，还是阶层之间，都有敏锐的感知，因为中产的身体叙事对底层与乡村的妇女造成了巨大的遮蔽，她要做的便是为沉默者立言。因此，对盛可以来说，那些底层女性蓬勃的身体器官有情欲招引、确立自我的意味，更重要的是作为与男权、历史和女性内部的位阶差异持续角力的武器。比如女性的乳房，在她的成名作《北妹》中，打工妹钱小红的双乳畸形地膨胀，如两袋泥沙一样，让她不堪重负甚至将她拽倒在地；又比如，《福地》的代孕的产业链条中，女性的身体，更具体地说就是卵子和子宫，成了机械般冷漠的生产资料，为时代提供了近乎控诉的反证。

《息壤》也是如此，它借初家母女呈现了计划生育与阴魂不散的礼法秩序联手对女性的身体予以规训的暴力。小说开头是从阎真清阉鸡开始的，这个未来初家的大女婿技巧娴熟，动作写意，然而"刀片划出一道血口，篾制细弓两端的钩子从两侧钩住刀口，撑开一个洞，再用底端系着细钢丝的长柄小

---

① 荒林.日常生活价值重构——中国当代女性主义文学思潮研究.北京大学出版社，2013：125.

② 贺桂梅.当代女性文学批评的三种资源.文艺研究，2003（6）.

钢勺伸进洞里，舀出肉色芸豆放入清水碗中"，细腻的描写里映射出令人寒战的凛冽来。当初玉问阎真清如果鸡不同意被阉怎么办时，阎真清的回答是："你屋里杀鸡吃，会先问鸡同不同意吗？"这个微缩的暴力景观自然是全书隐喻的核心，初家母女姐妹们在几十年里也都将在肚子上划出一道血口，蒙计划之名，在体内放入节育环，强制性地让子宫这方息壤中止孕育生命的能力。

对于计划生育国策在地方具体施行时的僵硬，是不少作家近来书写的关注点，如莫言的《蛙》等。《息壤》的特别之处在于两点，首先，它将共名或匿名的女性复原为具体的肉身，也即身居农村的初家三代七个女人，进而写出了国家的大叙事与家庭内部时间千丝万缕的联系，以及个体的女性如何内在化地接受这些不情愿的施加于肉身之上的政策暴力。研究中国女性性别史的美国学者贺萧谈到过，在一系列关乎农村重组与剧变的国家运动中，农村妇女的声音，她们如何回应这些国家运动，其日常生活在多大程度上受到政策的影响，这些问题通常陷于沉寂之中，因为"拥有个人历史的有名有姓的妇女"并不多见。① 这个庞大的群体不但没有话语权，其用身体发声的方式也是隐匿的。而子宫对于她们，似乎是一个产权分离的器官，她们拥有子宫，其盈亏却不由她们说了算。《息壤》从 1970 年代后期写到当下，其中母亲吴爱香和五个女儿的生育史正好与国家层面推动计划生育国策的时间节点大致叠合：1976 年，母亲吴爱香在镇医院上环；1985 年，大姐初云在生产后做了结扎手术，她"直挺挺地躺在床上，小腹袒露在外，上面一条发红发亮的伤疤"；几年后，二姐初月做了同样的手术，"躺在板车上，大花被从头捂脚一动不动像个死人"。从妈妈到女儿，小说开端阉鸡的一幕就这样不断在初家上演，也给最小的初玉留下惊怖并将困扰她一生的生殖恐惧。

其二，《息壤》有不少段落写到放置节育环后给女性带来的肉体与精神的双重伤害，尤其是母亲吴爱香——"那东西是个不祥之物。此后缓慢细长的日子里，她从心理不适发展到身患重病，这个沉重的钢圈超过地球引力拽她往下"，她试图把钢圈取出来，先是被自己的婆婆阻拦，后又因移位需要手术而作罢，一直到生命的暮年，钢圈已经长成她肉身的一部分，她依旧惦记要把它取出来，亲手拿到。一般来说，"躯体是个人的物质构成。躯体的存

---

① 贺萧.记忆的性别：农村妇女和中国集体化历史.人民出版社，2017：7.

在保证了自我拥有一个确定无疑的实体。任何人都存活于独一无二的躯体之中，不可替代。如果说，'自我'概念的形成包括了一系列语言秩序内部的复杂定位，那么，躯体将成为'自我'含义之中最为明确的部分"①，这也是女性身体写作合法性的基本前提。但是节育环这个钳制的钢圈把每一个独一无二的躯体都客体化也物质化了。就像吴爱香，她虽然一生都惦记把节育环取出来，以复原躯体的本质，但是至死那个钢圈都陪伴着她，也提醒我们，残存的礼法与政策的权力联手施加的规训是如何化成肉身的。

小说中的女性不是天生驯顺的，而且都曾有过或大或小的抗争。连老实的吴爱香在守寡的第八个年头也主动送上门去，与杂货铺的男人幽会过一回，仿佛像印证伊格尔顿的那句名言："肉体中存在反抗权力的事物。"②然后在日后漫长的岁月里，她要用意志完成的是"忘记肉体在那件事上的记忆"，这个备受折磨的强制遗忘的过程，也是自我控制肉身的过程。因为这次欢会，她没有像她的婆婆那样，成为又一个鲁迅笔下"寡妇主义"的典型，但也因此，她自我禁闭的凋零就愈显得可悲。同样看起来老实巴交的大女儿初云，出于对堕落丈夫的失望而爱上另一个人，不惜风险去做输卵管复通手术，为她爱的男人生一个孩子。在广东打拼的老三初冰也是如此，为了解决身体需求，她迷上一个电工，动了离婚心思，去小诊所取环时遭遇大出血而被迫切掉子宫。娘仨儿飞蛾扑火般如出一辙，但无一例外的，肉体偶尔的放纵并不能把她们从沦陷的生活秩序中拯救出来，她们的肉身仿佛被体内的异物诅咒了。尤其是初冰，失去子宫的她"感觉自己就是一个空荡荡的房间，四壁苍白"，甚至觉得"自己不是女人了，也不是男人，不是人类，而是一个怪物"。

上述这些情节同样彰显了盛可以观察角度的特别，如果说她的很多坚持女性写作的同道止于身体叙事的瓦解力和破坏力，以为快感就是女性生命解放的全部，那盛可以则更进一步，追问快感之后生命意义的附着，以及子宫作为将"女性固定为人类生育不可或缺之物"③的具象器官在身体叙事中的

① 南帆.文学的维度.上海三联书店，1998：158.

② 〔英〕伊格尔顿.美学意识形态》，王杰等译.广西师范大学出版社，1997：17.

③ 〔美〕朱迪斯·巴特勒.身体之重——论"性别"的话语界限，李钧鹏译.上海三联书店，2011：23.

位置。小说中有一笔写得饶有意味，随着二孩政策的放开和不孕不育群体的扩大，到了初云的女儿阎燕谈婚论嫁时，女方要先怀了孕，证明有孕育能力，男方家才办喜酒，"子宫在婚嫁中的重要性似乎比从前更明显了"。在不同的时代，女性像献出祭品一样，用子宫、用身体去响应国家号召，或者去为心爱的男人传宗接代，她们禁闭自己又开放自己，与肉身收获的那零星的快感相比，被管控的子宫带给她们的人生领悟要大得多，毕竟，她们的性属是由子宫来定义和预设的。

二

在《息壤》中，有两个女性对于子宫和生育的态度显得出格而与众不同，一个是初家的第四代来宝的女儿初秀，一个是初家姐妹的老小初玉。前者以我的身体我做主的姿态，不以为意地面对未婚先孕和外面世界恶意的非议；后者靠妇产医生的职业冷静保持强大的意志，让身体摆脱生产工具的躯壳，拒绝被界定和掌控。初秀引产后，二人有一番对话。面对一脸坦然的初秀，初玉激动地说出了一段宣言："挣脱所谓女人的绳索，让性别成为你的背景，而不是脸面；成为你的基石，而不是负担。"然后，"她们拥抱了一下，好像已经开始战胜性别"。这里的"好像"两字，一下让初玉掷地有声的宣誓复又变得可疑起来，而事实也是如此。

初雪和初玉姐妹在小说中的功能之一是引入城市女性这条线，在与她们乡下姐姐、母亲和祖母的对照中，呈现城市高知女性的另一种子宫困境。如前所论，因为幼时耳闻目睹家人"作为女人遭受的罪"，初玉一直抱定拒绝生产的立场，但反讽的是，到了小说的尾声部分，她怀孕了，而且她过去坚持的观念被一点点蚕食，渐渐成了一个安宁的孕妇，在一次胎动之后，"她叫得声音很大，精细之余还有恐惧，但很快又获得安然。此后每天摸着肚子自说自话，忘了她变成了自己厌烦的絮叨女人"。初玉在生育之事上的突转，一则写出了生育经验对于女性的原初和内在，二则大概也体现了盛可以女性主义立场的某种犹疑。凯特·米利特在《性政治》中对生理性别和社会性别的区分振聋发聩，不过，洞察到社会性别建构背后支配与从属关系之实质的女性，依然要面对生理性别中的子宫所赋予她的性属。波伏娃在《第二性》中论及女性的母亲角色时，说怀孕仿佛是女人"自己和自己演出的一出戏剧"

"她感到它既像一种丰富，又像一种伤害；胎儿是她身体的一部分，又是利用她的一种寄生物""她落入自然的圈套，既是植物又是动物，是胶质的储备、孵化器、卵子；她使有自我意识的孩子害怕，被年轻人嘲笑，因为她是一个人，是意识和自由，却成为生命的被动工具"。① 初玉对生育从拒绝到接纳，就如这段论述所描述的，伴随着一种主体性的分裂。而且小说最后，借初云初月姐妹的对谈，告诉我们，初玉怀的是个女儿，初月憧憬，等这个女孩长大也许"子宫应该不再有什么负担"，但是初云却觉得"那也讲不死火"（说不准），暗示出，困扰初家女性的子宫焦虑还将世代地延续下去。

事实上，如果仔细分析就会发现，初雪和初玉虽然可以凭借自己的知识和城市背景对身在农村的姐姐、母亲表现出倨傲的女性立场，但她俩并没有真正逃脱规训之网，所谓的"战胜性别"就更显得讽刺。在大姐初云找到初玉表示自己要为爱的男人复通输卵管，并且劝她应早点嫁人生子时，初玉反击的话是这样的："你不要用村里的眼光来看待所有女人……城里女性竞争大，要读书，考研，读博，除了家庭，还有事业……"后来逛北京城时，她列举了若干创业事例，告诉大姐北京这座城市"每个人都能在这儿创造价值，甚至奇迹"。换言之，在初玉对自己女性立场的设定中，在竞争压力巨大的中心城市获得一份让人尊敬的事业而不是结婚生子就是证明自己价值的方式。然而这种刻意抹消性别差异，做男性能做到的事，其实质不过是将男性主导的价值观念潜移默化地灌输给自我，使自己丧失自我的独立性与作为女性性别的特殊性。在初玉这个 21 世纪的高知女性身上，我们再一次看到了戴锦华所定义的那种"花木兰式境遇"，女性的主体身份"消失在一个非性别化的假面背后"②，其所认同的价值观念，其实是以女性的自我牺牲和付出为代价的。因此，小说结尾安排她的怀孕，也可以理解为一种救赎，她的子宫终于不再受控于任何社会性的关联，她也回到了性别的起点，并终于能体会到她的母亲与姐姐对待生育之事的复杂情结。在她身上，子宫仿佛成为对规训的反制。反讽的是，受她影响的大姐初云回到故乡后开始了自己的创业，把对男人的爱意转化为对家政事业的热诚。姐妹俩的互转也再一次提醒我们，女性对性别主体的赋权是多么的纠缠和多义。

---

① 〔法〕西蒙娜·德·波伏娃.第二性，郑克鲁译.上海译文出版社，2011：320.
② 戴锦华.涉渡之舟：新时期中国女性写作与女性文化.北京大学出版社，2007：5-6.

这一点在初雪身上体现得更是淋漓尽致。与妹妹相比，初雪有更多的心机，她非常懂得男权铁幕的坚硬，也极会利用身体为自己人生的晋升打开一扇扇门。她在电视节目上高谈阔论，声称"习俗也是一头凶猛的野兽，生理上的小脚不是最可怜的，女性精神上的小脚才是最悲哀的"，以话语建构自己貌似激进的社会性别；现实中却一步步被习俗牵引，她利用男人上升的人生轨迹也是自己不断受伤、暴露女性弱势的过程。在与夏先生的婚外恋中，她因堕胎而丧失了生育能力；在和财经主笔的婚姻中，她的不能生育一度让婚姻岌岌可危，她发动针对侵入家庭的小花的"子宫战争"，又觉得自己被放在了审判席上。她自以为是的对事业和婚恋的掌控，却因为子宫的问题陷入重重危机。一直到小说结尾，她也未曾收获人生的安稳。转行画画的初雪被人比作墨西哥女画家弗里达。弗里达有一幅著名的自画像，题为《破碎的柱子》，画面上的裸身女人全身布满铁钉，躯干上有一条裂缝，一根碎裂的柱子代替了脊柱，从腰部一直贯穿到下巴，如果我们认同柱子这里的阳物寓意，那这幅画的隐喻意义也就不言自明了。就像初雪身边的一个又一个男人，他们觊觎女性身体的欲望被初月压榨出来，他们充斥着不负责任的道德污点，但饶是如此，还是在她的躯体内打下让她去承负非议和耻辱的烙印。

在接受《南方都市报》的访谈时，盛可以谈到，在《息壤》中"男性多少被忽略了，他们有更丰富的故事，但我折叠了"，她列举了初家的几个女婿，如阉鸡匠阎真清、风水先生王阳冥，还有初月的再婚丈夫，那个遭遇地震在异乡重新生活的四川人。这些男人的故事没有展开，但却伸展开一个个关注社会热点问题的触角，体现了盛可以致力于通过小说"女性主题背后，也重点探讨农村的现状和未来"[1] 的用心。但我以为，这些"被折叠的男性"也深度参与了小说女性复调主题的辩证。其中最值得辨析的一点是，《息壤》如此标榜女性主义的立场，但是成全女性幸福的疏解之道，依赖的还是一个靠谱的好男人。在初家姐妹中，老二初月的日子是最安稳的，这是因为与遇人不淑的其他姐妹相比，她的男人王阳冥不但凭看风水的本领给她带来优渥的生活，还在日常中尊老爱幼，满溢着对她的体恤和恩爱，在初月做了结扎手术后，心疼的王阳冥的态度是早知如此，宁愿不要孩子，也不让妻子在肚皮上留下凛冽的刀口。王阳冥病逝后，取代他的那个四川男人同样如此。

---

① 黄茜.《息壤》写的是女性观念的交锋.南方都市报，2019-3-31.

如果我们把小说里所有女性的命运作一个分类，会发现：堕胎的有初秀、初雪，还有初雪的丈夫出轨的对象小花；初冰被切除了子宫，赖美丽躲避结扎手术冻毙在家门；吴爱香和初云对体内的钢圈念念不忘；获得世俗意义上善终的只有初月和初玉，初玉的怀孕也是因为她遇到了抛却前辈恩怨而懂得并怜惜她的男人朱皓。王阳冥与初月，朱皓与初玉，小说在他们两对身上展示出温情的一面，展示出爱情的神话构成女性自我救赎的可能与力量，但同时也暴露了另一种悖论，因为还是男性成为女性人生意义的终极裁决者，虽然他们只是折叠在一众女性的身后。

我们无法确定小说里这些温暖的爱情叙事是盛可以的有意为之还是无意之举。如果说有意为之的话，那么它们以近乎寓言的方式看似回收实则放大了小说咄咄逼人的锋芒，有什么比幸福的救赎之路不过是更深一层的跌落在男权藩篱更讽刺的呢？从这个意义上，初月是小说中主体意识最匮乏的那个，她所有对人生的理解都是男人赋予她的。而妹妹初玉与过去之我的告别，也是一场陷落的拯救。如果说是无意的话，那么它们更深在地暴露了盛可以的困惑。盛可以多次说过，说女性只有自我独立和自我解放才能获取真正的快乐，并且在接受访谈中明确把女性的解放路径概括为思想观念的解放、经济的解放和生育的解放。但问题是，女性解放之后的子宫与身体是否真的就能收获个体性的圆满呢？

曾获得诺贝尔文学奖的英国作家多丽丝·莱辛在她生命的暮年对自己当年亲身参与的女性运动表达过悔意，在接受采访时，她说："女权主义者希望从我身上找到一种其实我并不具备的东西，那种东西其实来自宗教……他们希望我能说这样的话：'嗨，姐妹们，我与你们同在。我们共同战斗，为了迎来一个再也没有男人的金色黎明。'"没有男人的女性世界注定了其激进的虚妄。女性立场还是要面对与男人同处以及自处的永恒情境，《息壤》中那些被折叠的男人意义或当在此。

最后想补充的是，除了在新时期以来母系家族史的脉络谱系上的推进，对新世纪女性写作立场的申辩、反思与纠结的意义之外，《息壤》在叙事上也颇有可观之处，经过前面数部长篇的历练，盛可以已经形成非常自觉的长篇小说的结构意识和文体意识，有些细节处尤其令人称道：比如，小说里人物对白的部分把标点取消，而且用了不同于一般叙述的字体，盛可以自言这个实践来自福克纳的启发，其目的是"短暂的打破单调的感觉"，此外，女性的自陈被特别的标记，像纪录片中女性的独白，带来自现、凝视、争辩与悬置的叙事效果，潜含着微妙的多重的微观权力。又比如，小说中人称有时着意使用"阎燕的母亲""戴新月的女人"来代替初云、初冰，以标示出她们女性身份的附属，加强对主题的呼应。当然，还有为批评界注意到的方言的使用带来的城乡与阶层之辩的话题。与她的前作比，《息壤》在锋利上确实有收敛，并非"切肤之痛"的作品，但是其绵长的疼痛和纠结往复、未有答案的质询却让其更具内在的力道。

以子宫为中心的人性深度开掘

——关于盛可以长篇小说《息壤》

王春林 [①]

前不久，在一次与作家盛可以微信沟通时，得知她刚刚完成了一个被她自己命名为"子宫三部曲"的系列长篇小说的创作，三部曲的名称分别是《锦灰》《子宫》《女佣手记》，并希望我能够对此有所关注。但不知道是由于道德禁忌抑或政治禁忌的缘故，《子宫》这个标题，在发表出版时更换为《息壤》[②]这一明显带有象征色彩的一个标题。尽管在微信时，我可以明显地感觉到盛可以对于小说标题被迫修改的不满，但"子宫"与"息壤"这两个小说标题到底哪一个更好一些，结论恐怕也没有那么简单。如果说"子宫"特别直截了当，本身就带有某种突出的个性化叛逆意味，那么，与中国古老的传说紧密相关的"息壤"二字，就因了其本身的象征性而拥有了更加开阔同时也更具弹性的理解与阐释空间。所谓"息壤"，来自中国古代大禹治水的神话传说。据《山海经·海内经》记载："洪水滔天，鲧窃帝之息壤以堙洪水，不待帝命，帝令祝融杀鲧于羽郊。鲧腹生禹，帝乃命禹卒布土以定九州岛。"晋郭璞《山海经注》："息壤者，言土自长息无限，故可以塞洪水也。"鲧是大禹的父亲，承担着治理洪水的重任。为了达到治水的目的，鲧从天帝那里偷偷地

---

① 王春林，山西大学文学院教授，博士生导师，《小说评论》主编，中国小说学会副会长，山西省作家协会副主席，茅盾文学奖、鲁迅文学奖评委，中国当代文学研究会理事，在《文学评论》《当代作家评论》《南方文坛》等核心期刊发表论文百余篇，出版《话语、历史与意识形态》《思想在人生边上》《多声部的文学交响》《贾平凹的〈古炉〉论》等等，主要从事中国现当代文学研究。本文原载《山西文学》2019 年第 1 期。

② 盛可以.息壤.收获，2018（5）.

拿了息壤这样一块可以自己成长的土壤。没想到，就在鲧用息壤治水已经取得了明显效果的时候，这个秘密却被天帝发现了。恼怒异常的天帝，很快派祝融诛杀了鲧。所幸的是，鲧的儿子大禹，子承父业，不仅继续承担治水的重要使命，而且还改"堵"的方法为"疏"，最终完成了治水的神圣使命。毫无疑问，盛可以之所以要以"息壤"取代"子宫"，正因为"息壤"是一块可以自己无限生长的土壤。很大程度上，"息壤"的自我无限生长，非常类似于子宫可以不断地繁殖孕育生命的功能。盛可以之所以在被迫无奈之际择定"息壤"一词来取代"子宫"，根本原因正在于此。

　　既然小说的原标题是"子宫"，那么，子宫这样一个女性独有之器官，自然会成为盛可以《息壤》的聚焦中心所在。由这样一个题目，我们便不难做出猜想，其中势必少不了身为女性作家的盛可以关于女性生存境遇的真切思考与表达。但不管怎么说，《息壤》却终非一部社会学著作，而是一部长篇小说。作为一部长篇小说，作家所欲表达的思想意旨哪怕再丰富再深刻，也只能够潜藏在足称生动曲折的故事情节之中，以一种形象化的方式表现出来。具体来说，在《息壤》中，盛可以把自己以子宫为聚焦中心的关于女性的思考，委托给了一种家族小说的方式，借助于湖南益阳初氏家族四代女性的故事来承载表达这种思考。初氏家族的四代女性分别是，第一代祖母戚念慈，第二代母亲吴爱香，第三代长女初云、次女初月、三女初冰、四女初雪、小女初玉，第四代初秀。正如同你已经判断出的，作家的书写重心毫无悬念地落脚到了第三代的初氏五姐妹身上。关于她们五姐妹，作家曾经巧妙地借助于奶奶戚念慈的角度给出过相应的评价："戚念慈又聊到初月，十年前的那壶开水既然已经浇到她的头上，不能改变事实，那就努力给他说门好亲，多配嫁妆，初月心地善，会有好命。接下来她又将其他几个丫头评说一番，比如说初云慢性子，初冰有心计，初雪胆子大，初玉天赋高。"以我愚见，小说开始不久盛可以的这段叙事话语，其实带有非常突出的预叙意味。很大程度上，盛可以的如此一种设定，可以让我们联想到曹雪芹《红楼梦》中的贾宝玉神游太虚幻境那一回。如果说曹雪芹主要是借助于贾宝玉睡梦中在太虚幻境看到的那些个判词来完成一种预叙工作的话，那么，盛可以很显然也就是在借助于不仅心机极深而且洞察力同样惊人的戚念慈，在巧妙揭示几位女性性格特征的同时，也在预言着她们未来可能的一种命运遭际。

　　首先，是长期鼎力支撑着初家生活的长女初云。很大程度上，初云命运的不幸，取决于她嫁给了那个除了阉鸡之外可以说一无是处的男人阎真清。由于阎真清精神上过于依赖母亲，初云一直处于被严重忽略的状态之中。事实上，也正因为她长期缺乏正常夫妻情感的慰藉，才会一度鬼迷心窍地执意跑到北京去找小妹初玉，刻意要在完成所谓的输卵管复通术之后，为另一位男人生一个孩子：

　　她摘掉花枝上的黄叶　像评价盆中植物似的努力压低嗓门　音调平平地说我想跟另一个男人生孩子　我想这么做　她说起她跟那个男人有多好　复通输卵管后她就去跟阎真清离婚　过去三十八年　她一直为别人活　现在她要为自己活一把

　　毫无疑问，初云的决定会遭到业已在北京生活多年，已然接受了诸多现代生活观念的小妹初玉的坚决反对：

　　你吃过那么多苦　现在可以轻轻松松地为自己活　对自己好　你应该出去旅行　去看看外面的风景　可你居然还要复通输卵管生孩子　你结扎十几年了又想着找生育的苦　我从小看了那么作为女人遭受的罪　尤其是妈妈　像牲口一样生育　因为恩妈要孙子　因为父亲要儿子　最后还要忍受一个钢圈的折磨还有初月　差点难产死掉　没有谁会记住这些危险　男人们也真的当生育是瓜熟蒂落的自然结果　也不想想医院产科每天为什么那么多不肯瓜熟蒂落的你现在居然还要冒几重危险去干这件事　我真的不明白

　　这段话语所凸显出的，便是初云和初玉她们之间那堪称巨大的观念差异。在初云的理解中，怀孕生育是一个拥有子宫的女人天经地义的事情，或者干脆说是一种无可推却的义务。既然已经和一个男人相爱，那么，不管他是否明确提出过相关的要求，自己都应该以生育的方式给予相应的回报。这里的一个关键问题在于，为这个男人生育的念头，是初云一个人自发生成的。如此一种情形，所充分说明的一点，就是女性的生育已然长期积淀成为如同初云这样传统女性的一种集体无意识。初云试图复通输卵管以重获生育能力的所作所为，正是这种早已深入骨髓的集体无意识作祟的缘故。但在早已充分接受了现代观念影响的初玉看来，初云的这些观念其实早已陈腐不堪。此时此刻的初玉，完全可以被看作是一位意志立场坚定的女权主义者。

也因此，小说中的这样一段叙事话语，很大程度上可以被理解为女权主义在生育问题上的坚定宣言："不知道弗洛伊德是否说过，男人热爱生产的女人，是对子宫的迷恋，崇拜子宫，类似于小女孩的阳具嫉妒。男人们一边要女人生孩子，一边骨子里嫌弃生过孩子的女人，一旦她们这儿松了那儿垮了，他们便掉头转向到处紧致不曾生育甚至不曾被人动过的年轻女孩。人们骂女人母猪、母狗，因为生育使这些雌性动物奶子拖地又脏又丑，没有人对它们的贡献表示一点尊重，它们也没有得到应有的待遇，到头来还说它们的肉不好吃，太硬嚼不动。很多人找对象将生过孩子的女人摆在残疾人级别，生育过在婚恋中简直就是一种原罪，甚至未婚姑娘做过人工流产，也将成为致命的污点。一切道德的、生育的、痛苦的责任由谁来承担，完全取决于谁是子宫携带者。男人和女人同时在获取感官享乐，然而仅仅因为子宫的缘故，男人逍遥法外，女人困在网中。"

事实上，由于对盛可以既往小说写作的了解，早在具体进入《息壤》这一文本之前，我就已经预料到其中一定会有女权主义立场的激烈体现与表达。果不其然，立基于初玉角度的这种强烈感觉，毫无疑问可以被看作是在由子宫而带来的女性生育问题上的一篇女权主义檄文。尽管从客观现实来说，女性的生存困境将会体现在日常生活的各个层面，但其中最重要也最不容忽视的一个方面，无疑是女性所特有的生育功能。很大程度上，正是借助于女性生育这一问题，盛可以不无尖锐地提出了男性一种突出的两面性特质。一方面，他们只能够依靠女性的子宫完成生育的使命，但在另一方面，他们却又近乎本能地厌恶在生育过程中备受伤害的女性身体，竞相去追逐那些未曾经历过生育困扰的年轻女性的身体。在虑及男性的如此一种双面性特质的同时，初玉也实在无法忘却她在大姐初云与二姐初月那里亲眼看见过的女性生育之苦，以上两个方面，再加上初玉接受高等教育过程中对相关女权主义思想的了解与把握，三者共同发生作用的一种直接后果，就是初玉如上一种激进女权主义思想的发酵与最终形成。唯其如此，她才会把这些拥有子宫的女性与小时候所看到的阉鸡场景联系在一起："这让她想起小时候看阉鸡。妇女们拥挤在过道里，像鸡群在笼子里伸着脑袋，看电子屏幕排序或听广播喊号，阎真清伸手往里随便逮住一只鸡，三两下处置干净，眼睛盯住阉割的部位，不管鸡长什么模样。他当然不会看着鸡的眼睛对它说别紧张很快就好，当他把那两粒东西挑出来之后，将鸡随地一抛，伸手去抓另一只。"实际上，也只有在读到初玉这段联想的时候，我们方才可以明白，盛可以为什么要在小说开头处以很大一段文字绘声绘色地描写还是小女孩的初玉细致观看阎真清阉鸡的那样一个场景。究其根本，把育龄女性与阉鸡场景联系在一起如此一种天才的联想，与其说是初玉的，莫如干脆说就是作家盛可以自己的："医院最忙的是妇产科，门口常年被那些等着做流产的'育龄女性充塞——她同样反感'育龄女性这个称呼，感觉好像在描述一群通过遴选等待配种的牲口——她们和笼子里的鸡是一回事，只不过鸡是公鸡，人是雌人。"不管怎么说，当盛可以天才地把育龄女性与阉鸡联系在一起的时候，作家那样一种坚定异常的女权主义思想立场，就已经溢于言表了。

更进一步说，盛可以的激进女权主义思想在《息壤》中并不仅仅通过大姐初云与初玉这两个女性形象体现出来。初云和初玉之外，这一方面能够给读者留下深刻印象者，乃是她们的母亲吴爱香。初出场时的吴爱香，可以说只是一架生育机器。丈夫初安运意外去世时，吴爱香虽然只是三十出头，但却已经育有五个女儿和一个儿子。从十八岁嫁给初安运，到三十岁出头时守寡，虽然只有短短的十二年时间，但吴爱香却一连生了七个孩子（其中一个不幸夭折），是一架毫无疑义的生育机器。吴爱香之所以会无休无止地处于生育状态，只因为她一直没有生下一个儿子。受到所谓传宗接代观念严重影响的缘故，只要生不下带把儿的儿子来，吴爱香就不可能自行终止她的生育过程。儿子是带把儿的，女儿所携带的标志性器官，却是子宫。初氏家族尤其是身为一家之主的恩妈也即祖母戚念慈对于子宫或者说女性的性别歧视，首先就突出不过地表现在吴爱香那简直就是无休无止的生育过程中（行文至此，有一点需要特别指出的就是，尽管吴爱香拼尽九牛二虎之力在连生六个女儿之后，终于生下了唯一一个带把儿的儿子初来宝，并因此而讨得了婆婆戚念慈的欢心，但带有明显反讽意味的一种结果却是，这个初来宝竟然是一个智力不健全的痴呆者。五个拥有子宫的女儿活色生香，唯一的带把儿的儿子却是精神痴呆，二者之间的强烈对比，其实已经构成了对那位望孙心切的戚念慈最大的嘲讽）。关键的问题在于，尽管吴爱香的生育过程伴随着丈夫初安运的突然去世而宣告中止，但这却并不就意味着身为女性的她性别劫难的终结。这一点，集中表现在她性权力的被剥夺上。新寡时的吴爱香根本就没有预料到，丈夫去世后留下的情欲真空，竟然会对自己构成一种如此这般难以承受的精神痛苦折磨："她尤其没想到孤枕难眠与情欲搏斗的辛苦漫长。肉欲——那头非理性的猛兽会将人的灵魂撕咬得血淋淋的，白天灵魂恢复原状，晚上再被撕咬，如此反反复复，让人心力交瘁，苦不堪言。"正因为难以自控的情欲作祟，等到守寡第八个年头，实在按捺不住的吴爱香终于与一家杂货店老板有了一次肉体出轨，或者更准确地说是一次肉体解放的经历。先是在肉体交合前："她嗅到他公牛般的气息，这气息像八爪鱼一样追上来，缠住了她。逃离这条街，她感到恐惧仍然紧攥她的心并没松开，同时意识到身体某处湿漉漉的，羞耻感让她呼吸更加困难。"等到事情终于不可遏制地发生之后："她永远记得那一瞬间，当那不知名的男人压上她的身体，她感觉自己被一场大火彻底消融吞噬，有时像一场冲进村庄的洪水四处漫漶，有时如一片羽毛在轻风中徐徐飞翔。"

某种意义上，盛可以之所以一定要安排村妇吴爱香遭遇一次肉体出轨或者说解放的经历，正是为了通过这种解放感的描写，对比映衬出这一女性形象被迫长期禁欲的巨大精神苦楚。从丈夫去世的一九七六年，一直到她自己弃世的二○一六年，长达四十年的漫长时间里，除了这唯一的一次出轨或解放，吴爱香那本来骚动不安的肉体一直处于被禁欲的可怕状态之中。唯其因为曾经有过这样一种切身的体验，所以本来没有多少文化的吴爱香，也才会生发出如此一种真切的感受："如果允许她从棺材里爬起来做一次发言，让她谈一谈自己这辈子的感受，她一定会说如果没有'肉体活着是一件十分轻松的差事——她不知道说'情欲这个词，'情欲是文化人说的，村里人通常说'发骚，对牲口就说'发草这样的语言过于粗俗，她也说不出口，她只知道说'肉体这个词就像一个人穿得老老实实，没有可以让人指手画脚的地方。但即便这个世界跟她没有关系了，她也难以启齿无数的夜晚，她体内的渴望与冲动。她认为她自己并没有情欲，是她的肉体在提醒她，催促她，好像她欠它的，因为它的生活规律被破坏了，而她无视于它的反应，没有采取任何弥补措施。"对于如此一种强烈的生理感受，盛可以紧接着又用女性学的相关著作予以更深入的阐释和表达："如果她读过一点关于女性的著作，她会深深赞同'欲望是一颗关于全身性的化学性的炸弹并且进一步去理解'女人的自信解放'自我觉醒都是通过阴道系统来传达的观点，只要启动私处那八十根神经末梢制造的快感，欲望就会时时突袭，像狼袭击羊群，措手不及。"问题的关键在于，到底是什么样的一种巨大力量潜在地控制着类似于吴爱香这样普通女性的肉体或者说是情欲。一方面，我们固然可以把责任推到她那位有着强大操控力的婆婆戚念慈身上，但在另一方面，更主要地恐怕还应该是吴爱香自己，以及她置身于其中的那样一种集体文化土壤。这一点上，有两个象征性细节不容轻易忽视。其一，是吴爱香的裹头巾："吴爱香裹头巾是守寡一年之后的事。有人认为，把头发包起来表示她对男人断了念想，暗示别人不要对她有什么想法，虽然她才三十出头……"尽管说接下来，作者也还给出了借此而怀念丈夫初安运这样一种说法，但我们却更倾向于在拒绝其他男人骚扰的这个角度来理解吴爱香的裹头巾这一看似非常突然的行为。大约也正因为如此，所以作家才会特别安排她一直坚持到二〇一六年即将弃世的时候才最后一个摘下了头巾。其二，则是她身上那个最终嵌入到身体中无法剥离的节育环（以钢圈的形式出现）。按照吴爱香自己的意愿，早在丈夫初安运去世不久，她就曾经试图将这个以钢圈形式现身的节育环取出。没想到的是，她的如此一种想法，竟然遭到了婆婆戚念慈的强力阻止："一个寡妇去医院去摘坏，这会逗别个说闲话的。小脚奶奶这么回答儿媳妇，她的声音平淡清晰，像做任何一次决策一样。那东西就让它放着，不碍么子事。"尽管说吴爱香后来也曾经违逆婆婆戚念慈的意志，一个人偷偷地去医院试图取过环，但她的这种努力却因为取环的艰难程度以及时间和费用等多种原因而最终没有成功。等到戚念慈终于去世，吴爱香再次到医院试图取环，试图取出那个钢圈的时候，医生的检查结果是这个钢圈早已长到了肉里，如果一定要开刀取环，将会冒极大的风险。就这样，这只以钢圈形式现身的节育环，最终还是无可奈何地留在了吴爱香的体内。面对着备受这个钢圈折磨的吴爱香，初玉曾经在母亲去世后生成过这样的一种想法："当她握着母亲那一双因劳作变形的树瘤般粗糙的手，眼泪落下来。世上再也不会有这样苦命的女人了。她想，她冷清的子宫里那个该死的钢圈将被大地腐蚀，再也无法折磨她了。"请注意，在这里，这个以钢圈形式呈现的节育环，绝不仅仅只是一个可以有效避孕的器具，而是一个富有明确象征意味的物事。究其根本，它所象征隐喻的，乃是一种集合了包括男性权力，包括文化的集体无意识在内的以戕害女性身体和精神为能事的巨大隐在力量。吴爱香一生悲剧的酿成，与这样一个强行盘踞在其体内不复脱离的物事存在着格外紧密的内在关联。很大程度上，正是面对着如此一种强悍异常的外在巨大社会力量，子宫们才被迫发出了无声的呐喊："想一想女人们交出子宫的样子，肯定有什么东西听见了它们朝向天空的无声呐喊，不是金属器械的碰击声捶打撕扯能掩盖的。"质言之，这无声的呐喊中所凝聚着的，正是包括吴爱香、初云等在内的众多女性难以排解的精神痛苦。

生命节点与女性欲望

——盛可以《息壤》写作特质探析

王　维①

　　盛可以是近些年享誉海内外的当代女作家，2018年她在《收获》上发表了长篇新作《息壤》。这部在两个月内写就、后在美国旧金山修订定稿的作品从女性的视角和本能体验出发，围绕湖南槐花堤村初家五个女儿的人生境遇展开，时间跨度长达30年，蕴含着丰富的历史信息。盛可以的作品历来被国内评论界冠以女性主义小说的标签。李振曾这样总结盛可以的小说："生为女人，几乎是盛可以所有小说的出发点——女人的身体、乳房、子宫，女人的情欲、性欲、婚姻，女人的经验、遭遇、命运，以及女人与男人、现实与历史的关系。"②《息壤》将女性的现实境遇与历史变动联系起来书写，延续了其小说表达女性身体、子宫、欲望、命运的主题。《息壤》所表现的初家女人的故事是特殊的，折射出在社会规范的变化中每一个中国家庭可能经受的演变轨迹。

一、生命节点记录女性意识的生长

　　不妨先看看初家的基本结构：奶奶戚念慈，父亲初安运，母亲吴爱香，五个女儿和一个儿子。这种家庭结构只可能存在于计划生育政策实施以前。

---

　　① 王维，中南财经政法大学新闻与文化传播学院教师，主要研究中国当代文学。本文原载《写作》2019年第5期。

　　② 李振.生为女人——盛可以小说论.当代作家评论，2018（5）.

五个女儿的名字分别叫初云、初月、初冰、初雪和初玉，幺儿子叫初来宝。小说中最先出场的是小女儿初玉，和她一同映入读者眼帘的是一位阉鸡师傅，名字叫阎真清。阎真清迎娶了初家大女儿初云，成为初家的大女婿。和初云同时出场的是幺儿子初来宝，小说称"他只是个听得见话的哑巴"①。接下来出场的是初家的领头人物——初家奶奶戚念慈以及初家主妇吴爱香。小说对奶奶的描述是，"在人生幽暗的通道中训练出一双火眼金睛"。正是这双"火眼金睛"最先发现了初云的未婚先孕，"奶奶戚念慈最早注意到初云身子粗了，安排吴爱香去问个仔细"。面对母亲吴爱香的盘问，初云只是感到事态严重，却并未明白母亲的意思，文中用"迷茫"和"惊讶"来描述初云的眼神，"即便是在她自己当了母亲，做了奶奶，回想起少女时期对两性关系的盲目无知和母亲态度里的肮脏鄙视，仍然觉得浑身不适。母亲从没告诉过她女孩子有月经，直到她放学回来裤子红了一片，才递给她一卷黄色的草纸；这时候她也没有教她停经和怀孕、月经和排卵的关系，更没有说过女人是怎么怀孕的"。值得注意的是，停经、怀孕、月经和排卵的关系在时下已然是广泛普及的生理知识，但小说的写作背景被设置在 20 世纪 70、80 年代，初云和生活在这个时期的很多同龄人一样，对于月经的生理知识是完全不懂的。女孩子在少女时期对两性知识的盲目无知以及母亲的回避态度是那个年代再平常不过的事情，小说中这段描述是如初云般的同龄人共同的历史记忆。文中提到的黄色"草纸"别有意味，如今的中国人已经不知道它为何物，也就是说，它是一个历史词汇。盛可以特意标明了故事发生的时间："这是一九八二年的事情。"正是这一年，初家大女儿初云出嫁了。诚如中国农村儿女众多的家庭一般，长女的命运不会太好。丈夫阎真清专职阉鸡，这与种田相比，在当时算得上是吃香的。"再冇得这样好的行当了，你默下神，穿得索索利利，闷声不急地坐哒就把钱挣了，哪个有本事的愿意下地种田，六月间太阳晒死人，打谷插秧累死人。"初云嫁到阎家后，"地里的活由初云干，经常两腿夹着孩子腾出手来干活，有时夹在腋下，单手炒菜做饭……那时初云完全没想过生活是怎么回事"。初云一生都未得到婆婆和丈夫的疼惜与尊重，这也为后来初云的个性觉醒和主体意识的萌生埋下了伏笔。

接下来描写的是初家二女儿初月，"五个姑娘中长得最好的，可惜小时

---

① 盛可以.息壤.收获，2018（5）.下文引自《息壤》的注释不再另注。

候被开水烫过，脑袋有半边触目惊心的粉红溜光，谁看了都觉得遗憾"。不过，看完整部作品，我们会发现，正是这位身体有缺陷的初月，是五个女儿中命最好的，她先是嫁给了疼爱她的丈夫——抹尸人王阳冥，老年丧夫之后又在儿女的支持下，觅得了合适的老伴，一生都过着安稳的日子。细细看来，盛可以将好命的初月与残疾的身体相连，她儿时被开水烫过的头皮一直伴随着她，看似静好的岁月中，初月仍然逃脱不了生为女人在面临生育问题时的痛苦和折磨。

小说叙述到这里，盛可以并未按照人物线索逐步展开，而是运用蒙太奇的手法将时空不停跳转。只有抓住时间节点这一线索，才能顺利厘清初家家庭各个成员的发展轨迹。小说的第一部分的写作方式显然是时间顺序，初云出嫁后的第二年，也就是 1983 年，刚满 17 岁的初月出嫁了。小说接下来，时空叙述发生跳转，湖南乡下到北京，时间忽地变成 2005 年。这一年，大姐初云上京了，目的则是来找小妹初玉做一个输卵管复通的手术。"二十岁以前生完两胎，按照政策老老实实做了结扎手术，肚皮上留下一条蚯蚓不晓得省了多少麻烦现在腰是腰，屁股是屁股，一点也不像四十岁的女人"，初云出嫁的那年是 1982 年，结婚时她已是有孕在身，如今已是 40 岁的中年女人，中间足足过去了 20 多年。

20 年的光阴对女性意味着什么？又是什么让女性的生育欲望复苏？有没有另外一种生活方式可以供女性来选择？盛可以在小说中处处暗含女性意识，重新审视女性的定位，实际上，女性意识是对女性从个体的"人"出发的女人的价值的思考和觉醒。初云来到北京是为一个手术而来——输卵管复通。循着初云的到来，初玉童年的记忆被激活。时间回到 1985 年的夏天，初云动了一个手术——结扎，当时的初云只有 20 岁。17 岁结婚生完两个孩子，20 岁时她已失去了生育能力。将近 40 岁时，初云做出来了要恢复生育能力的决定，这个决定对于农村妇女而言，无疑是大胆的，可视作初云女性意识萌发的重要表征，"跟他生养孩子对我来说就是快乐就是生活你可能是不明白因为你还没有碰到一个这样的人"。可以说，初云的独立思想和行为也由此完全展开，为后期初云的人生蜕变，进城打工，勤劳致富，找到生活的意义做出了合理的铺垫。盛可以将初云的北京之行分别用两个章节来写作，小说第 8 章明确地勾画了初云女性意识觉醒的全过程，这一过程不是靠知识分子阶层的初玉劝导完成的，而是靠初云女性意识的觉醒完成的。从乡下来到繁华时尚的首都北京，每天出现在身边的人和物，刺激和启蒙了见识并不甚多的初云，"她过去只能在电视里看到的，如今天全部都在眼前了，年轻真好，年轻又在北京这样的大城市，好得不能再好，他们自信自在的样子让她第一次感到自己老了，青春白过了，想到北京之行的目的，心里忽然羞愧起来，你会发现北京有大把比复通输卵管更要意思的事情"。最后她为自己的生活找到了出口，决定放弃输卵管复通手术，当然，她也决定不回乡下种地了，而是到小城里去找份工作养活自己。用她的话说，"话说回来这一趟还是值的，不出来我就醒不了，出来一看你们都在这样生活，真正的过自己的冇人要求你，冇人管你，也冇得眼睛天天盯着你，几多自在"。从怀孕、结扎、要求输卵管复通到放弃复通输卵管，不难看出，这一切都和女性意识紧密相关，而生育欲望的输出是这种女性意识体验的外在表现形式。

在初云身上，我们可以看到一个女性成长过程中的诸多重要体验，既有生理的，也有心理的。盛可以记录生命节点，着重关注女性的基本生存状况，重新审视女性对情感和生命的体验过程，这也是盛可以作为当代女性作家的成功之处。相较于男性作家，女性作家往往更擅长女性审美视角，用独特、细致、真切地感受去把握女性情感世界的丰富内容。

二、女性欲望在社会转型期的抑扬消长

计划生育，是按照人口政策有计划的生育，主要内容是提倡晚婚、晚育，少生、优生，目的则是控制人口数量和提高人口素质。20 世纪 50、60 年代，中国人口再生产的模式是高出生、高死亡、低增长，而 20 世纪 90 年代，则过渡到低出生、低死亡、低增长，进入 21 世纪以来，则转变为高出生、低死亡、高增长。生育政策也多次出现微调和重大调整，2011 年 11 月，中国各地全面实施双独二孩政策，2013 年 12 月，中国实施单独二孩政策，2015 年 10 月，中国共产党第十八届中央委员会第五次全体会议公报指出：坚持计划生育基本国策，积极开展应对人口老龄化行动，实施全面二孩政策。[①] 小说中多次提到的"结扎"，实则是与 20 世纪 80 年代的计划生育政策配套的避孕方法中的一种。女用避孕方法较多，常用的有避孕药物、节育

---

① 一句话快讯：中共全会公报允许普遍二孩政策.新华网，2015-10-29.

环、输卵管结扎或堵塞、阴道隔膜、阴道避孕药环等。

生育问题一直是盛可以关注的焦点，作者花费了许多笔墨来描写和阐释女性生育问题，以便引发人们对这一个问题的思考。新中国建立以后，由于卫生工作的进步，人口死亡率尤其是婴儿死亡率大为降低。但是，由于建国后没有对人口出生率做出适当控制，人口增长过快，带来的直接结果就是人民在物资供应方面遭遇越来越大的困难。人口增长过快，人民在吃、穿、住、行方面都会面临资源短缺的问题。解决这一问题最有效的办法，就是提倡每对夫妇只生育一个孩子，并强调晚婚晚育。但是，经过了从高生育率到低生育率之后，计划生育政策在 21 世纪也带来了很大的社会问题，如人口红利消失、临近超低生育率水平、人口老龄化、男女比例失调加剧等等。这也是进入 21 世纪后，中国生育政策再次调整的重要原因。生育问题和国家的生育政策息息相关，这是由特定的社会规范背景造成的。社会制度政策使女性的生活充满了约束和不安，女性不得不在特定的生育政策下放弃生育欲望，这是一种生理和精神上的无奈和妥协，也是一种禁锢的悲哀。正因为如此，她们的生理与心理经历了相应的伤害、折磨和苦痛。

盛可以在小说中客观描写了中国女性的情感世界和生育欲望的变化，以及女性欲望在计划生育政策推行中的各种表现。初家女人们在改革开放 40 年的历史变革中，被各自的生活裹挟着前行，拥有着完全不一样的人生遭际，迥异的女性欲望从不同侧面见证了中国社会的变迁以及人们生育观念的改变。

在小说中，女性欲望连同生育问题遍布全篇。与盛可以之前的小说创作不同的是，此次欲望书写并未局限在女性个体的情爱小世界之中，而是置于中国改革开放的历史发展之中，并且着重关注人们生育观念的转变。小说中多次记录了初家女人们的各种身体欲望，重点书写生育欲望。初家女人们通过后天的学习和体验，逐个萌发出自我意识，具备独立思考的能力，对于社会强加给自己的性别权利及义务具有独立的思考、辨析及有选择地接收。

在初家主妇吴爱香"守寡第 8 年的秋天，她干了一件连她自己都没料到的事""这是一九七六年，汁液饱满三十出头的吴爱香成了寡妇"，第 8 年也就是 1984 年，寡妇吴爱香主动选择了满足了自己的生理欲望，她趁进城办事的机会和杂货铺里的陌生男人秘密交合了。只是，这种生理欲望的满足发生的时间是在 20 世纪 80 年代，这个年代人们对待生理欲望，尤其是女性的生理欲望，可以说是一片禁区，欲望和道德捆绑，本能欲望凸显的同时，则与道德责任相互纠缠、尚未完全挣脱。虽然吴爱香的肉体得到了宣泄和满足，但也埋藏了终生的隐秘和羞耻。吴爱香"努力忘记在杂货铺干的那件事——准确地说，是忘记肉体在那件事上的记忆，那时她是被肉体包裹着，它裹挟她，她是肉体的奴隶。然而，忘记不过是另一种欲望，它比没发生之前更具体，更真实，因而更受折磨"。吴爱香守寡后，本能的生理欲望一直被压抑，直到8年后的一次偶然释放，但也无人知晓，更不可能四处诉说，这个秘密直到她死亡而最终消失，被彻底埋葬。

时代从20世纪90年代过渡到21世纪，伴随着改革开放的步伐，中国城市化进程明显加快。很多农村人开始背井离乡到经济发达的地方去工作，于是也有了"打工"一词的应用，打工人群成为中国经济发展的主力军，对中国的改革开放、经济腾飞以及城镇化建设都做出了历史贡献。在中国城市化进程中，随着市场经济和商业化的发展，人们对两性关系的认识以及性观念逐渐开始放开，曾经捆绑于两性关系上的道德责任意识开始淡化甚至消失，越是发达的城市，性观念越是开放，女性意识和女性主义的萌发在这个时期表现得更加明显。

中国的市场经济发端于广东，南下广东的女性在广东经历了什么，遭遇了什么，感受到了什么，是一个引人好奇的问题。中国城市化进程中的女性代表——初冰，2011年只身一人在广州做生意，她极少回去与丈夫团聚，丈夫戴新月也从不来广州，"人们对她在广州店面以外的生活知道的不多，每天早出晚归，剩下晚上黑暗中的那几个小时她怎么度过，一个四十岁前挺后突分外妖娆的蓬勃女人，不可能长期孤枕孤宿……她要怎么说服自己的身体安分老实甘于寂寞，这是人们好奇的"。后来，所有好奇她生活的人们锁定了那个比她小五六岁的电工。初冰的欲望如同她的母亲吴爱香，均是自然的生理本能。"起先她只是为了解决身体需求，她还没有碰过除丈夫以外的男人，电工年轻肯干，带给她惊心动魄的夜晚，也惊动了感情，进而谈婚论嫁"，和长姐初云如出一辙，面对婚内出轨，她们早已没有了母亲吴爱香的隐秘和羞耻，而是昭告天下，追求自我幸福。初云动情之后是大胆决定上京去做输卵管复通手术，而初冰动情之后决定去小医院取环。二人的行为都是为了与有情人终成眷属，并生育后代。

时间跳转到2008年，初雪的奋斗经历仿佛让我们看到了另一个"北妹"

钱小红，初雪的性启蒙来自多个男性，她奋斗的每一步亦是自己身体付出的代价，这种代价甚至影响久远。她在进城奋斗多年以后，获得了旁人眼里羡慕的成功，不过这种成功的起点是从身体开始的，她做过情人、堕过胎、发生过婚变。有意思的是，初雪在小说中是一个先锋女性代表，她多次在电视节目和演讲中谈及女性权利："一个人可能无法与时代抗争，更不可能叫板庞大的社会制度，习俗也是一头凶猛的野兽，生理上的小脚不是最可怜的，女性精神上的小脚才是最悲哀的。初雪的回答赢得了现场观众的掌声。"结婚之后，初雪倾注所有的精力来解决生育问题，之前多次堕胎的后遗症使她追求生育无果，还卷入到一场"子宫战争"之中，离婚是她人生命运的终点。

值得注意的是，进入 21 世纪后，不仅仅是时间发生了变化，人们的性意识，特别是女性在对待两性、婚姻和生育问题的观念亦随之发生改变和革新。对比母女两代人对待同是肉体欲望时所采取的不同的行为方式，女性在对待身体本能和生育欲望方面的意识可以说是革命性的。她们不再像她们的上辈人那样感到隐秘和羞耻，更不会抑制和回避欲望，取而代之的是勇敢接受肉体发出的欲望需求，并顺其自然地满足生理需求。

尽管初云最终放弃了做输卵管复通手术的念头；初冰由于私下取环发生了医疗事故，继而丧失子宫，终结了与电工情人的关系；初雪在子宫大战之后，最终结束婚姻，女人们的生活仿佛又回到了原点，但最后的这个原点和最初的起点却截然不同，这曲折复杂的女性经历恰恰是女性自身成长和体验的重要痕迹，是她们用鲜血在身体和心灵上刻下的独特记忆。和初家其他女人的身份不同，初雪和初玉完全走出了乡村，来到了城市并获得了耀眼的身份和地位，在旁人眼里是她们从农村走出来的金凤凰，她们具备男女对话的能力，她们依靠这种能力在男性世界中周旋、抗衡抑或和解。

三、结语

2018 年是个特殊的节点，全国社会各界热烈庆祝改革开放 40 周年。盛可以之前的创作曾多次关注过打工妹群体，为时代证言，记录和见证时代的发展和变迁以及浮沉其间的底层百态。《息壤》中盛可以是有意识地扩大小说的叙述时空，叙述时间跨度 30 多年之久，空间辗转于湖南乡村、北京、上海、广东，小说中夹杂的湖南方言和人情故事有着打动人心的质朴和沉重。

盛可以对女性身体的敏感写作体现在她的每一部作品中，她对于冷冰冰的器械带给女性身体的侵害的描写显得冷静且入微，而女性所经历的怀孕、堕胎、失去子宫、丧失生育能力等等，皆与男权的统治相关联，皆与整个社会规范相关联。无论女性承载着何种身份，女性欲望在一定意义上却是殊途同归的，值得关注的是，这些不同的女性都凭借自身的力量走出了各自的困境，有的是生活的困境、有的是情感的困境、有的是生育的困境。

盛可以的作品《北妹》《道德颂》，就小说标题而言就颇为成功漂亮，此次长篇小说《息壤》亦是如此。《息壤》可以视作一部盛可以自我转型的作品，作家并未执念地去书写以往擅长的男欢女爱的世界，而是用知识分子的视角观察和书写历史和现实，情欲叙事转向历史事件记录，让我们感受到盛可以的可贵勇气和执拗突破。

从给予中照见自己

——《息壤》中的女性意识建构与人文关怀

杨亚茹 [①]

盛可以的《息壤》发表于 2018 年《收获》第 5 期，是作者探讨女性问题的又一力作。不同于此前的《水乳》《道德颂》《无爱一身轻》等"一女三男"的都市白领爱情故事，《息壤》展现的是"初家"这个乡村女性大家族的兴衰荣辱。初家女性的人生遭际与 20 世纪 70 年代以来中国社会的发展密切相关，"计划生育"政策的实施、生存与肉体欲望的交织在女性身上形成巨大的变数。盛可以从生育角度切入，以细腻的笔触描绘三代女性在传统与现代对立中的身体自主抗争过程，女性思维方式、行为准则和价值理念也在商品经济冲击下发生转变，体现出女性在觉醒道路上的挣扎与反抗，寄寓了作者对女性主体意识觉醒的人文关怀。

一、传统压制下女性的蒙昧

新文化运动的兴起，掀起了一股思想解放浪潮，"女性"开始发出自己的声音，在时代巨变的裂缝中呼吸到自由、平等的空气。但作为独特的社会群体，她们始终在传统文化的压制下处于家庭的"囚笼"中，人的主体地位得不到认可，缺乏社会归属感，在传统的重压之下，出现肉体与灵魂的双重蒙昧。

---

① 杨亚茹，安徽大学文学院在读硕士研究生，主要研究中国现当代文学。本文原载《牡丹江大学学报》2019 年第 28 期。

（一）封建伦理道德的忠仆

"我认为在第一种严肃认真的精神的形式之外，还有另一种形式。那就是道德形式。"[1] 道德的善恶常常成为人们评价现实生活的标准，正如萨特所言，道德的形式是多元化的，不同的个体、文化会有着不同的评判标准。因此，当作家想要用人性的善恶反映道德的力量，则会出现一种道德悖论的现象，中国封建的伦理道德磨灭了道德主观上的信仰能力，致使"人类没有绝对的普世价值"。

《息壤》的故事发生在封建落后的偏僻乡村——槐花堤村，描写了初氏家族几代女性的命运，再现了封建伦理制度对女性的戕害，其中，初氏家族的大家长——戚念慈成为封建伦理的忠仆代表。初家小脚老太戚念慈在独子初安运去世后，成为传统道德神像下的牺牲品，"世界上最强大的东西不是核武器，而是日积月累的文化。"[2] 她那双畸形的小脚，正是封建时代文化积淀下来的畸形审美在她身上留下的烙印。盛可以用犀利的笔触，生动描摹了封建伦理道德在戚念慈思想观念上织成的巨大的网，从身份到心理将她牢牢束缚在家庭的牢笼之中，与社会隔绝。"女人的天性中有母性，有女儿性；无妻性。妻性是逼成的，只是母性和女儿性的混合。"[3] 在传统道德这块"息壤"孕育出的女人，在角色的定位上就是错综复杂的，既是妻、妇，也是母、媳。最能代表女性特征的"女儿性"，被为妻、为妇、为媳、为母的角色剥夺，使她们身为女人而不能为"女性"。戚念慈青年守寡，个性冷酷无情，像大多数传统女人一样，她也理所当然地认为嫁个好人家胜过一切个人的奋斗，个人身份价值的缺失，使得女性也参与到了父权文化价值的再生产之中，把婚姻看作决定命运的法宝。传统道德的压抑把蒙昧状态下的女人变成了男权社会的祭品，这种压抑从外在的名分延伸到对心灵的禁锢，然而戚念慈对自己遭受的这一切并不自知，身为女人而无女性意识可言，她那出土文物般的小脚被她视作珍贵的勋章，时时映照出她不觉悟的愚昧与可怜，

---

[1]〔法〕让-保罗·萨特.存在主义是一种人道主义，周煦良译.上海译文出版社，2013：15.

[2] 盛可以.息壤.收获，2018（5）.

[3] 鲁迅.而已集·小杂感·鲁迅全集（第3卷）.人民文学出版社，2005：155.

这是她身体的缺陷，也是旧时代留在女性身上的莫大的悲哀。

(二) 家庭生活的牺牲者

封建礼教对女子贞操有着严格的规定，无论是身为婆婆的戚念慈，还是作为媳妇的吴爱香，在丈夫去世后，都逃不过同样的劫数——守寡，成为家庭生活的牺牲者。在《息壤》中盛可以构建了一个容不下肉欲与情欲的乡村世界，如果说戚念慈在女性意识上处于完全蒙昧的状态，那么吴爱香则因欲望的求而不得，处于半蒙昧的状态。作为初家儿媳，延续香火是她最大的使命，她接连生下六个女儿，直至初来宝这个儿子出生，传宗接代的任务才算完成。吴爱香的"子宫"从此卸下重负，却又戴上了那个让她承受生理、心理双重折磨的钢圈。"子宫"作为伟大的孕育生命的器官，在吴爱香的身上变成了产子的"息壤"，丈夫去世后，钢圈已经失去了存在的必要，却又成了戚念慈约束吴爱香的绳锁，只为使她能够安分地守住家庭。直到婆婆死后，她才敢摘下那包裹、藏匿女性特征的头巾，却早已成了一个白发苍苍的老妇，成为家庭生活的牺牲者。传统的观念里女人生存价值的存在几乎以"子宫"发挥作用为前提，传宗接代的任务一旦完成，女人个人的欲望则会被视为多余，留在家庭中相夫教子则成了女人的剩余价值。"子宫"失去用处后就变成了女人身体里的无用之物，女人的生育价值也就从此消失。家庭生活的封闭、教育的匮乏和强大的传统社会文化风气使她们在一定程度上丧失女性意识，成为男权社会的傀儡。

但吴爱香并不是完全麻木的，社会生活环境的变化、思维方式的转变对她产生了一定的影响。她瞒着专制冷漠的婆婆去取环，而原始欲望的爆发则让她与县城男人有了一次身体出轨，只是这种抗争在过于强大的封建传统思想这种敌对力量面前显得苍白无力。鲁迅眼中的娜拉出走之后，结局不是堕落，就是回来，在无法脱离家庭而独立生存的情况下，吴爱香的反抗无异于娜拉的回来，只能以失败告终，回归家庭和蒙昧状态。

(三) 时代更替中的挣扎者

盛可以用长达五十余年的时间跨度，描写初氏家族女性的起伏命运，在此期间，中国社会经历改革开放，由沉睡走向苏醒，国家由弱到强，而初家却由强到弱，逐步走向颓败。初氏家族女性处在时代更替的浪潮中，承受着时代带来的变数，在时代更迭中垂死挣扎。

初云嫁给阎真清后很长一段时间都处于不可救药的狭隘当中，当她在婚内遇到让她产生爱情的男人时，她的举动完全契合一个单纯愚昧的农村妇女形象，甚至从村里跑到北京去做复通输卵管手术，对女性生育以外的价值与权利毫无意识，对城市的发达与文明也从心里产生抵触。但城市的繁荣又给初云保守的内心带来了强烈的震撼，在无所适从的纠结之下，她只能偃旗息鼓，打道回府。智障女人赖美丽第一胎生下女儿初秀不久，再次怀孕，但由于时间上不符合政策规定而被骗去引产，引产手术的痛苦和失去孩子的打击对赖美丽原本就不健全的心智而言无疑是雪上加霜，最后惨死在躲避引产的路上。如果说戚念慈、吴爱香的遭遇是旧社会、家庭道德环境下的悲剧，那么赖美丽的惨死就是新旧社会共同的罪恶。盛可以在《息壤》中，用平淡而不失犀利的语言，对充当看客的村民和道貌岸然、冷酷残忍的计划生育工作者进行了无情的讥笑与讽刺。

没有政策约束时女人是生育机器，过度生育不再符合社会需要时，女人则成了被结扎的对象，政策强压之下被结扎的女人们失去了完整、健康的身体，所有的痛苦只能自己承受。小说之外，处于传统道德捆绑下的女性更是如此，女性对自身生存状态、生命地位的无知仍然在落后地区的"息壤"中生长，把她们扼杀在这片早已贫瘠的土地。

二、男性主体地位的弱化与隐退

"传统哲学的一个二元对立命题中，除了森严的等级高低，绝无两个对项的和平共处，……解构这个对立命题归根到底，便是在一特定时机，把它的等级秩序颠倒过来。"① 解构是一种批判性、颠覆性的理论实践，是对一切形而上传统哲学的反叛与背离。盛可以在小说中构建的女性意识恰好与解构主义相结合，消解了男女二元对立的模式。《息壤》中所构建的世界表面上是一个不折不扣的女人世界，这里的男人们似乎失去了在以往小说中那种高高在上的身份与地位，高大的形象明显弱化或干脆消失了，但实际上，每个

---

① 陈探.寻觅精神的林补之链——论 20 世纪 30 年代"海派"对权威话语的消解.经济与社会发展，2006（4）.

看似强悍的初家女人，背后都驻扎着男人的灵魂，男权的阴霾时刻笼罩在初家上空，无形中左右着初家女人们的命运。初安运在事业和地位蒸蒸日上时死于偷情，而他的权威却完整地保留了下来，转移到了母亲戚念慈身上，戚念慈代替他变成了戴在吴爱香头上的金箍，表面上看是戚念慈的大家长权威不可侵犯，实际上则是男权的不可背叛。

盛可以把解构主义当成一种写作策略，在渗透着女性主义文学的文本故事中，解构一切形而上的文学传统，无论是颠覆男权中心的描写，对底层女性的关注，还是对封建礼教的质疑，都可以看出盛可以在当下女性生存的理性关照，绝望中寻求出路的决心。《息壤》中，盛可以弱化与隐退男性的主体地位，力图通过对女性意识觉醒的构建，摧毁男权中心主义。女性作家笔下的男性形象往往凸显出女作家的男性观，表达女作家在男权问题上的思考以及对女性命运的关注。封建"妇德"的紧箍咒一念就是三十多年，以至于在戚念慈死后本应该恢复自由当家作主的吴爱香再也无法从精神和肉体的双重压抑中解放出来，突如其来的松绑不但无法缓解她精神上的麻木，反而把她变成了彻底的精神病患者。初家大女婿阎真清本是个高傲又孤僻的阉鸡师傅，时代发展淘汰了他赖以生存的技艺，把他的手艺变成了生锈的废铁，原本顶天立地的男子汉形象荡然无存，沦为在马路上靠"碰瓷"骗钱的混混，受伤后成了坐轮椅的残疾，让原本已经进城追求自我的初云看在孩子和夫妻情的份上放弃了离婚和城里的生活回到他身边。表层的原因是男人不同以往的惨状激起了女人的同情心，而究其根本，传统家庭和文化背景下走出来的知识匮乏的女人在城市复杂的环境下想要真正过上理想生活的愿望并不容易实现，城市发展的迅速对女人提出了更高的生存要求，而无法达到这种要求的女人即使能够在城里生活，也未必能够融入城市的总体文化氛围，最终只能放弃新生活回归痛苦的婚姻家庭和那个早已变了样的乡村。盛可以对男性形象的弱化让女性浮出地表，实际上却仍然在男性的掌控之下无法逃离，对男性形象的有意弱化，是盛可以对男性话语权抗争的有意为之。

盛可以在《息壤》中塑造的男性形象，不同于传统文学作品中的高大伟岸，他们有的死于非命，有的身体残缺，有的软弱无能，对男人主导意识的解构为女性提供了精神觉醒的契机，即便如此，日积月累的传统文化形灭而神在，初家女强男弱的表象之下仍存在着男权的横行霸道。与《北妹》《道德颂》《时间少女》《无爱一身轻》相比较而言，《息壤》中男性地位和权力的弱化、隐退更加强烈。总之，盛可以的小说中那些虚伪狡诈的男人，正大光明站在食物链顶端，决定着弱小动物的生死，在真真假假的爱恨纠缠中直接把女人们引向受难的宿命。

三、女性意识的觉醒

女性意识是源于女性独有的思想特征、心理特质，区别与男性意识之外而独立存在的，面对不同的社会环境，女性意识也呈现出不同的意义内涵。女性意识的觉醒是女性对于不公社会的一种心理反应，是对男性话语权为中心的社会现状的反抗。改革开放和市场经济的发展加速了城市化进程，城市化的发展又推动女性意识的觉醒，在城市文明的冲击下，乡村外貌发生改变的同时也瓦解了封建落后思想的高楼。

盛可以抓住社会发展的大背景，睿智凌厉地呈现出城市文明的冲击在初家女人们内心掀起的波澜，使她们逐步走上了艰难的自我觉醒之路。用饱含热泪的笔触，关注底层女性的生活状况，构建起女性意识觉醒之路。文中的"初云"有着农村女子朴实忠厚勤劳能干的品质，出嫁让她告别了娘家的负担，却又被新的家庭生活累弯了腰，在婆家依旧没有任何地位。然而，初云骨子里是渴望新生活的，坚毅的性格给予了她面对生活的勇气，当她发现丈夫除阉鸡外一无是处，就开始悔悟自己的婚姻与生活，思想的顿悟让她决定坐上火车离开了农村和丈夫。盛可以曾说："善的东西，是浮在上面的，而恶是沉下去，因而也是更值得探索。……小说家对恶的探索与思考，是内心能量的巨大喷发，是对于艺术的神圣冒犯。"① 的确，当初云被善恶围绕的时候，给予读者的正是一种评判是非的能力，盛可以以"反叛"姿态，探索着人性的善恶，表达了对女性意识觉醒的忧思。男女不平等的根本原因在于经济上的不平等，经济上的不独立则是妇女受压迫的主要原因。初云在城里找到一份家政服务工作从而逐渐实现了经济上的独立，人生观也由为别人活变成为自己活。离开是她告别精神蒙昧的第一步，经济独立后的初云具备了自己闯出一片天的能力，不用再受丈夫和婆婆的压迫，却又总是因为孩子而选择将就。此刻女性意识的觉醒伴随着遗憾，但唯有前进，才能在与男性的

---

① 盛可以.小说需要冒犯的力量.当代文学研究资料与信息，2009（1）.

斗争中看见光明。生活环境的改变与受教育程度的提高给女性自我意识的觉醒提供了契机，但中国社会旧传统给予女性的影响并不会因为生活方式的转变而完全消失。"在社会的外衣之下隐藏着另一个真那是一种潜在的存在，它是一种尚未进入大众意识的真实。"① 盛可以在小说文本中极力地探寻潜藏在社会外衣之外的"真实"。初玉是初家第一个脱离农村并受到高等教育的人，丰富的城市生活和科学文化知识赋予了初玉新女性的气质，使其成为进步女性的代表，最大程度上发挥了女性生育以外的价值，但隐藏于进步女性形象背后的"真实"则是她对生育的极度恐惧。初玉以旁观者的身份目睹了姐姐们出嫁、生育、结扎的过程，她们为那枚叫做母亲的勋章所承受的痛苦让她对结婚生孩子的事采取了消极逃避的态度，甚至发展成一种无法接受女人正常生理功能的扭曲心理。这样的"真实"不仅让她险些错失爱情，也给她带来了心理上的困惑。盛可以有意剥离这一类看似光鲜的"都市"女性的华丽外衣，失去社会浮华外衣包裹的女人，强大的"息壤"仍在操控着她们的命运。

盛可以在《息壤》中讲述了一个引人深思的人生故事，表现的是女性觉醒的艰难历程。盛可以用真诚的笔触告诉我们，与传统影响下的蒙昧告别，达到真正的心灵上的自由与觉醒，是一代又一代女性的美好追求与愿望。但在长久以来形成的旧观念下，社会地位的改变即使对于当代知识女性而言也仍然是乌托邦般的存在，大多数情况下女性只享有名义上的平等，性别歧视，男权思想的强大仍是当代女性生活中常需面临的困境。盛可以在《息壤》中塑造的女性形象，并没有明确表现对于男权社会的反抗，反而在平淡的故事中，构建起现代女性的觉醒意识。虽然，当代女性的现状和觉醒之间还存在很远的距离，但抛开作品回到现实，盛可以通过小说，传达着造成小说女性觉醒艰难的外在社会背景与环境原因，通过对这些原因的分析，能够看出作者对于当代社会女性问题的深刻拷问以及强烈的人文关怀，在当下具有重要的现实意义。

---

① 吴妍妍.历史真实的建构与图解——《竹林中》与《青黄》比较研究.新余高专学报，2005（8）.

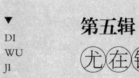

第五辑

DI
WU
JI

尤在镜中

无法阻断的"TURN ON"情结

——读盛可以的《TURN ON》

龙 云 [①]

　　《TURN ON》是英语里的一个习惯用语，与"TURN OFF"（关掉）相对，意思为"开""打开"。

　　这是个外来词，但这个外来词对于中国人并不陌生，它是和工业文明、工业文化一起大张旗鼓而又悄然静息地走进我们的生活、汇入汉语词汇的洪流里的。这个词对于中国的一般小资（知识分子）家庭来说，已经完全"同化"在汉语词汇的汪洋大海里视而不见了，是和汉语的"打开"一样淹没在平时的语言环境里无法分辨出书写符号的异样了。但作者有意将这个词语"陌生化"，故意将它用"英语"形式表现出来，使它在整体的汉语叙述中浮出水面，这不能不引起我们视觉上的警醒；而且放大地将它作为整篇小说的标题，标题是文章主题的宏旨所系，它纽系着作者的指向，也统指着整篇小说的意蕴；在这种指向下，我们来理解这个英文用语，就不能不做理性深究了。

　　这个词的最早出现是和煤气灶连在一起的，煤气灶的一头连着家庭，"打开"煤气灶也即"打开"了家庭。家庭是男人和女人的组合，丁燕和张旭虽没有正式登记结婚，但煤气灶的"TURN ON"已经跨越了形式的障碍，直接进入家庭的内核之一。这是隐喻，隐喻着家庭的开始、隐喻着爱情走向衰败、隐喻着女性在男权话语中心的氛围中逐渐的陷落及至消亡。在男性霸

---

　　① 龙云，文学教授，陕西省作协副主席，榆林市作协主席，出版专著《点击文学》《说陕北民歌》等。本文原载《名作欣赏》2005 年第 18 期。

权主义的语境中，女性的自力、自主都是徒劳，而且由于女性自身的角色意识认同，使她和她们自觉不自觉地陷入这个传统的泥淖，她们总希望依附在男权中心的大树上，想在这株大树上乘凉纳荫，所以丁燕才自觉地靠近煤气灶。虽然她仍然心有余悸不敢"TURN ON"，但当张旭提出"我们自己做饭吧"时，丁燕"跳起来兴奋地抱着张旭喊，亲爱的，我要为你下厨"，这种女性的角色意识认同不自觉地把丁燕绑在了煤气灶上。在这一点上和徐坤的《厨房》没有本质的区别，都是女性在角色意识导引下逐渐走进厨房甘心做厨房主人的，就像一具牺灵甘愿走上祭坛。因为煤气灶的二重性无法使丁燕回避，一方面她清醒地"知道这里面潜伏着巨大的阴谋，它算计着更为妥当的时间，在我毫无准备的情况下，爆炸"，一方面又因为煤气灶"吐着温柔的蓝焰，向我微笑"。所以丁燕才在这种双重诱惑下越陷越深，最终谁也无法拯救。作者还特别地又以程晓红和王东的婚姻作注脚，也已经潜在地指出了这个婚姻同样难以避免的最后悲剧结局。

指使丁燕"TURN ON"煤气灶的还有传统的作祟，家庭似乎是女性最终的归宿，历史前进到当下，多少女性已经意识到了家庭婚姻的束缚，所以她们在走向煤气灶的过程中步履蹒跚，丁燕在很长一段时间内没有提及这个敏感的词，程晓红在结婚的当天还问丁燕："到底为什么要结婚呢？……我和王东都觉得是在让老人安心，让老人高兴，我们结不结好像无所谓了，好像只有结婚才能给这段同居生活一个交代。"多少世纪的"集体无意识"已经根深蒂固地深入男女的内心了，虽然现代的步伐已经多少撼动了传统的大厦，以未婚同居的形式向传统的婚姻展开斗争，但结局仍然无法战胜"传统"。从这个意义上讲，"TURN ON"又隐喻着比婚姻家庭更深的意识形态层面。

纵观全篇小说，自始至终被"TURN ON"所笼罩，在这篇万言小说内，"TURN ON"频繁出现过三十次，这个符号始终盘旋在女主人公头顶，占据了女主人公的所有生活空间，成为一种无法阻断的"TURN ON"情结。

"TURN ON"是煤气灶的开关指示标记，本来稀松平常，但在女主人公丁燕心理却"巫术化"了，带有了某种神奇的魔力，而且将它普泛化，它的触角伸入到生活的每一个角落，时刻主宰、左右着她的生活，凸显着浓烈的整体反讽意味。煤气灶是机器，煤气灶的打开，是机器工业的涌入，机器工业带来的直接结果是人的解放，具体到煤气灶，是对妇女的解放；但间接的后果却是对人的戕害，女主人公之所以一天比一天瘦下去，及至于张旭惊恐地说她"你怎么像鬼"，自己也认为"我这具骷髅躯体，都被什么东西吸干水分"，答案非常明确，是煤气灶"TURN ON"的后遗症，也即机器工业对人的异化，是机器对人折磨蹂躏的结果，这也是马克思早就预见到的。这是女主人公的心理感觉，这种感觉无法挥去，直至延伸到做爱，丈夫剥脱她的衣服，她不自觉地联想到煤气灶的"TURN ON"，它隐喻着男女主人公的做爱逐渐趋向机器化、操作化、技术化，情感的内容逐渐抽空，只剩下了机器的技术操作（"做饭要 TURN ON，就像睡觉要做爱"），剩下了和动物一样的生理需求（"以后每回做饭，都由张旭'TURN ON'，我们配合得像公的母的"），甚至不及动物，成了无血无肉的机器躯壳，女主人公在一家小报做编辑，慢慢习惯于被标点符号和电脑操作（用她的话说是"强奸"），并且发出了无奈的感叹："TURN ON，指引我们前进与生活。"这就是符号的神魔力量，是机器工业的异化力量，连女主人公自己也被异化得看编辑部主任的办公室"就像良种猪独享食槽"，"甚至把电话的突然响起误作煤气的爆炸"，"甚至于身体最隐秘的地方也受到侵扰"。这种心理感觉发展到最后，"我看着手中的烟，一具细长的白色躯体，它等待燃烧，等待我的嘴唇，将它吞吞吐吐地消灭，就差一个环节：'TURN ON'"。

假如，我们把女主人公对"TURN ON"的心理感觉线性连接起来，就是这样的图示：煤气灶（机器）——做爱（动物）——编辑文章（机器）——主任的办公室（动物）——吸烟点火（机器）；我们可以明显发现人的异化轨迹，人就在这样的过程中不断被机器异化而变成动物、变成机器。如果我们以女主人公对自己身体的心理感觉作线性表示，则为：打开煤气灶（爱情的衰落）——做爱（动物的性操作）——编辑文章（被强奸）——接电话（性骚扰）——吸烟（肉体的消亡）；这明显地表征着爱情的逐渐稀薄、衰微，最后到生命的结束。不难看出，"TURN ON"这个符号不仅盘旋在女主人公的头顶上，而且深入骨髓，牢牢地根植在内心深处。这也从另一侧面凸显出，机器对人的精神戕害必然导致人的异化，人逐渐被动物化被机器化，最终走向消亡。

我们也同时可以看出，女主人公在竭力躲避着"TURN ON"这个词语代码，她竭力想以人的情感人的本性去主宰自己的生活，但可恨的是，这个符号总是不时地跳出来跟踪她，像阴魂一样盘旋在她的上空，冥冥地注视着她，搅扰得她日夜不宁，折磨得她逐渐形销骨立。作者没有将这个符码的真实含义点破，只是让这个符码披上神秘的外衣，然后居高临下地俯视着女主人公，该到出现的时候必然出现，无处不在，像幽灵、像神仙、像魔鬼，神奇无比，力量无穷，将女主人公团团围住，日夜守候，直至同归于尽。这个"情结"是"死结"，是命定的永远无法逃脱的牢笼。

进入现代后现代社会，科学技术的发达，机器工业大批量挤入人的现实生活，逐渐占据了人的物质世界的同时也在人的精神世界里寻求位置，人不得不给它们留出一定的空间，但遗憾的是，它在夺取人的精神生活的同时也挤对着人向它的相反方向发展，逐渐剥离人性的底质而把人拉向物化。这篇小说并不长，但它的寓意蕴远悠长，它用隐喻、反讽的手法，用现代主义的叙事方式又现实主义地再现了当下人们的真实生活，很具艺术的张力。

爱还是不爱，这是个问题

——评盛可以《取暖运动》①

李 欣

　　文学作品常常并不吝于给人提供对爱情的浪漫诗意想象，然而，在当代文坛上，对情爱的解构和去魅化书写已渐渐成为一种具有相当影响力的书写模式。盛可以的中篇小说《取暖运动》②可以说就是一个这样的文本。"取暖运动"这个题目让人很自然联想起叔本华那个著名的比喻，人正如豪猪一样，冬天冷的时候就拼命挤到一起，然而在取暖的同时也不免互相刺痛，于是不得不各自逃开去。如是反复，名为取暖，却难逃出荒凉的怪圈。就题材而言，小说表现的是一对青年男女的情感历程。然而具有讽刺意味的是，在男女主人公这段曲折的情感历程中，爱却恰恰是缺席的。因此，再曲折再缠绵的情感历程也不过是一场"取暖运动"，题目本身已为这篇小说奠定了一种强烈的反讽意味。

　　小说中的刘夜和巫小情由于欲望和诱惑而相互靠近，在两人关系的一开始，爱就是缺席的。作为都市中的年轻一代，她（他）们更看重的是个人的需要和个体的自由，但当她（他）们比过去拥有更多的自由和独立之后，却发现爱情变得更加遥远。既然恋爱比考研还难，既然天天有人搞外遇，闹离婚的人也不少，既然大家已经达成共识，把精神夹在腋下活着才是真理，那么，既渴望温暖又知难而返的她（他）们当然更乐意选择干净利索无后顾之优的"取暖运动"。具体的身体需求的满足是容易的，而要把握爱情，这个

---

　　① 本文原载《当代文坛》2004 年第 5 期。

　　② 盛可以.取暖运动.芙蓉，2004（2）.

不是东西的东西，却是难的。在巫小倩看来，爱情眨眼之间就可被男人的屁股碾碎（当然，随着阅读的深入，读者会看到，事实上，破坏并不仅仅来自男性），那么，两相权衡，把原属于精神领域的爱情转移到肉体领域也就是个不得已却自然而然的选择。两性之间无限丰富的可能性因而就落实到了不会引起歧义的"取暖运动"。刘夜和巫小倩就这样心照不宣地由单纯的肉体欲望的吸引而靠近。事实上，巫小倩不过是在长春待一段时间写作，而刘夜则准备等签证下来就出国。也就是说，如果不出意外的话，他们将不过是彼此生命中的过客而已。

爱情是难的，但是要把关系限定在取暖的范围内，要避开灵魂的注视也非易事，所以取暖运动一开始不免是尴尬、紧张、相互试探。而当身体开始水乳交融的时刻，主题却渐渐偏离了初衷。因为，人心中对于温暖和温情的渴望是无法被简化为取暖运动的，肌肤上残留的温暖，也绝非只有"skin - deep"，即便巫小倩与刘夜是两种完全不同的难以相通的人，即便两个人都一再试图只要身体的温暖而不触及灵魂，事实却一再证明，将欲望从一个有情有欲的完整的人身上剥离开来的想法是多么天真，丰富和复杂的人，永远无法被简化。出于内心对温情无法回避的渴望，两人开始了试探、掂量和躲闪。为一时的激情所感动，刘夜表示要娶巫小倩，此时即便老练的巫小倩并没有想真的嫁给刘夜，两人的关系也发生了实质性的转变，彼此对对方都多了些责任感，不再只顾自己，似乎只为刘夜一时的承诺，巫小倩也甘于做个不识时务的傻子。当然，转变也意味着两人对对方也比以前多了许多要求和期待，例如，巫小倩会有意无意地要求刘夜在外表和心智上都更成熟一些，表现之一就是她希望刘夜留起胡子，觉得这样看起来更像那种能承担点责任的男人。

然而，当两个人开始为对方有所付出的时候，当两个人暴露出对爱情的渴望时，也同样暴露出了各自灵魂中的"小"，暴露出了各自爱的能力的匮乏。爱的渴望和爱的无能看似矛盾，却醒目地并存在刘夜和巫小倩身上。于是，两人的关系变得曲折起来，两个人不时地像两个真正相恋的男女一样为对方的付出感动得流下热泪，并开始珍惜相处的时光，然而，激情一过，回到平淡的现实之中时，两人出于各自利益的考虑和反复衡量便又占了上风。叔本华对人性的悲观认识不幸地再一次应验了。当寒冷的季节过去，当物质、情感和身体都已经被双方反复称量过之后，两人相处中种种刹那的微小的温情淡去，刘夜和巫小倩已经不再需要彼此的温暖了。或者说，在内心里他们已经互相把对方看做了累赘，如同一件已经不再需要的毛衣，如同刘夜残酷地指出的，她和他最爱的还是自己，他们不过都是些自私的人。两人关系的真相至此水落石出。在盛可以抽丝剥茧般的叙述中，刘夜和巫小倩的内心世界渐渐被呈现出来，他们最终才发现，取暖运动不过撕开了各自灵魂的面纱，仅袒露肉体而隐藏起灵魂是不可能的。

年轻的盛可以冷静清晰的叙述体现出对当代人的生活和心理的深刻反省和洞察。天长日久的爱情神话已经被杯水主义的享乐态度所取代，然而身体温暖的同时，荒凉的内心世界却难以温暖起来，甚至被对比得更为苍凉，取暖的人们内心里还是一片荒原，一片绝望的没有生机的荒原。

盛可以的另一篇小说《手术》可以作为《取暖运动》的一个参照。小说中的唐晓南与巫小倩一样，有自己的事业，是独立自主的现代女性，以往女性身上所受到的传统的束缚在她们身上几乎荡然无存，然而她们都面临着同样的困惑：与相对弱势的男性之间的感情并没有枝繁叶茂的根基，那么，是延续肉体的欢娱，是沉浸于爱的幻觉之中自欺欺人，还是回到现实之中，虽然惨淡，虽然不无痛楚？两篇小说可以被视为对一个母题的两种叙述。两者一偏于庄，一偏于谐，共同揭示了两性关系中的无奈与荒凉。如果说《手术》如同一把刀，从生活中截取了一个微小的肿瘤而解剖出人性的悖论的话，那么《取暖运动》则展开了历时性的叙述，从容地让爱欲温暖的被褥渐渐露出了破棉絮。

盛可以笔下巫小倩或者唐晓南式的困惑不是偶然的，当巫小倩和唐晓南或戏谑或不无伤感地表达对男性的想象和失望时，自觉不自觉地，小说已经揭示了她们自身的某种不无悖谬意味的情结。

对于巫小倩来说，理想的男性是有一套现存的标准的。虽然巫小倩喜欢自己掌握主动权，虽然刘夜年轻的激情也曾经打动巫小倩的心，可是对无论外表还是内心都显得极不成熟，在经济上依赖于她，个性上更显得有点懦弱的刘夜，巫小倩还是不得不承认自己一直看不起他。换言之，巫小倩所想象的理想男性形象可以说并不新鲜，这不过是从80年代甚至更早的女作家笔下延续至今的男子汉形象的再版。当女性获得经济的自主权之后，爱情和婚姻却仍然使她们充满了困惑。在巫小倩身上，仍然体现出了经济上解放了的现代女性对男性的矛盾想象和要求：一方面，无论在事业上，还是在情爱关系中，她们都强烈地希望能自己做主，她们清醒地意识到必须面对现实，必须为自己的决定负责；但另一方面，貌似强悍的女性仍然渴望一个无论在经济上还是在心智上都较自己更高一筹的男性。试想一下，这个故事若有一个相反的版本，即设想巫小倩是男性，而刘夜是女性，那么两人之间很可能就是另一个故事了，结局很可能也由此反转。矛盾的是，男强女弱的模式恰恰是大多数人包括现代女性所司空见惯并自觉不自觉地接受和认可的模式。当然，回答巫小倩式的困惑不是小说家的任务，小说揭示了问题，也就足够了。

刘夜和巫小倩期待爱情却最终失望的过程，就如同刘小枫所概括的那样，"个体欲望的实现需要一个对象性的你，一旦我的个体欲望把一个他（她）的个体欲望认作是我需要的你，误会就出现了。……除了我的欲望想象的自我误解，人们无法为人生误会找出归罪者，也无处提出起诉。人生误会既不是由神安排的，也不是人的理性出错，而是我的个体欲望在纷乱的生活中的自我迷失。"[1] 人们期望获得爱情和幸福，然而更多时候收获的却是这种"误会"。究其原因，也正是这种个体欲望的自我迷失。这种迷失在很大程度上是由于缺乏爱的能力。刘夜和巫小倩各自对对方所怀的期待和要求，不过是自身欲望和需要的投射，并不是建立在对方所是的基础上的。（他）们最关心的并不是自己是否爱对方，能否去理解关爱对方，而是是否为对方所爱，标准就是对方是否满足了自己的期待和要求。因此，两人之间的关系虽然并不缺乏温情的闪光，却终是想爱而不可得；虽然挣扎许久，还是不得不承认她（他）们并不相爱。生，还是死，这曾是哈姆雷特的著名的困惑，而对于刘夜和巫小倩们来说，能不能去爱，已经成了一个问题。爱的能力的匮乏乃是当代人所面临的一个普遍性的问题，人们总是把爱情的难题归为对象和被爱而不是自身和爱的能力的问题，因此"几乎没有什么活动像爱这样以极大的希望和期待开始，却以有规律的失败而告终"[2]。这真是当代人所面临的最悲哀的事情之一，人几乎拥有无限的自由来满足自己的欲望，却失去了实现自己爱的愿望的能力。刘夜和巫小倩最终仍然将爱的不可得归结为对方的问题而相互指责，对两个人的关系，巫小倩最终获得了不无

---

① 刘小枫.沉重的肉身——现代性伦理的叙事纬语.华夏出版社，2004：55.

② 弗洛姆.爱的艺术，刘福堂译.广西师范大学出版社，2002：4.

恶毒的领悟和宽容。然而，这是远远不够的，只有男女两性能够重新认识、重新定位自我和他人，才有可能获得真正的爱情和幸福，可以想见，这将是个漫长的过程，而在此之前，刘夜和巫小倩式的故事还将一再重复。

盛可以的小说让我们看到了温情脉脉的爱欲领域中的真相，即使长久以来解构爱情已经成为一种普遍的模式，但盛可以这般坦荡甚至狠毒的笔触仍令人震动。很多因欲生爱的故事，常常不过是一种安全的冒险，最后还是回归对感情的肯定，对单纯放纵欲望的惩罚。对于迷惘的现代人来说，这种模式无疑既张扬了欲望，满足了大众对于新人类的生活的窥探欲，又安抚了可能的伤痛，满足了处于变革期本就茫然无依的大众的道德诉求。可以说这种具有忏悔录意味的书写模式是很多都市言情题材小说的共同选择。

就女性写作而言，很多女性作家都乐于采用第一人称的书写模式，在某种程度上，或可称为自叙传式的书写模式。这种模式赋予女性叙述者以表达自我、进而赢取读者认同感的优先权，自恋/自虐式的情绪自然不免弥漫其中，而一些写作风格可能会被认为不那么女性化的作家，包括一些近年涌现的年轻女作家，却以其不无冷硬和中性化风格的作品同样丰富和开拓着女性写作的可能性。盛可以即是其中突出的一个。

在这个消费主义的时代，爱情之所以还在某种程度上具有神话般的魅力，和文化所呈现给我们的想象密切相关。不只在工业化生产的影视作品和各类通俗读物中，即便在文学作品中，对于爱欲的书写，正如时下流行的各种婚纱摄影照和艺术照一样，还常常是蒙着柔美的面纱的。然而，仅有美是不够的，仅有一种粉饰的美当然更不够，小说的重要价值之一，应在于对人性的丰富和真实的无限逼近。这种直面真实的勇气和能力，使得小说能够穿透虚妄，直指生活的真相，直指人性的真实。因此，某种程度上小说家就应该像揭穿了国王的新装的那个孩子。当然，准确地说，盛可以对爱情的解构书写与其说是解构爱情的虚妄，不如说是解构虚妄的爱情。这种解构试图达到的，乃是穿越虚妄而逼近真实。没有忏情，尽管也难掩丝丝缕缕的伤感，这种伤感却被最大限度地节制住了。对小说中的人物，她尽可能地保持了冷眼旁观，在这种冷静的逼视中，被艺术照化的生活被剥去了它的新装，露出了它的粗糙、冷硬和混浊。

在盛可以冷静的笔触下呈现的两性关系不禁让人想到张爱玲笔下的情爱世界。张爱玲对爱情的书写，常常是解构式而非神化式的。张爱玲笔下的情爱世界常常弥漫着一种苍凉的意味，但正如王安忆所说，面对深渊，张爱玲喜欢在人生绝望的悬崖边上扭过头去，转而去专注于可以把握的日常生活的趣味。与之相比，盛可以则显得较直接和狠毒。她的笔触深陷于凡俗生活的泥泞中，在她无限贴近的逼视中，生命早现出了破绽百出的原形。曾见有网友谴责说她的小说吓住了读者，虽让人不禁失笑，盛可以的严酷也由此可见一斑。这种严酷构成了流贯于小说之中的一种独特的精神气质。当然，这种严酷同样也隐藏着危险。

"气盛则言宜"，表现为小说的语言外壳。比起最初语不惊人死不休的行文，盛可以在近来的中长篇创作中已经显示了必要的耐心和从容，而不致使叙述被语言的快感冲淡。第三人称的叙述视角，毫不扭捏的揶揄之词，新颖奇特的比喻，都使她的小说具有一种别样的富有冲击力的美。《取暖运动》虽然是历时态的叙述，却不失手术刀般之犀利，时时揭出人内心深处的"小"来。小说中使用了大量新奇而又锋利的比喻，比如描写刘夜"脸儿光溜如鸡蛋"，把一个年轻帅气却有些柔弱的男性形象一下子推到了读者的面前。小说中揶揄之语比比皆是，形成了一种冷幽默的风格。不过，虽多有揶揄之语，却并不为狭隘的道德判断所拘束，但也并不意味着完全抛却道德评判，而可说是对人性更严厉的审视，这种审视也令读者难以轻易地站在优越的位置上做出道德评判。当然，这种"气盛"在小说中也有着过犹不及的嫌疑，与《手术》的含蓄相比，《取暖运动》中的嘲谑有时近乎"虐"了。

谁能承受无爱之轻

——评盛可以长篇小说《无爱一身轻》

邓国军①

    2003 年 4 月 18 日，首届"华语文学传媒大奖"将"2002 年度最佳新人奖"的桂冠授予盛可以。自此之后，人们对其好评如潮。如葛红兵认为："我个人非常喜欢盛可以这种具有骨感美的小说，她的小说质地凌厉而富于骨感，她的出现让我看到 70 年代生作家的创作不仅在美学风格上趋于多样化、写作技术上日臻成熟，同时她们在思想上也日见凌厉和冷峻，他们已经超越了'身体写作'的狭隘疆域，臻达社会和历史的更为广大的空间。"而李修文喜欢的是她冷酷而凌厉的"底层气息"②，徐仲佳则对她的具有强烈的女性文化的写作态度欣赏有加③。同时，也有人对盛可以的创作质疑，认为盛可以的作品给人的感觉并不好，议论太多，抒情泛滥，削弱了故事本身的力量。认为盛可以的小说心理描写太多了，可以说是注了水的肉，骨头反而被包了个严严实实。应当说这种观点有一定道理。李敬泽先生也看到了这一点，他说："盛可以的作品我看得不多，她有力量，像你说的，凌厉狠辣，这是难得的。但仅就我有限的阅读来说，她可能也有弱点，作为一个小说家，她的能力不完备，她现在主要还是依靠非常鲜明的风格，但是叙事上比较弱，当然，她有足够的时间解决诸如此类的问题。"事实上，正是经过时间的磨炼，

---

① 邓国军，内江师范学院教授，出版《中国古典文艺美学"表现"范畴及命题研究》等。本文原载《当代文坛》2007 年第 2 期。

② 李修文.盛可以在她的时代里.南方文坛，2003（5）.

③ 徐仲佳.无爱时代的困惑与思考.南方文坛,2003（5）.

○ ○ ○

盛可以部分地解决了这些问题，其叙事水平达到了一个新的水准。现在大家基本上认可："她的作品有一种完全有别于其他'70后'作家的'时尚'或'小资'的叙事，她远离女性写作的经验陷阱，在书写两性心灵的微妙关系、婚姻的存在与虚无、人与人之间的探测和界限、以各种各样的欲望为圆心的俗世生活时，显示出了少有的冷静、开阔和深邃；她直面生活中灰色黑暗的一面，表现出作家执着真诚的态度和自我撕裂的勇气。"这在其近年推出的长篇小说《无爱一身轻》（以下简称《无》）中表现得尤为明显。该小说用五彩斑斓的叙事符码拼贴出众多"有情男女"在情感围城中苦苦挣扎的"浮世绘"，将盛可以的小说推向了更为丰富的叙事维度。

《无》的故事情节并不复杂。主要角色朱妙是一个建筑设计师兼作家，靓丽而孤高，已到而立之年的她寄希望于积极配合年轻的男孩把爱情编得光彩夺目，搞出些眼泪与誓言，令时光倒流。她努力掩藏劣迹斑斑的过去，试图寻找一个"干净"的男人结婚。她抱着目的认识了在国家机关任职的方东树，与"处男"程小奇电话恋爱，后来又遇到旗鼓相当的摄影师许知元。

在认识方东树之前，朱妙的人生是灰暗而游移的。朱妙将周而复始的痛苦人生叫作"滚石人生"——像西绪福斯那样做徒劳的努力，这给朱妙与方东树的情感历程赋予了一种悲壮的基调。而方东树是一个面对婚姻的桎梏只有哀叹与躲避的"懦夫"形象。综观二人，朱妙极具"刚"性，敢爱敢恨，热情似火；方东树则"柔"性十足，瞻前顾后，投鼠忌器。如果仅将方东树作为朱妙的反衬面，那就低估了盛可以的良苦用心。实际上，方东树是朱妙人性复活的重要媒介，朱的形象张力得力于方的韧劲的牵引与弥合，就像坚硬的钢板需要焊条的焊接一样。这可以从朱与方的情感历程中看出。在朱妙结识方东树之前，她认为：幸福与快乐，多半是谎言的赐予。一个女人，不应该被历史剥夺任何一丁点的权利，不应该让历史来损害现在的利益。一个人的经历不是错误，成长更不应是累赘。彼此快乐的机会，不能被坦诚剥夺。她总是能找到撒谎的理由，理直气壮，并且尝到撒谎的收益与乐趣。她心里有点蠢蠢欲动。她看别人恋爱结婚，怀孕生子，一路下来，流畅得如山涧的小溪，能听得见那潺潺的欢快，溪水在深山的溪涧里流淌，幸福在别人的生活里奔跑，似乎都属于大自然合情合理的事物。唯独她不成。并非朱妙缺乏意志，确切地讲，她是缺乏热情，朱妙实在不知道把石头推上山的目的。然而，当她与方东树遭遇后，她的热情被重新唤醒了。

一位对朱妙心怀爱慕却久攻不下的男人无意间透露他与国土局局长——方东树的哥们儿关系，朱妙立即逮住了这个机会，与方东树接上了头。她打算找他谈一个工程项目。她算计着达到这一目的的每一个步骤，甚至落入诸多小说的俗套之中——她想，或者先把方东树睡了再说。她有一套严密的逻辑：找睡过的男人办事，失败的概率很小。睡过他，等于抓了他的把柄；被他睡过，他多少还有些残留的感情。再说，政府官员最怕粉红绯闻毁前程，万一被睡过的女人一下把奸情公开，形势必然大跳水，翻身太难。接下来，朱妙逐步展开她特意设下的"相思局"。第一个回合以朱妙的小胜收场，她与方东树的"接力抽烟"活动预示着二人的情感历程的绵长，也似乎象征着他们虚无缥缈的归宿。

　　李敬泽认为：盛可以的小说有一种粗暴的力量，她几乎是凶猛地扑向事物的本质。在这个动作中，她省略了一切华丽的细致的表现性的因素，省略了一切使事物变得柔软的因素，她由此与同时代的写作划清了界限，但她也在界限之外获得了新的力量，那就是，她更直接地、不抱任何幻想地呈现了我们混乱的经验和黑暗的灵魂。这在《无》中得到了一定的改观。当第一回合中朱妙得出对方东树的初步印象时就不乏温馨、明快的笔触。她看方东树不似情场中驾轻就熟的那类男人，如秋天的薄毛毯般温暖的微笑还带有羞涩，有时候就像古代的私塾先生，不曾被物欲横流、金钱开路的风气湮没，骨子里的儒雅与清峻，如梅开雪中。我们可以感觉出盛可以对方东树这一形象是怀着痛惜与爱意的。这种温馨、明快的笔触在朱妙与方东树的第二回合中得以更充分的展现。与其说第二回合展示了方东树英雄救美的光彩夺目，毋宁说是描摹了朱妙这位"邪派武林高手"在遭遇"暗器"后借功疗伤的凄美一瞥。警察对她的拘押让这朵"铿锵玫瑰"平添了些许柔和的光晕。方东树的出现不仅是及时的，而且是刻画朱妙这一形象不可或缺的润笔。是方东树给了她疗治伤痛的内功。我们阅读到这一回合时丝毫感觉不到朱妙的刻意算计，而是在一种顺理成章的叙述中被感染着。应该说，这一回合是小说的不可多得的情节，似深谷幽兰香溢天宇。其间的"描绘性"一反盛可以以往的纯粹心理探究，不妨看作她写作手法丰富的一大表征。

　　其实，小说的成功并非一定要处处体现叙事性，如朱妙对方东树以身相许的那一幕便是由于小说人物的对白与作者的议论而感人至深。当方东树说"你是个好女孩"时，也许带有惜香怜玉的成分，当不得真，而朱妙的"不，我坏。

我真的坏"应该说是由衷之言。接下来方东树所言"你还是个姑娘，又是设计师，大作家，前途无量。我这把老骨头，也就这样了"似乎是方东树压抑生活的注脚——尽管他年龄不大，但已经被扭曲自己心灵的生活压得喘不过气来，面对自己心仪的姑娘，丝毫没有男子汉的豪情万丈。"女人一旦和男人的身体有了亲密接触，女人对他的了解与掌握立马变得真实起来。此时，这个男人的所有社会身份完全消失，只是一具肉体的男人，是属于这个女人的男人。朱妙感受与方东树的点滴碰触，心想男人就是一只吹大的气球，一旦放掉那些气体，他就是一个真实具体的东西，可以放在手心的东西，只不过质地、色泽各有不同。"作家的这些议论并没弱化对人物的表现力，恰恰具有画龙点睛的功效。如果把具体的描写、叙述作为"实"，作家的议论作为"虚"，那么优秀的小说文本应该是虚实结合。"虚"与"实"，不能偏执一端。当然，盛可以在《无》中的议论并非完美无缺，但我们可以明显感觉到她有意经营叙述与议论的结合。盛可以用冷静的叙事维度对方东树进行刻画。方东树除开工作的雷厉风行外，其家庭生活总给人以晦暗、忧郁的感觉，而这正是盛可以想由此表达婚姻的虚无与情感的苍白的传神之处。正如她在其同名短篇小说《无爱一身轻》里所言："爱情曾是计划经济时代的产物，是抢购得来珍藏、品味的。但现在是市场经济的商品，竞争——践踏感情；有产者可以珍藏数份——一壶数杯论；无产者望洋兴叹——宁缺毋滥型。……当渴求只余本能，饥饿来自拉撒的地方。只有当我偶尔回想，我明白那曾是存在的。我会有片刻活在那虚无的快乐当中，忧郁着。是我不存在了，还是时光不存在了？我活着吧？我疼。明天，更是缥缈。"这种虚无感在其长篇《无》中更多的是通过叙事表现的。对方东树而言，这种虚无感以一种非常冷静的无可奈何为底色，与红颜知己的片刻偷欢仍无法增添一丝亮色。"除了那一次外遇，林芳菲没有犯过大的错误，而方东树就紧跟着与一个女人好过一小段时间，按理说也算扯平，该好好过日子了。但感情不是做加减法，方东树始终觉得不是个滋味。人到中年，早已不是莽撞少年，顾虑太多，这个时候谈爱情，既奢侈，又不合时宜。况且林芳菲一直在尽力赎罪，任何一个女人恐怕都无法像她那样忍气吞声。这样的一个女人，到底有没有必要和她离婚？方东树最近在想这样的问题。外面再怎么乱，家中红旗不能倒，几乎成了某些事情的潜规则。"诸如此类的叙述维度，直抵人物形象的心底，应该说弥补了《中年丧妻》抒情泛滥的缺憾。

如果盛可以对另外几个与朱妙联系紧密的男人的故事也采取以上叙述方

式，那就难以形成为人们称道的"叙事张力"。在朱妙与方东树交往的同时，她也与程小奇在网上"触电"，就像在一个宁静的后花园里绽放出一丛艳毒的罂粟花；而朱妙对方东树的情感就像黑夜里的白玉兰，尽管夜幕掩盖了花的白艳，但自有一缕幽香悄然而生。不可否认，朱妙在与方东树交往之始是动机不纯的，但发展到后来，我们不禁被他们的纯真所打动。"我想把爱给一个人，却给不出去；你被人爱得死去活来，却有苦难言，比我更值得同情。我保证不会成为你的负担或压力，如果你需要我做点什么，我一定全力以赴。"谁会怀疑朱妙这样的表白？大家都会深深被方东树的"小猪，很对不起你，我欠你的，这辈子可能是还不清了"所感动。朱妙与方东树之间的"诚情"与朱妙与程小奇之间的"假意"形成了鲜明的对照。"朱妙心知肚明，自己在暗处，程小奇在明处，他的一举一动都在她眼底，而朱妙于他，却是深不可测，正如猫戏老鼠，诸多滋味和奥秘。"也许可以说朱妙是"艺高人胆大"，但"强中自有强中手"，程小奇以他少年老成的欺骗手腕笑到了最后。这种"诚"与"假"的二元结构极好地成就了盛可以叙事纬度的丰富性。

我们在读盛可以的《无》时，往往会为其精妙的比喻所折服。如对程小奇的"慌不择路"用了以下比喻：好比渴极的人，掠去水面的漂浮物，伸嘴便痛饮起来。这时朱妙解了胸罩松了绑，有如好心人给饥渴者端来用碗盛好的茶，他若一口气喝光，便是对好心人的报答。程小奇接过大碗茶，由于感恩而难以痛饮，双手抖动，只用舌头舔了舔碗边，勉强喝了几口，却不知如何下咽。这些比喻更多的是出现在讽刺性较强的段落里，形成了富有弹性的张力，读者往往忍俊不禁，在笑过之后，突然咀嚼出辛辣的味道。这是盛可以叙事张力的一大特色。她坦言自己受余华的影响极大①，且认为没有比喻就没有了语言方向。如果抽去她作品中的比喻，就会缺乏叙述的维度与厚重，使叙述成了扁平的能指。她在比喻上的刻意追求，与钱钟书等人的影响也是分不开的。"我认为幽默的真正意义还得体现在它的讽刺功能上。若仅仅只是'幽他一默'，温和且宽容，那《围城》恐怕会令人有不痛不痒地难受了。幽默本身便带有讽刺意味。钱先生要的便是深刻的讽刺。钱先生嘲笑把文学研究当成毕生事业的人，偏偏不懂文学艺术，毫无鉴别力，'恰等于帝皇时代，看守后宫，成日价在女人堆里厮混的偏偏是个太监，虽有机会，却无能力！无错不成话，非冤家不聚头……'孙先

---

① 盛可以.盛可以小说创作对谈录.河池学院学报,2005（6）.

生受不了这样的刻薄，我就喜欢这样的狠劲。"且不论她与孙绍振先生的对与错，她对钱钟书先生的"狠劲"的推崇是导致她大量运用"坚硬"比喻的原因。这些突兀而起的"比喻"与一般性的叙述形成了曲折有致的艺术张力。即便对同一类型的人物形象，作者在叙述维度的变化上也是非常丰富的。如程小奇与许知元同为"骗子"，作者对前者的叙述维度是以朱妙俯瞰的视角展开的，即朱妙自始至终以"大姐大"的心态面对程小奇，而对后者朱妙是以势均力敌的对手拭目以待。然而，朱妙与他们的情感结局大大超出读者想象，朱妙均以惨败告终。这就形成了极大的审美张力。朱妙原以为少年程小奇那满怀的感情最真实，最丰盈，却是更假、更空、更虚。她心里生长的茂盛的自信与尊严，刹那间全部枯萎。她的自信与尊严的枯萎，唤起的是恼怒。而许知元的欺骗使她蒙受的是羞愧！朱妙在他们二人面前的失败，与其说是对朱妙美梦与自信的嘲弄，毋宁说是对读者期待视野的颠覆。读者不禁会感慨：情场亦无常胜将军！两种维度殊途同归，避免了有些小说叙事扁平化、单一化的不足。这种以不同叙事维度展现人物性格的"张力"效果表现出盛可以小说叙事艺术日渐成熟的趋势。不可忽视的是，盛可以擅长主线与副线交叉的叙述维度。她在叙述与方东树的交往历程时，旁逸斜出与程小奇、许知元的情感纠葛。这一叙述维度的形成与盛可以对"善"与"恶"的理解有关，她认为："我们常说的善，只有一种可能，最终归类到好人，而恶千奇百怪，千变万化，具有无限可能性，复杂多变，永远无法穷尽。善的东西，是浮在上面的，而恶是沉下去，因而也是更值得探索。当小说以某种非理性的形态、非温和的方式展现人性的本来面目，自然为我们日常生活中的道德因素和社会规范所不能容忍。但是，这些东西深深扎根于人类原始生命的本能之中。小说家对恶的探索与思考，是内心能量的巨大喷发，是对于艺术的神圣冒犯。"朱妙与方东树的情缘到许知元告诉她方东树不会以小失大、与朱妙结婚时才算尘埃落定。此时，她得"道"了——对男人最痛彻心扉的感悟："我现在发现了，男人可以分为脏东西和东西脏。东西脏比脏东西更干净些。"她用绝对化的女权意识把男人彻底地否定了。最后在不经意中，她与张超正儿八经地步入婚姻的殿堂。张超曾与她有过一次"露水因缘"，但朱妙从未想到会将终身托付于张超。这似乎滑稽，又似乎天定！最不看重的恰是最重的！在朱妙最无助时，张超毅然承担起"义"父的角色。当一切爱离朱妙而去时，她感到轻松了，然而，这种轻松背后是莫名的沉重。

也许，盛可以发出的追问是：谁能承受无爱之轻？

伊甸园的回眸

——读盛可以的小说《手术》

王宏民 [①]

　　婚姻如被围困的城堡，城外的人想冲进去，城内的人想逃出来。《围城》里的这个比喻可谓家喻户晓。孙柔嘉是一个冲向婚姻城堡成功的样本，徐坤《厨房》中的枝子是冲向婚姻城堡失败的例子。女作家盛可以的小说《手术》里又多了一个义无反顾冲向婚姻城堡的唐晓南。她们同为现代知识女性，在"反出家门"的女性解放潮流中却匪夷所思地对婚姻心心念念，"谋夫"的态度主动而坚决。唐晓南也不是不知道"婚姻是爱情的坟墓"，但在男友李喊面前，还是"无缘无故"地说了这么一句话："其实，我想结婚。"为何？细读《手术》发现，在唐晓南被"手术刀"切割成碎片的回忆中，最常用的一个词是——害怕。她几乎无时无地不被恐惧笼罩：害怕黑灯瞎火的火车卧铺车厢，害怕病魔缠身不治而亡，害怕手术的疼痛，害怕手术后身体会留下令人恶心的伤疤。在江北面前，唐晓南害怕婚前的性爱会毁了婚姻，怕他厌倦了自己的身体而失去结婚的热情。

　　在李喊面前，"深知自己并非艳丽逼人"的唐晓南既害怕长相出众的李喊被别的女人抢走，又担忧自己的年龄已经到了挥霍不起时间与情感的边界，在不结婚只同居的生活中"觉得就像荒山野岭的孤魂野鬼似的"。在李喊的父亲（李医生）面前又害怕被识破已经二十八岁（比李喊大五岁）的真实年龄。惶惶然是唐晓南最深切的生存体验。

　　① 王宏民，江苏理工学院副教授，主要从事现当代文学、写作等方面的教学和研究。本文原载《名作欣赏》2005 年第 20 期。

在这些恐惧感中，如果说怕黑、怕死、怕痛是整个人类发自本能层面的恐惧心理，唐晓南作为"城市过客"的漂泊无定、做别人"炮友"的空虚无聊、"孤魂野鬼似的"孤独无依等找不到精神归宿的危机感是现代男男女女所共有的精神特征的话，那么，唐晓南对身体和年龄的担忧（身体被无承诺地占用、遭手术破坏，失去性的吸引力，被同类竞争对手替代，年岁渐大意味的色衰等），则是男权文化阴影笼罩下女性独特却又悲凉的生命体验：以美好的身体取悦于人是在"以色取人"的价值评判标准下滋生出的一条古老生存策略，唐晓南对"过时""失宠"的担忧里折射出这种女性价值被等同于身体的功能性的宿命与隐痛。而她大龄身份的刻意隐瞒也暴露了这样一种陈腐的社会文化心理：对男大（强）女小（弱）性别秩序的顽固维护。《手术》用伸进两性情爱格局的探头检视出：男性对"年轻貌美"的女性身体消费和女性的被消费仍旧是男权文化隐藏在现代男女性爱平等、自由表象下的一个畸形内核。

小说中的唐晓南由"惧"生"爱"。她将寻觅的目光投向男人，期望从爱情、婚姻中获取一份抚慰心灵的安稳。于是，本来坚持独身主义的唐晓南在二十八岁这年，"忽然想要一个家庭，一个固定的男人和安静的生活"。为实现这个目标，唐晓南开始"守身如玉"，因为她深谙"男人是不会娶一个随便和人打炮的女人的"。当她自信地走到婚姻城门前，江北却以"不做爱，不深入了解，怎么知道你就是我的"为理由要求首先有性爱。这两条相互悖逆的"第二十二条军规"将她挡在了婚姻的城门之外。在江北那里受挫后的唐晓南心态有了一百八十度大转弯，她放弃了"守身如玉"的初衷，和火车上邂逅的李喊顺着蠢动的身体欲望进入了同居生活。尽管他们也"两情相悦"，在朝气蓬勃的爱情中也有令彼此感动的细节：李喊在三天的失踪后，抱着唐晓南放声大哭说离不开她；唐晓南在疾病的惊吓中，得到李喊很"男人"地说出"有我呢，你别怕"的安慰，分别从母性的依恋和精神寻父的满足中感到了爱情的温暖。然而，"两人之间总像有一道横梁，令彼此深入总有点阻隔"，李喊以自己不能独立和即将出国为由不愿结婚，唐晓南结婚的目标再次成为"问题"。

作为现代女性的唐晓南，惊惧不安、患得患失时时折磨着她，不但不能完全沉入那种纯粹的感官迷恋中，反而逐渐清醒地认识到：在性爱的沙滩上生长不出足以导向婚姻的爱情，男人又以各种借口逃避责任，即将"过时"

的自己再也和他们玩不起相互消费身体的游戏。在对性爱、爱情、男友乃至自己失去把握之后，唐晓南最终将目标孤注一掷地锁定在"婚姻"的获取上。因为婚姻比单纯的性爱和同居至少多了法律的保护、舆论道德和亲友的监督等外在的约束力。当稀薄的爱情、没有外力约束的同居、随处生长的欲望和不想负责任的男人都觉得"靠"不住的时候，婚姻相对来说是个安稳的精神避风港。唐晓南"无缘无故"想结婚的念头正是来源于这种如临深渊、如履薄冰的生存恐惧和无奈。她想借这种有外力强制的婚姻形式来维持濒危的爱情和可能冷却的性爱热情，在孤独、漂泊、恐惧中抓住一点安稳、幸福等可以温暖生命的东西。婚姻已是唐晓南最后的法宝了，可她还是难以抓住它！当她一会儿守身如玉，一会儿主动委身，奋不顾"身"地冲击婚姻城堡的时候，江北、李喊们倚仗男性优势的两性关系法则在城内城外正过得悠游自在、游刃有余：未婚的李喊并不急着冲进城去，已婚的江北也并不急着冲出城来。现在的唐晓南在漂泊感、恐惧感的威胁中想回到那个叫作"家"的地方时才发觉，回"家"之路已被堵死，回"家"之路无人与共。唐晓南渴盼的"婚姻"，变成了卡夫卡笔下可望而不可即的城堡。

《手术》以鲜明的女性立场和真实的女性经验，从现代男女在欲望满足、情感需求和婚姻向往等方面的相互纠葛中去探究现代情爱的某种真相，并将对两性关系的透视扩展到对现代人生的体察尤其是女性困窘生存境遇的探询。小说用手术刀和手术刀一样犀利的笔触将乳房内部的病变、男女情爱的腐败、女性生存的苦涩从最最靠近心口的地方冷酷地切开，血淋淋地展示出现代人生存的无奈、无力和无聊，让我们窥探到女性在紧张的男女关系中、在畸形文化重负下恐惧、焦虑的生存之痛。作者对情爱和生存本质进行手术式的残酷切割正是为了刺醒我们在四面楚歌的欲望包围中日趋麻木枯萎的灵魂，让我们在阅读小说时与作者、与小说中的人物一起感受到那种尖锐的疼痛和彻骨的冰凉。手术刀对准的是身体、乳房上的病变，挑开的却是"艳若桃花"的现代情爱和生活的"红肿之处"。小说以"手术"为题，所要喻示的正是现代情爱的各个环节，包括放任的身体消费，被欲望和所谓的"自由"稀释的爱情，形同虚设、脆弱不堪的婚姻，执意要冲入婚姻围城的女人，无意进出婚姻围城的男人，紧张而隔膜的两性关系，"以炮为礼"的情爱生长环境乃至整个满布恐惧黑洞的人类栖居空间，都可能潜伏着"病变"的问题。"手术"的命题也进一步喻示了：有"问题"的男女情爱和现代人生只有进行痛定思痛的反思和长痛不如短痛的"手术",才可能发现、剔除病灶使其重新焕发出生命的活力。

　　亚当、夏娃因偷吃禁果被逐出了伊甸园,而江北、李喊这些子民们索性沉沦在欲望的泥潭里,彻底放弃了超脱"沉重的肉身"重返伊甸园的打算。在这个欲望泛滥、"以炮为礼"的时代,既然可以轻而易举地获得性爱,他们也就不想费力地去经营爱情、维护婚姻、寻求进一步的精神沟通,懒得结婚,也懒得离婚。将唐晓南她们拒之城外,或是毁坏婚姻围城,还可使得围城内外有更充足的身体消费资源,他们更愿意在这个被欲望搅黑的世界里浑水摸鱼。拜"肉"主义的病魔,虽不至于立即致命,但会使崇拜者由不愿意爱、不相信爱的病症,发展到爱的能力的萎缩和消失,最后恶化为生命激情的枯萎、人性的逐渐沦丧和对生命意义的质疑。试想有多少人像唐晓南一样因进入不了对方的内心世界而陷入爱无力和性沉溺的恶性循环之中。

　　尽管唐晓南也有着骨子里对"成熟男人"的精神依恋,把缺乏节制的主体性膨胀成自我中心的征服欲望,有着瓦解别人的婚姻来建立自己的城堡的自私,对洁身自爱不能持守的自弃,以及舍本求末越过男人和爱情、"抄近路"直取婚姻的偏狭等等值得反思的地方。但是,她和枝子们在江北、李喊无心无力回望伊甸园的时候,至少还有对温暖的渴望,对爱情的眷恋,和对婚姻、家庭、男人的信赖。她们在心底最深处保留着一块最柔软的地方来养护真诚、温暖这些属于生命本真的也是最脆弱的东西,细细地呵护着爱情种子的萌芽,这不能不说她们还残留着一份伊甸园里带出的"天生"神性。她们在肉欲横行中升腾起较高层次的精神需求,将那种天马行空的纯粹爱情落实在家和婚姻的形式里,将只剩性爱的爱情引导出责任心,将男女和谐的情爱视作精神家园,在频频回眸中表现出对伊甸园里那种和谐男女情爱生活的渴望。这份对爱的渴念和觅爱的主动,无疑延缓了情爱花园的荒芜,在爱情向荒漠化、欲望化、商品化变异的当代社会有着独特的精神价值。而且,换一种眼光看,唐晓南的主动、执着如同一张邀请对方共建、共赏情爱花园的门票,给了他们一个肩负责任、让精神主体性健康成长的机会:本没有多少责任心的李喊在唐晓南的步步紧逼之下作出了承诺,可以说是一次成功的"拯救",阻住了他向那种纯粹追逐肉欲的"炮友"的滑落。这些,或许可以减轻一点那种认为女人主动进入婚姻就是自甘堕落,就是毁灭爱情,就是束缚男人的偏激观点对唐晓南的责难吧?

《手术》明示了人类的诗意生存与男女情爱的健康息息相关。唐晓南要在性爱泥沼上营建婚姻城堡也好，江北、李喊在欲望泥潭中的迷失也好，他们抽去了爱情的某些必要内涵，既伤害了爱情，又伤害了对方，最后不免伤害到自己。现阶段的理想情爱模式尚不能缺失诸如男女双方的共同支撑、性爱的吸引、精神的沟通、婚姻的指向等这些重要的因素。"让现代男女都在神圣的性结合中发现自我，建立自尊，并且理解对方、尊重对方的自尊，还理解造物的秘密、尊重宇宙的内在秩序，从而建立人应有的责任感和拥有善心"[1]，现代情爱只有向这样的生命境界进发，才有望使婚姻不再是外面的人想冲进去里面的人想逃出来的城堡，不再是卡夫卡笔下可望难及的城堡，而是伊甸园式的男女互尊互爱、和谐共处的城堡。

小说中李喊"我一定会来找你"的誓言和唐晓南"下决心等他，并被这场即将由自己参与的马拉松爱情所感动"的坚持，让我们看到现代男女走出情爱荒漠、重返伊甸园的生机。

---

[1] 潘一禾.裸体的诱惑.海天出版社，2002：138.

让生活充满文学的力量

——从《墙》看盛可以创作风格的变化

管 季[①]

一

盛可以因为跳脱了所谓的"美女作家""身体写作"的怪圈而让文坛体会到了一股脱俗之气。她的文字以真实和深刻见称，在对人性之恶的展示上，她从来不遗余力，因为在她的艺术观念中，"善的东西是浮在上面的，而恶是沉下去，因而也是更值得探索"。[②]因而在其理念指导下所创作的小说风格也就凌厉、凶猛而尖刻。这种风格如"自始至终闪着寒光的刀子"[③]，"在最隐秘和最不可人处手起刀落，然后捧出血淋淋的一块块器官和肉体"。[④]又如"照妖镜"："面对这样的一个人，哪怕你和她远隔重洋，也照样有可能在她的照妖镜里露出原形。"[⑤]盛可以的文字有多恐怖？在理性和不动声

---

① 管季，文学博士，吉首大学文学与新闻传播学院教师，《羊城晚报》特约评论员，主要研究中国现当代文学，著有《性别意识、文化症候与情爱叙事》。本文原载《创作与评论》2014年第14期。

② 盛可以.文学在当下的艺术可能性——第三届中国青年作家批评家论坛纪要.南方文坛,2005 (1).

③ 汪政、晓华.小说在谁的手里成为刀子——读盛可以的短篇小说.当代文坛,2007 (2).

④ 吕雷.追寻现代人感觉认同的轮回——从"新感觉派"到莫言再到盛可以.南方文坛,2009 (3).

⑤ 李修文.盛可以在她的时代里.南方文坛,2003 (5).

色中，盛可以将世界的表象解构，剩下了一堆枯骨，而她作品中的关键词无外乎阴谋、残忍、懦弱、恐惧、嫉妒、撕裂、背叛……她甚至更像是一个不负责任的医生：将病人的肚腹剖开之后，她躲在阴暗的急诊室里欣赏着病人的伤口，根本就不去考虑应该及时地将伤口缝合好，她戴的手套上还一滴一滴往地板上淌着血，她有可能还要把淌血的声音当作音乐声来侧耳倾听，但对于那可怜的病人，她就是不管。①

这样的比喻让我们联想到一个现实主义者的困惑：小说究竟是用来鼓舞生活，还是用生活来捅自己一刀，在欣赏完伤口之后，垂头丧气地离开？雨果面对同样的问题，就曾经说过：不要任意把人民的创伤暴露出来，当你没有办法医治这些创伤的时候。② 这句话是说给左拉听的，先不论它是否适合当代中国的文学语境，但同样作为暴露社会创伤的医生，小说家们的责任感和使命感是否应该融入于作品中？很明显，盛可以作为一个"不管病人的医生"，她并不想去追究这些创伤的本质，也不想扮演一个道德仲裁者："在我的写作里，我不想有任何道德的立场。"③ 在《北妹》中，盛可以虽然一针见血地指出了底层女性的颓败与苦难，但却持有一种冷眼旁观的态度，让人不寒而栗；《道德颂》中，弥漫着"爱欲的颓败和消散"④，婚姻道德的界限被模糊，剩下的只有"撒旦的诗篇"⑤，从而"呈现心灵的悸动"⑥；《致命隐情》和《心藏小恶》中，底层人民内心中的愚昧和恶被渲染得淋漓尽致；《白草地》中，那一杯生理盐水不仅阉割了性欲，更阉割了生活的希望与人性的良知。在盛可以笔下，不外乎这些透着矛盾与冲突的悖立视角：一方面是对底层人民的深刻同情，另一方面则是一种与整个世界敌对的反叛姿态；她巨细无遗地展露人性深处的一切罪恶，同时也展现出企图改造这种罪恶的一切的可能性难度。

《墙》⑦这篇短篇小说在盛可以的诸多小说中显得格格不入，恰是因为它

---

① 汪政、晓华.小说在谁的手里成为刀子——读盛可以的短篇小说.当代文坛,2007 (2).
② [法] 让·弗莱维勒.左拉,王道乾译.平明出版社，1955：35.
③ 盛可以.盛可以小说创作对谈录.河池学院学报,2005 (6).
④ 李敬泽."我"或"我们"——《道德颂》的叙述者.当代文坛,2007 (2).
⑤ 董外平、杨经建.撒旦的诗篇——评盛可以长篇小说《道德颂》.理论与创作,2009 (2).
⑥ 金理.呈现心灵的悸动——以盛可以的《道德颂》为例.小说选刊,2007 (2).
⑦ 盛可以.墙.创作与评论,2011 (1).本文对原文的引用，如无特殊说明，均出自此。

的幻想成分和不多见的温情。从艺术层面来说,小说遵循标准的双线结构,主线副线交叉相得益彰;作品主旨清晰,语言细腻、温润,人物关系纯洁而美好,是传统意义上的一篇"标准小说"。"标准"这个词并不费解,它在这里意味着正面、向上和圆满。这在以剑走偏锋求胜的当代文坛中,可谓是太"出格"了。但尽管《墙》没有秉承盛可以一贯的泼辣风格,却也透露出更容易被人们忽略的,但实际上也是非常重要的作者真实的创作倾向。正如上文所说,盛可以一直在以文字对抗整个社会,她时而冷峻,时而残忍,但是不经意间流露出的乌托邦式的幻想,则更具有穿透整个心灵的力量。

《墙》是一个简单的故事。主人公顾卫星是一个建设局的小公务员,参与到古街拆迁的工作中。在工作进行中,他怀念起儿时的美好时光,对陪伴他成长的古城墙生出了恻隐之心。在古街里他偶遇了儿时的同伴郝美,两人产生了爱情,在得知郝美正是拆迁的支持者和设计师之后,他挣扎在爱情与事业之中。在顾卫星的坚持和感化下,郝美修改了设计图纸,保留了古街的大部分,"外墙翻新,部分改造",故事至此取得了圆满的结局,顾卫星"这位跨着良马、披着浪漫斗篷的堂吉诃德雄心勃勃,令夜晚的小院变得天宽地广"。

堂吉诃德这个典故用得绝妙。将个人奋斗与国家命运联系起来,一向不是一个专业作家热衷的事。盛可以更偏向发掘人骨子里的一种浪漫与偏执,一种文化的坚守。这跟政治是无关的,但又确实是靠血淋淋的政治影射出来的。拆迁这个命题,牵扯出一系列中国现代化进程中的伤痛,而堂吉诃德式的幻想与执着又使题材脱离了政治概念的狭隘,进而上升到"信仰"的范畴。在这一点上,盛可以的塑造是成功的,如果忽略掉短篇小说里的一些不可避免的单薄,我们会发现,面对一件根本不可能完成的事情,一种完满的结局会更让人沉默和叹息。

二

什么是信仰?中国人的信仰在哪里?这已经是被讨论滥了的一个问题。至少在《墙》这篇小说里,我们看到了这样的"陈词滥调",和一些关于中西文化的冲突。在顾卫星眼里,信仰就是将右耳贴到城墙上,聆听过去的历史,"仿佛进行某种仪式"。在郝美的眼中,信仰就是住上大房子,不用倒便盆，是美国式的以人为本。两种截然不同的价值观和文化取向，在一开始就碰撞出激烈的火花。如果说这是作品的第一个层面——表现不同文化之间的冲突，那么第二个层面就是表现历史文化与现代化进程的冲突。中西之间，新旧之间，我们该如何取舍，这古老的城墙就象征着历史，推翻历史就是"与语言切断联系，未来的时代将会变得暗哑"。在这一点上，盛可以是抱着怀旧的态度，至少表面上如此——但是细读作品，我们发现作者的态度其实很微妙。

首先，作品真正的主人公到底是谁。是"中国当代的堂吉诃德"顾卫星吗？为了阻止拆迁，顾卫星煞费苦心写了一个报告，"竭尽所有才华，用优美的词语描述了仿宋街百姓的诗意生活与恬美安宁"。然而这份报告根本上不了会议桌，"它像一条缺氧的活鱼被晾在领导的办公台面，它奄奄一息的样子令他羞愧难当"。顾卫星的尝试是失败的，他只是一个失意的、没经历过真正的生活却又为生活所逼的、离了婚的小公务员。尴尬的身份注定了他只是一个"白日梦患者"。他没有什么真才实干，却又满脑子文艺青年的浪漫念头，面对商业化的社会和权力话语系统，他几乎是接近于被淘汰的一类人。他家境不差，却循着父母安排的道路，没有选择文学，而是学了管理，继而当了公务员，没有自我意识地走下去，结果碌碌无为，甚至失去了自我。从这个意义上说，顾卫星后来对于拆迁的一番作为，实质上是对自己人生的一次反拨，是对这个消磨他存在价值的社会的一次反抗。这是顾卫星与"堂吉诃德"之间的共通之处——-对于这个荒诞世界的卑微反抗者。

然而，顾卫星最终实现反抗目的的途径并不是通过别人，正是与他有着巨大价值观冲突的郝美。郝美在这里一直是作为一个完美的象征品，一个抽象概念上的主体。郝美生长在落后的古城街道中，吃够了作为底层民众的苦难，她父亲早逝，自己和母亲度过了那段树下倒马桶、昏暗光线里缝衣做饭的日子，"她家显得有点凄冷，屋里简陋，室内光线微弱，也没有一件像样的东西，唯有郝美像珍珠一样放光"。郝美通过努力，去美国选修了自己热爱的建筑设计，如今学成归来，成了古城拆迁的设计师。然而见过世面的她依然保持淳朴与活力，"她梳着漆黑的马尾辫，穿着白色棉质背心、牛仔裤，脚下是白色匡威运动鞋，两条腿弹簧似的穿过马路"。漂泊的经历让她与顾卫星惺惺相惜以至于相爱，而她也曾斥责顾卫星："说着诗意和田园的，就是你们这种没住过破房子、没吃过农民苦的人。"郝美身上焕发出来的蓬勃生机，以及那种自我奋斗的坚韧品质，赫然成了照耀在顾卫星无痛呻吟之上的光芒。从这个意义上说，郝美才是作品真正的主人公，郝美两字也谐音"好美"，她的意义绝不仅仅是实现了顾卫星阻止拆迁的愿望这么简单。这个"设计师"并不是盛可以凭空捏造出来的，而是包含着作者的一种人文期待。作者通过这样刻意安排的完美结局，就是要告诉人们：凌驾于底层人民意志之上的所谓崇高理想，都只是自我欺骗；真正的现代化并不是单纯抛弃历史，不是单纯追求商业利益，同样不是借助历史沉浸在自我满足的意淫之中而抛弃了与社会底层民众之间的联系。郝美既鄙夷顾卫星的不切实际，却又是能够真正理解和尊重顾卫星的人；她对于顾卫星幻想的支持，从另一方面证明了她的"以人为本"观念的开放性和正确性。

因此，盛可以的价值偏向和强烈的人文关怀在这里可见一斑。而这部作品的温度，在对郝美的赞颂中逐渐升温。顾卫星儿时的梦想，那个映在窗子上的身影——让他长大了都念念不忘的类似信仰的东西，正是郝美。这就是两种价值观的结合点。爱情和事业的矛盾、两种不同文化的矛盾、现代与传统的矛盾，都在这里消弭，取而代之的是对"爱"和"梦想"的坚持。

作为一个常冷眼旁观、把玩别人伤痛的作家，盛可以在《墙》中展现的温情确实令人讶异。当然，作品中也不乏对于时代的"点醒"，如暴力拆迁的问题，公务员滥用职权的问题，城管执法的问题等。不过在结局的映衬之下，这些都成了历史进程中一缕缥缈的烟云，是体制下的不可避免之痛。盛可以绕过了"体制"，从人的内心去追寻一条文化终极的出路，不可不说是另一个"堂吉诃德"。

三

盛可以曾经说过："文学需要冒犯的力量……以知识和思想进行冒犯的力量是巨大的。"[1] 在《墙》中，她到底冒犯了什么？为什么她一反常态地打起了温情的旗帜？

在《缺乏经验的世界》中，盛可以做了一句精辟的总结：当人们以经验自居时，不知还有几人识得缺乏经验的妙处。这句话可以用在两性关系上，亦

---

[1] 盛可以.缺乏经验的世界.海天出版社，2012.

可用在文学创作和对世界的态度上。堂吉诃德在无数次惨痛的经验教训面前，忏悔了自己阅读骑士小说的罪过，同时也放弃了自己作为英雄的权利——用基拉尔的话说就是，人物临终否定了他的介体，而否定介体就是放弃神性，就是放弃自负。① 而我们现在的世界，同样是一个充满负性经验的世界，无数个堂吉诃德在经验面前败下阵来，人类的价值观时刻处于一种混乱、颠覆的危险之中。在《墙》中，顾卫星却是反其道而行之，在人生已经失意、没有诸多可能性的 34 岁，他明知不可为而为之。

显然，这种行为本身，就冒犯了绝大多数人的经验。当生活给予人的思维定式就是你不可能战胜这个世界时，一个在城墙里听见历史的孩子，就显得特别珍贵。盛可以跳出所谓"常态"，将对经验的憎恶灌输进顾卫星的体内，换来了这个堂吉诃德式的人物，与堂吉诃德一样拥有着荒诞与崇高的双重特质。康德认为崇高是"通过对生命力的瞬间阻碍及紧跟而来的生命力更为强烈的涌流之感而产生的"，② 它根植于人的主体意识当中，某种强大的阻力与人的主观经验发生了碰撞并激发出一股内在生命力，崇高感就产生了。从某种意义上说，崇高恰恰是对经验的反叛。

小说中提到，顾卫星是看了《霍乱时期的爱情》才回到古街的，我们无法断定这部作品给了顾卫星，或者盛可以一种什么样的感觉，但是几乎可以肯定的是，对爱情与死亡的一种凌乱的冲动是将顾卫星与城墙、古街、童年、历史、自身命运联系起来的纽带，而这种纽带因为郝美的出现而更加牢固。因此，当我们无端揣测顾卫星为什么故作崇高地阻止拆迁时，我们可以得出一个看似可笑的结论：因为爱情。这与上文的郝美是顾卫星信仰的结论并不冲突，它恰恰证实了作者的创作观念——盛可以并非有意宣扬什么民族责任感，历史负重感等，而是循着人性的轨迹刻画出了这种"崇高"产生的历程。爱情正是顾卫星主观意识中的生命力的暗涌，而拆迁正是外部的一股强大阻力。

在温情背后透着崇高的力量，这是对这部作品最好的总结。很多时候，我们的力量不是来源于经验，而是来源于一种经验之外的震撼力。它可能来源于一本《霍乱时期的爱情》，也可能来源于路人举手投足间的一个细小动作。

---

① 刘佳林.纳博科夫与堂吉诃德.外国文学评论,2011（4）.

② 〔德〕康德著.批判力批判，邓晓芒译.人民出版社，2004：83.

盛可以将此类题材的传统宏大叙事解构，渗透在细微的爱情生活中，并披上一件浪漫主义的外衣，其背后却是关于国家命运、人性寻根的深度思考。尽管我们不得不承认，作品在某些地方仍然显得"幼稚"，但是这种"幼稚"背后，是盛可以抛开凌厉辛辣的外表，返璞归真后的一副天真姿态。正如她近来在谈到自己风格有变化时所说："我喜欢变换风格……风格这东西，和年龄阅读以及不同时期的思考都有关系，但有不变的核心，那就是对人性可能性的无尽挖掘，让通往幽暗的小径以及深邃之处的幽暗都变得明亮与真实。"[①] 在堂吉诃德式的生命冲动中，我们可以看见那"明亮与真实"的人性。

再回到我们最初讨论的"社会问题"上。对于这个问题，雨果对左拉有误解，我们对于盛可以也有误解。当我们认定一个作家的使命不仅仅是"暴露问题"而是医治问题的根源时，显然我们对于作家抱有了太高的期待。然而这并不意味着文学就没有了影响生活的力量。文学既可以来源于生活、再现生活、模仿生活，也同样可以"表现"生活、激励生活并改造生活。盛可以 2011 年完成了《墙》，在 2013 年，她的家乡就上演了现实版的《墙》。湖南益阳兰溪有两百年历史的枫林古桥，被当地政府修缮，结果面目全非，甚至上面的石麒麟也被怀疑调包。为了保护古迹，盛可以用自己的方式与影响力与当地居民一道进行了维权运动，直接叫板当地政府。活动持续了近一个月，终于被上级有关部门关注，事情以发出"整改通知书"的方式得以初步解决。[②] 在这件事情上，盛可以身体力行，实践了自己在《墙》中所展现的文学理想，让生活充满了文学的力量。

显然，我们可以将作品中的社会责任感与作家本身割裂开来，却无法把作家与生活割裂开。现实是文学最深厚的土壤，也是最终的归宿。中国近几十年文学在一定程度上都受到西方现代派的影响，风格逐渐"向内转"，关注于人的内心世界，往往割裂开文学与现实的联系，强调现代人精神的迷惘，强调一切的负性经验，强调人的悲剧命运，强调私欲和恶；然而，文学是不应该排斥"正能量"的，虽然私欲和"恶"在客观上成为历史进步的"杠杆"，但人在介入历史的时候却不能主动地将恶奉为自己的实践原则，而

---

① 曹淑贤.盛可以访谈录.时代文学,2013 (11).
② 哲贵.意外盛可以.文艺报,2013-5-27.

应当以善的努力、对恶的批判的姿态来介入。① 凡是文学中暴露出的一切"苦难"，若不能激励人在现实中追求更好的未来，那么这种"苦难"也就全无意义。从某种意义上说，我们已经摆脱了"崇高"，摆脱了"上帝"，摆脱了人的神话。我们冒犯了既往的一切的规则，而同时也应该有所坚守，正如盛可以一样，扮演一个全无经验的堂吉诃德，只为了坚守心底的那一份爱与美。风格可以变化，但变化的风格之中，能永远感受到那颗湿润、纯真、幻想、勇敢和悲悯的心。

---

① 张清华.中国当代先锋文学思潮史（修订版）.中国人民大学出版社，2014：331.

盛可以图文散文集
《春天怎么还不来》绘画艺术研究

范　果[①]

以小说著称的当代湘籍女作家盛可以，于 2014 年推出了她的首部散文集《春天怎么还不来》。这部作品的特别之处在于，每一篇散文都配有她创作的彩色水墨画。在盛可以的小说世界中她以冷酷而凌厉示人，总是充当冷冷的旁观者，但在这部散文集中她毫不避讳自己的情感，就如她在序中坦言：“我是个写小说的，执着于探寻人性幽暗与丑陋，极不善于用文字表达内心柔软与美，这些意外的小画，弥补了这种遗憾，我从不打算隐藏那个天真幼稚的我。”她褪下小说创作一贯以来锋利有力的风格，以温暖的情怀，描绘童年与故乡的原生态之美，抒发对故乡生态环境遭遇破坏的忧虑情怀。在对童年生活的追忆中，作者的灵魂融入其中，从中我们或许可以看到作家与普通生活更接近，心灵深处更真实的一面。本文分析这部作品的绘画艺术，期望呈现出作家盛可以的另一面。

一、符号化描摹

《春天怎么还不来》共 53 篇散文，每一篇散文都配有作家原创的彩色水墨画，另外还收入 7 张单独的画作。在这 60 张画作里，穿着红上衣、绿裤子的小女孩总是和一条小黑狗同时出现。盛可以在序中谈到作画的缘起：

---

① 范果，湖南宁乡人，湖南工艺美术职业学院讲师，主要研究中国现当代文学、美学。本文原载《大众文艺》，2015 年第 18 期。

○ ○ ○　　**219**

"此前不曾画过一笔，也无半点作画的念头，某天处理练习书法的余墨，胡乱涂了一幅遛狗图，得其趣，疯癫上瘾，专情画了三个月，许是关于童年与故乡的情感得到梳理。"她在谈到绘画主题时说："画中的黑狗'奥巴马'，是我妈妈养的，它聪明机警，毛发如黑绸缎，半岁时疑似中毒身亡。我怀念它。""总是想起童年的我，觉得那个小女孩仍在乡下撒野，头扎两个'冲天炮'，又自由又孤独。"盛可以怀念这只小狗，让它在画中与自己一起顶着荷叶看荷塘、摘果子、数猪崽，重返童年的故乡。

盛可以让小女孩与狗这一永恒主题反复出现在童年故乡的各种背景、各类活动下。红上衣、绿裤子的小女孩与小黑狗在盛可以的绘画作品中呈现一种符号化的意味。符号是绘画的基本元素之一。法国著名画家亨利·马蒂斯说过："一位美术家的重要性是由他引入美术语言中的新符号数量多寡决定的"。绘画是一种不断创造符号、摸索符号的过程。越是有成就的艺术大师，他们的作品独辟蹊径的符号语言内涵就越精深博大。从未接受过专门、系统绘画训练的盛可以似乎是出于偶然而使用了这种符号化绘画语言，却由此让原本简单的绘画作品充满鲜明的个性特征和丰富的象征性。全书的绘画作品中，除了小女孩这一反复出现的人物之外，几乎很少出现其他人物，只有在《民间说书人》中出现了说书人与少数几个看客；在《果树底下好乘凉》《绞把子》中出现了母亲的形象；《他们和她们》中两个简笔儿童形象；《雪乡》中甚至没有出现人物，空旷的雪景下，只有两只水鸭。盛可以将记忆中的童年生活与故乡的风土民情提炼简化，利用单纯化的符号进行有规律的组织，使得画面生动而有节奏感，产生一种空灵悠远的意境。单一的小女孩形象，时刻陪伴的小黑狗的形象，是童年生活的简化，也是童年孤独感的体现，同时呈现出一种与动物和谐相处的生存状态。绘画背景采用的既有乡间普遍的儿童生活，如捉迷藏、钓青蛙、捉蜻蜓、玩昆虫、偷西瓜等，也有地花鼓、十里荷塘、民间说书人等作者益阳家乡独具特色的民俗风情画卷。绘画中背景的选择有乡间生活的共性同时具有地域特色之个性，在激发读者共鸣的同时，也产生对不同地域生活的探寻之心，这种背景的不断变换也折射出乡间童年生活的丰富与自由。

二、文人画特征

在中国绘画史上，发端于唐末、由北宋苏轼提出的"士人画"，为明代董其昌所称道的"文人之画"，可以说是中国画艺术形式的主要代表。文人画讲求笔墨情趣，脱略形似，强调神韵，又多取材于山水、花鸟、梅兰竹菊、木石等，借以抒发"性灵"或个人抱负，表现出强烈的主观意识、情感，既体现了文人画的精髓，又反映了中国画写意观。传统文人画讲究写意、雅拙、平淡、秀润等审美风格，并讲究诗画相连，诗情画意相辅相成，具备较为丰富立体的审美元素。盛可以《春天怎么还不来》全书共53篇散文，每一篇散文都配有作家原创的彩色水墨画。这些彩色水墨画几乎全是根据每一篇散文的内容而画的，具备插画的属性。但是从绘画艺术来看，这些画作中穿着红上衣、绿裤子的小女孩总是和一条小黑狗出现在不同的生活背景之下。人物寥寥几笔勾勒而成，简约写意、雅拙而富于童趣。画作的背景也是选取荷塘、小山坡、田野等典型单一的场景入画，画面留白，给人留下美的回味，就如童年往事一般让人产生无限的追忆。另外这本书还收入作者7张单独的画作，这些画作一般选取的都是较为开阔的场景的描绘，甚至没有人物入画，只有几处简单的景致。画面悠远开阔，留下大片的空白。画作的意境在空白处得到渲染，"空"的意境让人产生无限遐想，进而无形中给观者以再创造的余地，体现了中国传统文人画写意观的艺术特色。这60幅画作中大多数都配有简洁的诗句或者叙述文字及印章，这也体现了传统文人画讲究诗书画印相辅相成的艺术特点，这些自然融合的艺术元素为读者提供了更为立体、丰富的审美感受。

三、大众审美倾向

随着商品经济的发展，人们对现代技术文明与物质文明日益狂热，消费文化甚嚣尘上，当代文化主流逐渐远离美学和文化传统，开始向大众化转型。这种以大众传播媒介为手段、按照商品市场规律去运作的、旨在使大量普通市民获得感性愉悦的日常文化形态逐渐成为当代文化的普遍特征。在大众文化和商业文化冲击下，当代审美呈现出重视现实的、感性的艺术美，轻视抽象的、超现实的文学美的趋势。这样一种审美偏向体现在艺术活动中，呈现出当代中国社会影视、音乐、绘画等视觉冲击较大的艺术种类比文学创作更受大众欢迎和重视的趋势。盛可以这次将散文与绘画相结合的模式从某种意义上说正好符合了大众审美的趋势，摆脱了作家单纯使用文字作为唯一语言符号的局限，让读者在文字浸润的同时体验到视觉上的审美享受，同时因加入了另一类艺术形式而增加了作品的受众。

盛可以的绘画是童年记忆的符号化描摹，充满象征性、重复的图形标志着其符号化语言的建立；画作中有题字、题诗，具有很强的文人性；从绘画技巧上来讲可以归为写意彩墨一类；从艺术属性上却属插画；绘画与散文相互融合产生的独特的审美方式，这在当代艺术上形成一种新的现象，呈现出一种不同的景观。

以"野蛮"之名穿透生命的风景

——评盛可以《野蛮生长》

苏沙丽[①]

一

读完盛可以的长篇新作《野蛮生长》,首先想到的是毕飞宇的《玉米》和刘震云的《一句顶一万句》,前者有着被剖析的乡村政治生态及人情态势,玉米是家里的长女,她与父亲之间有着天生的敌意,却是母亲的好帮手,承担着处理家务、照看弟妹的任务,还要周旋于与父亲有关系的各色女人当中。在当村主任的父亲失势以后,一家人失去了原先在村子里的优越地位,进而玉米也失去了让人艳羡的婚约,她最后选择比自己大很多的男人结婚,不过是继续寻求一种权势的庇护,她无从逃脱乡村的思维定式及生存逻辑,只能选择一种屈就于现实的人生。后者有着被拆解的家庭伦理及温爱,杨百顺因在上学的问题上与家里发生冲突,索性离家谋生,他不断地变换工作、改名,最后因丢失继女——唯一说得着话的人,以"罗长礼"为名在他乡安居,仍然念想的是像他一样喊丧,在虚空的世界里寻得一点精神的慰安,可见其精神温暖的饥渴。小说中的其他人物,不断地出走与寻访,其实也是在找寻说得着话的人,在倾诉与倾听之间足见他们精神世界的千疮百孔,一句顶一万句的真义也就在此……事实上,乡土文学历经百年,很多时候我们以寓言的

---

① 苏沙丽,文学博士,中山大学中文系副研究员,已出版《思想的乡愁:百年乡土文学与知识者的精神图像》,主要研究中国现当代文学。本文原载《百家评论》2015年第6期。

形式重构乡村，来讲述另一维度的乡村故事，乡土之上生发着浓郁的国族、家园的意象，唯独像这样细致地聚焦乡村内部肌理的作品少之又少，我所讲的乡村内部肌理，是指去察看乡村原生态的社会形态、生命面貌、道德规范、情感交流、精神郁积等等，理解一种境遇生成下的"乡土意识"——"以农民为主体的，在乡里社会大多数成员中普遍流行的民众意识。这种群体意识直接以乡里社会的经济关系、政治关系和精神环境为根基，受到认识主体在文化传承过程中形成的心理素质和人格特点的制约，从而支配了普通老百姓的思考方式和行为准则。"[①] 而不是经由知识者的思想、精神意绪乃至情趣来过滤、加工、呈现。

　　《野蛮生长》同样是未经格致、修饰与过滤的乡村图景，展现的也是被拆解的家庭伦理及温爱，是乡村人有些扭曲，但也再正常不过的精神生活状态。铭心刻骨的还是亲人之间无不冲撞着那种怨怼、误解、倾轧和冷漠，子女与父辈之间、夫妻之间都有着那种硌人的，无法释怀伴随一生的疼痛感，影响日后行走的心灵阴影，以至于形成一种成就命运的性格。"我爹和我爷爷像两头老牛，平时各自吃草，万不得已说句话，也会顶角打架，牛角碰撞出卵石声响。"[②]"我姐就在这儿跪拜，双手合一，咒我爹病死、淹死、被水牛顶死、被疯狗咬死、被汽车轧死；怎么死都行，就是别让他活着。"姐的女儿刘一花也是这样，"对于无法改变的事实，她尤其不说废话，比如她人生中第一件大事——失学，当然她也没有把读书看得多重，只嫌爹妈的态度太冷，知道自己的路要自己走。"我们看到《野蛮生长》里亲人之间的暴力是如此的普遍，有时是肢体的，有时则是言语，更多的时候是一种情感的冷暴力。每一代人的精神意识里似乎都有着明显的"审父"意识，这背后却并不意在一种如"五四"那代作家的文化批判，更多的是遵循于生命内在的冲撞及暗涌。所有的生命个体有着最原始的冲动，芜杂的，得不到满足的生命欲求，生命原本的缺憾，不由自主的命运憋屈，无从以文质彬彬的方式得以发泄、驯服，只能以一种粗野、粗暴的方式进行，如父亲面对嗜赌成性的爷爷，毫无办法，只能以挖苦咒骂的方式表达不满；姐面对父亲的权威，敢怒却不敢言，只好在夜晚中啜泣。这样一种生命状态，或许也是盛可以理解的

---

① 程歗.晚清乡土意识.中国人民大学出版社，1990：1.
② 盛可以.野蛮生长.北京十月出版社，2015：2.下文引自《野蛮生长》的注释不再另注。

"野蛮生长"的其义之一。

　　除了日常生活，在处理一些更为复杂的事件上，那种"野蛮"的暴力、冲突与漠然、怨恨体现得更为明显。如，大哥被无端的罪名送进监狱后，爹一次也没有去看过；面对参与政治运动的二哥突然间的死亡，"我爹烧掉了二哥的所有东西，连纸片都不留下，他为二哥感到羞耻，这比大哥进监狱还让他脸上无光。因此我爹的愤怒大于悲伤，我妈一哭他就呵斥、咳嗽、吐痰，扑打身上的灰尘。"这种情感的冷漠背后其实还隐含着乡村人无法无力改变和还击现实及命运真实，内心又有着对命运不公的不甘，但是生活总得继续，悲剧也并非他们"好死不如赖活着"的理念而终止其脚步。如同在面对刘一草的跳楼自杀时，一家人面对悲剧的表现往往让我们有几分"诧异"："我们家都缺少宽慰别人的能力，每个人的情绪自生自灭，反倒没有失控。我妈号哭一阵，很快平静下来，她想起是时候做饭了，得去小卖部砍肉，后园摘菜。我爹拎起渔网，撒向鱼塘，捞上两条草鱼。不久厨房传出声响，我姐本能参与，一起为团聚的活人做美味佳肴。"这样一种情感表情，也不能说，乡下人就缺乏温情暖意，缺乏基本的情感维系，细想之，其实也再正常不过。几千年听命于自然天地、时节律令的农耕生活，养成的是循规蹈矩的生活状态和性情，就像他们无力阻挡一场自然灾难的来临一样，他们也无法抵抗权威政治的侵犯，突发事件所带来的命运转折。"野蛮"似乎也是乡下人并不自主的命运状态，像一棵野外生长的植物，任由风吹雨打，日晒雨淋。他们往往只会以另外一种方式来呈现内心的细腻柔情，或者说，只有在一些喜庆的事情上，在一家人和和美美的时候，在能够含饴弄孙，享受一点天伦之乐的时候，我们才能发现那样柔和纤细的情感表达，仿佛是僵硬的表情终于有了一丝放松。比如，姐出嫁时，爹以狠狠要彩礼的方式来体现不舍，他以疼孙女的方式来表现内心的柔软。也只有当悲剧一次次发生过后，乡村人再也无力承担命运的打击，比如，姐在经历丧夫失女之痛后的精神失常，或许能更多地感觉到生命世界的无言悲怆。

　　当然，我们也必须看到，在无从逾越的权威，无法对抗的暴力面前，被无端压抑的生命虽以卑屈的形式迂回生长，却以更为隐秘的"报复"表达"抗议"，这大概也是盛可以所理解的"野蛮生长"的其义之二。比如，妈任劳任怨，也任由爹的责骂和殴打，但是她与村支书之间的隐情，还是让我们觉察到女人内心不死的激情。姐想通过嫁人来脱离爹的管束，结果婚姻生活并不如愿，当她进城当裁缝后，猛然发现对美、对爱情仍然有着不死的渴念，他与孙湘西之间的周旋何尝又不是再一次的跳腾，尽管她也无从驾驭都市的情爱。刘一花也以逃离家乡，而且是越走越远的快意来宣泄对父母对家庭的不满。

对野蛮原始之力的发现实属现代视阈下的旨趣，在对乡土的书写中，"野蛮"一词常常指向的是一种原始的生命力及未开化的文明状态，应该说在湘方言里也并不陌生，相对于一种生命本然及其力量，"蛮""霸蛮"更多指向的是一种充满自由意志和能动力的搏击力量，是对命运的不屈服与抗争。与此同时，我们在此前作家的乡土世界里同样可以看到这样一种野性的蛮力。在沈从文的湘西世界，水手或许寄寓他对一种健康自然强健之力的倡扬，他们性情豪放，在激流险滩中与生命搏斗，生死置外，上了岸就要享受那份放荡的快乐。沈从文的城乡对照法则，正是看到城里人生命的萎靡，他觉得生命应该有一种强劲之力。莫言看到的是现代社会对生命的规训，种族的退化，在他的高密东北乡，"我爷爷""我奶奶"之间的故事荡气回肠，无不充溢着生命的强悍与力之美。沈从文和莫言对一种原始力量的审美，是对乡土的重新发现，再次解读。与之不同，盛可以对乡下人"野蛮"之状的本然素描，更多的是一种揭示。她确曾看到乡下人生命的疑难和艰难，生命世界的委顿和扭捏，还有卑微隐秘的反抗，"野蛮"并非指向的是一种健康活泼的向上之力。在盛可以这里，我们也读到了如同当年李锐写吕梁山脉、曹乃谦写温家窑般的感觉，更多的时候生命充满着芜杂的灰暗，扭结，难以舒展的自由还有抗击命运的无力，是乡下人精神生活世界的再现，这样一种呈现让人不忍直视，却又不得不为那些自主的或不自主的生命唏嘘，悲愤。

二

《野蛮生长》以爷爷李辛亥的故事开始，以他的去世结束，历经一百年的时间。一百年的乡土中国，战争、动乱无数，那么，如何来理解乡土中国这百余年的历史，如何理解普通老百姓在这百余年历史当中的命运遭际、生命之殇？站在何种立场来反思并呈现？

至"现代"的时间意识起，乡村就一直处于变动重组的过程当中，一方面是如杜赞奇所言，从晚清开始国家权利进一步深入乡村社会，逐渐结束乡村的"无为而治"，代之以基层管理制度；与此同时，现代性革命和经济活动渗透乡村，如果说，我们把乡村生活看作是以日常生活为表里的社会形态，那么现代性的入侵则表现为非日常化生活形态，政治活动、经济活动日渐销蚀乡村日常生活的散漫与无序。乡村以弱者的姿态承接国家权利意志，执行上面所摊派的各项任务，也就是说国家机器以其庞大的影响力牵掣着人的命运，比如大哥及其他年轻人在特殊时期所遭遇的"严打"、二哥参与的政治活动。盛可以意不在还原某一历史事件，只是选取几个大致的时间节点，只在专注于这些历史事件下人的命运，我们看到无论是大哥、二哥，还是刘芝麻、马六子这样一些小人物，都可以成为历史现场的某个注解，涵盖一代人或一群人的命运。看似并不起眼的芸芸众生，其实在历史与个体相逢的瞬间，依然承受着无以复加的命运悲怆。

另一方面，乡村也背负着现代性的使命，或者说乡村虽不是现代性的主角，但一直倍受影响，至少城市已然成为乡下人的向往之地，更何况中国的城乡分割制度在建国后更是衍变为一种社会福利、教育、文化、就业机会等大相差异，甚至是有着人的尊卑之别的户籍制度。因而，百年乡土历史也可以说是现代城市文明不断地浸染乡野文明，乡下人进城（城镇化就是一个乡土性与现代性此消彼长的过程）的历史。况且，自有城市的崛起开始，乡下人就从未停止过对城市的向往。小说中进城的人物大致可以分为这么两类，一是知识者，像大哥、二哥、"我"，另一类是农民，从中又可以分为像大姐李春天、刘芝麻、肖水芹这类老一代进城谋生的农民，还有像刘一花、马六子这种自主"流放"城市的新一代农民工。因而，不同的进城群体，他们眼中的城市意象也不尽相同。对于知识者来说，城市是改变"脸朝黄土，背朝天"的农民身份及其命运，所以爹早早地办了病退，让大哥顶职，旁人羡慕不已；当大哥进了监狱，姐不得不从城里的工厂继续回乡务农时，人生仿佛倏忽间就跌入谷底。对于"我"来说，城市是可以通过读书的方式来抵达的。城市也意味着进化的文明形态，大哥、二哥也总想着以这样一种在城市习得的文明理念来与爹谈谈自由民主。在老一代进城农民工眼里，城市意味着赚钱的机会，脱离厌倦的农业生产，像姐和刘芝麻一样。而像刘一花这样的新一代农民工，他们早已脱离农村及生产劳动，城市是他们不得不待下去可又难以产生安稳感的生存之地。

当盛可以以"野蛮"来描述乡下人的精神生活，似乎也就意味着有一个与"野蛮"相对的状态。这也正如马克思的考察："物质劳动和精神劳动的最大的一次分工，就是城市和乡村的分离。城乡之间的对立是随着野蛮向文明的过渡、部落制度向国家的过渡、地方局限性向民族的过渡而开始的，它贯穿着全部文明的历史并一直延续到现在。"①伊格尔顿对"文化"之义的理解也与之趋同，他认为："'文化'是最先表示一种完全物质的过程，然后才比喻性地反过来用于精神生活。于是，这个词在其语义的演变中表明了人类自身从农村存在向城市存在、从农牧业向毕加索、从耕种土地到分裂原子的历史性的转移。……我们被认为从'有教养的'人身上获得愉悦，因为，也许这种愉悦的背后潜伏着某个种族对于干旱和饥荒的记忆。但是这种语义的转换也是悖论性的：得到'培养'的是城市居民，而不是那些实际上靠耕种土地生活的人。那些耕种土地的人也不太会培养他们自己。农业没有留下用于文化的闲暇。"②这似乎意味着，一方面，相对于乡村自治的无为、散漫、随意，城市在不断地走向现代文明的路途中，试图通过更具理性的规范、条约剔除那些杂乱的现象，整齐划一，无论是城市的治理，还是人的精神生命状态，甚至是使人成为制度或文明的"俘虏"，马尔库塞曾讲到一种"单向度的人"，就是这种对现代文明及制度习焉不察的人。

小说其实也写到了从乡村走向城市的路途中，从"野蛮"制度走向现代"文明"过程中形色各异的个体生命状态。比如，大哥在政治的莫须有罪名中沦为犯人，至此性情大变，健康受损，一生终带着晦气，难以重整旗鼓，城市在他的精神意识里有着莫名的危险和恐怖，只有乡村才能让他快活自在。二哥在政治运动中，失去生命，历史对他们而言仿佛都是一个谜，他们试图以"文明"的方式抗议，终归落入的还是野蛮的怪圈。有的人则成为淹没于尘埃可以忽略的部分，比如大嫂肖水芹，她被现实及观念绑架，想要改变下一代的命运，最终还是敌不过现实残酷的命运安排。而像刘芝麻、马六子他们以看似野蛮的方式与城市对抗，城市貌似以文明的方式驯服、收容管理，最终还是难脱野蛮的责难。这也就是现代城市文明的吊诡之处。作为小说里的叙事者"我"，同样也是一个深切感受着历史与个体相逢瞬间的这么一个个体，在年幼的时候，目睹大哥二哥的人生转折和生命陨落，至此精

---

① 〔德〕马克思、恩格斯.马克思恩格斯选集（第1卷）.人民文学出版社，1972：56.
② 〔英〕特瑞·伊格尔顿.文化的观念，方杰译.南京大学出版社，2003：2.

神世界中残留着一些阴影，待到大学毕业以记者的身份来揭露和批判社会现实时，却终归只能臣服于权利及制度的圈套。"野蛮生长"仿佛是在说，在面对城市的邪恶及制度规划时，这些进城的乡下人同样没有与之对抗守护生命、自由的工具，大哥二哥如此，刘芝麻、马六子同样如此，他们似乎也只能以抗议、武力等等这样在城市看来的野蛮方式与之较量。以"野蛮"的方式与现代文明对抗，反之被现代文明以"野蛮"的方式收服，这大概也是盛可以所理解的"野蛮生长"的其义之三吧。这也正像做记者的"我"试图以文明的方式来揭示这个社会的诸多病相，最后遭遇的也是"文明"方式的解雇。

另一方面，生命个体，被城市的现代文明一点点启蒙的个体意识及价值观念，包括现代文明自身的价值理念，被城市的光影一点点刺激的情欲，又如何在城市安然且肆意的生长绽放下去？我姐李春天，城市激起了她对美好生活包括爱情的向往，但最终还是摧毁了她这一遐想。刘一花带着一股无知的蛮力闯入城市，虽工作生活在灯红酒绿之下，看透光鲜之下的人生百态，对六子的初心却始终不改，在失去六子之后，她的爱情也仿佛坠入了无底深渊，进而也踏入了城市的情爱游戏。叙事者"我"，用现代的方式周旋于情爱之中，肉体的，柏拉图式的，既怀着对年少朦胧情感的忆念，又有着在情爱中难以自主的戚然。她们的情爱未免走向虚空，她们想要的爱情本也模糊，最终也模糊在城市的声色犬马中。如同无法处置的情欲一般，生命似乎仍然在冲撞着前行，并没有调配好方向和韵律。

三

很长时间里，我们习惯以乡土文学和城市文学来划分作家笔下的文学世界，以至于我们常衍生出诸种对立的二元观念，传统与现代，乡村与城市，蒙昧与启蒙，始终缺乏一个整体的视阈来打量中国的现代生活和现代人，因而也就失去了去细致观察与客观评判的机会，这样一种思维也常使我们的思考处于割裂状态。看似乡村与城市都是《野蛮生长》这部小说的背景，小说叙事也有着明显的由乡入城的"进化"过程，但是作者却意不在提供这样一种对峙。

之于乡村，像盛可以这代 70 后的作家，她已不复像前辈作家那样召唤着写作的冲动和欲求，即使触及乡土书写，也不再像他们那样从革命、启蒙或乌托邦的理念及意象中来叙写，在乡土之上寄寓沉重的反思及情感，毕竟乡土只不过是 70 后这代人生存及精神的影像之一，甚至是可以忽略的印象。盛可以以往的小说人物有着来自乡村的背景。《北妹》中的钱小红带着乡村所遗留下的伤痕进入城市，城市加倍偿还给她的也是伤痛。《道德颂》里的旨邑同样需要在过年的时候回家探望母亲，乡村的清新是一种调剂，却不扮演重要的角色……但是，这一代与以往的作家相比，更容易将人物放置在由乡村到城市的宽广视阈里，却不是一种如沈从文、路遥、贾平凹等作家的城乡对照的写法，乡村并非一味地就象征着古老的温暖乡情、传统美德，城市固然有恶的方面，但是它提供的是另外的生命、人性、情欲的延展空间。也正因为这代人之于乡村、城市的关系，或者说，重新调整与乡村、城市之间的关系，忠实于与它们的原初面貌，城市、乡村共同构成生命冷暖、人性嬗变的空间。因而，他们在挣脱历史的包袱后，有可能更多的是去牵引个体记忆及感知，正视社会内部肌理，探视那些生命隐秘处的伤害及疼痛，从而达致社会细微处却真正触及心魂的悲欢。《野蛮生长》的出现再次让我看到了这类书写的努力及价值。

从乡村接通城市，或者说，从城市延伸至乡村，盛可以之前讲的故事大都也是以城市情爱为主，无论是飞蛾扑火似的婚外恋，还是游离多变夹杂着猜忌的都市爱情，故事本身并非多么的精彩，往往走入的也是现实的结局或套路——爱情的毁灭，情爱的虚空，但是盛可以擅长于挖掘那些潜意识或意念中的感知，埋藏于情绪之下的纷争凌乱、抑压，也就是说，她在小说里直面的其实是人内心的黑暗、欲念的跳腾，生命生长处硌人的疼痛悲欢，在迎面扑向事物本质的那一刻，并不忌讳将人性的丑陋、险恶抖搂出来。亦如她自己所说，我赞同黑暗是有深度的，黑暗中的光亮，更有穿透力。人性中的原欲、疯狂和变态，折射的就是社会问题。《野蛮生长》同样正视的是一种生命状态，完善的也是对生命和人生的认知和理解。换一句话，"生命"就是她得以行贯这百余年社会历史变化的关键词，也是她用来察看社会整体面貌的视角。因而，从乡村到城市并没有强烈的对立，以至于需要撕裂开来的局面。

然而，生命是什么？对这一问题的拷问，亦如对灵魂及精神维度的追寻在中国的文学里还是比较缺乏。沈从文以为对一问题，"诸多人是不曾想起的，就是'生活'也不常想起。我说的是离开自己的生活来检视自己生活这件事件。"① 在他看来，"生命"和"生活"是两个不同的层次，"生命具神性，生活在人间，两相对峙，纠纷往来。"他在文学世界里意欲建构的优美、健康而又不悖乎人性的人生形式，或许也就是他所说的一种具有理想光泽而且是更高远的"生命"之境。这是新文学史上对生命最为纯粹和高远的期望，当然，"生命"二字也出现在周氏兄弟的文章里，他们的启蒙理念终归于生命的真实存在状态而言有着隔膜。盛可以对生命的思考大概更趋向于现代社会的自由理念，以为理想的生命是野外的一棵植物，正如小说中的"我"面对侄女刘一花时所认为的那样，"一棵植物，必须按照自己的方式成长。"② 这更多指向的应该是生命本身的自由意志，情欲的自由生长。但是，传统文化的权威、现代文明的抑压，不由自主地意念冲动，人与人之间的漠然还是会将这一种自由生长的意志摧毁，甚至于麻木失去挣扎的力量，对美好生活的向往。因而，小说最后呈现的既不是沈从文式的人生和生命形式的优美、明丽，也不是盛可以所看好的如植物般的肆意生长。

小说其实也多少呈现了三代女性的精神生命状态，妈妈谢银月这一代人自然是做了家庭及子女的牺牲品，无从谈及自己的选择，哪怕是表露自己内心的真实情感，隐忍卑微一辈子，性格如此，人生又怎能强悍？姐姐李春天也是大多数乡村妇女的写照，其实还是没有走出妈这一代人的生活和命运负累，看似她经由婚姻来获取走出家庭的自由，但是她的选择难免又是踏入另一个难以逃脱让人几欲内心悲凉的牢笼。家庭生活的寡淡，甚至可以说是悲惨，无从寄托情感，也不再在儿女身上寄寓一种希望，也曾一度沉迷于纸牌游戏；当在城市燃起生活的信心时，又屡屡遭遇变故。比起祖辈及父母辈，对于家庭生活刘一花并没有多少好感，更不必像她们一样拘就于此，纵然人生有更多个体的自由选择，但是，她可能需要面对更多的诱惑，而经历、学识往往又会从中限制她去汲取一种更为向上向善的力量。她需要多么大的力量才能抵制这个社会的熏染，依然保留她原初的活力和个性，刘一花的身上不也有着走向城市的年轻一代的困惑么？

经由这些人的生命状态，盛可以其实也是在窥看一代人，甚至是几代人

---

① 沈从文.生命·沈从文全集（第 12 卷）.北岳文艺出版社，2002：42.

② 盛可以.野蛮生长.北京十月出版社，2015：231.

的精神底色。家庭伦理及温情的消殒或稀薄也许是这些人心底最伤痛的记忆，父母与子女之间情感的分疏、割裂，特别是成人结婚之后，比如，姐与娘家的关系，就像刘芝麻所形容的那样如一门远房亲戚。父母对子女前途的漠然漠视，有的时候其实并不关心幸福的实有，而只在于名与利的表象，"家庭""亲情"似乎都无法提供继续前行的力量，但更确切地说，是一种让人痛心的牵绊。生命的前行常伴随着无以复加的沉重，俯身大地的日子，无法承受的生命之轻，或许这也就是中国人真实的生活及情感状态吧。

那么，对于那些走出乡村的知识者呢？急遽变化的社会，共同的话语也随之脱落，城市或者说现代文明似乎也无从提供让人慰藉的东西，或者能留在内心及精神世界的实有。二哥、大哥及他们同一个时代的年轻人，连同一个时代的精神气质，似乎都已成为可以忽略的背影，连历史的小小注解都不是。至于像唐林鹿、喻书中和"我"李小寒这样一些历史的遗留物，也是幸存者，一个时代的精神遗骸仍然残留在暗处不断闪现，有的人早已随波逐流，做了浪荡子，理想成埃成尘。而有的人依然是理想主义的信徒，最终还是敌不过现实的规约，理想即使不陨落，也会在现实面前千疮百孔，无从前行。盛可以提供的这些人物素描，不见得有多么丰满，却是一个时代形形色色人的写照，他们所提供的精神印照同样值得回味，叩问历史，而又指向当下。

社会、家庭是盛可以窥看生命形态的底色，只是在这样一种底板之下，生命除了野蛮冲撞前行，还能何为？想起卡西尔在《人论》中写过的话，"从人类意识最初萌发之时起，我们就发现一种对生活的向内观察伴随着并补充着那种外向观察。"[1] 如果说存在一定的媒介（方式），或者这样一种自省自察在何种艺术方式中表达得最为充分，直接，我想，应该是在文学作品里，这点也正如沈众文所说的，好的文学作品是让我们去认识更多的生命和人生。不仅如此，"所有那些从外部降临到人身上的东西都是空虚的和不真实的。人的本质不依赖于外部的环境，而只依赖于人给予自身的价值。"这样一种由自我省察所得到的力量，也正是一个人行走天地之间所倚仗的，由写作所获得的自省力量和生命经验，我们在史铁生的《我与地坛》《病隙碎笔》，在林白《一个人的战争》《北去来辞》，在周晓枫的许多散文里，都可以感受得

---

① 〔德〕恩斯特·卡西尔.人论，甘阳译.上海译文出版社，1985：10.

到。盛可以的这部《野蛮生长》，我想也同样享有这样一种精神内涵，也是一种驱向内心的写作，它通过还原拙朴的乡村图景，来窥看那些无从驯服的生命之力，又经由城市的现代风景，来撩拨颤动的情欲，笔触伸向宽广的社会历史背景，又回到最为本质的生命状态，得以知晓几代人的精神之根。只不过，在一些人的省察中，生命的脉络清晰可见，从而积蓄行走的力量，而在盛可以这里，或许还有更多地迷茫，未知。抑或，生命本身就是被一些不可知的因素牵绊着，冲撞着。

时空静止，意识流动

——论《缺乏经验的世界》中现代女性的情感困境

李丽萍 ①

盛可以作为 70 后女性写作的代表，是在 20 世纪 90 年代女性主义文学落潮的新世纪开始写作的，那时的女性写作已经从对女性的精神追寻流落到身体表面的叙事，肤浅艳俗；然而，盛可以的出现却使一片迷乱的女性写作领域吹入了一股凌厉冷酷的钻骨之气，作家王干说，"可以的写作在同代人当中以少有的理性见长，属于那种爆发力和持久力均衡的作家。她小说的格局不拘谨，对女性生活的把握微妙而有分寸，在你忽略的地方，她往往才华横溢。"② 她的创作以犀利的批判视角、自觉的女性意识使人们对女性生存境遇的思考得以扩展、深入。她笔法细腻冷冽，善于捕捉生活细节，长于描写人物心理。短篇小说《缺乏经验的世界》就是她对现代女性心理刻画的代表作。该小说采取女性内心独白的形式，将一个在短途旅行中的女性的情欲表现得丝丝入扣，故事中古雅与俚俗的结合展现了女主人公赤裸的生理欲望与道德规制之间的互搏，扩大了小说的表达空间。笔者试图运用弗洛伊德精神分析学理论对《缺乏经验的世界》一文中的女主人公的心理活动流程进行剖析，并由此反思现代女性的情爱困境与情感危机。

---

① 李丽萍，1992 年生，湖北潜江人，主要研究中国现当代文学。本文原载《德州学院学报》2016 年第 32 期。

② 盛可以.留一个房间给你用.北京燕山出版社，2011：5.

一、从空窗少妇到怀春少女：潜意识到意识的知觉过程

弗洛伊德的心理结构理论将心理分为意识与潜意识两大部分，而潜意识又由前意识与无意识组成，前意识在一定条件下可以通过"记忆痕迹"（曾经被意识知觉但后来被遗忘的记忆的记忆过程）被感知转化为意识。盛可以的《缺乏经验的世界》是一篇相当精彩的精神心理分析小说，描述了一个经验丰富空窗已久的少妇在短途火车上与一个年轻男孩"邂逅"短短两个小时里，其内心的波澜动荡。在这心理活动开始之前，少妇首先经历了潜意识里情欲的觉醒，即潜意识转化为意识的活动。这种觉醒包括以下内容：

（一）静止的陌生时空：自我监管机制的放松

陌生的环境对于一个厌倦了应付身旁凡尘俗世的人来说是一个绝佳的喘息机会。时间和空间的转换使你不必拘泥于群体模式里的惯常角色，无须专心扮演以支撑现有的生活模式，而可以自在地表达自己的情感，宣泄久藏的抑郁。迟子建曾在中篇小说《世界上所有的夜晚》里讲过这样一句话，"一个伤痛着的人置身于一个陌生的环境是幸福的，因为你不必再熟悉的人和风景面前故作坚强，你完全可以放纵的流泪。"[①]的确，面对陌生的人与景物，人会不自觉地表现得更为贴近自己的内心，忘掉平常人事的条条框框，做回更为真实的自己，用弗洛伊德精神分析理论术语就是"自我"监管机制的放松。"自我"在正常状态下起着压抑的作用，它"用压抑的方法不仅把某些心理倾向排除在意识之外，而且禁止它们采取其他表现形式或活动。"[②]但是"自我"偶尔也会放松警惕，例如陌生环境、精神疲乏以及梦境等情境里。

"火车"作为一个现代社会最常见的交通运输工具，既将人与世界的距离拉近，又是隔绝人与外在世界的空间载体。人置于火车的短暂时间中，实际上是与自己熟悉的周遭分离的。在相对静止的时空里，逃离熟知的环境，面对陌生的人，不用慌忙地应对，大多时候是无须在意"外面的游戏规则"。

---

① 迟子建.世界上那个多有的夜晚.上海人民出版社，2008：280.
② 弗洛伊德.弗洛伊德心理哲学.九州出版社，2003：6.

在《缺乏经验的世界》里，列车快速的前行，人们百无聊赖地放空呆滞，整节车厢像肉体集中营一样散发着动物混杂的气息，凌乱空洞。一个习惯了冷眼旁观周遭、解析世界人性的空窗期中年女作家，在疲乏困倦、精神已经处于恍惚状态，又无须担忧生活烦事的时候走入陌生的环境中，整个身体"自我"机制在嘈杂中得以放松警惕。她的意识开始有些混沌，对造物主的疑问，对过去感情经历的回忆，对一切未知的遐想，心头惆怅。这些在熟悉环境中难以进出脑海的意识在摆脱机械的日常生活环境后，一下子喷薄而出，潜意识苏醒，涌入女人的意识世界。

当然，自我监管机制的放松只是人潜意识转化为意识的条件之一，如若女主人公不是个经验丰富的女性，那么她也不会有小说中后来如此纠结繁复的心理活动。毕竟"经验"是一切幻想的源头与实践的动力。

（二）丰富的往常经验：记忆痕迹的涌现

"经验"是在实践中获得的知识或技能，在亲身经历过后会留下痕迹。有些会伴随着日常生活自然地融入为人处世与个人习惯当中，有些会在时间的淘洗中被"遗忘"在脑后。但这种"遗忘"的"经验"并非真正意义上的"遗忘"，而是进入了潜意识的牢笼里不被放出，也就不被察觉；当通过外部事物的触动，例如言语和视觉刺激等，记忆痕迹被贯注然后会转变为知觉，便"恢复记忆"了。在《缺乏经验的世界》一文中，主人公是个年过三十"颇具生活经验"的女人，有与成熟男性共处的熟稔经验，也有被遗忘在青春年华的少女羞涩经验，有淡然处之的旁观者经验，也有坐立不安的局中人经验。"经验"的存在有时会指引处于困顿中的人走向清晰、明朗，有时则会使人老于世故。

小说主人公在生命里已经走过不少过客后，"对感情早无怨怼"，身处拥挤的列车，疲乏爬满全身，期希遇到一个两相情愿、风华正茂的男性。猝不及防，正有一个年轻健壮的男孩走进她的视线，落座于她的对面。而往常记忆痕迹的贯注使女主人公对男人与性的"经验"顿时涌上脑海。常言"女为悦己者容"，此刻她下意识地如一个怀春少女一样在意自己的外在装扮，用手忙乱地梳理旅途里凌乱的头发，心里慌乱的犹如遇着初恋的感觉。女人的这一连串的行为表现展现了她潜意识里对男性欲望的复苏。她也由此从一个空窗期的少妇迅速转变为对心仪对象脸红心跳的青涩少女。

二、从迷狂、焦灼到清醒的内心独白：复杂而真实的意识展览流程

如上文所述，《缺乏经验的世界》的开头便写出了女人疲惫的身躯在陌生环境下的潜意识的闪现，从空窗少妇到怀春少女的过程。女人如怀春少女般慌忙应对的是一名"少不更事"的男性，就如她内心独白中透露的那样，如若是位成熟的中年男性她便能应付自如了，可是面对如此青涩的男性，她像一位少女，事实上又不是，这使得她因"经验"而自惭形秽，却又因"经验"难以抵御年轻男孩健壮身体的诱惑。小说多次反复直言不讳地写着这个中年女人对年轻男孩的身体欲望的独白，但是女人的行动却迟缓滞重，女人在欲望与道德中不断地徘徊挣扎。在挣扎中女人经历了以下心理历程。

（一）怦然心动，满面含春

女人孤独行走在人来人往的生活里，渴望生命中出现那么一个人，排遣寂寞。女人经历了疲惫的数天游走，在车厢里旁观各类人，她是作家，习惯观察分析。当穿着白色运动服鹤立鸡群者走入她的眼帘，她的"词汇"开始跳跃，但是"雌心"跳动得更加猛烈，少年简单的身体挡住了她"丰富的词汇"和习于表达的心，只知两眼不离少年，心里窥视少年。在少年不在意地偶尔会碰到她的脚时，她"多情"地将其认作是成熟女人的魅力。当白衣少年的"偶然一瞥"，女人"寂寞的小黑屋霎时四壁辉煌"，令她满面含春。

在第一部分曾说过这是女人自我监管机制的放松，的确，面对白衣少年的突然闯入，女人的本能直接控制着女人的"本我"，"自我"退居后位。

（二）犹疑不定，跃跃欲试

在对少年怦然心动后，女人还不敢轻举妄动。坐在少年对面的她心里不断尝试描述少年的样子，却又感到词语色味寡淡。眼看着少年露出的胸肌，垂涎欲滴。回头想想自己，顶着"作家"的头衔，身体长久空置，女人对自己身体满腹怜惜与幽怨。当女人跃跃欲试，想与少年攀谈时，但又因自己的"经验"与少年"缺乏经验"而感到羞耻。女人自问，"经验的世界在缺乏经验的世界面前，如何适度"。这样一来一往，使得女人内心十分焦灼不安。

盛可以的这一段心理描写相当细致，此时女人的"自我"与"本我"在进行着激烈的斗争。自作多情写出了女人的可爱与虚荣，对少年肉体的想象写出了女人情欲的需求，自惭形秽写出了女人内心的落寞与无奈。

（三）试图搭讪，想入非非

数着时间一秒一秒地从身边走过，两个小时的车程将在眼前溜走。女人感到对少年的进攻迫在眉睫，告别少女的天真，振奋颓败的自己，她抛掉自己"作家"这置身事外的身份，忽略内心的自卑与羞耻，带着本我的内心需求，鼓起勇气与少年攀谈。在与少年一问一答的模式中，知晓少年的手球运动员身份的女人更不能自已，对少年想入非非，连自己都觉得自己太过花痴，思想污浊。

女人试图搭讪少年，及搭讪成功后的各种心理活动展现了一个颇富经验的女人在自我失控状态下的本我原态，"自我"在这时已经是"闲置品"，连警告自我的能力都已经丧失。

（四）进攻受挫，索然无味

在看似一切顺利的进程中，女人正享受着与少年"独处时光"，谁知她身旁的圆脸姑娘开启了"扰乱"模式，加入两人的对话行列，对少年的专业（手球领域）貌似专家一般对女人的困惑一一进行解说，并且滔滔不绝。这使得女人自然闭嘴，恨不得赶紧结束这个话题，但还得硬着头皮笑着夸奖圆脸姑娘的见识，客气回答圆脸姑娘的问题。话题结束，女人终觉索然无味，也不知该如何继续，又开始了对少年的幻想。女人对圆脸姑娘插入引起的烦躁感让读者读来真实可爱，像极了所有坠入情网的女孩，有种对自定"私有物"的占有欲。

在这里，圆脸姑娘的出现或打断在某种意义上是对陷入本我欲求（幻想）的女人的提醒，让女人可以正视自己。但是女人在外在压力下本我受挫，难以抒发，抑郁不已，这让女人有了后面的表现，即忍受不了内心的煎熬，再次进攻。

（五）内心煎熬，贼心不死

上一话题结束后，女人坐立不安。她开始审视自己那些不纯的欲望，笑话自己内心的慌乱，鄙夷自己引诱性的试探，并对自己曾引以为傲的"经验"在纯洁少年面前作秀感到自卑。可是，女人依然忍不住以"所剩不多的魂魄"窥探少年的身姿，在少年去洗手间起身接近女人时，女人本来已经快要熄灭的火焰，顿时又被点燃。火车疾驰，时间转瞬即逝，女人颤颤巍巍，小心谨慎地开启第二个话题。少年与邻座同学在女人面前掺杂表演成分的打闹使女人的心陷得更深，并再次充满生机。但是在对少年的观察中，又想起自己的年纪与经历，女人又生挫败感。如此，女人在欣喜与失落中反反复复。

女人的自审是自我意识清醒状态下对本我的压制，但是本我强烈的欲望总将刚建好的自我围墙推倒。自我就是在被本我推倒又建立中挣扎、反抗，女人矛盾的内心在这个部分描绘得淋漓尽致。

（六）怅然若失，失魂落魄

只是，所谓"静止"的时空终有尽头，火车即将停站，他们终究回到现实社会，那个让女人重归压抑状态，对她百般约束的环境里。女人对少年的进攻却未有所获，甚至在焦灼的时刻产生了类似幻觉的记忆。少年手机滑落于女人手边，自以为这是少年的暗示；在少年给她讲述自己名字的来由时，女人陷入茫然，完全听不见少年的言语。女人多次想要少年的联系方式，但却碍于旁人，始终无法说出口。直到火车到站，女人神色哀伤，错愕无助，在排队离车的一刻，还渴望与少年站在一起，像一个暗恋对方已久的女孩看着人家离去，自己却无力阻拦。最后，女人只是失魂落魄地回应少年的告别。

在这一阶段里，"本我"失落，"自我"也难以快速恢复理性，使女人已经基本失去理智，情绪波动导致了精神恍惚。

《缺乏经验的世界》周密而真实地描述了中年女人旅途偶遇少年后的全部心理流程。这种心理展示或心理分析是立足于弗洛伊德的精神分析理论之上的。在整个心理流程中，揭示了女人人格结构中的"自我"与"本我"的交涉："自我"要发泄本能，"本我"遵循"快乐原则"，而"自我"则既对"本我"进行规范和抑制，又掩饰"本我"的越轨冲动。[①]另外，在文中，

---

① 弗洛伊德.弗洛伊德心理哲学.九州出版社，2003：6.

女人的身份实际上是在"普通中年女人"与作家身份的不断转换，这种转换包含着本我与自我的反复较量。作为普通的空窗期中年女人，主人公有着对情欲的强烈渴望，是"本我"的外在形象代言人。每当主人公以作家的身份开始思考自己与少年的不同，对自己"经验"的鄙视时，则是"自我"的检讨以及对"本我"的监控。例如，圆脸姑娘几次挤进女人与少年的谈话，打断女人的幻想，让女人回归自己"作家"的角色。"作家"的身份是女人的保护膜，使女人找到自己的尊严，但也使得女人与欲望对象离得更远，她的身份决定了她的姿态。无奈，女人只能在"本我"的需求与"自我"的压抑中纠缠，最终也只能挥手告别。

三、戛然而止的白日梦：现代女性的情感危机

盛可以在《缺乏经验的世界》里写出了一个中年女人的白日梦，以女人的视角展现了女人对男性肉体的渴望。在这种一直被压抑的渴望里，我们看到了现代人的情感危机，特别是女性的情感危机。我们从文中以及生活经验中可以清楚地认识到，就在女权主义已经高扬了多时的当代社会里，对女性的束缚依然存在。而这种束缚对于清醒或觉醒了的女性更为沉重。她们懂得并尊重自己的身体感受与情感追求，但却不能也无法真正甩掉社会道德的枷锁，始终无法逃离这个经年累月"传承"而来的社会规则去自由追寻内心的渴望。在这篇小说中，我们看到了现代女性情感问题的两个方面，即现代道德对女性欲望的抑制以及因此而导致的性爱分离。

（一）圆脸女孩的不断介入与作家身份的包袱：现代社会道德的暗喻

弗洛伊德认同艾伦费尔斯有关性伦理学的观念，将"性道德"分为"自然的"性道德与"文明的"性道德。"自然的"性道德是一个种族为保持该种族健康发展和旺盛活力而对其成员实行的控制系统，而"文明的"性道德意在激发人们更加勤劳、更加孜孜不倦地从事文化活动。"文明的"性道德占压倒优势时，个人生命的健康发展与活动就可能受到损害。而现代社会的性道德就是"文明的"性道德，"一夫一妻"制规范人们的"性择"，但是这种规定又采取了双重标准，对男性的越轨行为并不苛责，却要求女性的贞

操，这就导致了"文明的"性道德的"虚伪"以及生活在此种道德下人的虚伪以及人性的扭曲。人类只有在虚伪与欺骗中满足自己的本能欲求。

在小说中，"圆脸女孩"是个特殊的存在，她几次打断女人与少年的交谈，阻碍两人进一步深入发展的可能，打破女人对少年的幻想，将她拉回现实世界，并使女人对自己的想法产生羞辱感。简言之，"圆脸女孩"这一角色的设置实际上起了压抑女人欲望的作用，在这里她成为现代社会"文明的"性道德的敲击者与护卫者，她的角色闯入是现代文明道德的暗喻，时刻提醒越轨女人的不正当想法，规范自己的行为。

除却文中"圆脸女孩"带有现代文明道德的影子外，女人"作家"的身份也是导致女人此前生命中长时间一个人生活的原因。"作家"是被公认的正面社会身份，由此"作家"这个名词也被戴上了文明道德的帽子，时时规范着女人的行为以及试图接近女人的人的行为，以保证他们的行事合乎文明性道德的规范。但是，如果盛可以笔下的主人公不是"女人"，而是一个"男性"，事情或许不会如此发展了，毕竟"文明的"性道德的规范更多的针对女性。在男性面前，规范会"宽容"许多，堂而皇之昭告这是由男性的生理需求决定的；只是，生理需求本身何时竟有了性别差异？

(二) 不谈爱情的原欲需求：性压抑后的性爱分离

说到女性对待爱情，初识它的人奉之为神圣的情感，错过它的人惋惜哀叹心怀不甘，不曾遇见的却只能空待而无望。幻想中爱情是"柏拉图"的精神之恋，经历过的爱情是性与爱的统一，始终不曾来临的爱情却会幻化为虚妄与荒诞。但不论怎样，女性总是对它怀抱着一份期待，无论这份期待多小，多让人觉得渺茫。《缺乏经验的世界》里的"女人"便是这样。

"女人"年过三十，有过几段感情经历，却无疾而终，落得满身疲惫，长期独居。文中的她虽然极尽对少年身体的幻想，充斥着她沉睡情欲的苏醒，但她却时不时表现出对自己"经验"的憎恨，希望像少年那样处在"缺乏经验的世界"里，在情感方面能纯洁些，也期望遇到一份两相情愿的感情。可是"爱情"在现代"文明的"的性道德规范下更加"可遇不可求"，她像"昨日黄花"早已不适于追求所谓的"爱情"。道德约束着女人的行为，当她有所祈求时，便使她自觉产生"罪恶感"。当然，男性在有此种追求时，"罪恶感"会少很多，即前面已经提到过的"文明"性道德的

"双重标准"。可"女人"却明白自己内心的双重需求，长期的性压抑让"女人"退而求其次，便有了"女人"对少年身体的直接窥视与渴求。如此，"女人"赤裸裸情欲的背后却是长期性压抑导致的恶果。不仅如此，在将性爱分离后的"女人"在道德的压迫下依然是无法获得情欲满足的，她只能怅然若失地选择继续压抑。不得不说，盛可以的《缺乏经验的世界》真实地展现了现代女性在社会文明道德面前面临的情感危机，正如评论家谢有顺先生说的，"盛可以用她的冷静和锋利，写出了道德和欲望在现代人身上的复杂境遇，强悍而有力。"[1]

《缺乏经验的世界》向我们展现了一个独居女性的正常情欲与非正常渴求，在道德面前的重重受阻，屡屡溃败，甚至缺少一个永恒的空间让女性正视自己的情欲，只能在脱离现实、相对静止的时空中让它小心涌现。盛可以将女性欲望与社会道德规约的抵牾表现得淋漓尽致：建立在以父系血统为尊的社会道德，在历史的长河中，对女性的生命权利与生命形态的塑造、抑制甚至是控制不曾停止，觉醒了的现代女性挣扎着去脱离这重重的枷锁，却无法真正走出"文明"性道德的围墙，女性依然还是"第二性"，性别仍然阻碍着人的完整的生命形态与自由的发展模式。如此困境，该往哪里走？

---

① 谢有顺. 一切问题都是写作者自身的问题——谢有顺答《南方周末》. 南方周末，2008-2-14.

绝望的抒情

——评盛可以的《低飞的蝙蝠》

李遇春[①]

　　娜拉走后怎样？这是摆在所有女性解放者面前的一道难题。这个近乎天问的难题，其难并不在理论层面上，而难在实践过程中。八十多年前，鲁迅先生犀利地指出，娜拉走后只有两条路："不是堕落，就是回来。"为此，他还专门做了一篇题名《伤逝》的爱情小说，其中，女主人公子君最后走的就是"回来"的路。

　　读盛可以的小说《低飞的蝙蝠》，让我想起了鲁迅先生的《伤逝》。《伤逝》中的子君正值青春年华，充满了叛逆精神，她为了爱情离家出走，但最终还是回归了传统的旧式家庭，并在无爱的人间中凄凉地死去。这正不幸地印证了先生在《娜拉走后怎样》中说过的名言："人生最苦痛的是梦醒了无路可以走。"子君在最后的时刻一定是绝望的，为了浪漫的爱情，她付出了生命的代价。与青春的子君不同，《低飞的蝙蝠》中的女人是一个身陷婚姻牢笼的中年女人，但为了反抗无爱的婚姻，她终于还是走上了离家出走的路。然而，她走的是一条迷惘的不归之路，既不是子君那样的"回来"，也没有"堕落"到风尘女子的地步。但她内心的绝望是和子君息息相通的，她们都属于那种绝望的抒情者，为了浪漫的个性解放和妇女解放而跌入了人生绝境，同样，她们的创造者，两篇小说的作者，也都属于那种绝望的抒情诗人。鲁迅先生的的《伤逝》是现代派的诗化抒情小说的典范，它有别于沈从文的《边城》那种浪

---

　　① 李遇春，评论家，华中师范大学文学院教授，中国新文学学会理事。本文原载《文学教育》，2008 年第 6 期。

漫派的诗化抒情小说，而盛可以的这篇《低飞的蝙蝠》，正是新世纪涌现出来的一篇出色的现代派诗化抒情小说。

这篇小说的语言是斑斓华丽的，但骨子里却散发出不绝如缕的绝望的气息。小说中多次出现"低飞的蝙蝠"这个核心意象，它正是女主人公的生存隐喻，这个陌生的隐喻给女主人公的生命平添了几许神秘、阴郁和颓废的色彩。蝙蝠虽然能飞，但它终究不是鸟类，而是动物；鸟能够自由自在地飞翔，它的世界是广袤的天空，而蝙蝠的天空就在屋檐下，它只能在黄昏的屋檐下低飞，与其说是飞翔，毋宁说是摆出一种飞翔的姿态而已。和鸟相比，蝙蝠的自由只有形式而没有内容，它的低飞是一种可怜的自由，与其说是自由，毋宁说是通向毁灭的必然之路罢了。这正如小说中女主人公的丈夫对她所说的话："蝙蝠的天空就在屋檐下，死了照样落在地上。"蝙蝠无论怎样努力的飞翔，它都无法超越屋檐的限制，且始终笼罩在黄昏的暮色中，而女主人公也一样，无论她怎样挣扎和苦斗，她始终无法摆脱男权社会的藩篱和阴影，这个苦命的中年女人，她只能像一只低飞的蝙蝠在男权社会中盲目地游荡，直至生命的黄昏和日落。

不难看出，这是一个具有浪漫气质的女人。在内心深处，她是一个爱情至上的理想主义者。虽然和丈夫之间勉力维系着无爱的婚姻，但好多年了，她的心中一直埋藏并涌动着离家出走的愿望。看着屋檐下低飞的蝙蝠，女人也想飞翔，但她的善良使她一直等到儿子长大成人了，才决定飞出这个无爱的婚姻窠臼，去寻找心中蛰伏已久的浪漫爱情。然而，她的寻爱之旅让她心力交瘁，终至绝望。首先是那个律师，他的男性魅力让女人着了魔，彻底征服了女人的一切，包括身和心。甚至他的缺点，如小气和花心，女人似乎也只能接受和忍受。明知女人离婚需要一笔钱，但律师似乎总是回避这个棘手的话题，而且他总是能够用冠冕堂皇的话语使女人就范，似乎他越是如此，就越能让女人臣服于他的男性的威权。直至律师让另一个妇人怀孕了，女人心中的爱情梦幻才彻底破碎，她原以为自己触摸到了完整的爱情躯体，到头来才明白，那个律师不过是爱情这个大象身上的一根毫毛罢了。还有那个退休的老干部，女人给他做保姆，但他却想用金钱拴住女人的身心，在他的善良背后埋伏着虚伪和狡诈，女人一不小心就中了他的圈套。连女人原来的丈夫，那个卑劣的男人，一开始死活不愿与她离婚，最终却又主动和她离婚，其实他一直和村庄里面的另一个女人暗中相好。连这样的男人都可以遗弃她，女人心中的绝望是可以想见的了。至此，女人的心头一片茫然，她感觉自己就像一只可怜的蝙蝠，此刻连低飞也困难了。她成了一只绝望的蝙蝠，浪漫终于与她绝缘。

女人的绝望在于她一开始就把爱情理想化和梦幻化了。在经济上完全不能独立的她，居然感觉和那个律师谈钱的问题难于启齿，她深恐金钱玷污了爱情，然而她不明白，当她把爱情抽象化的时候，爱情之花其实就已经离枯萎不远了。还是鲁迅先生说得好："梦是好的；否则，钱是要紧的。"信哉斯言！

故事与情节　象征与隐喻

——析盛可以《白草地》的内涵与程序

孙春旻　李完娴[①]

作为女性作家，盛可以对生活的感受和表达敏锐而又新异，常能给人留下极为深刻的印象。她的《白草地》[②]，就是一篇能够将人带进沉思的作品。在这部短篇小说中，真实与荒诞，常态与畸形，现实与隐喻，彼此交织在一起，形成一股巨大的张力，让读者浮想联翩，胸中似有无尽感慨，最终却唯有一声叹息。

《白草地》中女性对背叛的男性的报复，隐蔽、阴狠，甚至有几分残忍，无论是人物还是故事，都有些极端色彩。有人据此认为这部作品"有强烈的女权意识"，但这一判断却有些似是而非。这部充满了象征和隐喻的作品有着广阔的阐释空间，它需要一些引申性的解读。

一、故事、情节、人物

研究小说，有一件重要的事情就是要把故事和情节区分开来，否则你就无法认识叙事的奥秘。对这一对概念的区分是从弗斯特开始的，他在《小说面面观》里提出，将若干事件按时间顺序叙述出来，就是故事；按因果关系叙

---

① 孙春旻，广东技术师范大学文学院教授，出版《文学的返璞归真——当代纪实文学概观》等 10 余部著作；李完娴，广东技术师范大学文学院硕士生。本文原载《写作》2012 年第 17 期。

② 盛可以.白草地.收获,2010 (2) .

述出来，就是情节。俄国形式主义学派则认为，作为小说叙述对象的一系列事件，是故事；对一系列事件的组织安排，是情节。笔者的观点是：遵循自然形态的叙述是故事，创造艺术形态的叙述是情节。弗斯特所说的时间叙述和因果叙述，都是遵循自然形态的叙述，不体现作者组织艺术程序的创造力，都应归入"故事"。而情节，虽然也要以一系列的事件为构架，但精髓在于运用多种技巧、方法和手段对事件所做的组织和安排。诚如一些名家所言，故事只是小说中较简陋的成分，作为艺术，小说的叙事，重心不在于"事"，而在于如何去"叙"。情节决定着读者用什么样的方式了解作品中的一系列事件。

显然，小说作为一种艺术，情节是根本性的要素，但是小说毕竟离不了故事。现代小说无论运用了什么样的组织手段使文本呈现什么样的结构形态，诸如时空破碎、因果颠倒、穿插倒叙、隐喻象征等，无论怎样无序化、碎片化，都必须以能够恢复出一个大致完整的故事为前提。就是说，读者读完一篇小说，能够按时间和因果的秩序将一系列事件复位，恢复出一个相对清晰的故事，否则，这篇小说在事理逻辑上就无法被人理解。

情节具有不可复述性，除非你把作品完整地读一遍。而故事则可以简略地复述出来，也就是所谓的"内容梗概"。现在我们把《白草地》的故事复述一下，顺便认识一下其中的人物，进而认识作者的立场和作品的内蕴。

《白草地》中主要人物有四个，一男三女。小说以第一人称展开叙述，"我"就是男主角，名叫武仲冬，在一家外企做 sales（销售），公司不许用中文名字，于是"我"又叫 Jason。

我的妻子叫蓝图，是个"不咸不淡"的女人，除了工作，还开了一个网店。为了得到福斯公司"从牙缝里挤出来的小订单"，我对多丽曲意逢迎，因为她是福斯公司的 buyer（采购）。多丽说我的眼睛令人柔肠寸断，我当然明白她的意思，可是看到她失去乳房的胸脯时，我逃走了。即而后悔转回，多丽已经离开。我喜欢的女性是玛雅，一个"淫而不荡，天真而不幼稚"的小脸美女。我占有她，却什么也不能给她。而玛雅什么都不索取，即使我渐渐失去性能力，她也不嫌弃，反而常送些名牌领带、袜子、内裤给我。就在我马上要被公司裁掉的时候，多丽的电话打到公司，用一笔订单挽救了我。我买了水晶项链感谢多丽，并"做好了被她蹂躏的准备"。多丽收下了我的礼物，却没有任何性的要求，只是告诉我要警惕玛雅。因为与前夫的感情破裂，玛雅恨男人，"前夫给她的钱花不完……她只想搞破坏，不想得到任何东西……沾上她的男人没有不遍体鳞伤的"。可是我想不出玛雅对我有什么不好。多丽又说，她已从福斯公司离职了，这让我无比失望。不久，多丽就因乳癌扩散死去了，我才知道她离职的原因。我再也得不到订单，只好辞职，去找玛雅，玛雅不再给我开门。我失去了性能力，乳房也在发育，医院检查后，说我在长期服用雌性激素。原来，玛雅送我的那些用品，都是从我妻子蓝图的网店里买来的 A 货，她送给我，我再带回家，导致我无论怎样撒谎，都不可能瞒住蓝图，奸情早已被蓝图发现。可是蓝图并不声张，只是每天让我喝一杯"盐水"。在不动声色之中，蓝图已把我变成了不男不女的废人。

"复仇"是文学的母题之一，传统的复仇作品，叙述者都是站在复仇者的立场上，讲述惩恶扬善的故事。可是盛可以的这个复仇故事明显地与众不同，无论是玛雅还是蓝图，性格都十分极端，下手都相当狠毒。很显然，盛可以对她们所持的并不是肯定的态度，不是用她们表达"强烈的女权意识"，而是用她们来证明人性的险恶。相反，尽管武仲冬是一个不中用的东西（谐音"无中东"），作者很看不起他，但却不无同情和怜悯。还有那个多丽，虽谈不上多么正面，到底还有几分善良和真诚。盛可以是想告诉读者，当下的社会都是病态的，病态的社会又造就了病态的人，无论男人还是女人，人性都已发生严重的畸变。

对于《白草地》中讲述的故事和人物，我们可以做出上述解读。至于情节，那就需要做文本分析了，我们姑且放到后面再立专节探讨。

二、男性、女性、人性

套用一句开玩笑的话，《白草地》讲述的是"一个男人与三个女人的故事"。这四个人物，形象都相当鲜明。

叙事的视角是男性的。武仲冬，也就是 Jason，是一个在艰难生存困境中迷失自我的人。他"在外企做了三年的 sales，每天要打七八小时的电话，憋尿，忍渴，寻寻觅觅，为得到一张订单磨破嘴皮，有时两只耳朵都被话筒堵住，下了班脑海里苍蝇嗡嗡乱飞。"他娶了蓝图，却买不起房，连当房奴也无望，只好当租客。他欠着蓝图一枚钻戒，只有在梦里才买得起。他还想把蓝图带到国外去旅游，那更是一个遥远的梦想。他与多丽交往，完全是为了订单。在"一次喝得胃出血，一次酒精中毒，两次住院之后，我们建立了牢固的伙伴关系"，尽管得到的不过是福斯公司"从牙缝里挤出的小订单"，但为了生存，"你就不能不感谢一条牙缝了"。多丽是他的"母财神"。在残酷的生存竞争之中，他的价值取向渐渐趋向于纯功利主义。作为男人，他也有性的贪欲，但与生存相比，性还是很次要的。在床上，他看到多丽裸露出平坦的"疤痕闪亮"的胸脯，吓得落荒而逃。在得到多丽的帮助后，又觉得"如果多丽有需要，我适当地献出一点温情也未尝不可"，并"尽量将多丽想成一个迷人的娘儿们"，甚至"做好了被她蹂躏的准备"。从道德角度看，这样的做派无疑极端庸俗可耻，他甚至不配做男人，因为他完全失去了男人的刚性。在与玛雅的交往中，他同样缺乏自主性。他喜欢玛雅，是因为这个"小脸美女"率性、自由、独立、大方，而且对他有着强烈的"哺乳冲动"，就是说，除了玛雅无所顾忌的性开放之外，他潜意识中还需要强势的玛雅所给予的母性保护，他的无意识中存在着恋母情结。不幸的是，他是一个没有出息的男人；更不幸的是，他面对的女人个个十分强悍。在家庭生活方面，他需要蓝图的照顾；在养家糊口方面，他需要多丽的施舍；在精神安全方面，他需要玛雅的庇护。怪不得有人说，《白草地》是一篇让男人感到不舒服的小说。面对这样一个没骨气的男人，我们的感受很复杂，有些"哀其不幸，怒其不争"的味道。毕竟，生活中这样的男人实在太多了，生存竞争压垮了他的精神。可是，精神世界坍塌是当代人的普遍状态，成为精神侏儒的不只是他。不是有人感叹过吗？男人就是"难人"！

作为女性，玛雅和蓝图两个形象给人惊出冷汗脊背发凉的感觉，似乎应了那两句并不公允的老话："狠毒莫过妇人心"，"千万不要惹怒了一个女人"。玛雅有花不完的钱，轻而易举地将男人玩弄于股掌之间，她不想得到什么，只想破坏男人的家庭，而且做得很有技巧。她有本事让男人认定她真实、天真、没心没肺地让人怜爱，进而对她大动真情，甘心做她的宠物而不自知，有滋有味地啃着她赐予的几块骨头。等男人发现她的真实目的时，"想退出恐怕迟了"，以至于"沾上她的男人没有不遍体鳞伤的"。蓝图是"无可挑剔的，容貌、素养，操持家务有条不紊，对我的照顾不可谓不周全"，事实上她却是个躲在暗处不动声色，运用暗器伤人又准又狠的高手。

无论是作为男性的武仲冬，还是作为女性的玛雅和蓝图，其人格都不健全，人性都有大幅度的畸变。应该说，盛可以并不想渲染两性的对立，也未必想表达强烈的女权意识，她更想揭示的，是当代病态的生活造就的病态人格。生存的压力、物质与地位的追求，使人与人之间失去了起码的相互理解与尊重。武仲冬与蓝图，名为夫妻却同床异梦咫尺千里；武仲冬与玛雅，似为情人却各怀心思各有所图。在表面的和谐温情后面，埋伏着仇恨的暗箭。只有那个同样不太讨人喜欢的多丽，在生命即将终结的时候，还多少表达了一些真情和善良。当正常的人性趋于泯灭，宝贵的生命卷入仇恨和伤害不再具有正面的意义和价值的时候，作家所能做的似乎只有哀叹：人有病，天知否？

三、象征、隐喻、反讽

《白草地》是一篇文学性很强的优秀作品。如前所述，故事和思想都不能决定作品的文学价值，真正赋予作品文学性的，是将故事提升为情节时所运用的一系列技巧、手段。盛可以所运用的文学技巧，有三个方面比较突出：一是象征，二是隐喻，三是反讽。

"白草地"这个篇名，与故事和人物都相距遥远，它是作者在文本中加入的一个充满象征性的审美意象。文中有一段文字写道："一块小木板上写着'青青绿草，脚下留情'，但草地是白色的，一片白色的草地，几只宠物狗在那儿撒欢。"小说结尾处又写道："穿过一片白草地时，几只互相追逐的宠物狗也跟着我疯狂地奔跑起来。"这两处关于"白草地"的描写，属于"点题的照应"，与标题相呼应，给人以悠远的暗示和启发。作为审美意象的"白草地"在这里象征着本应充满活力的人类栖息之地已经凋敝了荒芜了，变成死气沉沉的寸草不生的不毛之地，只剩下一群狗在狂欢。这个象征，有些类似于《红楼梦》中所说的"落一片白茫茫大地真干净"。

小说中有两个相互交织、贯穿全篇的隐喻。一个是人向狗的渐变，一个是男向女的异变。其中，人向狗的渐变带有荒诞色彩，在文中反复被强调。小说的开头说："二月的早晨，发生了一件蹊跷事，我的眼睛突然变得白多黑少，并且显露凶光，打个比方，当你与一条狗狭路相逢，狗便是拿这样的眼神瞄你。"武仲冬不断地表现出"狗化"的行为："我把毛巾在脸上扫来扫去，吐出舌头往鼻子上方舔""胡子三天没推，平时乱草蓬勃的，现在满下颌全是细软的绒毛""我满面谦卑，嗓子里却发出呜呜的声音""我一句话也说不出来，喉咙里呜呜地，像要吠出声来""我已经没什么胃口了，只迷恋带肉的骨头，在嘴里嚼来咬去，发出嘎崩嘎崩的声响""在家里我把骨头藏好，夜里爬起来，偷偷啃上一阵""现在连小区里一向友善的狗也对我狂吠不止，完全是见到同类所表现的亢奋或者挑衅……它不躲闪，竟然笑着摆起了尾巴""我抬起一条腿对着树干撒尿，一定是肾虚得厉害，不足五百米的距离一路尿了八次""我张开嘴，舌头伸出来长得吓人"。在卡夫卡笔下，销售员葛利高尔变成了甲虫；在盛可以这里，则异化为狗。这些都隐喻着当人的尊严被物质所剥夺之后，人已经异化成了非人的动物。而男人向女人的异变，虽然有人为的原因不是荒诞情节，也同样具有隐喻性："最近几回我都不能进入玛雅""玛雅说，你最近不发情，是有原因的""你瘦了，胳膊像女人的一样，呀，胡子又细又软，喉结都平了，你不会变成女人吧？"蓝图每天所投放的雌性激素，真的在一步步把他变成女人，玛雅的关心背后是幸灾乐祸，而武仲冬浑然不知。除了表现蓝图这个人物的个性，作品还想告诉读者：阳刚之性一旦缺失，便不是一个真正的男人。这同样隐喻着人在强大的物欲面前天性的泯灭与本真的丧失。

《白草地》中的话语，反讽甚多，因而产生出一种特殊的张力。例如写蓝图的一些文字"我当然知道她也曾甜酸苦辣有滋有味的，只不过到我这儿便进了不咸不淡的境界……她有一副难得的安静脾气，我甚至不能分辨她的满足与未满足，她总是微笑着擦拭身体，套上睡衣，呼吸平稳地进入梦乡，不忘与我手指相扣。从结婚那天起，我就感到已经与她生活了一百年。对于我这样的男人来说，她是无可挑剔的。""我只得绞尽脑汁向蓝图解释每件物品的来源，幸好蓝图不是那种猜忌的小女人。""她没有什么好奇心。"这些反讽性话语塑造了蓝图贤妻良母般温柔敦厚宽容的形象，到小说最后读者看到蓝图的真相，在震惊的同时，才会明白前面的这些话语都是反讽。写玛雅也是如此："玛雅淫而不荡，天真而不幼稚，表面柔弱，骨子里坚强。""玛雅是真实的，她的生活里没有为订单装腔作势的时候。其实玛雅的最大特点在于不俗，她不会闹着你给她名分，她甚至害怕你缠上她。倒是我偶尔觉得离不开她。""我在乎的是玛雅，如果我有点责任心的话，真该好好替她想想。……我这个混蛋，只是和她睡来睡去，仿佛爱着她，什么也给不了她，什么也拿不出来。玛雅有十分的条件傍个款爷，但仅仅因为我昧着良心长着一双婴儿般的黑眼睛，她就跟了我。""她对我的哺乳冲动会延续多久呢？"玛雅的形象美丽、单纯、真实、可爱，是个十分理想的情人，甚至还有母亲般的慈爱。直到最后，读到"你应该立刻明白，心狠手辣的玛雅，她并不是忠诚的阿拉斯加雪橇狗，她是一只仇恨的母狼"，读者才明白前面对玛雅的描写也都是反讽。从天使到母狼，这个巨大的反差形成了强烈的张力，带给读者的除了震惊，还有深沉的反思：究竟是一种什么力量，使人性产生了如此可怕的异变？

在网上读到《白草地》的评论，有两句印象深刻："整篇小说闪着的冰冷锋芒，非常冷冽相当动人"，"充斥着令人恐惧的病象"。无论是故事还是情节，都能让读者过目不忘，这一切都在证明了盛可以创作的成功。

第六辑

DI
LIU
JI

花开阔绰

小说在谁的手里成为刀子

——谈盛可以的短篇小说

汪政　晓华[①]

　　先说《手术》。如同盛可以的其他短篇小说一样，《手术》也没有太复杂的故事情节，小说讲一个名叫唐晓南的女人，原本是个独身主义者。到了二十八岁时，忽然觉醒，以为总是做着别人的"炮友"太没有意思，也太虚空无凭，于是想到了婚姻，想到了家庭，想要有一个丈夫。这时，她遇到了江北，并一本正经地要与这个即将离异的男人"在废墟上建立自己的城堡"，但最终却因为在性爱问题上意见不一而作鸟兽散。烦乱之际她在火车上遇到小她五岁的漂亮男孩李喊，很快同居，并在明知无望的情况下尝试与其结婚，"不结婚只同居，她觉得就像荒山野岭的孤魂野鬼似的"，二人由此产生了严重的分歧。也就在这时，唐晓南的左乳被查出患上了良性纤维腺瘤，躺到了手术台上。小说的叙述实际上是从这时开始的，两条线索交叉向前。一条是手术过程。作品反复写对那个只有一厘米直径的纤维腺瘤的寻找，创面越拉越大，越开越深，唐晓南的左乳在手术刀下被搅得面目全非；另一条线索则是唐晓南对上述生活过程的回顾，实际上是对当下社会中爱情、性爱、婚姻、家庭观以及相应生活方式的分析。《手术》发表后引起了广泛的关注，讨论者大都围绕第二条线索，虽意见不同，但都是在性爱、婚姻这个大范畴里面。但我们更感兴趣的是第一条线索，即唐晓南手术的过程。手术

　　① 汪政、晓华，当代文学批评家，出版有《涌动的潮汐》《自我表达的激情》《无边的文学》《新时期小说艺术漫论》《我们如何抵达现场》等多部文学批评集。本文原载《当代文坛》2007 年第 2 期。

刀、乳房、纤维腺瘤、麻药、疼痛、寻找、创口……都成为一些有意味的意象，小说中说："虽然乳房里的纤维腺瘤就像婚姻当中的爱情，可有可无：像爱情当中的嫉妒，无伤大碍，但毕竟身体里长了别的东西，心里不舒坦。"而这些意象所蕴含的意味，我们以为还是溢出了婚姻与爱情，指向更深广的人生况味。

再说《快感》。比起《手术》来，《快感》的叙述更不容易还原为故事。"我"原在歌舞团，后到夜总会唱歌，再后来带着一个舞女离开夜总会，"我不想捧书刻苦当秀才，该读的书在学校已经读过了，不该忘的也忘了。我的消遣跟大多数人一样，喝酒喝到脸红，打麻将不论输赢，泡夜总会摸女人大腿，看 VCD 找 A 片和顶级，偶尔进大剧院接受一下艺术的熏陶，看完人模狗样地表达自己的观点……以一种独特方式堕落。"从小说断断续续的叙述中，我们知道了"我"与娜娜、与张曼的感情纠葛，到后来以至生死以加。但总体来说，作品展现的是一种特殊群体的生存方式以及他们的心理世界。他们是暗夜中的人，游走在虚拟的世界里，出入于声色场所，外表的梁骛与内心的脆弱，另类生活的物质和精神的双重贫乏，使他们自卑、自傲、自弃，时时处于紧张的濒于崩溃的状态。他们首先认为自己不配享有更好的命运。小说的最后，娜娜割去了"我"的"命根子"，这一情节无疑是有象征意义的。"我发现了 S 城处女纯洁肌肤里面的狗屎一样的肮脏"，而娜娜在扔掉了"我"的命根子的时候又说"这肮脏的东西只配与大便混在一起"，从而完成了对这个世界肮脏的完整的表述。《快感》最令人惊恐与炫目的地方是自始至终闪着寒光的刀子，对刀子的偏爱与着迷不仅是"我"，同时也是娜娜与张曼的奇怪嗜好。是刀子的坚硬锋利可以支撑软弱的他们？是刀子可以切割这个令他们憎恶的世界？还是可以随时自裁？刀子成了"我"生活的主要内容，也是"我"精神畸形的指征，唯有刀子，可以带来快感。

之所以先从这两个具体的作品说起，可能就是因为"刀子"。刀子是《手术》里的手术刀，是《快感》里大大小小各种品牌的切菜刀、水果刀，它们成了盛可以得心应手用以叙述的线索。没有刀，唐晓南无法打开包藏病灶的乳房，寻找生活的秘密，无法确证自己的疼痛；没有刀，《快感》中的"离开歌舞团的老男人"也无法打起精神做个"大男人"，温柔时切菜，焦躁时剁橙子，愤怒时截掉自己的小指头，更无法通过那段惊心动魄的情节将小说推向高潮。当然，更重要的是，刀子成为小说中的重要意象，是它对事物、对现实、对人物，尤其是对人物心灵深处的刺割。我们因此想到，小说在有力量的人手里会成为这样的刀子，它将作家的心理分析如此物化了，具象化了。

确实是俗得不能再俗，医生、解剖刀、病相、疗救……但读盛可以的小说，总是让我们一次次回到这些古老的比喻里去。她给我们描绘了一幅幅极端的生活图景，刻画了一个个有着或轻或重的精神疾患的人，展示的是这个世界受着伤害同时也在不断伤害着别人的那些男男女女的心理世界。《淡黄柳》中的桑桑处在多种力量的牵扯、撕绞当中，男人、母亲、自己，她"觉得自己裂了。对镜梳头时，那种碎裂感尤为突出，镜面上的苍蝇屎斑更重，人已不是从前的人，比缺胳膊少腿更为残缺，她对着镜子哭了。她反复将时光打乱拼凑，希望重新编织一个现实，然而，事实就像家中那只打碎了的青瓷碗，诞生出许多锋利的刀口……"

《归妹卦》有着与《淡黄柳》相似的气息，只是更凄惨也更无助了。桑桑还能自我体验与回味，能以物是人非来排遣自己，但采西就不能了，她好像没有这种能力。我们无法直接洞悉她隐秘的内心、世界，但她与姐夫阿良的畸形关系显然是她生命中最大的事，为此，在家时，忍辱负重，出嫁时更是忍辱负重，当一场洪水使其家园顿失一身孑然回到娘家，遭受到的则是无法想象的不堪，所有的屈辱与悲伤终于使采西精神失常。即便在这浑噩的日子里，采西可能还是存了希望的，比如对阿良，所以当阿良的伤害终于使这种隐秘的希望归于绝望时，采西只能是"杀了他"。读了这样的作品，你会感受到盛可以的力量，这种力量使她在悲伤处、惨烈处、生死处不动声色、毫不犹豫地推动着叙述向前，她会将温情放到一边，把希望丢开不顾，把妥协摒弃不论，在多种可能性中，她会坚定地选择针锋相对的那一种，去考验人物，同时也考验读者。即使像《鱼刺》这种带有幽默与喜剧气质的短篇，盛可以也毫不犹豫地将人物置于狼狈的无路可逃的绝境，而且，这种绝境似乎并不需要太大的力量，一根"鱼刺"就够了。鱼刺，犹如《手术》中的纤维腺瘤，可有可无，你说它无碍，它在那儿，令你疼痛、不安，你说它有多大的问题，却又不至于使人有性命之虞，"它软的时候，不知它躲在哪里，它硬起来，又让我恨不得找破嗓门。就是这么一根忽软忽硬的东西，把我的生活搞得一团糟。"生活中像这样的障碍会有多少，又有多少人留意过它们？但是，盛可以却用滚雪球的方式推动了它，它使人物丧失了工作岗位，失去了家庭。作家耐心地展示了这一过程，展示了一个人物的荒谬感、失败感。

如果硬是要做出认定，我们以为盛可以大概不是那种性善论者，如同当年鲁迅表示过的那样，盛可以也是那种不惮人说她是将人往"坏处"想的人。说白了，在盛可以的心理分析辞典中，人性深处的辞条大多是恐惧、嫉妒、软弱、伤害、残忍之类的。《青桔子》写的是家事，余少龙、余少虎是一对兄弟，余少龙的女朋友是周莉，余少虎的女朋友是桔子，也是《青桔子》着力最多的人物。桔子出身贫寒，也正因为这贫寒，驱使她与农场副场长的儿子余少虎成了朋友。余少龙是哥哥，长得漂亮，于是，同为兄弟，就有了不平等。周莉未婚先孕，受到了准孕妇的照顾；桔子未婚先孕，却惹出许多猜测与流言，成了"差货"。余少龙、周莉可以在新房子结婚，桔子他们却只能是旧房子；余少龙他们可以先挑家具的款式、色调，余少虎他们却不能。在这样的环境中，盛可以让桔子完成了心理与人格的变化："桔子再一次被孤立击中，一种无家可归的凄凉侵占了她，渐渐地这股凄凉化作隐隐的怨恨，恨从余少虎身上开始，一路漫延开来，经过周莉、余母……然后越过沙河，落在自己的家里。父亲的耳光、母亲的辱骂，还有身后这两个女人的污蔑，陡然间使桔子情绪高涨。"桔子很快将这种情绪付诸算计与行动，这算计与行动的框架就是"差货"。对桔子来讲，也只有进入到这个框架才可以动用她身体的资源。先是余父进入她的彀中，接着是余少龙，于是所有的困扰迎刃而解，余母、周莉在莫名之中就失去了往日的精气神。我们怀疑《青桔子》是受到了张爱玲以及其他一些家庭或家族小说们创作的影响，将社会作为似有若无的背景推到屋外，专心将人物拢在屋檐下，去看取人物的内心与性格。这种策略有时比借助于社会的叙事因素更纯粹、更彻底，因而也更有力。地位、财产、身份、情感、婚姻、辈分、血缘，屋檐下的舞台其实很大，可调遣的资源相当丰富。由于是日常生活，相互腾挪闪躲都不可能，所以能培养出神经质般的触角，本能一样的反应，延续到暗地里的算计和时时刻刻的提防与警觉，而共同的利益与伦理又使得这一切常常是在温情脉脉的面纱之下，轻易不使用两败俱伤的战法。它启动的往往是最具隐匿的智慧，因而也最能见出性情与才智，见出人情世故。唯其如此，以桔子十几岁的年纪，就有如此的敏感，对家庭利益与地位的关注，化腐朽为神奇地祭起"差货"的法宝，凭借女性的自信，于温柔中缴了父子二人的械，真让人多少有些吃惊与悲凉。

　　不妨再看看《心藏小恶》。我们对盛可以短篇小说主题学的立论一开始就是缘于这个作品，偶然之中读到它，我们就想到了心理分析，对盛可以小说的一些感觉与猜想也因此得以明朗。这是一对兄弟与一个寡妇的故事，哥哥长得高大、帅气、威猛，从部队退伍后即出任村支书，弟弟瘸腿、丑陋，还是个"大卵泡"，他有名有姓，但别人都懒得喊，就叫他"大卵泡"。寡妇三十来岁，年轻、漂亮，开着一家杂货店。哥哥还没回来时，是弟弟与寡妇的故事。寡妇是弟弟的偶像，心存许多美好的想法，他以残疾之身居然还为寡妇放水养田，令寡妇感激不尽，甚至要腐子把她"拿去"，但弟弟却称"配不上"，也"不图这个"。而哥哥回来后，就成了三个人的故事了。弟弟觉得腰杆硬了，是村支书的弟弟了，觉得配了，要娶小寡妇，不想小寡妇已有了人，而这人竟就是未来的村支书。当弟弟听壁得知这一切时，心境大变，恶毒的计划随之产生，他给哥哥买了一条本命年要穿的红裤衩，然后将发情的牛牵到哥哥劳作的秧田。用他的话说，"天灾人祸，躲不过"。这是一个让人惊悚的故事，弟弟外表的残疾、怯懦、善良与他后来不动声色的险恶形成了鲜明的对比。一个人的内心有多深，它能藏得下哪些东西？什么是"心藏小恶"？小寡妇的寂寞思春是小恶吗？哥哥与小寡妇对弟弟背地里的嘲笑与轻薄是小恶吗？即使如此，弟弟的应激反应是不是过度呢？谁也不会想到这个残疾者竟有如此的机心。

　　盛可以的短篇小说就是这样一步步走入人的内心，虽然，她的风格早已不是20世纪80年代那种对内心的直接呈现，或者以非理性的方式来模拟人物的内心世界，但我们还是愿意将她的短篇小说看成是切向人内心的刀子。至于风格上的变化与小说美学上的处置是她对心理分析有了进一步的理解，内心是目标，但外部是路径，如同刀子总是从外部刺入的一样。荣格认为，真正有心理分析价值的恰恰是这样的一些作品，"作者并没有对他的人物作过心理学的阐说……缺乏心理旁白的精彩叙述……故事建立在各种微妙的心理假定之上，它们在作者本人并不知道的情形下，以纯粹的和直接的方式把自己显示出来，诉诸批评的剖析。相反，在心理小说中，由于作者本人试图对他的素材重新加工，以使它们脱离其原始天然的水平，达到从心理学高度加以解释说明的程度，其结果往往遮蔽了作品的心理学意义。"荣格将这一类型称为"心理的"，而把那种以直接心理方式写作的作品称为"幻觉的"他认为作家所要做的就是注重"经验这一广阔的领域，来自生动的生活前景"，作家只要"在心理上同化"这些经验，"把它从普通地位提高到诗意体验的水平，并使它获得表现，从而通过使读者充分意识到他通常回避忽略了的东西，和仅仅以一种迟钝的不舒服的方式感觉到的东西，来迫使读者更深刻地洞察人的内心。"因此，从此前的文学思潮演变史来看，直接的心理形式可能表明了作家更在乎这些形式在文学表达上的美学效果，而外在经验的方式反而说明作家更在乎我们的内心世界。

还可以从另外的角度来看看盛可以手中短篇这把刀，这刀能深入，能剖开表象，呈现内在的真相，用《快感》里的话说，"利刀划过肌肉，就像农人犁开泥土。肌肉绽开真实的花瓣，就像恋人表露心怀，袒露鲜红的本质"；盛可以手中的短篇如刀，还让我们体会到了使刀者对刀的认识与娴熟运用，同样用《快感》里的话来说就是"刀与俎配合，刀与肉配合，刀与手配合，刀与思维配合……每一回都是一桌丰盛的宴席，一顿可以回味的佳肴。"盛可以对短篇小说似乎有一种天生的敏感，她的写作历史并不长，但能对这一小说的竞技场如此熟稳，出乎许多人的意料。《快感》说张曼见到"我"犹如高明的操刀手见到一把陌生的刀："打量、掂量，浅浅地试，美美地笑，居然熟练而飞快地使用起来，仿佛老早就是刀的主人。刀撞击刀俎的声音像参加国际大赛的钢琴选手把肖邦的曲子玩得天衣无缝，连行家也听不出半点破绽。"我们实在找不出更好的文字来形容盛可以与短篇遭遇的情景，那肯定也是一个与之相仿佛的境界。而且，盛可以对短篇的掌握显然不仅是天分，更多的是对短篇这一伟大艺术的理解与尊重。格非曾说："在各类篇幅的小说作品中，唯有短篇小说会激发起我们对'完美'的想象与期待。"确实，短篇小说是一个技术性很强的文体，它是一个细致的艺术，近距离的艺术，容不得半点瑕疵。长篇可以马虎一点，甚至应该粗放一点，有那么一点磕绊、欠缺，才显得大气、疏朗，过分的绵针密线反而小气、做作。短篇不行，就这么一小块，如果还弄得东倒西歪，就不成样子了。现在不少年轻小说家虽号称是从 20 世纪 80 年代实验文学的路子走下来的，对形式挺有把握与自信，其实，短篇的历史、传统、经典法则远比 80 年代的那点杯水波澜要深广厚重得多，取法乎上才是对短篇正确的态度。将盛可以的短篇看成了刀子，也是因为她精雕细刻的技艺，比如我们在盛可以的短篇小说里看到了称得上是处心积虑的安排与铺垫，桔子为什么会有那样高涨的情绪，为什么会从她十分反感的"差货"激发报复、掠夺与改变格局的灵感？那是一个过程，一个与几组人物反复碰撞的过程，即使桔子堕入了"差货"的框架，在这过程中盛可以仍不忘穿插地描写桔子矛盾、复杂的心理感受："她耳边仍不时扫过一丝疾风，响起尖锐的喊叫，'差货、差货'，她头痛欲裂，拳头紧攥，这些纷乱的喊声子弹般嗖嗖地在身体里穿行。"又比如《心藏小恶》，弟弟最后的举止确实残忍得超乎人们的想象，但这一举动又确实建立在他与所谓正常人世界对比的基础上，特别是哥哥与小寡妇背地里对他的嘲笑与轻慢让他希望彻底破灭，瓦解了他对人情的善良想象，更让他的自尊无法忍受。他的仇恨与残忍是慢慢积聚的，世界在他眼里也改变了本来存在的模样，本来让他自豪的哥哥味道整个变了：

老兄的举动越来越具有展示的意味。

老兄端起饭碗，扒饭夹菜，总是突出双手的灵活，动作十分夸张。他太卖弄了。

老兄起身、转身、迈步，身体保持平衡，从没有哪一条腿出现闪失，似乎正在接受检阅，跨过门槛的动作也格外轻灵流畅。他太造作了。

老兄挑水时，百斤重担压在肩上，也要故意荡悠出节奏感，脚步弹性十足，仿佛踩在弹簧上。他太得意了。

老兄洗澡时，打一身肥皂，双手飞快地搓洗，最后，双手举起一大桶水，劈头浇泼下来。他太挑衅了。

大卵泡尤其嫌恶。

有了这样的铺垫和水滴石穿般的刻蚀，一切都显得理所当然了。对经典的敬畏甚至使盛可以的小说时时充满了偶然、巧合、截断、重续与意外等戏剧性元素。《快感》《青桔子》《心藏小恶》《归妹卦》等都有令人意外的结局，《惜红衣》控制得也相当有分寸，总是在将出现意外的场景时被打断，被扭转，连主人公董葡萄本人也不能左右局面。《淡黄柳》也是一篇极有耐心、戏剧性相当强的作品，人物关系虽不断改变，但新老关系总会时时交叉，相互掣肘，特别是那一封发错的信，对人物命运的改变真让意外这么古老的手法竟然还有效。这些意外在前面到位的铺垫下会有刀落砧板的效果，它不仅给我们一个结局，更是通过最后一击完成语义的升华，如同厄普代克所言："我希望短篇小说应该有让读者拍案惊奇之功效；能够在我读完最初的几个句子之后立即吸引住我的注意力；在故事发展的中部拓宽和加深我对于人类行为的理解，而使其更加敏锐、深邃；而在结局时则是给我们以完整的透彻之感。"我们还可以看到盛可以短篇小说对节奏的把握，这种节奏是通过叙述与描写关系的处理来进行的。我们对现在的短篇过分倚重叙述而忽视描写持保留态度，我们曾这样认为，叙述取代描写对短篇小说而言是不可思议的。短篇小说艺术的关键之一是对时间与空间关系巧妙的、均衡的切割与重构，优秀的小说家确实应该是称职的导演与摄影师，他知道什么时候应该让作品一路前行，追逐故事的节奏，让时间来主宰；什么时候又应该停下来，使风景与场面占满画面，把作品让给空间。前者是叙述，后者是描写。犹如逛街，前者是溜达，走过一处又一处，而后者则是驻足观察。因此，小说不可以全是时间，一路狂奔，它必须时不时地停下来。尤其是短篇，它的时间是有限的，真正使它丰满的是空间，是空间里生动的细节描写。正是在这一点上，显出作家的趣味、力量、经验资源与想象的本领。《淡黄柳》的开头一段是这样的：

太阳很白，白得就像没有。母亲和弟弟出门就各自拖了一截影子。地上烫，弟弟小冬弹了几步。在屋子里的桑桑意识到日头强劲，正安静地烘烤地面的一切。从蝉的清晰与平稳的鸣唱声中可以听出，一丝风都没有。塘边的柳树叶子被毛毛虫啃花了，远看还是绿成一团，柳条仿佛是筛漏下来的绿色水流，落到塘面，凝固不动的姿态显得苍老，而春天的时候，淡黄柳叶正柔嫩娇弱。

这不仅是风景的描写，它是小说的一种进入方式，也是小说的调子，这样的描写在作品有限的篇幅里反复多次，可见盛可以的苦心孤诣。

也许，还应该谈谈盛可以短篇小说的语言，这是刀子的刃部，直接决定了它的锋利与否。以我们的感觉，盛可以写作的历史并不长，但她的语言却有明显的改变，显然，她在不断磨砺，她的早期语言用她自己的话说"有点撒蹄狂奔般的随心所欲"，但近来却有揽辔缓行的味道，后期的语言风格已如上引，再引一段前期的，聊窥斑豹：

端坐着身子，左手端着饭碗，右手握着筷子，夹菜扒饭，决不拖泥带水，像一个舞蹈者。腿在腿的位置，没有偏离，手在各自的岗位尽职，唯有两人咀嚼的声音交融，像活塞在湿润的管道里抽动，传递着肤契与融洽，在碾碎那欲望的硬块，以饱饥渴的腹。可是咀嚼是干燥的，枯燥的单调的，压抑的学生的，甚至还是尴尬的，涩涩地，涩涩地响。这种湿润的声音唤起某种温馨的联想，我的心里涌起冷冷的恐惧。（《TURN ON》）

我们当然肯定盛可以的这种变化。其实，这种变化在《快感》里通过其他方式已经做了预言，小说比较了两种刀子，一是不锈钢的，"虽然昂贵漂亮，拿在手里立马有了上了档次的感觉，但基本定型了，可塑性小"；一是生铁做的，"刀形并不秀美，但相当好使，据我母亲说用了二十几年，连磨刀石也只是普通的石块，可以想象质朴到了什么程度。"我们的意思大家已经明白，盛可以换刀了，她那把不锈钢的刀不见了，收起来了，现在她手里拿着的是把朴素的生铁刀，但斩石断金，锋利无比。

审美的偏移

——盛可以小说之我见

谭五昌[1]

首届"华语文学传媒大奖"中"最具潜力新人奖"的得主盛可以，生于70年代，从2002年开始小说创作，短短的几年时间，已著有长篇小说《北妹》《水乳》，中短篇小说集《谁侵占了我》《取暖运动》等，在文坛引起了较大的反响。

盛可以曾被人誉为2002年的"文坛奇迹"。的确，没有受过任何科班训练的她，能写出如此文笔犀利穿透人性的小说，某种意义上不能不说是一个"奇迹"。正如"最具潜力新人奖"授奖词所说的那样："她身上不同凡响的潜质，使她刚出道便成为当代文坛不可忽视的存在……在书写两性心灵的微妙关系上，显示出了少有的冷静、开阔和深邃。她的语言尖锐而富于个性，她抵达女性生活深层景观的方式直接而有力，加上她在叙事上的训练有素，使她获得了一个良好的起点，并酝酿着一切可能的艺术突破。"一时间，她成了文坛及评论界的"热评"对象。然而，综观有关她的评论文章，我们会发现这样一个奇特现象：评论家在评论她的小说时，往往使用"凶猛""残酷""异端""冒犯""骨感""尖锐"等比较另类的批评关键词，凸现其小说极端个性化的艺术特色。一般说来，追求极端个性化常常会导致作家在文学创作上发生审美偏移的现象。细读盛可以的小说，

---

① 谭五昌，文学博士，北京师范大学教授，已出版《诗意的放逐与重建——论第三代诗歌》《"我们"散文诗群研究》《21世纪诗歌排行榜》等著作二十余种。本文原载《当代文坛》2007年第2期。

我们可以发现，在其极端个性化的艺术特色背后，作者在审美艺术方面的确出现了一些偏移，而这主要体现在其小说语言表达、人物形象塑造、题材选择和人性定位这几方面。

一、语言表达：流于刻意的粗俗

文学是语言的艺术，语言是文学的媒介符号，又是作家审美意识的物态化表现，没有语言就没有文学作品的存在。

语言的个性化，可以说是盛可以小说的一个突出特点。作家本人认为只有小说中的语言站起来了，才能使小说充满一种硬朗之"气"，并说自己受余华和朱文的影响，"喜欢用男士的语言来叙事"①。小说中，她经常以旁观者的身份、男性叙述者的口吻叙述各种故事，以凌厉狠辣、毫不掩饰的风格展示生活某种残酷、凶暴的本来面目，并由此形成了她毫不矫情、冷静客观的语言叙述风格。葛红兵在《小说的骨感美学》中，曾如此评价盛可以："绝大多数女作家的创作都离不开自我的小圈子，离不开自恋的泥淖。而盛可以的……却没有丝毫自恋的影子，小说以客观冷静自我观察取胜，在展示当代女性生活的深层景观上独具特色。"的确，盛可以的语言读不出丝毫女性的自恋，相对其他70年代的女作家来说，甚至还可以说是对女性文学语言表达的一种开拓和提升。但是，盛可以在打造这种个性化语言的同时，却忽略了文学作为人类重要的审美活动，是依靠语言使人对美的感受、美的认识、美的理解、美的追求得以物态化的呈现，这就要求语言本身也具有基本的美的特质。因为，文学的接受者阅读文学作品首先的目的是审美。任何读者阅读小说时除了关注故事情节之外，还希望通过小说中的语言获得美的熏陶，希望通过语言这种外在形式的领略进入内在意蕴的探求。因此，小说的语言是使小说得以让读者进行审美接受与消费的一个关键。所以，通常艰涩拗口、语句不通的作品总是缺少读者的。虽然，盛可以的小说语言不艰涩，但却缺少必要的美感。

且不说盛可以那些具有血腥、残暴、恐怖的叙述性语言，常使人惊栗。而更让读者难以接受的是，她笔下的主人公总时不时地吐出一些脏话、粗

---

① 盛可以.盛可以小说创作对谈录.河池学院学报,2005（6）.

话。也许盛可以在创作中使用这种粗俗的语言，仅是为了发泄某种情绪。但是，笔者却认为创作可以是情感宣泄的一种方式，但绝对不要只把它当作一种情感与心理的发泄。例如在《快感》中，作者为了突出爱情的物质性与自私性，把"他"与"娜娜"的爱情称为"搞上"，把做爱称为"强暴"，男主人公还时不时冒出"他妈的""干""牛B"之类的粗俗词语。这些词语似乎与小说中那些优美的比喻形成了巨大的反差，显得极不般配，就好像一件美丽的衣服上挂着几根烂布条，让人感觉很不舒服。同样，《北妹》这部长篇小说也是如此，本来女主人公钱小红的善良本性、可爱性格，尤其是那时不时透露出的几许幽默，让人不禁对她产生了几许喜欢，但是她经常脱口而出的脏话却不得不让人看后只皱眉头。本来《北妹》是一部题材、创意、构思都非常不错的小说，却因语言的粗俗而降低了其文学品位，有流于刻意粗俗的倾向。还有《唯愿中年丧妻》《干掉中午的声音》等小说，也同样不乏"他妈的""傻逼"之类的词句，甚至还有"操他妈"这类的粗言秽语。当然，盛可以在这两部小说中，反复使用这种语言可能是一种刻意安排，为的是突出《快感》中男主人公对爱情的物质性的不满，强调《北妹》中钱小红的某种特定身份。但严格说来，这些粗俗的语言不能不说是这些小说的败笔。试想，如果盛可以在使用语言时考虑一下审美效果，在语言表达上注意与人物的身份相符合，保持某种必要的洁癖，用以艺术化的传递自己及作品中人物的情绪，其小说的审美艺术意蕴将会更加丰厚。

二、人物形象塑造与题材选择：单调与重复

一个创作上走得很远的作家，必定是一个富有创意的作家，哪怕是同一题材也能创造出迥异的审美价值，这是文学发展的一个恒久不变的定律。然而，细读盛可以的作品我们能够发现，她在这方面还存有不足。这主要体现在两个方面：人物形象的单薄性和故事情节的雷同性。

人物形象塑造与题材选择，无不体现着创作主体（作家）的艺术个性和审美发现。而作家的审美发现往往需要通过一个独特视角传递出来。唯有独特，才能凸现其应有的审美艺术价值。这种独特性在小说创作中的具体体现，首先就在于作家能"发前人之所未发"地塑造出独特、动人的艺术形象，这种人物形象不仅应该具有典型性和生动性，更需要具有独创性。黑格

尔曾说过：对于文学艺术创造来说，性格是它们永远关注的中心，而性格塑造的宗旨，说到底就是要塑造独特、动人、有审美价值的艺术形象。综观古今中外一切伟大的文学作品无不体现了这一点，如《阿Q正传》中的阿Q、《红楼梦》中的贾宝玉、林黛玉等。然而，综观盛可以的作品，除了《北妹》中钱小红较具特色外，其他书写爱情、婚姻的小说中则难以挖掘出具有个体特色的人物形象。在这些以爱情、婚姻为现实题材的小说中，人物形象缺乏某种创新，甚至存在着很大的相似性，尤其是女性形象。无论是《水乳》中的平胸左依娜、茄子袁西琳、挺拔苏曼，还是《TURNON》中的丁燕、《快感》中的娜娜和《手术》中的唐晓南等，这些女性只有相似的共性，而没有特异的个性。她们大多都是社会上普通的小职员，人生经历和人生阅历也很相似。她们都渴望爱，都在用不同的方式追求爱，但也都因为现实的原因放弃或背叛爱情、婚姻。她们虽然具有一定典型性，代表了这一时代现实社会中的某一种女性群体，但盛可以却并没有将她们人性的秘密挖掘到底，凸现出她们作为个体生命的性格差异。假如盛可以能将这些女子塑造成形色各异的独特人物形象，但最后又殊途同归地步入相同命运，那她的小说将更具有震撼人的力量。因为，小说中的独特人物形象所凝聚的美学意蕴，很大程度上决定着小说的艺术与思想价值。

除了人物形象的单薄性之外，她的小说故事情节还具有雷同性，从而也降低了其作品的艺术价值。这关键在于作者没有完全把握好素材的运用。虽然，盛可以的小说取材并无多大新意，但是由于她赋予了这些题材以现代气韵，所以她的作品仍具有很强的可读性。然而，美中不足的却是她忘了按不同的程序给这些素材编码，从而导致了她的故事情节具有一定乃至较大的雷同性。现以都是恋爱婚姻关系为题材的《水乳》和《镜子》为例，在这两部小说中，除了两个女主人公的身份有所差异外，一个是已婚者，另一个是未婚者。此外，她们恋爱的起因、经过以及最后与男方的剧烈冲突可以说基本相似，都是因为难以容忍所爱对象与前妻所生的女儿而大动干戈，最后分道扬镳。甚至有些场景与细节描写都是相同的，请看《水乳》中男主人公、女主人公和男主人公与前妻所生的小女儿周末就餐的一幕：

周末像过节。周末的菜肴总是非常丰盛。庄严把周一至周五的父爱全当成佐料，放到汤汤水水里，迅速地补充给庄一心。庄一心得到庄严偶尔会问左依娜，你想吃什么？左依娜知道，庄严只是随便问，她不能忍受他那种轻描淡写的语气，也不再像以前，撒着娇说，说出一连串自己想吃的菜。于是，周末的宴席，像一场盛大的演出，贵宾总是庄一心，享受公主般的宠遇。第一筷子菜，无一例外，庄严是夹给庄一心的，像臣仆给公主献礼，无限忠诚。然后再给左依娜夹一筷子，左依娜觉得没意义，有一回很粗鲁地打断，说，不用你夹行不行？因此，庄严的后补筷子也就消失了。可是没有庄严的后补筷子，左依娜更不是滋味了。她曾暗地里期待庄严固执些，硬是要给她夹一筷子菜，她也会觉得幸福。慢慢地，盼庄严给自己夹一筷子菜，成了左依娜隐秘地渴望。有一回，庄一心夹了一块蘑菇放到左依娜的碗里，笑眯眯地说，阿姨，这个好吃。左依娜正为庄严不给她夹那一筷子菜而闷闷不乐，面对庄一心的举动，像个被当场捉住的贼，很是羞愧。左依娜在那一刻发现，庄一心那两只小船一样的眼睛，漆黑清澈。

我们再来对照性的看看《镜子》中的男主人公、女主人公和男主人公与前妻所生的小女儿周末就餐的一幕：

何波等待周末。何波只在周末做丰盛的菜肴，偶尔淡淡地问我想吃什么，我不能忍受他那种轻描淡写的语气，自然也不会撒着娇说自己想吃的菜，于是桌子上摆满了为心依精心调制的汤菜。第一筷子菜依然是夹给心依，不过我曾经认为没有意义的那一筷子并没有补上，我曾暗地里等待何波补上一筷子，曾经不屑的东西变成了心底的渴望，但何波的那一后补筷子终于消失了。那次心依忽然夹了一块蘑菇放到我的碗里，眼睛荡着小船，说阿姨这个好吃。我好久没正眼看过心依的那两只小船样的眼睛，还是那样漆黑清澈，只是独立生活了几个礼拜的心依，突然懂事了很多，眼里终于有了些属于自己的东西。你知道我正为何波不给我夹那一筷子菜而闷闷不乐，心依的举动使我那一瞬间羞愧得像个被当场捉住的贼。在一个纯洁无邪的孩子面前，我感觉自己的龌龊、阴暗和不可理喻的可笑的妒忌。你肯定知道我又经过了一番心理斗争，端着饭碗忏悔了一阵，并且下决心要好好爱心依，好好把她打扮一下；当然你肯定也知道了，我心头那种顽劣的东西，不是这么容易软化，心依的举动不过是投入湖心的小石子，引起片刻微澜恢复平静，我仍是越来越深地向那条狭窄通道走去。

从中可见，除了小说中的男女主人公和小女孩更换了一下姓名和叙述人称外，其表现内容完全称得上"自我重复"，连两个小女孩的眼睛都被描写得"惊人的相似"："那两只小船样的眼睛"……这些"自我重复"与模式化的东西在严肃的小说创作中都是应当力求避免的。此外，盛可以还有一些作品则喜欢选择相同的切入点，例如：《手术》《水乳》《北妹》这三部小说都涉及女性的乳房问题，分别通过被切割的乳房、平扁的乳房、丰满的乳房，来展现乳房对于女性命运的意义。且不说作者的出发点为何，但这无形中可能局限了作者的创作视野。

三、人性定位：理解的偏狭

盛可以从出道以来，一直擅长借婚姻与爱情关注当下人的生存状态、剖析人性的自私与丑恶。在她的小说中难以看到美好的人性，这也许就是评论家们所说的"残忍"。李少君曾在《还有谁比盛可以更残酷》一文中如此评论她的小说："这样的小说，是比余华的早期小说还要残忍的精神暴力，是比残雪的小说更极致的阴森冷郁，是真正的恐怖小说，充满艺术的法西斯美学精髓。"的确，从她某些作品中，我们可以嗅出类似余华作品《现实一种》的那种撕裂人性的残忍。所不同的是，余华的撕裂更具艺术性，有引人深思的余韵，而她的撕裂却过于直露，没有给读者留下多少回味的余地。笔者认为任何作品写人性的丑，绝不是仅仅为了表现这种丑，而最终目的是为了唤起和引导人们去追寻人性的美。但是，盛可以的作品在表现人性丑的同时，却没有达到最终的目的，反而加重了人们对现实人性的一种失望。因为，爱情在她的作品中看不到出路，人性在她的作品中看不到亮点。盛可以的很多作品都言说着这样一种现实：男人与女人之所以走到一起，仅仅是为了各取所需，满足各自生理或现实的需要，是一种极其功利的行为。其作品中的爱情、婚姻观念可以简单地概括为两句话：爱情是可疑的，唯有肉身、金钱可以触摸；婚姻是虚假的，为了欲望随时可以背叛。

本来爱情关系的最高形式就是灵与肉的和谐统一，但在盛可以的笔下，有性无爱的两性关系却比比皆是，且被认可。如《手术》中的唐晓南与李喊、《火宅》里的球球和傅寒和《取暖运动》中的巫小倩与刘夜等等，包括《TURN

ON》《快感》《唯愿中年丧妻》等作品都蕴含了这种思想。《取暖运动》中的巫小情与刘夜，他们的心灵毫无相通之处，纯粹是因为肉体的需要走到一起的，随着"取暖运动"的发展开始萌生了感情。然而，他们在暴露出对爱情的渴望时，也暴露出了各自灵魂中的自私，激情永远也无法逾越对各自现实利益的考虑。

在盛可以的笔下，爱情因肉欲和物欲失去了本色，婚姻则因不忠和争斗更改了原色。《水乳》《镜子》《鱼刺》《致命隐情》等都体现了作者的这种观点。更震撼人心的是，很多婚姻的背叛并不是因为感情出了问题，仅是为了满足某种一己的私欲而已。《鱼刺》中的张立新和妻子互相瞒着对方玩背叛的游戏，使婚姻徒有虚名。《致命隐情》中的场长赵建国并非不爱妻子，却因出轨丧命。有意思的是，他始终没有搞清自己怎会被胡丽满迷住，因为他的妻子春生既比她漂亮，也比她贤惠。在《唯愿中年丧妻》这篇小说中，自古以来人生三大最不幸之一：中年丧妻，却成了现代社会男人追求的理想人生境界。当这种愿望不能实现时，他们"如广大的无产阶级兄弟一样，紧密团结起来"对付自己的妻子们，以"家中红旗不倒，外面彩旗飘飘"的方式游戏婚姻，他们对婚姻的深刻总结居然是"家有贤妻，痛苦"。小说的核心人物老齐的幸福生活，就因为除贤妻之外，他"尚有李桃，除李桃之外，还有感情稍浅些的赵桃，再浅些的钱桃，若有若无的孙桃……"。其实，这几部小说影射的就是当今社会流行的新"爱情观"：喜新不厌旧。仅一点喜新厌旧的私欲，就能让世间的男女放手长久的夫妻情分。这种有悖常理的书写，不由让人倒吸一口凉气，撕碎了每一个向往婚姻者的心。

另外，婚姻在她的作品中被描写成了角斗场，弥漫着血腥和暴力，身处其间的男女个个都是伤痕满身、疲惫不堪的角斗士。代表作《水乳》对婚姻的解读着实令人恐惧。小说中以左依娜为代表的男女婚恋史，就是一部男女肉体和心灵的斗争史。这虽是没有硝烟的战争，但对人的伤害与打击却远远胜过炮火的轰炸。小说《镜子》，本来女主人公和小女孩心依一见如故、亲密无间，建立了深厚情谊，甚至不知情的人还误认为她们是母女。然而，好景不长，当女主人公和心依的父亲何波确立了情爱关系后，这一大一小的两女子从此便开始水火不容，相爱的男女也因此而斗得天翻地覆、你死我活，直到把这段爱情推向结束。

总之，在盛可以的小说中，人性的自私，使所有的爱情和婚姻都千疮百孔，这些爱情全都没有新生的机会，让人看不到任何希望。盛可以在谈到自己的创作时，曾说自己"冒犯了一颗善良的心，甚至更大一点来说，冒犯了主流的伦理道德，甚至是正确认识和正确知识的那个范畴的东西。"[①] 她认为这种对人性的剖析，使她的作品有了一种冒犯的力量。但是，我却认为这种"冒犯"的力量具有摧毁性，摧毁了读者们追求美好人性和美好婚恋的信心。如果一部作品完全失去了向善、向美、向上的力量，那它的文学美感力量自然也会减弱乃至消失。

盛可以对爱情和婚姻中存在的某些问题的见地是一针见血的。然而，难道所有的人性都是自私吗？难道所有的情爱都是伤害吗？这显然是不对的，这无疑存在以偏概全的倾向。虽然，盛可以的小说有很多可取之处，但因以上几方面的局限，却导致了盛可以的小说发生了一种审美的偏移。盛可以曾言"文学低于生活"[②]，其实不然，如若文学完全低于生活，那读者就不需要再看作品，直接体验生活即可。文学不管如何书写，它的最终目的都不是使人对生活失望，而是要激起人对生活的激情，满足人们对于理想人生境界审美化的精神需求。

---

① 盛可以.盛可以小说创作对谈录.河池学院学报,2005（12）.
② 陈希我、刘淼.盛可以凶猛.中国图书商报,2004-5-21.

性感的纯真

梁　鸿[1]

　　2013 年年初，因"花开阔绰"一词，盛可以在网上引发了一场争论。先是对词义本身的解释、作家造词的合法性产生了分歧，作家、普通读者和编辑都加入讨论。沿着网络运行的普遍轨迹，事件慢慢有了火药味儿，夹杂着意气用事、唇枪舌剑和人身攻击。

　　我在网络上跟踪着这一过程。当盛可以那篇长微博出现，我仿佛看到了一个威风凛凛、"一场非常古老的战役中一位披挂着一身簇新铠甲的武士"（苏珊·桑塔格语），以简短明晰、"色情"而又巧妙双关的语言，穿越男人和事件本身，轻盈、犀利地进入道德和政治核心，让人看到更深远的本质。那时刻的盛可以，妩媚而好斗，真是性感极了。躲在群众的背后，我忍不住噗的一声笑了，仿佛突然到了醉的程度，开始感到某种解放的自由。

　　如果一定要找一个词来形容盛可以小说的整体气息和味道，毫无疑问，是"性感"。"性"不是噱头，不是某种精神的启发和总体感觉，就是身体行为和欲望本身，湿漉漉的，携带着肉体的沉重、质感和声音的暧昧与躁动。它在男女之间制造最丰富的想象并形成一种本质存在关系。在正面强攻的同时，盛可以也能够消除掉"性"的陈腐和古老的局限，幻化为最有力的也最富象征性的武器，以妖娆而神秘的身姿带领你走进真相的森林。

　　[1] 梁鸿，作家，学者，中国人民大学文学院教授，出版非虚构文学作品《出梁庄记》和《中国在梁庄》，学术著作《黄花苔与皂角树》《新启蒙话语建构》《"灵光"的消逝》，学术随笔集《历史与我的瞬间》，小说集《神圣家族》。本文原载《文艺报》2013 年 5 月 27 日。

《干掉中午的声音》《Turn On》是盛可以最早的成名作。泼辣直接的性描写，冷酷无情的性驱逐，文本充满湿润的隐喻和锐利的反讽，作者从男女的性关系中穷尽自我的存在和精神的困境。和通常的由"爱"至"性"相反，盛可以从反向进入，从"性"到"爱"，然后到家庭、道德与社会。之后一系列小说《沉重的肉身》《人面狮身》等等，都刻薄凶猛又让你口舌生津，"性"不再扭捏出场，而以其暧昧而粗鲁的本质彰显人的存在的黑洞。这些作品充满着某种不可言说的"邪性"，它们超越日常的禁忌，直接进入人类灵与欲的最深处，爱的渴求，肉身的狂奔，黑暗，痛苦，有着惊心动魄的美。它们使盛可以"干掉"了林白的自赏和婉约，"干掉"了陈染的纠结和徘徊，将女性和女性写作拉向了一个更直接的战场。

盛可以有一种能力，她"省略了一切华丽的细致的表现性的因素，省略了一切使事物变得柔软的因素"（李敬泽语），"哗"一下揭开蒙在生活之上的大幕，直接进入内部的逻辑。读她小说中的男女关系、世界关系，你不需要纠缠于它道不道德，因为它与道德无关，她探索的是我们如何认清并服从自己生命内部的要求。长篇小说《道德颂》以"道德"为主题，但此道德非彼道德。它无关通常的社会道德、夫妻道德，而是男人和女人的生命关系，身体直接相撞时彼此的选择和所产生的疑惑。"没有道德现象这个东西，只有对现象的道德解释"，尼采这句话也许是对这本书最好的统领。书中的女主人公旨邑几乎连一分钟都没有想到自己作为"第三者"对水荆秋妻子的伤害，因为那不是她所在乎的道德，她所在乎的是自己的生命感受。她为什么爱他，为什么不爱他，身体为什么退潮，又为什么涨潮，这关乎她作为"个体"的"存在意识"。

爱水荆秋，几乎就是一场声势浩大的行为艺术，旨邑以力拔山河的气势把自己置于道德的低地，借此开始了隐秘的寻找自我之路。盛可以所要谈的始终是作为个人的道德：人如何能达到认识自己并尊重自己。旨邑是一个强烈的个人主义者，她纠缠着自己思维的每一个方向，细细盘查，不放过任何想要姑息自己、苟且某种世俗的倾向，她拷问自己情感本身的真实度，拷问自己面对自我时的恐慌与孱弱。

"把精神说清楚是一个巨大的诱惑"，而这精神的实质又企图通过对"性"和"身体"的考察来显现，这本身就是一个巨大的悖论。但是，每当你以为人物陷入了对自我的真正拷问，陷入了本质的空虚和黑暗之时，盛可以总是以幽默、富于自嘲和反讽意味的三言两语把你从那貌似深沉的语境拉出来，文本重又轻盈，远山辽阔，丰富无边。但只是稍微的歇息，仿佛交响乐中的停顿，只是为了更宏大的开始。旨邑又重整旗鼓，拉一张新的网，把自己和水荆秋网进一个自设的虚拟场景中，进行新一轮的编织、挣扎和探讨。在这里，旨邑就像一个女王，虽谈不上指挥若定、威严镇静，但却紧握着命运的丝线。她作品中的女性无不如此。《道德颂》是一本女性之书。在和身体、男人斗争的过程中，女性痛苦、软弱，但却有飞蛾扑火的庄严和勇气。

当旨邑感到子宫"枯竭"，坐在面前的懦弱的水荆秋也无比遥远之时，作者顺着旨邑的目光，把我们带入到她那无比丰饶而又绚丽的精神"子宫"，"遭遇十字架或者手术刀，这是命运的奢侈"，此时的旨邑像一个女哲人，超越了自身的苦难，变得泰然、充实而又自足。在读到这样的文字时，我突然产生了丝丝的怀疑，也许，作者对文字操弄的兴趣远超于她对人物命运的兴趣，她对人类某种精神状态的书写远超于她探索真相的兴趣。丰满、美丽而自在的语言离开人物，直接来到你面前，构成文本另一层审美空间。这既是《道德颂》的轻盈所在，也是它的可疑之处。

2013年盛可以出版的长篇小说《死亡赋格》（台湾版）让人意外。这个似乎对男女关系（广义）、肉身与精神如何统一更感兴趣的小女子，把笔转向了更大的也更复杂的空间。作品仍保持着她一贯的写作起点，从"性"、人类身体的感应入手，但是，"性"不再只是关于男女关系与精神存在真相的考量，它被政治绑架，变为最好的爪牙和利器。

小说主人公源梦六从大涣国的动荡之中逃到"天鹅谷"。"天鹅谷"，一个已经实现了乌托邦的天堂，一个人类所能想象到的美好之地。那里，智识、精神、修养、思辨似乎都是文明的最高形式，每个人都俊美、节制、博学多识，即使生育，也要依据最科学的方法。但是，男女之间不可触摸，身体变为禁忌，不能敞开，"性"作为不洁的存在被天鹅谷从根本上清除。

当黄金般的最高理想和使命要变为现实时，它首先要销毁的恰恰是人最基本的自由：性与爱的自由。"性"如此充满不确定性，如此有诱惑力和生命力，它游移，强烈，不易掌控，而它的晃动如此剧烈、随意与多向，会给道德和秩序带来根本性的恐慌和不安。性是权力的最好彰显。通过对性的规训与惩罚，权力得到了实现。福柯以无限关联的研究方式让我们意识到

"性"背后的巨大网络。"性"从来都不只是"性"本身，而是社会权力关系的一部分，当然，也包括男女之间的权力关系。

《死亡赋格》有向《一九八四》《美丽新世界》等经典"乌托邦作品"致敬的意味在里面。对乌托邦的追求最终走向乌托邦的反面。对纯粹完美的追求恰恰包含着最大的暴力。尤其是，当一切暧昧、芜杂而又混沌的人性都被驱逐时，人类还剩下什么？一切都仿佛是"模仿"的存在，宛若火柴盒里的游戏，只有任其摆布的行尸走肉的身体，而无灵魂的躁动、不安。这便是政治的最高目的。

我仍然喜欢《北妹》。我一直舍不得去谈它，害怕它被《道德颂》《死亡赋格》的复杂和宏大所遮蔽。我愿意把它放在最后来谈，以显示它在盛可以作品中的重要性，虽然它是作者的最初作品。《北妹》有许多明显的缺点，譬如文本结构的二元化和人物形象的简单化；象征的生硬和突兀，包括最后钱小红的乳房，与整个文本的精神气质并没有完全融合；情节的过于戏剧化，尤其是当李思江结扎获得赔偿后男朋友却卷钱逃跑等等，但这并不妨碍《北妹》拥有一部优秀作品的独特品质。如果说《水乳》《道德颂》是充满挑衅意味的邪性的盛可以，《死亡赋格》体现了试图从性与权力关系层面探讨政治与人的关系的盛可以，那么，《北妹》则呈现了一个对世界充满好奇，虽遭受挫折，却没有屈服并保持着永恒的纯真的盛可以。

《北妹》已经显示了以后盛可以的"邪性"特征。小说从钱小红的"胸部"写起。这个"胸部"太不安分，它突破常规，明目张胆地晃动，直接冲破道德的篱笆，进入身体和欲望的领域。它以天然的性感带着纯真而懵懂的钱小红去寻找世界和命运。

阅读《北妹》，经常有一种感动，甚至有略微想流泪的冲动，这流泪并不只是因为这些女孩子备受生活、制度和男人的蹂躏，也因为那无论如何屈辱而仍然纯真的情感，哪怕这纯真甚至只是某种愚钝的天真。这纯真的光亮虽然微弱，但却非常有力，支撑着两个漂泊异乡的女孩子走下去，它弥足珍贵，并且高贵。正是这纯真，使小说的内部空间晶莹剔透，闪闪发光。

小说的最后，两个女孩子——被结扎再也没有生育能力的李思江，"胸部"无限膨大几乎成了怪物的钱小红，在大街上哭喊着告别。在这个充满躁动、欲望和欺骗的现代城市，在这个宣称可以寻找新生活、实现梦想的地方，她们用方言呼喊着彼此，慰藉着彼此。"莫送哒，小红。""我有空会给你写信，思江你莫哭哒！""猪日的，莫哭，莫哭哒，搞得老子都忍不住了。""小红，你自己想想办法，我走哒！"没有人听得懂这对话，也没有在意这两个女孩凄怆的呼喊，但这语言联结着她们的生命和情感，构成一个独我的、光亮的小世界，来对抗这外部的和普遍的世界。

语言不只是一种形式，它就是一个世界，一种物质的、地理的、色彩的形态。在《北妹》中，方言还有更具体的含义。"北妹"并非只是客观的地理词语，它含有特定的政治、制度的区别性对待和歧视性的观念。当你说湖南话，当你被叫为"北妹"，当你被发现没有深圳户口时，你的暂居、漂泊的身份就被确定了。这也正是北妹们血泪命运的真正根源。张为美为了取得深圳的"绿卡"不惜出卖色相，最终却成为代孕母亲；活泼、大胆的朱丽野为此失去了性命；单纯秀气的李思江一进入深圳就得为获取"暂住证"出卖色相和身体；顶着不安分的"胸部"的小红更是无法逃脱被抓进樟木头看守所，被警察调戏的命运。"城中村""工厂""酒吧""发廊""酒店""出租屋"，这些随着改革开放伴生而来的事物见证了"北妹"的奋斗、辛酸和挣扎，也见证了欲望的不止与纠缠，纯真的脆弱与韧长。

那爽脆、爱憎分明和绵长的湖南话，成为《北妹》最温柔、最生动也最有冲突性的色彩，小说的纯真、愤怒和悲怆都与此有关。它甚至是性感的，那个与之相关联的地理也是性感的。盛可以把这"地方"内在的性感给呈现了出来。并且，它越是受到挤压，其内在的性感、多汁、丰富就越是能够被体会，它在文本中构成了一种强韧的结构张力，也减弱了其中单面的控诉意味。遗憾的是，在以后的创作中，盛可以去除了这一重要的"地方"性感维度。（最近，盛可以又迷上了画画，全是乡村童年生活，如赤子之心，好像有某种记忆的复苏和气息的恢复。）

这一纯真在盛可以随后的创作中越来越隐蔽，有时候，甚至被作者的成熟、虚无和长驱直入所驱赶，但还时时闪现。《道德颂》犹如一片沼泽世界，对男人冷酷、残忍，有控诉的倾向，但旨邑的偏执和永不放弃的自我思辨成为书中最宽阔的光亮。《死亡赋格》中的源梦六时时处于一种虚妄的辩解之中，作者总是在肯定他的同时又拆穿他。但是，他对诗歌的坚守，对杞子的爱，对肉体的向往在文本中形成一种明亮灿烂的光。这或者也是《北妹》最早奠定的基础。

在盛可以的小说世界中，"性"始终是结构文本的基本元素，它元气充沛，横冲直撞，构成鲜活而饱满的身体和形象，以对抗来自外部和内部的塑造和压制。在这里，人是一种未完成的状态，充满着探索的欲望和勇气。

这一特质也使盛可以区别于"70后"作家普遍的早熟气质和某种类似于精神早衰的暗淡。不轻易下结论，不轻易幸福、美好、悲伤或虚无，一切尚未完成，需要我们继续走下去。当《死亡赋格》写到源梦六在重新看到他所思念的杞子，并看到她就是"天鹅谷"的精神领袖和缔造者时，我特别担心作者把一切的光亮都撤去，让作品和源梦六陷入完全的黑暗和虚无之中——让杞子没有任何柔软，让源梦六彻底虚无，让人生所有的可能性都完全失去。但是，盛可以显示了一个小说家和精神探索者对复杂性追求的本色，"你拒绝写诗，已经证明了你是一个诗人，你没什么好惭愧的了"。"拒绝"就是反抗，"沉默"也是斗争。作者用回环往复的小说结构展示了这一精神的复杂性，多种空间的同时交织使我们看到人对自身认知的困难和坚持。

当源梦六重新回到现实之中，以颓废而沉默的形象站在名利场的边缘倾听那喧哗的诗人的声音时，他听出，"他们的声音经麦克风的传播，充满了被修饰的美感。"是的，这是一个被修饰了的时代，权力通过"性"进行修饰，诗歌通过"语言"修饰，我们通过"孤独"和"个性"修饰，以掩饰那早已丧失了的信仰和生活。

但总有那么一个人，他/她的不合时宜，他/她对"肉体"（男人和女人）纯真的热爱，会击破我们的堡垒，让我们看到自己的千疮百孔和装模作样。

以性与爱彰显女性主体意识

——盛可以小说论

刘　涛[①]

盛可以是湖南益阳人，其经历与其同乡沈从文颇为类似。她不是从学院中成长起来的作家，而是出身于农村，之后辗转打工，吃过很多苦，后来凭借写作跃入文坛。在当代，有着类似经历的作家颇多，譬如陈集益、路内、东君、郑小琼、鬼金等皆如此。这些作家都曾走过一段不同寻常的路，经受了诸多坎坷、磨难，其本身的经历就是一部极好的小说。这一类作家的优势是其丰富的社会经验和感受，可是一旦其经历写尽，他们极容易碰到创作瓶颈，而突破的途径在我看来，则是需要放掉"我相"，走向传统，因为对于创作者而言，个人的生活经历毕竟有限，不是创作为文的长久之计。

一、从先锋文学出发

70后作家在学徒期往往受到先锋文学的影响，因为在八十年代中后期，先锋文学逐渐成为文坛主流，受到推崇与模仿。70后作家当中，部分依然坚持先锋文学道路，部分则根据其经历与思考实现了不同道路的转向，找到了适于自己的风格。盛可以是转向者之一，她代表了一种脱离先锋文学道路之后的新探索。

[①] 刘涛，文学博士，哈佛大学东亚系访问学者，中国艺术研究院研究员，已出版《"通三统"——一种文学史实验》《晚清民初"个人–家–国–天下"体系之变》等。本文原载《百家评论》2013年第3期。

盛可以早年深受先锋文学的影响，她的学徒期是从先锋文学开始。譬如盛可以的小说《中间手》是非常典型的先锋文学作品，这是一篇"变形记"，写变形前后"我"的遭遇。"我"在城市中失业，坐吃山空，却于睡梦中忽然生出了第三只手，由此噩梦开始。"我"的性能力减退，与女友小影产生误会而分手，也与世人关系恶化，最后竟至于跑到动物园与母猴为伴，且与之相知、相爱。然而《中间手》又不完全是"变形记"，这篇小说颇得中国传统小说之意，最后噩梦全部消解，原来只是南柯一梦。

《中间手》或能见出盛可以早年打工时期的经历与心态，其中亦颇有不平之气，不平则鸣，故藉"变形"对社会进行控诉与批判。《中间手》和青年作家陈集益、东君的部分作品很像，皆是以先锋文学的形式通过写变形来进行社会批判。再如《鱼刺》。这篇小说是隐性的"变形记"，通篇充满着荒诞感。张立新是某小公司办公室主任（很像《变形记》中的格里高利），他兢兢业业，四面讨好。在一次宴会上，他一不小心喉咙中卡入鱼刺，由此导致一系列连锁反应。先是与妻子逐渐不和，之后引起领导不满，自己也心烦意乱，最终落得去职、离婚的下场。"鱼刺"是小说的核心意象，类似于《中间手》中的"中间手"，也类似于《变形记》中的甲虫。"鱼刺"如同一块石头，投入水面，一下子就打破了看似平静的生活，将生活中的矛盾全部显示出来并且激化。"变形"前后的生活迥然不同，此前平静如水，之后则一切混乱了。

盛可以如果沿着先锋文学这条路走下去，估计未必能够脱颖而出。因为先锋文学的资源是当时青年作家的主要写作资源，难有独特的标识，且先锋文学进入 21 世纪以来逐渐日暮穷途，司空见惯的形式上的折腾或忽悠难以吸引或震撼读者；之后，盛可以大致抛弃了《中间手》《鱼刺》这一写作路数，而转向描写女性的性与爱，并通过其张扬女性的主体意识。

二、寻找新的主题与写法

盛可以走出先锋文学影子之后，开始寻找新的主题与写法。可通过其中篇小说《二妞在春天》《干掉中午的声音》为例，进行分析。《二妞在春天》是一篇优秀的作品，颇能见出盛可以的才情。这部小说写农家少女二妞在镇子里打工的故事，开篇颇有沈从文《边城》之意。

由于城乡边界开放，大量农民涌入城市，从 80 年代路遥开始就有大量优秀作品描写这一现象。少女进城或到镇上打工的故事可以有多种写法，若依底层文学之见，会极力渲染二妞经历之辛苦，精神之苦闷，遭受欺压、凌辱，以激起阶级的反抗。盛可以没有如此结构故事，她并未突出二妞之辛苦，而将主要精力放在了描写二妞的爱与性上。写少女之情感也可以突出朦胧情感之美好，譬如铁凝的《哦，香雪》，但盛可以亦未如此，她写了少女情感之懵懂，但却颇为残忍，二妞在恋爱中身体与精神均受到了伤害。

春天万物复苏，阳气渐腾，也是少女怀春之际，多少美好的、不美好的爱情故事发生在春天啊。《牡丹亭》中杜丽娘就是游园惊梦，感春而动，中间虽然波折，但终于大团圆。在春天的二妞一旦脱离了家庭的约束，独自一人走到镇上，容易陷入爱河之中。二妞这么一个天真的、涉世不深的少女，在恋爱中吃了苦头，饮下了苦酒。她爱上了西渡，且与之发生了关系，并且怀孕，于是不得不堕胎，最后落下终身不孕的后果，也遭受了镇上人的白眼与鄙视。之后，二妞被西渡抛弃，她逐渐与谢东相恋。但此前种下的因却阻止了二人的进一步发展，谢东爱恨交加，二妞自暴自弃。《二妞在春天》的结尾也颇似《边城》，谢东在初一没有如约前来"送日子"提亲，幸或不幸，小说戛然而止，并未交代。

《二妞在春天》写作方法总体较为平实，但这部小说也有着一些先锋文学的元素与气氛。譬如，小说中对算命老奶奶的描写，她处在黑暗中，预测人物的命运，其屋子中的气息或腐烂，或清新，神神鬼鬼。但整部小说对先锋文学要素的运用较为克制，或因彼时盛可以逐渐找到了自己的语言与核心意象，所以逐渐走出了先锋文学的影响。

盛可以在《干掉中午的声音》中运用了娴熟的先锋文学叙事技巧，但所写的内容则是日后她熟悉的题材：单身女青年的情感世界和性生活。《干掉中午的声音》可谓盛可以在突破旧我路上的作品，既有此前作品的特色，也带着新鲜的经验。单身文学女青年独居省城，她深受来自楼上中午做爱呻吟之声困扰，"干掉中午的声音"可见其烦躁不安的情绪。她与老师有着颇为暧昧的关系，却无实质性接触；但她却逐渐对楼上的男性来客产生了浓厚的兴趣，甚至陷入单相思与性幻想之中。其后，单身女青年的老师求爱不成，之后离婚，最后竟至于自杀。其老师自杀之后，女青年恢复了平静，神秘的声音也随之消失了。中午声音不知有无，是单身女青年的狂想，抑或实有，小说叙述模模糊糊，但中午似有若无的声音确是开启单身女青年内心情感的钥匙。《取暖运动》亦写单身文学女青年的生活，但却几乎放弃了先锋文学的意象、笔法，以写实的手法，展现了单身女青年的情感状况和性生活。

三、盛氏可以诞生

1928 年，丁玲发表《沙菲女士的日记》，石破天惊，历史上鲜有女性以日记的形式自道爱情与性。盛可以大致也走的是这样一条路，其更为大胆地写出了她所处时代的女性的情感与性。盛可以曾出版过一本小说集《留一个房间给你用》，书名一望即知乃得自于沃尔夫的《一间自己的房间》，由此大致可知盛可以的追求与用心。改革开放以来，大量农民流入城市，其中女性在城市中情感经历如何，性生活如何，她们的精神状态如何，是沉溺其中，迷失了自己，还是有独立人格，盛可以通过小说对此进行了描述。

盛可以虽也以描写性爱著称，但她不同于卫慧等美女作家。卫慧作品中的女主人公灵魂受身体支配，而盛可以笔下的女主人公则是灵魂主导肉体。卫慧笔下的性爱描写有放纵之意，盛可以笔下的性爱描写则是女性张扬主体性的表现。

《北妹》是盛可以的代表作，该书也为她博得赞誉。《北妹》发表之初名为《活下去》，之后才改为此题。"北妹"之名乃神来之笔，这个题目极其好，小说有了这个题目已经成功了一半。中国的市场经济发端于广东，这是改革开放的前沿阵地，引领了近三十年经济发展潮流。于是，南下广东打工者、淘宝者不可胜数，皆加入了此潮流之中。以文学写此者颇多，譬如黄咏梅、邓一光等，盛可以的《北妹》是这些作品中有代表性的一部。"北妹"云云是广东当地人称呼南下女性的专名，此非盛可以独创，恰因不是独创，反而具有生命力。南下广东的女性在广东经历了什么，遭遇了什么，感受到了什么，都颇引人瞩目。深言之，由"北妹"们或可以见出广东部分的民风、民俗、民情，由深圳或能够见出近三十年中国的问题。《北妹》在国外颇为流行，或与此联想与跳跃有关，他们未必关心中国的女性主义者如何奋斗，如何自强不息，但却希望通过这部小说了解深圳，甚至中国。

《北妹》题目虽意味深长，但内容却较弱。小说写了一个打工妹钱小红的经历与遭遇，她出生于富裕之家，但少时失恃，疏于教养。钱小红从小即与姐夫有染，之后在宾馆等处打工，之后赴广东，一个人经历了诸般磨难。一个没有学历、亦无一技之长的打工妹，所依靠者、凭恃者唯有其姿色，钱小红姿色中等，但却有一对吸引人的大乳房。《北妹》所高扬者乃是女性主体意识的觉醒，尤其是性意识的觉醒，女性可以在性爱中主动，可以说"我想要"。钱小红与男士发生性关系，纯任自然，没有它图，不是为了钱，也不是以此行贿，钱小红初衷不改，《北妹》念兹在兹。盛可以在《北妹》中所要突出者即此，但这是女性主义的老套路，中国以及海外的读者肯定不会因此而喜欢这部作品。

《北妹》大部分皆是写实，但结尾却忽然又先锋起来，钱小红的乳房忽然变大，她最终被乳房压垮。小说写道："钱小红把乳房搁在栏杆上，一直望到那辆载着李思江的车屁股消失。她吃力地用双手先把左边的乳房抱下来，再把右边的乳房抱下来，忽然身体失去平衡，随着右乳房的重量倾斜，钱小红跌倒在地，压在自己的乳房上。她紧握着栏杆试图站起来，像个被打倒在地的拳击手，一次，二次……乳房就像钉在了水泥地里，钱小红扯不动它们，反被它们扯着，匍匐在地，脸与地面贴得很近，她听到脚步声、车轮声……轰隆轰隆地冲击与震撼耳膜，下水道哗啦哗啦声音尖锐地流淌，吆喝和放荡的浪笑，贴着地面一阵一阵地涌过来。钱小红发现自己被无数双脚围住了，那些脚有穿皮鞋的、穿凉鞋的、白色的、黑色的、宽的、窄的、大的、小的、高档的、廉价的……钱小红似乎看到了一双黑色靴子，在收容所踱来踱去的靴子，耳朵边响起朱大常说过的话，'你多保重、保重'。她咬着牙，低着头，拖着两袋泥沙一样的乳房，爬出了脚的包围圈，爬下了天桥，爬进了拥挤的街道。"乳房是女性重要的性别特征，盛可以最后的超现实或许表明了更为决绝的女性主义立场，女性唯有去掉女性生理的、心理的特征才能实现完全的独立。

《道德颂》则是写几对男女之间的多角关系，这是一个小圈子，他们是城市白领或中产者，衣食无忧，但亦无精神追求，于是爱就成了这一群人的宗教，因为爱情可以给人以崇高感。盛可以在《道德颂》中虽不以"我"第一人称进行叙述，但对他们的态度颇为暧昧，似乎认同多于批判。旨邑是一个赝品古玩小店主，她与有妇之夫教授水荆秋在西藏相恋，陷入异地的热恋之中。顺便说一句，西藏真是倒霉，似乎成了小资们精神圣地，他们在那里相恋（譬如《道德颂》），也在那里升华地死去（如孙频《醉长安》）。旨邑与水荆秋相恋、相爱，前途却吉凶未卜。同时，旨邑还与其他三位男子保持了暧昧的关系。《道德颂》写了几对男女之间的关系，有坐实者，有暧昧者，有候补者。

《北妹》写打工妹，《道德颂》写小资，女主人公的处境已经完全不同，但两篇小说的精神内核大致一样。在《道德颂》中，盛可以也不仅仅描写男女之间的情感，她还是如同《北妹》一样，让女性自己生出力量，自己走出困境，自己消弭爱恨。旨邑也是一个女性主义者，最后她终于走出了情感的、生活的困境，终于对水荆秋已无所谓爱恋与痛恨。

《道德颂》内容平平，然而却标以"道德颂"三字，又是题目极好。"道德颂"三字似乎一下子使得这部小说具有了形而上的意义，似乎这部小说不是写几对男女，而是要讨论道德问题。盛可以在接受《新京报》采访时，也极力强调道德云云，但对之却无甚见解。

四、有无新变之可能？

盛可以写作的资源比较清楚，早年其小说形式得于先锋文学，其小说内容得于生活、打工经历。之后，盛可以在小说形式和题材上皆有变化。其小说形式逐渐脱离先锋文学，大致走现实主义一路，平实了很多。盛可以处境有了变化，由打工者而逐渐成为名作家，故题材也从描写打工者而转变为描写城市女性白领。盛可以也不再满足于描写故事，也试图展现对人性、世界的思索，似乎要往深层走。

我与盛可以较早即开始玩微信，在同一个朋友圈中，故经常看到她所发的微信。有一次，我看到她发的一条关于读《碧岩录》的微信，印象比较深。盛可以说，读《碧岩录》，觉得慧根好浅。我看到之后，不禁笑了起来。盛可以人极聪明，因此于小说可以极快进入，并很快找到适合于她的路。《碧岩录》所记乃是历代高僧大德千辛万苦修行的心得与体会，此书又经高手编纂、加持，能量之大可想而知。因此若不曾出生入死般地读书与历练，怎么可能读之有得，怎么可能引起共鸣。随手一翻，绝对不会进入。因此，我觉得盛可以在小说中求深之追求很好，但她须走之路毕竟还很长。冯唐说："楚地多水，惟楚有材，是个灵异基因常常显形的地方，过去的表象有屈原、贾谊，近世有小学文化的沈从文和残雪，现在有盛可以。这类人，不需要读书，不需要学习，文字之所以创立，就是为了记录这些人发出的声音。"于恭维而言，这是很好的话，但却不利于盛可以进步。盛可以的小说能否再有变化，我觉得关键取决于能否在此有所突破。

新世纪女性写作的异质性

——盛可以小说创作

周　婷[①]

读盛可以的小说，常常讶异其冷峻的叙述笔调和凌厉严酷的叙事风格，这使她的作品区别于当下文坛女性写作的柔弱绵软之风李敬泽先生曾说，"盛可以的小说有一种粗暴的力量。她几乎是凶猛地扑向事物的本质在这个动作中她省略了一切华丽的细致的表现性的因素，省略了一切使事物变得柔软的因素，她由此与同时代的写作划清了界限但她也在界限之外获得了新的力量，那就是她更直接地、不抱任何幻想地呈现了我们混乱的经验和黑暗的灵魂。"[②]这种对疼痛的内在感受和苦难的生存境域的执着表现，对"混乱的经验和黑暗的灵魂"的特殊传达，使盛可以在"70后"女作家群里显得更加尖锐凌厉伤痛有余却温婉不足，从而显得其与众不同。笔者以为这就是盛可以那无人可以取代的写作优势。

她的出现，在新世纪女性文学之中，有着一种异质性的写作姿态。在"70后"女作家中独具异香。她以逼近残酷的写真，把笔触伸向现代男女的精神和思想层面，从而透视出人性深处的精神困境。

一、盛氏小说的突破点

90年代末21世纪初女性作家用"身体写作"创造出了繁荣又喧腾的

---

① 周婷，广西梧州学院教师。本文原载《小说评论》2013年第S2期。
② 洪治纲.关注文坛·盛可以专辑主持人语.当代文坛,2007 (2).

"她世纪"。在经历了十年的"肉体"轰炸之后，新世纪的女性写作如依然沿着这条路走，那么必定会将自己逼入狭窄而低矮的空间。因此时代要求女性写作应突破"身体写作"的藩篱，呈现多元化的发展。

盛可以的女性题材小说仍然是围绕着婚姻、爱情、性爱、生存、伦理、尊严等这些女性的敏感话题展开的，但和棉棉、卫慧等一些女作家"身体写作"的路数相比，却显现出少见的深邃与冷静。她的作品，在新世纪女性文学之中肩着一种异质性的写作姿态。

生于湖南的盛可以秉承了湖南女子特有的"辣妹子"性格，以其狠辣、凌厉的风格成了一个独特的存在。盛可以的小说，我们常看到极度生活化的真实、透明的描写，却很少感觉到大多数"70后"女作家常见的"小资"气息。著名学者孟繁华曾给予对盛可以很高的评价，认为她在70后女作家中是一个独特的存在。认为中国年轻的创作群体中，她的创作没有中产阶级的炫耀和沾染浅薄的时尚气息。她关注普通人尤其是底层社会青年的心灵苦难，这使得她既联系着过去的文学传统，又很好地表达了对当下生活和文学的独特理解。

盛可以以纯粹、执着和认真，闯出了属于自己的写作风格。她的作品叙述凌厉尖锐，狂放不拘，自由淋漓，凛冽酣畅，在"70后"女性作家中独放异彩，独具异香。在题材上，她一直以自己独特的女性视角来观照底层女性的生存困境，揭示她们"灵肉沧桑"的生活经验。她以极具爆发力的语言，穿越生活的残酷真相穿越心灵，尖锐、热烈和泼辣，以"呈现血丝纹理的想象与真实"，直抵其小说的内核。男女之间的两性关系是她创作的轴心，叙述凶猛而激烈，感觉真切而疼痛。其实，作品的风格一直是女作家写作争论的焦点，这似乎也是女作家写作的软肋。但盛可以的写作风格比较凌厉、比较狠辣，和70后的多数作品很不一样，许多读者都以为这些作品是出自男性之笔。这种风格成全了盛可以在创作上的独特性。

同时，近年来，70后女作家多数把写作重点投向关注自身而关注异己、关注他人和关注社会的作品实在是太少。盛可以认为"该走出去走出去才会别有洞天"。我们可以从她的写作题材中看出，这"走出去"，使其创作完成了女性由生命自我到社会自我的转换。除了70后女作家常写的都市题材，她还把笔触伸向了农村，讲述《边城》般宁静而又躁动的当代乡村世界《火宅》；也有叙写社会底层农民工经历的小说《北妹》，这些作品都深层揭示了中国在市场经济的冲击下、城乡对立中这些农村女性、半城市化女性的艰难生活。这是在新世纪的女性文学当中，在众多的白领文学、小资文学、精英文学之外，较少见到的关注社会底层人物尤其是底层女性的民间化写作。

盛可以的很多作品是通过对爱情与婚姻生活的逼近与还原，反映现代女性在急剧变化的商业化社会进程中，面临家庭矛盾、社会压力和自我困惑所做出的突围，如《TURN ON》是情感的突围，《干掉中午的声音》是心理的突围，《快感》是性别的突围等等。盛可以独特的存在，异质性的写作，在新世纪女性写作中是具有突破性的。

二、凌厉而严酷的叙事风格

叙事风格是作家创作个性的体现，是与话语语境相结合的产物，所以只能在特定的话语语境才能表现出来。每个作家都有自己的叙事风格，这才使得与其他的作家区别开来。七十年代出生的女性小说家中，在小说领域不乏优秀者，精细如陆离，绵密如魏微，还有戴来、金仁顺、杨映川等等。正如盛可以自己所说的，"生于70年代的作者是执着而强大的，他们都各自独立门户，独领风骚，谁也代表不了谁，他们也不需要领军人物。他们有自己的写作风格与写作路数，他们单枪匹马，自成一派。"

中性的名字、凌厉的文字、低调的作风，使盛可以成为一个特立独行的个体，像锥子一样凸现在文坛。例如，《水乳》这部长篇小说就让笔者惊叹她剥离了生活的层层表象而将笔触直指男人、女人围绕婚恋展开的肉体、心灵的种种斗争，直面生活中更凶暴也更残忍的一面，表现出一种执着真诚的态度和自我撕裂的勇气。

她的文风深刻、犀利、凌厉，文字就像用尖刀刻在骨头般的冷酷，具有撕下人性假面的真实，是我们这个社会现实的写真。正如李敬泽对她的评价——"凶猛地扑向事物的本质"。的确盛可以的小说是与"温润"一类词绝缘的，对这一点，她自己有恰切的表述，她认为所谓的凶猛，其实只是她抓住了事物本质而不是粉饰事实。真相总是让人倒抽冷。一个作家必需的素质，就是敏锐力和洞察力，剩下的就是道出你所察的方式与能力。为什么大家都说她凌厉？因为她所道出的真相是伤人的。但她认为，不能因为它伤人就避开它、不说它。

她的不少小说都被归置到底层叙述的谱系中，如《惜红衣》《淡黄柳》《归妹卦》《青桔子》《中间手》《苦枣树上的巢》等等，《北妹》更被视为底层写作的典范之作。

常言道，不经一番寒彻骨，哪得梅花扑鼻香。没有底层生活的打磨，哪能有如此凌厉的文风。李修文曾说过，他喜欢盛可以的小说是因为她冷酷而凌厉的底层气息，他认为这种底层气息是在盛可以的个人气质和经历的基础上得以建立的。

盛可以的创作书写着都市与乡村两翼，以手术刀般的笔锋划开男女情感中的阴暗与龌龊、扭曲与疯狂，将事实的不堪真相揭开给大家看，让读者感到错愕甚至不寒而栗。《水乳》里充满了人情世故，琐碎世俗，还有两性关系的紧张、尖锐与冲突，作者以冷静、客观的叙述剥开生活的表皮，呈现出心灵深处的荒凉、对现代男女的生存困境揭示得宛刺般锐利。小说中随处可见作者的自我反击，充满矛盾和深刻的悖义，有一种汹涌的冲击力。在《青桔子》中，农村女孩桔子，为了获得物质的支配权，不惜献身于自己未婚夫的哥哥和父亲对伦理道德的冒犯是如此的惊心动魄。盛可以还写了许多非常有勇气的作品，她敢于触及人类精神以及心理的禁区，打破固有的禁忌在禁区里游刃有余。比如《北妹》《道德颂》《死亡赋格》《心藏小恶》等。

尖利，或说凌厉，是盛可以创作的一种自觉的意识。所以，她在《快感》中"发现屠杀与肢解的快慰"，且细细体会，直至让女主角娜娜手执利刃对男性行使古老的惩罚：阉割。《手术》中，唐晓男的情感历程与乳腺手术交织上演，冷冰冰的外科手术直似文字直播，不避血腥与疼痛。正如李少君所说"盛可以的小说笔墨深入生活，简直是要穷尽人性与世界的一切方面。我曾经克服巨大的心理恐惧，看完她充满血腥、残暴与恐怖的短篇小说《手术》，她对人性深刻的洞察，夸张一点具有某种艺术的颠覆意义。"《白草地》里，女主人每天早上奉给丈夫的一杯生理盐水原来是大有玄机的：里面饱含雌性激素。盛可以显然不屑于维护日常生活的平衡与温情，她神清冷冽且时有凶猛之举，温吞的一潭死水在其严苛的审视下也要被劈成两半，裂开不再复合的罐隙。这让笔者想起另一位女作家迟子建，她们的创作在生活材料的处理方式上实是大相径庭：迟子建的笔触有着古典主义的温润，哪怕在书写苦难时亦持有隐忍的态度，不惜以温婉冲淡之；而盛可以反其道而行之，偏不取暖性的叙述，她不抱幻想地、直接地展示人们混乱的经验和黑暗的灵魂。

把盛可以放到整个女性写作当中，我们可以看到盛可以所选择的道路，是有别于九十年代以来集束式的"身体写作"和泛滥成灾的"私人化"女性写作的，盛可以创作的异质性意味着新世纪女性写作时代向多元化发展的一种可能性，这是盛可以在整个女性写作时代中的启示性意义。

情欲化社会的话语分裂

——盛可以小说论

王　琦[①]

一、身份的焦虑

盛可以的小说从诞生到为人所知，创造了一个小小的奇迹。

2002 年至今，盛可以总共写了六部长篇小说：《水乳》《无爱一身轻》《道德颂》《北妹》《边镇》和《死亡赋格》（因为种种原因，这部长篇在《江南》杂志发表后，并没有能在大陆出版）。盛可以还写了若干中短篇，数量不多，整体影响也有限，真正体现她写作特点的，还是长篇小说。

《北妹》虽然出版日期较晚，却是盛可以创作的第一部长篇小说。这部小说在叙事上比较凶悍，语言狂放，一撸到底，以女主人公钱小红的乳房为直截了当的主角，轻而易举地撇开了传统的道德羁绊，在本能与欲望的道路上狂奔。

这里并不适合套用"女权主义"的两性平等观，而只是钱小红自己的身体意识的觉醒。她不仅仅是发现自己的身体具有独一无二的价值，而且要让自己的身体感受到真正的愉悦——在这人们已经无法表达正常欲望、缺乏正当愿望的时代，一个女孩子要如此单纯地使用身体，难度是很大的，但盛可以的方法是切开社会的浮华赘肉，直接进入欲望的深沟。

---

① 王琦，华东师范大学对外汉语学院副教授，主要研究对外汉语教学、中国古代小说等。本文原载《南方文坛》2014 年第 4 期。

对于钱小红来说，身体是唯一的本钱，身体所能带来的收益既单纯又鲜明，除此之外，别的东西都可以放弃。比如道德感、羞耻心等。钱小红被欲望所左右，也畅快淋漓地享受欲望所带来的愉悦感——当她的朋友李思江在细心地用肉体交换金钱时，钱小红却在用肉体满足欲望，并最终沉沦在美妙的肉欲满足中：

钱小红一点也不渴，一点也不渴地喝茶，像是电影场景设计，作为一个即将与一个并不了解的男人上床的女主角，她的心理活动蕴藏在不渴喝茶的动作中。她渐渐地再次清晰地感觉饥饿。她不经意地瞄了一眼的床，很宽，可以打三四个滚而不会掉下床来。床罩床单洁净，如未受任何污染的处女。

一个小时后，钱小红与廖正虎把这张床折腾得一塌糊涂。①

这种不顾社会传统规范约束的自在能力，建立在钱小红的微不足道的乃至卑贱的社会地位上，形成了一个巨大的反讽漩涡。钱小红的价值评价模式，跟传统观念迥然而异，她因此能够轻而易举地从那些道德与道德之间的巨大缝隙中擦身而过，自在地穿行。这个来自"边城"的女子，虽然没有沈从文笔下的"翠翠"那种单纯晶莹，但她在鄙薄世俗的大道上一路狂奔，带起了满空灰尘，却有巨大的震撼力。

钱小红是一个草根野女。这种角色并非盛可以独创，但在身体"革命"的彻底性上，抛去了传统道德约束的钱小红，却大大地超越了自己的前辈——卫慧在《上海宝贝》里写到的那种追逐，不是欲望的身体，而是欲望的物质。并且，这种欲望杂质太多，使得小说向着炫耀和取媚的悬崖滑去。

可惜的是，钱小红的打工妹身份定位，在造就她的同时，掩盖了一场巨大的道德颠覆风暴。钱小红本来是可以用自己的身体在这个虚伪的世界碾出一条大道的，就像猪八戒用嘴巴在八百里烂山中拱出一条路来。

在钱小红这个人物身上，盛可以似乎没有正面谈及道德，也没有纠缠在抽象的道德反思或者负疚感上，她和她的那些男人们，都被身体驱使着（而不是精神）本能地行事——不外乎吃喝玩乐，还能有什么更重要的，或者更高级的事情呢？这种无所谓的态度，对传统道德却更有杀伤力。

---

① 盛可以.北妹.长江文艺出版社，2004.

不幸的是，这部小说在盛可以一遍又一遍的修改下，在盛可以的深思熟虑下，变得圆滑起来。成书之后，原本在天涯论坛上张贴时所特有的文字粗粝感大部分消失了，小说反而变得平庸起来。

钱小红是盛可以投石问路的一个异类，盛可以志不在此。她很快就被道德这个貌似纯洁的词给攥在了手掌心。

道德是一块被人咀嚼得淡然无味的口香糖。

盛可以深知这块口香糖的乏味，但是她被粘住了。

盛可以对钱小红般的身份认同焦虑，使她自觉地避开了这种社会性的因素，开始为自己随后出现的女主人公设计多角恋爱的故事，女主人公的身份，也从打工妹摇身一变成了白领。一个阻碍叙事的大胸脯打工妹钱小红，在盛可以的自我塑造的驱使下，变成了小资白领丽人。

女主人公身份的变异，使盛可以迅速地融入流行叙事的大潮中。

钱小红之类的女子，最终要被这个社会囫囵吞枣地消化掉，她们不值得被关注和被阅读。而且，钱小红的可疑的身份，也不利于小说成为流行叙事的载体。在各种暗示下，盛可以的焦虑同样在于认同感。这种认同不是批评家通常说的那种主流叙事，而是"流行叙事"。违抗这种流行，作家就有被吞噬的危险。

因此，小说主人公的身份认同，实际上也暗示着写作者的焦虑。

二、滥情的故事

在盛可以接下来的几部长篇小说中，女主人公虽然还是叙事背景城市里的外来者，但是她们的身份却发生了重大的变化。

其故事的核心构成几乎全都是如此：一个白领女子斡旋于三个各色身份的男人中间，试图从中得到婚姻或者爱情。女主人公的亲密女友在故事里，作为一个背叛者和揭露者而存在。

在长篇小说《水乳》[①]里，盛可以的女主人公左依娜来自新疆——一个普通读者想象中的"异"世界——这也似乎暗示着左依娜原有身份的缺失。左

---

① 盛可以.水乳.收获(长篇小说专号)，2002.

依娜不像钱小红那么身世直白，她的成长期被作家有意识地掩盖了。这种掩盖既意味着某种焦虑，也可能是当下流行叙事的一种普通策略：作家以为，一个流行叙事中的女主人公，其成长期是不重要的。

小说里，女主人公左依娜有一个淡然无味的丈夫平头前进，此人乏味无趣且无聊，因此，左依娜一直有红杏出墙的隐秘热望。

盛可以用一种几近于刻毒的文字来描写平头前进的乏味和无趣，为左依娜的红杏出墙做好了充足的道德和情感的铺垫——在这种逻辑里，乏味和无趣的婚姻，是女主人公背叛的充分和必要的条件。小说在压扁了平头前进之后，成功地说服了自己的读者，这样一个丈夫，是可以随时扔掉，就像随手扔掉一只烟头。

左依娜这枝出墙的红杏先是扫到了成功商人庄严的脸，他们一起玩了藏猫猫的游戏——左依娜渴望拥有婚姻，庄严巧妙地消解婚姻。这个游戏因为其固有的俗套，而使得左依娜的红杏出墙淡然无味。这时候，青年才俊、来自新疆的朱涵文"骑着竹马"自天而降，在左依娜面前"绕床弄青梅"，把左依娜弄得神魂颠倒。左依娜自以为拥有了超越尘俗的爱情，精神境界得到了升华。一个年轻的女子，忙碌碌地斡旋在三个类型不同的男人中，一个代表小市民（平头前进）、一个代表成功男人（庄严）、一个代表白马王子（朱涵文）。左依娜可谓是天上地下一扫而空，打击面广而且准确。乍一看这基本上是大陆版琼瑶故事，但盛可以当然是志不在此。她有更深入的阴谋。

这个阴谋，通过左依娜的好友挺拔苏曼来体现。

当左依娜沉浸在和朱涵文的曼妙爱情中时，挺拔苏曼在另外一个时间和空间里也和朱涵文一起享受着同样的情感快餐。

有一天，左依娜和挺拔苏曼在偶然的闲谈中，无意地戳穿了这个美好的假象，两个人一下子就从云端坠入了泥沼中——好友原来是情敌，情人本身乃叛徒。

这是一个感情乱伦的世界，左依娜和挺拔苏曼本来是一对好友，这时候才发现彼此是熟悉的陌生人，而最优雅的白马王子朱涵文，在这里显示出了粪土青年的真身。他甚至还不如小市民平头前进那样有情有义，或者说，一个索然无味的平头前进，竟然还比唱着赞美诗出现的白马王子朱涵文更有价值。

对浪漫故事的彻底颠覆，是盛可以"恶毒攻击"男性社会的剧毒利箭。

左依娜利用了自己的肉体，也被自己的肉体绊了一跤。

长篇小说《水乳》谈到了欲望、现实和梦幻，也涉及了性与爱，最后这些元素都被捆绑到一起同归于尽，剩下的是一片狼藉。挺拔苏曼对左依娜的双重背叛，不仅没有构成对左依娜的伤害，反而变成了这二位现代女子对男性社会的诅咒。在小说里，可以看到，盛可以的叙事是先决于消解的：她消解婚姻、消解爱情、消解浪漫，消解存在，最后不知所措。

白领女子这种人物的出现，对盛可以的创作产生了微妙的心理调整作用。草根女子、打工妹钱小红摇身一变成了白领丽人左依娜，并且进一步升华成了长篇小说《无爱一身轻》①年轻美貌的女设计师朱妙——在这里，朱妙同样被掩盖了生长期，她拥有一种打工妹钱小红所不能企及的身份优势：她是一个优秀的设计师，这意味着她已经被社会认同了，获得了肯定，从而具有了从容不迫的浪漫叙事空间。在钱小红身上暗藏的焦虑感，到了朱妙这里，被彻底掩盖了。朱妙的人生焦虑，从钱小红的身份认同焦虑变成了情感的焦虑。这样一来，盛可以小说里原有的那种尖锐性就被磨钝了。《无爱一身轻》里的故事，其实是一种再通常不过的俗套。相比之下，《北妹》小说里所具有的蓬勃原生冲击力，是这些以"白领丽人"为主角的小说所不能企及的。小说人物的"升华"，似乎暗示着作者盛可以的自我漂白。她急于脱离那种"飞女"的小说定位，让自己回到"风花雪月"中来，起码是在外表上，具有抒情的结构。而"反抒情"的钱小红之类草根，遭到了抛弃。

《无爱一身轻》里，一女对三男的故事延续了《水乳》的结构，设计师朱妙身旁的好友，则由左依娜的好友挺拔苏曼换成了没心没肺的龙悦。

朱妙是一个"劣迹斑斑"的女子，她准备找一个值得的男子，把自己的未来轻松地打发掉。在她的面前有三个男人：局长方东树、摄影师许知元、网络处男程小奇。

朱妙抱着功利目的认识了在国家机关任职的方东树，对方东树那位防御高手贤内助林芳菲却如同蚍蜉撼大树。朱妙与网络处男程小奇保持着远距离的恋情，程小奇凄凄婉婉出现后俗套地见光而死。朱妙跟旗鼓相当的摄影师许知元最终搞上，已经怀上了许知元的孩子，准备一本正经地过家家了，却发现许知元不过是方东树妻子林芳菲的情人兼私人侦探而已。被毁灭了的爱

---

① 盛可以.无爱一身轻.收获(长篇小说专号)，2004.

情再度降下水位，男人们一无遗漏地显露出森森爪牙。朱妙退而求其次，浮皮潦草地嫁给了女友龙悦的前夫。

爱情、婚姻和忠诚，构成男性社会主题叙事特征的元素，全部都烟消云散，连一点垃圾残渣都剩不下来。朱妙从肉欲出发，试图达到爱情，最后复归于虚无。

盛可以的叙事有一种冰冷的消融能力。她似乎满足于这种拆穿游戏，把所有美好的爱情和人性美表象都演绎一番之后，然后冷酷地戳破，让爱情和婚姻同归于尽。

这个故事表明，道德的概念，不过是盛可以投向男性世界的一柄利刃而已。她目睹了这个虚伪世界的崩溃，手里端着一杯兑水的葡萄酒微笑倾饮。

令人遗憾的是，在这个故事里，盛可以继续延续了《水乳》里出现过的那种浮而不实的"白领世界"——这个世界缺乏质感，没有具体而微的生活琐事。无论是左依娜还是朱妙，她们的成长期都被作家有意识地掩盖了，因此缺乏成长期的焦虑背景。女主人公仅仅是为故事而活着，不需要为生计而操心，也没有具体的日常细节可供读者推敲。这种光滑的内核，被盛可以锋利的语言所掩盖，很多读者都蒙在鼓里，自以为得计。因此，盛可以锋利的、机智幽默的、想象力丰富的语言，在这个俗套的故事里变成了词语的冗余。这些外貌漂亮的词语，跟她的平庸故事同归于尽。对于盛可以来说，她的小说不过是一个设计精美、包装豪华的塑胶榔头，在需要的时候，就轻轻地敲击一下情人们的脑壳。

对比一下《水乳》和《无爱一身轻》。左依娜一有丈夫平头前进的稳固收入和宽厚的胸怀包容，二有富人庄严的锦衣玉食，三有白马王子朱涵文的销金窟极乐洞，生活无忧，唯有折腾。朱妙是个有才华的女设计师，她的第一个局长情夫方东树有车有房有钱；她的网恋情人留美博士程小奇对她一网情深；她的榔头情人许知元幽默有趣房事体贴偶尔有点出人意料的浪漫情怀，该帅哥开着一间摄影棚，眼见也是衣食无忧之辈。

钱小红则是一个为生计而奔忙的打工妹，在城市里，她的身份是暧昧的，甚至小说结尾的那张床也是不确定的。一次疯狂的情欲，使钱小红消失在茫茫的叙事洪流之外。

左依娜和朱妙则是情感空虚的白领丽人，她们是欲望的蠕虫，爬行在道德的蛋壳里，企图寻找爱情。身份的焦虑被巧妙地偷换成了情感的焦虑，使得小说的社会性空心化了，小说的主人公变成了生活在一座特征暧昧的城市里的情感动物。这是时尚化写作的明显特征：身份的焦虑被情感的焦虑所替换。

在这种人物设计中，作家可以非常省力地进行语言的滑行。小说里，盛可以语言谐趣有力、想象力丰富，造成了金玉满堂的幻象，从而蒙蔽了许多语言软骨症患者。

三、词语的分裂

对于一名作家来说，越是鲜明的语言风格，越可能对小说有害。

雷蒙德·卡佛在《关于写作》里引用杰弗里·沃尔夫的话说：不要耍花招。对于语言的过分拧巴，有时候也可能损害小说的整体叙事，更可能破坏小说的趣味。雷蒙德·卡佛又引用埃兹拉·庞德的话说："不折不扣地准确陈述，是对写作唯一的道德要求。"

盛可以的语言风格犀利鲜明，善用各种现成的物件来比喻各种欲望状态，这些栩栩如生的比喻，令她的小说语言浮现在小说的整体之上。

在盛可以眼中，男性的世界，是一个"道德世界"；她的小说世界，则是一个"情感世界"。这两个世界对撞，没有产生新的物质，而是化为虚无。

要对这个"道德世界"进行毁灭，仅仅是从爱情与背叛、从肉欲和现实的双重妥协中进行切割，肯定还是不够。因此，在新的长篇小说《道德颂》[1]里，盛可以继续延续了一女三男的老套路，继续举起大刀，向男人们的脑袋上砍去。

女主人公旨邑的三个男人：水荆秋、秦半两和谢不周。

旨邑的好友原碧、水荆秋的原配梅卡玛。

即便是从小说的男女主人公的名字上，我们也可以看到，盛可以在时尚化写作的滑道上越溜越急促了。对比《北妹》里的钱小红，盛可以不断地从女主人公的姓名上、身份上、情感上、生存上加以时尚化的修饰，并一再地掩盖她们成长期的痕迹（人物出现和失踪，都是一个谜团），仿佛那是一个无法言说的隐秘。这些无根的女子，在浮华的城市里枯叶般漂浮，展现一种不

---

① 盛可以.道德颂.收获,2007（1）.

真实的色彩。

也许是意识到了这点，盛可以在新的长篇小说里，赋予旨邑一个诗化的背景：旨邑的老家在湘西，虽然这个小镇已经改变，但是甜甜的记忆、淡淡的忧伤和亲切的怀念，抹去了背后的痛楚印记。旨邑和高大英俊的"种马"秦半两一起返回老家时，一条颇合时宜的大黄狗跟在他们的背后，在他们散步于安静而宜人的小镇石板路上时訇訇柔吠。烂熟的浪漫故事情节，被作家移花接木，摆放在这个一开始就准备让人心碎的故事里。

为了掩盖这个泛滥了的白领情感故事，盛可以继续祭出风格化语言的血滴子，摘读者的人头于无形。那些令人眼花缭乱词语搭配，展现了一种万花筒般的色彩：

……《道德颂》中最持续不断的就是叙述语言的冒险，敢于并善于标新立异，异想天开的惯用语的混杂拼凑，让人"感觉到她话语里的强光刺激"。例如："中餐馆从来是杀气腾腾的景况，每个人都是职业杀手，表情兴奋：将一只虾拧断脖颈，用牙签剔出肉丝塞进牙缝。咬牙切齿，用坚硬的指甲，对抗它顽强的壳，剥开它，挖出白嫩的肉体，蘸上暗红的调料，一口吞下去。如此反复。餐桌好比断头台，堆满虾的头颅与残肢断腿。"看似牛头不对马嘴的词语搭配，给人以突发奇想的惊喜。

"词语的搭配"和眼花缭乱的意象拼贴，不过是作家掩盖陈腐爱情故事的一块遮羞布而已。当贫乏无味的文字充斥着流行故事时，盛可以的词语拼盘，一定程度上刺激了阅读者的胃蠕动。

在这个俗套里，女主人公的社会身份比前两位更加明确，明确到了暧昧的地步。她大学毕业后，开了一爿古玩店，可以衣食无忧，优雅自在。没有固定工作的约束，也没有生存的限制，因此旨邑就有了潇洒的本钱，而且是文雅地潇洒着。

对比旨邑和另外一个时尚幽怨派女作家安妮宝贝的《莲花》，可以看到，旨邑这个一如既往"劣迹斑斑"的女子，跟《莲花》里的"内河"没有太多的不同——她们同样是在一次高原的旅行中，有了难忘的邂逅。

安妮宝贝的《莲花》里，女主人公苏内河和男角善生的故事之所以需要在高原上展开，是作家需要营造一种封闭的叙事环境，不然她的叙事就会产生文本性精神分裂，那些浪漫到抽象的故事，必须在一个封闭的空间完成，这些泥塑的偶像一旦进入水性社会，立刻就会成了"女菩萨"，化于无形。

一个空心化社会的读者，需要特别定制安妮宝贝特色的庸俗情感蛋糕来加以餍足。根据故事的叙事进程，善生和内河，似乎是可以呼吸西北风而生存的，他们的蘸料，就是爱情和死亡，在高原这块缺氧的土地上，除了吃喝拉撒之外，发生什么故事似乎都是可能的，因此作家求得了一个省心省力的叙事背景。这两位情感的动物，在高原上，蛇一般扭结成一团。巨大的想象空间，朝着一无所有的荒野蔓延。

有意思的是，读者的遗忘比一场春雨还要迅速，但作家的叙事链条，在暗地里完整地逆向延伸。

盛可以的《道德颂》之上是安妮宝贝的《莲花》，安妮宝贝的《莲花》之上是须兰的《光明》，这三部作品，男女汉子扭缠的世界都是在高原上。

须兰的中篇小说《光明》发表在《收获》1998 年第 2 期，人物故事也发生在高原、在拉萨，在这些遥远的"异域"。安妮宝贝的故事，不过是对须兰故事的一次简单得不能再简单的拷贝而已。风花雪月，从十里洋场盛开到了青藏高原，是须兰这位上海时尚女性的独特贡献之一。

须兰远走他乡，上海滩的其他时尚女子前赴后继。

在前时尚女作家须兰倒下的躯体上，诡秘地盛开着一朵平淡无味的妖艳"莲花"。这朵徒有其表的"莲花"，在减肥和饥饿疗法的现代城市白领丽人的空洞身体里，生根发芽。就像很多 OL[①] 因为对自己的身体产生无法抑制的恐惧、而每天中午只敢吃一根低热量的黄瓜一样，她们对《莲花》的阅读，同样是一样的：不需要营养，只需要吞噬的感觉。

盛可以的不同之处，在于她的女主人公旨邑和高原邂逅的中年男人、著名学者历史学教授水荆秋回到了平地——"平地"意味着生活的细节和生存的具体逻辑。然而，盛可以把高原的逻辑，原封不动地搬到了平地。

水荆秋和旨邑的身份，使得他们同样不食人间烟火。

对于作家来说，历史学教授和有钱人、局长，其身份的认同感是一致的。

在这部小说里，盛可以给予了旨邑和水荆秋一个浪漫的开头——高原，那是一个难以言说的世界。滥情故事在那里往往能够寻找到叙事背景的合理

---

① Office Lady 的简称。

性——一个陈腐的结尾：一场风花雪月的三角恋爱故事。根据小说的说法，旨邑喜欢进攻那些有妇之夫，她觉得这样刺激：

　　三年前，旨邑成功地摧毁一个家庭，对方正准备和她结婚，她顿觉索然无味，很无情地结束了那段感情……旨邑曾有戏言，和未婚男人谈恋爱平淡无奇，充满和平年代的军人式的空虚无聊。和已婚男人则每天都有嚼头，每天都有战况，令她饱受折磨。（《道德颂》）

　　正是这样一位处于道德边缘的女子，这位享受"折磨"的奇女子，在与历史学教授水荆秋"每天都有战况"时，要求对方给予她道德的允诺。这种双重的道德悖反，如同一根粗壮的麻绳，把可怜的水荆秋悬挂在房梁上。旨邑怀孕了，她需要婚姻和责任——而原本她是这两个庸俗词汇的憎恨者和终结者。

　　盛可以寻找到了两把锋利的大刀——"欺骗"与"不负责任"——砍向中年已婚男人的脑袋。通过怀孕及对自己进行肉体折磨，旨邑巧妙地转换了道德的从属者位置，变成一个新科道学家。旨邑在小说里，自如地进行了身份的变换，如同一个时尚女性在时装店里更试衣服一样：她一会儿是情人、一会儿是母亲；一会儿是朋友、一会儿是敌人。

　　旨邑自由地在忠诚与背叛中穿行，无拘无束地扮演着各种角色，并且在自我折磨中享受这种身份的分裂感。

　　她的朋友原碧同样是一个人格不健全的女人。在盛可以的笔下，这个女人变成了一个脸谱化的无趣角色。原碧通过网络博客的方式进行虚幻精神自慰，又在现实生活中不断地夺取旨邑占有的男人谢不周和秦半两，从而在"友情背叛"的葡萄藤上又结出了一串异果——在《水乳》里，挺拔苏曼对左依娜的背叛；在《无爱一身轻》里，龙悦对朱妙的背叛——盛可以通过这一系列角色的重复，创造了一个众叛亲离的、精神分裂的文学世界。

　　盛可以非常喜欢在小说里诘问爱情和友情——这两样现代社会极度缺乏的事物。

　　在这个时代，否定爱情和友情并不难，难的是塑造真正的爱情和友情。

　　不妨把旨邑子宫里的新肉体（胎儿）看成是旨邑这个现代空心女子的肉体分裂的象征。

她需要一次精神的分娩让自己成为一个不失衡的人。在小说里,她的精神分娩,通过肉体的撕裂性切割而实现。子宫里的新生命,本来可以让她升华的,但是却让她堕落了。当然,准确地说,是堕胎了。

在一系列令人眼花缭乱的纯粹女性化幻觉的描写中,旨邑完成了自我的人格完善。她竟然在堕胎之后,成为一个虚幻的圣者:宽容、怜悯、大爱。

在岳麓山用野菊花祭祀完男性诤友谢不周时,旨邑坐在山坡上,远眺不舍昼夜的湘江之水,精神和肉体得到了虚假的缝合,她甚至原谅了不可饶恕的原好友原碧。

在小说结尾的一场空洞无力的抒情中,盛可以竭尽全力来缝合旨邑这具被拆得七零八落的肉体,实际上,这里面暗藏着一种难以言说的分裂的恐惧。那些空心化的句子,并没有导向具体,反而飘向虚无:

……旨邑无比安详。她感到湘江水如同自己的大动脉,缓慢地奔跑着重量与生命。……她欣赏这种奢侈,欣赏湘江流过山谷,淌过平原,穿过暗礁,流向美丽富饶的子宫之岛。她看见岛中有广阔的海域,生长五彩缤纷的鱼类,它们没有鱼鳍,快乐徜徉,将鱼卵产在身段柔韧的海草上,每一颗都如珍珠般晶莹,闪烁生命之光;岸上的花开有爱情的声响。爱情的果实比一枚太阳更具热量。根深叶茂的树茎托起月亮的身躯。高原上雪山绵延。海子湛蓝。沟壑的弧度优美。飞鸟的头顶长着白色的野菊花。它们没有翅膀,依靠花瓣飞翔。(《道德颂》)

后面还有很多华丽的句子,但并没有什么意义。盛可以在这里几乎控制不住自己,似乎需要一阵词语的疯狂宣泄,才能把分裂的肉体一片片打捞回岸。这种绚丽而虚空的词语拼贴成的句子,似乎不由自主地自动在向着前方滑行,按照某种内在的逻辑成群结队。这透露了盛可以的内心秘密:在这样一种分裂的人格里,她需要抒情的胶水来黏合肉体。令人惊讶的是,上述的这些词汇同样也是分裂的,它们被抒情的情感拼贴到一起,却无法形成新的句式,仅仅是浪漫的开头来自高原,结尾的华丽辞藻回归高原。

被拼贴所掩藏的叙事,是时尚化写作的秘密之一。

在小说中,盛可以同样依靠拼贴叙事来完成自己的话语聚合。

盛可以的小说,一直被一种分裂的话语所左右。她时而冷峻,时而抒情；时而幽默，时而刻板；时而含情脉脉，时而杀气腾腾。时尚的情节，一定程度上可以掩饰这种分裂。因此，在《水乳》里，有女人们的集体嫖鸭；在《无爱一身轻》里，有朱妙和程小奇的网恋；在《道德颂》里，有原碧的博客。各种显存的时尚化因素，被盛可以大量地粘贴在小说里，造成了一种融为一体的破碎感。对这种破碎的迷醉，恰恰是其叙事风格中令很多人感到惊奇的内在特质之一。

第七辑

可以谈文

小说需要冒犯的力量

盛可以 [1]

当代权威宗教理论家保罗·蒂里希在《系统神学》里说，"恶魔性是连上帝也可能具有的一种因素。"那么，恶魔性是来自人性深处的根本之欲，更是毋庸置疑。弗洛伊德的得意门生赖特将人的性格结构为三层，表层就是正常人彬彬有礼的，富有同情与责任心的，讲道德的；第二层则完全由残忍、虐待狂，贪婪、嫉妒构成；第三层是勤苦诚实，与人为善，是人最基本的生物核心。但是从第三层产生出来的里比多冲动，经过第二层次时常发生反常的扭曲。

我们常说的善，只有一种可能，最终归类到好人，而恶千奇百怪，千变万化，具有无限可能性，复杂多变，永远无法穷尽。善的东西，是浮在上面的，而恶是沉下去，因而也是更值得探索。当小说以某种非理性的形态、非温和的方式展现人性的本来面目，自然为我们日常生活中的道德因素和社会规范所不能容忍。但是，这些东西深深扎根于人类原始生命的本能之中。小说家对恶的探索与思考，是内心能量的巨大喷发，是对于艺术的神圣冒犯。

小说需要冒犯的力量。在人类文明发展上，注定产生的影响就在那一股冒犯的力量，它可能会找到一个新的突破，一个尚未被人类意识到的人类自己的界限，或者是击碎某种东西，并有重建的力量。以知识与思想进行冒犯的力量是巨大的。1916 年 2 月 8 日，一伙拒服役者在苏黎世将一把裁纸刀插入一本拉鲁斯法文词典，开始沸沸扬扬的"达达运动"。"达达"甘冒天下之大不韪，选择否定与怀疑，抨击资产阶级的价值观念，意在剥下一切漂亮的

---

① 本文原载《羊城晚报》2004 年 11 月 6 日。

外衣，让苟活于这个尘嚣上的世界的一切露出猥琐的原形。没有"达达"对道德标准、文明体系、美学准则，甚至宗教信仰等进行的冒犯与颠覆，就没有超现实主义的诞生。

我们有极少数作家，一直坚持直面人生，直面生活阴暗和人性黑暗面的，不讨好的、冒犯性的文学创作。比如陈希我，他认为"黑暗是有深度的"，的确，黑暗中的光亮更有穿透力。他作品中描写人性中的原欲，疯狂和变态，揭示的也就是种种的社会性问题。据说希我的小说发表被删得面目全非，惨不忍睹，而出版更是困难重重。具有灿烂才情的年轻作家冯唐有同样的经历，他运用"非法"的狠毒叙事，"探讨成长、欲望、反叛"等人性主题，冲撞、狂欢、冒犯，将中国社会的迅速变迁中的传统道德进行了严重瓦解，小说曾辗转多个出版社，作品倍受褒奖，出版始终不能。

优秀的作家可能总是与世俗社会相对立，他傲然不羁，常常听从心灵的召唤。俄国作家萨米尔钦甚至在《新俄罗斯散文》中写道："……真正的文学只能由狂人、隐遁者、异端者、幻视者、怀疑者、反抗者产生出来。"这话虽偏激，但不无道理。希我与冯唐的作品，都有一种尖锐穿透人性本质的力量。他们的出版境遇让我想到纳博科夫的《洛丽塔》、劳伦斯的《查泰莱夫人的情人》，亨利·米勒的《北回归线》。作为现代西方文明的批判者，亨利·米勒认识到文明对人性的压抑，就在于理性不断迫使现代人屈从于现代文明形成的一套传统，因此他不惜使用污言秽语以及极端的手法。米勒笔下的自我往往显得卑鄙无耻下流，他并非宣扬这些，而是表现一种强烈的反思与自我重建。而冒犯自我的卢梭则十分可爱，他在《忏悔录》中自我解剖，不回避自我，尤其是丑陋的部分，绝不讳莫如深。

一直以来，人们对于作品缺乏文学性十分宽容。比如说作品虽不成熟，很粗糙，但真实地反映了我们的社会生活，所以肯定的是作品所承担的非文学的功能，是政治的功能，道德的功能等。一部小说，在冒犯了正统知识、主流知识、道德、人伦、风俗，冒犯一切藩篱和秩序，冒犯了人们那颗软弱的心时，它的文学性就会被完全被忽略与抹杀。正如有位作家所言："人们弄出法律、道德、美学这些名堂来，就是要你们去尊重一些脆弱的东西。"

小说的自由，最早在庄子那里飞舞。卡夫卡说过小说是探讨一种存在的可能。少数基督徒通过渎圣接近上帝，少数小说家选择冒犯抵达本质，他们是上帝与艺术的"不肖子"。

盛可以小说创作对谈录

盛可以　黄伟林等 [1]

黄伟林：今天我们非常荣幸地请到了"70后"的美女作家——盛可以。盛可以70年代出生在湖南，之后在深圳工作，后来又到过东北沈阳。作品长篇小说《北妹》《水乳》分别发表在《收获》《钟山》。短篇小说《谁侵占了我》，新长篇《无爱一身轻》，发表在2004年的《收获》上，明年作家出版社出版。曾获得首届华语文学传媒大奖，2003年获最具潜力的新人奖。下面我们就请盛可以介绍一下她的生活和创作，然后大家交流，欢迎。

盛可以：首先非常荣幸，也非常感谢广西师范大学黄老师的邀请，使我有这次机会和同学在一起交流、沟通。

我觉得你们都是幸运的，能在大学学习。而这些对于我来说是没有的。高中毕业，我就去深圳一边打工一边读书。工作多年，看股市的潮起潮落，也看人生的酸甜苦辣，倍感艰辛。1997年之前我一直写散文，我觉得散文这种体裁没有力度能让我去表达对这个社会、对这个人生的见解，于是我决定写小说。其实在我下这个决定的时候，我根本不知道小说怎么写，但我还是把工作辞了，去了东北，在那待了两年，2002年初，开始写小说，其中是受到了余华和朱文创作的影响。

我的第一部长篇小说是《北妹》，写的是城市中最底层的女性群体的沉重、苦难、封闭，以及愚昧的生活历程，关注的是弱势女性生存困境，揭示

---

① 本文原载《河池学院学报》2005年第12期，对谈时间：2004年11月24日，地点：广西师范大学中文系基地楼文艺学教研室、主持人：黄伟林教授、刘铁群副教授。

打工妹灵肉沧桑。在这部作品中我的语言受到朱文小说语言的影响，很有弹性，并且很细腻。

《水乳》是我的第二部小说，它以90年代深圳为背景，写了几个女性的情感挣扎，作品关注女性的生活状态和观念的转变，同时注重了对人性的挖掘。此外在这部作品中追求创作崭新的语言。第三部《火宅》的主人公是一个小女孩球球的成长经历，对球球我倾注了自己的情感，体现了对爱和亲情的呼唤。

此外，还有一篇《手术》，我不知道理论界上对"身体写作"的解释，但在我自己看来，《手术》这部作品就是我的身体的疼痛写作。当时我就躺在手术台上，接受医生的手术，前后大约持续20分钟左右。在这个手术的过程中，我深刻地体会了生命的含义，感触很深，因此在这20分钟里，我就酝酿了《手术》这部小说。

下面谈谈关于小说的语言。我觉得小说的语言很重要，因此我对小说的语言运用总结有几点：

第一，小说要少用成语。记得一位写作的朋友说："小说的语言要求精确，尤其注意不能用成语，因为这些熟语已经是僵化的老死的，由于我们应用和阅读的惯性，它就成了一个空洞的能指"。朋友的话使我在使用语言时警惕起来，记住了"精确"这个词。另一位朋友说："语言千万不能疲软，一定要立起来，不能漏气。"小说里的"气"，应是一种硬朗的、明朗的、准确的、精力充沛的气质，只有不漏"气"，语言的轮胎才会圆润，丰盈，并且弹性十足，因而更富有质感、动感与力量。气，是语言不疲软的主要因素。我认为他说的"气"，就是有一种浩然之气，让语言站起来。

第二，小说中的比喻很重要。没有比喻，也就没有了语言方向，如果小说仅仅是客观描述，语言便会变得无趣与枯燥，运用精确形象的比喻，也能使语言站起来。我的小说中有许多比喻。我在读余华的作品中，很喜欢余华的小说中的比喻，很精辟，如说路上的月光像洒满了盐；还如博尔赫斯说死，就像一滴水消失在水中；普鲁斯特在《追忆逝水年华》里写"感到思念奥黛特的思绪跟一头爱畜一样已经跳上车来，蜷伏在他膝上，将伴着他入席而不被同餐的客人发觉。他抚摸它，在它身上焙暖双手……"用形象的隐喻使人想象陌生事物或某种感情，甚至味觉、嗅觉、触觉等真实的基本感觉来唤起对事物的另一种想象，既有强烈的智力快感，也有独特新奇的审美愉悦。

第三，同时对语言的控制、叙述的"控制"很重要。我的几位写小说的朋友明确告诉我，在小说创作中，必须懂得控制。我想，"控制"与"气"是不相冲突的，控制大约是离小说技巧又近了一步，更深了一层。我喜欢用男士的语气来虚实。使我的作品中充满理智、机智、透彻的作品与个人气质结合起来更重要。

詹丽： 盛老师您好，有很多评论家赋予您很多称谓，比如有人称您为"美女写作"，有人称您为"网络作家"，还有人称您是"后现代作家"，您对这些称谓认可吗？这些称谓对您的创作有影响吗？如果让您选择的话，您更喜欢哪一种称谓？

盛可以： 我觉得我的创作是我自己选择的属于自己的创作道路。对于外界给我的评价和称谓，我不是很在意，也无所谓喜欢与否。在今后的创作中，我还会坚持我自己的创作道路。

傅湘莉： 盛老师，您好！您的笔下反映了一个无爱的时代，那么请您谈谈您的爱情观，您为什么要进行这样一种创作？有没有具体的目的，您在您的作品中到底想体现什么？

盛可以： 我觉得无爱是建立在有爱之上。爱过之后，很多东西就归到虚无，包括整个人生和生命。在我看到的许多爱情故事，男女之间大多是在爱消失了之后，还是在一起，那并不是说他们还在爱着，而是有很多的因素促使他们在一起，包括婚姻的东西，或者说他们在尽责任心和义务，或者说转变成一种亲情来维系这种关系。我有个朋友说得很有意思，他说爱情是个人的，婚姻是社会的，这话值得推敲。那实际上，爱到底有没有呢？我并不能回答，我觉得爱就是一种信仰，信就有，不信就没有。

刘明丽： 看了您的《水乳》和《取暖运动》，我的感觉是他们一直"在路上"，在寻找，但是一直找不到。我读完您的小说之后，觉得背上冷飕飕的，有一种寒气逼人的感觉。我的感觉您这样的写作可以谱系人性，对爱有更深刻的阐释，但是却使得读者对爱情对人生感到悲观、失望，比如对我来说，读完之后对人生就有点害怕了。

盛可以： 那看来，我的小说冒犯了一颗善良的心。我非常喜欢您说的"在路上"的这个词，包括《北妹》的小红，就是一直在路上。我说"冒犯"这个词，就是因为像您这样善良的心，生活充满阳光，不易接受这些作品，所以我提到"冒犯"这个词。"冒犯"这个词最先出自台湾作家张大春的《小说稗类》，提到了小说的冒犯。那刚才您的这个说法，我就觉得我冒犯了一颗善良的心，甚至更大一点来说，冒犯了主流的伦理道德，甚至是正确认识和正确知识的那个范畴的东西。这里我顺便说一下关于冒犯的小说，比如陈希我的作品，他笔下充满了原性、变态的东西、阴暗的东西。他的作品出版要经过许多的删改，这就是一个冒犯。出版社希望作品是表现人类美好的东西。他们需要正面的，人性最美好的东西，那么冒犯的东西却是最有穿透力的。如果一个主流的东西经受不起这点冲击的话，那它也是脆弱的。您可以不喜欢这一类小说，但我觉得还要正确看它，因为它能提供更丰富、更复杂的一面，都写善的东西，这不免具有单一性。

王惟：盛老师，我想提一个问题，您曾经说过，生活的本质是残酷的，但有美丽和温情，那是因为有爱的抗争。但是，您也在《无爱一身轻》这篇短篇小说里面有限度的认可了这种无爱但有快感的两性关系。那我想问一下，在您看来爱是引领女性上升呢？还是引领女性坠落呢？

另外，还有一个问题就是，您的文字很凌厉的，甚至有人用"凶猛"这个词来形容您的语言。这和您整个人的气质有很大的反差。您很善于用凌厉的文字来写生活的残酷，那我想问，面对生活的残酷，您是抗争呢还是宽容和怜悯？

盛可以：我认为爱是因人而异的，有的爱她可能会引领人上升，有的爱会使人堕落的；有的爱是痛苦的，有的爱是幸福的。对第二个问题，我觉得如果是我直接面对苦难，我是选择抗争；如果是眼睛和笔下接触苦难时，我认为我是一个非常有同情心和非常有怜悯心的人。包括我写的《北妹》，一个女性本身就是弱体群体，再加上她们在社会底层生活，更显示出她们的弱势地位。我写这部小说，一部分是想表现她们的生活。另外也是希望引起社会的关注。

李盛涛：盛老师，您的两部长篇小说《水乳》和《北妹》，还有《手术》是写乳腺癌的。《北妹》中钱小红这个女性乳房比较大，而《水乳》中的女性，乳房几乎没有，同时作品中还有窥视欲、裸体癖。那么乳房等部位对您来说，是不是从这里有内在的东西比如潜意识等能激发您的创作灵感？尤其是《水乳》和《北妹》这两部作品很明显。

盛可以：对对，您说得很有道理。我本来是打算写三部曲，就是三个女人因为胸部的不一样而不同的命运。实际上乳房是女性的第二性特征，我觉得从身体上来阐释她们的命运。我认为女性在身体上的特征在某种意义上与她的命运是有一定的关联的。

李盛涛：还有，我的第二个问题，我先看的是《水乳》，然后看的《北妹》，看完之后我觉得您的《北妹》比《水乳》好，但是还有某些不满足，觉得《北妹》也有某些不成功的地方。可能是因为对女主人公钱小红的刻画有某些欠缺。钱小红很有性格、有个性，但是灵魂的东西少了一点，性格过于明朗一些，灵魂的复杂性很少。我觉得钱小红的道路上有一条线，一边是天堂，美好阳光的生活；一边是地狱。我读这部作品时，很担心钱小红，怕她一不小心就堕落到地狱里来，但她一直都没有，您没有做任何偏向，而是让她一直走下去。所以我觉得您对人类的灵魂的挖掘不是揭示很多，这点就不像《水乳》有震撼。

盛可以：确实是这样，您说得非常的好。《北妹》是我的第一部长篇小说，当时写完一篇短篇就开始创作这部长篇。那个时候我还不知道怎样去打框架，不懂节奏。在《北妹》中，钱小红就是一路的奔跑。奔跑出来了一些社会现象和各种人之间的争斗，而忽略了内心的刻画。她一出场可能就把她的人物性格决定了。也不是您一个人这么提，也有朋友和我说过，在我的这篇小说里有一些脸谱化的东西。性格上没有转折，这个人物的形象从头至尾都没有变。她一直在边缘线挣扎，一直在求生存，体现一种求生的欲望，一种本能的东西。

马梦琳：盛老师您好，我读了《水乳》这部作品，感觉那冷静、客观、近乎残忍的叙述，让我有一种沁人内心的冰冷的感觉。尤其是开端左依娜自杀的那个细节的描述，她似乎是在享受一个赴死的过程，似乎要死的不是她自己，而是一个与她完全不同的人。《水乳》中的女人似乎都在病态地活着，挣扎在深圳这个特异社会的一个缩影里。让人不可思议的是一个年轻的美女作家会写出如此冰凉的文字，虽说这个世界人的生存确实非常不易，但女人毕竟曾是弱者，而且至今仍是弱者，而同是弱者的女人却如此淋漓尽致地披露自己生活的隐私与无奈，而且如此明确地揭示自己的虚荣。

盛可以：其实我觉得《水乳》里的女人都是常态的。（笑！）即使有些许的变态，但我觉得每一个人都有些许的变态，他在某种情景下都是有一点，其实那也不是我们通常所说的那种变态。在深圳这种大的都市里生活的女性，面对的竞争和压力是更大的，她们更加孤独，因此对感情是更加渴望的，而在深圳恰恰丧失了这些东西。我就说过深圳是没有爱情的，有的人一旦带着爱情去了深圳就都没了，更别想去那里找。那么左伊娜是虚荣的吗？她确实是虚荣的，但那不是我，左依娜不是我，我就是写这么虚荣的一个女人，她的割脉自杀，实际上，在那个情境下她是出于对前进的一种报复，她感觉到刀子动在的不是她的身上，或者说她通过对自己的伤害来报复别人，她是这样的一种心理。我觉得在我们的生活当中有各种各样这样的女人，包括如：袁西琳，苏曼。苏曼是一边背叛一边渴望，是用刀子背叛缠绵的那一类人。

张宏波：盛老师，您刚才说要养浩然之气把语言立起来。我理解浩然之气要包括一种形式、一种内涵。我想请问的是，您的内涵是不是那几年的漂泊的生活的造就了您作品中丰富的内蕴和对命运的洞察力和感悟力，然后是不是您几年的散文创作经历就形成了您作品中的语言风格。

盛可以：散文写作是直指内心的，而小说是通过内心去观察世界的东西。这几年的生活经历和阅历对写小说来说是非常重要的。写小说就是需要阅历的，这不像写散文。您所说的浩然之气，肯定还是有个性的东西在里面，有自己的风骨在里面，必须要把这些都结合起来。

王惟：盛老师，有评论家说，在70年代的作家里面，您是一个艺术，因为您的文字的风格和您面对苦难的方式，和那些70年代的美女作家是很不相同的。那请问您同意这种说法吗？

盛可以：我觉得我和她们的成长经历是很不相同，第一个我是在乡村上长大的，没有接受过很系统的大学教育，那我所关注的东西和层面都和她们不太一样。我觉得这就是一个很大的不同点。我觉得走进大学是我的一个情结，所以我一直不断地去学习，尽管我再进大学去学习，感觉也总是不一样了。

刘明丽：盛老师，都说您的文章中很有湖湘气质，但我觉得虽然您是湖南人，但作品中所表现的关于湖南的具体情节却好像寥寥无几。所以我想问一下湖湘文化对您的影响主要表现在哪些方面？

盛可以：我在湖南生活将近20年，我想这种文化内蕴已经融入我的精神里面了。关于湖南的具体细节，在《火宅》里有所表现，作品中关于湘西风情的描述都是很真实。

同学：盛老师，我想接着提一个问题。林白笔下的小镇吸引了很多读者亲自前往参观，那么您有没有想过将您童年生活的地方以及您的成长经历写进您的作品呢？

盛可以： 我没有刻意去写，但我的作品当中可能会透露出这些气息。我没有想过要刻意去营造这样的一条街或这样的一个城镇。我还没有以童年的生活经历为题材来写作。

同学： 在您的《火宅》中，您很钟情于对气味的描写，让我联想到莫言的《檀香行》，沉溺于对声音的叙述。那么请问您是否认为当今的写作是感官的写作的时代吗？还有身为女性是不是还有一些体验生活和感受生活比男性更细腻的特点？虽然您的写作笔法凌厉、冷峻，但不经意之间还是透露出是出自女性之手。

盛可以： 我觉得这应该分两方面来说，从语言方面来看，我觉得我的语言还是比较接受男性化的，因为我是受余华和朱文的影响很大。我在作品中刻意地坚持无我写作；但另一方面我作为女性，我自然也具备女性的一些细腻的东西。我对女性的把握应该是很准确的，这在《水乳》中很明显地表现出来了，那两者结合到一起来，另外感官应该是一种感觉，我觉得在创作中感觉是很重要的。不知你们读过《香水》没有？我读过之后，很受影响。因此对球球这个人物的描述，就赋予了她对气味的敏感。

同学： 您刚才一直强调说，在您的文学创作过程中受到余华和朱文的影响很深，而且你的作品中对暴力的叙述确实感受到了余华的创作手法。那么我们都知道余华后来在他的《活着》《许三观卖血记》开始运用了软暴力叙述的特征，直接避免暴力的描写。那么我想问的是，在您今后的创作中是不是也要抛弃那种直面暴力的写作方式？或者说您以后走的创作道路是想继续这种直面暴力还是把温情渗透到暴力中，不直接写鲜血、暴力和那种疼痛感？

盛可以： 这个问题非常难答。我将来是不是沿着暴力这条路走下去。米兰·昆德拉说过，小说一定要毁灭一种确定性。那我如果现在就确定我要沿着暴力走下去的话，或者在小说当中一直有一个人物的命运被确定下来了，那就会失去非常大的吸引力，这还是一个未知的东西，包括我以后的生活都是未知的，我喜欢这种不确定性，它会吸引我非常有激情地走下去。

徐俊凯： 盛老师，我在想一个问题，当您创作这部小说时，有没有想到它会带来负面的影响？您小说中对情欲的大胆直露的描写，会不会给青少年读者带来很不好的影响？或者我这样问，将来您为人母时，会不会坦然的高兴的把您的小说拿来给您的孩子读？

盛可以：如果我有孩子的时候，他长到十八岁的时候我会给他看的。朱文写的《我爱美元》中有他带着父亲嫖妓的情景，他的父亲非常宽容地接受了。

单昕：盛老师，《火宅》这部作品涉及一个女孩球球从农村来到镇上的成长经历。那么我想问的是，您的这部小说中的少女球球她在成长的过程中，她所寻找的或是她所追求的是什么？那么您作为这部作品的作者，您从这部作品中想寻找和追求的又是什么？

盛可以：我觉得就这部作品的女孩子来说，她对生活没有更深刻地认识，她也没有更明确的追求，她是很盲目的，她就是走着，她也不知道她到底要干什么。其实我刚才也讲了，她是一个缺少爱的女孩子，她来到这个社会上，我所营造的就是她的内心的孤独和她对温情的渴望。球球的身上是综合了我童年的孤独，我通过这个人物就表现出来了。

傅湘莉：盛老师，您好像对您笔下的女性都是比较认同的。虽然您好像持一种旁观者的态度，但您对您笔下的女性特别的包容，特别对于他们的出轨等一系列事情都特别的宽容。

盛可以：我是作为一个女性生活在这个世界上，那当然我是深入其中的。但当我叙事的时候，我肯定是作为一个旁观者去叙事，这样才能达到一种冷静、客观的描述，同时在我的写作当中，我不想有任何道德的立场。

刘明丽：在您的所有创作这个转化过程中，我觉得您的创作是一种自发的，是一种经验写作。一个作家要达到自我超越，那她必须站在一个理性的高度，能够以一个比较开阔的视野去俯瞰人生和整个生活，才能够创作出一个更深刻的作品出来，那么请问您有没有意识到这一点？

盛可以：我以后的创作我还是会关注女性，但是我会把女性放在比较宽广的社会背景下面，其实在《北妹》和《火宅》都是具有比较宽广的社会背景了。当然我觉得写自己是非常狭隘、非常有局限性的。

傅湘莉：作为女作家，您怎样理解女性意识？您对女权有什么看法？您搞女性文学创作，您对生活和艺术的理解的最大的困惑是什么？您将怎样去超越？

盛可以：（笑！）我不是女权主义者，但是我希望所有的女性都是清醒的，都是有意识的。关于女性文学的困惑是什么，这是一个课题，不是一句两句就能说得清楚地，如果说我个人在创作上的困惑，就是如何超越自己的问题。

黄教授：今天确实是一个交流与对话。气氛也是前所未有的热烈，因为今天是一位女同志，而且是一个"温柔杀手"（笑！）。盛可以反复强调她是有情结的，我想可能有两方面：一个是她从小的这种乡村生活构成了一个情结，另一个是她没有在合适的年龄受过正规的大学教育，这两点可能与我们在座的同学形成了反差。盛可以的这种经历是很可贵的，这种情结就是创作的激情。在美国，两任总统：克林顿，出自社会底层，属于贫民总统；布什出自贵族阶层，属于贵族总统，但他们都是成功的总统。此外，布什的班子里有个华裔的女性，她的经历特别坎坷。华人在美国就不是主流人群，她属于弱势群体的这种经历就是一种财富。盛可以在她的作品中所表现出来的对底层的女性的生活的理解的认知，我想是特别可贵的，也是她在文坛上得到大家认同的一个重要的源泉。今天我们的对话和交流就先到这里，我们再次感谢盛可以的到来。

灵与肉的痛感者

马季　盛可以 [①]

一、我常会有远离现实的大胆设想

马季：相对于同龄人来说，你出道算是比较晚的，没赶上 70 后最热闹的时候。能谈谈你在写作《北妹》之前的生存状态吗？从时间上说应该是 2002 年之前，那时候你还在深圳吧，是什么原因导致你辞职专事写作的呢？

盛可以：70 后最热闹的时候，我正在证券公司，为股票的跌涨患得患失，对文坛所知甚少。我在深圳的生活状态是三不稳定：工作不稳定，住所不稳定，情绪不稳定。那时候唯一的理想是调进工作单位。我做过股票，搞过群众文化，写过公文与报告文学，当过记者与编辑，终无缘实现"理想"。2001 年我在某个学生刊物当编辑记者，兼有发行任务，学生文章我写不好，发行搞不上，逐渐对"理想"失去信心，对在深圳兜兜转转的生活陡生厌倦，突然想去一个陌生的地方，写一部长篇小说。从动念到行动仅三天时间，辞职报告还是到沈阳以后递上去的。我常会有远离现实的大胆设想，期待拐弯的风景。

马季：能够体会你的感受，我也一度有这样的选择。这和是否能写出好作品没有必然联系，在水里久了，憋得慌，人这一生能不委屈自己是件不容

[①] 马季，文学评论家，一级作家。出版有《欧美悬念文学史》《读屏时代的写作——网络文学十年史》《消失的王城》等。本文原载《大家》2008 年第 1 期。

易的事情。在沈阳那段时间的心情如何？

盛可以：知屈而后能伸，大约是比较痛快的事情。人是向死而生，提前给自己倒计时，可能会更珍惜时间，更有紧迫感。在沈阳两年的写作生活，尝了寂寞天涯，品了北国风光，非常令人难忘。那是一种极为简单极度纯粹的状态，有一个目标，持一种信念，做一件事——虚构。真的是举目无朋，像个幽灵在居住地附近出没。埋首两年，回到深圳，第一感觉是深圳依然年轻，而我老了。于是，我以我老去的灵魂继续写作。

马季：我感觉你身上有一股向生活挑战的原动力，这是否和你的个性有关？或者说和你青少年时期的生存境遇有关？它和你的写作形成了一种什么关系呢？

盛可以：我家四兄妹，我最小。兄妹聚少离多。脾气暴躁的父亲极为重男轻女。我上小学一年级的时候，父亲病退归乡，我撒野的快乐童年因此画上句号。父亲易怒，动怒则十分恐怖。有一回仗着两个哥哥都在家里，我顶撞父亲，父亲怒而操戈，先是扁担，被我哥哥夺走，后又抄把菜刀，见两个哥哥都阻拦不住，我才拔腿逃奔，同学的母亲将我藏在她们家里，我度过了这辈子心跳最快的时刻。我和姐姐的成长都是忧郁的。我姐姐至今说起来还会掉泪。为了逃离家庭，她仓促嫁人，而我选择了独立。我曾经仇恨父亲多年，并易父姓为母姓。多少年后我仍会梦见自己被父亲追砍。父亲早就老了，我们也早给了他宽容，只是心里仍有隐痛，也许这种隐痛会伴随一生。我还有个九十三岁的爷爷，他年轻时丧偶不曾续弦，过得十分逍遥，嗜赌，好读古书、吟诗作赋写书法，一辈子不曾关爱子孙，至今依旧。我知道我的作品中缺乏温情与柔软，女主人公大都性格冷硬心地善良言语刻薄，语言往往像怀着利落的仇恨，很少拖泥带水。我喜欢准确、简单、直接、彻底。我怀疑一切。仇恨曾经引领我向前，现在是理性，一种先行老去的理性。

马季：从作品来看，这几年你观察事物的角度正在发生一些变化，这当然和你的生存状态有关。你觉得自己安排生活的能力怎么样？很快就能适应新的环境吗？

盛可以：我是一个比较有条理的人。在无可依赖的情况下，能在生活中体现惊人的潜力（包括体力）。我喜欢独立思考，适应性强，也比较善于调整自己。我喜欢新环境，有时会做一些规越矩的事。很难想象，没有新的东西涌入，生命如何保持鲜活。

二、对语言意境的追寻几欲使我心火绝灭

马季：七十年代生人中的异数。不止一个人对你做出这样的评价，当然是指文学意义上的。你认为这个评价里包含了什么？日常生活中你是强调个性的人吗？

盛可以：七十年代生人中有不少优秀的作家：冯唐的古文幼功，魏微的缓慢沉着，戴来的智慧利落，李修文的典雅忧伤，使他们的作品各具特色。我喜欢独处，偶尔疯癫作乐。我不太善于和人交往，有一些个性化的坚持，性格上羞涩与狂欢的矛盾。喜欢小狗、小猫和小孩。一直和小孩子玩得很好。在老家的时候，上幼儿园的小孩经过我家门口时，都会调皮地喊我的小名，找我玩。

马季：性格中自相矛盾的地方，有时候恰恰是写作的某个启动点，你会不自觉地问自己这里面藏着什么东西，疑问也就是这样逐步形成的。

盛可以：自我斗争是一个大有深意的世界，甚至所有的矛盾冲突都是由自我斗争引起。可以说，个人性格的复杂，在某种程度上决定了作品的丰富性。假若一个人缺乏内省，对事物持单一的见解，没有自我反驳与自我说服的有力撞击，可能很难形成某种张力。

马季：你的一些中短篇小说以及后来的《水乳》，曾在网络上受到过关注，李少君因此还写过一篇短文《盛可以们与网络时代的文学》，拿你当坐标来讨论新的文学现象。当然，时代不是个人所能选择的，但写作态度却是自己能够把握的，能就此谈谈你所经历的写作之路吗？

盛可以：我对"文学"从开始便有自己的认识与内心的尺度。当我决定使用"盛可以"这个名字时，就野心勃勃地奔自己的文学理想去了。《水乳》是直接刊发《收获》的。我很乐意谈我成为网民的经历。1999 年，我因参与政府公益廉政广告比赛的工作而接触到网络，一头扎进聊天室，一聊便是两年多。那时候聊天很纯洁，都文绉绉的，炫耀才华，鼓动不烂之舌，展现自己的语言魅力，不像现在的人，要么查户口，要么劈头就问女性三围，直奔主题要求睡觉。我那时固定在深圳的"文学天地"和碧海银沙的"红楼青衫夜读诗"两个文青待的地方玩。两年后才知道网络有 BBS 和社区，于是开始参与网络纷争，写批判文章，到处流窜，于是发现许多文学论坛，包括"小说

包间""新小说论坛""诗江湖""他们"等等，到处当版主、扔板砖，废寝忘食，疯狂数月，直到某天读到余华的《现实一种》和朱文的《弟弟的演奏》，突然做起小说来，又不懂投到哪里，写了便贴到网上穷开心。当时许多杂志编辑也在各论坛出没，《作家》杂志的首席策划李修文，看到我一篇四五千字的东西，连续四次提出修改建议，这便是 2002 年《收获》杂志第六期上的万字短篇《TURN ON》，责任编辑叶开也给我很大的鼓励，约我再写，于是一鼓作气完成长篇《水乳》。

马季：《水乳》之后我看了你的几个短篇，感觉最明显的是，你的领悟力很强，每篇作品都在试着调整自己，好像是有一股气顶在那里。

盛可以：我在一篇创谈中曾谈到写作的几个阶段。初期是把语言弄得鸡飞狗跳，凭着一股腾腾杀气，提刀满院子追赶那些赤足狂奔的高级动物，盲砍乱剁，缺少阅读以及对小说本身的认识，缺乏成熟的构思及布局。后来开始思考运用何样的技巧使跳跃的姿势更加漂亮。由于阅读和经验的影响，以及虚无感与对自我的质疑，一度使写作风格摇摆不定，焦虑与浮躁一度主宰了心境，对语言语感语速词语意境的追寻几欲使我心火绝灭，内心多次遭遇先锋与传统、内敛与嚣张、尖硬与柔韧的矛盾冲撞。用灵魂叙事，朴素、真实、向内、深度探索人性与精神维度，用词语的利刃剖剔真相、混乱、虚无。我觉得文学是纯粹的、洁净的、真诚的，任何企图给它染上颜色的想法，都将不击自溃。

马季：你出现在读者视野中的时候，正好是"经典"遭遇解构，文学市场化兴起。由价值观碎裂引发的审美混乱，给每个作家设置了障碍，同时也预留了机遇。从这个层面上来说，你是生逢其时的，可以写得"任性"一些，"凶猛"一些。这使你的叙述保持了原生状态，富有活力和生机，也不乏粗糙的痕迹，你如何看待自己那段时期的写作？

盛可以：我当时对文学流派、文学动态、文学处境一无所知。对我来说，我写，便是我的时期。我那时精力旺盛，愤世嫉俗，延续写斗争文章时的盛气，不敛不节，恣意率性。没多久，李修文对我说出了一个词："节制"。这个耐人寻味的词让我深省，并至今警惕，益处匪浅。颇为庆幸的是，我迅速察觉到此时文学的弊病，同时意识到自己的问题，发现了亟于表达、亟于收获的浮躁心态，是创作中致命的弱点。《水乳》之后，长篇《火宅》是一次风格调整尝试，不太成功，反丢了一些东西。这个时期的短篇风格变化不大。韩东曾说从我的作品中看出我缺少阅读，他说得很对。我慢慢开始读卡夫卡、海明威、马尔克斯。这让我想到湖北作家苏瓷瓷，我们写作的开始有几分相似，只不过她才气逼人。

三、世界的真相与假象是混杂的

马季：我觉得你对精致写作的怀疑是与生俱来的，你不习惯文雅的叙事，但我想象不出你的生存状态，你真的离小资很远吗？深圳那地方，怎么形容呢，能不能算是小资的天堂？你到底受什么样的文化影响比较深？

盛可以：说个有趣现象：有这么一个男人，文章蓝天白云，曼妙优雅，颠倒众女生，其人却指甲藏污垢，当众抠鼻屎，肮脏懒散，臭味隐约。文雅叙事和小资生活应该没有什么关系吧。我写《北妹》，有意还原生活本质，钱小红那种身份的人说话就是粗俗，不加修饰。我个人不喜欢将幸福的痕迹带到大庭广众之下并喋喋不休，也不喜欢忆苦思甜。我常常感到无话可说。无话可说是因为自己渺小、卑微、无知。深圳人算小资吧，但是钱多，闲情少，又受了环境的腐蚀。小资的天堂应该在上海，那里有对生活细节的精致追求与挑剔。当然，对上海我了解不多。2006年开始，我的写作和阅读发生了革命性的变化，应该和年龄与生命状态有关。从我的长篇《道德颂》以及其他中短篇不难发现。读过一段时间的西方哲学、小说、诗歌，对中国古典文学仍是情有独钟，唐诗宋词元曲、明清小说语言等，是我骨子里追随的东西。现在年纪大了，会喜欢读史，对故去的、陈旧的东西感兴趣，包括书、人、事；会想到做什么样的人，读诸子百家，识文字变化，生了厚古薄今的心理。

马季：格非的新作《山河入梦》不知道你看了没有，我觉得这个作品在延续传统上的努力是有启发作用的，很值得关注。关键是精神上的延续。这就要求作家在生活中思考、发现，并捕捉中国文化的精神"脉络"。这是要求功力的，是新一代作家所面临的严峻考验。

盛可以：格非的《人面桃花》我读过，叙事的典雅精致是我喜欢的。任何时候，小说语言的古典气质与魅力都令人心醉神迷。母语滋生的复杂多义变化无穷。如果舍弃古典小说传统中的灿烂而一味追求西化，我们的文学将会留下巨大的遗憾。至于精神上的延续，在我们这个聒噪的时代，这的确是一个值得深入讨论与深刻反省的话题。包括做文学的精神，还有做学术的精神，其价值内涵的裂变有目共睹，不妨多回头看一看，对照，内省。有内省，便有希望。

马季：背井离乡已经成为这个时代人生存状态的重要特征之一。我发现你的"异乡"叙事几乎是单向性的，不涉及和家园生活的比照。不过，我仍觉得这是个表象。一个作家在根子上还是和自己内心里的那个世界分不开的。我想知道，多年来你身处异乡的感受是否有过一些变化，湖南地域文化对你产生过怎样的影响？

盛可以：我对"异乡"的向往远甚过故乡，我酷爱"异乡"，酷爱别处。事实上，我的故乡已经变得越来越让人讨厌。我说的故乡是指我的乡村以及那个小镇。近两年我不想回去了，我不愿意看到乡村那种表面的富余与精神内在的衰败。留在我童年记忆中美丽的小河不再流淌，被个体户承包肥水养鱼去了，而养猪致富的农民将瘟死的猪抛进河里，多时河面会白花花的，满村尽是猪粪臭，苍蝇逐人；人口的过多繁殖使房屋凌乱增长；清寂的乡村热闹无序垃圾成山；堤畔的垂柳林没了、道路更烂了、淳朴的民间艺人消失了、花鼓戏没人唱了，男女老少都在麻将桌上蹉跎。至于对小镇的失望，我在《道德颂》中有过一段描写。总之一句话：我童年的乡村被岁月糟蹋了。我也不知道湖南地域文化对我的影响，大约血液里涌动的，骨子里藏匿的，都与此有关吧。

马季：中国的变化是复杂的，有些东西去了将不再，有的我认为还会变回来，我相信是这样的。在感性上我们当然不能接受某些变化，但它又是现实。你看城市的变化，在表面上很好，但也有不少内伤。现实去往何方？你的小说不也在提出类似的问题吗？

盛可以：是的，有的东西去了，是真的去了；有的去了，只是表面的去了。就像文学，文学本身没变，只是被一些人打斜了，看歪了。世界的真相与假象是混杂的。倘或随波逐流，人便若浮草；而坚守便成了可贵的精神品质。中国的变化，添了新贵，也丢了旧宝，很多事物相克相生，如果我们缺乏对人性对灵魂对道德修养的关注与重视，好的会变成坏的，坏的将会更朽。社会的秩序便是人心秩序，世界由人组成，人的问题在于心，人心不在妥善的位置，那这个世界乱了。巧言令色智谋百出，不如坚守自然无为，我们也许该重新审视传统文化，对其精髓表示敬意。

马季：从《北妹》里的钱小红到《水乳》里的左依娜，你对女性痛感的表达非常凌厉，甚至不乏血腥和怪异，尤其是对人性残存尊严的紧逼和追问，让我的阅读不止一次停顿下来，然后重读某一段落。我想知道，是什么动力推动你的叙事的呢？

盛可以：写作中我常常感到无法控制主人公的言行，她们本身有一种你无法左右的力量，当我将她们推到某个情境的时候，她们会反过来牵引我，我们之间产生某种配合与默契。我的每一部作品中都浸染了悲观与虚无，它们就像导盲犬，在我的精神世界里穿行。废墟中站立的，除却断壁残垣，还有阳光、想象和虚无。悲观与虚无并非消极，它们在我内心引起复杂的纠缠，可以说，小说便是这种纠缠的结果。

四、人是最脆弱的，也是最坚韧的

马季：你是个悲观主义者吗？对当今社会的女性生存状态有哪些看法？

盛可以：是的。我是个悲观主义者。我认为悲观是切入世界、认识世界最好的方式。当然悲观不是撒手等死，它赋予人冷静与内省的精神空间，能比乐观产生更大的价值与动力。当今妇女的权益和地位得到了保障，但妇女并没有获得解放，因为她们仍在自己的精神牢笼里，没有解放，或是不愿解放自己，所以妇女仍然是社会中的弱势，是家庭婚姻里的弱者。

马季：在你的新作《道德颂》这部小说中，开始出现了理性的色彩，我依稀听到了一些思辨的声音。这可以视为你在写作理念上的一种变化吗？你是否还持有当初写作《沉重的肉身》《无爱一身轻》《干掉中午的声音》时看待生活的基本态度呢？

盛可以：动手写《道德颂》之前，我正陷入对写作的怀疑中，几乎崩溃。我知道，所构思的故事本身没有惊人之处，如果没有深入的心理分析与对道德的怀疑、追问、探索以及独特的语言与细节来有力地支撑整个长篇，小说将会失败。这个难度挺大，但我信心十足地完成了这个挑战。《道德颂》是我写作上一次满意的调整与改变，它是我创作以来的一个新高度，是我这半生最珍视的一部作品。理性叙事是这部作品的基调，给从前的尖锐与张扬裹上内敛与理性，在对心理的揣摩与刻画上不遗余力，将人性、善恶以及所谓的道德全部劈作两半，让它们的界线模糊不清，摇曳不定。李敬泽曾经说，

《道德颂》"是迄今为止小说对我们这个时代人的道德境遇和道德体验的最为有力的表达和探索",对我个人而言,是对自己的生命以及写作进行了一次革命。与当初写作相比,我看待生活的态度一个最大的转变就是:以前坚决反对以德报怨,以善对恶,认为应该以恶制恶,像鲁迅说的那样,绝不宽恕,现在我主张宽恕一切,清除心底任何的仇恨与嫉恶,拂去这些人为的尘垢,还心灵纯洁与净土,还灵魂平静与安宁。老子的《道德经》旨在宣化自然无为听天由命,要求人们无欲、少智、守柔、退让,整个小说中,"少智"与"退让"在女主人公旨邑的行为上得到充分体现,她最终心怀大爱,清静无为。

马季:往远处看,道德一直是文学的重要母题,从近处观察,道德可以说是当今社会最复杂的问题之一,社会转型期的各种欲念都在这里聚集了,因此媒体经常动用"底线"这个词来强调它的危急。你写《道德颂》的最初动机是什么呢?

盛可以:法制社会的弊端是,道德钻了法律的空子。人们只对"法律"负责,不对自己的言行负责,更少对他人负责。从外部规范行为,只能维持表面的秩序,就像婚姻,我们看到的那些井然有序和睦生香的家庭,旁人看来,很和谐,很团结,又有多少是内里溃烂已久的啊。早已"礼崩乐坏",权且掩耳盗铃,他们有秘而不宣的"底线":关门窗以绝风浪,维持一百平方米左右的家庭结构。《道德颂》的"颂"字,集中表现了小说里的人物行为,是讽是赞,道德还是非道德,读者心中自有分数。我想通过《道德颂》表达这些问题:何为道德?前面讲的那类家庭,是否道德?第三者的爱情是否道德?水荆秋与梅卡玛的合谋算不算道德?被逼迫堕胎算不算道德?对天性的扼杀道不道德?比不道德更坏的是什么?是法律吧。在某种性质上,法律就是所谓"道德"的帮凶。

马季:这些思考构成了这部小说,它是我们日常经验中,最活跃变异最大的部分,能拯救一个人也能毁灭一个人。我说不好它的最终状态是什么,也许是宗教?不知道你有没有这样想过?

盛可以:当人趴在地上的时候,只能看到别人的脚后跟。人是最脆弱的,也是最坚韧的。人身上有作为高级动物的尊贵品质,也有类同低级动物的卑贱潜在,无不由生活与苦难将它们激活。在小说中,女主人公如果没有巨大的精神支撑,不管这精神是来自谢不周还是来自她内心的省悟,她绝不可能因虚无诞生大爱，诞生宽容，并以一颗伤痕累累的灵魂去怜悯置她于死地的人。对女性来说，这可以说得上是一种精神解放，这种解放使她获得强大、高贵与尊严。

五、我能感觉到自己对生命认识的变化

马季：语言的节奏感在你的小说中和人物的行为取得了一致，这个努力使作品具有张力和韧性。你希望借此获得叙事的力量，是这样的吗？

盛可以：阅读小说，始于语言。小说语言是第一位的，甚至可以说是语言赋予小说文学的意义。我在写作时会反复读，避免在相近的句子里重复使用同一个动词，通过剔除多余的字，简化句子，调整词句顺序等达到阅读上的上口与流畅。语感节奏是音乐，即便是最冷峻铿锵的语言，也将充满诗性。我有个怪癖就是喜欢用喻，不用喻无以为继。反之，在获得精彩的喻义之后，感觉气上丹田，语言这个浑圆的球，可以滚上好长一段。

马季：你的写作速度如何？有自己感觉比较大的需要克服的障碍吗？

盛可以：我现在的写作速度很慢，我感到写个故事不难，在细节与语言上推陈出新不易，有时候一个下午就磨一段对话，只为寻找一条暗喻的小径。语言文字的魅力大约不在于你讲出了什么，而在于你用什么来代替你正在讲述的，我想让语言是成为一场隐喻的游戏。《道德颂》之前，我在想怎么写，现在，我在想该写什么，"写什么"成了我现在最大的问题。

马季：独特性是文学生命力的重要指标。不同于别人的地方，才是你的，但这个不同是从生命原点上出发的，它一旦被"文化"覆盖之后就会变得虚假起来，不由自主的虚假。所以我宁可看到你小说中有不完美的地方，也不愿看到你被归类，尽管保持异质不是件容易的事情。想听听你的看法。

盛可以：是的，在生活中，难免要磨去一点棱角，这是一种成熟。对待艺术，失去个性风格，可能会流于平庸，这是一种退化。生活中可以作出某种妥协，艺术追求必须要坚持理想，用最真实的灵魂抒写。宁愿沉默也不要虚假。深不可测的社会里潜藏着无数的撒旦，它们化身为甜蜜的果子不断地引诱文学，引诱作者。我不是贪婪的人，倒希望自己"瘦骨嶙峋"。我能感觉到自己对生命认识的变化，作品的内在精神也在随之改变，也许

厚重，也许空灵。对我来说，寻找独特的叙述语言与叙述方式至为重要，也是最难。

马季：在沈阳的时候你说过，"找一个自己喜欢的城市，一个安定的环境写作读书，是我最大的心愿。"这些，现在看来算是实现了吧，那么对未来，你想说的是什么呢？

盛可以：我喜欢的城市，总是与我擦肩。我很少想未来，也没有长远计划。未来我会更老，那就让自己老得有魅力一点。把握好现在，未来会有它的形状与颜色。

马季：能谈一点往事吗？比如说，童年生活对你的写作产生过影响的事情。能描述一下你的家乡吗？

盛可以：往事如烟，丝丝相缠，取哪一缕说呢。前面提到过我家那条美丽的小河，我对河对面的世界充满想象。十岁那年夏天，我终于游到了对岸，兴奋地爬上堤，放眼一望，景色与我的乡村一模一样，沮丧极了，几乎无力再游回来。我的家乡没什么特点，和大多数乡村一样。小时候过年很有意思，舞龙、耍狮子、草台戏、湖南花鼓、打莲花落……一直要热闹到元宵以后。最为有趣的是赛灯，两岸人在各自的长堤上燃起十里火把（或点煤油灯），夜如昼，放鞭炮、烟花，毫无恶意地扯起嗓门对骂，小伙子和姑娘借机搭讪调情，整个长堤上人头攒动，彻夜沸腾。这才是我记忆的童年，我喜欢的乡村。

马季：问一个和阅读有关的问题。你现在在读什么书？你喜欢怎样的阅读方式？哪几本书影响过你的写作？

盛可以：刚才有所提及，去年在孔夫子网买了很多旧书，《论衡》《春秋繁露》《孟子正义》《二程集》等等，对我来说，读小说是做功课，这类书让人清静无为，是真正的闲书。我读书不多，印象深刻的书或篇目有《一件事先张扬的凶杀案》《局外人》《现实一种》《追忆似水年华》《地洞》《水浒传》……挺多的。

著名青年作家盛可以访谈录

阚兴韵　盛可以①

一、我需要一种改变，内心渴望改变

阚兴韵：最近都在读你的作品，长篇小说《道德颂》《无爱一身轻》，还有一个短篇小说集《取暖运动》。它们给我印象颇深。我感激那些让我明白爱与信仰，让我对这个世界充满信心的作品，我也感激那些打开生活真相的作品，它们总是闪耀着智慧的光芒，让人变得清醒和理智。我觉得，你的小说属于后者。评论界说你像利刃，尖锐无比，百无禁忌。在我想来，这真是需要足够的勇气，还要足够的真诚。你应该是个敢爱敢恨的人吧？你的写作果真无所顾忌吗？

盛可以：谢谢你的阅读。我想我是个听从内心召唤的人，极少为难自己，或者说伪装自己。我有足够的赤诚真挚，体内也具有诸多不可思议的"抗体"，所以有人觉得不近人情，不可亲近。我的态度是"不患人之不己知"，我也不想刻意去了解别人，顺其自然。以前被人误解、诽谤或者污蔑，会气得浑身发抖，后来对自己说，那是些无谓的人和事，不足挂齿。人和人之间的关系很微妙，有的心有灵犀一点通，一望即知是同类，这样的交往是轻松愉悦的。我喜欢简单和带有明快的忧伤。我对很多事情总是

---

① 阚兴韵，记者。本文原载《温州晚报》2009 年 4 月 18 日。

从开始先一眼看到了结局，过程是虚无的。人活着无非就是自己看自己演戏，更换角色、搭档、内容、服装，戏份足不足，演得好不好，自己在幕后看得一清二楚。一个人不可能百无禁忌，写作更不可能无所顾忌，有所顾有所不顾，有所忌有所不忌，有这种选择作品可能才带有个人特征。我的无所顾忌更多程度上是一种气势与元气的体现，貌似剽悍野性，其实也是驯化后的存在。我无法使用柔软的词句或语气，那样觉得文字和情绪都疲沓不堪，我要的是浑厚的唱法，声音来自丹田，而不是直接从嗓子里嘣出来的单薄脆音。

阚兴韵：你走上文坛时起点是很高的，当年就获得最具潜力新人奖，创作速度也很惊人，一年间出版了三部长篇小说和十几篇短篇。你曾说过2002年初你开始尝试写小说的时候，文学刊物看得很少，因为"不知有汉，无论魏晋"反而能放开手脚，心无旁骛。这些年来，感觉你的作品面貌在不断发生变化，速度也慢了下来，你对目前这样的状态如何理解？满意吗？

盛可以：刚开始写作是爆发式的。爆发无疑是一个短暂过程，而写作是一种缓慢坚持，如何持续创作就成了爆发后面临的问题。前不久和一个杂志主编聊天，他谈到当下小说的几个缺憾，比如文本、比如想象力、比如大众化的公共语言等等。的确如此，人们似乎更关心小说里的事件，表达了什么，关心了什么，文学的社会意义在压倒文学性，人们越来越看不起个人叙事里的小我、精神的苦闷以及卑微的日常生活，有的作家们心猿意马，放弃内心，去捕捉社会热点、焦点，写于他内心不关痛痒的东西。我更多地感觉自己是个失败的写作者，毫无奇异才情，没有好文本，缺乏想象力，常被语言弄得精神错乱。我最近脑子特别迟钝，天天下载电影，看得昏天黑地。我需要一种改变，或者内心渴望改变，但具体说不清楚。

阚兴韵：人是社会性的存在者啊，表现"小我"怎么就没有社会意义了呢？一个文本能感动它的读者就完成使命了。那创作中你是更多考虑表达自己，还是更多考虑作品的文学价值、社会价值？

盛可以：创作时只有人物和命运，有时候连自己都没有了，更谈不上顾及作品之后的事情。人物写活写好了，故事写丰富写饱满了，语感不丢，字句湿润干净灵泛，内心倾泻一空，如释重负，就心满意足了。

二、完美生活是假象，我无法自欺欺人

阚兴韵：你小说中的那些爱情和婚姻故事，看起来都在"干掉"爱情。《无爱一身轻》朱妙一直游戏爱情，到了三十岁想抹掉过去找男人结婚了，一连串打击砸得遍体鳞伤；《水乳》里，左依娜的婚姻被背叛、不忠与欺骗伤得千疮百孔。《道德颂》里，我们清楚地看到爱情从美丽到腐烂的毁灭过程。这样处理是出于主题的需要，还是这就是你当时的爱情观呢？

盛可以：我对于完满结局不持乐观态度，看到大团圆的电影总是怅然若失，我认为只有平庸才会达到完美，真正的完美是一种欠缺。完美生活或完美爱情是一种假象，这是我的观点，我无法抛开我的认识自欺欺人。我想写精神痛苦与煎熬，写历尽酸辛后对生活仍怀友爱与宽容的心灵，我不想写成童话，不想小说励志，我写有些人是这么活着，卑微且高尚，痛苦但不失希望。一切都只是腐烂的过程，清楚地认识到这一点，有利于更好地活着。所以我小说中的女性多为冷静理性的。

阚兴韵：而且她们都很沧桑。比如朱妙，她该经历过多少不幸的事啊，心态怎么会那么沧桑呢。虽然读这些故事有可能让人一下子成熟很多，但说实话如果我有女儿，我宁愿她在三十岁前或者结婚前保持天真。不是否定你的作品啊，这些小说都是好的，尤其《道德颂》，读来十分有趣，酣畅淋漓，跟着人物和情节，心情起落数十回，读完心里好像老了好几岁。小说简直把人的欺骗和自欺都写尽了，就是一部"道德讽"。当时如何开始创作这样一部小说？

盛可以：这部小说最初起名《道德》，就是想写现在的社会现象，我认同没有道德现象，只有对现象的道德解释的说法。如何道德如何不道德，有时是硬币的两面。正如你说的，这是一部"道德讽"，用世俗的眼光来看，每个人都会成为谴责对象，每个人都是不道德的，但又有掩藏不住的人性光辉，值得同情，令人唏嘘。歌颂或批判都不是我的用意，当初原本没打算写这个小说，因为故事并不新鲜，如果不在小说叙事和深度挖掘上下功夫，很可能会是一部不堪的作品。我着重写一个普通的女性精神世界与内心挣扎，对她在绝望与痛苦时的心理做深入彻底的探索与呈现。我认为我尽了最大的努力，并且达到了自己的要求，我很喜欢《道德颂》。

三、有知识有良知，且敢付代价的人越来越少

阚兴韵：虽然你总是很冷酷，在小说中极尽嘲讽之能事，但细细品味，其实笔下人物几乎都有可怜之处。唯独水荆秋是最糟糕的一个了，我实在找不到原谅他的理由。不知道你塑造这样一个人物的时候是一种什么样的心情。另外"历史教授"身份应该也是有你的深意的吧。我想你对"知识分子"一定有很高的期望。

盛可以：我想无论是知识分子还是平民百姓，首先他是一个人，是人就有缤纷的人性，其次他是一个男人，是男人就有男人的劣根性，有男人的虚荣与尊严，有男人的苟且与虚伪。我认为像水荆秋这样的男人很多，也许他一直善良多情温柔厚道，他真诚地爱着某位女性，并且也饱受相思煎熬，相见恨晚，这种感情大大地丰富了他枯燥乏味的婚姻生活，他的生活因此取得平衡。一旦哪位女性威胁到他的家庭，他的天平立刻倾斜了，为了保护妻儿（家庭），他把魔鬼的那一面朝向哪位女性，令曾经的眼泪和爱情一文不值。有时候我觉得水荆秋这个人物太真实太不文学了，我恰恰缺少了对他的塑造，他和我们身边的人一模一样。关于知识分子的定义以前曾有过争论，《辞海》里的解释是"有一定文化科学知识的脑力劳动者"，我觉得好笑，因为这类人一捞一大把，知识分子不是这样批量生产的，我只知道"只问是非，不管一切"的有知识有良知并且敢付代价的人越来越少了。

阚兴韵：其实《道德颂》中的每个人都有精神疾病，即使是你比较偏爱的旨邑、谢不周。也许我们每个人都是这样。

盛可以：人总是有这样那样的问题，时常面临精神困境而得不到解决，所以个人内心会有矛盾，人和人之间会有冲突。人是一个个体，他是独立的，每个人都有自己的思想结构与观念世界，不存在绝对的正确与真理，也不能单纯以好或坏评价人，生活是复杂的。我们甚至不了解自己，也很少有机会了解自己。一个没有精神疾病的人是可怕的，一切"正常"会是他最大的问题。

四、我对生命持悲观态度，但总是努力让她精彩一些

阚兴韵：有人说你"在短篇小说中直接置人物于死地，在长篇小说中是一点一点地将人物推向绝境"。所有的算计都是落空，所有的挣扎都是徒劳，所有的希望都是虚妄，所有的命运都是凄绝和无奈。你是比较悲观的人吧？《道德颂》结束时，旨邑的无比安详也许算是你写得最温暖的一个结局了。

盛可以：关于短篇小说中直接置人物于死地的做法，有朋友和我交流过，他认为不应该让人物走向绝地，比如死，比如变异，而是要让他继续生活的苟且，让他情绪压抑呼吸困难，但不得不活着。手法过于强硬，反伤作品。我听了有醍醐灌顶之感。后来又仔细想过这个问题，越来越认同朋友的说法。

我对生命持悲观态度，但总是努力让她精彩一些。如果一生被仇恨以及各种狭隘的情绪包围，人会活得小气，过得辛苦，所以在《道德颂》中，旨邑最终以超脱与宽恕面对所有的恶，内心的安详成为雨后的一抹彩虹。旨邑没有自杀，或者鱼死网破，而是坚强站立，宽恕了匍匐的水荆秋，证明了女性的强大，她的精神并不会被男人摧毁。

阚兴韵：宽恕是境界，旨邑那一刻真正是无欲无求了，但愿她感觉到了幸福。突然想到你那个短篇《镜子》。倘若世界上没有镜子，没有人真正知道自己的模样。其实我们每个人都是对方的镜子，也要学会从对方眼里看到自己。大概小说也像一面镜子，通过它知道了自己的模样，然后能够"精神复活"。

盛可以：写小说的好处在于你在作品中认识了各种各样的人，你似乎参与了一些事件，那里的人物在和你商量，怎么办，死去还是活着，杀人还是自杀，你要替他分析，权衡，有时跟着他一起悲伤，愤怒，恐惧，在某一时间段你和他们一起生活，关键是走进了他的内心世界，有时他就成了你。你既要从里面挣脱出来，又要牢牢地把握他的精神命脉，在小说里探索诸种可能性，于虚拟的现实里发现深藏的人性。

五、写下她们，心里总有一种无法消除的疼痛

阚兴韵：我觉得你的一些短篇很好，像《缺乏经验的世界》《手术》等，故事好，结构也精妙。但你似乎比较偏爱长篇？好像有几个短篇又改成长篇的，比如《道德颂》就是《赢》的发展？

盛可以：无论是用键盘还是用钢笔、毛笔，只要是写字，我都喜欢。个人感觉写短篇比较拘谨、矜持，像个早起梳妆的贵族少女，被礼所缚，条条框框很多，要束胸、要收腰、配首饰，选裙衫，尽是细致活，写长篇恣意痛快，像平民百姓，便装一穿，跨马就向野外奔去了。关于你说的短篇改成长篇，其实不是那回事，是我在写长篇的过程中，杂志社请我节选一段给他们用，于是我就选了相对独立的章节给他们。

阚兴韵：特别喜欢你小说的语言。干净，老辣，节奏感很强，文字里透着一股狂欢。最难得的，你总能找到出乎意料的词语。有过特别的训练吗？

盛可以：写小说我最注重语言，长短节奏、语调、音韵，都会考虑，有时自己反复地读，感觉多字就剔除，少字就补上，或者换词。越来越感觉，我们平时说的话，其实是很好的语言，直接、朴素、简洁、干净，如果有人说话老用华丽的形容词会很可笑，定语太多会像个神经病，最好像夏天姑娘身上的衣服，越少越好。写小说应该不像特种兵，有一套特殊的训练方法，如果有的话，那就是阅读与悟性。

阚兴韵：写过这么多故事，你自己有了怎样的成长呢？它们对你自己的生活有多大的影响？

盛可以：我家在益阳乡下，小镇，河流，长堤、桑田、柳树林……人们生活艰辛，所以我认为家乡美丽但不美好。整个青少年时期几乎无书可读，我在二十岁以前读过的文学作品屈指可数。但我记下了很多人和事，甚至发生在我六岁以前的，我都记得一清二楚。我无比怀念忧郁并快乐的童年。我的短篇当中有些写农村女性的，就是凭借对某个真实人物的记忆来塑造她的生活与命运，比如《归妹卦》《青橘子》等等。她们使我对女性，尤其是农村女性，心里总有一种无法消除的疼痛。

想象生活的可能性

张昭兵　盛可以[1]

　　张昭兵：读你的作品，感觉你有很强的"问题"意识。早期的《干掉中午的声音》《快感》，还只是对"问题"的直感，写作表现的主要是"情绪"，"问题"留在了幕后。后来的《鱼刺》和《手术》，则把"问题"推上了手术台，写作显得睿智而犀利，但"问题"还依然是"问题"，它只是被解剖，并没有被解决。《道德颂》让我感觉到了一种"了断"，类似于张爱玲写《色戒》的意图。有学者把《色戒》看作是张爱玲的"了断"和"辩解"，"'了断'她的私生活遭遇民族大义时所产生的道德混乱"，"自己跟自己辩解，她心里并没有'观众'"。你觉得你的《道德颂》和《色戒》之间在写作意图上有可比性吗？

　　盛可以：昨天晚上喝两支啤酒人就有点飘忽了，直到今天还是恍惚。从酒回到文学上感觉很荒唐，酒打开了世界，而文学会让人关紧门窗，焦虑紧张。正如你所言，小说中没有解决"问题"，文学只是加剧自闭，帮助我以虚构的方式打发时间。我并不想解决什么"问题"，不值得解决，没必要解决，或者没有能力解决。没有看过《色戒》，我对张爱玲的热情停留在九十年代末，但我能想象你说的"了断"和"辩解"是怎么回事。写作存在多种意义上的了断，对自己、对历史、对遭遇，甚至对一种完全虚无的东西作梳理

---

　　① 张昭兵，复旦大学中文系现当代文学专业博士，研究方向为二十世纪中国文学史及当代文学批评。曾担任《芳草》文学杂志（网络版）"现场评刊"评论员，《山花》杂志"全国大学生原创小说展"栏目专评，主持过《延河文学月刊》的"博士论坛"，参与创办并主持《青春》杂志的"青春热评"栏目。本文原载《青春》2009年第6期。

○ ○ ○　　**327**

与了断，有时候写作是一场战争，自我说服，自我打倒，自我矛盾引发冲突与流血。《道德颂》是事关一个女人精神领域的战争，她身陷其中，呈现生活的原味，她自我审判，自我拯救，宽恕、超脱，这一过程同时体现了女性的强大与脆弱。

张昭兵：你自言在写作《道德颂》的前两年，"处境低迷，所想多于所写，许多观念发生了颠覆性的转变"。请问那时你在想什么，哪些观念发生了颠覆性转变呢？

盛可以：大部分指的是写作状态，处于低潮期，对写作和自己都充满怀疑，几乎要崩溃，被虚无感笼罩。我总是悲观的，从生看见死，从爱情看见坟墓，从幸福看见腐烂，从花开看见花落。《道德颂》的语言给之前的尖锐与张扬裹上了内敛与理性，也可以说是对自己的生命以及写作进行了一次革命，看待生活的态度最大的转变是不再反对以德报怨，以善对恶，以前认为应该以恶制恶，像鲁迅说的那样，绝不宽恕，现在主张宽恕一切。超脱者是幸福的。没有仇恨与嫉恶，心无尘垢，灵魂平静安宁。

张昭兵：你说《道德颂》让你"耗尽心血，大伤元气"，"惊心动魄几回，伤魂洒泪数次，几近于五内俱焚。"以"呕心"之笔写"切肤之痛"，的确给人"惊心动魄"之感。但这样的写作也可能是一种自杀式的写作，后来《缺乏经验的世界》显得有些"绵软"，《袈裟扣》近乎"疲惫"，是否与《道德颂》的竭尽全力有关呢？

盛可以：真是名师出高徒，你很敏锐。《道德颂》写得特别艰难，是所有创作中最痛苦的，在我对写作充满怀疑，状态低迷，对完成的作品总不满意的处境下，要着手弄一部长篇，显然很不合时宜，那简直是与自己过不去。但我了解自己，离开写作的思考都是空想，我只能在写作中寻找出路。在我胡乱写了一万多字的废话后，我找到了我觉得十分舒服的叙事方式，舒服很重要，这意味着好的感觉，否则就像吃饭时嚼到沙子。我倾其所有，耗尽心血，我必须在这部作品中突破自我，重树信心。写完之后，仿佛整个生命都空了，并且很久都不碰文字，与文字神秘相融感觉完全消失了，反应也是迟钝麻木，我想可能失去写作的热情或能力了。这段时间持续了一年多，慢慢地磨了一篇《缺乏经验的世界》，求变求异求独树一帜，语言风格也变了，偏向古典与唯美，应该说这种重大转变与我的多种观念的转变紧密相连，甚至可以说是人生一大调整。以前看过《一个女人一生中的二十四小时》，着迷于茨威格的心理叙事，从这个意义上来说，《缺乏经验的世界》是《道德颂》的延续，着重点在心理刻画与探索。你对《裂帛扣》的形容是"疲惫"，我同意，这很有趣，那种精神上的疲惫与两性战争的无聊使整个小说充满人生的疲惫与消极感，我只想写无论战争多么残酷激烈，你的生活始终是平淡寡味的。

  张昭兵：很多作家都有自己比较固定的"精神园地"，鲁迅有他的"鲁镇"，沈从文有他的"湘西"，陆文夫有他的"苏州小巷"，苏童有他的"枫杨树故乡"和"香椿树街"，鲁敏有她的"东坝"，徐则臣有他的"花街"。你的写作似乎有所不同，给人"在路上"和"生活在别处"的感觉。时而"巫镇""长沙"、时而"北京""哈尔滨"、时而"S城""西藏"，有时干脆模糊掉背景，顾自演绎情节的潮起潮落。可否就此谈一下你的看法？

  盛可以：我从没想过这个问题，也没想过要营造一个文学的故乡。我的人物喜欢到处跑，他们向往陌生的地方，不愿意在一个地方待得太久。精神和生活双重动荡。流动的生命状态或许能呈现一些新鲜的东西吧。无所谓哪儿的人，无论你待在哪儿，你都是一个人，有人的困境与遭遇，有善恶美丑，我只是根据小说环境和情节需要来安排。

  张昭兵：你把自己的写作历程概括为从"心中无小说"，到"心中有小说"，再到"心中无小说"。这有点类似于禅宗所言的三个境界："看山是山，看水是水；看山不是山，看水不是水；看山还是山，看水还是水。"这样的说法，是否意味着你对早期创作的不满呢？你是否认为一个作家会越写越好，而早期作品总是不成熟的呢？

  盛可以：我总是对自己的作品存在不同程度上的不满。别人是否会越写越好我不知道，我只知道自己会越写越好。

  张昭兵：你有"让语言站起来"的自觉追求，你所谓的站起来，主要是指运用比喻，你的写作也的确经常运用比喻，很多都非常精彩。但是我知道列宁说过"任何比喻都是有缺陷的。"对此你有何看法，你在写作中感受到比喻的缺陷了吗？如果说有可以站起来的语言的话，那么有没有可以走起来的语言呢？就语言来说你比较欣赏的作家有哪些？

  盛可以：列宁的这句话不适宜放在文学语境下吧。我认为恰到好处的比喻对文章无损，它是完美的，像钱钟书的《围城》，正是那些精辟的比喻令小说大放异彩。为比喻而比喻，就如为文造情一样生硬无趣虚假，好的比喻仿佛自然天成。我说的"让语言站起来"更多的是指一种文章的气或气质，饱满充沛，不拖沓疲软，而比喻只不过是达到目的的手段之一。那些优秀作家的语言都是迷人的，我不会固定只着迷于某一种语言风格，所以我喜欢的着实不少，可以列出一大串。

张昭兵：《缺乏经验的世界》的语言是很有特点的。小说有两套话语，一为古典式的叙述，一为日常式的口语。这是你刻意的安排吗？你对成语所指的"空洞性"有比较清醒的认识，那么古典式的叙述是否也会因使用和阅读的惯性，而成为"为文而造情"呢？

盛可以：我认为，只要语言能把人从容带进小说的氛围，并感受到阅读的美好，这就很好了。我们平时到达一个地方的交通工具有很多种，火车、轮船、飞机、汽车，这部稀奇了，如果有人尝试赶马车，你不能说用马车就到不了那个地方。我相信会有不少人乐意坐马车，并且不会觉得那有多么矫情。当个有趣的赶车人，这对我同样具有刺激性与新鲜感。

张昭兵：你的这个小说让我想到了张楚的《火车的掌纹》，并进而想到伍尔芙所讲的那个火车上关于"勃朗太太"意识流的故事，我本人非常惊讶于它们的形似，请问你怎么看这三个故事的联系？

盛可以：首先我同样惊讶于有这样几个形似的几篇小说存在。张楚是个优秀的作家，我很遗憾没看过《火车的掌纹》，也打算抽空把伍尔芙的那个意识流故事找来看看。很抱歉我阅读太少，所以没什么可讲的，《缺乏经验的世界》没有任何范本。

张昭兵：斯继东在他的小说《肉》中，明确提到你在小说题目的命名上对他的指导。请问真有此事吗，关于"好小说"和"红小说"你是怎样判断和区分的呢？据说你还是一个文学期刊的编辑，请问你对别人的作品是从哪些方面进行评价的，你选择刊发作品的标准是什么？

盛可以：呵，是吗？《新小说论坛》是一个值得怀念或者纪念的地方，我在那儿结识了一拨可爱的良师益友。"好小说"与"红小说"没有天然的区分标准吧，红的不一定好，好的不一定红，最好自己去阅读，在热闹中保持冷静。我是曾经当过几年编辑，那是令人沮丧的工作，因为烂稿太多，我印象最深的是几年前收到年轻作家王棵的小说稿子，很振奋，终于体会了一把当编辑的乐趣。我看稿子首先是看语言叙事，但像王棵这样令人耳目一新的稿子太少了。

张昭兵：《无爱一身轻》曾入选 2004 年最具争议小说，请问争议的焦点是什么，你本人怎么看当时的争议？

盛可以：你大概指的是被收入洪治纲主编的最具争议小说选本的短篇《无爱一身轻》（又名《沉重的肉身》）吧？我不知道争议的焦点是什么，但我知道那篇东西对男权世界的审美方式有所冲击。陈村说我"她很奇怪地能在文章中涉险，出淤泥而不染。"他在某个文章中写道，他"曾把《无爱一身轻》发给诸多文友，反馈是正面的、积极的，也都承认自己写不出来。"有人谈它色变，也有人赞不绝口。不管有什么样的争议，都不影响我对这篇文章的偏爱，它是优雅的，干净的，其实它原本是一篇散文，是我写小说前的一篇细腻大胆的散文，2001 年在网络流传过一阵，后来刊发在《今天》杂志。

张昭兵：《中间手》是个有点荒诞的作品，但挺有意思，我本人从中读到了鲁迅式的"捣乱"，并且想到了你关于写作像扑克牌游戏"诈金花"的比喻。是否可以说"中间手"唯作家所独有，它体现了作家与世界的一种独特关系呢？

盛可以：《中间手》是很早前的东西了，因为有了卡夫卡的《变形记》，这篇东西似乎没什么新意，但我那时候确实没读过卡夫卡的《变形记》，很久以来我都为自己的想象力暗自得意。有一天半夜醒来，看见枕头上有只手，吓得猛地坐起来，当我发现那只手是自己的，感到十分荒诞。就是这股荒诞感催使我写出了《中间手》。我只是在想象生活的可能性。

张昭兵：《青橘子》《归卦妹》《淡黄柳》《惜红衣》关注的是受教育较少的底层少女，你自己坦言"喜欢写女性，挖掘女性心理与情感世界，对女性的少女时期尤其敏感"。请问为什么会有这样的"少女情结"，对这种写作的性别意识，你自己有着怎样理性的认识，其中是否暗含某种写作的策略？

盛可以：我想写一组不同少女的不同命运，这样的少女这样的故事在我老家乡下很不稀奇，她们没文化，懵懂无知，发生在她们身上的故事很苦涩，甚至是悲剧性，这与她们的环境有很大关系。她们不能把握自己和未来，在命运的长河中随波逐流，她们爱幻想，性情单纯朴实，缺少人生经验与防备意识，可能误入迷途，也会因为现实的逼迫而做出极端的事来。她们有的是我儿时的玩伴，有的是邻居，有的是亲戚，总之是离我很近的人，她们的精神状态和生活境况，总是令人伤感，我觉得她们深陷泥潭，而我对此无能为力。我是女性，理所当然地更加关注女性的生存与命运。农村女性与城市女性的觉醒和独立意识，以及作为人所得到的权利差距很大，但愿现在有大的进步吧。

张昭兵：我个人觉得《活下去》(《北妹》)在结构安排上有些放任，语言上的戏谑化略显故意，居高临下的视野有先入为主之嫌，多少妨碍了对人物内心的逼视。请问你本人怎么看这个作品？

盛可以：《活下去》是我的处女作，这个是"心中无小说"的初级阶段，群魔乱舞，语言癫狂，人物原汁原味，透着生命的蓬勃活力，有很强烈的生存意志在里头，我实在不想去挑剔她。

张昭兵：请问你最喜欢的作家、最敬佩的作家、对你影响最大的作家分别是谁；你最喜欢的小说、最敬佩的小说、对你影响最大的小说分别是什么？

盛可以：最喜欢的作家总在发生变化，目前最喜欢的是乔治·奥威尔，因为《动物农场》，太智慧了，同时带点小天真，像个孩子，用很好玩的方式把玩严肃深刻的主题；最敬佩那些心存良知，敢于进行大冒险的作家和作品。对我影响最大的作家作品一时说不上来，我在不同时期着迷过不同的作家，比如福克纳、茨威格、毛姆、亨利·米勒、帕斯捷尔纳克、沈从文、鲁迅……

埋头雕刻印章的手艺人

盛可以 [①]

　　也许是体力的缘故，近来的兴趣倾向于短篇小说，包括阅读。阅读时会变得清醒，甚至警醒，证明人还没有钝化，还有空间，还有潜在，还有希望。好作品刺激人，所以我仍是振奋的，仍愿无知地认为，在这空间还大有可为。这是创作中起码的情绪。一个心中没有火把的人，哪里来的热量前行。

　　美国作家杜鲁门·卡波蒂说，短篇小说是现存的散文写作形式中难度最大、规矩最严的一种，一个作家的写作技巧和控制力，大多要归功于在短篇创作中的训练。的确如此。写过短篇的人，知道怎么节制，怎么控制，怎么欲言又止，还有手感、拿捏、分寸。小说家是裁缝，量体裁衣，缝下密实严谨的针脚，用职业的触觉与敏感，做成合身得体的衣服。

　　也想到埋头雕刻印章的手艺人。我带着玉石去琉璃厂打算弄一枚书法印章。一位朴素的中年人无视身外的喧嚣嘈杂，稳稳地坐着，俯身膝头，雕刻手中的石块。我慢慢欣赏印章上的甲骨文、钟鼎文、秦篆汉篆、隶书楷书。他干活时的专注与虔诚打动了我。他让一份简单的工作充满仪式感与神圣感。5分钟后他放下活计抬头说话。我们聊了一会儿。他谈到印刻的书法、章法、刀法，印文中蕴涵的情趣意味，那一刻我觉得我和他是同行，小说家就是埋头雕刻一枚印章的手艺人，热爱这门活儿，看重所有细节，刀刀用心。

　　[①] 本文原载《文艺报》2012年3月12日。

朋友退稿子时会跟我谈小说的问题，比如为什么要把人写死？不如让他活着，卑贱苟且地活着；比如不能太由着性子肆无忌惮地写，应该要控制，好小说就像好身材，该饱满的地方饱满，该细的地方细，整体紧致有弹性，而不是一只大白面馒头。是的，让人物死掉比活着容易，节制表达比泛滥才情迷人，对好作品的阅读也证实了这一点。

法国作家玛格丽特·尤瑟纳尔的短篇《王福脱险记》令人惊喜，叙述简洁饱满，诗意血腥，既安静又跳跃，奇谲想象与高超妙喻更是才华横溢，"卫士举起他的刀，林的脑袋从他的脖子上掉了下来，犹如一朵掐断茎的鲜花"，陌生化与疏离感的处理使她的语言颇耐琢磨，"绝望的林仍然微笑着望着他的老师，对他来说，这是一种更婉转的哭泣方式"。

爱尔兰女作家克莱尔·吉根的小说犹如黑夜里的惊涛拍岸，冷峻沉着，不失尖锐。读时心生基督式的庄重，视域和心域变得辽阔，《南极》和《走在蓝色的田野上》堪称典范。而38岁去世的美国女作家奥康纳以敢于冒犯和颠覆让人倒抽冷气，她不邪恶，只是她洞悉人性之恶，她的小说如雨冲淋过的森林，潮湿、坚硬、神秘，仍不乏充满童趣的描写。他们的触角伸到了我远远够不着的地方，他们像矿工一样，已经勘探到了人类灵魂最黑暗的深处，那个闪着幽光的岩洞，满是火把和影子。真正的智慧不是知识，而是想象力，作家的想象力拥抱整个宇宙，还有我们未曾察觉、不曾知道和难于理解的事物。

曾经着迷于拉美文学，像胡安·鲁尔福、马尔克斯、科塔萨尔，以及后来的罗贝托·波拉尼奥。西班牙语如同意大利语和法语一样，废话多、词汇丰富、善于煽风点火、极具情感表达力，正合了我的重口味阅读，尤其是波拉尼奥的作品中强烈的感情和气势，更是席卷挟裹。也许是年龄的缘故，某一天口味突变，转喜波澜不惊，克制简洁的叙事，自己还写了《佛肚》那样宁静而富有禅意的小说。我知道自己已在奔跑中减速，内省的成分增加，视野发生变化，我愿意潜入更深的水底，看黑暗中的微生物如何向我游来。

海明威站着写作，也许是为了行文简洁，也许是因为身体受伤只能站立，但我更愿意这么去想，站着写作，是为了让语言站起来。站着写作，不可能写趴下的文字，趴下的、躺着写作的人，他的文字一定是臃肿、慵懒的，甚至无病呻吟。

站着写作，是语言的减肥方式。中国作家朱文是给汉语注入了新鲜血液的。他的语言活力四射，没有一个字是躺下的，它们一直弹跳，蹦跃，准确和直达本质。他的有些比喻修辞让人诧异与会心。博尔赫斯创造了一种非他莫属的表达方式，他首创的某些动词、比喻和形容词的使用方式，读者能从一句话里就辨别出来。好作品都流露出一种强烈的个人魅力。

在电影《春光奏鸣曲》中，缪塞对肖邦说："你知道乔治·桑那堆烂书里头，哪本写得最好吗？是和我同居时写的那本。因我每天早起，帮她删掉所有形容词。"令人忍俊不禁，写这句台词的人真是个文学内行。斯蒂芬·金说，通往地狱的路是副词铺就的，除了副词，还有形容词和用得过于老实的成语。这样一路砍下来，语言想必是清俊健美、肌肉结实的。再比如余华，《许三观卖血记》里面几乎没有形容词，更没有成语，只要小学毕业就能全部认识里面的字，就能读懂这部小说。语言到极致，便是天然去雕饰。

埋头雕刻一枚印章的手艺人，凿通了另一个世界。他因此活着。

从一条卑微的河流说起

盛可以 [1]

　　我年轻的时候，总是羞于承认自己来自偏僻的乡村，又没有勇气撒谎说自己来自什么城市，所以通常会说，我是偏远小镇的。现在，我要说出真相：我生在一个偏僻寂寞的村庄。我要从一条卑微的河流说起。一条孤独的、乡村的、卑微的河流。它是我生命的开端，也是我文学的源头。

　　这条河流，在湖南省的东北部，一个名叫益阳的地方，穿过一个地图上找不到的小镇，只有生活在它周围的人，才知道它的存在。因为穿过兰溪古镇，于是被叫作兰溪河，就像村里的孩子一样，它的名字极为随意。在我的记忆中，童年的快乐、幻想，以及成长的苦闷，都与这条河有关。它掌握了我所有的秘密。我至今没有见过像兰溪河那么清澈、甜蜜、美丽的河流，两岸的青草长堤呵护着它，垂杨柳拂扫水面。20 世纪 70 年代，兰溪河里还有白色的帆船缓慢地行驶，还有赤足的纤夫，在河滩上艰难地跋涉……贫苦和诗意像一对孪生儿。后来，当我脑海里浮现这种画面的时候，我心里更多的是生存的艰辛和悲凉。

　　童年生活在我的记忆中大概只有母亲四处找米养活家里却又两手空空回家时的绝望神色，以及猪肉和猪油浓郁的香味……我记得雨天上学，光脚走在寒冷的泥泞中；我记得每个学期都要拖欠学费，直到母亲攒够一篮鸡蛋。那时完全不懂生活的难处，只知道在河里游泳、钓鱼、摸虾、划船，享受河流带来的快乐。所以每当人们向我表达乡村的诗意时，我总是不以为然，乡

---

　　① 本文原载《文艺报》2012 年 11 月 16 日。

村的本质是贫穷、清苦和饥饿。

我的作品里往往会有残酷和坚硬的东西，破坏人们心中对乡村的诗意感，我总是不由自主地想说，真实的生活是这样的，我不想给它披上那层薄如蝉翼的诗意。当然，我以我生在这个小村庄为幸，有一条清澈的小河相伴，随着我的童年及成长，我在回忆中常常涌动复杂的幸福感。这条小河给了我诸多种丰富、低微、却又迥然不同的生活经历，好像是专为我的文学旅程做准备。我感激生活给予我的一切，包括贫穷、饥饿、不幸、灾难。

有意思的是，我最初对文学的接触，都不是光明正大的。如果非得指出一个文学启蒙的标记，恐怕要算两次"偷"来的文学了。一是六七岁那年，我跟母亲去外婆家，我在小书摊上看连环画。手中的书才翻了一半，船就来了。那一刻我的心跳突然加剧，我知道自己想干什么，我被自己大胆的想法吓着了。上了船，我感觉自己像只麻雀，心脏嘭嘭地撞击，揣在口袋里的那只手紧紧地攥着那本薄薄的《三国演义》，一直说不出话来。这是我第一次领略图画的魅力，那时我还不识得多少汉字。第二是我爷爷的百宝箱。那年我刚上初中，有一回，我爷爷人走开了，也没锁门，我进了他的屋子，打开他的百宝箱，里面有些瓶瓶罐罐，还有几本翻得蓬松的书。我随手抓了一本，是金庸的武侠小说，我专挑爱情和武打的段落读，看完又偷偷放回原处，那次阅读，使我的心里充满一种说不出的满足感。那应该是我第一次领略文字文学的魔力。

9年前，我在大都市打算写小说时，首先想到的是兰溪河，以及被兰溪河养育的农民。我写了一些乡村题材的作品：我写命运攥在别人手中的姑娘，写被观念束缚丢了性命的男人，写抗争不公追求幸福的女人，写那些沉默而屈从的人们、那些被隐匿的惊心动魄的个人遭遇。

经济改革以来，无数的"钱小红"告别乡村投奔城市，寻找自己的位置，引发了巨大的社会变革。我的祖辈和乡亲们在一个信息闭塞、生活单调的环境里消磨一生。倘若不是内心很小就埋下的那对于远方的梦想，我的命运可能跟他们一样。但现在，即便我在城市定居多年，我仍将自己看作他们当中的一员。然而，自相矛盾的是，我又十分惧怕成为他们，惧怕过那样的生活，所以我总被一种要挣脱的力量驱使，朝着更远的远方逃跑。

当孤独的小河流淌出村庄，经历凶险地势，它对世界与生命的认识会产生巨大的改变，从一种小孤独，走向大孤独。3年前，我开始创作长篇小说

○ ○ ○　　337

《死亡赋格》，关注视野有所变化，但孤独与绝望依旧。小说关于革命、信仰、性禁忌与乌托邦，是一个追求自由却走向禁锢、始于反叛而终于统治的悖论式寓言。我想写经历社会剧烈动荡之后的知识分子如何面对理想的破灭与信仰的摧毁，我希望找回被时间河流冲走的历史记忆。

后来的兰溪河被截流，变成了近 10 公里长的死水，承包商用来发展养殖业。现在的兰溪河水已不能饮用，不能游泳，甚至布满了血吸虫，谁也不敢下河。一条河流如果停止流动，它的美就逝去了，宁静而简朴的乡村生活就消失了，人的思想也产生了变化。我觉得自己生命中最珍贵的东西已被破坏。被什么毁了呢？我不知道。在我的小说里，我提出了自己的问题，发出自己的感叹。

回家途中，我沿着兰溪河走了很远，我喜欢坐在堤坡看河边的景色。我凝视河水，回顾那些消逝的事物，我看见过去的自己，感慨万千。我慢慢有了一个秘密的愿望，我要用我的文字描绘一条河流的美丽，延续兰溪河清澈的生命，实现它汇入大江大海的梦想。

我相信世界上有许多同样默默无闻的村庄与河流，有许许多多被忽视、遗忘和抛弃的普通人；我们每个人都是一条卑微流淌的河流，有梦想，有野心，循着自己的一种本能所支撑着孤独前行。有时候感觉自己是旷野的狼，孤独时只能对着明月嗥叫，暗夜无光时，在漆黑中听万壑松声。我相信任何生命都不应该被忘记，这就是我认为自己写作的价值所在。

绝不允许对自己说还有很多个明天 [①]

　　盛可以，1970 年代生，湖南益阳人，从 2002 年至今，小说创作之旅已逾十年。最近，她推出十年小说精选集，取名为《留一个房间给你用》。其独树一帜的文字风格被人评论为"盛氏凶猛"，粗暴、凌厉、尖锐、精准……类似的词语常被用来形容她的作品。

　　福克纳曾经概括，作家需要经验、想象力与洞察力，三者缺一不可。盛可以还要再加上一条：血性。"也就是作家对外部事件的反应，对不公平事件的态度，浓爱、烈恨，血要沸腾。"

　　这种血性，不仅让盛可以的文字充满力量，也让她拥有生命里的不屈热情。人们透过文字看她，总以为她难以相处，过于犀利，但她说："我愿意跟谁处的时候，会好相处的。"写作时的她和生活中的她，似乎裂变成为两个人。写小说的她，模仿不同的角色说话，借此传达虚拟的真情实感，说脏话、杀人、犯罪……"但生活中，我还是个老实人"，她喜欢把自己做的饭菜拍照放上微博，卖相诱人。这时的盛可以，让人看到日常里温柔的烟火气儿。

一、念起，便行动，不瞻前顾后

羊城晚报：开始写小说前，你写了多少年散文？

盛可以：我 1994 年开始发表读书笔记、随感之类，写了六七年。报纸

[①] 本文原载《羊城晚报》2013 年 8 月 14 日。

一黄，日子一翻，什么也没留下。关键是老觉得意犹未尽，文字语言回旋冲撞，憋得慌，那大概就是冯唐说的"内心肿胀"。再加上当时觉得工作和生活都很无聊，无意义，于是求变。多种原因综合，就从深圳辞职去了陌生寒冷的东北。念起，便行动。我就是这样的人，不会瞻前顾后。

羊城晚报：谈谈第一部长篇小说《北妹》吧，钱小红的原型在你的老家村庄？

盛可以：是，钱小红的外貌原型与性格就取自村里的姑娘，一个大胆自我、追求性自由的小姑娘，在20世纪90年代初期的偏僻农村，这是大逆。但她善良活泼、热情侠义，视性为天然。某种意义上，她其实是一个"思想的革命家"。

这部小说写人向城市迁移，尤其是农村女性迁移到城市面临的艰难与困境。九十年代中期开始，村里很多年轻人抛开田地，向城市出发，到珠三角、长三角等地谋生，我的亲戚和熟人，包括我自己，都是其中的一部分。这是我熟悉的群体。

羊城晚报：《北妹》在《钟山》发表时名叫《活下去》，我感觉你这部小说里的文字有种喷薄而出的力量，当时的写作状态和之前写散文是否很不同？

盛可以：是的，最初名为《活下去》，很感谢主编贾梦玮刊发它。我开始写小说，完全抛弃了写散文的心境与用语。散文多注重真情实感，而小说是虚拟的真情实感，要模仿不同的角色说话。遇粗俗的人物，得不怕粗俗；遇邪恶的人物，得爆发邪恶，不怕别人说作者恶毒；遇淫荡的人物，还得有淫词浪意，不怕别人说你骨子里放荡。总之是揣摩各类心理，求精准，哪怕是担上十恶不赦浑不懔的黑锅。作者内心必须复杂多面，知善悉恶，洞察人性的能力超出常人，这样才可能写好善恶，写出人性，写出真实。

羊城晚报：谈谈你那位非常传奇的爷爷，他对你有什么影响？

盛可以：我爷爷真的活得孤绝传奇。不亲人，亦无朋友，年纪轻轻就当了鳏夫，一直没娶，全部家当就是一个箱子。他过得太自在，人人艳羡。现在101岁，从没有对自己的人生有任何反省的意思。哈哈。他打牌九、"万糊子"，看武侠小说，写书法……没钱时经常在家左手跟右手打。

我最早在他的箱子里偷过金庸和梁羽生的武侠小说看，如果武侠小说算我的文学启蒙的话。我遗传了我爷爷的那股自我孤绝的劲，就是按自己的方式，活自个儿。

二、我"上树"的方式是写作

羊城晚报：现在你的作品获得了很多肯定，这会不会对你的写作造成一定束缚？还是更放得开了？

盛可以：我写作一开始就是放开的，包括最早的长篇《北妹》以及最近的《死亡赋格》，都会产生争议。还有一些短篇，比如《缺乏经验的世界》《没有炊烟的村庄》等，前一篇的私性描写真实到骨子里，后一篇的吃人事件则成为敏感篇章。我的笔，伸到我的思想所能抵达的任何一个角落，不会粉饰，更不偷工减料。

羊城晚报：读你的小说，感觉到最后男男女女全是孤独。你自己怎么理解孤独？

盛可以：谁能说自己不孤独？尤其是当你静下来面对内心，能听见夜海惊涛。孤独是动物，有时是老虎，饥饿时嗜血、杀人；有时是猫，安静恬淡、与世无争。老虎来了，猫就上树。我"上树"的方式是写作。

三、《死亡赋格》是个人写作的一次革命

羊城晚报：2002 年，你一共写了 3 个长篇和 10 多个短篇，那时的写作状态是怎样的？

盛可以：当时就是蓬头垢面，起床写，倒头睡，没有朋友、没有社交、没有可以说话的人。黄昏时在小区里走一走，逗一逗不知谁家的狗。那时的感觉就是一支自来水笔，提起就能写，躺下去脑子里还在继续推进情节，有时还得摸出小本子记上。我那时候每天给自己三千字的任务量，有时完成得早，有时要到晚上八九点，全靠自我约束。今天的任务今天完成，绝不许自己对自己说：还有很多个明天。

羊城晚报：《北妹》《水乳》《道德颂》，无不在探究情感问题，你如何看待婚姻？最近出版的十年精选集《留一个房间给你用》，从何得名？

盛可以：婚姻是一种绑票，男人女人都是人质。有时候她是一个神秘花园，惹得外人总想去探个究竟；有时候她是一座监狱，男人女人都是服役的犯人。只不过，有的习惯；有的越狱；有的遥望自由；有的死在狱中。

《留一个房间给你用》，这个书名是我的编辑王二若雅在通读全部作品后费了心思取的。她说要别出心裁，来点新意思。我也觉得这名字不错。我说，伍尔芙认为一个女人想要写小说，必须要有钱，再加一间自己的房间，而我现在都可以"留一个房间给你用"了，处境多好哇！当然这是开玩笑。王二若雅说："我认为你的作品中充满女性主义色彩"。我没有否认。

羊城晚报：你一直在尝试突破创新，新作《死亡赋格》开始关注政治，对这部小说是怎样定位的？

盛可以：《死亡赋格》是我的第六部长篇，这本书献给1960年代的中国人，我对他们充满尊敬与向往，因为他们那一代人绽放了耀眼的理想光芒。此后就人心涣散、信仰坍塌，全民进入商业社会。

羊城晚报：《死亡赋格》这本书与诗人保罗·策兰有关系吗？创作这部小说的过程是否更困难？

盛可以：的确，书名来源于保罗·策兰的著名诗作《死亡赋格》，是向策兰致敬。策兰是纳粹集中营的幸存者，他的诗是对纳粹邪恶本质的控诉，为人类孱弱的精神存在树立了永恒的纪念碑。我取其精神上的某种关联。

这部小说太难写，我甚至几次想放弃，写了八万字删到五万字，到十万字的时候又删到八万字，再后来又加了一条情节线。这个题材过于严肃，写作时内心过于庄重，叙述时没抽离出来，对我的幽默功能有所束缚。但这部小说是我个人写作的一次革命，随着年纪的增长，切身感受到作为一个人，在信仰缺失的时代，面对禁忌，面对诸多的敏感词汇时，无可奈何。

四、"要先给我的勤奋打一百分"

羊城晚报：你在微博上经常转大家对你的作品的看法，你是位很在乎外人评价的作家？

盛可以：微博是我的娱乐场所。我不会天天写微博，闷了需要耍一下，就转发帖子，有时转公共关注的话题，有时转评论我作品的。公共话题的帖子一般会在半天后就删除，无它，就是版面喜好，我不喜欢花花绿绿的，很凌乱。

我当然在乎外人评价——但这个外人，特指我尊敬、喜欢的良师益友。其他谩骂、讨厌、喜欢、爱慕，都是读者和作品之间的关系。

羊城晚报：如果满分是一百，你给现在自己的写作打多少分？私心最偏爱和最满意的分别是哪部作品？

盛可以：如果给我的写作打分，要先给我的勤奋打一百分。嘿嘿。私心偏爱《北妹》，因为是处女作；珍视《道德颂》，它是一次大伤元气深入灵魂的抒写；满意《留一个房间给你用》，十年短篇精选，十年小结；尊重《死亡赋格》，因为它有一种吊唁般的庄严。我内心对它们的重视不分彼此。

盛可以访谈录

曹淑贤　　盛可以 [①]

　　曹淑贤： 很荣幸有机会采访您，您的作品中主人公总是不断逃离熟悉的环境，在南方北方间迁徙，请问这是否与您的生活经历有关呢？不同城市的生活经历都给您的创作带给了怎样的影响呢？

　　盛可以： 逃离熟悉或者不适的环境，是人的本能，每一个人内心都有对远方的向往，对新鲜事物的渴望。在任何一个城市生活的经历，都不及童年乡村对我的影响深刻。我总是挖掘记忆，试图理解童年的迷惑，比如为什么每年丰收之后，父母都要把稻谷用船送到十里外的城镇上缴，家里却颗粒不存，靠借米度日；又比如为什么那个女人要跳河，要自杀，在她的内心深处发生了什么……我在小说中想象她们的内心世界。

　　曹淑贤： 当代作家普遍比较忽视古代文学素养的积淀，请问您是怎么看待这个问题的呢？细读您的作品，可以看出您的古代文学知识很扎实，请问您是如何将它们自然融入当代文学的写作之中的呢？

　　盛可以： 对古代文学的喜爱，只是一种个人偏好，喜欢的，觉得很有意思，不喜欢的，会觉得很无聊，而且费神。比如我的侄女，有一次我看她读青春流行小说，还划线，做笔记，我问她，为什么不读读中国古典，那个才值得你做笔记，我说我像你这么大的时候，最喜欢读古文观止，读注释。她说那个太深奥了，看不懂。她说，看不懂，就是怕麻烦，没有好奇心。我对文字有好奇心，有一段时间经常读字典，从不懂到懂，从迷惑到恍然大悟，

---

　　① 本文原载《时代文学》（上半月）2013 年第 11 期。

344　○○○

是非常愉快的。

曹淑贤：从您的作品中可以看出，您的创作受到先锋作家和外国文学一定影响，您能否各举一位欣赏的作家，并谈谈他们对您创作的影响呢？

盛可以：从阅读中得来的收获，有时甚至是不自知的。

曹淑贤：您作品中的爱情总是曲折坎坷，最终大多没有好的结果，那您自己的爱情观是怎样的呢？

盛可以：残缺、悲观、幽暗、稍纵即逝的欢乐，痛苦中隐约的温情，这些是我表达的，童话般的美好，大团圆，对生活虚伪的赞歌，不是我的习惯。我试图做这样一个作者：看到本质，像上帝的眼睛，洞察一切。

曹淑贤：您的作品中多次提到佛家经典、《圣经》一类的宗教因素，您觉得宗教一类的思想对您的创作有怎样的影响？

盛可以：影响不大。我一直赞同毛姆的观点，他说："我很高兴自己并不信仰上帝，当看到世界的困苦和辛酸时，我觉得没有什么能比信仰上帝更可耻。"但是，我的作品中会出现宗教似的救赎，自我救赎。主人公自己是自己的上帝。

曹淑贤：您的作品中很少存在温暖的元素和氛围，请问您是刻意抗拒它们呢，还是一种创作习惯呢？

盛可以：这个问题前面有解释。不存在刻意，是我对悲观、绝望、阴暗、孤独，残缺等等更敏感，它们对心灵上带来的冲击更令人难忘。

曹淑贤：在您的作品中，女性总是在包容没有"断奶"的男生或逃避责任的男性，请问您为何要塑造这样的男女形象呢？

盛可以：我不记得我作品中有这样的女性。"逃避责任的男性"如果指的是《道德颂》中的水荆秋的话，其实作品中对他的两难困境有充分的剖析。

曹淑贤：请问为什么您作品中的女主人公多数都有孤独的特点？请问您的怎样看待"孤独"的呢？

盛可以：存在的孤独感，是我喜欢的主题。孤独有时候是猫，任你抚摸，有时候是虎，向你发威怒吼，并且会冲上来撕咬你。

曹淑贤：个人性格、生活经历等因素都会影响一个作家的创作风格，对于您而言，您觉得什么因素对您的创作风格影响大一些？仔细阅读，发现您现在的作品与早期作品在风格上是有差别的，这是您的有意追求吗？

盛可以：我喜欢变换风格。写作的乐趣就是在于创新，在于做不同的尝试，就像画画一样，如果天天画白菜，自己也会厌倦。画新的东西，是被新的事物吸引，是对自己的挑战。风格这东西，和年龄阅读以及不同时期的思考都有关系，但有不变的核心，那就是对人性可能性的无尽挖掘，让通往幽暗的小径以及深邃之处的幽暗都变得明亮与真实。

曹淑贤：在您的作品《死亡赋格》中，小说最后文中人物谈到了文学自由的问题。您本人是怎么看待这个问题的呢？

盛可以：没有人的自由，就没有文学的自由。自由是美好的，人人都在追求。

我写作，为了让我分裂成很多人

严彬　盛可以[1]

一、"熟悉我作品的人，会发现我极少有这样温馨的笔触，这或许是故土之病带来的"

严彬：第一个问题，想谈谈我作为读者与你的相遇。和作家作品的相遇，往往也和遇到爱人一样，是一种恋爱，可以一见钟情。大约是前年，我在某期《人民文学》上读到你的短篇小说《捕鱼者说》，当时我感觉已经完全被这个叫作"盛可以"的作者捕获。那种纯熟的叙事和语言特色、生命体验，立即让我将你的作品设定为一个当代文学中一流水准的高度。这或许和我们是同乡、都生长于水土丰盛之地有关。这个作品中展现出来的湖区生活中黏稠的生死气息，那种挥之不去的传统生活，包括作品对属于湖区渔民（包含父女关系）命运的构造和追问，使我着迷。这种类型创作在你前后的创作中并不多见，写于 2002 年的《上坟》算是一例，虽然不够典型。你如何看待你与读者之间的关系、你故土有关的写作，以及后来为何又不大忠于它？

盛可以：经常收到读者反馈，有的读者能准确地抓住了作品的表达，同时也敏锐地察觉到作者的内心，仿佛茫茫人海中，多了一位知己，令人感动。

《捕鱼者说》是一个叙事独特的短篇，以小孩视角看成人世界，里面有我

---

[1] 本文选自凤凰网读书频道"文学青年"第二期（小说家盛可以专号），时间：2014 年 4 月 26 日。

对父爱的渴望与想象，对故乡与童年的回忆。熟悉我作品的人，会发现我极少有这样温馨的笔触，这或许是故土之病带来的。如今那些湖泊，荷塘几乎全部消失，余下的严重污染。

故乡是我文学的发源地，也一直是我创作的源泉，是一座取之不尽的宝藏。我写过很多故乡人，他们几乎走进了我的每一部作品中。比如《北妹》中的钱小红，《道德颂》中的旨邑，还有很多短篇小说里的主人公。只不过他们有的进了城，有的在乡村。乡村的生活就是一口炖锅，揭开锅什么都能闻到，什么都能看到。我或许嗅到其中一味，就开始一个故事。比如在乡村葬礼上，我看见一个对丧事充满无限热情的智障，构思了短篇《香烛先生》，我试图进入这个智障的内心世界，他在新添弟弟，失去母爱之后，由于嫉妒而产生了邪恶，这几乎是人自我保护的一种本能

写作如果需要忠实什么，那也是忠实于自己。我只写能触发我内心涌动的事物，就像踩中一个地雷，我要写它的爆炸与伤亡。

二、读完余华的《河边的错误》后大受刺激

严彬：你的文学写作源头是什么？是否有所传承或受谁影响？

盛可以：我读书很少，辞职写作时，也只是一种急切写一本书的愿望，写小说还不知从何落笔，对文坛更是一无所知。写了十二年，搬了很多次家，移居过好些城市，处理了不少旧物，但是余华八十年代出版的那本《河边的错误》，我一直保存着。我要感谢鬼金，当年是他送了我这本短篇小说集，我看后大受刺激，后来又在书店站着看完《活着》《许三观卖血记》《在细雨中呼喊》。当时我想，读这几本书够了，我知道怎么写了。当然这是一种无知的自信，无知的雄心勃发，但也是宝贵的，我对年轻时的自己表示赞赏。再后来读到福克纳，海明威……甚至伊恩麦克尤恩、尤瑟纳尔……每次无意间接触到令人惊喜的作家，总发现余华老师早在 N 年前熟知他们的作品，并推崇备至，于是我想，看来我永远落在余华老师的后面了……

严彬：如何看待你的作家身份？和作家残雪一样，你的作品被大量翻译到国外。和国内相当作家比较，你的作品更符合国外的口味吗？表现在哪里？

盛可以：有次和一个英国朋友打的士，他一上车就说他正在写一本关于中国人生活的书，很自然。但我没有勇气当着陌生人的面，理直气壮地说我

在写书。遇到别人问我的职业时，我也略有尴尬，只含糊地说搞文化，从来不会说我是作家。现在我一般说我是画画的，尽管名不符实，但仍说得很顺溜，毫无愧意。还真有不少人是看了我的小画儿之后，才知道我是个写小说的。我也觉得有点意思。

近些年中国文学翻译出去的态势在发展，中国文学慢慢进入世界读者视野，这条通道彻底打开，读者才能对中国文学有更清晰的了解。我不知道国外读者的口味，也从未加揣测或研究。外国出版商想翻译出版一本中国小说，诸多考量其实和中国出版是相似的，有特别注重读者口味和市场的，也有充分注重文学性价值的。作品翻译的多寡，不能说明任何问题，如果有一天，外国写作者开始模仿中国作家风格，偷师中国作家，中国文学才有资格说了不起。

三、"我对于怡然自得的写作表示怀疑"

严彬： 20 世纪 70 年代作家，生于大变革时代之交，狂乱年代未在你们身上留下多么深刻的烙印，80 年代的思潮到来时，你们尚在少年，影响不如 80 年代初进大学校门的那一代人。冯唐说，时代造就了你们这一拨"俗人"。你如何看待这一特征，以及它对你和你们这一代作家的影响。

盛可以： 冯唐说的"俗人"，可能指七十年代这拨人生在和平时期，社会不动荡，个人经历平庸，60 年代生人的理想和热血慢慢冷却，冷到我们这一代，只剩下认真面对俗世生活的面孔。大致想了想，七十年代出生的作家，基本上是在场写作，反映当下生活、日常冲突、蝼蚁式生存遇境、热气腾腾的人间烟火……这当然是很宝贵的。这个表面不动荡的社会很丰富，沉到水下，就能看见各种浮生物，各种丑陋，各种危险，各种病菌。略略遗憾的是，或许是作家内心的敏锐不够，稍嫌温和，未能充分展示这一代作家体内的能量，仿佛有一只无形的手摁住脑袋。我对于怡然自得的写作表示怀疑。倘若稍加留意，不难发现，其实我们置身于一股黑色漩涡之中，我们可能面临的命运是，被平庸和沉默卷走。

严彬： 从你们的作品中，包括你的作品，不大能看到前人的影子，难以找到母体。你们似乎更为关系现实的、日常世界的表达。为什么？

盛可以： 这个问题前面差不多答过了。行路者发现前不着村后不着店时，只好忙着赶路。专注赶路就是生活。我可能会坐在冰冷的石头上，看看地上前人的脚印，深浅，大小，哪些地方还有破坏与血迹，哪棵树上有某人当年留下的划痕。倒退着行走，一样能达到终点。

严彬：你的上一代作家，余华、莫言、苏童等一辈人，比较容易从他们的作品，尤其是前期作品，看到西方现代派作家作品的痕迹，而在以80年代为主的"先锋"过后，对于其下一代，70年代的作家，创作特质未被很好地归纳。为什么？

盛可以：套用一句烂俗的话，你归纳，或不归纳，作家就在里，作品就在那里。写自己的，不操心这个，也懒得去想为什么。（编后记：实际上此问题已经在前面提到，即"在场写作"。）

四、"一个想法诞生，或者打下一个标题，就一股脑儿往下写，不太注重结构"

严彬：在你的中短篇小说中，你比较满意哪几个，为什么？

盛可以：我不会写中篇，写过几个，自己觉得一塌糊涂。对写中篇的兴趣不大，对万字左右的短篇情有独钟。早些年的短篇往往是仿佛是情绪，随时爆发随时终结，一个想法诞生，或者打下一个标题，就一股脑儿往下写，不太注重结构。后期慢些了，一个主题在脑海酝酿一段时间，并不急于动笔。

我比较喜欢《缺乏经验的世界》《捕鱼者说》《手术》《香烛先生》等，《香烛先生》刚写完不久，现在我的心里仍保持刚写完的那种充实感，我想它是我最满意的一篇，写到那个智障主角时，我觉得他就是我，我爱他。因而故事虽冷，叙事中仍有《捕鱼者说》的温暖。其实，我内心这一片柔软，远远比我的尖酸刻薄、冷硬凌厉更丰盛，更强大。

《缺乏经验的世界》有意不写故事，只写瞬间，拉长心理时间，倾注于心理刻画，将一个普通的相遇变幻成显微镜下的毛孔，看起来惊心动魄。

《手术》实写身体之病，实则写精神之病，其间的隐喻与移位，有点意思。

五、"我的每一个字都是为自己写的。我作品的每一个人物，不论男人还是女人，都是我，或者是我的一部分，或者是我化身为人物，表达自己对这个世界的看法"

严彬：在一个成熟作家的笔下，从她的作品中我们可以读到：有的作品是写她自己，有的作品是写给自己的，有的作品是对创作本身的挑战。在你身上，是否有这种考虑。比如我觉得，《缺乏经验的世界》像是触摸到了你自己，而《捕鱼者说》、甚至包括男性角度的《鱼刺》，更像是你为自己写的；有的作品明显与你的世界无关。你如何看待这些创作动机？

盛可以：我的每一个字都是为自己写的。我不为读者写作。聪明的读者不是家庭喂养的宠物，他们应该是森林中的野生动物，自己知道如何觅食。我作品的每一个人物，不论男人还是女人，都是我，或者是我的一部分，或者是我化身为人物，表达自己对这个世界的看法。人性不分性别，读者对人物产生共鸣，也正是由于他体验、或感受到了自己的某一部分被挖掘了。

《捕鱼者说》是虚构的，故事里忧伤氤氲，那正是我五六岁时候的忧伤，渴望父爱，渴望摆脱父亲。《缺乏经验的世界》则是一种非常直接的个人经验，由于美的刺激，而产生对自己、对人生以及女性性别的深刻审视。《鱼刺》是疯狂写作之初的 2002 年众多作品中的一个，我真的被鲫鱼刺卡了，疼得整夜不能睡，连续四天，连咽口水都费力。我当时觉得不能白受它折磨，要让这鱼刺卡得有点价值。于是一边体会它的残酷，一边开始构思，一个人被鱼刺卡了之后的狼狈。

小说中虚构的日常琐碎很真实，但里面没有我的生活。有的作品与作家可能有非常直接的关系，但更重要的是精神上的关联，情怀上的纠缠，是想象生活的可能。

"写作者有太多顾虑，就会写粉饰性文字，在作品中暗立完美自我，和读者共炖一锅心灵鸡汤。"

严彬：读《沉重的肉身》。我从未见过一个人，将人的性器和性行为，这种最为隐秘且"丑"的事物，写得如此迷人！在你笔下，男人的性器成为一种艺术品，如一种纯正的原始艺术的复活。而"我"渴望欣赏这一艺术品，并以"啜吮"的方式拥有它——不能以"占有"去形容，有损它的美——那是一种完完全全、彻彻底底、让人读了无法自持的美。你是如何做到的？谈谈这一经验。

盛可以：我正儿八经写小说前，读到某男性作者写有关女性生殖器的文章，写得非常好，非常形而上，非常有深度。我想，女性完全可以这般来品咂一下男性，于是戏作《沉重的肉身》，算作呼应。写这篇东西确需勇气。读者如我预期的那样，认为作者是品了很多卵，才能写出这样的文章。我的观点是，一个好演员，一定不是靠脸蛋演戏，一定是舍得外貌上的丑，舍得将漂亮脸蛋妆成平庸丑陋，比如好演员蒋雯丽在《立春》中的形象，像范冰冰那样的塑料演员，永远不可能塑造出这么深刻的人间烟火。

写作者有太多顾虑，就会写粉饰性文字，在作品中暗立完美自我，和读者共炖一锅心灵鸡汤。这样的例子不少。我十分庆幸写了这篇东西，这个大胆的开头，预先拆毁了未来写小说的种种藩篱和禁忌，世界更深更宽更广。

严彬：关于你的写作观，你曾说，"小说需要冒犯的力量"。直面人生，冒犯常识、冒犯日常生活，挑战黑暗和未知。你的不少作品中也体现了这一冒犯。长篇小说先不说，比如短篇小说《1937 年的留声机》。你将故事背景拉到 1930 年代日军侵华时期，写一个叫作"麻生"的日本军人和你、你的家庭，甚至你们的人生观、民族观之间的关系、那种融合和挑战。它让我想起严歌苓的《小姨多鹤》，又让我想起在日本军人身上投名状似的战争行为。在其中"我"甚至对敌人有普通人的感情，有纠结。请你谈谈这种人道主义式的写作尝试，对你而言是何种冒犯，有何意义？

盛可以：在我这儿，冒犯不是要刻意去踩尾巴，尤其是踩民粹主义者的尾巴。这篇小说甫一刊出，不出所料，他们立即给我扣了一顶"汉奸"的帽子，各种言语批斗，表示对我错看、失望，等等诸如此类。

我是一个作家，我写作时，心里只有小说人物，在肤色人种职业身份等各种外衣之下，跳动的都是一颗人心，如果倾向于人之性，初本恶，那么也可以说跳动的都是一颗兽心。被逼上战场的厌战者，和被侵者，都是弱者，受害者。有时候，好和坏是混沌不清的，需要发生一件具体的事情之后，水落石出。看《教父》，他打打杀杀，心狠手辣，个人魅力体现与此不无关系，谁也不觉得他是杀人犯，反倒觉得他是救世主，因而爱他，欣赏他。这是由于观众没有任何附加观念，没有预设的个人身份，所以客观，理性。我理解国人刻骨铭心的仇恨，我是一个写小说的，我不会像电视剧那样表现，总是中国人拿机关枪狂扫日本人，杀得痛快，过足干瘾。小说要求深入内部，展示细微，发现心灵角落的一点星火，让它燃烧。最后父亲一枪崩掉了麻生，也不是为民粹主义者崩的，那只是父亲合乎情理的爆发。

六、《死亡赋格》，献给生于六十年代的中国人

严彬：在你的长篇小说中，包括《北妹》《水乳》《道德颂》《死亡赋格》等，前三者

与日常生活和男女情感有关，其中《死亡赋格》题材大变，是一个政治背景下的关于追求自由的故事，有些寓言的味道，还有人说，它是反乌托邦小说。据说你也写得很辛苦。你为何作出这一尝试？向上一代、向文学更深层的探寻或者致敬？

盛可以：《死亡赋格》取自于保罗·策兰的诗名。向这位集中营中的幸存者诗人致敬。小说与诗歌有某种精神关联。精神大屠杀之后，有没有幸存者？谁是幸存者？他们在干什么？他们如何重新面对自己与生活。我试图在小说里呈现。这部长篇我写得最辛苦，常有笔力不逮之感，这是相比抒写男盗女娼之时的游刃有余而言。事实上在《死亡赋格》中有些段落和对白我写得非常兴奋，比如天鹅谷的基因制度，年轻人争执政府跟人民的关系，处理不符合数据指标的婴儿等等，自己都觉得背发凉。这本书是献给生于六十年代的中国人，因为这一代人在八十年代末正处于青春勃发的年纪，他们有信仰，有理想、有追求，对国家和社会满怀忧患。89年是一个分水岭，之后的经济大潮迅速淹没了一切，所有人齐步走，向钱看，信仰与理想一文不值。发展才是硬道理，到今天，热血余温一丝也不曾留下。八十年代灵光闪闪，梦想青春勃发，在资源更丰富，资讯更发达的今天，人们却只爱做春梦。

严彬：在你的不少作品中，你似乎愿意将"我"设定为一个男性经验丰富的成熟女人形象，而这一形象，据你先前所述，又与你在日常生活中的特质存在较大反差。你如何看待创作中的这一种非经验性身份？或者说，你为何让读者产生这种感觉？

盛可以：单凭直接经验写作，太局限，也太危险，过于依赖现实，想象的机器会不自觉地停止运作。以前谈到过，我更看重间接经验，心、眼、耳，貌似放松，但随时都在接收与过滤各种信息，且在大脑中搅拌，有时并不知道要生产什么，只是搅拌，搅拌，也不是非要搅拌出什么，只是搅拌，职业性的。写作者不只是伏案时才在写作，其实半秒也不曾停歇，甚至连梦里也是。经验丰富的形象，对于带动探究揭示心灵深处更有帮助，离本质更近。真善美没有问题，没问题就没什么好写的，写了就是软弱的煽情。也没什么好鼓吹的，因为你不可能把所有人吹成同样的球。我喜欢写问题，写破洞，写腐烂，挪开华美的、自欺欺人的井盖，写黑井里的东西。

七、"我写作，只是为了让我自己分裂成很多人"

严彬：实际上，你的作品中有多种身份体现，语言风格上也是多变的。你并不大拘于自己南方水乡女人灵秀见长的特质。有时，你的作品语言风格是东北化的，有时又是极为白领的，如《白草地》。你也曾提到，作者需要有塑造人物、忠实地成为人物或环境所需的状态的能力。表现在文学语言上，这是否会模糊甚至丧失一个作者本可建立的个人文学风格？比如余华、苏童，等，都在长时间的创作中塑造比较稳定的文学背景。你有过一些考虑吗？

盛可以：是的，这个问题特别有意义。我埋头写了多年之后，回过头来审视自己，的确有点繁枝乱长，但是风格主干坚在，没被肢解。我喜欢乱长，那些旁枝斜逸，便是我写作的乐趣之一。在写作乐趣和塑形之间，我更在意前者。我像小孩，有点贪玩，有点野，也知道夜了该回家，这种特质无形中也渗进了我的写作风格。我不懂、也不那么看重文学和写作上的规矩，我也不是奔进文学史来写作的。我写作，只是为了让我自己分裂成很多人，这些人成为我的朋友，陪我打发时间。童年起根深蒂固的孤独，延续至青春期，到如今"美人迟暮"，已经是弥天蔽日。它不断滋生，水落石出，越来越坚硬可见。小时候是放养的，自己玩，不和人亲近，我对于跟人讲话总有不安，因为我不会说话，我视之为性格中非常严格的缺陷。这是我唯一不喜欢自己的地方。

严彬：很多作家，包括评论家、读者，更为看重长篇小说，而比较轻视中短篇小说。我以为，长篇小说是一种文学修炼和圆满，用于获得文学地位和名声，中短篇小说则更能轻快地体现一个作者的创作才华，甚至更为适合当下这种"时间不够"的物质时代。从你本身，以及大环境出发，你如何看待这两种创作？

盛可以：的确存在这样的思维惯性和误区，以厚度和字数来评定作品，仿佛厚度可以填补质量，诗人伊沙说，长篇小说就是"往河里撒尿"，恐怕也道出了某种事实。长篇小说并不一定优于短篇建立作家的文学地位，但在市场这一块肯定拥有更广泛的读者。功利性的写作，其媚俗味儿必然会渗透到作品中，一下就能嗅出来。每个人有自己的写作观，人生观，以及生存方式，这也决定了一个人的路途与方向，没必要统一思想。

长篇需要有意思的闲笔，冗长的景状描写，建筑模式，家具细节，尽可以写个酣畅淋漓；短篇则是减法的写法，越是留白，越有余味；甚至故意避重就轻，不写实物，单写影子，光线下影子的变化，更能刺激阅读想象。写短篇就像一个裁缝坐在缝纫机前，目不转睛地注视针脚，双手灵巧，将衣料忽儿折叠，忽儿抻平，忽儿抖擞一下，脑海中存着那件成衣的样貌。量身制作一件好衣服，扎实的针脚，精准的尺寸，与精细的做工缺一不可。我尤为喜爱短篇这种体裁，它和好的生活节奏非常合拍。

严彬：如何看待爱、孤独、自由之于一个作家的位置？

盛可以：也许正是这三个词组成了作家，它们像呼吸一样重要。爱，无论是意思狭隘的爱，还是宽泛的爱，都在丰富人的内心，激起人内心的善与怜。孤独是危险的，就像加缪的《局外人》，或者伊恩-麦克尤恩的短篇《蝴蝶》，孤独会产生可怕的结果；孤独是凛冽的，就像一盆凉水当头浇泼，令人清醒，孤独甚至催生了不少大艺术家。人们通常害怕孤独，它像黑夜的幽灵，当它在窗外徘徊，人们吓得瑟瑟发抖，不如索性关了灯，跟孤独好好聊聊，就像作家铺开稿纸，画家撑开画板，认清一个事物，心灵同样能获得自由。自由度是生命活力的刻表，作家在表达上的自由，很大程度就像拎着马灯走夜路，只有那么一轮光晕，小心谨慎孑孑而行，不如砸了马灯，借黑夜的微光，释放全部的勇气，用最敏锐的目光与判断，往前走。

八、"我对人世间各种情感都持怀疑和悲观态度"

严彬：是否可以说说你的日常生活，你生活中的朋友圈。这或许会更有益于我们触摸到你作品的深处。

盛可以：对于处理现实中人与人之间的关系，我比较无能，所以更多的是沉溺于虚构人物，纸上谈兵。我对人世间各种情感都持怀疑和悲观态度。一个人一辈子遇到的大部分人都是来耗费你的，只有极少的人，在你的生命中闪着灵光。朋友圈？我不喜欢戴箍。我的好朋友，他们都像一棵树一样，长在别处。虽近犹远，虽远犹近。

严彬：你对未来创作生命有何构想，三年，五年，十年，三十年……

盛可以：我没有展望未来的习惯，好好活，趁父母健在，多尽点孝，想写什么就写，不管什么内容；想去哪里就去，不管路程多远。我倒是有计划画大幅的山水画，相比画画的轻松愉悦，写作简直是一种伪幸福，但我仍然依赖它。

我不喜欢昨天的自己，更喜欢明天的自己

杨庆祥　　盛可以 [①]

从《北妹》一路走来，刚刚出手的《锦灰》已经是盛可以第八部长篇小说了。对于这部最新作品，她表现出了从容和满足，她说，从书名到内容，她都非常满意，因为呈现了最真实的自己，带给她巨大的充实与幸福感，在这部作品中她内心那个充满理想的自我完全暴露出来了。"我是一个酷爱使用比喻的人，我一直认为小说中没有比喻，像街道没有咖啡馆一样无聊，我相信想让作品永远'不死'，就要用最大的热情在文字中展示才华，包括比喻，写出滚烫的人性，像电闪雷鸣时常撕扯在读者记忆的夜空。"

盛可以，20世纪70年代生于湖南益阳，90年代移居深圳。1994年起发表散文作品，2002年转向小说创作。著有《北妹》《道德颂》《死亡赋格》《野蛮生长》《锦灰》等八部长篇小说，以及《福地》《留一个房间给你用》等多部中短篇小说集。作品被译成英、意、法、德、俄、日、韩、西班牙等多种语言出版。曾获华语文学传媒大奖、郁达夫小说奖、人民文学奖、中国女性文学奖、未来文学大家TOP20等。2012年英文版的《北妹》入围英仕曼亚洲文学奖，《纽约时报》称其为国际文坛"冉冉升起的文学新星"，企鹅兰登出版社评价其是勇敢而有才华的作家。

[①] 杨庆祥，著名评论家、诗人，中国人民大学文学院教授。本文原载《青年报》2018年1月7日。

一、每一个人只有三两个适合他生命的颜色，当他把什么颜色都往自己身上披的时候，这个人其实是迷失的

杨庆祥：可以你好，终于有时间一起好好聊聊了。上次在一起的时间是北欧之行，虽然很愉快，但几乎没有谈文学。这次我们谈文学，当然也欢迎八卦。我是很久以前就读你的作品，第一次听你的名字还是在我读研究生的课堂上，有位老师说起你，然后在黑板上写下三个大字"盛可以"，当时就觉得这个名字好酷啊，是大作家的名字。

盛可以：庆祥老师好。是啊，现在气温这么低，正是扪虱清谈的好时候。只可惜窗外无飞雪，室内无壁炉火。文学提供一切。所以此刻仿佛窗外大雪纷飞，屋内炉火闪烁。今天是平安夜，这要是在北欧……真是嫉妒生活里老是下雪的人。我从中国南部挪到北部，雪也是一个因素。可惜气候变化，北京的雪也越来越少。有朋友说我这种人应该搬到南极去和企鹅住。我倒是乐意，只怕企鹅不欢迎。哈。

我们是夏天去的北欧吧，太美了。其实我印象最深的还真不是北欧人文风光，而是我们四个人在某个日不落的夜晚，用我老家的话说，是"不知天光日夜"地聊天，是真正触及灵魂的。理想的聊天就是那样。当然，万之老师请我们在康有为住过的地方喝茶，聊起过往，当时夕阳涂黄丛林与湖面，云彩忽然变成淡淡的粉红，一道彩虹横贯眼前，我们都傻眼了。被美震慑的"余悸"回响至今。还有一幕是当我们抵达斯德哥尔摩的时候，听到一位学者逝世的消息，我们在车里沉默。过了十分钟，你说，"我刚刚写了一首诗"，那首即兴诗，是另一种震撼。我想诗歌是认识一个人最直接的文学体裁。你谈到你在写抒情长诗，短诗的主题将会成为长诗的一个章节。我非常期待读到整部长诗。北欧之行，还是很文学的。

我的名字被你老师写在黑板上，这么有意思的事情你居然没跟我提起过，你的老师肯定是写下名字批评我。哈。我挺高兴的。我喜欢听批评，通过批评我会审视自己，也能认识对方。

杨庆祥：哈哈，还真不是批评。那位老师平时并不是很关注当下写作，但是他居然知道你的作品，我很惊讶，而且他评价很高，我记得他用了"生猛"这个词。对了，我们第一次见面不知道你还有没有印象？是在珠海。一

大群人，我记得你穿了一件很鲜艳的大摆裙子，很醒目，感觉就是一个张牙舞爪的人向人群逼近。我没有跟你说话，但是印象非常深刻。好像你一直都很瘦，所以穿那种裙子会非常有动感，衣带当风的那种感觉。我当时觉得你身上有一股男子的英气。

盛可以：当然记得啊，你眼睛那么大，带着像小说家似的批评家的观察，好像探照灯在黑夜里扫射，照到水池里鱼虾会活蹦乱跳的吧。我一直认为人们彼此间大多是鸡同鸭，充满了快乐的假聒噪。找到一只同类时，反倒是宁静的。

我不喜欢昨天的自己，对今天的自己也很勉强，我喜欢明天的自己。鲜艳的服饰完全不适合我，但有过一阵大红大绿花枝招展地穿着，不知道是什么心态。有的东西只能喜欢，披在自己身上完全是个错误。每一个人只有三两个适合他生命的颜色，当他把什么颜色都往自己身上披的时候，这个人其实是迷失的。

你说得很对，某些方面我像男人。我家人说我做事军事化，我对时间、效率、规矩、责任，都有严格要求。我讨厌很多女人的惯有品性，诸如琐碎、唠叨、啰唆、哭泣、抱怨、依赖、是非、扎堆、小心眼、多嘴多舌，我讨厌把时间浪费给装饰指甲、眉毛、研究化妆品……我童年时不喜欢跟女生跳绳什么的，就愿意和男孩子玩打弹子、玩弹弓、滚铁环；青年时期总是路见不平拔刀相助。现在的人戾气太重，做点什么之前，我会掂量一下。

杨庆祥：了解了一下你的履历，出生在湖南益阳兰溪，然后去深圳，再北上北京。我感觉这三个地方不仅仅是地理意义上的城市，同时也是标刻着你生命经验的"我城"。你和你笔下的主人公在这三个地方位移，并上演生活的悲喜剧。作品我们后面再谈，先谈谈你自己的"三城记"吧。

盛可以：童年很孤独，很忧伤，但故乡是那么美，我后来把它画下来，变成了《春天怎么还不来》这本图画集。我爱的是故乡的自然，却厌恶它日复一日的单调无趣。小时候总盼着有一个远亲把自己带走，后来就把自己变成了晚辈的远亲。在城里听到向往田园的言论，心里就发笑，但凡经历过那种牲口般劳作的人，是不可能产生那样的幻想的。现在农民的肩上轻松了许多，但好多地方并没有发展。故乡是文学的记忆之矿，如果贫穷无助也是一种肥料的话，我倒是得此滋养，注定要在困苦落后的灰色底子上写字。故乡决定了我的情感基调，是今后永远无法改变和挣脱的。

很多人离开一个地方，同时也做好回来的准备。我是一个不回头的人。我生命中有不少孤注一掷和背水一战的时刻。这里头有性格、信念，以及对未知的好奇心。深圳是我的第二故乡。我在这里开始人生的成长，文学的萌芽，21岁发表了第一篇散文，有一阵以写作对抗在高学历同事面前的自卑。然而这些松散的豆腐块并不能抵至我的后背。证券公司被银行合并，"我们不需要写作人才"，我被裁员淘汰。然后当过记者、编辑，28岁辞职，去了天寒地冻的东北关门写作——这也是我人生中的背水一战。

我是在最热爱的北京老掉的。因为身在其中，对北京一时我还难以描述。

杨庆祥：听你这么一说，我心有戚戚焉。我们这一代人，故乡是回不去了，只能不回头地往前走，其实也不知道前面到底有什么。有时候我常常陷入很彻底的虚无，我的一首诗的题目就叫《间歇性人类厌倦症》。对了，期待你写一部关于北京的小说，一定会是大作品。

盛可以：北京就是有这样的魔力。我特别理解你这首《间歇性人类厌倦症》表达的那种精神状态，我也是一样。虚无和厌倦感隔一阵就会发作，不想说话，不想见人，不想刷屏，不想发表意见。

多谢鼓励。我确实还没有好好写过北京。我赞同像卡尔维诺说的那样，离开故乡写故乡，在空间与内心的双重变迁之后，故乡会更清晰。他在巴黎就没写过巴黎，始终在写第二故乡都灵。北京像一台搅拌机，既碾碎了很多，也重造了新东西。当我觉得"北京"呼之欲出的时候，我肯定抓住它。

二、现在要是连续几天不写作，不打磨几个好句子出来，心里就空得慌。我以前说过这是一种病，这种病会陪伴终生

杨庆祥：《北妹》是你的第一部长篇吗？如果是就太惊人了。我觉得这是一部杰作，很少有人能将长篇写得如此干脆利落，一气呵成。无论是从结构、情节还是人物塑造上都几乎没有什么毛病。你是怎么做到的？这么问好像有点"门外汉"的嫌疑。但是我觉得文学首先是要征服读者，然后才是批评家。或者说，批评家首先要是一个普通读者，其次才是专业批评家。感动不了普通读者的书，当然也感动不了批评家。是的，我得承认我确实被这本书感动了，所以前几天我又在飞机上一口气重读了一遍。

盛可以：谢谢你又阅读了《北妹》。是的，它是我辞职到冰雪中的东北写

的。那年我 28 岁。不单完成了《北妹》处女作，还写了长篇《水乳》和好些短篇。那会儿咀嚼的是余华和朱文的作品，是他们的小说刺激了我的创作神经，我野心勃勃地想将他们俩的风格糅合起来，变成我的。我就像一架摄影机，跟在钱小红屁股后面，在一种奔跑的节奏里，体验语言的狂欢。我发现没有比写作这种独立自主的工作更适合我的了。现在要是连续几天不写作，不打磨几个好句子出来，心里就空得慌。我以前说过这是一种病，这种病会陪伴终生，而且会让人产生幻觉。对于一个不太会说话，不太懂和人相处的人来说，写作几乎强化了这一性格弱点，沉迷于在虚构中周旋。

杨庆祥：钱小红是谁？可以这么提问吗？我觉得作为一个文学形象，这个人物有很多的典型性。甚至可以说是高加林之后当代文学很重要的一个"典型"。可惜这一点被批评家们忽略了。大家也许过分关注这个人物真实的对位（比如她作为一个打工妹这样一种真实身份的投射）。但是我觉得从一开始你的作品就表现出来不一般的问题意识，钱小红不仅仅是一个随波逐流者，更是一个具有强烈主体意识的自我。在这个意义上，钱小红是从历史中诞生的人。

盛可以：我先悄悄搜索了一下"高加林"，很遗憾我年轻的时候没有读过路遥，现在完全读不下去。我没有过多关注批评家的言论，但每听到喜欢《北妹》的声音，都会将我的思绪拉回到那个年代。钱小红原型出自我们村，一个丰润性感无所顾忌的小女孩，经常弄得鸡飞狗跳。在 20 世纪 90 年代的中国乡村，她的行为称得上惊世骇俗，她是天然自我解放的。我早期的随笔里，有过一些女性关注，在一部长篇小说中有更广阔自由的空间来探讨女性的问题，这也是我后来转向小说写作的原因。

我很喜欢钱小红这个人物，她拒绝社会预先为她确定的角色，真实地面对自我与世界。包括后来她到大社会中所引发出来的一系列社会问题，的确值得思考。《北妹》是被谈得最多的一部作品，尤其是在 2012 年英文版出版之后。我对乡村人物的描绘远比城市生动，因为乡村生活是真正浸淫其中，在无根的城市，有点像船泊在水面。时空是放大镜，有的事物反而会格外清晰。

杨庆祥：高加林可是当代文学史上一个很重要的典型，路遥的《人生》还是非常值得一看的，建议你找时间看看，里面的女主角叫刘巧珍，也是一个很典型的女性形象。怎么说呢，就是那种很符合中国男性想象的传统女性形象。我发现你的小说中有一个女性人物的谱系，从早期的钱小红一直到《福地》中的代孕妇女。但有一点非常不同，你的作品有一个贯穿始终的主题，那就是对女性被物化这一现代事实的不屈不挠的反抗。你小说中的那些女性仿佛烈焰，所到之处，伤己伤人。

盛可以：是的，我小说中的女主角大都觉醒、独立、顽强。有时在网络上看校园的暴力视频，一边是欺凌者与围观取乐者，一边是忍受羞辱哭泣的小姑娘，令人痛心。软弱简直是一种罪，如果可以这么说的话。小时候经常看邻居男人揍他老婆，揍得鬼哭狼嚎，那女的抹干眼泪就去做饭给男人吃，或者在床上蒙头躺半天，一切又恢复原样。我总是着急她为什么不反抗，事实是她反抗只会更加鼻青脸肿。我又想她为什么不离开这个男人呢？后来写小说，其实也有对这个"为什么"的探索。男女是相同的物种，拥有相同的智识、情感与权利，为什么总有人喜欢一只脚踏在女人的背上。女人在争取自己的尊严，西方在这条路上已经走了很多年。我们很多人其实根本没想过这回事，甚至视为常态。

杨庆祥：说到这里可以稍微提一下你的《缺乏经验的世界》，我明白你想在这个小说中进行一种有意思的尝试，尤其是在"语言和经验表达"这一范畴之内。但是我对这个小说不满意的一点就是，女主角在物化"他者"的同时将自我物化了，而这，显然会降低你写作的境界。

盛可以：我特别要记住你对这个小说的批评。当别人告诉我的时候，我一下子面目清晰起来。我非常喜欢你这种真诚的表达，因此很想和你有更多的交流。要知道，真实的表达意见，对一个批评家来说，不是那么容易，尤其是在抬头不见低头见的小圈子里。后来我也在不同场合听到过你的真知灼见，真诚尖锐，很稀罕。我想，如果一位批评家具有鉴赏力、洞见、学识，可他不真实、没勇气，就会非常遗憾。

《缺乏经验的世界》这个短篇很女性化，是一次语言的试验，与别的作品截然不同，有点像在一幅大型山水作品间点了一朵桃花，作者带着游戏的心态，同时在把玩少年和女主角。你说得很对，这种东西会显得小家子气。

杨庆祥：我在前面提到过钱小红是从历史中诞生的人。如果说这一点在《北妹》里面还出自一种不自觉。那么，到了《野蛮生长》，已经是一种非常明确的意识了。《野蛮生长》的语言相比《北妹》来说变化不大，但我感觉比《北妹》更有力量。这个力量，除了人物命运的悲惨之外，我觉得更多是对历史，尤其是对当代史的反思。虽然1970年代出生的作家在最近几年纷纷开始一种历史写作，我依然很好奇作为一个个体的你是如何开始你的这种思考的？

盛可以：我一直视《野蛮生长》为《北妹》的姐妹篇，两部作品的人物从同一个乡村出发，只不过前者写了一个家族，后者写了钱小红一个人。在语言上也有意想回到《北妹》的风格，简洁、直接、幽默，以及语感的音乐节奏。《野蛮生长》一百年历史，我省略了祖父辈的。我爷爷生于辛亥年，死于一百岁生日那天（加上百年间的闰年闰月，等于一百零三岁）。这部作品可以说在我童年时期就开始萌芽，因为童年的惊恐与刺痛从未消失。一是从小看村里被拉去医院做结扎手术的女人，当她们躺在二轮板车上，全身捂在棉被里被拖回来时，我充满了恐惧，我想我不要结婚，不要生孩子，这样我就不会像她们一样了。二是我的长兄在1983年严打中坠入深渊。父母的头发一夜间白了。为长兄起诉的过程中，我恨不得自己马上长大，成为记者，成为律师。七八年长兄出狱，再也没有找回尊严。我真的不觉得我在写历史，我是在写自己的生命，在写人的悲剧命运。

三、我认为小说中没有比喻，像街道没有咖啡馆一样无聊。我相信想让作品永远"不死"，就要用最大的热情在文字中展示才华，包括比喻，写出滚烫的人性

杨庆祥：嗯，你这么一说我就完全明白了，《野蛮生长》和你血肉相关啊。问一个老问题，可以不回答，你觉得你处理历史的方式和上一辈作家有什么区别？或者说根本就没有区别？

盛可以：对我来说不算老问题，我是第一次被问到。我想，囿于各自的生活经验和阅读经验，书写方式上肯定所有区别。一个作家的创作来源与冲动来自他独一无二的灵魂，而非他的年代或阶级。基于这一点，不管哪一代作家如何书写历史，他们在精神上、在批判上、在反思上，必然是殊途同归的。

杨庆祥：《野蛮生长》中有一则来自现实生活的新闻报道，而整部小说，描写的其实都是"卑贱者"是如何死去的。几乎没有人能逃脱。这是历史还是命运？这让我想起古希腊悲剧的一个反复主题，即，无辜者总是要赴死。为什么？

盛可以：时常感慨人命如草。草脆弱，一阵微风，它都要叩首响应，疾风来时就索性伏地了。然而它们又是那么顽强，只要有一丝空隙，就能生长攀爬，被石头碾压，它们也能曲曲折折地探出新叶，连野火也不能将它们彻底毁灭。仿佛有只无形的大手操控一切。当你试图与它争斗时，它只是一团云雾，一股气流，看不见，抓不着。"命运"作为古希腊悲剧中的主题，英雄、贵族，连宙斯也要服从命运，如果说古希腊悲剧的主人公是自己给自己掘墓，那么《野蛮生长》中的人却是连给自己掘墓的资格都没有的。

杨庆祥：你最近的作品是《福地》和《锦灰》。你的整体性思考通过象征和寓言的方式得到了更集中的呈现。《福地》在内在气质上和《1984》相通，《锦灰》在叙事上有更先锋的探索。你说《锦灰》是你最近几年最重要（同时也是最好的）的长篇。为什么这么自信？

盛可以：哈，希望我不是转变为自恋型人格了。我的确被这部作品吸引，有时候拖地拖到书桌边，随意读几行，不觉就读了几十分钟。我能清楚地感觉自己的写作变化。近些年偏爱寓言式小说。列奥·施特劳斯有过著名的关于"隐微写作"的理论，哲学家运用一种独特的写作技巧，"采取字里行间的写作方式"，比如中国式哲人的隐微写作有"春秋笔法"。古代退隐的文士要寄情山水明志，就得磨炼出迂回间接表达的艺术才能。

《锦灰》是我的第八部长篇，从书名到内容，我都非常满意，就像我那些谈不上功力但充满稚趣的小画，因为呈现最真实的本我，带给我巨大的充实与幸福感。好吧，也就是说，在这部作品中，我内心那个充满理想与沉重的自我完全暴露出来了。我是一个酷爱使用比喻的人。我一直认为小说中没有比喻，像街道没有咖啡馆一样无聊。我相信一个人想让作品永远"不死"，用最大的热情在文字中展示才华，包括比喻，写出滚烫的人性，便会像电闪雷鸣时常撕扯在读者记忆的夜空。尼采也是热爱比喻的人，他甚至认为比喻的才华是最大的才华。"比喻"和"幽默"一直是我自信的方面，处女作《北妹》中有一个初步的呈现，在《锦灰》中变得更为娴熟。书中那个因为使用尖锐比喻给自身惹了大麻烦的记者，是理想中的我，虚构的"真实"的我。另外，我尝试新的写作形式，我体验到了这种新形势下书写世界的开阔与自由，好像黑屋子开了许多亮窗。

杨庆祥：我去年提出了"新伤痕文学"的概念，从主题来看，我觉得你的作品是"新伤痕文学"的代表，更进一步，你在作品中表现出来的决绝和不容回旋的东西同时也对这个文学史概念提出了挑战。

　　盛可以：我记得你在接受澎湃新闻的采访中谈过这个概念，你称之为看不见的"天鹅绒式"的伤痕，这是真正对另一类成长的正视与尊重，真的非常感谢你对伤痕的关注与理解。我算了算七十年代出生的作家，最大的年近半百，最小的也近不惑，这种伤痕也许人自己未必也意识到了，或者可以理解成，很多人不觉得那是伤痕，不觉得那柔软的天鹅绒下有伤痕。但我们的的确确是有创伤的，这创伤像闪电一般。

　　杨庆祥：我知道最近几年，你的写作越来越呈现国际化的倾向，作品被翻译成多种文字出版发行。不知道你的下一城将会是什么地方？纽约还是巴黎？接下来还有什么写作规划？方便的话也许可以透露一点。

　　盛可以：是出了一些译本，《纽约时报》《纽约书评》《卫报》《泰晤士报》等媒体也有过书评和采访报道，谈不上国际化吧，我理解的国际化应该是劈开了一条无障碍通道。下一站我不知道会是哪里，对我来说，也许纽约会是世界的尽头。我现在正在构思新长篇。可能会是《锦灰》的延续。因为这部作品写到结尾时，我才觉得整个小说才刚刚起步，这是一种创作上的激情。

　　杨庆祥：我毫不怀疑你会写出一部部更杰出的作品。但是我想引用伟大的歌德的一句话：千万别忘记生活。歌德的圆满——这种圆满自现代以来已经很少见了——在于他不仅有巨大的创造力，同时也有巨大的生活智慧。因此，在这次对话的最后，我想祝福你，愿你生活得更圆满。谢谢可以。

　　盛可以：谢谢庆祥老师。这次谈话让我深受启发。我相信我们都会有更美好的未来。

语言之纱

盛可以 [①]

用"第二春"来形容 2018 年的旺盛创作，因为我无法解释为什么一口气写了两部长篇。这一年，感觉自己像疯狂的纺纱机，只顾捏紧生活的松散棉絮纺呀纺，最终还粘连着纺出了第三部长篇的开端。相比 2002 年写作的"第一春"（那一年完成了《北妹》《水乳》和一些短篇小说），这阶段的写作留下了关于身体的痛苦记忆。每天早上 7 点工作到晚上 9 点，两眼模糊，胸腔烘烤般灼热，像个被囚禁的苦役犯。发热有高强度劳动的原因，也有对笔下人物过于揪心的缘故。我不想刻意控制或放慢速度，而是强迫身体配合脑部的转动，在花瓣凋零、芳香腐臭前，像抢火一般抓紧这绚烂的春天。

这就是为什么《息壤》的语言像疾雨般密集不歇，绵延不断的长句子是因为松散的生活搓捏成纱从手中汩汩涌出。为了方便阅读，编辑建议适当添加标点，不然有的句子更长。因为打双引号需要左右手，而空格键只需要任何一只拇指敲击，意外发现空格键更为简易方便时，干脆用空格替代对话与心理独白惯有的双引号。采用字体变化的灵感来自威廉·福克纳，那时候我正在反复看他的《八月之光》，当然另一方面也是因为我发现对话采用不同的字体使版面错落有致，更为美观，写作时会倍感愉悦。经常因为字体没选好而无法写作，或者在写作中隔一阵就调换字体，很希望有人能发明那样一种字体，看起来就像印在书上，尤其是发明中文打字机，文字可以直接打在纸上，那种咔嗒咔嗒的声音不仅美妙，而且肯定有助于思维想象。

---

① 本文选自《文艺报》2019 年 6 月 3 日。

原来一直着迷短句，简洁短促像匕首，精准命中，不拖泥带水，而创作《息壤》时，我有一种全新的创作体验。我发现丰沛不节流的长句，几乎不是作家的刻意选择，而是你脑海里搓捏的语言之纱纺得很快，要使它们不打结、不断线，匀称紧致地绵延出来，只能按照纺纱的节奏写。这里没有真正意义上的停顿，只有速度的变化，时快时慢，心脏不好的人会感受到压力。我相信读者是不需要照顾的，他们更希望作家按照他们的本意行事。

　　人总是持有偏见，是经验在改变他们的认识。偏见是能独立思考的表现，但一味执着于偏见，会导致狭隘。承认短句的美，不否定长句的气韵与丰盈，但内心若无澎湃的激情，长句便会如裹脚布一般苍白无趣，若无人性洞察通透，短句也会干瘪无聊。高超的语言大师一个字就能使全句生花，这样的例子，在阅读唐诗宋词时不难遇到，比如"红杏枝头春意闹"之"闹"，"云破月来花弄影"之"弄"。

　　无论使用短句还是长句，语言的趣味修辞始终是我最注重的，比如写河里的人"身体像一把剪刀裁开缎子般的水面"，写姐姐"发育后攒了些姿色"，写笑声"溅出窗外"。国学大师王国维先生说，"文学上之习惯，杀许多之天才"，这句话道破了写作的天机。

　　《息壤》在形式和语言上尝试新的探索，作品灰色中有橘红，肃杀中有希望，所以人粘在命运的蛛网上挣扎，有人折翅断肢，有人幸免于难。我不在这里谈其创作背景，因为我在《性别恐惧的幽灵紧附》一文中写过，因故乡守寡50年的邻居之死触动，大抵与童年时期目睹计划生育的恐惧相关。

　　我想写的不过是中国大陆现代普通人的日常生活，子宫的"正常"境遇。人物们或许也不觉得自己这点事可以入小说，我倒是觉得惊心动魄的，不然也不至于蒙上童年阴影，多年不去。

我的写作从不避开当下

盛可以　张杰[1]

尖锐、精准、血性,在读者圈和评论界里,盛可以的文风长期被这样定义。但其实,文风只是她所表达内容的外在表现,看似凶猛的笔下,潜藏着她对世相敏锐的观察和巨大悲悯。由此可以说,她的创作最大特点是准确、节制。

盛可以很认可"准确"这个词:"准确——几乎是衡量一个作家是否具有敏锐洞察的标志,不管多么漂亮的修辞,无论多花哨的技法,其语意都必须直中准心。准确,某些时候会显得寒光凛凛,呈现清晰的能见度,读者会顿感耳聪目明。"

一个成功的作家,往往都有一块较为集中的文学领地,在这个领地里,凝聚着他关注的人、事、物,以及情感和思考。对于盛可以而言,农村或进城务工的普通女性,是她文学表达的重点对象。作为才气与创作辨识度都很高的女作家,她对这个群体女性的爱情、婚姻、亲情关系,有着非常精准透彻的洞察,并对她们背后所处或者所出身的农村社会现状,有着深刻的体悟和思考。

一、写作题材小说几乎都来自生活

从 20 世纪 90 年代中期开始,很多农村的年轻人向城市流动,在盛可以

---

① 本文选自《华西都市报·封面新闻》2021 年 1 月 10 日。

的家乡湖南益阳某乡村也是如此。在前往珠三角、长三角等地谋生的人群中，有她的亲戚和熟人，也包括她。这些群体的命运、悲欢喜乐，成为盛可以写作世界的一大题材。

在新作《女佣手记》中，盛可以描写了一群从湖南益阳进城当保姆的中老年妇女的生存状态和生活经历。她说，这些人物故事都是有原型的，都是活生生的，有的她还认识。这些人带着七情六欲，活得很现实。"一开始是亲戚给我做饭时，说起她周围的人，比如哪个人被骗了等，正所谓说者无意听者有心，我从被动听到主动问，形成互动，最终形成了这本书。"

盛可以说，写什么不写什么，不是刻意寻找的，"而是这个题材跳到我脑海里，或者说某件事撞击了我的心灵，我的小说几乎都来自生活。"

如此近、实、贴地面的写作，也许会让人觉得缺乏文学的想象与距离感。但盛可以说，"我坚信文学语言有翅膀，这也是我最有把握的部分。我喜欢写熟悉的人，关心他们的生活。我的写作从来不刻意舍近求远，避开当下的生活，我关心历史，更关注此刻的亲眼所见。"

二、方言写作有助于让人们了解他们的生活

爱嫂、郭家嫂、邓嫂、谢嫂、凤嫂……在盛可以的新作《女佣手记》中，这些从乡下进城当保姆的女人们性情各异，却各有一本辛酸史。

由于要生动呈现保姆的生活，在创作中，盛可以大量使用了湖南益阳的方言，但这并不影响其他地方的人对该书的理解，反而促成一种极其流畅的节奏和真实的在场感。

盛可以说，用益阳方言写作很快活。"使用方言叙事的初衷很简单。"她说，"我没想过刻意使用方言，由于我的人物是有蓝本的，是我的同乡，当人物开口说话，就传出了她们的腔调，这样也有助于让人们了解小地方人的生活。"所以在创作中，她把不太易懂的方言适当删除，主要保留方言的语感节奏以及那种腔调。更重要的是，方言写作也没有影响雅致的部分，有很多句子像诗歌。比如她写道，"爱嫂是保姆里头嘴巴最热闹的一个，矮墩墩的，一身软肉，手脚都很小。手背'酒窝'很深。她总是比别人快乐些，一笑笑很久，一口气像火车过山洞，听的人都走了，她的笑火车还在往前开。"

三、对话：作家的责任是不向粗糙的胃口妥协

接受封面新闻采访，问及盛可以的生活，她自言"没什么特别，偏于安静、宅居，研究菜谱做美食。"她很喜欢写作的慢速度，"慢下来，慢有慢的好处，细嚼慢咽，咳珠唾玉，很喜欢这种缓慢的状态，落在时间的后面，可以捡到不少有价值的东西。"

封面新闻：在《女佣笔记》中，你是如何做到对人性多面的深刻挖掘和呈现的？

盛可以：生活本身就是复杂多样的，每个人都有自己的色彩和面貌，每个家庭都有自己的结构与模式。《女佣笔记》中所描写的这群女人，本能地生存着，随波逐流，很少有清晰的计划。也不乏有心计的女人，但她只是谋算着怎么获得更大利益。这群人大多没接受过多少教育，改变命运的可能性很小，有的寄望于下一代，因此舍得送孩子上补习班，上好学校。

封面新闻：你的笔锋准确、凌厉，因此有读者猜测，你的性格会不会也让人不敢接近。写小说的盛可以和生活中的盛可以，是怎样的关系？

盛可以：写作中的作家和生活中的作家是同一个人，但归根结底不是同一个人。我尽量在生活中剔除属于作家的那部分特性，包括唯我、忘我、严肃、深虑、魂不守舍，这些东西带到日常生活中就近似于病人特征了。比较正常的状态是，将自己关在书房里创作时是作家，走出书房就是妻子或丈夫、母亲或父亲、朋友或情人。那些无时无刻不戴着作家这顶帽子生活的人，本身并不真实。

封面新闻：2020年，你有哪些收获，哪些遗憾呢？

盛可以：2020年是压抑的一年，我以后会写这一年中发生的事。

封面新闻：当下，很多人选择用短视频来获取资讯，娱乐自己。在你看来，一个作家该不该用自己的作品去帮助大家提高文学欣赏水平？

盛可以：文学的影响力可能既不像我们认为的那样微小，也不是人们希望的那样强大。每一个时代有一个时代的文学。做一个逆向思维，想象一下，如果一个时代没有文学，这个时代会是什么样？这个时代的人会是怎么样？可以说，如果没有文学，这个时代几乎是不被记录和反思的，这个时代的人也可以说是没有灵魂的。文学的重要性恰恰是在没有它的时候体现出

来，就像健康只有在生病的时候才会被意识到，窒息的时候才发觉空气的存在。一个社会的氛围肯定不是一个两个作家可以营造或改变的，文学欣赏水平文学鉴赏能力既有天赋成分，也有后天的感悟，人文素质的整体提高是个系统性问题，作家的责任就是写出经得起品尝、咀嚼的作品，不向粗糙的胃口妥协。

封面新闻：写作与阅读密不可分。2020年，你读了哪些让你印象深刻的书？可否分享一些？

盛可以：有几部印象深刻的非虚构书籍，比如《乡下人的悲歌》，作者出生于底层，耶鲁法学院毕业后写下这本家族回忆录，对美国社会有非常深刻的思考。袁凌的《青苔不会消失》让人震惊，充满悲怆的力量，语言有种坚硬的诗意，凝练洁净意味绵长。他选择了少有人触碰的主题，那是一种珍贵的视角。柯拉柯夫斯基的《宗教：如果没有上帝》，论上帝、魔鬼、原罪以及所谓宗教哲学的其他种种忧虑，有效地解开了我心里的一些困惑。重读经典也是2020年阅读的重要部分，像《押沙龙，押沙龙》《卡拉玛佐夫兄弟》《失明症漫记》《百年孤独》等。

附录一
盛可以文学作品发表及出版情况一览

2002 年

短篇小说集《谁侵占了我》由时代文艺出版社 2002 年 10 月出版

短篇小说《快感》发表于《芙蓉》2002 年第 3 期

短篇小说《干掉中午的声音》发表于《芙蓉》2002 年第 3 期

短篇小说《致命隐情》发表于《芙蓉》2002 年第 4–5 期

短篇小说《Turn On》发表于《收获》2002 年第 6 期

长篇小说《水乳》发表于《收获》2002 年秋冬卷

2003 年

长篇小说《水乳》由春风文艺出版社 2003 年 1 月出版

长篇小说《火宅》由春风文艺出版社 2003 年 7 月出版

短篇小说《钢筋蝴蝶》发表于《江南》2003 年第 1 期

短篇小说《鱼刺》发表于《天涯》2003 年第 2 期

短篇小说《中年丧妻》发表于《花城》2003 年第 4 期

短篇小说《手术》发表于《天涯》2003 年第 5 期

短篇小说《中间手》发表于《红豆》2003 年第 9 期

中篇小说《泥巴》发表于《作品》2003 年第 11 期

长篇小说《活下去》(《北妹》)发表于《钟山》2003 年秋冬卷

2004 年

长篇小说《北妹》由长江文艺出版社 2004 年 4 月出版

短篇小说《无爱一身轻》发表于《今天》2004 年第 1 期春季号

短篇小说《青桔子》发表于《天涯》2004年第3期

中篇小说《取暖运动》发表于《芙蓉》2004年第2期

短篇小说《青桔子》发表于《天涯》2004年第3期

短篇小说《一场春梦》发表于《作品》2004年第4期

短篇小说《壁虎》发表于《山花》2004年第12期

随笔《雪夜，月光下的狼嗥叫》发表于《作品》2004年第12期

2005年

长篇小说《无爱一身轻》由作家出版社2005年8月出版

短篇小说《上坟》发表于《十月》2005年第1期

短篇小说《心藏小恶》发表于《上海文学》2005年第3期

中篇小说《途中有惊慌》发表于《花城》2005年第4期

短篇小说《惜红衣》发表于《人民文学》2005年第5期

中篇小说《二妞在春天》发表于《中国作家》2005年第5期

2006年

中短篇小说集《取暖运动》由春风文艺出版社2006年1月出版

中篇小说《赢》发表于《青年文学》2006年第1期

短篇小说《归妹卦》发表于《长城》2006年第2期

短篇小说《淡黄柳》发表于《作家》2006年第4期

长篇小说《无爱一身轻》发表于《收获》2006年秋冬卷

2007年

长篇小说《道德颂》由上海文艺出版社2007年1月出版

长篇小说《道德颂》发表于《收获》2007年第1期

中篇小说《尊严》发表于《花城》2007年第1期

随笔《盛可以影记》发表于《作家》2007年第2期

随笔《写作的几种状态》发表于《长篇小说选刊》2007年第3期

中篇小说《后遗症》发表于《天涯》2007年第6期

2008年

短篇小说《缺乏经验的世界》发表于《大家》2008年第1期

中篇小说《低飞的蝙蝠》发表于《小说界》2008年第2期

2009 年

短篇小说《乡村秀才》发表于《小说月报》(原创版) 2009 年第 2 期

中篇小说《袈裟扣》发表于《花城》2009 年第 2 期

短篇小说《余生》发表于《作家》2009 年第 3 期

中篇小说《裂缝》发表于《山花》2009 年第 3 期

短篇小说《苦枣树上的巢》发表于《中国作家》2009 年第 5 期

短篇小说《也许》发表于《红豆》2009 年第 12 期

2010 年

长篇小说《水乳》由中国工人出版社 2010 年 12 月出版

短篇小说《白草地》发表于《收获》2010 年第 2 期

短篇小说《兰溪河桥的一次事件》发表于《江南》2010 年第 5 期

短篇小说《一张巴尔扎克的驴皮》发表于《上海文学》2010 年第 10 期

随笔《习习》发表于《文学界》2010 年第 12 期

2011 年

长篇小说《北妹》由天津人民出版社 2011 年 1 月出版

短篇小说集《缺乏经验的世界》由海天出版社 2011 年 1 月出版

短篇小说集《可以书》由吉林出版集团有限责任公司 2011 年 2 月出版

中篇小说集《在告别式上》由二十一世纪出版社 2011 年 6 月出版

中篇小说《在告别式上》发表于《十月》2011 年第 4 期

短篇小说《墙》发表于《文艺论坛》2011 年第 5 期

长篇小说《死亡赋格》发表于《江南》2011 年第 5 期

短篇小说《佛肚》发表于《收获》2011 年第 6 期

短篇小说《成人之美》发表于《上海文学》2011 年第 12 期

短篇小说《德懋堂》发表于《财新周刊》2011 年第 22 期

2012 年

长篇小说《时间少女》由湖南文艺出版社 2012 年 1 月出版

长篇小说《道德颂》由台湾宝瓶文化出版社 2012 年 6 月出版

长篇小说《道德颂》由人民教育出版社 2012 年 8 月出版

短篇小说集《留一个房间给你用》由北京燕山出版社 2012 年 10 月出版

长篇小说《水母》由安徽文艺出版社 2012 年 10 月出版

《北妹》英译本 Northern Girls：Life Goes On 由 Penguin Books Australia2012 年 5 月出版

短篇小说《没有炊烟的村庄》发表于《天南》2012年第1期

短篇小说《1937年的留声机》发表于《北京文学》2012年第3期

短篇小说《人面狮身》发表于《收获》2012年第5期

短篇小说《捕鱼者说》发表于《人民文学》2012年第7期

短篇小说《他旅行去了》发表于《中国作家》2012年第9期

2013年

长篇小说《死亡赋格》由印刻文学生活杂志出版有限公司2013年2月出版

短篇小说集《他旅行去了》由北京燕山出版社2013年9月出版

短篇小说《谁是凶手》发表于《谁是凶手》2013年第7期

短篇小说《人面狮身》发表于《语文教学与研究》2013年第9期

随笔《擦肩而过的辉煌》发表于《中外文摘》2013年第22期

2014年

图画散文集《春天怎么还不来》由译林出版社2014年5月出版

长篇小说《死亡赋格》英译本Death Fugue由ReadHowYouWant2014年11月出版

中篇小说《弥留之际》发表于《人民文学》2014年第1期

中篇小说《算盘大师张春池》发表于《上海文学》2014年第1期

随笔《钓青蛙》发表于《才智》2014年第2期

长篇小说《野蛮生长》发表于《十月·长篇小说》2014年第4期

随笔《为何世上多疯狗无疯猫》发表于《意林》2014年第4期

中篇小说《香烛先生》发表于《作品》2014年第7期

随笔《故乡去了天堂》发表于《书摘》2014年第9期

随笔《月光雪夜》发表于《快乐阅读》2014年第18期

随笔《诗行睡在冬天里》发表于《快乐阅读》2014年第24期

2015年

长篇小说《野蛮生长》由北京十月文艺出版社于2015年1月出版

短篇小说《小生命》发表于《收获》2015年第1期

随笔《摘些山花给妈妈》发表于《海峡儿童：读写》2015年第7期

随笔《春天怎么还不来》发表于《视野》2015年第8期

随笔《我的记忆之矿》发表于《语文教学与研究》2015年第12期

2016年

长篇小说《北妹》由浙江文艺出版社2016年2月出版

长篇小说《时间少女》由四川文艺出版社 2016 年 5 月出版

长篇小说《道德颂》由四川文艺出版社 2016 年 5 月出版

长篇小说《水乳》由四川文艺出版社 2016 年 5 月出版

中短篇小说集《福地》由四川文艺出版社 2016 年 11 月出版

随笔《燕子花与油菜花》发表于《文苑》2016 年第 2 期

中篇小说《福地》发表于《收获》2016 年第 3 期

随笔《喊山》发表于《祝你幸福》2016 年第 3 期

中篇小说《喜盈门》发表于《人民文学》2016 年第 4 期

2018 年

长篇小说《野蛮生长》由北京十月文艺出版社 2018 年再版

短篇小说集《私人岛屿》由湖南文艺出版社 2018 年 3 月出版

随笔集《怀乡书》由北京大学出版社 2018 年 9 月出版

长篇小说《锦灰》由台湾联经出版公司 2018 年 9 月出版

中短篇小说集《手术》由长江文艺出版社 2018 年 12 月出版

中篇小说《偶发艺术》发表于《花城》2018 年第 3 期

长篇小说《息壤》发表于《收获》2018 年第 5 期

随笔《世界上最光明的夜晚》发表于《现代阅读》2018 年第 6 期

2019 年

长篇小说《息壤》由人民文学出版社 2019 年 1 月出版

长篇小说《子宫》由台湾九歌出版社 2019 年 5 月出版

随笔《老在路上》发表于《江南》2019 年第 2 期

长篇小说《女工家记》发表于《江南》2019 年第 6 期

随笔《倒影变成大象的天鹅》发表于《湖南文学》2019 年第 9 期

2020 年

长篇小说《女佣手记》由北京十月文艺出版社 2020 年 12 月出版

随笔《实像与倒影》发表于《芙蓉》2020 年第 1 期

短篇小说《你什么时候原谅你的父亲》发表于《作品》2020 年第 6 期

2021 年

短篇小说《太阳升起时的静脉曲张》发表于《北京文学》2021 年第 1 期

附录二
盛可以研究论文一览^①

葛红兵.谁侵占了我（序）.时代文艺出版社，2002.10.

李少君.盛可以们与网络时代的文学.网易文化,2003-1-21.

李洁.盛可以——她的文字有骨感美.深圳商报,2003-3-2.

张巨睿.盛可以写《边镇》心指张艺谋非典型性爱情观无奈叹社会.中国邮政报，2003-4-19.

夕夕.2002年度最具潜力新人——盛可以.法制日报,2003-5-23.

李修文.盛可以在她的时代里.南方文坛,2003（5）.

徐仲佳.无爱时代的困惑与思考——关于盛可以的写作.南方文坛,2003（5）.

盛可以.让语言站起来.南方文坛,2003（5）.

李子荣.漫谈盛可以小说语言艺术.新浪读书,2003-6-5.

续鸿明.盛可以：素材是过去的，气韵却是现在的.中国文化报,2003-6-19.

withering.女人写作，在网络与传统间.中国女性（海外版）,2003（7）.

马策.身体批判的时代.钟山(增刊秋冬卷),2003.

盛可以.让语言站起来.作品,2003（12）.

葛红兵.小说的骨感美学（序）·火宅.春风文艺出版社，2003.

王春林.走向个性，走向成熟——2003年长篇小说印象.小说评论,2004（1）.

冯唐.我们这拨人的基因变异——兼及盛可以印象.山花,2004（12）.

马策.身体批判的时代（序）·北妹.长江文艺出版社，2004.4.

---

① 为方便大家研究与检索，附录二除了收录盛可以的学术研究论文（含硕博论文）之外，还收录了发表在报纸上的比较重要的评论文章，以及盛可以访谈、盛可以谈写作的文章。

任晓雯.《北妹》：社会底层"群芳图"（序）·北妹.长江文艺出版社，2004.4.

吴强.魔幻的乳房（序）·北妹.长江文艺出版社，2004.4.

陈希我、刘森.盛可以凶猛.中国图书商报，2004-5-21.

孟繁华.《北妹》：底层女性生死书.北京青年周刊，2004-6-15.

李立平.逼近·还原·突围——解读盛可以《TURN ON》及其他.名作欣赏，2004（5）.

李欣.爱还是不爱，这是个问题——评盛可以《取暖运动》.当代文坛，2004（5）.

盛可以.小说需要冒犯的力量.羊城晚报，2004-11-6.

盛可以.我与写作血肉相连.晶报，2004-6-14.

谢胜瑜、盛可以.作家不能自杀.中国青年，2004（15）.

郑飞中. 直觉的生命和游戏的语言——论《北妹》的"时代"异质性. 职大学报（哲学社会科学），2005（3）.

李虹.70后女性写作：消费时代的性——身体话语.文艺评论，2005（4）.

毕光明.欲望时代的爱情病理分析报告——评盛可以的《手术》.名作欣赏，2005（5）.

万秀凤.疼痛的写作——评盛可以的短篇小说《手术》.名作欣赏，2005（5）.

吴笑欢.婚恋悖论的探究——解读盛可以《手术》.名作欣赏，2005（5）.

柯贵文.一份"炮礼时代"的婚恋心理标本——评盛可以的小说《手术》.名作欣赏，2005（5）.

他爱. 盛可以批判：盛可以，还有什么不可以·十美女作家批判书.华龄出版社，2005.5.

盛可以、黄伟林、刘铁群、詹丽.盛可以小说创作对谈录.河池学院学报（哲学社会科学版），2005（6）.

盛可以.退到更清静的地方.文艺报，2005-11-26.

龙云.无法阻断的"TURN ON"情结——读盛可以的《TURN ON》.名作欣赏，2005（18）.

罗锡英.越来越细的呼喊——评盛可以的《手术》.名作欣赏，2005（20）.

王宏民.伊甸园的回眸——读盛可以的小说《手术》.名作欣赏，2005（20）.

盛可以.写小说与"诈金花".青年文学，2006（1）.

朱燕玲.西沙笔会纪行.花城，2006（1）.

杨爱芹.盛可以：爱情创痛的多维表达.时代文学，2006（2）.

邢孔辉.灵魂何以取暖——盛可以《取暖运动》细读.海南师范学院学报（社会科学版），2006（3）.

杨爱芹.浅谈盛可以小说的女性意识.创作评谭，2006（4）.

周琰.灵与肉的切割——评盛可以的《手术》.名作欣赏，2006（5）.

陶己.点评盛可以：轻到重时重为轻.广州文艺，2006（8）.

张芙蓉.他人即地狱——《北妹》《乌鸦》的悲剧分析.太原师范学院学报（社会科学版），2006（5）.

王秀芹.女性写实主义的回归——论析盛可以的《活下去》.名作欣赏,2006 (20).

文琼运.精神归属的尴尬：当代都市女性的生存状态——解读盛可以长篇小说《水乳》.小说评论,2006 (2).

杨爱芹.盛可以小说中的比喻探析.语文教学与研究,2007 (1).

盛可以.词语的坡度与鬼脸.当代文坛,2007 (2).

夏元明.路上的女人——《淡黄柳》推荐辞.语文教学与研究,2007 (2).

邓国军.谁能承受无爱之轻——评盛可以长篇小说《无爱一身轻》.当代文坛,2007 (2).

李敬泽."我"或"我们"——《道德颂》的叙述者.当代文坛,2007 (2).

谭五昌.审美的偏移——盛可以小说之我见.当代文坛, 2007 (2).

汪政、晓华.小说在谁的手里成为刀子——谈盛可以的短篇小说.当代文坛, 2007 (2).

洪治纲.文坛关注·盛可以专辑·主持人语.当代文坛, 2007 (2).

金理.呈现心灵的悸动——以盛可以的《道德颂》为例.小说评论, 2007 (2).

盛可以.精神上的丝绸之路.作家, 2007 (2).

汪政.道德在小说之外.中国图书商报, 2007-3-20.

李敬泽.献给混沌之"在"的一曲长歌.长篇小说选刊, 2007 (3).

盛可以.别放弃自己的牙齿——兼谈梅毅先生的历史写作.出版广角, 2007 (3).

陈熙涵."文学不能止于故事".文汇报, 2007-3-26.

孟繁华.地方性与普遍性——魏微的《家道》和盛可以的《道德颂》.南方文坛, 2007 (4).

王谦.《道德颂》：情爱生活的快感与暧昧.出版广角, 2007 (4).

杨红.盛可以创作浅论.黑龙江教育学院学报, 2007 (11).

贾丽平.欲望·道德·生命——盛可以《道德颂》的女性主义解读.作家, 2007 (12).

刘婕.盛可以：游走于城市与乡镇的两端——试析《水乳》与《火宅》.文教资料, 2007 (12).

王嫚茹.挣扎在爱与痛的边缘——盛可以小说中的女性命运解读.吉林大学硕士论文, 2008.

马季、盛可以.灵与肉的痛感者.大家, 2008 (1).

李莉.任是激情也苍凉——论盛可以的《道德颂》.大连民族学院学报, 2008 (4).

李遇春.绝望的抒情——评盛可以的《低飞的蝙蝠》.文学教育, 2008 (6).

周雪花.城市中的性与爱——"70后"作家的身体突围与伦理重构.当代文坛, 2008 (6).

盛可以.负重的灵魂开出轻盈的花.诗选刊（下半月）, 2008 (8).

范淑华.对底层打工女性的近距离透视——解读盛可以的长篇小说《北妹》.安康学院学报, 2008 (6).

席蓉.自由伦理的个体叙事——评盛可以的《道德颂》.安徽文学（下半月），

2008（12）.

　　盛可以.小说需要冒犯的力量.当代文学研究资料与信息，2009（1）.

　　齐红.蝴蝶的尖叫——"70后"女作家写作的历史意味.南方文坛，2009（1）.

　　李莉.对激情的冷静言说——谈《道德颂》的叙述声音.辽宁师专学报（社会科学版），2009（1）.

　　桂晓东.都市女性的生态分析——读盛可以小说《手术》.现代语文（文学研究版），2009（2）.

　　董外平、杨经建撒旦的诗篇——评盛可以长篇小说《道德颂》.文艺论坛，2009（2）.

　　郑欣璐.无处立足——论盛可以的女性写作.华中科技大学硕士论文，2009.

　　席蓉.盛可以小说研究.华南师范大学硕士论文，2009.

　　吕雷.追寻现代人感觉认同的轮回——从"新感觉派"到莫言再到盛可以.南方文坛，2009（3）.

　　张隽隽、刘威、邹芸莲、王秋月.《道德颂》：对现代人灵魂的拷问.海南师范大学学报（社会科学版），2009（2）.

　　阙兴韵、盛可以.著名青年作家盛可以访谈录.温州晚报，2009-4-18.

　　蒋述卓.异质文化交流与碰撞的结晶——广东近年来中短篇小说创作评述.南方文坛，2009（5）.

　　张昭兵、盛可以.想象生活的可能性.青春，2009（6）.

　　陈村.有关盛可以的几段话.红豆，2009（12）.

　　程德培.《也许》的也许——读盛可以的短篇《也许》.红豆，2009（12）.

　　赵修广.当代女性性别"审丑"意识的表达——论《淡绿色的月亮》《化妆》与《手术》等几篇小说的主题与叙述特色.名作欣赏，2009（12）.

　　盛可以.写作的几种状态.语文教学与研究，2009（12）.

　　范淑华.盛可以小说中的悲剧意识.名作欣赏，2009（15）.

　　范淑华.盛可以小说创作论.广西师范大学硕士论文，2010.

　　褚又君.欲望与灵魂的写作——盛可以《道德颂》的女性主义解读.长春教育学院学报，2010（6）.

　　张玲玲、王春林.从猎手到猎物——读盛可以短篇小说《白草地》.名作欣赏，2010（6）.

　　弓晓瑜.变动不居的人性画图——浅析盛可以小说《水乳》.广东技术师范大学学报，2010（8）.

　　韩振英.爱情的心灵受难之旅——关于盛可以的《道德颂》.淮海工学院学报（人文社会科学版），2010（10）.

　　刘静.盛可以：不辞冰雪为卿热.深圳特区报，2010-11-9.

　　马玲丽.身体自由：欲望与反抗的双重沉沦——以盛可以的《北妹》为例反观当

下底层女性文学写作.名作欣赏，2010（15）.

张玲玲、王春林.从猎手到猎物——读盛可以短篇小说《白草地》.名作欣赏，2010（16）.

陈颖.新时期以来广东城市小说的女性书写.暨南大学硕士论文，2010.

张楚.那些散发地母般庞大气息的人物（序）·可以书.吉林出版集团有限责任公司，2011.1.

盛可以.盛可以谈读书和写作.晶报，2011-3-27.

盛可以、刘忆斯.坏良心产生的辐射，吃多少碘盐也不管用.晶报，2011-4-4.

马兵.《可以书》：盛可以的围城之喻.出版广角，2011（6）.

刘森.暴力与残酷的世界——浅谈盛可以小说的语言与叙事.沧江文学，2011（3）.

傅建安.新时期都市文化与都市"巫女"形象的现代性建构.小说评论，2011（3）.

董怡、黄原竟.活下去：盛可以笔下的女孩们（英文）.The World of Chinese，2011（4）.

盛可以.女人的天空是低的.文艺争鸣，2011（5）.

盛可以.一位令人内心温暖的朋友.文学界，2011（7）.

肖莹.盛可以：好的作品，自己会走路.环球人物，2011（13）.

盛可以.文学需要冒犯的力量（后记）·缺乏经验的世界.海天出版社，2012.1.

盛可以.埋头雕刻印章的手艺人.文艺报，2012-3-12.

张莉.个人之爱与国族之殇——评盛可以《1937年的留声机》.北京文学，2012（3）.

李昌鹏.展开虚构，正视现实——评盛可以的《1937年的留声机》.文学教育，2012（4）.

续小强.读《白草地》所想.小说评论，2012（2）.

曾颂勇.略论《道德颂》的叙事艺术.太原师范学院学报（社会科学版），2012（3）.

陈利群.使命意识·骨感神韵·质感风范——从《北妹》看盛可以长篇小说创作.当代文坛，2012（5）.

曾颂勇.道德失范时代的情欲劫难——《道德颂》新论.文艺评论，2012（5）.

李晓丽."新生代"女作家的日常生活叙事.南开大学博士论文，2012.

李运静.盛可以论.山东大学硕士论文，2012.

林春晓.论盛可以小说中的女性意识.山东师范大学硕士论文，2012.

刘雯、盛可以.我写作的初衷，是对无趣的一种默默反抗.长江商报，2012-8-3.

盛可以、手指.必须完成的"一厢情愿".名作欣赏，2012（10）.

陈涛.文学"夹心层".中国新闻周刊，2012（13）.

孙春旻、李完娴.故事与情节、象征与隐喻——析盛可以《白草地》的内涵与程序.写作，2012（17）.

沈星、盛可以."生猛"的盛可以.凤凰网视频"大家书斋"，2012-11-8.

何言宏.七〇以后读札（之三）.文艺报，2012-11-8.

吴萍.渐渐藏起那把"刀"——盛可以短篇小说.文艺报，2012-11-16.

盛可以.从一条卑微的河流说起.文艺报，2012-11-16.

朱玲.盛可以：做一部爱情的粉碎机.消费，2013（1）.

王春倩、殷淑磊.一部阐释爱情的文本——评盛可以的《水乳》.作家，2013（8）.

李完娴.焦虑母题的多元内涵——对盛可以小说的一种解读.广东技术师范学院硕士论文，2013.

崔彦玲.近二十年女作家小说中的"乡土女性"书写.南开大学博士论文，2013.

张莉."70后"新锐作家与"小城镇中国".北京日报，2013-5-2.

李晓晨.文学界关注"70后"作家的创作新变——"他们比想象的更有力量".文艺报，2013-6-7.

曾颂勇.人性腹地的勘探与呈现——中国大陆新时期以来情欲叙事论.湖南师范大学博士论文，2013.

赵彦平.浅析盛可以的底层写作及艺术魅力.华中人文论丛，2013（4）.

刘莉娜等."花开阔绰"，是焉非焉.上海采风，2013（4）.

刘涛.以性与爱彰显女性主体意识——盛可以小说论.百家评论，2013（3）.

盛可以.晦暗的往昔.文艺报，2013-5-27.

哲贵.意外盛可以.文艺报，2013-5-27.

梁鸿.性感的纯真.文艺报，2013-5-27.

詹玲.新时期以来进城乡下女孩形象的变迁.扬州大学学报（人文社会科学版），2013（4）.

何怀素.黄昏里的生活——解读盛可以的小说创作.上海文化，2013（7）.

盛可以.决不允许对自己说还有很多个明天.羊城晚报，2013-8-14.

周婷.新世纪女性写作的异质性——盛可以小说创作.小说评论，2013（S2）.

姚明月.盘旋于无爱之境——浅谈盛可以笔下的"困境"与"焦虑".时代文学（上半月），2013（11）.

曹淑贤.盛可以访谈录.时代文学（上半月），2013（11）.

刘涛.70后六作家论.中国现代文学研究丛刊，2013（12）.

杨爱芹.身份之痛——论盛可以的小说.广播电视大学学报（哲学社会科学版），2013（4）.

黄颖.盛可以小说的悲剧意识论.兰州大学硕士论文，2014.

周婷.盛可以以"冒犯之笔"穿越生活的残酷真相.短篇小说（原创版），2014（14）.

黄孝阳.水消失在水里，火能消失在哪.读书，2014（3）.

严彬、盛可以.我写作，为了让我分裂成更多人.凤凰网读书频道"文学青年"（第2期），2014-4-26.

盛可以.记忆与现实（序）·春天怎么还不来.译林出版社，2014.5.

王琦.情欲化社会的话语分裂——盛可以小说论.南方文坛，2014（4）.

管季.让生活充满文学的力量——从《墙》看盛可以创作风格的变化.创作与评论，2014（14）.

郑瑞萍.乡土中国的多元化书写——谈盛可以的乡土小说.湖南行政学院学报，2014（5）.

李海燕.地域文化视野下的岭南女性文学创作.广州大学学报（社会科学版），2014（8）.

安玮娜.盛可以：虚无底色中的执着.现代语文，2014（9）.

舒坦.盛可以推出首部散文集《春天怎么还不来》.文学教育，2014（9）.

梁鸿.个体经验与历史意识的辩证存在——"70后"作家三论.文艺论坛，2014（24）.

周婷.锐利的"冒犯之美"——盛可以独特的语言艺术.华中师范大学学报（人文社会科学版），2014（S4）.

刘琳.敲醒掩耳盗铃的美梦——盛可以小说的疾病叙事探析.名作欣赏，2015（3）.

曹霞.生命的悲悯与欢欣——评盛可以的《小生命》.文学教育（上），2015（4）.

任志茜、盛可以.我喜欢真多于美.中国出版传媒商报，2015-4-17.

马玲丽.身体自由：欲望与反抗的双重沉沦——以盛可以的《北妹》为例反观当下底层女性文学写作.中国现代文学研究会第十一届年会会议论文，2014-11-1.

刘琳.盛可以的解构书写.河南大学硕士论文，2015.

刘丁榕.盛可以短篇小说中的男性形象和女性意识.安康学院学报，2015（4）.

范果.盛可以图文散集《春天怎么还不来》绘画艺术研究.大众文艺，2015（17）.

党艺峰.被虚构引导的返乡之路：盛可以论.小说评论，2015（5）.

范果.盛可以图文散文集《春天怎么还不来》的文本艺术研究.大众文艺，2015（18）.

蒋霞、杨晓河.现代女性情感生活体验的寓言——盛可以小说《手术》解读.山花，2015（22）.

范果.盛可以《春天怎么还不来》的地域文化意蕴.文学教育（上），2015（12）.

苏沙丽.以"野蛮"之名穿透生命的风景——评盛可以《野蛮生长》.百家评论，2015（6）.

荆莹莹.双重人格意识下的女性主义叙述声音——浅析盛可以《弥留之际》女性主义叙述的解读.大众文艺，2016（1）.

盛可以.盛可以绘画作品选.中国作家，2016（1）.

刘妍京.论新世纪打工小说中的女性形象.广西师范学院硕士论文，2016.

何晶.盛可以小说创作研究.江西师范大学硕士论文，2016.

王思君.盛可以小说底层女性形象研究.湖北大学硕士论文，2016.

丁保花.人与物欲的冲突——分析《野蛮生长》中李氏家族成员悲剧性命运的主

要成因.荆楚学术, 2016 (2) .

佘晔.寒冬腊月读名士——"湘籍作家" 2015 年评点.文艺论坛, 2016 (6) .

张娟.女性主体意识下的观察和书写——评盛可以《可以书》.青春岁月, 2012 (7) .

余幼幼.盛可以:让人迷恋, 亦让人生病.青年作家, 2016 (8) .

李哲.浅析盛可以《野蛮生长》中潜藏的悲剧意识.发现, 2016 (11) .

汪保国.原初女性, 我的身体我做主——盛可以小说《北妹》性别诗学探析.名作欣赏, 2016 (18) .

荣光启."70 后作家" 关注.长江丛刊, 2016 (19) .

何远琳.女性的命运:盛可以长篇小说主题探析.长江丛刊, 2016 (19) .

韩梅.由挣扎而妥协:盛可以的短篇小说集《可以书》.长江丛刊, 2016 (19) .

彭元、房萍.盛可以小说中底层女性形象的性别及文化内涵.名作欣赏, 2016 (26) .

李丽萍.时空静止, 意识流动——论《缺乏经验的世界》中现代女性的情感困境.德州学院学报, 2016 (3) .

刘文祥.怎样的"野蛮"与怎样的"生长"——评盛可以的新作《野蛮生长》.新文学评论, 2016 (3) .

佘爱春、朱晓晴.飘荡在"失去"的路上——盛可以小说论.新文学评论, 2016 (3) .

毕光明.触底的写作——盛可以小说性爱叙事管窥.新文学评论, 2016 (3) .

何雯.盛可以小说的价值观念探询——以长篇小说为中心.新文学评论, 2016 (3) .

盛可以.我不是一个半途而废的人.新文学评论, 2016 (3) .

胡赳赳.残雪.小说月报, 2016 (7) .

李哲.盛可以《野蛮生长》中底层女性形象的解析.小说家选刊, 2016 (33) .

常鹏飞.盛可以的湘北世界书写——以《野蛮生长》为例.芒种, 2017 (2) .

刘希.底层妇女的身体呈现——以三部当代女性小说为例.山西师大学报 (社会科学版), 2017 (2) .

黄立宇.当年, 他们灿若星辰——新小说论坛始末.西湖, 2017 (4) .

张莉.个人之爱与国族之殇——盛可以和《1937 年的留声机》·众声独语:"70 后" 一代人的文学图谱.上海文艺出版社, 2017.7.

尚晓娟.忽然见到盛可以.投资与理财, 2017 (8) .

盛可以.纸上天堂.文艺报, 2017-8-18.

于红丹.论盛可以《野蛮生长》中的悲剧意识.文学教育, 2017 (11) .

盛可以.那个砍柴的少年——请叫他郑朋.文艺报, 2017-11-6.

华珉朗.一丛芬芳馥郁的白色野菊花--论盛可以《道德颂》的美学意蕴.文教资料, 2017 (17) .

汪可欣.盛可以女性意识的自主觉醒.青年文学家, 2017 (23) .

汪可欣.盛可以的底层书写——以《北妹》为例.北方文学, 2017 (24) .

郑志杰.盛可以小说中女性"第三者"形象分析.河南广播电视大学学报,2017 (30).

杨庆祥、盛可以.我不喜欢昨天的自己更喜欢明天的自己,没有比喻就像街道没有咖啡馆一样无聊.青年报,2018-1-7.

丁红丹.论盛可以小说的创作嬗变.西南交通大学硕士论文,2018.

汪可欣.论盛可以小说中的底层女性书写.西北师范大学硕士论文,2018.

李君君.70后作家长篇小说研究.山东师范大学硕士论文,2018.

董霖源.盛可以小说打工女性形象研究.大众文艺,2018 (2).

曹丙燕.消费时代的"人"与"城"——1990年代以来的城市文学研究.吉林大学博士论文,2018.

刘小波.盛可以长篇《息壤》:一场关于子宫的战争.收获,2018 (5).

申霞艳.诱惑的天赋——盛可以论.文艺争鸣,2018 (6).

李振.生为女人——盛可以小说论.当代作家评论,2018 (5).

吴建华.读者心中的冒险,作家笔下的闲庭信步.风流一代,2018 (16).

李健.推荐序.怀乡书.北京大学出版社,2018.9.

盛可以.性别恐惧的幽灵紧附.收获·微信专稿,2018-9-3.

盛可以.一个诗人,内心就该燃烧不熄的火焰——与《诱惑的天赋——盛可以论》一文商榷.文学报,2018-10-25.

王春林.以小说的方式聚焦城市和女性.长城,2019 (1).

王春林.以子宫为中心的人性深度开掘——关于盛可以长篇小说《息壤》.山西文学,2019 (1).

刘蕙心.70后女性书写的共性与个性——以《上海宝贝》与《道德颂》为例.阴山学刊,2019 (2).

李然.从给予中照见自己.天津日报,2019-3-8.

马兵.子宫的"政治学"与规训的反制——盛可以《息壤》论札.中国当代文学研究,2019 (3).

盛可以.小说家的人间词话.天涯,2019 (3).

梁贝.《野蛮生长》人性形象谱系分析.小说评论,2019 (4).

盛可以.她们是另一个维度的我——盛可以谈"我为什么写这本书".子宫.九歌出版社有限公司,2019.5.

王维.生命节点与女性欲望——盛可以《息壤》写作特质探析.写作,2019 (5).

曹霞.闪电在深渊里的舞蹈——盛可以论.艺术广角,2019 (6).

盛可以.她们的红尘.江南,2019 (6).

李之米.盛可以长篇小说《息壤》:发自己的言,走自己的路.文艺报,2019-6-3.

盛可以.语言之纱.文艺报,2019-6-3.

刘春妮.论盛可以《北妹》中钱小红的身体意识.青年时代,2019 (7).

杨亚茹.从给予中照见自己——《息壤》中的女性意识建构与人文关怀.牡丹江大学学报，2019（8）.

郑丹丹.城市化视域下新世纪女性小说中的城市空间研究.三峡大学硕士论文，2019.

刘婧婧.新世纪女性小说的超性别写作研究.山东师范大学博士论文，2019.

贺秋菊."文学湘军"的"收获"之路——从《收获》杂志考察湖南小说的发展历史.文艺论坛，2020（2）.

周朝军等.作家直播，为了什么.江南，2020（5）.

董晓可."肉身"书写的当下表达及远途之思——从《极花》等六部作品说开去.文艺争鸣，2020（6）.

唐诗人.盛可以论（评论）.作品，2020（6）.

王烨.盛可以小说中尼采悲剧性审美特色研究.长安大学硕士论文，2020.

刘彧.虚无感及其克服——盛可以小说主题意蕴的一种分析.吉林大学硕士论文，2020.

张杰、盛可以.我的写作从不避开当下.华西都市报，2021-1-10.

阿探.情感追悔者的生命思辨.作品，2021（1）.

陈剑兰.中国式家庭伦理的精神病症.作品，2021（1）.

陈云婧."快跑"之后.作品，2021（1）.

孟祥瑞.对于成长，我们一直在路上.作品，2021（1）.

周淑茹.《息壤》：女性的宿命与轮回.鄂州大学学报，2021（1）.

贺江.21世纪深圳文学"女性话语"的建构——以吴君、盛可以、蔡东为例.当代作家评论，2021（1）.

金松林、马爽.底层叙事·女性叙事·身体叙事——盛可以小说论.安庆师范大学学报（社会科学版），2021（2）.

张艺桐、盛可以.我只能写触动内心的事.天津日报，2021-4-6.

后记

    深圳职业技术学院于 2017 年 3 月成立校级科研平台"深圳文学研究中心",该"中心"是集深圳文学文献收集、系统化整理,学术交流、研讨为一体的综合性学术研究平台,已经推出"深圳文学研究文献系列"第一辑,分别为《于是便有了光——邓一光的深圳书写评论集》《真意凝结——杨争光作品评论集》《突然显现出来的世界——薛忆沩作品评论集》《在地的回响——深圳南山区六作家评论小辑》,由广西师范大学出版社出版。

    为了进一步推进深圳文学研究的文献整理工作,"中心"计划推出"深圳文学研究文献系列"第二辑,具体的研究对象为南翔、吴君、盛可以、蔡东四位作家。由于之前我曾写过关于盛可以的相关文章,"中心"便把编写盛可以作品批评集的任务交给了我,这是我编写该书的缘由。

    利用编书的机会,我系统地阅读了盛可以的作品(包括她被翻译成英文的小说译本),以及能找到的研究论文。应该说国内对盛可以作品的研究已经取得了一定成绩,目前能查询到的期刊论文超过 200 篇,其中的研究者也不乏国内知名学者,比如李敬泽、孟繁华、南帆等等。而且,在盛可以创作的早期,已经有一批敏锐的作家及批评家注意到盛可以的文学创作价值。比如李少君在 2003 年即以盛可以为代表来谈论网络时代的文学,李修文则根据盛可以公开发表的几部小说《TURN ON》《水乳》《唯愿中年丧妻》,认定盛可以将会创造属于她自己的"神话"。李修文甚至将盛可以的创作推到乔伊斯的高度,这是需要极大胆识的。

    盛可以以《北妹》成名,这部长篇小说最初以篇名《活下去》发表于《钟山》

2003年秋冬卷。其实，在此之前，盛可以已在《芙蓉》《收获》上发表多篇小说，并且出版了短篇小说集《谁侵占了我》，初露头角。《北妹》是盛可以文学创作中的一个重要事件，也为深圳文学贡献了经典的文学形象——"钱小红"。深圳是新中国改革开放的起点，也是新中国改革开放的一面旗帜，无数的打工仔、打工妹背井离乡，来到深圳讨生活，追寻梦想。但是，纵观深圳40年的文学创作，尽管"打工文学""底层写作"以及"新都市文学"风行一时，但文学作品中缺少相关的典型人物形象。

"北妹"钱小红是典型的人物形象，她的出现是深圳文学的重要收获，按照盛可以的说法，"她是原生态的、野生的、本质的、粗粝的、生机勃勃的生命呈现"。钱小红是深圳文学的"冒犯者"（也是中国文学的"冒犯者"），五四以来，中国底层女性的形象大都可归入被侮辱被损害的那一类，以祥林嫂为代表。新中国成立以来，中国妇女大翻身，男女平等，同工同酬，但底层女性依然摆脱不了传统家庭的束缚，尽管改革开放之后，很多底层女性离开农村外出打工，但即便进了城，她们依然举步维艰。钱小红的出现让人眼前一亮，尽管她的处境依然艰难，但她自信、坚韧、真实、鲜活，从没有丧失生活的信心。更为关键的是，钱小红有着"带电的肉体"，她不压抑自己的欲望，敢于"冒犯"不合理的生活，勇做"自己身体的主人"，是身体写作的典范。

但盛可以的这种身体写作和之前林白、陈染的身体写作不同，因为，钱小红没有躲在自己的闺房，在镜子里"审视"自己，发现自己，她处在一个开放的空间里：工厂、街道、宾馆、医院。钱小红也没有像卫慧、棉棉那般，频繁出入酒吧、咖啡馆和高档场所。钱小红是底层打工者中普普通通的一员，她拥有"充满欲望"的身体，并勇敢拥抱自己的欲望。盛可以用钱小红开拓了深圳文学乃至中国文学"女性话语"的新空间。

盛可以自2002年正式发表作品以来，已经坚持不懈创作了将近二十年。她对自己的要求很高，不断尝试新的题材，开拓新的书写空间，目前已出版了10余部长篇小说，中短篇小说集也有10多部，而且，她还出版了2部图文散文集《春天怎么还不来》《怀乡书》，为自己的文字作画，多才多艺。盛可以虽然是以写"深圳故事"出名的，而且她在深圳也生活了好几年，但她以深圳为背景的小说并不多，主要包括3部长篇小说《北妹》《无爱一身轻》《水乳》，6部中短篇小说《Turn on》《钢筋蝴蝶》《硬伤》《成人之美》《也许》《镜子》。

因此，在编写本书时，我仅以《北妹》作为"深圳书写"的代表，列为一个专题，以引起研究者（读者）的注意和思考。

下面我简单谈谈编写此书的思路。本书一共分为七个主题，第一个主题是盛可以的"总论"，选取了六篇论文，从不同的角度来谈论盛可以的创作特点和成就，当然也有谈到盛可以创作的不足之处。这里要特别感谢唐诗人的授权，将四万多字的《盛可以论》放入本书，为本书增加了分量。第二、三、四三个主题是关于盛可以三部长篇小说的专论，具体为《北妹》《道德颂》和《息壤之歌》，我一直认为长篇小说代表着盛可以创作的高度，长篇小说的大体量为盛可以的充分表达提供了平台。当然，盛可以还创作了大量中短篇小说，比如《TURN ON》《无爱一身轻》《白草地》等，于是"尤在镜中"收录了关于盛可以中短篇小说的研究论文。但因为研究的滞后性，还有很多好小说目前没有研究者介入，本书就只能留下遗憾了。第六个主题我取名为"花开阔绰"，内容是关于盛可以小说语言、结构、写作风格的分析。之所以取这个名字，亦和盛可以有关。这个主题的五篇论文都是对盛可以小说创作特质与风格的分析。本书的最后一部分为"可以谈文"，收录了盛可以对写作的思考，以及她接受采访的文字。

好了，编后记就谈这么多，希望读者多去读盛可以的作品，研究者多去研究盛可以的作品。而至于我为何把本书取名为"那些与我无关的东西"，是从《息壤》摘录的半句话："我干吗要花那精力去知道那些与我无关的东西。"那些"与我无关的东西"，看似毫无关系，实则息息相关，需要我们花精力去关注，去思考，去理解。

贺　江

2021 年 4 月 30 日